El guardián de la marea

Novela Histórica

Mayte Uceda

El guardián de la marea

Planeta

PEFC Certificado

Este libro procede de
bosques gestionados
de forma sostenible

PEFC

PEFC/14-38-00305 www.pefc.es

Avda. Diagonal, 662-664, 08034 Barcelona (España)
www.planetadelibros.com

Adaptación de la cubierta: Booket / Área Editorial Grupo Planeta
Fotografía de la cubierta: © Richard Jenkins
Primera edición en Colección Booket: febrero de 2024
Primera edición en esta presentación: febrero de 2025

Depósito legal: B. 232-2025
ISBN: 978-84-08-29856-4
Impresión y encuadernación: Liberdúplex, S. L.
Printed in Spain - Impreso en España

Biografía

Mayte Uceda (Asturias). En el año 2009, impulsada por el deseo de escribir historias, comenzó su primera novela, *Los Ángeles de La Torre*, un romance con tintes paranormales que autopublicó en 2013 y que tuvo una excelente acogida. *Un amor para Rebeca* (2014) se mantuvo más de un año entre los más vendidos de Amazon y fue traducida al inglés y al alemán. *Alicia y el teorema de los monos infinitos* (Planeta, 2016) fue publicada en Italia, Alemania y Bulgaria. *El guardián de la marea* (Planeta, 2021) es una emocionante historia de amor que cruza océanos y transcurre entre las dos grandes guerras del siglo XX superando todo tipo de adversidades. En su última novela, *El maestro de azúcar* (Planeta, 2024), relata el destino de dos jóvenes que emigran a Cuba en las postrimerías del siglo XIX, poco antes del estallido de la Guerra Necesaria. Mayte estudió Informática de Gestión y Educación Social antes de convertirse en escritora. En la actualidad vive con su familia en un pueblo marinero del norte de España.

A los náufragos de cualquier orilla

Ama un solo día y el mundo habrá cambiado.

Robert Browning

PRÓLOGO

A bordo del Marqués de Comillas
14 de julio de 1939

El *Pecio de las putas.*

La primera vez que Marcela Riverol oyó esas palabras —en boca de un cubano retornado de Cayo Hueso— vomitó el desayuno en la alfombra de la tía Flora. El nombre le había parecido de una inmoralidad tan insoportable que estaba segura de que incluso alguien con las tripas de acero lo habría acabado regurgitando.

Aquel modesto transatlántico, cuyo nombre real era *Valbanera*, lo significaba todo para ella, como si la mitad de su vida se hubiera hundido con el barco durante el terrible ciclón tropical de 1919. Los reflejos de esa época regresaban a su cama algunas noches de insomnio. Entonces volvía a verse admirando la columna de humo negro de la gran chimenea antes de subir a bordo, con cientos de sueños a cuestas, bajo un cielo azul de verano y con el corazón henchido de ilusión ante la perspectiva de una nueva vida en La Habana.

A los recuerdos bonitos se sumaban otros terribles. Sobre todo, no podía quitarse de la cabeza la imagen de aquella niña que se negaba a subir a bordo y que aseguraba, muerta de miedo, que el barco iba a hundirse.

Marcela nunca había creído en las premoniciones. Y sin embargo...

«Sin noticias del *Valbanera*», rezaban los titulares de los periódicos, como si el océano hubiese querido protegerlo de su propia furia acogiéndolo para siempre en el Bajo de la Media Luna, un lecho de arenas movedizas donde los restos del transatlántico aún oscurecen las aguas verdes y cristalinas del mar Caribe.

Después del naufragio, se había jurado que jamás se subiría a otro barco, pero tras dos décadas en La Habana había llegado el momento de volver a casa. Su hija Elena llevaba reclamándoselo un tiempo y la Guerra Civil en España acababa de terminar. En once días de travesía, Marcela solo se había mareado en una ocasión en la que el mar se agitó y se cubrió de olas coronadas de espuma. Y ahora, con el mar de nuevo en calma, permanecía recostada en su camarote, sin nada que hacer salvo dejar pasar el tiempo y aprovechar los instantes de soledad para pensar en sus cosas.

Metió la mano bajo la almohada y sacó un pliego de papel arrugado. Era una carta que le había enviado su hermana Carmen desde Artemisa antes de partir. La había leído y manoseado en tantas ocasiones que las letras comenzaban a borrarse, pero su contenido era tan íntimo y certero que la voluntad de seguir sus consejos se hacía cada vez más fuerte.

Se giró hacia la luz que entraba por el portillo del camarote y comenzó a leer.

Querida hermana:

Sabía que no te quedarías en La Habana para siempre, en esa ciudad vacía de recuerdos. Imagino que Elena habrá influido en tu meditada decisión, pero algo me dice que necesitas regresar para sentirte cerca de él, para ver de nuevo las cosas que él vio y tocar las cosas que él tocó. Después de todo, uno siempre quiere volver a los sitios donde amó la vida intensamente. No lo considero descabellado ni terco, ni siquiera inútil, pues ambas sabemos que el amor es así y que la razón es incapaz de imponerse a las ansias del cuerpo.

Espero que encuentres lo que hayas ido a buscar, pero lo que más deseo es que se cierren tus heridas y te reconcilies con la vida.

Recuerda que el tiempo jamás vuelve en pos de los rezagados.

Os deseo una buena travesía y os envío todo mi cariño.

CARMEN

Marcela guardó la carta bajo la almohada y fijó la vista en el trozo de océano al otro lado del ojo de buey. El liviano balanceo del barco sobre el mar en calma la arrullaba del mismo modo que la idea de volver a Las Palmas. Sabía que Carmen estaba en lo cierto, que debía superar el pasado y trazar nuevos planes de futuro. Estaba decidida a hacerlo. Pero aún faltaba una jornada para llegar a Las Palmas. Aún tenía tiempo para entregarse una vez más a la nostalgia.

Se colocó las manos sobre el vientre, entrelazó los dedos tan quieta como si fuera una escultura sobre la tumba de un amante y se dedicó con ahínco a la tarea de recordar a Hans Berger, el hombre que desde muy lejos había llegado a su oscuro y roto mundo para llenarlo de luz.

PRIMERA PARTE

1

Océano Atlántico
17 de enero de 1918

Hans Berger supo que el submarino había tocado fondo al notar un golpe suave, como el de un tranvía al detenerse. Con la agilidad de un atleta, saltó por encima de sacos, cestas y cajas repletas de víveres estibados y luego se acomodó en su litera. Mientras los párpados se le iban cerrando, oyó las últimas órdenes para estabilizar la nave y la confirmación de «todo impermeable» que anunciaban tras asegurar el cierre hermético de las escotillas. Entonces lo venció el sueño.

El U-156 había zarpado de la base alemana de Kiel a mediados de noviembre de 1917. Preparados y pertrechados para una larga operación en el Atlántico, llevaban tres días a merced de las corrientes marinas, jugando al gato y al ratón con un submarino británico que les seguía el rastro desde hacía varias jornadas. Navegaban en superficie el tiempo justo para cargar las baterías eléctricas y volvían a sumergirse para permanecer a salvo del enemigo y del fuerte oleaje.

Después de casi cuatro años de guerra, aquella zona cercana al archipiélago de las islas Canarias se había convertido en una ruta transitada por mercantes artillados o escoltados por barcos destructores. También por inocentes embarcaciones que, amparadas bajo una bandera neutral, creían estar a salvo de la guerra.

Nada más lejos de la realidad. Nadie estaba a salvo en una guerra como aquella.

A Hans las cuatro horas de descanso se le hicieron demasiado cortas. Por eso se sintió aturdido cuando el cabo de guardia acudió a despertarlo.

—Teniente, lo esperan en la central.

Hans abrió los ojos y vio la cabeza de Klausen frente a su litera. Le confirmó la orden con un gesto somnoliento y se frotó la cara para despejarse. Ni siquiera apreció el tufo procedente de las húmedas sentinas y de los retretes ubicados al otro lado de la cámara de mando, pues estaba demasiado acostumbrado a esa atmósfera densa, pero fue muy consciente de la corriente de aire frío que le barrió los pies al levantarse y que lo llevó a calzarse las gruesas botas marineras.

Se caló la gorra y se dirigió a la central, pasando por el departamento de suboficiales y la sección de marineros, esquivando patatas y naranjas que se habían caído de los cestos durante el temporal y que rodaban con libertad por la nave, como si fueran pelotas.

Encontró al comandante de buen humor. Lo único que le faltaba para que su ánimo fuera excelente era saber dónde demonios había ido a parar el enemigo, si había sufrido la misma deriva que ellos y si seguía empeñado en darles caza. Convocados los oficiales, el comandante expuso la situación:

—Tenemos orden de acudir al sur de la isla de El Hierro. Allí nos reuniremos con el U-157 y con un bergantín español que nos entregará una carga de wolframio. Sospecho que el Almirantazgo británico ha interceptado el mensaje y nos ha enviado a uno de sus cachalotes para que se una a la fiesta. Podemos conducirlo hasta allí e iniciar una cacería. —Miró al teniente con expresión interrogante—. ¿Cree que es una buena estrategia, Berger?

—Creo que una docena de destructores podría estar esperándonos, *herr kaleun* —respondió el oficial.

El comandante sonrió mientras se frotaba el mentón barbudo.

—Dudo que a estas alturas de la guerra les queden tantos *destroyers* a los ingleses. —Se oyeron unas cuantas risas orgullosas—. Pero su razonamiento es acertado. Estarán esperándonos. Así que no acudiremos a la cita. —El comandante miró a sus hombres con media sonrisa en los labios y sus ojos azules brillando de emoción—. Buscaremos a ese perro, daremos con él y lo enviaremos al infierno.

El estrecho habitáculo se llenó de gritos de tensión liberada y de consignas contra los británicos y toda la Triple Entente. Por fin un poco de acción, algo que hacer a su nivel. Perseguir barcos mercantes era aburrido e incómodo, y la mayoría de las veces después de hundir el barco debían remolcar a la tripulación hasta la costa.

El comandante esperó al anochecer para dar la orden de emersión. Los hombres se colocaron en sus puestos y el silencio se apoderó de la nave, pues en el momento de salir a flote era cuando se volvían más vulnerables.

La bomba que expulsaba el agua de los tanques comenzó a funcionar y la nave se despegó del fondo suavemente. Las gotas de agua que rezumaban por el techo les caían encima y les humedecían la cara y la ropa como si estuvieran en una caverna. Con la mirada clavada en el manómetro, el comandante aguardó inmóvil, concentrado en el indicador de presión y sometido al silencio que solo interrumpía el suave murmullo de las dinamos. Cuando faltaban pocos metros para alcanzar la cota de superficie, acomodó los ojos en los oculares de caucho del periscopio y fue comprobando cómo el agua se volvía cada vez más clara, más verde y más transparente.

Ya casi estaban fuera. En la frente del comandante aparecieron gotas de sudor frío mientras hacía girar el periscopio. El temporal había amainado, y, sin embargo, le resultaba imposible afirmar que entre las estribaciones de agua no hubiese algún barco escondido.

—Maldita sea, no se ve nada —murmuró entre dientes mientras rastreaba la bulliciosa sábana de mar.

—¡Motores de aceite! —ordenó el teniente Berger—. ¡Carguen baterías eléctricas!

Varios hombres se pusieron los guantes y la pelliza gris de cuero y siguieron a su comandante por la escotilla hasta la torreta. Una vez fuera del submarino, Hans respiró con placer el aire querido del mar. Luego enganchó el cinturón de seguridad a la barandilla, se acomodó al movimiento de la nave y se llevó los gemelos a los ojos para poder ver en la distancia.

Los nubarrones se fueron dispersando y la oscuridad fue clareando en favor de una noche azul de estrellas rutilantes. Era en esos momentos, bajo los cielos más hermosos, cuando Hans pensaba en su familia. También pensaba en Hannah y recordaba los momentos más sensuales a su lado. Eso lo mantenía cuerdo y atado al hombre que había sido antes de la guerra. Porque, a veces, si se miraba en el diminuto espejo que guardaba en la litera, solo era capaz de ver un esperpento mojado y sucio con los ojos enrojecidos por el sueño y el salitre, alguien que se había acostumbrado a no sentir remordimientos, a olvidar que en los barcos enemigos había vidas tan valiosas como la suya, con sueños por cumplir y familias a las que regresar. La certeza de que no volvería a ser el mismo le mortificaba, porque había aprendido que convivir con la muerte cambiaba a las personas. Llevaba tanto tiempo en el mar que, en ocasiones, sus recuerdos desaparecían, y con ellos la ligazón orgánica de pertenecer a un mundo sin guerra.

Sin embargo, se había acabado acostumbrando al miedo. Incluso había asumido su propia muerte, que era probable que se produjera por ahogamiento, aunque también cabía la posibilidad de morir reventado por una mina o por la presión. La muerte más rápida era para él la más codiciada, y su mayor temor era quedarse flotando a la deriva en el inmenso mar. Dios no lo permitiera.

Apuró el cigarrillo que colgaba de sus labios para espantar el sueño y expulsó el humo despacio. Faltaban dos horas para el amanecer y le escocían los ojos por el efecto constante de la brisa salobre y los escasos parpadeos. La máquina ventiladora zumbaba bajo sus pies y por la escotilla que comunicaba con el interior del submarino ascendía el hediondo olor del aceite de engrase, de los retretes, de los cuerpos sin lavar y, a modo de contrapunto, el suave aroma cítrico de las naranjas.

Estaba haciendo un barrido horizontal con los gemelos cuando apareció un obstáculo en su campo de visión.

—¿Qué opina, teniente? —le preguntó el comandante—. ¿Cree que los hemos despistado?

Hans no respondió. Se sujetaba con tanta fuerza los gemelos contra los ojos que los binoculares parecían una prolongación deforme de su rostro. Arrojó el cigarrillo al agua y clavó la vista en un punto en dirección este.

De pronto, allí estaba. Una sombra emergía entre la bruma por la banda de estribor, recortada entre el mar y el cielo a media milla de distancia. Hans se percató con horror de que desde su posición le ofrecían un blanco perfecto.

—¡Submarino tres cuartas a estribor! —gritó con la voz desgarrada por el pánico, soltando al mismo tiempo el arnés que lo sujetaba a la barandilla de la torreta.

Durante una milésima de segundo, vio un atisbo de terror en los ojos de su comandante.

—¡Inundad los tanques! —rugió este arrodillado junto a la escotilla abierta—. ¡Rápido! ¡Todos los hombres a proa!

Treinta segundos. Treinta segundos y desaparecerían de su vista. Treinta segundos y todo habría pasado.

Mientras despejaban el puente y el submarino iba hundiéndose, Hans tuvo tiempo de ver algo más: el rastro de una estela lineal que se dirigía veloz hacia ellos.

—¡¡¡Torpedo!!!

Aquel grito encogió los corazones de la tripulación. Si sintieron miedo, quedó sepultado en lo más hondo de sus pechos. El corazón del teniente también comenzó a latir como un reloj loco, varias pulsaciones por segundo.

Tic, tac. Tres latidos.

Tic, Tac. Seis latidos.

Una explosión ensordecedora levantó rociones que les llovieron encima y los arrastraron por la torreta. El cabo y un artillero cayeron al agua cuando la nave tembló y escoró con un gran ángulo de inclinación. Hans logró aferrarse a la barandilla, pero las manos enguantadas resbalaron sobre el acero pulido y se precipitó sobre la cubierta, golpeándose el costado izquierdo con el cañón de popa antes de caer al mar.

Lo último que oyó mientras el submarino se adrizaba fue la voz de su comandante ordenando cerrar la escotilla.

Después, solo las olas.

2

Las Palmas de Gran Canaria
20 de enero de 1918

Una, dos, tres, cuatro...

Marcela contó esa mañana hasta once cabezas con pañuelos a lo largo de la línea del lavadero. Sentada sobre un murete de piedra, esperaba a que hubiera un hueco libre donde colocarse y se entretenía observando a un puñado de niños desmedrados y revoltosos que jugaban a perseguir a un gato que parecía sarnoso. Cuando el michino desapareció, dando por zanjada la diversión, Marcela alzó la vista al cielo de enero para ver correr las nubes. Pensó que, si pudiera elevarse como un pájaro, sería capaz de ver el contorno de su pequeña isla con forma de concha de mar.

Desvió la mirada hacia su izquierda. Al fondo, salvando el desnivel de callejas y escalinatas, se encontraba la ciudad de Las Palmas, desplegada a los pies del Risco. Más allá, la inmensidad de un océano azul y brillante.

En la esquina izquierda de la apretujada fila de lavanderas había un hueco libre junto a Herminia Maldiciones, la bruja del barrio, la que le había lanzado una maldición a su marido cuando este se atrevió a ponerle la mano encima por primera y última vez: «Que se te muera la mano y que te mueras con ella», había sentenciado Herminia escupiendo sangre. Y cuentan que al marido la mano se le murió de gangrena y que luego la podredumbre fue consumiéndolo hasta matarlo. También se decía que la Maldiciones hablaba con los muertos y que su legión de gatos negros vigilaba a los vecinos, que, atemorizados, imaginaban que la vieja era capaz de espiarlos a través de los ojos de los animales.

Marcela, pese a no creer ni en brujas ni en encantamientos, no quería ponerse a su lado. Solo por si acaso.

Muchos pensamientos después, la muchacha consiguió un sitio entre la varonil Casilda la Molinera y la robusta Enriqueta. Desde hacía tiempo, en el lavadero público se palpaba un silencio desesperado de pérdida y abandono. Ya ni se cantaban décimas ni se trasquilaban reputaciones. Solo se hablaba de miserias y calamidades, y para eso era mejor callar y dejar que el sonido del agua y el frotar de la ropa ocuparan sus pensamientos.

Marcela sacó la primera prenda del cubo, una camisa de su padre que parecía que la hubieran enterrado con pedruscos de carbón y que delataba su oficio de estibador. La Molinera protestó al instante.

—Ponte en la esquina, niña, que me llenas la ropa de polvo negro —gruñó con voz de carretero.

La joven desvió la mirada hacia la esquina y observó con reparo a la bruja. Si bien no le gustaba Herminia, mucho menos quería contradecir a la Molinera, que tenía fama de bruta. De modo que, con un suspiro de aprensión, fue a colocarse junto a la Maldiciones, mirándola de reojo.

—Te vas a quedar bizca —le dijo al final la vieja, que frotaba una prenda negra.

Marcela apartó la mirada y se preguntó si aquello había sido una maldición o solo una advertencia. Arrugó la nariz al apreciar su tufillo.

Al cabo de un rato, oyó la voz de una lavandera al otro lado de la fila:

—El bebé de Rosita se murió.

Algunas mujeres se santiguaron con un gesto mecánico. Dos hombres que estaban en la entrada del lavadero parloteando de sus cosas guardaron un instante de silencio en señal de respeto y después siguieron a lo suyo.

En realidad, a nadie le sorprendió la noticia.

—¿Cuál de ellos? —preguntó otra voz, más por aburrimiento que por interés.

—Mujer, el más pequeño. Tres meses nada más que cumplía.

—Ayer mi Antonio se encontró un entierro blanco cuando volvía a casa —dijo otra mujer.

—¡Angelitos al cielo! —exclamó la Maldiciones en un tono que hizo dar un salto a las demás.

Un rato después, habló la Molinera:

—¿Se han fijado a qué precio están las papas?

Enriqueta, la joven robusta que estaba al lado de la Molinera y que criaba gallinas en el patio de su casa, se animó a responder:

—Huy, si solo fueran las papas. El otro día en la carnicería me pidieron diez huevos por un filete. ¡Diez! Y solo me quedan dos gallinas viejas.

—Si esto dura, no sé qué será de nosotros —suspiró otra voz.

Hasta el lavadero llegaba esa mañana de luz y sosiego la brisa del mar, que ayudaba a encubrir, con su regusto de sal, los malos olores que emanaban de la ropa sucia. El bondadoso clima isleño, agradable incluso durante el invierno, era la mayor de sus bendiciones.

La conversación de los dos hombres que había en la entrada subió de tono. Hablaban sobre la guerra que asolaba Europa, un tema que se había vuelto de interés general en todos los ámbitos sociales. Ambos vestían camisa y pantalones claros, lucían grandes bigotes de punta elevada y sombreros de paja, y fumaban en sus cachimbas. Marcela reconoció el molesto olor picante que desprendían las hojas de venenero, que era el arbusto que fumaba su padre cuando no tenía otra cosa.

Uno de los hombres era aliadófilo, y el otro, germanófilo. Parecían condenados a no entenderse.

—La culpa es de los sumergibles alemanes —señaló el aliadófilo—. Mi primo el tartanero, que tiene un amigo que tiene un patrón que lee los lunes *La Provincia*, dice que nos han hundido más de cincuenta barcos. ¿Qué les hicimos nosotros? ¿Me lo quiere explicar?

—¡Comerciar con los ingleses, que no se entera usted! —respondió el germanófilo.

—Antes las tartanas hacían cola en los muelles cargadas de fruta, y los barcos esperaban turno en la bahía. Ahora los únicos barcos que se acercan son los que se llevan el hambre a las Antillas.

—Natural, no se atreven a navegar.

—Y lo dice usted así. España es un país neutral. Deberían respetar nuestros barcos.

—Pues fíjese lo que le digo —replicó el otro levantándose el sombrero para secarse el sudor de la frente con un pañuelo—, yo prefiero apechugar con los sumergibles y con las minas a la deriva antes que con el hambre. Si pudiera pagarme el billete, me iría mañana mismo.

—Ojalá se acabe pronto la guerra —intervino Enriqueta—. Tuve que ponerle un cerrojo al gallinero. Y esos pobres animales son todo lo que me queda.

—A lo mejor debería dejar de pregonar usted que tiene dos gallinas —refunfuñó el germanófilo—. Yo me imagino *jincándole* el diente a un pernil de pollo y las tripas se me alborotan.

La mujer le dedicó una mirada ceñuda, cerró la boca y siguió frotando la ropa con más brío que antes.

—Deberíamos defendernos de los sumergibles —dijo el aliadófilo.

—¿Defendernos, dice? —objetó el otro—. Deberíamos apoyar a los alemanes. Orden y autoridad, eso es lo que necesita este país.

—No diga tonterías, hombre. España debe estar al lado de Inglaterra y Francia, que son la cuna del progreso.

—¿Entrar en la guerra? —gruñó la Molinera al tiempo que sacudía una gruesa prenda contra la piedra del lavadero—. Dios no lo permita. ¿Es que quieren que maten a nuestros hijos?

—A nuestros niños chicos ya los mata el hambre —se quejó otra mujer haciendo un alto para ajustarse el pañuelo que llevaba en la cabeza—, y a los mayores se los llevan al Rif para que los maten los moros.

Marcela había aprendido muchas cosas sobre la guerra. Algunas noches, después de cenar, su padre le pedía que le leyera las dos hojas del periódico atrasado que llevaba a casa. Desde hacía cuatro años en la prensa solo se hablaba de germanófilos y aliadófilos, dos palabras que parecían haberse creado para que a ella se le enredaran en la lengua y que la mayoría de los isleños ni siquiera sabía pronunciar.

La versión bélica de Marcela era más simple: los alemanes y los otros.

Ella prefería las novelas a los periódicos, pero en su casa no había libros. Los dos que tenía se los había fumado su padre hacía tiempo. Se había fumado tantas letras que, en su opinión, solo por eso debería saber leerlas.

El tibio sol de enero acaloraba los cuerpos en movimiento, y la humedad salina, que ascendía por el barrio escalando la loma, se adhería a todo cuanto encontraba a su paso y los hacía sudar.

Un tercer individuo se detuvo junto a los dos hombres. Llevaba una gorra inglesa marrón y fumaba un cigarrillo que los otros dos miraron con envidia. Parecía tener noticias frescas.

—Ayer despidieron a más estibadores —dijo después de dar una calada a su cigarro.

Las mujeres murmuraron. Marcela se sobrecogió un poco pensando que su padre no podía ser uno de ellos, porque esa mañana había salido de casa a la misma hora de siempre. Los dos hombres aspiraron con placer el humo del cigarrillo cubano y apagaron sus cachimbas antes de seguir discutiendo sobre la guerra, metiendo de paso en el debate al *Joaquín Mumbrú*, un vapor español recientemente hundido por un submarino alemán mientras se dirigía a Nueva York con un cargamento de cuero curtido que los germanos consideraron contrabando de guerra. Hacía pocos días que la tripulación, exhausta, había llegado en dos pequeños botes a las costas canarias después de una penosa travesía por el Atlántico.

La discusión quedó interrumpida bruscamente por la llegada de un joven que bajaba corriendo por las calles del Risco.

—¿Adónde vas, muchacho? —lo interrogó uno de ellos al verlo acercarse.

El joven se detuvo, flexionó un poco el cuerpo y apoyó las manos en las rodillas. Las mujeres dejaron de lavar y escucharon atentamente.

—Los alemanes... —murmuró el chico entre resuellos.

El del cigarrillo lo acució:

—Los alemanes ¿qué?

—Están aquí...

—¡Explícate de una vez, hombre!

—Dos submarinos alemanes. En la Isleta.

Las mujeres se alborotaron. Los hombres no daban crédito.

—¿Estás seguro? —insistió el del cigarro.

—No sé —resopló el chico—, pero todo el mundo está yendo al muelle de Santa Catalina.

El muchacho se marchó corriendo y los tres hombres no dudaron en seguirlo calle abajo.

—¡Ya tenemos aquí la guerra! —se lamentó la Molinera.

—¡Señor, protégenos! —rogó Enriqueta.

Herminia siguió lavando la ropa y, lejos de mostrarse inquieta, su buen humor pareció acrecentarse, porque comenzó a cantar. Su voz era gruesa y se rompía con frecuencia, pero era afinada y todo lo armoniosa que podía ser la voz quebrada de una anciana, aunque las palabras se escurrían de su boca con la pronunciación superficial de las personas sin dientes.

Por el puerto de La Luz
va una muchacha descalza,
dicen que no tiene madre
dicen que no tiene patria.
Un marinero se acerca
y la toma de la mano.
Rubio de miel, marinero
guardas los mares del mundo;
rubio de miel, marinero
de ese mar tan vagabundo.

Resignadas a soportar su cántico, las mujeres se limitaron a esperar a que Herminia retorciera su última prenda y se fuera, y cuando al fin la vieja se dispuso a marcharse, los bufidos del gato sarnoso al que habían acorralado los niños interrumpieron su canto.

La mujer dirigió la mirada rastreadora hacia ellos.

—Los gatos tienen siete vidas —les dijo con voz agria—. ¿Cuántas tienen los niños?

Las madres de las criaturas los reclamaron a gritos a su lado para santiguarlos a toda prisa mientras murmuraban una retahíla de «Dios me lo guarde» y protegerlos así del mal de ojo que, con toda probabilidad, les había echado la bruja. Pero bien sabían que sus ruegos de nada servían sin un ser viviente cerca a quien transmitirle el mal, por lo general algún perro o gato vagabundo, de modo que buscaron al gato sarnoso por todas partes y, como no lo encontraron, comenzaron a temer que tendrían que llevar a los niños a un santiguador profesional, quien les exigiría rezos, velas, agua bendita, limosna a las almas del purgatorio y un sinfín de oraciones para contrarrestar cualquier conato de maldición.

La anciana se aseguró el pañuelo negro bajo la barbilla y abandonó el lugar canturreando.

—Maldita vieja —gruñó la Molinera cuando se hubo ido—. ¿Quién se cree que es?

—Yo no sé si es bruja o no —dijo Enriqueta—, pero cuando hay luna llena dicen que se sube al tejado de su cueva para adorar a la luna. Y algunos todavía se atreven a pedirle remedios para sus males.

—Qué barbaridad —replicó la Molinera.

—Pues a mí me dijeron —comentó otra mujer mientras retorcía una prenda descolorida— que una noche la vieron salir por la chimenea de su casa montada en un pírgano y que después corrió por el aire para ir a reunirse con otras de su ralea en el Llano de las brujas.

La Molinera sintió un cosquilleo debajo de las faldas, se las remangó hasta las rodillas con las dos manos y descubrió al gato pardo frotándose contra sus piernas. Soltó un grito.

—¿Es un gato de la bruja? —preguntó una mujer.

La Molinera suspiró y recobró la calma.

—Tranquilas, señoras, es solo el gato sarnoso. —Le descerrajó un puntapié tan certero al minino que este emitió un gañido estridente al tiempo que daba un salto—. ¡Señor! Ahora tendré que restregarme las piernas con Zotal.

Marcela siguió lavando la ropa sin dejar de pensar en los alemanes. Si era verdad que estaban en la Isleta, no podía significar nada bueno. Tal vez España había dejado de ser un país neutral y ellos no se habían enterado; las noticias siempre aparecían en los diarios con varios días de retraso. ¿Y si los submarinos comenzaban a disparar sobre la isla? Los alemanes conocían el control económico que los británicos ejercían sobre la ciudad. ¿Y si querían arrasarla para acabar con el escaso comercio que quedaba?

Dejó de pensar. Las monjas le habían enseñado que las suposiciones eran el enemigo de las mentes ponderadas, significara eso lo que significara.

Cuando terminó de lavar la ropa se dispuso a volver a casa con el cesto apoyado en la cadera. Ascendió por las empinadas calles del barrio con la energía propia de su juventud y la vista pegada al suelo para esquivar los pestilentes excrementos de los gatos y otros cuerpos del delito, que eran lo peor de vivir en las lomas. Eso y las pulgas en verano.

La moderna infraestructura portuaria había supuesto un auge espectacular de la economía isleña, vinculada a la exportación de fruta y al suministro de carbón de los buques en tránsito. Sin embargo, el káiser y sus comandantes habían declarado por segunda vez la guerra submarina sin restricciones, paralizando el comercio marítimo en el Atlántico y causando en la isla el despido masivo de obreros y un grave desabastecimiento de productos de primera necesidad.

Después, todo se fue complicando.

Por el camino, Marcela encontró gente por todas partes, como si el barrio se hubiera convertido en un enorme hormiguero recién pisoteado. Todos iban a la Isleta a certificar con sus propios ojos la historia de los submarinos. Ante semejante avalancha, la joven se pegó a la pared de la calle estrecha y esperó con paciencia a que cesara la marea humana. Después, siguió su camino.

En los patios de las casas, las mujeres murmuraban en pequeños grupos poniendo especial cuidado en que no las oyeran los niños.

«Los alemanes...»

«¿Será cierto?»

«¿Qué quieren de nosotros?»

Era la primera vez que Marcela vivía una situación de pánico como aquella, y no sabía cómo reaccionar. Al doblar una esquina, a punto de encumbrar el último tramo de escaleras, se topó con Herminia Maldiciones. Estaba sentada en el primer peldaño, acompañada de tres gatos negros de ojos amarillos.

3

La bruja descansaba la cabeza contra la pared encalada y con los ojos cerrados. Los gatos ronroneaban y se frotaban contra ella sumisos. Sujetándose las faldas largas para que no la rozaran, Marcela pasó muy cerca y al llegar a lo alto de la escalera se giró un segundo para mirarla. Lo hizo como quien no puede evitar echar un último vistazo a lo prohibido.

Los ojos de Herminia se abrieron y se clavaron en los suyos.

—Ayúdame a llegar a mi casa, niña.

La muchacha se estremeció. Por un momento pensó en salir corriendo y desaparecer a toda velocidad calle arriba, pero estaba segura de que la bruja sabía dónde vivía, y temía represalias.

—¿Vas a dejarme aquí? ¿Tirada en el suelo como una cucaracha? —insistió la Maldiciones con voz cándida.

Un tanto indecisa, Marcela tomó aire y aguantó un momento la respiración, como quien se dispone a hacer algo que sabe que va a dolerle. Entonces descendió los peldaños que la separaban de Herminia y agarró su cubo de ropa. Luego esperó a que la mujer se pusiera en pie.

—Déjame apoyarme en tu brazo —le dijo la anciana—, que estas callejas empinadas me matan.

La bruja le sonrió un poco para darle confianza, pero solo consiguió que a Marcela se le pusieran los pelos de punta al ver aquella boca mellada y oscura.

—No debes tenerme miedo —añadió la mujer.

La chica arrugó la nariz; cada centímetro del cuerpo de la Maldiciones hedía a años de abandono y recolección de mugre. Estaba tan tensa por caminar a su lado que trató de quitarle hierro al asunto charlando con ella.

—No me extraña que esté cansada. Cantar y trepar por la escalera al mismo tiempo no es de razón.

Lejos de molestarle el comentario, la bruja sonrió.

—Para aliviar los males conviene buscar alguna diversión.

—Y cantar espanta las penas...

La anciana se detuvo un momento a respirar.

—Hay quien canta una vez y llora toda la vida —dijo entre jadeos.

—No sé qué quiere decir eso.

—Lo suponía.

Los dos recipientes de ropa comenzaron a pesarle mucho a Marcela. La gente las miraba al pasar, cuchicheaba, y cuanto más ascendían hacia lo alto de la loma, más y más gatos negros aparecían.

Cuando por fin llegaron a la casa de Herminia, la muchacha estaba tan fatigada por el esfuerzo que jadeaba como un perro sediento. Antes de entrar en su guarida, la Maldiciones se sentó a recuperar el aliento en una piedra.

La vivienda de Herminia era una casa cueva o, más bien, tres paredes mal encaladas que cerraban un agujero rocoso contra la loma. En la pared frontal había una puerta maltrecha y un ventanuco amordazado con una tela roñosa. Para compensar tanta precariedad, las vistas desde allí arriba eran insuperables.

Marcela dejó el cesto y el cubo de ropa en el suelo y contempló a sus pies la ciudad de Las Palmas. El barrio de Vegueta a la derecha, con las dos torres de la catedral rasgando el intenso azul del cielo. Al otro lado del barranco de Guiniguada, que nacía en las entrañas de la isla, estaba el bullicioso barrio de Triana, con su alborotada vida comercial ahora interrumpida por el desabastecimiento. En la línea de la carretera pegada a la costa que discurría hasta el istmo de la Isleta, donde se asentaba el puerto, la figura móvil del tranvía radiaba tímidos reflejos de sol. Marcela aguzó la vista en esa dirección, tratando de que sus ojos lograran esclarecer el misterio del día, pero la distancia y la bruma ligera le impidieron diferenciar nada, mucho menos la sombra oscura y siniestra de dos submarinos.

—¿Cree que es verdad lo que dice la gente? —le preguntó a la anciana sin pensar.

La mujer levantó la vista, aún con la respiración fatigada.

—La gente dice muchas cosas.

—Me refiero a los submarinos.

—Ah, eso —murmuró ella en un resuello, respirando profundamente antes de seguir hablando—. Bueno, si así lo creen, nadie podrá convencerlos de lo contrario. Hace años esperábamos una invasión yanqui y al final no pasó nada. Pero el Gobierno envió tantos soldados desde la península que tuvimos que meterlos en nuestras casas.

Herminia no era isleña; su voz conservaba rastros de sus raíces peninsulares. Hablaba un español más o menos neutro enturbiado por el descalabro de la boca sin dientes.

—¿No tiene miedo de que nos ataquen?

—¡Qué voy a temer yo! —replicó la mujer en actitud arisca—. Pero hay en la isla demasiados ingleses, por eso están aquí. ¿Para quién trabaja tu padre?

—Para la Elder.

La anciana sonrió.

—¿Y el almacén de plátanos donde trabajaba tu hermana?

—Swanston.

—¿Lo ves, demonios? Por eso los sumergibles alemanes nos acechan como tiburones. Ese primo tuyo bien lo sabe.

—¿Qué quiere decir? —le preguntó Marcela asombrada de que la mujer estuviera al tanto de los asuntos de su familia.

Herminia se levantó y caminó con pasos cortos y rápidos hacia la puerta. La abrió y desapareció dentro. A Marcela su cháchara le llegó amortiguada por la pared de piedra.

—Alemanes, alemanes... No saben hablar de otra cosa. —La anciana asomó la cabeza por la puerta y le sonrió, cegada por el sol—. ¿Quieres agua?

La muchacha pensó que el agua no sería muy fresca. Era

poco probable que Herminia bajara todos los días hasta los caños de la ermita a buscarla y tampoco tenía aljibe a la vista donde conservarla en buenas condiciones. Enfermaría del estómago si la probaba.

—No, gracias —dijo con el tono de voz más amable que consiguió encontrar en su seca garganta. Tenía sed, pero podía esperar.

—Mejor. No me queda mucha.

La mujer volvió a desaparecer y Marcela la oyó beberse un vaso de agua. Al cabo de un momento, salió limpiándose la boca con la manga de la blusa negra, recogió el cubo de ropa del suelo y se acercó a un extremo de la fachada lateral, donde una cuerda, atada a un saliente de la roca y a un palo, hacía las funciones de tendedero.

La anciana se agachó con dificultad a coger la primera prenda y se irguió como pudo. Marcela podría haberse marchado. En realidad, ya tenía que haberlo hecho, pero había algo en la mujer que despertaba su curiosidad. Era su forma de hablar, a veces coherente, a veces rayando la extravagancia. No se expresaba como los demás, no actuaba como los demás y, pese a su aspecto alarmante y a la fama que la precedía, parecía conservar un mínimo de sentido común.

—¿Cómo van las cosas por tu casa? —indagó Herminia mirándola fijamente con sus ojillos de hechicera—. ¿Te tratan bien?

Marcela dio unos pasos hacia ella y respondió con el ceño fruncido.

—¿Por qué lo pregunta?

—Porque te criaste con las monjas. Tu padre solo te quiere para que les laves la ropa y les espantes las pulgas.

El ceño de la muchacha se deformó. Herminia captó su enfado.

—Demonios, niña, no te enojes. En el fondo tuviste suerte. Seguro que las monjitas te enseñaron a leer y a escribir.

—Sí, señora —respondió Marcela con cierto orgullo—, aunque solo me dejaban leer el catecismo. —No quiso admitir que sor Felipa le daba las llaves de la biblioteca a escondidas para que ella buscara algún libro de su interés—. Ahora leo los diarios.

Herminia chascó la lengua.

—¿Y para qué lees los diarios? ¿Es que quieres llenarte el alma con los males del mundo? —Marcela iba a contestar, pero Herminia cambió de tema—. No sé qué haríamos sin esas condenadas monjas. Conozco a un puñado, y son tercas como gorrinos hambrientos. ¿Has visto alguna vez a un gorrino hambriento, muchacha? —Marcela negó con la cabeza—. Por supuesto que no, hace dos años que se los comieron todos. A lo que iba, nada puede con ellas, benditas sean; ni plagas ni epidemias ni guerras. La madre de mi difunto marido, que ojalá esté torrándose en el infierno... —Se detuvo para hacer una aclaración—: No me refiero a ella, que era una santa. Él, digo. Pues mi difunta suegra me contaba que durante la última epidemia de cólera las únicas que se atrevían a tocar a los enfermos y a acudir a los lazaretos eran las monjas. Los cuidaban cuando los galenos ni siquiera se atrevían a examinarlos, y cargaban con los muertos a las espaldas. ¿Sabes lo que pesa un muerto, criatura?

—No señora.

—Ya me lo imagino. Pues ellas solas despejaron de cadáveres la calle Castillo y la de Granados, y llevaron a los difuntos al cementerio para que recibieran cristiana sepultura. Hasta treinta y cuarenta estiraban la pata cada día. De no haber sido por las monjas, las calles del hospital todavía estarían cubiertas de huesos.

Marcela tenía su propia opinión al respecto, porque todavía le escocían en el cogote los pescozones de algunas hermanas, que repartían zurribandas como si no hubiera un mañana. Pero luego pensaba en sor Felipa y se le pasaba el resentimiento.

Las ropas negras de Herminia, expuestas al sol, colgaron de la cuerda como gatos muertos. Luego la anciana caminó de forma renqueante hasta la entrada de la casa con el cubo vacío en las manos.

—Una niña que lee los periódicos —murmuró por el camino—, eso sí que es raro entre tanto analfabeto. ¿Cuántos años tienes? ¿Catorce?

—En junio cumplo dieciséis —respondió Marcela caminando tras ella.

—Para eso todavía falta mucho. —Se detuvo y se dio la vuelta. La joven se paró de golpe y evitó chocar contra ella—. Si los alemanes revientan hoy la isla, te mueres con quince anualidades, ¿verdad?

—Pero no lo harán.

—¿No harán el qué?

—Reventar la isla.

La mujer soltó una risita estrafalaria.

—Claro que no, demonios. Nosotros llenamos la barriga de sus sumergibles. Pregúntale si no a tu primo, el amigo de los alemanes.

¿Qué sabría aquella mujer sobre los asuntos de su primo? Iba a interrogarla cuando Herminia volvió a desaparecer dentro de la casa. Marcela decidió entonces marcharse. Apenas había dado unos pasos cuando oyó tras de sí la voz de la mujer.

—¿Puedes traerme agua fresca?

Marcela se giró hacia ella resoplando, como si empezara a cansarse de que la anciana le pidiera favores. Herminia trataba de encender una cachimba de caña parecida a la de su padre y daba una chupada tras otra a la boquilla, exhalando nubes de humo azul.

—Te pagaré una perra chica —añadió la vieja con la cachimba ya encendida entre las encías.

—¿Por traerle un poco de agua?

—Eso es.

La joven lo meditó un momento. No sabía si era buena idea aceptar el trato, porque eso implicaba seguir viendo a la mujer, pero, por otro lado, el dinero le vendría bien. Necesitaba comprarse una blusa y una falda nuevas. La ropa que tenía, incluso la de los domingos, la había heredado de su hermana Isabel y tenía apariencia infantil. Si pudiera comprarse un vestido...

—Vamos, muchacha —la alentó Herminia—. Nadie quiere traerme agua.

—Una perra gorda y se la traigo.

La anciana sonrió un poco y a su boca se asomó solitario un único diente incisivo.

—Avariciosilla del demonio —murmuró con una sonrisa cicatera—. No te daré ni un céntimo más.

Marcela se dijo que necesitaba juntar muchas monedas de cinco céntimos para comprarse una blusa nueva, ya no digamos para un vestido en corte *voile* fino, que costaba casi nueve pesetas; ciento ochenta monedas de cinco céntimos.

La cantidad la abrumó un poco, pero por algo se empezaba.

Aceptó el trato y se marchó.

4

Por el camino, las palabras de la Maldiciones fueron importunando a Marcela: «Solo te quieren para que les laves la ropa y les espantes las pulgas». Puede que tuviera razón, pero se animó pensando que había personas con peor suerte que ella. La suya era una historia triste, pero no la más triste de mundo. Era huérfana de madre, eso era cierto, pero tenía una familia.

Una familia...

No recordaba el día exacto en que sor Felipa la llevó a casa de su padre, pero sabía que había sido durante el tiempo pascual, después de rezar el Regina Caeli tras la puesta de sol. Marcela había perdido a su madre cuando apenas contaba unos días de vida, y su padre la había entregado a las monjas para que las nodrizas la amamantaran. No volvió a acogerla hasta que las religiosas lo amenazaron con denunciarlo a las autoridades. Para entonces, Marcela ya había cumplido once años, a su hermana Carmen se la había llevado a La Habana la tía Flora, quien solo había parido varones, y su familia se reducía a su padre, su hermana Isabel y un primo llamado Gaspar del que nada sabía. Aquella noche sor Felipa hizo un hatillo con sus pertenencias, que consistían en unas pocas prendas de ropa y dos libros, y caminó en dirección al barrio de San Nicolás con ella de la mano. «Debes esforzarte en querer a tu familia y en ser una muchacha obediente y trabajadora para que ellos también te quieran», le había dicho la madre superiora a Marcela antes de que abandonara el hospicio. Querer a su familia y que ellos la quisieran. ¿Acaso podía haber algo más importante? El propósito le había pesado tanto que vomitó por el camino y, lejos de encontrarse mejor, la sensación de náusea aumentó cuando sor Felipa llamó a la puerta de su padre con tres golpes secos.

Tres golpes contra la madera que cambiaron su destino. O tal vez la devolvieron a él.

Recordaba la estupefacción en el rostro de su padre, que se había quedado mudo al verlas en la puerta; la curiosidad latente en el semblante de su primo y el desprecio hiriente de su hermana, que dijo: «Ya está aquí esta», inyectando en cada palabra una fuerza despectiva que marcaría el inicio de una relación fría y distante. Las palabras de sor Felipa, que iban dirigidas a su padre, también se le habían quedado grabadas en el alma: «El hospicio es un lugar para niños sin hogar y se acercan tiempos difíciles. Hágase usted cargo de su sangre».

Algunas noches aún soñaba con la mano de sor Felipa empujándola hacia el interior de la vivienda. Y pese a todos los esfuerzos por evitarlo, todavía evocaba en sueños el deseo que sintió entonces de volverse hacia la monja y suplicarle que no la dejara allí, que ni aquella era su casa ni aquellas personas eran su familia ni la sangre que le corría por las venas podía pertenecer al hombre que la miraba como si hubiera visto un fantasma. ¿Qué sabía ella de familias? Además, ¿cuál sería su papel en aquella casa? ¿Cómo debía llamar a aquellos extraños? ¿Sería capaz de llamar *padre* al hombre de bigote negro que se había quedado de piedra al abrir la puerta? Y lo que era aún más angustioso: ¿querría él que lo llamara así?

No tardó mucho en averiguarlo, pues la primera vez que lo llamó *padre,* la miró con tal expresión de desconcierto que Marcela tardó un año entero en volver a hacerlo.

Aquella primera noche, acurrucada en un improvisado catre en el cuarto de su hermana Isabel, fue consciente de que la situación era irreversible. El desasosiego creció cuando se dio cuenta de que aquellas personas no estaban dispuestas a dejarse querer por ella. Al día siguiente de su llegada, su padre la llevó a los huertos de Pambaso para que fuera una niña espantapájaros. A cambio de unos céntimos, Marcela debía correr entre los canteros sembrados de tomates con un palo y una lata que hacía sonar con fuerza a la mínima incursión de las aves. Acostumbrada al enclaustramiento del hospicio, el trabajo al aire libre pareció vitalizarla, y cuando llegaba a casa, colorada y con una sonrisa que le ocupaba la mayor parte de la cara, les contaba a los demás con gran desparpajo y una elocuencia insólita en una niña de once años las singulares batallas que había mantenido con las aves. Su padre, su hermana y su primo no podían más que asombrarse de la forma que tenía Marcela de hacer de lo aburrido y cotidiano una aventura extraordinaria. Entonces empezaron a verla como a un bicho raro.

Los recuerdos de aquellos primeros días se disiparon al vislumbrar la parte trasera de su casa recortada contra la loma. Era una casa terrera de planta rectangular y patio de tierra apisonada circundado por un muro bajo. También disponía de un pequeño aljibe con capacidad para una pipa de agua y un cobertizo de madera que hacía la función de letrina y de aseo. Todo un lujo.

Su hermana se había casado hacía dos años y desde entonces el dormitorio era solo para ella, salvo una vez al mes, cuando Isabel acudía a casa para ver a su padre y vaciar la fresquera de comida.

La casa, pese a su condición humilde, estaba encalada por completo y lucía un blanco radiante que cada primavera se esforzaban en renovar.

Después de tender la ropa al sol, Marcela entró en casa y bajó los dos peldaños que separaban la planta principal del cuartucho donde estaba la fresquera. Allí dentro solo había una vasija de barro con agua, un pedazo pequeño de carne de cabra, una empleita con medio queso, un poco de leche, unas tiras de cazón seco, un racimo de plátanos y medio pimiento. Debajo de la cama de su padre había una caja con papas. Esas eran todas sus reservas. Pero en otros tiempos Marcela se había encontrado en la fresquera un par de conejos colgados de unos ganchos, como estalactitas peludas; un jamón entero; una cesta llena de huevos y otros productos frescos.

La guerra lo había cambiado todo.

Sacó el agua, la carne y el pimiento, y volvió a la cocina. Tras saciar su sed, preparó el puchero, al que añadió las papas y unas hierbas. Después salió al patio con el vaso de agua en las manos y descansó en un asiento de piedra adosado al muro. Las ramas retorcidas de una parra que apenas daba frutos la protegían de los suaves rayos del sol de enero.

Con la mirada puesta en el horizonte de mar, se maravilló pensando en el magnífico invento que era un submarino. ¿Podían las grandes olas sumergir un sumergible? ¿Qué sentirían esos hombres al navegar por las entrañas del océano?

Sus cavilaciones fueron interrumpidas cuando vio la silueta de su hermana Isabel entrando en el patio. Aquella vez ni siquiera había dejado pasar un mes desde su última visita. Se dirigía a ella como si la persiguiera una manada de camellos hambrientos. El movimiento enérgico de sus generosas caderas hacía oscilar la falda de un lado a otro como una campana bamboleante.

Llegó a su lado resollando, con el sudor brillándole en el labio superior y en la frente y el pañuelo torcido en la cabeza. Después de dejar en el suelo el cesto que le colgaba del brazo, le arrebató el vaso de agua a su hermana para bebérselo de un trago.

—Parece que hayas venido corriendo desde Tafira —dijo Marcela recuperando el recipiente vacío.

—Los alemanes están en la isla —soltó Isabel jadeando mientras se sentaba a su lado y deshacía el nudo del pañuelo en la nuca.

—Eso parece.

—No oigo otra cosa desde que me apeé del coche en la Alameda de Colón.

—Tranquila, no llegarán hasta aquí.

—¿Y tú qué sabes?

—Los submarinos no tienen patas —dijo Marcela riendo—. Además, tenemos dos cuarteles, uno de artillería y otro de...

—Sí, sí, de infantería. Ya lo sé, no soy tonta. —Isabel se quedó mirándola mientras se atusaba el pelo castaño recogido en un moño—. ¿Cómo puedes estar tan tranquila? En la ciudad hay guardias provinciales a caballo, soldados... y un montón de mandamases. Dicen que el muelle está lleno de *chonis* intentando averiguar algo y tratando de no pelearse. Todo el mundo está muy nervioso y los cónsules no se mueven del puerto. Yo nunca había visto tanto jaleo.

»Qué mala suerte —continuó tras inspirar profundamente—. Podía haber venido ayer o dentro de una semana. Pero tuve que venir hoy. Y encima nos cobraron cuatro pesetas por el paseíto desde Tafira. Ya no hay quien coja una diligencia por horas. Y al del fielato ahora le da por hacer registro. Antes se conformaba con preguntar, pero ahora busca, el condenado. La señora que viajaba a mi lado llevaba un cochinillo vivo bajo los faldones, la muy idiota. El hombre asomó la nariz por el ventanuco, la mujer dio un salto y lo pisó.

Isabel se quedó callada y se abanicó con el pañuelo desplegado.

—¿Y qué pasó? —preguntó Marcela intrigada.

—Pues pasó lo que tenía que pasar. El animal se puso a chillar como si lo estuvieran matando. Jesús, qué pena negra pasamos por su culpa.

Marcela dejó a su hermana allí sentada y fue a buscar agua al aljibe para llenar la jofaina de su padre. Sabía que estaba a punto de llegar y que necesitaba cambiarse de ropa y sacarse de encima los restos de carbón antes de sentarse a la mesa. Cuando terminó, Isabel seguía pálida y hablando de los alemanes.

—Ya me lo decía Rodolfo, que tantos *chonis* ingleses en la isla los atraerían. Si no fuera porque acabo de llegar, me marcharía ahora mismo. Esta ciudad ya no es segura.

Marcela la convenció para que entrara en casa y la ayudara a poner la mesa, a ver si así se olvidaba de los alemanes.

Como Isabel no sabía leer, sus únicas fuentes de información provenían de su marido, que era sindicalista, y de sus cuatro cuñados, y desde hacía un tiempo repetía todo lo que escuchaba en boca de los hombres.

—Esto ya se veía venir antes de la guerra —dijo insistiendo, al tiempo que ponía un plato sobre la mesa—. Alemania se ha vuelto muy poderosa en los últimos años —añadió, y colocó una jarra descascarada de peltre con agua—. Son la primera potencia industrial de Europa —continuó y se acercó a oler el puchero—. ¡Y ahora quieren dominar el mundo!

Marcela pensó en el cambio que había dado su hermana desde su boda. Isabel nunca se había preocupado de nada salvo de planificar su matrimonio. Soñaba con tener su propia casa, con un patio empedrado adornado con geranios rojos y adelfas blancas, y sin nada que estuviera relleno, cubierto o elaborado con hojas de palma. También sabía el número exacto de hijos que le gustaría tener: seis. Tres niños y tres niñas.

Sin embargo, las cosas no estaban saliendo según sus previsiones. Dos años atrás, antes de casarse, a Rodolfo y a ella los habían despedido del almacén de plátanos donde ambos trabajaban. Sin barcos que se llevaran la fruta, esta se echaba a perder, y los despidos masivos provocaron protestas y revueltas en las que Rodolfo siempre acababa apaleado por la guardia provincial. Por ese motivo, sus hermanos se lo llevaron a Tafira antes de que se metiera en más trifulcas, y la distancia precipitó el matrimonio. Al principio, Isabel se ilusionó con la idea de dejar Las Palmas e irse a vivir a Tafira, a escasos kilómetros al sur de la ciudad, pues había oído decir que el lugar poseía una singular belleza y que había magníficas fincas que eran la admiración de los visitantes. Sin embargo, no tardó en comprobar que las posesiones de su suegra, en el caserío de Lomo Blanco, se reducían a una casa campesina y a un pedazo de tierra que no alcanzaba la categoría de finca ni el calificativo de magnífica. Para rematar las ilusiones de Isabel, la casa estaba abarrotada de gente, pues, aparte de los cuatro hermanos de Rodolfo, también vivían allí dos de sus tías maternas, una de ellas con una hija soltera, y un tío paterno. Por eso su suegra la recibió con la misma ilusión que un perro obligado a compartir su hueso. Isabel se convirtió en una boca más que alimentar en una casa donde se hablaba mucho y se trabajaba poco.

La puerta de madera de la entrada chirrió y Azarías Riverol entró en casa.

Si había algo que Marcela podía decir de su padre era que tenía una apariencia contundente: su cuerpo era contundente, su bigote era contundente, su boca era contundente y tenía, además de todo eso, una voz grave, el pelo oscuro como la pez y el rostro renegrido, como si el polvo de carbón se le hubiera metido bajo la piel.

En los últimos tiempos, Azarías siempre estaba de mal humor. Trabajaba en la estiba de carbón en el puerto y hacía dos años que le habían recortado la jornada laboral debido a la escasez del mineral. Como consecuencia, su salario se había reducido drásticamente. Pero su hija intuía que esa no era la única causa de su mal talante.

Al quitarse el sombrero de paja, dos mechones lacios de pelo negro, entreverados de canas, le cayeron sobre la frente.

—Hola —murmuró con su voz ronca. Se echó el pelo hacia atrás y colgó el sombrero de una percha en la pared cercana a la entrada. Miró a su hija Isabel—. Vienes pronto.

—Y no es un buen día —replicó ella—. La ciudad es un caos.

—Eso parece —dijo el padre tendiéndole a Marcela un pequeño paquete envuelto en papel de estraza.

Cuando la muchacha lo cogió, le llegó a la nariz el olor a pescado, con toda probabilidad un trozo de cherne.

—Ya tiene el agua preparada, padre —le dijo mientras se acercaba a la fresquera para dejar el paquete.

Durante el almuerzo, sentados a la mesa cuadrada de madera, frente a la pequeña ventana, Isabel no dejó de lamentarse y de mostrar su temor ante la supuesta llegada de los alemanes. Su padre comía sin prestarle atención y solo Marcela se atrevía a rebatir sus argumentos.

—Si los alemanes quisieran saquear la isla, los últimos sitios que visitarían serían Los Riscos. Aquí solo hay gente humilde.

—Si tan humilde te parece, debiste quedarte con las monjas —le espetó Isabel.

El padre levantó la cabeza del plato y miró a su hija mayor.

—Grñfg —dijo, si eso era decir algo, aunque las hermanas

interpretaron a la perfección el sonido entre dientes: deseaba comer en paz.

Isabel bajó el tono de voz, como si así su padre no fuera a escucharla, y volvió a cargar contra Marcela.

—Me pones enferma cuando hablas así. Ni siquiera pareces isleña.

—Muchas monjas no lo son —replicó la muchacha en el mismo tono susurrante—. Y me crie con ellas, por si no lo recuerdas.

Azarías se metió una cucharada de comida en la boca, la masticó con más ahínco del necesario y, después de tragar, dijo:

—Quítale un pedazo de pan a un hombre rico y te dejará ir. Quítale un pedazo de pan a un hombre hambriento e intentará matarte.

Era lo más elocuente que Marcela le había oído decir desde que lo conocía, y sintió deseos de recompensarlo con un aplauso.

—Además —continuó Marcela—. España es un país neutral. Ningún soldado alemán se atreverá a poner los pies en la isla. Decir lo contrario es muy tonto.

—Así que lo que yo digo es muy tonto y lo que tú dices va a misa —replicó Isabel volviendo a subir el tono de voz.

—Solo uso la cabeza.

—Esa que a ti te sobra y a los demás nos falta.

—¡Yo no dije eso!

—¡Pero lo piensas!

—¡Cállense, cotorras! —estalló el padre—. ¿Es que un hombre no puede almorzar en paz en su propia casa?

Contenida la discusión, ninguna de las dos volvió a hablar durante el resto del almuerzo, aunque las miradas desafiantes sobrevolaron la mesa en ambas direcciones.

Ya habían terminado de comer cuando Azarías sacó del bolsillo de su pantalón un sobre arrugado. Era una carta de Carmen, que solía escribir un par de veces al año. A través de sus misivas, Marcela había podido conocer a la hermana ausente, a la que jamás había visto, pero a la que intuía como un ser alegre y sensible que siempre reservaba unas palabras de cariño para ella. Cada vez que leía una de sus cartas, pasaba días enteros lamentando no tenerla cerca, soñando con el momento de poder abrazarla. Pero La Habana estaba al otro lado de un océano demasiado grande.

Como ni Azarías ni Isabel sabían leer, el hombre le entregó la carta a su hija pequeña. Marcela abrió el sobre con ilusión y una pizca de impaciencia. Sacó el fino pliego de papel y leyó primero la fecha, datada tres meses antes, en octubre de 1917, aunque, tal y como estaba el tráfico marítimo, no era extraña la demora. Luego comenzó a leer en voz alta.

> Queridos todos:
>
> Espero que al recibir esta carta se encuentren bien de salud. Mis tíos y primos están bien, a Dios gracias, aunque el primo Teodoro sufrió unas fiebres horribles que casi lo matan. Ahora está mejor y planea casarse el próximo año. La casa parecerá vacía para entonces, porque solo quedaré yo.
>
> En diciembre cumpliré veinte años y la tía Flora dice que ya estaré preparada para casarme y no hace más que coser sábanas y manteles e invitar a los hijos de sus amigas a tomar café y galletas.
>
> Supongo que ya sabrán que nuestro presidente Menocal le declaró la guerra a Alemania, dicen que por doctrinas de suprema moral, que yo no sé lo que significa, aunque el tío Antón cree que es para apoyar a los americanos. Todos nos pusimos muy nerviosos, sobre todo la tía Flora, que se pasó una semana encerrada en su cuarto con jaqueca. También dice mi tío que ahora todo el azúcar de la central se lo llevan a Estados Unidos y que eso es bueno.
>
> Deseo que esta guerra acabe pronto. A veces sueño que vuelvo a Las Palmas, porque ya casi no me quedan recuerdos de allí y tengo miedo de que los pocos que me quedan se desvanezcan del todo. Por eso pienso un ratito en ustedes cada noche, para que no se me olvide mi otra familia, a la que quiero tanto.
>
> ¿Isabel ya está embarazada? Lo anhela tanto... Ojalá me

den pronto esa buena nueva. Y tú, mi añorada hermana pequeña, mi querida Marcela, deseo tanto conocerte algún día que a veces me entristezco profundamente cuando pienso en ti.

Gaspar, padre, también pienso mucho en ustedes.

Abrazos y besos de esta hija, prima y hermana que los añora en la distancia.

CARMEN

Los tres permanecieron en silencio mientras Marcela se guardaba la carta en el bolso de la saya.

—Algún día iré a verla —murmuró en voz baja.

—Será cuando el océano se seque —gruñó Isabel, y añadió—: ¿Puedo guardarla yo? A veces pienso que te inventas las cosas que dice.

Marcela volvió a sacar la carta y se la entregó a su hermana, que se apresuró a cogerla.

—No me invento nada, puedes pedirle a alguien que te la lea, si quieres.

—¿Qué te importa a ti lo que dice Carmen? —intervino el padre mientras llenaba su cachimba de tabaco—. Te alegraste bastante cuando tu tía Flora se la llevó a La Habana.

Las mejillas de Isabel se encendieron como fósforos.

—Es que no paraba de llorar y de estar todo el día detrás de mí. Y yo también era una niña cuando madre murió. ¡Solo tenía ocho años!

Azarías golpeó la mesa con el puño y se levantó encolerizado.

—¿Ves lo que hiciste? —acusó Isabel a su hermana.

—¡Yo no hice nada! —se defendió Marcela.

Su padre caminó hacia la puerta con la cachimba en la mano, soltando una imprecación tan horrible que las muchachas hicieron la señal de la cruz con cara de espanto, pues las dos sabían que los blasfemos de esa índole daban con sus huesos en el infierno sin pasar por el purgatorio.

Más tarde, Marcela se presentó en casa de la Maldiciones sudando y con la cadera dolorida de apoyar el bernegal de agua contra ella. Empujó un poco la puerta entreabierta y asomó la cabeza.

—¿Herminia?

Un olor que no pudo identificar le hizo arrugar la nariz.

La cueva estaba a oscuras, solo iluminada por el ventanuco, a cuyos pies había instalado un catre de viento. Dio unos pasos hacia el interior y dejó el bernegal en el suelo. Cuando los ojos se le acostumbraron a la penumbra, descubrió una estancia más amplia de lo que había imaginado. Todo estaba en orden, apenas unos pocos muebles rústicos contra las paredes que parecían estar cubiertas por un añejo vello grisáceo y una mesa de madera con dos sillas. Una pared contenía varios libros en un estante y en la pared contigua había frascos con etiquetas y una rinconera. Se acercó a los frascos y cogió uno para olerlo.

Entonces intuyó una presencia en la puerta. Al volverse vio a Herminia.

—En los aromas se esconde la verdad de las cosas —dijo la mujer—. Ese es un veneno.

Marcela se apresuró a dejarlo en su sitio y luego se frotó la mano contra las faldas. La anciana reprimió una risilla maliciosa mientras se acercaba a ella.

—Ah, los aromas, qué grandes delatores... Si quieres saber realmente si un hombre es el adecuado para ti, huélelo. Después, observa cómo reacciona tu cuerpo. —Estiró una mano y colocó el frasco, que Marcela había soltado de cualquier forma, perfectamente alineado con los demás—. Entonces sabrás la verdad.

Por la puerta entreabierta comenzaron a colarse un grupo variopinto de gatos, la mayoría negros.

La mujer no llevaba su acostumbrado pañuelo en la cabeza y la cabellera blanca, abundante y suelta, le caía a ambos lados de los hombros.

—He venido a traerle el agua.

—Y aprovechas que no estoy para husmear un poquito, ¿verdad?

—No, yo solo...

Herminia le dio la espalda y la disculpa de Marcela se quedó a medias. Un poco avergonzada, cogió el bernegal y se dispuso a vaciarlo en la vasija de barro que le indicó la anciana. Al ver que solo llegaba hasta la mitad, esta le dispensó una mirada nada amable.

—Es poca.

—Le durará un par de días.

Con una mueca de enojo, la mujer metió la mano en el bolsillo de su saya y sacó una moneda de cinco céntimos.

—Está bien. Aquí tienes tu perra chica. Ya puedes marcharte. Pero dentro de dos días me traes más.

5

Medianoche.

Marcela se removía inquieta en su cama sin poder conciliar el sueño. Le ocurría cada vez que tenía que compartir el lecho con Isabel, pues apenas le dejaba espacio para moverse y su cuerpo le daba mucho calor. También contribuía a su desvelo saber que su padre seguía en la cocina. Lo sabía porque podía oír el crujido de su silla al moverse y olía el aroma que desprendía su cachimba. La curiosidad por ver lo que hacía la impulsó a salir de la cama para asomar la cabeza por la puerta.

Lo vio sentado junto a la mesa fumando y acariciando las hojas de un periódico como si quisiera descifrar aquel amasijo de letras con la yema de los dedos. Parecía preocupado y Marcela intuía que Gaspar era la causa de su insomnio. Su primo todavía no había vuelto a casa. En realidad, llevaba varios días fuera.

Dos años antes, Gaspar trabajaba para la Blandy Brothers & Co., una compañía británica de las muchas extranjeras que se habían asentado en Las Palmas, pero lo despidieron cuando el carbón comenzó a escasear. Sus asuntos, desde entonces, nadie los conocía. Sin embargo, se las arreglaba para llevar a casa productos que hacía mucho tiempo que no se encontraban en los comercios.

La lámpara de bencina permanecía apagada. En su lugar, una solitaria vela en una palmatoria de bronce proyectaba la sombra encorvada de su padre contra la pared blanca. Estaba tan abstraído en sus pensamientos y en el placer de saborear su cachimba de tabaco que no se dio cuenta de que Marcela había salido del dormitorio y caminaba hacia él.

—¿Esperas a Gaspar? —preguntó desde la penumbra.

Azarías miró a su hija, que se había detenido a escasos pasos de la mesa, vestida con un camisón blanco que le llegaba hasta los tobillos y peinada con dos coletas.

—¿Qué haces ahí? Vuelve a la cama.

—No puedo dormir.

El padre carraspeó de forma aparatosa, como si tuviera atascada en la garganta una piedra de carbón.

—¿Y tu hermana?

—Duerme como un bebé.

La muchacha avanzó un poco más, cogió una silla y se sentó junto a él.

—Herminia dice que Gaspar es amigo de los alemanes.

La llama de la vela tembló al son del sobresalto de Azarías.

—¿Herminia? ¿La Maldiciones?

—Ajá.

—¿Qué te traes con esa mujer? ¿No sabes lo que se dice de ella?

—No me traigo nada —dijo Marcela refugiando las manos entre las rodillas y adoptando una postura desmadejada—. Y sé lo que se dice, pero me pidió ayuda y...

—Si te relacionan con una bruja, acabarás siendo una bruja.

Pese a la gravedad de la conjetura, Marcela sonrió al pensar «Se preocupa por mí». No estaba segura de si le importaba ella o que la familia entera se viera involucrada en asuntos de brujas, pero imaginar que era por ella le hacía sentir bien.

—La encontré sentada en la escalera, con tan pocas fuerzas que casi tuve que arrastrarla hasta su casa.

Azarías sujetaba la boquilla entre los dientes y envolvía la cazoleta de la pipa con los dedos.

—¿Qué puede saber esa mujer?

Marcela se acodó sobre la mesa y apoyó la cara entre las manos. Se entretuvo un rato mirando el perfil sólido de su padre y las nubes de humo que exhalaba su boca.

—Dicen que lo sabe todo, incluso lo que no ve. ¿Usted cree que es una bruja, padre?

—Qué sé yo. Aunque conozco a un puñado de brujas y todas se parecen a ella.

—Le echó una maldición a su marido y el hombre se murió. Y todos esos gatos negros...

El padre enarcó una ceja y miró de reojo a su insignificante hija pequeña, que bostezaba con la boca muy abierta y apoyaba todo el peso de la cabeza sobre una mano.

—De eso no sé nada. Pero dicen que su marido era un borracho. ¿Quién te vio con ella?

Marcela se encogió de hombros.

—Todos estaban pendientes de esos sumergibles. ¿Será verdad que hay alemanes en la Isleta, padre?

—Yo me paso las mañanas en el puerto y no vi nada. Deben de ser habladurías. Los chismes tienen las alas más largas que los guirres. —Le tendió las dos hojas plegadas del diario *La Provincia*—. Toma. Ya que vas a quedarte, léeme las noticias.

Marcela cogió el periódico y lo abrió sobre la mesa. La luz de la vela apenas alumbraba por encima de sus cabezas.

—¿Puedo encender la lámpara?

Azarías soltó una bocanada de humo que quedó a la deriva en la penumbra.

—El petróleo está por las nubes. En los depósitos lo venden a veinte pesetas y luego se revende al doble de precio. Nosotros no podemos pagarlo y quiero guardar el que nos trae Gaspar para casos excepcionales.

Marcela se preguntó qué sería para su padre un caso excepcional. ¿Que los alemanes invadieran la isla? ¿Que los ingleses invadieran la isla? ¿Que todos los lagartos del archipiélago invadieran la isla?

—¿Cómo se las arregla mi primo para conseguir petróleo?

Azarías no respondió y Marcela pensó que seguramente él estuviera haciéndose la misma pregunta. No insistió en el tema y leyó los titulares de la primera página.

—Aquí dice que se prolongarán los cortes de electricidad por la falta de carbón. Parece que a los abonados a la luz eléctrica no les va mejor que a nosotros.

—Putos tiempos... —maldijo el padre con la pipa entre los dientes—. Si siguen así, también acabarán con los árboles.

—¿Con los árboles?

—Los queman para conseguir carbón. Dicen que en la montaña de Doramas se puede bailar al son de las hachas.

Marcela se quedó pensando en eso un momento. Si la isla se quedaba sin árboles, sería como un pedrusco seco en mitad del mar.

Siguió ojeando la primera página del periódico hasta que encontró otro suceso destacable.

—Malas noticias —dijo suspirando suavemente. Su padre la miró con las cejas alzadas—. Los bonos de subsistencia ya no sirven.

Azarías se encogió de hombros y dio un par de caladas a la pipa. Su bigote se movió de forma graciosa.

—La Junta de Subsistencia y sus inútiles bonos, que solo sirven para cambiarlos por el gofio que adulteran los industriales. Esos malditos tenderos saben que pueden vender el gofio al doble del valor que paga la Junta. Hacen negocio con el hambre de sus paisanos. Nos quitan el pan para poner en los sombreros de sus hijas plumas exóticas que cuestan cuatro duros o cintajos de seda en los vestidos.

Marcela se esmeró en buscar alguna noticia alegre que lo entretuviera y le hiciera olvidarse de Gaspar durante un rato, pero las únicas noticias optimistas eran los casorios de la alta sociedad y eso no era interesante. Acababa de pasar una página cuando la puerta se abrió de golpe y la figura grande de Gaspar cruzó el umbral. Sobre el hombro izquierdo llevaba un bulto enorme envuelto en una manta.

Padre e hija se pusieron en pie de un salto. El periódico cayó al suelo y la vela estuvo a punto de apagarse debido a la corriente de aire que entró por la puerta.

—¡Hijo! ¿Qué traes ahí?

Azarías quería a Gaspar por encima de todas las cosas y no

hacía esfuerzos en ocultarlo, ni siquiera delante de sus hijas, quienes ya se habían hecho a la idea de que, en su escala de afectos, ellas ocupaban el segundo puesto.

El joven cerró la puerta de una patada tan fuerte que de las vigas del techo se desprendió un polvillo oscuro y denso. Luego avanzó a grandes zancadas hasta el camastro que había en un rincón de la estancia, a la izquierda, el catre en el que él mismo dormía las noches que volvía a casa. Allí dejó caer con suavidad el enorme paquete.

Marcela y su padre se acercaron a verlo. Azarías empuñaba la vela, que alumbraba con poca eficacia el bulto sobre la cama. Cuando Gaspar apartó la manta, descubrieron con asombro que se trataba de un hombre.

—¿Se puede saber quién es? —preguntó Azarías visiblemente sorprendido.

Gaspar no respondió y se dejó caer al suelo exhausto, como si hubiera cargado con el hombre por toda la ciudad. Apoyó la espalda en el catre y permaneció en esa postura, con una pierna estirada y otra doblada sobre la que descansó un brazo mientras recuperaba fuerzas.

—Tío, apague esa vela y encienda la lámpara —murmuró jadeando—. ¿Para qué le traigo yo petróleo?

Azarías vaciló un momento, pero al final caminó hasta la mesa y encendió el candil. Marcela comprendió entonces lo que era un caso excepcional.

Con el foco de luz en la mano, Azarías se acercó al hombre para examinarlo mejor. Yacía inconsciente en la cama, sudoroso y pálido como un muerto. Vestía ropa militar azul y su pelo, demasiado rubio para un isleño adulto, delataba que era extranjero.

—¿Es inglés? —preguntó con reservas.

—No, tío.

Marcela se fijó bien en él. Su aspecto se parecía más al de los tripulantes de los barcos nórdicos que al de los británicos que vivían en la isla. Hizo sus conjeturas.

Si no era inglés, entonces...

—Es alemán, padre.

La lámpara de bencina evidenció las líneas rígidas en el rostro de Azarías. Miró a su sobrino exigiendo confirmación de lo que parecía una locura. Pero la amplia y regocijada sonrisa de Gaspar no desmentía en absoluto las palabras de Marcela.

—Muy bien, prima —dijo el joven sonriente mientras intentaba sacudirse en vano la suciedad incrustada en su camisa blanca—. Siempre he pensado que deberías haber nacido hombre. Eres demasiado lista. Por eso nunca te casarás.

Marcela aborrecía que Gaspar le hablara así. Desde que su cuerpo había comenzado a cambiar, su primo la miraba más, la molestaba con comentarios groseros y se atrevía a acariciarla en contra de su voluntad. A ella le parecía antinatural y repugnante que hiciera eso.

—¿Quién te dijo que quiera casarme?

—Por los clavos de Cristo —murmuró Azarías a punto de atragantarse—. ¿De dónde lo sacaste?

—Se lo explicaré luego, tío. —Gaspar se sentó en el camastro, al lado del soldado—. Ahora tenemos que curarlo. Está herido.

La puerta del dormitorio se abrió e Isabel salió en camisón medio dormida y fastidiada por el alboroto. Llevaba el pelo dentro de un gorro de organdí blanco que había pertenecido a su madre.

—¿Qué pasa? —preguntó frotándose los ojos. Cuando se le aclaró la vista y descubrió al hombre allí tumbado, se espabiló—. ¿Quién es? ¿Un mendigo?

—Es un marinero alemán —le soltó Gaspar pagado de sí mismo, como si hubiera capturado al pez más gordo del océano Atlántico—. Se cayó de un submarino.

—No es un simple marinero —dedujo Azarías—. Es un oficial. ¿No ves sus galones?

Gaspar ya le estaba quitando la chaqueta.

—Los veo, tío.

—¿De dónde lo sacaste?

—Lo acabo de decir, se cayó de un submarino. Lo encontré flotando cerca de la costa, estaba casi muerto. Intenté curarlo... Le puse un vendaje, pero está peor. Yo... necesito que me ayuden.

—No lo entiendo. ¿Por qué no lo llevas a un hospital?

Gaspar dejó al soldado y se acercó a su tío. Le habló en voz baja.

—Mire, tengo un negocio entre manos. Si esto sale bien, no volveremos a pasar calamidades, se lo prometo.

—¿Un negocio? ¿Y ese negocio incluye a este hombre? Hijo, no estarás haciendo nada ilegal...

Gaspar vaciló, aunque en realidad estaba ansioso por compartir sus planes con su tío.

—Algunas consignatarias alemanas pagan bien por llevarles suministros a los submarinos que andan cerca. Te llenan una barcaza con fruta fresca y agua, y tú te echas a la mar, de noche, y utilizas sus plataformas flotantes de carbón. Yo no estaba lejos cuando entablaron lucha esos dos submarinos. —Se miraron unos a otros—. ¿Es que no lo han oído? Toda la ciudad habla de ello. El submarino británico no sufrió daños, pero el alemán recibió un impacto. Nada importante, aunque perdieron a tres hombres que cayeron al agua. A dos de ellos los recogió ese cañonero nuestro que ronda la costa.

—¿El *Laya*?

—Ese mismo. Creo que ahora están en El Hierro, en manos de las autoridades. Bien, pues este hombre es el tercero. —A Gaspar le cambió la expresión y se frotó las manos en un gesto de avaricia—. Y ahora viene lo mejor, tío. Pediré una compensación al vicecónsul alemán a cambio de entregarlo. Si quieren que este soldado vuelva a entrar en combate, tendrán que pagar.

Isabel y Marcela, que permanecían de pie observando la escena, percibieron cómo a su padre se le hinchaban todas las venas del rostro.

—Has perdido el juicio —murmuró Azarías entrecerrando los ojos, esforzándose en reconocer a su sobrino en el joven que tenía delante—. Colaboras con los alemanes, algo que espero que nadie descubra, y ahora quieres chantajearlos. Acabarás en la cárcel. Todos acabaremos en la cárcel.

—No diga eso. Lo único que debería preocuparnos es que no se nos muera aquí.

—¿Qué pasará si no pagan? ¿Has pensado en eso? ¿Te desharás de él?

—Caramba, tío, ¿me cree capaz?

—Ahora mismo no sé de qué te creo capaz. Estás poniéndonos a todos en peligro.

Marcela miró a su hermana; estaba tan pálida que parecía que iba a desmayarse de un momento a otro.

—Ayúdenme a curarlo —insistió Gaspar—. Después, me lo llevaré. No sé adónde, pero lo sacaré de aquí.

Azarías vaciló y se movió por la estancia nervioso, envuelto en un cortante silencio, mientras los demás lo perseguían con la mirada a la espera de su decisión.

—Tío... —murmuró Gaspar apremiante.

—Déjame pensar, ¿quieres?

—No hay tiempo. Está casi muerto.

Azarías se detuvo frente a su sobrino.

—¡Está bien! —accedió al fin de mala gana—. Vamos a ver esa herida—. Le entregó la lámpara a Marcela antes de acercarse al camastro—. Ya hablaremos de esto más tarde.

Entre los dos terminaron de quitarle la chaqueta y la camisa militar, esta última manchada de sangre en el costado izquierdo. Debajo de la camisa, un vendaje mugroso alrededor de la cintura ocultaba una herida.

—Parece grande —dijo Marcela alumbrando el vendaje con la lámpara.

—Isabel, trae unas tijeras —le ordenó su padre.

—¡No puede quedarse! —protestó esta—. Alguien se acabará enterando. Vendrán a buscarlo, se lo llevarán, y a nosotros Dios sabe lo que nos pasará.

Gaspar la fulminó con la mirada.

—¿Tendría que haberlo dejado en el mar, como si fuera un cebo podrido?

—Yo solo digo que no debiste traerlo a casa. ¿Y si alguien te vio? Concha vive a solo unos pasos de nuestra casa. Tal vez te vio cargar con él.

—¡Basta de discutir! —sentenció Azarías—. En cualquier caso, ya es demasiado tarde.

Se quedaron en silencio, cada uno asimilando como podía la situación.

—Yo iré a buscar las tijeras —dijo al final Marcela, y se fue al dormitorio con la lámpara, dejándolos a oscuras mientras ella revolvía en la caja de costura que guardaba en un baúl destartalado a los pies de la cama.

Cuando regresó, su padre ya había comenzado a quitar el vendaje.

—Marcela, coloca la lámpara cerca. Isabel, deja de quejarte y trae un barreño con agua. Y tú —dijo mirando a Gaspar, que estaba sentado al otro lado del camastro—, vigila por si se despierta. Esto va a dolerle y puede que tengas que sujetarlo.

El vendaje se había pegado a la carne y Azarías no sabía por dónde empezar a despegarlo. Tomó el extremo de un trozo de venda, dio un tirón y la sangre seca crujió al rasgarse.

El alemán se movió. Tembló. Tenía la frente húmeda por el sudor y daba la impresión de que fuera a despertarse en cualquier momento. Gaspar se había colocado al cabecero del catre, atento por si el hombre hacía algún movimiento extraño.

—Arde de fiebre —dijo Marcela atreviéndose a ponerle la mano en la frente.

Azarías dio otro tirón y el hombre volvió a removerse. Marcela apretó los dientes al imaginar el daño que le estaba haciendo.

—No siga, padre, ¿no ve que le duele?

—Que se aguante —replicó Azarías, y siguió tirando del vendaje y desgarrando la piel.

—¡Basta, padre! Si sigue tirando, se despertará.

Azarías gruñó para sus adentros, mirando a su hija como si fuera una mosca molesta, pero dejó de tirar. La muchacha posó la lámpara en la mesilla de noche y fue a encender la lumbre. En una olla con agua puso a calentar unos trapos. No tenía ajo ni cebolla, que le habrían venido muy bien, pero tenía un ramillete de tomillo colgado de un clavo en la pared, así que añadió una rama al agua.

—¿Qué haces? —le preguntó su primo.

—El agua hervida limpia mejor las heridas. Lo sé por las monjas.

Isabel vigiló la cacerola y removió los trapos con un cucharón de madera. Marcela le puso al soldado paños fríos sobre la frente para bajarle la fiebre y, mientras tanto, Gaspar se movía inquieto por la estancia, soportando la mirada decepcionada de su tío, que apenas lo dejaba respirar.

Cuando los trapos estuvieron hervidos, Azarías comenzó a frotar con ellos el vendaje sucio, ablandando la sangre seca y facilitando la tarea de despegar las vendas de la herida. Muy pronto el agua limpia se volvió encarnada.

—No creo que se salve —murmuró Marcela cuando vio el mal aspecto de la herida.

Gaspar le tiró de una coleta.

—Cállate, ceniza. No se morirá.

Ella le dio un manotazo en el hombro y se llevó una mano al pelo, donde había sufrido el tirón.

—Más nos vale —dijo Isabel, y se santiguó—. Aunque huele a podrido.

—Si se muere... —comenzó Marcela.

—¡No se morirá!

Gaspar casi se lo gritó y ella se apartó por si se le ocurría volver a tirarle del pelo.

—Pues yo he visto muertos con mejor aspecto que este —dijo Marcela, una vez fuera del alcance de su primo.

—Tú qué vas a ver —le espetó Isabel.

—Dejad de discutir o este infeliz se morirá de escuchar vuestras disputas. —Azarías clavó la mirada en su sobrino—. ¿Tiene este oficial algo que ver con los submarinos que dicen haber visto en la Isleta?

Gaspar sonrió de forma casi imperceptible.

—Quieren recuperar a sus hombres. Rondan la costa para

presionar a las autoridades. Se acercan demasiado, se dejan ver aquí y allá. Pero no saben que nosotros tenemos al tercero. Seguramente piensan que está muerto. Y esa es mi mejor baza, tío. Si no pagan, se lo ofreceré a los ingleses, así podrán intercambiarlo por algún oficial en manos alemanas. Es lo que suelen hacer, intercambiarse prisioneros. Yo solo aplico sus propias tácticas de guerra.

La mirada de Azarías le hizo apartar la vista y tragar saliva. Entonces vio que su tío se acercaba a él con el trapo ensangrentado en las manos.

—No es nuestra guerra.

—También es nuestra guerra. ¿No lo ve, tío? ¿No ve la miseria que hay por todas partes? Puede que nuestros hombres no mueran en las trincheras, pero también sufrimos las consecuencias. Y mientras en la Península se enriquecen con las exportaciones, a nosotros nos abandonan a nuestra suerte.

—Vivir en una isla cuando el mar se convierte en el mayor enemigo es nuestra peor tragedia. Pero lo que tú haces...

Azarías respiró hondo y no añadió nada más.

—Solo dígame que cuidarán de él. Todavía me queda algo que hacer esta noche.

—¿Qué? ¿Te marchas?

—Volveré mañana, se lo prometo. Pero ahora debo...

—No te atrevas a dejarnos aquí a este hombre mientras tú te vas a jugar a la guerra. No sabes lo que haces. Eres... ¡eres un inconsciente! Tienes que recapacitar y llevarlo a un hospital.

—¡No pienso hacer eso!

—Nos pides demasiado, ¿no te das cuenta?

—Por favor, tío. Confíe en mí. Ellos son los culpables de que pasemos hambre. Es de justicia que paguen un poco por ello. Solo se trata de eso.

—Si piensas así, ¿por qué les llevas suministros?

—Si no lo hago yo, lo harán otros. Y le repito que me recompensan bien. ¿De dónde cree que sale todo lo que traigo a casa? No haga ninguna tontería, tío, se lo suplico. Nadie debe saber que el alemán está aquí. Lo dejo en sus manos.

—No te vayas, Gaspar. No te atrevas a irte.

El joven miró a su tío con una especie de disculpa en la cara y después le dio la espalda para dirigirse a la puerta. Cuando se marchó, el aire vibró en el silencio, ahogando todos los ruidos.

6

Fue una noche larga.

Limpiaron la herida, cambiaron el agua y le pusieron paños fríos para bajarle la fiebre. Marcela olfateó el aire sobre el alemán. Olía a una extraña mezcla de sudor, salitre y petróleo. Mientras lo observaba, pensó que siempre había imaginado a los hombres de la guerra menos humanos y más parecidos a bestias. Y, sin embargo, aquel marinero, pese a la barba, no se asemejaba a una bestia.

Quería ayudarlo, pero al mismo tiempo no podía olvidar que, a causa del bloqueo impuesto por los submarinos, ellos sufrían terribles carencias; las madres ya no producían leche debido a la mala alimentación y en la casa cuna de Santa Ana ya no podían amamantar a más niños porque no había suficientes amas de cría para todos. Los productos básicos escaseaban por todas partes y las enfermedades se cebaban con la población.

La muchacha hacía esfuerzos para no seguir pensando en eso mientras le pasaba un trapo fresco por la frente. Entonces lo vio abrir los ojos.

Dos destellos azules la miraron.

Ella se quedó inmóvil.

El alemán despegó los labios para hablar, pero no pudo hacerlo. Sus ojos parecían suplicarle que no lo dejara morir así, con tanto dolor y consumido por la fiebre.

La joven sintió lástima. Pero ¿qué más podía hacer?

—Está despierto —murmuró sin apartar la mirada, pero, mientras lo decía, el hombre volvió a perder el conocimiento.

—Necesita que le cosamos la herida —le dijo su padre—. Si no lo hacemos, estará muerto en unas horas.

—¿Por qué me lo dice a mí? Isabel es la mayor. Que lo haga ella.

—Yo no pienso coserle la carne. Solo con mirar esa herida me dan ganas de vomitar. Imagínate que es un calcetín.

—¡No!

—No lo pienses y hazlo ya. —La voz de su padre no admitió réplica—. Busca la aguja y el hilo más fuerte que tengas. Y no tardes.

Una cosa era zurcir un trapo y otra remendar la piel de un hombre. Marcela apretó los labios, cogió la lámpara y se fue a su cuarto sin ocultar su enfado. Sobre la cama aún estaba la caja de costura. Se arrodilló en el suelo, rebuscó dentro de la caja y encontró unos hilos de algodón que se deshilachaban fácilmente, de modo que tuvo que sacar tres hebras largas y resistentes de una vieja cortina de lino. Mientras se lavaba las manos, trató de no imaginarse la piel siendo perforada por la aguja.

Un instante después, estudió los horribles desgarrones de la herida del alemán con intención reparadora, pero le pareció que no había forma de coser aquello sin hacer una carnicería. Necesitó reunir una buena cantidad de coraje antes de clavar la aguja en la piel ardiente.

La carne palpitó bajo sus dedos y tras la segunda puntada comenzó a sudar. «Que no se despierte», se repetía Marcela, porque aquello resultaba muy desagradable. Veinte puntadas más tarde, los tres se quedaron mirando aquel cosido torpe y desigual, con muy pocas esperanzas de que sirviese de algo. Para terminar, le pusieron un vendaje limpio.

Con la cabeza hundida entre los hombros y sintiéndose diez años más viejo que tres horas antes, Azarías se fue a su habitación arrastrando los pies. Gaspar lo había defraudado. Y no solo eso, estaba poniéndose en peligro más de lo que él mismo imaginaba. Estaba poniéndolos a todos en peligro.

Isabel también volvió a la cama bostezando. Marcela, sin embargo, se cubrió con una toquilla negra y se acercó un momento a mirar por la ventana. Notaba el cuerpo destemplado y el estómago algo revuelto. Todavía era de noche, aunque en el horizonte, sobre el mar, una claridad anaranjada anunciaba los primeros albores del amanecer. La ciudad estaba a oscuras debido a los cortes de electricidad y solo se apreciaban a lo lejos los farolillos rutilantes de las lanchas de los pescadores o de alguna tartana solitaria en dirección al puerto.

Despertó por la mañana recostada sobre la mesa y con el cuerpo entumecido. Miró hacia el camastro donde estaba el alemán dormido o inconsciente, era difícil saberlo, y comprobó que su pecho se expandía con cada respiración. Al menos estaba vivo. Su padre se había marchado a trabajar y un ruido proveniente de la fresquera la hizo caminar hasta allí mientras estiraba el cuerpo. De espaldas a ella, Isabel arramplaba con lo poco que les quedaba y lo guardaba en su cesta.

—Buenos días —le dijo.

La joven dio un salto y se volvió hacia su hermana.

—¡Dios! Eres como un gato.

—Pensé que ya te habrías marchado.

—Necesitaba dormir —dijo Isabel malhumorada mirándola de soslayo—. Anoche... Bueno, ya sabes lo que pasó anoche.

—Al menos está vivo.

—Sí, ¿durante cuánto tiempo?

La muchacha se encogió de hombros.

—Pues yo no quiero estar aquí cuando se muera —sentenció Isabel—. Me marcho.

Salió de la fresquera a toda prisa, apartando a su hermana de un empujón. Esta reparó en que se llevaba el queso, las tiras de pescado seco y el trozo de cherne.

—Si te llevas el pescado fresco, no podré preparar el almuerzo.

—He dejado pescado seco —replicó Isabel mientras posaba la cesta sobre la mesa.

—Pero si lo pongo a remojo ahora, no estará tierno hasta la noche.

Isabel la miró enojada, pero sacó el trozo de pescado de su cesta y volvió a dejarlo en la fresquera.

—Mis cuñados comen como cerdos —dijo con despecho—. Todo lo que llevo es para mí, necesito estar fuerte para cuando engendre un hijo. No quiero que me pase como a madre, que se murió al parirte a ti.

—Madre murió de tuberculosis.

—Pero el esfuerzo del parto acabó matándola —replicó Isabel mientras se ponía el pañuelo.

—¿Por eso eres así conmigo? ¿Porque crees que yo tuve la culpa?

—Era una mujer fuerte. Lo habría superado si tú no hubieras nacido.

—Yo no elegí nacer, Isabel. Y el hijo que tanto deseas, tampoco.

La joven se plantó delante de ella.

—¿Insinúas que no debo quedarme encinta? Porque esa sería una maldad indigna de alguien que se crio con las monjas.

—Solo digo que nadie elige esas cosas.

—No sabes lo que es perder a una madre —dijo Isabel mascando una rabia antigua—. Tú nunca la conociste. Pero yo tenía ocho años cuando murió y tuve que hacerme cargo de Carmen. Ni te imaginas cuánto puede llorar una niña de cinco años que no deja de llamar a su madre.

Marcela sí lo sabía, porque lo había visto demasiadas veces en el hospicio, pero no dijo nada porque no deseaba un enfrentamiento.

—Yo le pedí a padre que te llevara con las monjas —le reveló Isabel—. En realidad, se lo supliqué. No sabía que pensaba hacerlo de todas formas. Por entonces yo ni siquiera entendía que necesitabas una nodriza para sobrevivir.

Marcela permaneció callada, pues por más vueltas que le diera, nunca sabía qué era lo que hacía o lo que dejaba de hacer para que su hermana siempre estuviera enfadada con ella.

—En cierto modo, te envidio —continuó Isabel—. A veces pienso que ojalá yo también me hubiera criado en el hospicio.

—No digas eso.

—¿Por qué? Sabes leer, escribir, bordar, cuidar enfermos... Mi vida habría sido distinta.

Durante unos segundos, se miraron como lo que eran: dos mujeres intentando sobrevivir en un desmoronado mundo de hombres. Marcela no acababa de creerse que en Isabel solo habitaran el rencor y esa actitud de eterno enfado que la caracterizaba. Estaba claro que no era feliz en su nuevo hogar, que su vida de mujer casada no era lo que había soñado durante tanto tiempo, pero no entendía por qué dirigía su rabia contra ella. Iba a decirle algo que sirviera para acercarlas cuando Isabel recuperó su rictus hosco y se fue hacia la puerta, con la cesta y la toquilla en las manos. Antes de marcharse se volvió para mirarla.

—Dime, hermana. ¿Tu monja te abrazaba?

Marcela suspiró y respondió en voz baja.

—Alguna vez.

—¿Tenías amigas a las que querer?

—Sí.

—¿Alguien se preocupaba por ti en ese maldito hospicio?

Marcela afirmó con la cabeza.

—Pues entonces ya tenías una familia. Nunca debiste venir aquí.

El golpe de la puerta resonó en toda la casa y nuevas partículas terrosas cayeron del techo, una fina lluvia de polvo que brilló en el haz de luz que se filtraba por la ventana.

Las palabras de Isabel dejaron a Marcela descompuesta. Era cierto que su infancia no había sido tan mala gracias a sor Felipa, pero no todas las monjas tenían su buen carácter. Si su hermana le hubiera dado la oportunidad, le habría contado que algunas noches, cuando todavía era una niña incapaz de comprender el mundo, se había sentido tan sola que deseaba dormirse y no volver a despertarse, y que su angustia crecía aún más al pensar que, si se moría allí mismo, en medio de la enorme y oscura sala que olía a desinfectante, no podría encontrar a su madre al llegar al cielo. ¿Cómo iba a reconocerla si jamás la había visto? Era en esas ocasiones cuando la idea de morir la aterraba tanto que salía a trompicones de la cama y caminaba a tientas, temblando por los pasillos hasta llegar a la capilla en busca de sor Felipa. Unas veces la encontraba rezando arrodillada en un reclinatorio, con la cabeza únicamente cubierta con el griñón blanco, y la monja la dejaba quedarse a su lado hasta que la angustia salía por completo de su cuerpo. «Tranquila —le decía—, nada es real, todo está oculto en la oscuridad.» Después, la acompañaba a la cama y se quedaba con ella hasta que se dormía. Pero cuando no encontraba a sor Felipa, alguna otra monja la enviaba de vuelta al dormitorio con toda la angustia apretándole el alma y una palmada en la cabeza por haberse levantado.

Suspiró y se volvió hacia el alemán, que seguía debatiéndose entre la vida y la muerte inconsciente, sudoroso y tieso como una tabla. Había algo en él que era heroico y terrible al mismo tiempo; heroico porque admiraba a esos hombres capaces de navegar por el fondo del mar, y terrible porque conocía los resultados de sus acciones. Esa ambivalencia le disgustaba. Era la primera vez que alguien le producía admiración y rechazo a partes iguales.

—¿Qué voy a hacer contigo?

La fiebre persistía y el vendaje en la cintura seguía rezumando sangre. Solo se le ocurría una persona a la que pedir ayuda: sor Felipa.

Sin tiempo que perder, se aseó, se puso la ropa de los domingos —una blusa blanca y una falda azul— y deshizo las coletas para recogerse el pelo castaño en una trenza antes de cubrirlo con un pañuelo. Por último, se comió un plátano demasiado maduro y salió hacia el hospital de San Martín.

Desde que empezara la guerra en Europa, la ciudad había ido transformándose, pasando del bullicio de la prosperidad a la más absoluta decadencia. Esa mañana de enero, los penachos de las palmeras se movían con la agradable brisa. Marcela caminó con la vista clavada al suelo adoquinado para no ver las calles devastadas por el hambre y las enfermedades. Cruzó el puente sobre el barranco que separaba los dos barrios más importantes de la ciudad y se topó con la procesión de un muerto. Se santiguó y se subió a la acera para dejar pasar a los procesionarios de sayales franciscanos que marchaban a paso fúnebre en dirección a los templos.

Las campanas de las iglesias marcaron las diez bajo un cielo azul que se llenó de palomas. Marcela se sacudió las faldas para librarse del calor que rebotaba contra el suelo y le calentaba las piernas. Atravesaba en aquel momento la plaza de Santa Ana, frente a la catedral y el Palacio Episcopal, donde se cruzó con dos clérigos con sus descomunales sombreros de canal y con un fraile de tétrica cogulla y pescuezo desnudo que le sugirió con la mirada que dejara las faldas quietas. Ella las soltó un momento hasta que lo perdió de vista y luego volvió a zarandearlas mientras comenzaba el ascenso por la estrecha calle Castillo.

Pronto vio la interminable fachada del hospital de San Martín. Allí se ocultaba la parte más triste de la ciudad, empezando por los enfermos y terminando por la casa cuna de Santa Ana y el hospicio de los Ángeles. La institución estaba tutelada por el Cabildo Insular y dirigida por las Hijas de la Caridad de San Vicente de Paúl.

Mientras recorría la larga fachada, Marcela olfateó el olor a fenol que se fugaba al exterior por las ventanas abiertas. En la entrada, justo al atravesar los arcos del porche, se topó con el rumor de los hábitos negros de sor Jesús, la superiora de la comunidad de San Martín desde 1914.

—En nombre de Dios, hija. ¿Adónde vas con esas prisas?

Sor Jesús era una mujer de baja estatura y mirada inteligente que estaba al tanto de todo cuanto ocurría en los distintos establecimientos de beneficencia que configuraban el hospital.

—Busco a sor Felipa, madre superiora.

—Está en la casa cuna, ¿dónde si no? Nos faltan manos para tanto niño desamparado, Virgen Santa, y tantos hambrientos. Hasta los enfermos tienen que traerse su propia cama. —Le puso una mano en el brazo—. Podías ayudarnos en las cocinas económicas, o aquí, con los pequeños, ¿qué me dices?

—Claro, pero ahora necesito ver a sor Felipa.

—¿Tienes problemas, hija?

Sor Jesús enlazó las manos bajo el pecho, dispuesta a escuchar.

—No, madre superiora.

La monja esperó a que añadiera algo más, pero Marcela aguardó en silencio a que le diera permiso para marcharse.

—No quieres contármelo. No importa, siempre y cuando se lo cuentes a ella. Sea lo que sea lo que te pase, la hermana te ayudará. Por algo te criaste pegada a su hábito.

—Sí, madre superiora.

—Vete ya, anda. Y no olvides que siempre necesitamos manos caritativas.

Los llantos de los niños la guiaron por pasillos y escaleras hasta la casa cuna. En el pasillo que precedía a la sala destinada a los más pequeños, montones de cunas y cuévanos de mimbre, herencia de las nodrizas pasiegas, abarrotaban el espacio. Marcela aspiró el olor a vida nueva que desprendían los cuerpos de los bebés y que parecía mitigar la sensación de pérdida y abandono que reinaba allí dentro, un olor dulzón y agradable en el que a veces se entrometía la inevitable fragancia de la empañadura sucia.

Saludó a la monja que se ocupaba de los niños pequeños y atravesó el estrecho espacio que dejaban las cunas antes de entrar en la sala principal. Allí dentro, otro olor se alzó sobre el primero. Era el aroma de la papilla elaborada con leche de cabra, gofio y plátano que ella no había vuelto a probar desde que tuvo edad suficiente para masticar la comida, pero cuyo regusto aún podía evocar.

El ropaje oscuro y sobrio de las nodrizas contrastaba vivamente con el atuendo de las mujeres del campo que amamantaban a los niños a cambio de una pequeña remuneración. En un rincón, frente a la puerta, el ama rectora ayudaba a una joven nodriza cuyo bebé ansioso tenía dificultades para agarrarse al pezón.

Marcela siguió buscando con la mirada hasta que descubrió, al fondo de la sala, el tocado de alas blancas de sor Felipa.

Al verla sintió una oleada de cariño. Reconocía su figura como si fuera la de su propia madre. A su hábito negro se sujetaba con fuerza una niña de tres o cuatro años que gimoteaba y se sorbía los mocos.

Caminó hasta allí esquivando las hileras de cunas que habían perdido la configuración lineal de antaño y que se apelotonaban unas contra otras sin demasiado orden.

—Madre... —dijo a sus espaldas.

Le gustaba llamarla *madre* pese a que la monja había insistido muchas veces en que la llamara *hermana*. Ella siempre le respondía que hermanas ya tenía, pero madre no.

Sor Felipa se dio la vuelta. El grueso rosario colgado de su cintura produjo un tintineo sordo.

—¡Hija mía! —exclamó con franca alegría acercándose para darle un abrazo—. Benditos los ojos. ¿Cuánto hace que no vienes a vernos?

Marcela agachó la cabeza, un poco avergonzada por haber dejado pasar dos meses desde su última visita. Sor Felipa la separó un poco y la sometió a un reconocimiento visual.

—Esas mejillas tienen buen aspecto. Mili te echa mucho de menos.

—Yo también a ella. ¿Cómo están las cosas por aquí? Hay tantos niños...

—Ya ves —dijo bajando la mirada hacia la pequeña, que había comenzado a llorar con más ahínco cuando Marcela se acercó—. Cada vez nos traen más, si no por huérfanos, por desamparados. Esta llegó ayer.

La niña miró a la joven que se acababa de arrodillar frente a ella, contuvo el llanto y se llevó un dedo a la boca.

—Sor Felipa te cuidará bien —le dijo Marcela—. Ahora ella es tu mamá y nunca te dejará sola.

La pequeña se frotó un ojo con el puño diminuto y comenzó a llorar de nuevo. Todo en ella reflejaba lo desvalida que se encontraba.

—Nos vendría bien una mano —dijo la religiosa.

—Lo sé, madre. —Marcela se puso en pie—. ¿Podemos hablar un momento a solas?

La hermana dio unos golpecitos cariñosos en la cabeza de la niña.

—Claro, hija, ven conmigo.

Comenzó a caminar con la niña a su lado, que tuvo que corretear para que el hábito de la monja no la arrastrara.

Salieron de la sala, cruzaron el pasillo y bajaron la escalera para salir a un patio enclaustrado. Allí se sentaron en un banco. Estaban solas. Era la hora en que las niñas acudían a sus clases de letras o cálculo o bien a los talleres de costura.

Sor Felipa recostó a la pequeña contra su pecho y comenzó a mecerla.

—Aprovechamos todos los pedazos de tierra para sembrar —dijo moviendo el cuerpo atrás y adelante—. Las amas de cría apenas cobran nada y, gracias a Dios, tenemos mujeres que se ofrecen de nodrizas a cambio de un poco de harina y dos cuartillos de aceite. Al Cabildo se le acabó el dinero y a nosotras ya no nos quedan reliquias que vender. Sacamos las arquitas a la puerta de la iglesia, pero casi siempre terminan vacías. Y esta semana dos nodrizas de las que tenemos en el campo nos devolvieron a los niños por falta de pago. —Suspiró profundamente—. Ay, perdóname, hija, que se me va la cabeza a lo propio en vez de escucharte. Cuéntame, ¿cómo estás? Señor, son tiempos terribles.

—Estoy bien, madre —dijo, y observó que la pequeña comenzaba a chuparse el dedo pulgar, todavía con los ojos llenos de lágrimas, pero ahora ya sin llanto.

—¿Qué ocurre, pues?

—Se trata de un hombre.

—¡Ay, Virgen Santa! Hija, ¿no estarás...?

—¡No! No es eso. —Marcela torció el gesto solo de pensar en lo mismo que estaba pensando ella.

—Gracias a Dios y a su Santa Madre. Ya pensé que venías con un regalo en el vientre.

—No, madre, es un náufrago. Gaspar lo trajo a casa medio muerto.

—Ah, bueno. De esos llegan muchos, sobre todo desde que los sumergibles andan por aquí cerca. Esa guerra, cuándo se acabará...

—Es un marinero alemán. Se cayó al agua de uno de esos sumergibles.

—¡Jesús bendito! ¿Y por qué no lo lleváis al hospital militar?

Evitó contarle los planes de su primo para no hacerla cómplice de sus acciones.

—Gaspar cree que lo entregarían a los ingleses.

Sor Felipa reflexionó sobre ello.

—Es posible. ¿Y dices que está en vuestra casa?

Marcela afirmó con un gesto.

—Y tiene una herida horrible en el costado, como si un burro le hubiera dado un mordisco. Anoche le cosí la herida y pensé que esta mañana estaría mejor. Pero a mí me da que tiene una pierna en campo santo.

—Dios se apiade de él.

—Madre, si se nos muere en casa... Si lo matamos...

—Quita, quita, ¿por qué habríais de matarlo?

—Tiene mucha fiebre, tiembla, desvaría, se retuerce de dolor...

—Calla, calla, hija, que me mareas a la niña.

Marcela bajó la mirada al regazo de la monja.

—Está dormida.

El pequeño pulgar descansaba al lado de la boquita abierta. La niña tenía las mejillas rojas como las amapolas y el pelo revuelto húmedo de sudor. No pasaría mucho tiempo antes de que le cortaran el sedoso cabello infantil para evitar las plagas de piojos. Ninguna de ellas podía permitirse llevar el pelo largo. Tan solo las muchachas mayores tenían ese privilegio, y se lo cubrían con un pañuelo.

—Pobre angelito —dijo sor Felipa—. Ha llorado tanto que no creo que le queden lágrimas para el resto de su vida. —Suspiró y se puso de pie—. Vamos a acostarla, le vendrá bien descansar. Mientras, voy pensando en lo tuyo.

En el gran dormitorio del piso de arriba, las camas con cabeceros de hierro pintados de blanco se distribuían en dos hileras pegadas a las paredes y separadas por un pasillo. Marcela advirtió que una de las camas del fondo estaba ocupada por una niña.

—¿Qué le pasa? ¿Está enferma?

—Sí, seguramente.

Sor Felipa acomodó a la niña en un pequeño colchón dispuesto en una esquina, en el suelo, debajo de una ventana y al lado de otro colchón que, con toda probabilidad, tenía dueña.

—¿Es grave?

—Solo tiene seis años y su alma ya está herida de muerte —susurró la monja—. Y contra eso no hay remedios que valgan. Solo le quedaba su madre y una pulmonía se la llevó hace dos semanas. Si no recupera pronto las ganas de vivir...

Marcela contempló la abultada colcha de lana que ocultaba el cuerpo de la pequeña, encogido e inmóvil, y los montones de improvisados catres diseminados por los rincones, casi apelotonados. Esa era una de las razones por las que cada vez le costaba más volver allí. Las alegrías no abundaban en aquel lugar y la tristeza se contagiaba con la misma rapidez que las enfermedades. Desde hacía dos años había más niños internos de los que podían atender. Unos llegaban enfermos; otros, desnutridos; a otros los llevaba la guardia municipal después de verlos vagar solitarios y harapos por las calles. Nadie iba a reclamarlos. El hospital había tenido que establecer estrictos criterios de selección para los enfermos. Sin embargo, se acogía a todos los niños y se repartía lo que había.

Sor Felipa trató de animarla.

—La guerra acabará pronto y puede que los niños más pequeños encuentren buenas familias cristianas que los adopten.

—Ojalá así sea —suspiró Marcela pensativa.

—Espera aquí.

La monja salió del dormitorio con cierta urgencia. Marcela se acercó a la niña que permanecía acostada al fondo y vio que tenía los ojos abiertos en medio de unas marcadas ojeras violáceas. No había lágrimas en ellos, ni la más leve expresión. No había nada. Se sentó junto a ella sobre el colchón blando con un chirriar de muelles.

—Me llamo Marcela —le dijo. Esperó un momento para darle tiempo a contestar, pero el pequeño cuerpo permaneció quieto—. Yo crecí aquí. Aprendí a leer y a escribir. ¿Tú sabes leer? —La niña no respondió. Parecía estar muy lejos de allí, en un lugar inaccesible, posiblemente prendida del alma de su madre muerta—. No fue tan malo. Sor Felipa siempre está dispuesta a jugar, a menos que tenga que correr o saltar, porque es muy patosa. Sor María te enseñará las letras y las cuatro cuentas, y con sor Gema aprenderás a bordar. Dicen en la ciudad que los bordados en blanco de sus niñas son los mejores de toda la isla. A mí nunca me gustó bordar, aunque aprendí de todos modos.

Un golpe en la puerta le hizo girar la cabeza. Era Mili, que había entrado en el dormitorio corriendo.

—¡Marcela! —exclamó y, cuando llegó junto a ella, se lanzó a sus brazos, lo que provocó que ambas rodaran por el colchón y que la pequeña se sacudiera con el movimiento.

—¡Ten más cuidado, Mili! —la regañó Marcela mientras la otra la estrujaba—. Vamos a aplastar a esta pobre niña.

Mili se quedó sentada en la cama, le cogió las manos a su amiga y la miró con franco cariño.

—Sor Felipa me dijo que estabas aquí y sor María me dio permiso para venir a verte. Así me libro de hacer cuentas. —Miró a la niña—. No te preocupes por esta, nunca dice nada.

—¿Cómo se llama?

—Sonsoles.

—Me da pena verla así. Está muy triste.

—Ya espabilará.

—Tú también lo pasaste mal cuando llegaste.

Mili se quedó pensando.

—Pero ya no me acuerdo.

—Yo sí. Lloraste durante una semana.

—Pero después se me pasó. —Esbozó una sonrisa—. Tú estabas siempre conmigo.

—Pues Sonsoles necesita una amiga.

—No quiero estar aquí encerrada todo el día.

Marcela observó a Mili mientras le apretaba las manos. Las mejillas llenas de pecas, la nariz respingona, las cejas y las pestañas claras y la mirada inocente. Con doce años, su rostro aún era infantil y su cuerpo delgado todavía no mostraba signos de cambio inminente.

—Yo lo hacía por ti.

—Pero si ni siquiera nos oye.

—Claro que nos oye. Tú solo quédate cerca y háblale. Cuéntale cosas bonitas, léele un cuento... Pronto volverá a escuchar.

—Sabes que no me gusta leer. ¿Por qué tardas tanto en venir a verme?

—Dime que estarás con ella —insistió Marcela.

—¡Está bien! Haré lo que pueda. Pero dicen que muerde cuando se enfada.

—Tienes que enseñarle que eso no se hace.

Mili bufó y durante un rato no dejó de contarle lo mal que se había portado Sonsoles hasta que cayó en ese estado ausente. Entonces sor Felipa volvió a entrar al dormitorio y Marcela se despidió de la niña con un beso en la cabeza.

—Volveré otro día —le murmuró al oído, y se levantó de la cama para reunirse con la monja. Mili la siguió.

—No puedo darte ninguna medicina —le dijo sor Felipa—, pero he pedido en la botica que me preparen un bálsamo. Cuando esté listo, mandaré a Mili para que te lo lleve. Ahora será mejor que vuelvas a casa e intentes bajarle la fiebre con unos paños mojados.

—¿Tu padre está enfermo? —preguntó Mili.

Marcela negó con la cabeza.

—¿Tu primo el guapo, entonces? —insistió la chiquilla.

—Muchachita, eres muy joven para pensar en hombres guapos —la sermoneó la monja—. No seas preguntona y vuelve con la hermana María.

—¿Tan pronto?

—Marcela tiene cosas que hacer.

—Siempre tiene cosas que hacer y ya no se acuerda de nosotras.

Marcela le dio un tierno abrazo y le tiró del pañuelo hasta dejarle el pelo rubio al descubierto.

—¡Vaya! ¡Qué largo! —se sorprendió—. Dentro de poco podrás hacerte una trenza.

Los ojos de Mili se entrecerraron ofuscados.

—De qué me sirve tener el pelo largo si siempre lo llevo tapado con este horrible pañuelo.

—No seas quejica y vuelve a tus clases —insistió sor Felipa—. Y cuando vayas a casa de Marcela, quiero que regreses pronto. No me gusta que andes sola por la ciudad. Hay demasiados vagabundos y tú te distraes con todo.

Mili le susurró al oído un «luego nos vemos» a Marcela y se marchó a toda velocidad.

—Tenía esperanzas de que obrara en ella la llamada del Señor —dijo sor Felipa con un suspiro—, pero me temo que no ha nacido para ser sierva de Dios.

—¿Mili... monja? —se sorprendió Marcela, y se le escapó la risa—. Madre, ¿quién cree que pintaba bigotes a los santos?

—Qué granuja... No sé qué va a ser de ella. Detesta la costura, las letras y las labores domésticas. Solo se entretiene mirando por la ventana y soñando despierta. Dice que cuando tenga edad suficiente se irá a vivir contigo y que estaréis juntas toda la vida.

—Ojalá fuera tan sencillo —murmuró Marcela.

Sor Felipa sacudió la cabeza.

—En fin, hija, ahora vuelve a casa y ocúpate de ese hombre.

—Madre, no quiero meterla en un lío.

—No te preocupes de eso, que yo respondo ante quien haga falta. No lo dejaremos a expensas de la muerte si podemos evitarlo.

7

El alemán seguía vivo.

Marcela comprobó que continuaba respirando cuando regresó a casa. La sábana le cubría el cuerpo hasta la cintura y dejaba al descubierto su torso desnudo y el vendaje que protegía la herida en el costado. Encendió el fuego con unas piñas secas y puso a hervir una olla de agua sobre las retorcidas trébedes a la que añadió unos trapos. Mientras esperaba, se sentó junto al alemán para examinarlo a la luz del día. Exceptuando la cara y las manos, el resto visible de su piel era pálida y sonrosada como la de un niño. Un fino vello le cubría el torso, húmedo de sudor, y, en los brazos, ríos de venas azuladas marcaban claramente el camino de la sangre. Tenía tan mal aspecto que de no haber sido por el movimiento de su pecho le habría arrimado la oreja para comprobar que el corazón le latía.

Se moriría seguro.

«Qué barba tan rubia», se dijo menospreciando el pensamiento de la muerte. ¿Es que en los submarinos no tenían espejos y navajas de afeitar?

Se levantó para ir a comprobar si el agua hervía y entonces oyó la voz del hombre detrás de ella. Tensa por la sorpresa, se giró y lo vio despierto, observándola con los mismos ojos febriles de la noche anterior.

Él hizo un esfuerzo para murmurar unas pocas palabras en alemán, que salieron de su boca entrecortadas y faltas de aliento. Marcela carraspeó nerviosa.

—No sé lo que quiere.

El hombre describió un gesto inequívoco: tenía sed.

Ella llenó de agua una taza de peltre y se acercó al camastro para dejarla en la mesita. Luego se retiró porque no quería permanecer a su lado mientras él estuviera despierto. Parecía desconcertado, y seguramente se estaba haciendo muchas preguntas. Por eso Marcela decidió ser prudente. Debía tener en cuenta que no era un hombre cualquiera, sino un soldado que venía de una guerra.

No tardó en darse cuenta de que era incapaz de incorporarse. Se había puesto muy rojo mientras lo intentaba y su rostro se contraía de dolor, de modo que a Marcela no le quedó más remedio que acercarse y ayudarlo tirando de sus hombros hasta que quedó sentado en la cama. Luego le tendió la taza, esperando que ese gesto fuera suficiente para que entendiera que trataba de ayudarlo.

Mientras bebía, las manos le temblaban.

Marcela había leído que las tripulaciones de los submarinos estaban dotadas de hombres capaces de llegar al límite extremo del valor y de la resistencia humana. La fortaleza del alemán era evidente. Otro en su lugar ya estaría muerto y enterrado. Le dio una segunda taza de agua y lo ayudó a tumbarse para que pudiera descansar.

—*Danke*[1] —murmuró él.

Ella no conocía la palabra, pero supo interpretarla. Al menos era un hombre educado. Mientras preparaba el almuerzo, Marcela no dejó de echarle cortas miradas porque le daba miedo que llegara a levantarse, aunque lo cierto fue que no volvió a abrir los ojos. Llevaba durmiendo más de una hora cuando Mili entró en casa provocándoles a los dos un sobresalto.

—¡Por Dios, Mili! ¿No sabes llamar?

—¿Por qué tengo que llamar? Es tu casa.

La chiquilla se acercó a la mesa para dejar una pequeña botella de cristal y unas vendas que sacó de una talega. Luego se quitó el pañuelo de la cabeza y lo dejó sobre el respaldo de una silla. Con una mano, se alborotó el tieso cabello rubio.

1. Gracias.

—No te esperaba tan pronto.

—Sor Felipa no se movió de la botica hasta que estuvo listo el bálsamo, ya la conoces. Necesitaba una yema de huevo para la mezcla y sor Jesús vigila los huevos como si fueran reliquias santas.

—Se dice *santas reliquias.*

—Como sea. Y ahora ¿vas a decirme quién está enfermo?

Marcela señaló el rincón de la estancia donde descansaba el soldado, que las observaba con los ojos enrojecidos por la fiebre y la piel brillante.

Mili se acercó y lo contempló con viva curiosidad.

—¿Quién es?

—Un marinero alemán que se cayó de un submarino. ¿Qué te parece? Gaspar lo trajo a casa.

—¡Agüita! —exclamó la chiquilla con los ojos como platos—. Es la primera vez que veo a un soldado alemán. —Le sonrió enseñando todos los dientes y sacudiendo la mano en el aire—: ¡Hola!

El hombre murmuró algo que ninguna de las dos entendió.

—No puedes decírselo a nadie —le indicó Marcela.

—No lo diré. —Dio un paso más hacia él—. Tiene cara de asilvestrado con esa barba, pero no parece malo, aunque yo nunca acierto con la gente: el que creo que es bueno, es malo, y el que creo que es malo resulta que es bueno. Es por culpa de las monjas, que nos atontan a rezos.

—Pero si tú nunca rezas, Mili, solo mueves la boca.

—Ya, pero ahora me obligan a rezar en voz alta y sor Renata no me quita el ojo de encima. —Miró de nuevo al hombre—. Menuda cara de *choni*...

—Es alemán, ¿qué quieres? —replicó Marcela acercándose también para mirarlo.

—No sé cómo es un sumergible.

—Yo vi un dibujo en el periódico. Es como un barco con forma de pepino y está cerrado.

—Si está cerrado, ¿cómo se cayó este?

Marcela se encogió de hombros.

—¿Y si se muere? —preguntó Mili pensativa.

—Entonces tendremos un problema, porque nadie debe saber que estuvo aquí.

—Podríais enterrarlo en el patio y plantar encima una chumbera.

Marcela miró a su amiga con una ceja levantada.

—Yo había pensado que si se muere podemos afeitarle la barba y la cabeza. Diremos que es uno de los cuñados de mi hermana Isabel. En esa familia todos tienen el pelo claro.

—Y como los muertos no hablan... —añadió Mili—. Además, todos se parecen, y la mayoría de los vivos no se atreven a mirarlos. Podéis decir que se murió de algo contagioso.

Marcela hizo un gesto de connivencia. El herido las observaba con la respiración tan acelerada que no hacía presagiar un desenlace feliz.

—Menos mal que no nos entiende —comentó Mili—. Aunque, si lo hiciera, al menos sabría que pensáis darle cristiana sepultura.

—Enterrarlo en el patio y plantar encima una chumbera no es muy cristiano, Mili.

—Bueno, a lo mejor los alemanes no son cristianos y les da igual una cruz que una chumbera.

—No digas tonterías. Si no son cristianos, ¿qué son?

Esa vez fue Mili quien se encogió de hombros.

—No sé. Pero tú rézale el padre nuestro en latín y verás como no se entera.

—¿Y por qué iba a saber rezar en latín?

—Porque en todas las iglesias se reza en latín, no preguntes cosas tontas. Tú mira y verás. —Mili se aclaró la voz y dijo solemne mirando al alemán—: *Per Christum Dominum nostrum...*

Las dos esperaron el *Amén* correspondiente, pero el hombre no dijo nada.

—¿Lo ves? Este no ha escuchado una misa en su vida.

Marcela suspiró y luego miró al alemán con aprensión ante la idea de curarlo mientras estaba despierto.

—Tengo que echarle el bálsamo en la herida y creo que va a dolerle. Vas a tener que ayudarme.

—Descuida —respondió la niña, y añadió—: Los ejércitos

son instrumentos de Dios para disuasión, defensa y preservación de la paz. Lo dice la Biblia. —Se llevó una mano a la boca—. ¡Ay, no! Ya hablo como una monja. ¡Mierda! ¡Coño! ¡Hostia puta!

—¡Mili!

—Lo siento, es que no quiero parecerme a una monja.

Marcela resopló, armándose de paciencia. Mientras iba a buscar el agua y los trapos, escuchó la diatriba de Mili a sus espaldas.

—Si todos los soldados van al cielo, debe de ser un lugar abarrotado de gente con uniforme. El padre Hermógenes dice que no hay mayor orgullo que dar la vida por los amigos y que eso es lo que hacen los soldados. Es un cura muy raro, porque siempre habla de la guerra. Pero no dice nada de los ingleses ni de los alemanes, solo habla de los franceses, que no sé por qué le caen tan mal. Dice que le dieron la espalda a la Iglesia. ¿Tú sabes por qué?

—No, Mili. ¿Puedes traer el bálsamo y las vendas?

La muchacha obedeció y entre las dos le quitaron el vendaje al alemán con cuidado de no hacerle daño. Él puso de su parte, haciendo un gran esfuerzo para moverse hacia un lado y hacia otro, y cuando la herida quedó a la vista, Mili arrugó la nariz.

—¿Tú le hiciste esto?

—Es un cosido horrible, ya lo sé. Pero tenías que haber visto cómo estaba antes.

La sutura no tenía buen aspecto, estaba enrojecida y abultada en algunas partes. Un par de puntadas se habían descosido y por ellas se escapaba un líquido sanguinolento. Sin tiempo que perder, Marcela comenzó a lavarle la herida. Con cada restregón, el hombre bufaba, sudaba y apretaba dientes y puños.

—Me llamo Mili —le dijo la niña para distraerlo—. Aunque mi nombre de verdad es Milagros y me lo pusieron las monjas. No me gusta nada porque es un nombre muy santurrón. Yo quería llamarme Alejandra, pero no sabía hablar cuando llegué al hospicio. —Se quedó mirándolo un momento y, al ver que no decía nada, continuó—: Ella se llama Marcela.

El alemán, que parecía estar sufriendo terribles dolores, se llevó una mano al pecho.

—Berger —murmuró—. Hans... Berger.

Marcela dejó de frotar la herida y lo miró. Mili se mostró entusiasmada con su pequeña conversación.

—¡Ya sabemos su nombre!

Marcela la fulminó con la mirada.

—Pues yo prefería no saberlo, Mili, porque no es lo mismo que se te muera un desconocido que se te muera Hans Berger. Tampoco es lo mismo plantar una chumbera sobre la tumba de un desconocido que sobre la tumba de Hans Berger.

Hans sujetó a Marcela por la muñeca porque, sin querer, estaba apretando con más ahínco la herida.

—*Bitte...*[2] —murmuró.

Las dos lo miraron.

—¿Qué dice? —preguntó Mili.

—Quién sabe. Pero ahora me gusta menos la idea de enterrarlo en el patio.

—¡Solo lo hice para distraerlo! —argumentó Mili—. Le está doliendo mucho. ¿Por qué tienes que tomártelo tan mal?

Marcela respiró hondo, y ninguna de las dos volvió a hablar mientras cubrían la herida con un vendaje limpio. Terminada la tarea, Marcela le pidió a Mili que volviera con las monjas.

—Será lo mejor —respondió ella—. Si no, sor Felipa pensará que me caí al barranco y que me llevó la corriente. —Se acercó al respaldo de la silla donde había dejado el pañuelo y, mientras se lo ponía en la cabeza, añadió—: Ojalá yo también pudiera vivir fuera del hospicio.

Marcela la acompañó hasta la puerta y le dio un abrazo.

—Algún día.

2. Por favor.

8

Gaspar regresó. Su camisa blanca estaba arrugada y sucia y tenía el pelo revuelto. Marcela estaba terminando de preparar el almuerzo, pero lo dejó para plantarse frente a él, cruzada de brazos, dispuesta a soltarle todos los inconvenientes que había causado su *paquete*.

—¡Estarás contento!

—¡Qué! ¿Se murió? —preguntó él alarmado y dejando en el suelo un saco atado con una cuerda.

La muchacha alzó las manos al techo para dejarlas caer con un golpe seco sobre sus faldas.

—Todavía no, pero si no le bajamos la fiebre, no durará mucho.

Gaspar se acercó al catre para verlo de cerca.

—¿Duerme o está inconsciente?

—¿Cómo voy a saberlo?

—Creo que tiene mejor cara que ayer.

—Claro que tiene mejor cara. Llevamos cuidándolo desde que te fuiste. Tuve que pedirle ayuda a sor Felipa, solo espero que su remedio funcione.

Gaspar se plantó frente a ella de dos zancadas.

—¿Se lo contaste a una monja? ¿Cómo se te ocurre?

—No dirá nada.

Él le dio la espalda. Se llevó una mano a la nuca y se la rascó como si le hubiera salido un sarpullido. Después, se frotó los ojos con gesto cansado. Tenía ojeras y parecía no haber dormido en toda la noche.

—Espero que no te equivoques, prima, porque nos jugamos el pellejo. —Un poco más calmado, se giró de nuevo y sus grandes manos le cayeron a Marcela sobre los hombros—. Sabía que no le dejaríais morir.

Ella se apartó y fue a colocarse al otro lado de la mesa, lo más lejos posible de él.

—Se llama Hans Berger, por si te interesa saberlo.

—Vaya, veo que habéis tenido tiempo de hablar.

—Solo dijo su nombre, nada más.

—Seguro que se ha fijado en lo guapa que eres. —Con las manos en los bolsillos del pantalón, Gaspar se acercó a la mesa, la rodeó y llegó a su lado—. Cualquier hombre se daría cuenta de eso.

—Creo que tu alemán está ocupado intentando no morirse.

Él la contempló muy seriamente. Cuando se ponía serio, Gaspar hacía cosas que a ella le disgustaban. Marcela quiso adivinar lo que se le pasaba por la cabeza, pero entonces la expresión de su primo cambió y la sorprendió con una nueva y distendida sonrisa.

—Mira lo que traje.

Se acercó al saco que había dejado en el suelo y cargó con él hasta la mesa. Entonces comenzó a sacar cosas: un queso entero, una orza pequeña con miel, una lata de mortadela, un saquito de sal, una lata de aceite de oliva, un trozo de jamón curado y un cucurucho de papel con una libra de guisantes.

Marcela suspiró, dejando escapar el desánimo que la había embargado esa mañana por la falta de alimentos. Pero Gaspar aún no había terminado: el fondo del saco estaba lleno de millo de excelente calidad.

—¿Cuánto hay? —preguntó ella con los ojos muy abiertos.

—Más de dos kilos.

—Esta tarde lo llevaré a moler. Ya casi no me acuerdo de cómo sabe el gofio.

—¿Estás contenta? —Gaspar apresó las mejillas de Marcela con las manos.

Ella intentó afirmar con la cabeza, pero las manos de su primo le impidieron hacer el gesto.

—A padre no le gustará —dijo, no obstante—. Prefiere pasar hambre antes que verte traficar con esa gente.

Él sacudió los hombros para indicar que ese era el menor de sus problemas.

—Ya se le pasará.

Un movimiento repentino y Marcela estuvo entre sus brazos. No era la primera vez que lo hacía, aunque su contacto aspiraba a ser cada vez más íntimo y personal. Intentó revolverse, pero Gaspar la inmovilizó contra su cuerpo.

—Me acuerdo de la noche en que llegaste —le susurró al oído apretándole la cintura estrecha con un brazo y la espalda con el otro—. Llevabas dos coletas y un vestido azul. Supe enseguida que nuestra vida iba a ser mejor contigo en casa.

—Pues fuiste el único que creyó eso —dijo ella consiguiendo apartarlo de un empujón.

Lejos de desalentarlo, la disposición de ella hacia la lucha lo animó a insistir, como si fuera un juego en el que siempre quería ganar.

—Creces rápido, primita.

Intentó abrazarla de nuevo, pero Marcela luchó contra sus manos, aunque apenas pudo contenerlo cuando él le buscó la boca para estamparle un beso que ella rechazó apretando los labios.

—¡Déjame! —chilló, y logró darle un puñetazo en el estómago con todas sus fuerzas.

Gaspar cayó de rodillas al suelo fingiendo que Marcela le había hecho daño. Al ver la cara atónita de su prima, estalló en carcajadas.

—¡No es gracioso! —le gritó ella furiosa.

—Es muy gracioso.

—¡Si vuelves a hacerlo, te morderé!

—Serías capaz —respondió él vagamente mientras se ponía de pie—. Pero ese beso me lo quedo.

—Eres un depravado.

Gaspar frunció el ceño y la amenazó con el dedo índice estirado.

—No me importa que me insultes, pero no uses palabras que no entiendo.

Marcela echó el cuello hacia atrás para mirarlo a los ojos. Gaspar era un joven alto, según decían, como su padre, el hermano de Azarías, que tras enviudar se había vuelto a casar con una mujer de la Península y se había desentendido de su primogénito, al que dejó en Las Palmas. Gaspar también había heredado de él los ojos verdes y el pelo negro. Por lo general, se mostraba alegre. Sin embargo, tenía una parte oscura que a veces se apoderaba de él. Entonces era mejor no estar cerca y esperar a que sus demonios dejaran de atormentarlo y volviera a ser el mismo de siempre. Gaspar quería a Azarías como a un padre y a Isabel como a una hermana. Sin embargo, con ella era diferente.

—Somos familia, a ver si te enteras de una vez.

—Dentro de un año ya tendrás edad suficiente para casarte. Entonces le pediré a mi tío que autorice nuestra boda.

A Marcela la provocación no le hizo ninguna gracia.

—No digas bobadas.

Se acercó a una pared y buscó una talega grande entre el amasijo de cosas que había colgadas en el perchero. Él la siguió, apoyó la espalda contra la pared y metió una mano en el bolsillo de su pantalón para sacar una cajetilla de tabaco.

—No fumes aquí —le ordenó ella, y miró de reojo al herido.

Gaspar frunció los labios y volvió a dejar el tabaco en el bolsillo antes de cruzarse de brazos.

—Mi tío estaría encantado.

Con la bolsa de tela en la mano, Marcela volvió a la mesa.

—Por supuesto que no estaría encantado.

—Él cree que no te casarás nunca y que lo cuidarás hasta que se muera.

La entonación jocosa en su voz había desaparecido por completo. Sin embargo, la inseguridad en la voz de ella fue evidente cuando preguntó:

—¿Él te dijo eso?

—Mejor conmigo que con nadie —replicó Gaspar mientras se acercaba a la mesa para volcar el millo en la talega que sujetaba su prima—. ¿O quieres morirte sin saber lo que es estar con un hombre?

—Moriría igual de feliz.

—Podemos vivir aquí los tres juntos. Dentro de un año solicitamos una dispensa al obispo para celebrar la boda y ya está.

—No lo dices en serio. Somos primos.

—Si los reyes pueden casarse con sus primos, ¿por qué nosotros no?

—Porque no tenemos reinos que unificar ni necesitamos alianzas frente a enemigos. Y, además, yo no quiero casarme contigo.

Marcela dejó la talega llena de millo en la mesa y le dio la espalda. Él la sujetó de un brazo para obligarla a darse la vuelta y luego le cogió las manos.

—Yo cuidaría siempre de ti —dijo apretándole los dedos— y de mi tío. Lo quiero como a un padre, ya lo sabes.

Marcela tiró de sus propios dedos, aunque solo consiguió hacerse daño.

—¿Por qué yo? Todas las muchachas del barrio están locas por ti. Deberías quererme como a una hermana.

—Pero no eres mi hermana y me gustas. Eres lista, más guapa que ninguna y sabes hacer muchas cosas. Las mujeres a mi alcance son tan ignorantes y brutas como yo. Además, nos llevamos bien.

Tiró de las manos de su prima hasta que la tuvo pegada a él. Ella volvió a luchar.

—Nos llevamos bien porque siempre haces lo que quieres.

—Así es —admitió Gaspar reteniéndola.

—Crees que puedes hacer lo que quieras conmigo porque sabes que padre siempre se pondrá de tu parte.

La mano derecha de Gaspar le rozó un pecho antes de soltarla de un empujón. Su sonrisa había desaparecido, y ella sintió miedo al retroceder trastabillando. Aún con temor, la rabia la espoleó a encararse con él.

—Os guste o no, pertenezco a esta familia. No tengo nada

que agradeceros. Friego, cocino y lavo la ropa. Pero no pasaré el resto de mi vida sirviéndote porque tú consideres que te vengo bien.

Gaspar se apoyó contra la pared más cercana, sacó un cigarrillo y lo encendió a pesar de la mirada incisiva de su prima. Ella lo dejó fumar. Después de todo, era su soldado.

—¿Y a tu padre tampoco le servirás?

—Mi padre no me necesita.

—Puede que ahora no, pero se hace mayor.

—Entonces podrás devolverle todo el cariño que te dio.

—Las monjas te enseñaron muchas cosas, prima, pero olvidaron hablarte de la realidad de la vida. Harás lo que tu padre te diga.

Ella se quedó callada. No deseaba continuar aquella conversación porque la baja tolerancia de Gaspar a la frustración no era ningún secreto y no quería enfurecerlo en esos momentos. Ya se enfrentaría a sus planes en otras circunstancias.

La mirada de él se dulcificó. Dio una calada a su cigarro y después avanzó hasta llegar a su lado, soltando el humo por el camino.

—¿Qué quieres hacer con tu vida, Marcela? —preguntó con fingido encanto.

La camisa de Gaspar, abierta hasta la mitad del pecho, dejaba ver la piel tensa sobre los músculos. Su cercanía la violentaba y asqueaba a partes iguales, como le desagradaba su empeño en demostrarle lo fuerte que era él y lo débil que era ella.

—Quiero poder decidir si quiero casarme o no —le dijo—. Cuando acabe la guerra, encontraré un trabajo y ahorraré para ir a ver a Carmen.

—¿A La Habana?

Él dio un paso hacia adelante. Ella dio un paso hacia atrás.

—Sí, a La Habana. Mucha gente se marcha allí un año tras otro. ¿Por qué yo no puedo?

Él avanzó otro paso. Ella chocó contra la pared.

—Porque eres una mujer —le respondió Gaspar agachando la cabeza para mirarla—. Y porque tu padre te necesita.

Marcela le sostuvo la mirada.

—Mi padre renunció a mí hace mucho tiempo.

—Pero ahora estás aquí. Y necesitas su permiso para todo. ¿En qué mundo vives? ¿Desde cuándo las mujeres son dueñas de su destino? Sin un hombre a tu lado no vales nada.

—Muchas mujeres son dueñas de sí mismas.

Gaspar dio una larga calada a su cigarro antes de contestar.

—¿Conoces alguna? Y no me digas las viudas, porque esas al menos conservan la dignidad. Puede que las monjas, pero tú no quieres ser monja. Si así fuera, te habrías quedado con ellas. Tampoco me valen las ricachonas, porque esas pueden hacer lo que les dé la gana, y como tú eres más pobre que una rata, no tienes opciones. Por muy bien que leas el periódico. —Hizo una pausa para mirarla fijamente. El cigarrillo se consumía entre sus dedos sin que se lo llevara a la boca—. A los pobres nos va mejor siendo analfabetos, Marcela. No están dispuestos a dejarnos progresar. Si quisieran ayudarnos, traerían maestros de la península y construirían más escuelas. ¿Lo hacen? No lo hacen. ¿Sabes por qué nos construyeron ermitas en los Riscos? Para que no bajásemos a oír misa a sus flamantes iglesias. Les molestan nuestros harapos y la cara sucia de nuestros niños. —Aspiró profundamente—. Ay, prima, tu cabecita siempre revoloteando a un palmo del suelo. Es normal para una niña con demasiada imaginación, pero ya va siendo hora de que asimiles tus posibilidades. Tu sitio está aquí, con nosotros, ¿o crees que puedes coger un barco y encontrar una vida feliz al otro lado del océano, junto a una hermana a la que ni siquiera conoces?

Marcela se sentía acorralada entre la pared y el cuerpo de Gaspar. Sabía que, si hacía tentativa de moverse, él la atraparía y la retendría a la fuerza, así que apenas movió los labios cuando dijo:

—Qué sabes tú lo que hay al otro lado del océano.

—Sé lo que cuentan los que vuelven. Y dicen que las pobretonas que se embarcan en esa aventura acaban de putas en los burdeles, que se reproducen como chinches en La Habana o en Caracas. Los hay a cientos. ¿Has oído hablar de Triscornia? —Esperó un par de segundos y dio por hecho una respuesta negativa—. Es un lazareto de inmigración en La Habana. Casi todos acaban allí: los que no tienen papeles, los que están enfermos, los que no tienen un real, los que están solos, los que no tienen trabajo... Los ponen en cuarentena como si fueran cerdos. A las mujeres también. Dicen que los chulos y las putas se pasean cada día por ese lugar buscando carne fresca. Y bien sabe Dios que la encuentran. Las engañan como a niños, con sus ropas elegantes y sus buenos modales. Les ofrecen trabajos de cocineras o doncellas en casas respetables y al cabo de un tiempo ya no hay remedio. —Hizo una pausa para intimidarla con la mirada antes de añadir—: Y a nadie le importa una mierda.

Marcela no fue capaz de hablar. Tal vez Gaspar fuera un bruto ignorante, pero no cabía duda de que sabía manejar su escaso vocabulario. Había algo maquiavélico en él que la disgustaba profundamente.

Lo observó arrojar el cigarrillo al suelo y pisarlo antes de volver a clavarle la mirada.

—A veces, cuando hablas, pareces un hombre, prima. Y eso te traerá problemas. Odio ponerme serio contigo. Si no fueras tan terca...

Marcela vio venir sus intenciones cuando la claridad junto a la ventana reflejó el color verde de sus ojos haciéndolos centellear como los de un depredador. Trató de salir de allí con un movimiento rápido, pero Gaspar le cortó el paso.

—¿Es que no me has oído? —Le dio un empujón en el centro del pecho con las dos manos, aunque apenas logró moverlo—. ¡Déjame en paz!

La atrapó. Le bastó un solo brazo para inmovilizarla ciñéndola por la cintura. Mientras ella retorcía todo el cuerpo para zafarse, él la sujetaba muerto de risa.

—Si te doy otro beso cambiarás de opinión.

—¡Aparta!

Marcela se revolvió furiosa, pero luchar contra Gaspar era lo mismo que hacerlo contra un oso que no está dispuesto a soltar su trofeo. Aun sabiendo perdida la contienda, no dejó de forcejear y de intentar apartarlo. La batalla continuó hasta que una voz extranjera exclamó algo a sus espaldas.

Gaspar la soltó de forma tan brusca que la espalda de ella chocó contra la pared. Los dos se volvieron hacia el camastro donde yacía Hans Berger, que se había levantado y temblaba por el esfuerzo de mantenerse en pie. Su mirada era decidida y amenazadora, tanto que Gaspar alzó las manos en un gesto sumiso. Marcela se recompuso la ropa y el pelo, y se frotó los labios con la manga de la blusa para eliminar cualquier huella que pudiera haber dejado en ellos su primo.

Hans murmuró unas palabras en alemán que nadie más que él comprendió. Gaspar se giró hacia Marcela con una sonrisa en los labios.

—¡Míralo! Está medio muerto y todavía se atreve a enfrentarse a mí. Y todo por defenderte. ¿Qué le has hecho a mi alemán, prima?

—¡No vuelvas a tocarme! —sentenció ella.

Pasó junto a Gaspar para acercarse a Hans y cuando estuvo a su lado, este se apoyó en sus hombros. Marcela se dio cuenta en ese instante de su elevada estatura. Era tan alto como su primo, que era el hombre más alto que conocía.

Azarías entró en casa y se encontró a su hija ayudando al soldado a tumbarse de nuevo.

—¿Qué ocurre? —preguntó mientras colgaba el sombrero en la percha.

La muchacha trató de explicar lo que acababa de ocurrir, pero su padre no le prestó atención y preguntó a Gaspar:

—¿Está mejor?

El joven se frotó la frente con el dorso de la mano. Luego aspiró con fuerza.

—Marcela le contó nuestro secreto a una monja, tío, y parece que esta le dio un bálsamo milagroso. Solo falta que Isabel se lo cuente a su marido, el sindicalista, y se presente aquí.

—Tenía que hacer algo —dijo en su defensa Marcela—. Esta mañana estaba muy mal.

Lejos de calmarse, Azarías parecía cada vez más preocupado.

—Esto se nos está yendo de las manos. ¡Tienes que llevártelo!

—No dude que lo haría, tío, si tuviera otro lugar donde esconderlo.

Azarías soltó un gruñido y se acercó a la mesa para inspeccionar todo lo que había encima.

—¿Es esto lo que te dan por tu ayuda?

Gaspar metió una mano en el bolsillo y sacó unas monedas que puso sobre la mesa.

—Ahí hay monedas alemanas. Espero que no se te ocurra cambiarlas en el bazar turco —dijo Azarías.

—No, tío, no soy tan idiota.

—Entonces, la mitad de lo que te pagan no sirve de nada.

—Servirá más adelante. Y con lo que me dan en pesetas tengo suficiente para comprar comida.

Aquello no tranquilizó a Azarías en absoluto.

—Estás jugando con fuego, Gaspar. Tenlo presente cuando tomes una decisión.

Después del almuerzo, Marcela se dirigió al molino con la talega llena de millo apretada contra el cuerpo, cubriendo la bolsa de tela con una toquilla por miedo a que alguien saliera a su encuentro y se la quitara.

El hambre no entendía ni de honra, ni de leyes, ni de amenazas del infierno.

El hambre era el infierno.

Y del infierno solo se escapa pecando.

9

—

El callejón conducía hasta unas fincas en las que había dos molinos y una acequia lavadero. El primer molino estaba inactivo y en el segundo le pidieron una cuarta parte de la harina. Medio kilo a cambio de tostar y moler el millo le pareció a Marcela una maquila desproporcionada, pero no le quedó más remedio que aceptar.

Sentada en una piedra junto a la acequia, trató de olvidarse de las palabras de Gaspar, que sentía como carbón en llamas arrojado sobre sus sueños. Por eso no fue consciente ni del aroma del grano al tostarse, ni del sonido de la rueda cuando lo aplastaba, ni del olor familiar del gofio, que bastaba para llenar el alma del isleño.

Oyó unos pasos que se acercaban al molino. Abrió los ojos y vio a una mujer joven con un cesto colgado del brazo. Hasta ella llegaron fragmentos de su conversación con el molinero.

—¿Y qué quiere que haga, Rosita? —decía el hombre—. Yo también tengo hijos que alimentar.

—Pero es todo lo que tengo —se lamentaba la mujer—. Si le doy una parte, no me quedará suficiente para dar de comer a mis hijos.

—Mire, siento mucho lo de su hijo pequeño. Pero ya lo ve, apenas quedan cereales que moler. Mis hijos mayores tuvieron que emigrar a América y cuando el mar sea más seguro nos iremos todos.

La mujer lloraba.

«El bebé de Rosita se murió», había escuchado Marcela en el lavadero, y pensó que debía de ser ella.

El molinero le entregó a Marcela su bolsa llena de gofio y entonces emprendió el regreso a casa. No se había alejado demasiado del molino cuando decidió esperar a Rosita bajo la sombra de una palmera gigante rodeada de matojos secos y adelfas rosas. Poco después, al verla aparecer por el sendero, intentó acercarse a ella, pero la mujer desconfió de sus intenciones y aceleró el paso para evitarla.

—¡Espera! —exclamó a sus espaldas—. Puedo ayudarte.

Rosita se detuvo, todavía recelando, y Marcela llegó a su lado con una corta carrera. Encontró en su cara unos ojos hinchados y enrojecidos, unas ojeras oscuras que la hacían parecer mayor de lo que era y un pelo apagado y sin brillo enmarañado sobre la cabeza. Ni siquiera llevaba pañuelo. En realidad, no tendría más de veinticinco años.

—Me sobra un poco de gofio —le dijo, y la animó a abrir la bolsa de tela que llevaba dentro del cesto.

A Rosita le cayeron dos lágrimas mientras su talega se llenaba de harina.

—Muchas gracias —dijo sorbiendo por la nariz—. No sé por qué lo haces, pero gracias en nombre de mi familia.

Se sonrieron. Después hicieron el resto del camino sin mirarse y sin hablar, unidas por una complicidad silenciosa que había surgido entre las dos. La casa de Rosita estaba en la falda de la loma, justo donde empezaban las plantaciones de tomates que separaban el ascendente barrio de San Nicolás del comercial centro de Triana, en la llanura junto al mar. Tres niños de entre dos y seis años, todos varones, descalzos y medio desnudos, salieron a su encuentro. Sentado sobre el poyo de la casa destartalada, un hombre flaco tejía un cesto con tiras secas de hojas de palma. Tal vez tuviera suerte y pudiera venderlo en el mercado de Vegueta.

—¿Tu marido no tiene trabajo?

Rosita lo miró en la distancia. Los tres niños se arremolinaron en torno a la cesta de su madre, como cachorrillos persiguiendo el oloroso rastro de la comida.

—Dimas trabajaba en los tomateros —dijo apartando con cariño las manitas ansiosas—. Pero los ingleses ya no se llevan los tomates.

Los niños estaban a punto de quitarle a su madre el cesto de las manos, de modo que Marcela se despidió de ella para dejarla entrar en casa y que alimentara a sus hijos.

—Hasta la vista —le dijo, pero antes de que se moviera Rosita la retuvo para darle un abrazo.

—Que Dios te lo pague —le respondió reprimiendo el llanto—. Y que mi angelito te cuide siempre desde el cielo.

Marcela se marchó con un nudo en la garganta, y al llegar a casa encontró a Gaspar sentado en el taburete, al lado de Hans, que estaba un poco incorporado en el catre. Gaspar le había puesto una almohada detrás de la espalda y trataba de comunicarse con él.

—Tiene menos fiebre —dijo.

La muchacha fue a dejar la talega sobre la mesa y se acercó al alemán para ponerle la mano en la frente. Él la miró. Sus ojos ya no brillaban por el fervor de la fiebre.

—Agua, por favor —pidió el soldado.

—¿Le has enseñado tú a decir eso?

Gaspar mostró sus perfectos dientes blancos en una sonrisa.

—Sí, y tiene una excelente pronunciación.

—¿Y por qué no le has dado agua?

—Bueno, pensé que estaba practicando.

Marcela resopló y fue a la fresquera en busca de la jarra. Cuando se la llevó al alemán, Gaspar le cogió la jarra y la taza de las manos para darle él mismo de beber. Si le guardaba rencor por lo sucedió a la hora del almuerzo, lo disimulaba muy bien. Dejó la jarra en la mesita y sacó unas monedas del bolsillo de su pantalón.

—Toma. Si mañana vas al mercado, cómprale unos calzones en los puestos de los jarandinos, que yo no pienso dejarle unos míos.

La muchacha se guardó las monedas en el bolso de la saya.

—Y que no te engañen. Ya sabes lo que les gusta regatear a esos moros.

—¿Dónde está padre? —preguntó ella mientras volvía a llevar la jarra de agua a la fresquera.

—Se fue a pescar. Supongo que ahora que somos uno más tendrá que ir todos los días.

—Le daré algo de comer. Tiene que estar hambriento.

Gaspar respiró hondo mientras su nariz apuntaba hacia la mesa, a la talega llena del gofio que había llevado Marcela.

—Adoro el olor del millo recién tostado —dijo mientras se ponía en pie y se acercaba a la mesa. Cuando descubrió lo poco que había, la interrogó con la mirada.

—El molinero se quedó con un buen pellizco —aclaró ella frente a la encimera.

Gaspar sacudió la cabeza y entrecerró los ojos.

—¿Me tomas por imbécil?

—No preguntes esas cosas o un día te contestaré.

Su primo no iba a darse por vencido y ella lo sabía, de modo que ni siquiera se atrevió a mirarlo.

—¿Vas a decirme dónde está lo que falta?

—Acabo de decírtelo.

—Muy bien. Entonces voy a hacerle una visita al molinero.

—¡Espera! —exclamó Marcela al ver que se dirigía hacia la puerta. Tragó saliva y confesó en voz baja—: Le di una parte a Rosita. Su bebé...

—¡Lo sabía! —bramó Gaspar rabioso—. No sé cuándo podré conseguir más y tú vas por ahí regalándolo. Si tienes pensado ayudar a todo el mundo, no tendrás bastante aunque consiga reunir todo el grano de la isla.

—Eso lo dices porque no viste a sus hijos. Tú habrías hecho lo mismo.

—Créeme, prima, yo no lo habría hecho. Arriesgo mi vida para que no os falte nada. Y ahí fuera hay mucho hambriento. No puedes alimentarlos a todos. Si repartes lo que traigo, al final solo comeréis trozos de pescado hervido.

—Ya comemos trozos de pescado hervido.

La mirada ceñuda de Gaspar casi la hizo reír, aunque la situación no tenía ninguna gracia.

—Cada noche puede ser la última y, si yo voy a la cárcel, se acabó todo.

A ella se le ocurrieron unos cuantos razonamientos que echarle a la cara, pero permaneció en silencio, consciente de que Gaspar estaba al borde de uno de sus arrebatos de ira. Una sola palabra más y explotaría. Y cuando explotaba, ella siempre salía perjudicada.

Tras ese momento de tensión, Gaspar salió al patio. A través de la ventana, Marcela lo vio llenar un cubo con el agua del aljibe antes de meterse en el cobertizo de madera que Azarías había fabricado con unas tablas y unas losetas de barro. Mientras él se lavaba, ella encendió la lumbre para calentar un poco de leche a la que luego añadió unas cucharadas del polvo del cereal tostado y un chorrito de miel. Con el cuenco en la mano, fue a sentarse junto a Hans.

Le tocó un hombro y él abrió los ojos.

—Hora de comer.

El esfuerzo que hizo para incorporarse lo dejó una vez más completamente rojo.

—Gofio —dijo ella mientras conducía la cuchara hacia su boca.

—Gofio —repitió él antes de abrirla.

¿Qué estaría pensando?, se preguntó. ¿Qué se le pasaría por la cabeza a un soldado alemán que acababa de saltar de un submarino en medio de una guerra para caer en una humilde casa canaria? ¿Cómo sería su país?

¿Cómo sería la guerra?

Hans la miraba con una multitud de interrogantes asomándole a los ojos. Ella se dio cuenta de que, si pudieran entenderse, le haría un millón de preguntas. Pero aún estaba débil y apenas logró que comiera cuatro cucharadas de la papilla de gofio. Después se negó a tomar más.

—Gracias —le dijo Marcela imaginando que no comprendería—. Por defenderme de ese bruto.

Para su sorpresa, Hans asintió con un gesto, como si hubiera entendido. Luego se recostó y cerró los ojos.

Unos minutos más tarde, Gaspar apareció en la puerta.

Llevaba ropa limpia y tenía el pelo mojado pulcramente echado hacia atrás. Apoyado contra el marco de madera, fumaba y la observaba en silencio mientras ella preparaba la cena.

—Sueñas demasiado, prima.

—Eso es lo único que nadie puede quitarme.

—Los que viven de sueños son siempre los más desgraciados. ¿Y sabes por qué? Porque esperan que se cumplan.

Marcela puso unas papas sin pelar en una olla con agua y las llevó al fuego.

—Tú también tenías sueños —le recordó—. Querías entrar en el ejército y no pudiste porque tus ojos no ven bien de lejos.

—Por eso sé de lo que hablo. Yo lo superé, y tú también lo harás.

—Pero si nos quitan los sueños, ¿qué nos queda?

—La ingrata, cruda y despiadada realidad. De la realidad puedes fiarte. Los sueños siempre te traicionan.

—Hay que soñar las cosas primero para luego intentar cambiarlas.

—No me líes con tu palabrería —replicó él molesto—. Las cosas son como son y punto. Por mucho que lo sueñes, no vas a poder cambiar nada.

Azarías llegó a casa y Gaspar se hizo a un lado para dejarlo entrar.

—A nuestra Marcela le salieron alas, tío. Dice que quiere marcharse.

El hombre dejó la caña a un lado de la puerta, apoyada contra la pared, y le tendió a Marcela el cesto de mimbre que le colgaba del hombro.

—Si yo pudiera, también me iría.

—¿Usted también, tío? A este paso no quedarán aquí más que los dragos y los lagartos, aunque creo que estos ya empezaron a marcharse. Es eso o se los están comiendo.

Azarías se acercó a la pila para lavarse las manos y desde ahí le echó un vistazo a Hans, que todavía dormía.

—Se encuentra mucho mejor —comentó Marcela animada.

Su padre asintió y entonces reparó en el aspecto recién aseado de su sobrino.

—¿Te marchas otra vez?

—Esta noche hay una fiesta en el British Club.

—No me digas que estás invitado.

Una sonrisa maliciosa se extendió en la boca del joven.

—Todos los ingleses de la isla estarán allí con sus trajes de gala. Pero yo tengo mi propia fiesta en los almacenes de la Woermann.

—¿Cuándo vas a recapacitar? —Azarías se acercó a él mientras se secaba las manos con un trapo—. ¿No te parece que ya nos causaste bastantes problemas?

—Con su sueldo no podemos vivir, tío, a menos que nos conformemos con esa bazofia de comida que hacen ahora con lo que antes les daban a los cerdos. El millo que traje hoy es de la mejor calidad, pero es demasiado caro. Marcela debería entenderlo antes de regalárselo a los vecinos.

Azarías miró a su hija y esta trató de justificarse.

—Solo le di un poco de gofio a Rosita. Su familia lo está pasando muy mal. Y con todas las cosas que trajo Gaspar tenemos para unos días.

—Si regalas la comida, pronto tendremos a un puñado de pedigüeños en la puerta.

Ella iba a replicar, pero su padre ya había vuelto a poner la atención en su sobrino.

—Hijo, esto que estás haciendo es peligroso. Pero todavía estás a tiempo. Llevemos a este hombre a un hospital y que se encarguen de él.

Desde la entrada, Gaspar arrojó el cigarrillo al patio.

—Déjeme hacer las cosas a mi manera, tío. Tengo el pálpito de que el asunto saldrá bien. No se preocupe del alemán. Parece que sanará. Podrá volver con los suyos.

—A cambio de dinero.

—Sí, a cambio de dinero. Los males de la guerra nos perjudican a todos. ¿Cuántos barcos nos hunden ellos? No nos respetan. ¿Por qué habríamos de respetarlos nosotros? La mitad de la población odia esos malditos submarinos.

Marcela machacaba en un mortero un ramillete de cilantro con un ajo, un poco de vinagre, un chorro de aceite y una pizca de sal, y sintió la necesidad de intervenir.

—Mientras tú y tus amigos los alimentéis, esas máquinas no se marcharán y la gente seguirá muriéndose de hambre.

Gaspar la fulminó con la mirada. Se despegó del marco de la puerta y, a grandes zancadas, llegó junto a ella para sujetarla de un brazo y tirar hacia arriba, como si quisiera ponerla a su altura. Como el cuerpo de Marcela no se estiraba tanto, él mismo agachó la cabeza y la sacudió con fuerza.

—¡Yo no tengo la culpa de lo que pasa! ¿Me oyes?

Ella tuvo deseos de golpearlo con el majadero de madera que aún sostenía en la mano.

—¡Si no los ayudarais, tendrían que marcharse a otra parte!

Azarías consiguió que la soltara. Gaspar desvió la mirada hacia el camastro y vio que Hans se había incorporado sobre los codos y que seguía la trifulca con semblante serio. Azarías también se dio cuenta.

—Dentro de poco tendrás que atarlo si quieres retenerlo —le dijo a su sobrino—. ¿Quieres eso? ¿Quieres tenerlo secuestrado?

—Solo quiero lo que es justo.

—¿Justo? ¿A qué te refieres?

—A que tenemos la obligación de defendernos. Sería de necios no aprovechar la oportunidad. Le haré llegar un mensaje al vicecónsul junto a una prueba de vida. Y cuando tenga la recompensa, lo meteré en un bote y lo dejaré en alguna bahía segura. Después, solo tengo que enviarles unas indicaciones para que puedan encontrarlo.

Azarías reflexionó un momento mientras se alisaba el bigote con los dedos. Su mirada era dura cuando se dirigió de nuevo a su sobrino.

—Tu plan parece perfecto.

—Lo es, tío.

—Solo encuentro un inconveniente.

—Suéltelo, pues.

—¿Qué pasará si te descubren?

Gaspar no respondió.

—Caray, muchacha, vaya cara traes —le dijo Herminia a Marcela a la mañana siguiente.

—Los vecinos me miran como si fuera una aprendiz de bruja —contestó ella mientras vertía el agua en una tinaja de barro.

La mujer entrecerró los ojos.

—Entrometidos del demonio, que se vayan al infierno. Aunque esto debería preocuparte menos que esconder en casa a ese alemán.

Marcela notó un golpe seco en el pecho. Fue su corazón, que le había dado un vuelco. Dejó el bernegal vacío en el suelo e intentó modular bien la voz.

—¿De qué alemán habla?

—Ah, no te hagas la tonta conmigo, criatura. Conozco vuestro secretito. En este barrio hay que ser muy sigiloso para pasar desapercibido. Y tu primo es como un camello en un bazar.

—Pero... ¿cómo lo sabe?

—Me lo dijeron los gatos.

Marcela no supo qué responder a la anciana. Solo pensaba en lo que haría Gaspar cuando se enterase de que Herminia Maldiciones estaba al tanto de lo que había hecho.

—¿Va a denunciarnos? —preguntó al fin.

Herminia encogió los hombros.

—¿Quién iba a creerme? Solo soy una bruja chiflada. Pero podría hacer que corriera la voz. —Le señaló una silla destartalada—. Siéntate un momento. Vamos a negociar.

Eso no había sonado bien, desde luego que no. Marcela comenzó a imaginar la cantidad de tareas que tendría que hacer para ella a cambio de su silencio y se agobió.

Una vez sentadas frente a frente, Herminia carraspeó y enlazó las manos sobre la mesa.

—Yo puedo ayudaros con el alemán, pero quiero algo a cambio.

—No tenemos mucha comida.

Herminia sacudió la cabeza.

—¿Tengo aspecto de glotona? ¿No ves que se me clavan los huesos a la carne? No es comida lo que quiero, demonios. No os lo pondré tan fácil.

—Entonces, ¿qué quiere?

—Quiero que me traigáis a una persona.

—¿A quién?

—Os lo diré cuando aceptéis el trato. No antes.

—¿Y si nos negamos?

Herminia la miró fijamente con sus ojos de bruja.

—No os conviene negaros. Yo podría ocuparme de esconder a ese hombre hasta que el botarate de tu primo precise llevárselo. Dile que no pienso comérmelo. Si fuese inglés o francés quizás sí... Pero los alemanes son demasiado correosos. ¿No ves la guerra que están dando? Comerse a un alemán sería como comerse a tres ingleses y a dos franceses juntos. Y yo ya no tengo el cuerpo para empachos, que de grandes harturas están llenas las sepulturas.

El extraño sentido del humor de la anciana confundió aún más a Marcela.

—Se lo diré a mi padre.

—¡Bien! —exclamó la Maldiciones con una fuerte palmada al aire que preveía una victoria—. Iré a tu casa pasada la medianoche.

A la hora del almuerzo, Gaspar entró en casa agitado y envuelto en una ráfaga de aire. La ropa limpia que se había puesto el día anterior estaba arrugada y sucia, llevaba el pelo negro despeinado y jadeaba como si hubiera llegado corriendo.

—¡Y ahora qué pasa! —exclamó Azarías al verlo entrar de esa forma.

El joven se fue directo al camastro, tocó el hombro de Hans y le hizo señas para que se levantara mientras lo sujetaba por debajo de los hombros.

—¡Gaspar! —insistió Azarías.

—Concha está a punto de llegar. La encontré en la calle Real, me dijo que venía para acá. Quiere hablar contigo. Le di esquinazo y subí corriendo.

El temor a que su vecina Concha descubriera allí a Hans los alteró a todos. Mientras su padre y su primo metían a un desconcertado Hans en la habitación de Marcela, esta ocultó a toda prisa cualquier objeto que pudiera delatar su presencia. No habían pasado cinco minutos cuando Concha llamó a la puerta. Los tres golpes sobre la madera desbocaron los corazones de cuatro personas.

—Hola, Azarías —saludó la mujer cuando este le abrió.

—Hola, Concha. ¿Qué la trae por aquí?

Ella se frotó las manos nerviosa lanzando ojeadas inquietas al interior de la vivienda.

—Pregunté a su sobrino si ya había vuelto del trabajo y me dijo que no estaba seguro, así que he venido a ver. Yo... necesito hablar con usted. ¿Puedo pasar?

—Ah, sí, perdone. —Azarías desvió sutilmente la mirada hacia atrás. Por el rabillo del ojo vio a Gaspar y Marcela en medio de la estancia, como centinelas que hubieran recibido el aviso de un asalto inminente. Se hizo a un lado y la mujer entró—. Usted dirá.

Concha se quedó callada, como si no encontrara la forma de encarar su petición. Cuando por fin arrancó a hablar, divagó de un tema a otro hasta que Azarías, perdido entre palabras vacías, tuvo que pedirle que fuera al grano. Ella enrojeció.

—Hasta ahora me he apañado planchando y zurciendo trapos en las casas de Vegueta —dijo a media voz—. Con eso he sacado a mis hijos adelante todo este tiempo. Pero todo está tan caro... A Martín y Purita los despidieron de las plantaciones de tomates hace tres años. Ahora ella acarrea agua por la ciudad, pero Martín no encuentra nada y está desesperado. Se siente responsable de nosotros y tengo miedo de que haga una tontería. Es joven y los malos negocios lo tientan por todas partes. He pensado que tal vez usted podría buscarle algo en el puerto. Se lo ruego, Azarías, estamos desesperados.

Azarías suspiró. Se frotó la frente, justo donde una vena

prominente revelaba los golpes sordos de su corazón, y miró a su vecina.

—No es fácil, Concha. El puerto está paralizado. No llega el carbón. Los barcos no se acercan y cada día despiden a más gente. Puede que mañana me toque a mí.

—Pero ustedes dos conservan el empleo.

—A mí me despidieron hace meses —intervino Gaspar.

—Dígale a su hijo que pregunte en las obras de la carretera del puerto... —comentó Azarías—. Es una ayuda que el Cabildo ofrece a los obreros en paro.

—Ya lo intentó la semana pasada, pero hay tantos hombres esperando turno que para cuando le toque a Martín ya nos habremos muerto de hambre.

—¿Por qué no solicita los bonos de subsistencia?

Concha torció la boca y su rostro enrojeció.

—Esta mañana fui con mi bono a buscar eso que nos venden por pan. Pero me dijeron que ya no les quedaba. Esperé un rato junto a la panadería y el pan se lo fueron llevando los que pudieron pagar diez veces su valor. Así que no mencione los malditos bonos. ¿Y qué hace el Cabildo? Poner carteles a las puertas de las tiendas prohibiendo la especulación. Pero a los tenderos poco les importan las rondas de la guardia municipal. En cuanto se dan la vuelta, cobran lo que les da la gana.

Azarías sacudió la cabeza.

—Lo siento, de verdad que lo siento, Concha, pero no puedo ayudarla. —Aspiró profundamente—. Recemos para que esto acabe pronto.

—¿Rezar? —En la cara de la mujer se marcó la mandíbula al apretar los dientes—. Nuestros hombres deberían echarse al mar y luchar contra esos sumergibles.

—¿Y qué haríamos? ¿Tirarles piedras?

—¡Lo que sea! Lo que sea menos dejar que nos maten de hambre.

—Si me entero de algo...

—¿Sabe qué es lo peor? Que hay gente en la ciudad que los ayuda. Todo el mundo lo sabe. ¿Quién puede hacer algo así?

Hace poco esos miserables hundieron un barco que venía de Argentina cargado de millo a flete reducido para alimentar a los pobres, que cada vez somos más. Todo ese millo se lo tragó el mar. Y algunos, Dios los ponga donde se merecen, les llevan plátanos y papas y combustible para sus máquinas del infierno. Se me revuelven las entrañas solo de pensarlo.

—Supongo que cada cual se busca la vida como puede, Concha.

—¿Los defiende?

—Solo digo que el hambre es muy mala y que mucho hambriento junto...

—¿Y la dignidad? ¿No deberíamos conservar al menos la dignidad?

—Cuando la dignidad se coma, entonces empezarán a tenerla en cuenta. Mientras tanto, no sirve para nada. Pregúnteles por la dignidad a los que hacen cola en las cocinas económicas y verá lo que le cuentan.

—Eso es lo único que nos queda, mendigar la comida que reparten las monjas por cinco céntimos.

Un largo silencio medió entre ellos sin más distracción que la mirada directa de Concha, que esperaba una réplica. Pero como nadie dijo nada, la mujer bajó la vista hasta los pies del camastro, donde unas botas militares asomaban por debajo del catre. Azarías siguió la línea de su mirada y un latido del corazón se le subió a la garganta.

—Marcela, trae el queso de la fresquera.

La muchacha desvió la mirada hacia su primo, quien, a su vez, contemplaba a su tío con los labios apretados.

—¿El queso? —repitió Marcela para asegurarse de que había oído bien.

La sola mención del alimento había logrado captar la atención de Concha.

—¡Obedece, muchacha!

Marcela se acercó presta a la fresquera y cogió el queso. Cuando volvió al lado de su padre, este le hizo un gesto para que se lo entregara a la mujer. Gaspar dio un paso al frente para impedirlo, pero Azarías lo sujetó de un brazo.

—Tómelo —le dijo a Concha—. Nosotros vamos apañándonos. No es mucho, pero no puedo darle más.

Concha se desató la saya de la cintura y envolvió el queso con la tela como si fuera una pieza de oro.

—Gracias. No lo aceptaría de no ser porque esta noche no tengo nada más para cenar que un trozo de pan adulterado para tres personas y unos plátanos maduros de los que tiran en los almacenes. Esta tarde Martín fue a pescar, pero no tuvo suerte, y el día que no pesca se nos hace muy largo.

—La avisaré si me entero de algo —comentó Azarías en la puerta.

—Gracias —repitió la mujer abrazando el queso contra el pecho—. No lo olvidaré.

Cuando estuvieron seguros de que Concha había salido del patio, tío y sobrino comenzaron a hablar al mismo tiempo.

—¡Ese hombre tiene que marcharse!

—¿Por qué demonios le ha dado el queso?

Mientras ellos discutían, Marcela decidió que era el momento de hablarles de la propuesta de la Maldiciones.

—Herminia puede ayudarnos —dijo, pero ninguno le prestó atención. Tuvo que repetirlo alzando la voz para que la escucharan.

Entonces la miraron como si no estuvieran seguros de haber oído bien. Gaspar fue el primero en reaccionar.

—¿Qué Herminia? ¿La bruja?

Ella asintió con un gesto, preocupada por cómo se tomarían aquello.

—¿Se lo contaste a esa mujer? —preguntó su padre incisivo.

—¡No!

Gaspar se llevó una mano a la frente y caminó inquieto por la estancia hasta volver a detenerse frente a Marcela.

—¿Desde cuándo hablas con la bruja?

—Le llevo agua.

—¿Por qué?

—Me lo pidió. ¿Por qué ayudas tú a los alemanes?

—¡No es lo mismo! Pero, si tú no se lo contaste, ¿cómo lo sabe?, ¿quieres explicármelo?

—Esto no me gusta —murmuró Azarías frotándose el mentón—. No me gusta nada. Si lo sabe esa mujer, tal vez otros también lo sepan.

Gaspar siguió acosando a Marcela.

—¿Cómo se enteró? ¡Tú se lo dijiste!

—¡Yo no le dije nada! ¡Lo juro! —La muchacha bajó el tono de voz—. Pero el caso es que lo sabe. Dice..., dice que fueron sus gatos. Ya sabes, a veces suelta cosas extrañas.

—¡No, no lo sé! ¡No hablo con esa mujer! ¡Y espero no tener que hacerlo nunca!

—Lo importante es que quiere ayudarnos. Si aceptamos su propuesta, podemos llevar a Hans a su casa.

Gaspar la miró con aprensión. Era muy supersticioso y, si bien no le temía a nada de este mundo, le tenía un miedo irracional al otro.

—Llamar *casa* a esa cueva es echarle mucha imaginación. Esa mujer está loca. Es capaz de hacer una pócima con sus huevos.

—Puede que sea una solución —intervino Azarías—. Nadie en su sano juicio buscaría en casa de la Maldiciones.

—Antes lo entrego al cónsul británico, tío. Estará mejor con el enemigo que con esa mujer.

Azarías no parecía estar de acuerdo. La conversación con Concha lo había puesto muy nervioso y se le notaba que quería deshacerse del alemán.

—Iremos a hablar con ella —sentenció.

Gaspar apuntó a su tío con un dedo.

—Yo... yo no pienso ir a su cueva.

—¿De qué tienes miedo? —replicó Azarías—. ¿De que nos convierta en gatos? Vamos, hijo, no puedes ser tan crédulo.

—No es necesario ir a su casa —expuso Marcela—. Dijo que vendría pasada la medianoche.

—¡Joder! ¡Lo que faltaba! —Gaspar se llevó las manos a la cabeza para frotarse el pelo negro—. Alguien puede verla entrar aquí. Y prefiero ir a la cárcel antes que convertirme en un apestoso marginado como ella.

—No tenemos otra opción —determinó Azarías—. Debiste pensarlo mejor antes de traer a ese hombre a casa.

—¡Pero tío!

—Lo siento, hijo, no pienso dejar que nos pongas en peligro por más tiempo. La Maldiciones es escurridiza como un ratón. Estoy seguro de que nadie la verá acercarse. Escucharemos su propuesta. —Miró a Marcela—: ¿Sabes lo que quiere?

—Que busquemos a alguien.

—¿Eso es todo? No parece complicado.

10

Pasaban unos minutos de la medianoche cuando Herminia llegó envuelta en un vellorí negro que ocultaba su figura desde la cabeza hasta las rodillas. Azarías la hizo pasar y la invitó a sentarse con un gesto. La mujer se descubrió la cabeza y se dirigió a la silla mientras Gaspar y Marcela permanecían de pie, en la penumbra, alejados de la mesa que estaba alumbrada por un par de velas.

Azarías y Herminia aguardaron un minuto en silencio mientras se calibraban mutuamente en la escasa luz. Él se sentó frente a ella y la observó con cautela; los ojos entrecerrados, el ceño fruncido. La anciana, sin embargo, lo miraba con una sonrisilla que le atravesaba la cara esmirriada y llena de arrugas. El pelo blanco y suelto le caía a ambos lados de la cara y despedía reflejos de plata.

—La niña dice que usted está dispuesta a llevarse al alemán —comenzó Azarías sin más preámbulos.

—Así es —afirmó Herminia—. ¿Le importa que fume?

—Adelante.

Herminia sacó de alguna parte de su vestimenta una cachimba y unos fósforos.

—¿Cómo se enteró? —preguntó él con gravedad mientras la anciana encendía su pipa dando cortas chupadas a la boquilla.

Herminia expulsó el humo y respiró toscamente, apoyando la espalda en el respaldo de la silla.

—Me lo dijeron...

—Sus gatos, ya.

—Eso es, mis gatos. Nos gusta la madrugada, ¿sabe usted? A esas horas nadie nos tira piedras y el aire se respira mejor. En las calles solo queda un puñado de delincuentes demasiado metidos en sus cosas como para distinguir a unos gatos y a una vieja entre las sombras de la luna. Descansábamos un ratito en un peldaño de la escalera cuando vimos al sobrino de usted transportando un bulto bien grande al hombro. Fue cuando el más joven de mis gatos se acercó a su ventana. Yo le dije que no lo hiciera, que está mal espiar a los vecinos, pero ya sabe cómo es la juventud de insubordinada.

—Tiene usted unos gatos muy listos.

—Los que más.

—¿Por qué quiere llevarse al alemán?

—Yo no he dicho que quiera llevármelo. Pero estoy dispuesta a hacerlo a cambio de que encuentren a una persona y la traigan a mi casa.

—Usted dirá a quién.

Herminia metió la mano en el bolsillo de su falda y sacó un pedazo de áspero papel que dejó en la mesa. Azarías se lo tendió a Marcela. La muchacha se apresuró a tomarlo de su mano y luego se acercó a las candelas.

—Thomas Hammersmitz —leyó con cierta dificultad.

—¿Quién es? —preguntó Azarías.

—¿Qué les importa?

—No queremos perjudicar a nadie.

—Ah, no tienen de qué preocuparse, no lo busco para usar su sangre en conjuros de brujas. Al contrario, creo que le gustará verme después de tantos años. Necesito resolver un asunto antes de morirme, eso es todo. Estoy cansada y enferma, y ya no me muevo como antes.

—Si hace tanto que no lo ve, podría estar muerto —elucubró Gaspar.

Herminia lo buscó en la penumbra.

—En ese caso lo encontrarán pronto, porque no podrá moverse.

Azarías suspiró.

—¿Qué garantías tenemos de que el alemán va a estar a salvo con usted?

—¿Garantías? ¿En estos tiempos de hambre?

—¿Lo ve, tío? —murmuró Gaspar—. No podemos fiarnos de ella.

—Al menos podría darnos su palabra —dijo Azarías.

—La mejor forma de cumplir con la palabra es no darla jamás.

—Me lo está poniendo muy difícil, mujer.

—Miren, no es que desconfíe, pero tienen que admitir que resulta extraño que tengan a ese soldado en casa. ¿Qué planes tienen para él?

—Devolverlo a los suyos —soltó Gaspar desde la sombra.

La anciana giró la cabeza hacia él y al joven se le erizó el vello de los brazos.

—Eso ya podrían haberlo hecho. Además, está herido. Que lo tengan aquí y no en un hospital obedece a otras intenciones. Pero eso es cosa suya. Allá ustedes. Los alemanes no despiertan muchas simpatías entre la gente, ¿verdad? Todo el día hundiendo barcos... —Herminia chupó la boquilla de su pipa y una nube de humo flotó sobre su cabeza—. ¿Aceptan el trato o no?

Azarías desvió la mirada hacia su sobrino y lo vio negar con la cabeza, pero dijo:

—Aceptamos.

—Estupendo. Sin embargo, no lo llevarán a la loma. Mi tiempo en esa cueva ha llegado a su fin. Voy a trasladarme a mi casa de Triana.

—¿Tiene usted una casa en Triana? —se sorprendió Azarías.

—Sí señor, ¿tanto le extraña?

—Nadie en su sano juicio viviría en una cueva teniendo una casa en el centro de la ciudad.

—¿Le parece que el juicio de esta vieja goza de buena salud?

Azarías no respondió. Herminia volvió a meter la mano en el bolsillo de su falda negra y sacó un pequeño paquete envuelto en papel. Luego se volvió hacia Marcela.

—Ten, niña, te confío la llave de mi casa. En el papel está escrita la dirección. Adecéntala un poco, pero no te excedas limpiando. No quiero morirme de un ataque de higiene repentina. —La muchacha cogió la llave—. Te pagaré un duro a la semana, si a tu padre le parece bien. Yo apenas puedo cuidar de mí misma, de modo que te ocuparás de alimentar al alemán, de curarlo y de ir al mercado.

—¿Cuándo podemos llevarlo? —preguntó Azarías.

—Pasado mañana será el momento perfecto. Pronto nos invadirá el polvo. ¿No lo notan? El aire huele a calima.

A primera hora de la mañana, Marcela se encontraba frente a una hilera de edificios en la calle Mayor de Triana, la arteria comercial de la ciudad, la más bulliciosa y transitada por carros y tartanas tirados por caballos, tranvías abarrotados de gente, borricos con carga sobre el lomo y algún que otro automóvil que competía en ruido con los cascos de los caballos. La fachada modernista de la casa de Herminia estaba un poco deteriorada, pero conservaba su porte elegante en el balcón central de la planta superior.

Dentro olía a polvo y humedad y estaba oscuro. Al abrir los postigos, Marcela descubrió un mar de moscas y bichos muertos en el suelo. Los barrió con una escoba y después salió a un patio trasero donde encontró un ejemplar joven de drago en el interior de una jardinera hexagonal de piedra, con su aspecto de árbol invertido, cuyas ramas gruesas —de las que brotaban hojas afiladas como espadones— parecían raíces queriendo aferrarse al cielo. A Marcela le gustaban los dragos, porque se decía de ellos que eran árboles mágicos cuya savia se volvía roja al contacto con el aire. La sangre del drago era el símbolo de la eterna juventud.

En el patio descubrió una letrina y también un pilón con un grifo que echaba un débil hilo de agua marrón que dejó correr para que clareara. Buscó unos cubos y se dio prisa en llenarlos porque el suministro de agua se interrumpía a las tres de la tarde. Un piano pequeño en el salón y un enorme reloj de pared bajo sábanas polvorientas fueron sus hallazgos más sorprendentes, y también el retrato de una joven Herminia pintada en tonos azules, grises y negros, con hoyuelos a ambos lados de la sonrisa. En el piso de arriba encontró buena ropa en los armarios, aunque desprendía un olor rancio. No dio la tarea por concluida hasta el final del día, cuando encendió pliegos de papel de armenia que encontró en un cajón para purificar el ambiente y neutralizar los malos olores que quedaban.

Al día siguiente el polvo invadió las calles de Las Palmas y el cielo se tiñó de un tono blancuzco anaranjado que opacaba el horizonte. Por la noche metieron a Hans en una rudimentaria carretilla para transportar tomates que Gaspar había conseguido en los huertos de Pambaso, lo cubrieron con una manta y lo bajaron por las calles estrechas, evitando la accidentada escalera, notando en la piel y en las fosas nasales el aire denso cargado de minúsculas partículas de polvo y arena africanos. Oyeron de fondo los ladridos de los perros encadenados en las huertas, y también las lejanas campanas de un tranvía. Marcela los seguía a escasa distancia, cargando con un saco que contenía las cosas de Hans, el rollo de vendas y el bálsamo para seguir con las curas.

La calima mantenía las calles desiertas. Tan solo al fondo de la calle Mayor vislumbraron la silueta borrosa de una pareja de guardias civiles embozados en sus capas. Esperaron a que desaparecieran del todo y luego empujaron la carretilla a lo largo de la avenida, hasta llegar a la casa de Herminia.

En el interior, Marcela encendió un candelabro y los guio hasta el piso superior, donde instalaron a Hans en uno de los cuartos. Todavía estaban acomodándolo cuando oyeron el ruido de la puerta principal al abrirse.

—Tranquilos —les dijo Marcela al ver el miedo repentino en la cara de su padre y su primo—. Debe de ser Herminia.

Desde lo alto de la escalera y con el candelabro en la mano, la muchacha vio la figura de la mujer con el manto en la cabeza, tan negra y oscura que parecía un agujero en la puerta. Jadeaba por el esfuerzo de haber llegado hasta allí y llevaba una cesta grande colgada de un brazo en la que tintinearon sus frascos de hierbas. Tras una pausa de varias respiraciones, Herminia dejó la cesta en el suelo y subió despacio la escalera.

En el dormitorio, los hombres intentaban apaciguar a un exaltado Hans, que no comprendía lo que estaba ocurriendo y les hablaba en alemán.

—Quiere saber qué demonios hace en esta casa y qué van a hacer con él —dijo Herminia traduciendo sus palabras.

—¿Puede entenderlo? —preguntó Azarías visiblemente contrariado.

—Puedo. Y bien. ¿Qué quieren que le diga?

Tío y sobrino se miraron. Gaspar tomó la palabra.

—Dígale que aquí estará a salvo hasta que se recupere y podamos enviarlo de vuelta al submarino.

Herminia hizo la traducción y después siguió hablando con él durante un rato mientras los demás los contemplaban atónitos y preocupados por lo que pudiera decirle.

—Me ha hecho un montón de preguntas —dijo Herminia unos instantes después—. ¿Es que nadie le explicó que su submarino no sufrió daños importantes? Hasta una paria como yo ha escuchado esa noticia.

—No hablamos su idioma, mujer —replicó Azarías.

—Pues cuentan por ahí que los otros dos náufragos alemanes salieron retratados en la prensa. ¿Los han visto?

Se miraron unos a otros.

—No —dijo Gaspar—, pero dígale que están en El Hierro, en manos de las autoridades de la isla, y que no sabemos qué planes tienen para ellos.

Herminia se sentó al borde de la cama, junto a Hans, y ambos volvieron a mantener una conversación. Harto de su cháchara germana, Gaspar los interrumpió.

—¿De qué hablan?

—Me estaba contando que es el oficial Hans Berger, teniente de la Marina Imperial del káiser. —La anciana sonrió—. Interesante, ¿verdad? Su majestad imperial Guillermo *nosecuanto* estará encantado de que se lo devuelvan sano y salvo. Demonios, tal vez les den una medallita.

—¿Qué hará si quiere marcharse? —preguntó Gaspar tratando de mantener respecto a ella una distancia razonable.

Herminia miró a Hans, que parecía haberse quedado tranquilo y descansaba tumbado en la cama.

—No podré impedírselo, pero me encargaré de que, por el momento, no sienta deseos de hacerlo.

—Está bien. Nosotros nos vamos, entonces —anunció Azarías.

—¡Alto ahí! —exclamó Herminia con voz apremiante y poniéndose de pie—. No corran tanto. Todavía no hemos hablado de Thomas Hammersmitz. Hay cosas que deben saber. Es el nuevo vicecónsul de Bélgica en Tenerife.

—Por el amor de Dios, ¿un vicecónsul? —Azarías no pudo ocultar su conmoción—. ¿No pretenderá que vayamos a Tenerife a buscarlo?

—Ustedes no. No me fío de ninguno de los dos. Irá la chiquilla.

—Pero solo tiene quince años, no puede viajar sola.

—Usted le dará permiso. Le conseguiré un par de pasajes en un barco correo. ¿Conoce a algún capitán que haga esa ruta? ¿Alguien de la tripulación, tal vez?

—El capitán del *correíllo La Palma* es un hombre amigable, a veces coincido con él en alguna fonda del puerto.

—Qué buena noticia —dijo entusiasmada Herminia—. Hable con él, entonces. A menos que conozcan ustedes a alguien en Tenerife donde pueda alojarse la niña, deberá pernoctar una noche en el barco. Una vez en Tenerife, solo tiene que ir al consulado y convencer a Thomas Hammersmitz de que venga a verme.

—Mire, señora, dudo que mi hija consiga que el vicecónsul la reciba, y si lo hiciera y se plantara ante él, ¿cómo va a convencer a un hombre de su posición de que venga a verla... a usted?

La expresión de repugnancia de Azarías quedó latente en el cuarto.

—Mi confianza en su hija es infinitamente mayor que la suya, señor Riverol.

Marcela soñó que Herminia utilizaba pedacitos de Hans Berger para preparar extraños y malvados conjuros. Por la mañana, salió a la cocina y vio que Gaspar aún dormía profundamente, tirado sobre el camastro con la ropa puesta y con la cara sucia por el polvo del camino y el sudor. Le habría gustado darle un puntapié en los zapatos polvorientos y apartarlos de las sábanas, pero no quería despertarlo y que empezara a molestarla, así que se lavó, se vistió y desayunó en silencio. Después, se cubrió la cabellera castaña, recogida en la trenza, antes de salir hacia el hospital de San Martín con la orza de miel bajo el brazo que había llevado Gaspar.

El día había amanecido nublado. En el aire aún se respiraba el polvo que había arañado la ciudad el día anterior y que se había quedado incrustado en las fachadas de las casas y sobre los tejados hasta que lo barriera el viento.

De camino entró en La Florida, un establecimiento cuyas estanterías habían ido vaciándose desde el inicio de la guerra, para comprar dos caramelos. Después se marchó esquivando la oleada de mendigos que le salieron al paso. Era viernes y ese día los más necesitados acudían en masa a la ciudad atraídos por las expectativas de conseguir limosna en torno al mercado de Vegueta.

Con el dinero que le había dado Gaspar, Marcela le compró a Hans un par de calzones aprovechando que habían llegado al mercado los jarandinos con sus enormes sacos al hombro llenos de ropa. Y ni siquiera había tenido que regatear, lo que le hizo sospechar que había pagado un precio excesivo.

En el asilo infantil, la actividad era frenética y sor Felipa la acogió como quien recibe refuerzos ante el asedio del enemigo. Llevaba agarrada a su hábito a la misma niña de hacía tres días, pero esa vez ya no lloraba desconsolada, sino que observaba su nuevo mundo desde abajo y desde la perspectiva que le ofrecía el quehacer diario de la monja, un devenir incesante que con toda probabilidad la dejaría exhausta.

Sor Felipa le indicó que fuera a la cocina. Allí Marcela encontró a Mili rellenando biberones para la toma de los bebés. Cuando la chiquilla la vio, estuvo a punto de soltar una botella.

Sor Renata, que inspeccionaba las tareas de las muchachas, le dio un cogotazo.

—¡Ten más cuidado, niña!

Al darse la vuelta la monja, Mili le hizo burla, poniéndose de puntillas para imitar sus andares estirados. Marcela le entregó la miel a la hermana.

—Gracias, hija. Nos viene como caída del cielo.

Los biberones infantiles se preparaban con leche de cabra cocida, miel destilada y yemas de huevo, una mezcla que luego ponían al baño maría.

Sor Renata fue a guardar la miel a la despensa y Mili aprovechó para interrogarla entre susurros.

—¿El alemán sigue vivo?

Marcela afirmó con la cabeza y le contó en pocas palabras lo que había ocurrido. Si Mili hubiera sido un gato, se le habría erizado el pelo del lomo.

—¿Lo dejaste con la bruja? —exclamó, llamando la atención de las demás niñas, que la miraron como si hubieran visto una rata.

Hablar de brujas o aparecidos no era un tema insignificante. Los supersticiosos eran muchos y más de una muchacha hizo la señal de la cruz al oír la palabra. Incluso sor Renata la había oído desde el interior de la despensa.

—¿De qué bruja habláis?

Marcela le lanzó una mirada recriminatoria a Mili y esta comenzó a balbucir.

—Ah, no quiero saberlo —murmuró la monja mientras salía de la despensa, demasiado ocupada para perder el tiempo en conversaciones de adolescentes.

Sor Renata abandonó a toda prisa la cocina y las niñas se apelotonaron en torno a Marcela.

—¿Has visto una bruja?

—¿Son tan feas como dicen?

—A lo mejor ella es la bruja —insinuó una de las niñas de más edad con una sonrisa irónica, dejando claro que no creía en la brujería.

Marcela ayudó a Mili a rellenar las botellas, a colocar esponjas vegetales en el cuello y finalmente a cubrir las esponjas con un lienzo fino sujeto con un hilo. De esta forma, los niños no corrían peligro de atragantarse. Al salir a la sala, los bebés reconocieron el tintineo de las botellas y comenzaron a reclamar la comida con sus lloros.

—¡Vamos a darles de comer para que se callen! —gritó Mili por encima de los llantos.

Esa mañana, Marcela la pasó alimentando a los niños, haciendo que expulsaran el aire y cambiando sábanas y pañales. Después, tras un frugal almuerzo junto a las demás niñas, Mili y Marcela acometieron una nueva tarea en la lavandería, donde lavaron una cantidad ingente de pañales, ropa infantil y sábanas pequeñas. Antes de marcharse, Marcela fue a ver a Sonsoles, la niña triste. Sor Felipa le pidió que le llevara la merienda, un plátano y un poco de leche, aunque le advirtió que había dejado de comer.

—No sé qué más podemos hacer por ella —se lamentó la monja—. Cada día está más lejos de este mundo.

Marcela la encontró dormida, de modo que dejó el plato con la merienda encima de la mesilla y se sentó con delicadeza al borde del colchón. Reparó en su pelo corto, húmedo en la nuca, y en las mejillas sonrosadas que habían perdido color desde la última vez que la vio. Le acarició el pelo. Sonsoles abrió los ojos, pero no la miró.

—Hola —le dijo muy bajito para no asustarla—. Te dije que vendría a verte.

La niña no reaccionó, ni un leve pestañeo, y Marcela decidió contarle un cuento. Al terminar no tenía nada claro si la pequeña lo había escuchado, si su mente estaba allí, en aquella sala, o si se había quedado para siempre al lado de su madre muerta. Tampoco consiguió que se tomara la merienda.

—Te traigo caramelos —le dijo dejándolos junto a la almohada.

La niña volvió a cerrar los ojos. Marcela suspiró y al alzar la vista vio a sor Felipa junto a la puerta. Acarició la mejilla de la niña y fue a reunirse con ella.

—Gracias por todo, hija —le dijo la monja, y añadió en voz baja—: Por cierto, no te he preguntado cómo está el soldado.

—Vivo.

—Muy bien. Contigo está en buenas manos.

—Me preocupa Sonsoles, madre.

Sor Felipa suspiró.

—A todos nos preocupa Sonsoles.

11

Por la tarde, en la calle Mayor, Herminia la recibió arrugando la nariz. Marcela olía a vómito, a pañal sucio y a desinfectante, y le recriminó que se hubiera olvidado de llevarle el almuerzo al teniente, tal y como habían acordado.

—Le he traído dos calzones —replicó ella sacándolos de la talega que llevaba a modo de bandolera.

—Flaco consuelo de tripas —gruñó la anciana—. Alíñalos a ver si se los come.

Marcela frunció el ceño y se volvió hacia la puerta.

—¡Está bien! Iré a casa a buscarle algo de comer a ver si usted se calla.

—Ya no hace falta —rezongó Herminia en el recibidor—. Le compré unas papas al hombre del puesto ambulante y en el patio encontré algo de carne fresca. —Su cara se transformó con una sonrisa perturbada—. Se lo tragó sin rechistar.

—Si enferma del estómago, será por su culpa.

—Ah, no enfermará por eso. Yo he comido cosas peores y aquí sigo.

—¿Dónde está?

—En la sala. —Herminia sonrió mientras se dirigían hacia allí—. Todavía conserva todos los miembros. Díselo a tu primo.

Hans estaba acostado en el canapé, cubierto con una manta. Al verla entrar hizo un esfuerzo colosal para levantarse.

—¿Qué hace?

—Se ha puesto en pie por ti —respondió Herminia con una sonrisilla.

—Qué tontería. Dígale que se tumbe.

—Es una costumbre de los hombres bien educados. Se levantan para saludar a las damas.

—Yo no soy una dama. Tengo quince años.

La sonrisa de Herminia se expandió.

—Eso es lo que eres para él, una damita.

A Marcela le gustó el agasajo. Ni durante un segundo habría pensado en ella misma como en una dama, y que un hombre la considerara de esa forma fue un halago que ni su corazón ni su autoestima pudieron rechazar.

Pese a la extraña situación, Hans parecía tranquilo y Marcela no encontró ningún signo en él que reflejara tensión o disgusto.

—Hola —le dijo.

Hans le sonrió.

—Hola.

La muchacha se acercó a él y lo ayudó a tumbarse de nuevo. Luego se arrodilló a su lado y comenzó a desabrocharle la camisa blanca que le había dado Gaspar. Hans se dejó hacer, sin perder sus movimientos de vista. De vez en cuando, ella le lanzaba cortas miradas y entonces se encontraba con la amabilidad de sus ojos, de un azul líquido y brillante, sin rastro de las rojeces de la fiebre.

Bajo el vendaje, la herida tenía mejor aspecto. Marcela la embadurnó con el bálsamo, con cuidado de no hacerle daño, y luego la cubrió con vendas limpias. Mientras le abrochaba la camisa, el teniente le sujetó las manos para observarlas. La muchacha se sobresaltó ante el contacto repentino y lo miró con los ojos muy abiertos. Nadie la había tocado así antes, con tanta delicadeza, con tanto interés. Las manos de él eran grandes, de dedos largos y suave vello rubio en los dorsos. Y, sobre todo, eran cálidas.

Hans dijo algo en alemán.

—Quiere saber qué te ha pasado en las manos —tradujo Herminia, que se había acomodado cerca de ellos en una poltrona.

—Es el jabón de las monjas —explicó Marcela apartando

las manos y poniéndose de pie—. ¿Cómo es que habla usted su idioma?

—Es largo de explicar —contestó Herminia, y señaló la otra poltrona para que Marcela se sentara—. Le he hablado un poco de ti. Espero que no te importe.

—¿Y qué le ha dicho?

—La verdad, naturalmente: que te criaste con las monjas, que tu padre solo fue a buscarte para que lo ayudaras con la ropa y las pulgas, y que en esa casa nadie te quiere.

Sentada en la poltrona, Marcela palideció y, al mirar a Hans, vio que este había terminado de abrocharse la camisa y la miraba con lástima. Si había algo más humillante que saberse despreciada por la propia familia era ser consciente de que los demás también lo sabían.

—No debió contarle eso.

—No tienes nada de qué avergonzarte, criatura.

—¿Y él? ¿Le ha contado algo de su familia?

—Claro que sí. Hemos tenido tiempo de charlar. Me dijo que nació en Hamburgo, una ciudad con puentes y canales y tierras cultivables, aunque ahora la gente de allí solo come nabos.

—¿Él le dijo eso?

—Eso me dijo. Y también que su padre es médico, y su madre, profesora de piano. Tiene un hermano y una hermana más pequeños, y los adora.

—Vaya, cuántas cosas. ¿Dónde está su familia?

—Los hombres, en el frente, ¿dónde si no? —Herminia suspiró—. Vivos o muertos, no lo sabe. Las mujeres están en Buenos Aires, con un hermano de su madre que es científico naturalista.

—¿Tiene novia o esposa?

La mujer sonrió con malicia.

—Solo a una mujer enamorada le interesaría el pasado de un hombre. Pero tú no has tenido tiempo de enamorarte, ¿verdad, criatura?

—Si no quiere contármelo...

—Ah, no me importa. Pero sí, tiene una novia, o al menos

la tenía cuando empezó la guerra. Se llama Hannah y no sabe nada de ella desde hace dos años.

—Debe de ser horrible no saber cómo están tus seres queridos.

La vieja Maldiciones se quedó abstraída en sus pensamientos, afirmando con la cabeza, como si hubieran acudido a su mente fantasmas de un pasado lejano. Marcela trataba de imaginar cómo había sido la infancia de Hans, si había algo en su rostro que revelara que había sido un niño feliz y amado por su familia. A veces pensaba que a ella se le notaba en la cara que los suyos la trataban con indiferencia, como si el amargor del desprecio dejara rastros en la piel. Pero en la cara de Hans no vio nada raro, tan solo el rostro de un hombre herido y lejos de su hogar.

—Se equivocó en una cosa, Herminia —agregó, solo por el placer de demostrarle que ella, o sus gatos espías, no eran infalibles—. Mi padre no fue a buscarme, las monjas lo obligaron a recogerme. Y tuvieron que amenazarlo con denunciarlo a las autoridades.

Herminia abrió tanto sus ojillos avejentados que, incluso en la distancia, Marcela pudo distinguir el azul oscuro de su iris.

—Demonios, entonces es peor de lo que imaginaba. —Se volvió hacia el teniente y corrigió su versión de los hechos en un santiamén.

—*Mein Gott*[1] —susurró él en un tono apenas audible.

—¿Por qué se lo ha contado? —protestó Marcela.

—Bueno, él preguntó. Y también quiso saber quién es Gaspar. Ha visto cosas... —Hizo una pausa que logró magnificar la palabra *cosas* y añadió—: Además, tú lo estás ayudando, es normal que se interese por ti.

La forma en que la miraba Hans, como si fuera una joven infeliz, la disgustó. Ella se creía afortunada entre tanta desgracia; entre tanto enfermo, entre tanto hambriento, entre tanta madre obligada a enterrar a su hijo muerto. Y, a pesar de eso,

1. Dios mío.

ahí estaba ese hombre, mirándola como si fuera insignificante y desdichada.

—Herminia, dígale que no sienta pena por mí. Puede que yo haya crecido sin un hogar, pero al menos me siento útil, mientras que él viaja por el mundo hundiendo barcos que llevan alimentos a personas hambrientas. No podemos comernos las cabras si queremos tener leche, y los únicos gatos que quedan en el barrio son los de usted, porque nadie se atreve a comérselos. No tenemos medicinas ni médicos ni maestros. Nadie osa cruzar el océano por culpa de esas malditas máquinas y en la ciudad hay más miseria cada día. Más les valdría lanzar sobre nosotros sus odiosos zepelines. Al menos sería una forma rápida de morir. Y lo peor de todo es que nadie contará nuestros muertos.

El teniente interrogó a Herminia con la mirada, esperando una traducción, pero la anciana se puso de pie y se dirigió a la puerta para ir a la cocina.

—¡Dígaselo! —exigió Marcela.

—¡No quiero!

Los tragos de Herminia mientras se bebía un vaso de agua se oyeron desde la sala de estar. Hans seguía mirando a la muchacha con expresión compasiva, y ella se levantó de la poltrona y le dio la espalda para no verlo. Cuando Herminia regresó, habló con fuerzas renovadas.

—Solo un puñado de botarates esperaría que los alemanes fueran a dejarnos en paz por el simple hecho de ser un país al margen de la guerra. ¿Quiénes mandan en esta isla? ¿El Gobierno de la Península? No, son esos ingleses con sus estaciones de carbón, sus navieras y sus bancos... Ellos se llevan las papas, los plátanos y los tomates. ¿Vas a culpar a este hombre por eso? Los británicos bloquean el comercio alemán y ellos hacen lo propio con el suyo. Yo te bloqueo, tú me bloqueas. Fin de la historia.

—No es tan sencillo —murmuró Marcela.

—Para ser exactos, e intuyo que la exactitud es importante para ti, es una cuestión de estrategia. Eres una chica lista, seguro que puedes entenderlo.

—¿Y a nadie le importan las víctimas inocentes?

—¿A quién le importa lo que pasa en un pedazo de tierra en mitad del mar? Cuando acabe la guerra cada nación contará sus muertos, pero tienes razón, los nuestros no los contará nadie porque no estamos en guerra. Los libros de historia no hablarán de nuestras desgracias, de eso puedes estar segura. Y no me hagas hablar tanto, demonios, que se me seca la boca.

La mujer se acercó a un trinchero, abrió un cajón y extrajo un saquito de tela.

—Toma —le dijo. El chocar de las monedas sonó cuando Marcela lo cogió—. Para los primeros gastos. Ah, y tráele cigarrillos y el periódico al teniente, que no vive tranquilo sin conocer los partes de guerra. Cómprale también un lápiz y un cuaderno, que quiere anotar sus cosas.

—¿No le parece extraño estar aquí con usted?

—Por supuesto, pero es un hombre razonable y, en el fondo, está agradecido. Si tu primo no lo hubiera pescado, habría muerto, y sabe que su herida es grave. Ahora solo quiere reponerse. Es un hombre hecho a todo, muchacha, no le asustan las viejas desdentadas, no como a tu primo, que pierde el color cada vez que me ve. —Deslizó la mirada hacia Hans, que descansaba con los ojos cerrados—. Esta mañana salió al patio para ponerse al sol y también tocó un poco el piano después de afinarlo. Es un virtuoso, ¿sabes? Aunque la herida le duele si pasa mucho tiempo sentado.

Cuando Marcela se marchó, el sol ya se había ocultado detrás de la loma y el cielo mostraba los asombrosos tonos del crepúsculo que se reflejaban en el mar. Sin embargo, ella solo podía pensar en la compasión que había visto en los ojos del teniente. Y esa mirada le pesó tanto en el ánimo que caminó con el cuerpo encogido hasta llegar a casa.

—¿Puedes explicarnos dónde está la orza de miel? —le espetó Gaspar en cuanto atravesó la puerta.

Ella se arredró un poco mientras su padre y su primo esperaban una respuesta, y no le quedó otra que tragar saliva y decir la verdad.

—Se lo llevé a las monjas.

Gaspar dio una zancada hacia ella, la atenazó del brazo y tiró con tanta violencia que sus respectivos cuerpos chocaron.

—Mañana les pedirás que te lo devuelvan —le gruñó, tan cerca de la nariz que pudo oler su aliento a vino.

—Usan la miel para preparar los biberones de los niños. Tienen tan poco, Gaspar...

—¡Deja de portarte como una de ellas! ¡No eres una monja y no les debes nada!

—Les debo todo lo que soy —replicó Marcela intentando zafarse de la mano que le apretaba el brazo.

—Pues por eso. No les debes nada porque no eres nada.

La soltó de forma tan brusca que se estrelló contra las sillas de la mesa. Marcela se llevó una mano al brazo, donde le palpitaba la carne magullada, y se lo frotó para aliviar el dolor mientras miraba a su primo con resentimiento. Al mirar a su padre se dio cuenta de que no pensaba ayudarla.

—No vuelvas a regalar mi comida —masculló Gaspar amenazante—. Si lo haces, te juro que vas a arrepentirte.

12

Los días siguientes Marcela los pasó en un constante ir y venir a todas partes; al hospital, a la acequia, al mercado, a los caños de la ermita y a casa de Herminia. Su carácter fue ensombreciéndose a medida que debía lidiar con los precios en el mercado y luego apaciguar a una exaltada anciana que ponía el grito en el cielo cada vez que se enteraba de lo que había gastado. Sin embargo, y pese a todas las maldiciones y protestas, al día siguiente Herminia volvía a darle suficiente dinero para que hiciera la compra y también algunas monedas en compensación por su trabajo. De su parte, ella siempre apartaba un poco para comprarle algo a Rosita y a menudo acudía a su casa con un trozo de queso, una lata de mortadela o un poco de gofio. La mujer la abrazaba y le besaba las manos, y los niños salían a su encuentro cuando la veían llegar. La última vez que fue a llevarles algo, Rosita le dijo que volvía a estar encinta.

Hans se convirtió en el hito temporal de Marcela. El tiempo se partió en una dualidad que era para ella la más lógica y natural del mundo:

Antes de Hans.

Después de Hans.

Habían pasado más de dos semanas desde que él llegara a sus vidas cuando Isabel se atrevió a volver a casa a principios de febrero. Marcela la encontró en la cocina, sentada a la mesa frente a un ejemplar atrasado del diario *ABC*.

—Gracias a Dios que ese alemán ya no está aquí —murmuró Isabel cuando vio a su hermana aparecer en la puerta—. Imagino que murió.

—No, Isabel, no murió. Ahora está con Herminia Maldiciones en su casa de Triana.

—¿Esa bruja tiene una casa en Triana? Válgame el cielo. ¿Y por qué el alemán está con ella?

Marcela le contó lo ocurrido y a Isabel se le subió un rubor de miedo a la cabeza.

—Gaspar quiere buscarnos la ruina. A este paso, toda la ciudad se enterará de sus asuntos, que, todo hay que decirlo, también son los nuestros. —Isabel suspiró con fuerza, todavía con el sofoco en la cara—. No tendría que haber venido, pero aquella casa...

Se interrumpió, porque los labios le temblaban. Marcela fue a sentarse a su lado.

—Toma —dijo Isabel empujando el periódico hacia ella—. Es para que se lo leas a padre. O para que se lo fume. Que haga lo que quiera. A mí me gusta mirar los retratos.

Marcela abrió el diario y pasó los siguientes minutos ojeando el periódico ante la presencia fría y silenciosa de Isabel. Hasta que se dio cuenta de que su hermana estaba llorando. Eso la impresionó muchísimo, porque nunca la había visto llorar de ese modo.

—¿Qué te pasa?

Isabel se limpió las lágrimas con gestos bruscos. Sacó un pañuelo del bolsillo de su falda y se sonó la nariz con un graznido. Al cabo de unos segundos, habló entre hipidos y moqueos.

—Rodolfo se marchó hace una semana con su hermano mayor para trabajar en las minas de cal de Arinaga. Dicen que esos hornos consumen a los hombres en poco tiempo y no sé cuándo volverá. Discutimos la noche antes de que se fuera, porque no quiero quedarme allí sola con su familia. Y ¿sabes lo que me dijo? Que si no me quedo embarazada es por la amargura que siento. Pero yo odio vivir con tanta gente. Me tratan como a una apestada y él no es capaz de verlo. Siempre se pone de su parte y se enfada conmigo en vez de con ellos. Te juro que no entiendo a los hombres.

Era la primera vez que Marcela oía salir de la boca de Isabel palabras tan sinceras y no pudo evitar sentirse sobrecogida y apenada por ella. Sin embargo, cuando su hermana le clavó la mirada esperando a que dijera algo, se quedó en blanco. ¿Qué podía saber ella de los hombres si tan solo conocía a su padre y a Gaspar?

«También conoces a Hans», le dijo su subconsciente.

—Supongo que cada hombre es distinto. —Isabel se atusó el pelo castaño recogido en la nuca y la escuchó con atención, todavía con los ojos llorosos y la nariz roja—. Hans es educado y se pone de pie cada vez que me ve. —Se le escapó una sonrisa que reprimió al instante—. Herminia dice que los caballeros lo hacen por cortesía hacia las damas.

—¿Hans? ¿Quién es Hans?

—El alemán, mujer.

—Pues hablas de él como si significara algo.

La muchacha notó que enrojecía al recordar el suave roce de sus manos en las suyas.

Isabel se quedó mirándola.

A Marcela siempre le habían dicho que se parecía a su madre. Cuando se miraba al espejo, veía unos ojos grandes de color avellana moteados de chispas verdes, la nariz pequeña y recta, el rostro ovalado y la boca bien delineada. Últimamente el pelo castaño se le había aclarado en las sienes por los efectos del sol, y también le habían salido algunas pecas a ambos lados de la nariz. En cuanto a su cuerpo, que era lo que observaba en aquel momento Isabel con repentino interés, se había desarrollado bastante durante el último año, y donde antes había un torso raso ahora se encontraban dos senos que se apretaban contra la blusa infantil.

Parecía que Isabel acabara de darse cuenta de que su hermana estaba convirtiéndose en una mujer.

Lanzó un hondo suspiro.

—No pienso volver a Lomo Blanco mientras Rodolfo esté fuera —dijo con la voz entrecortada—. Un lugar donde nadie te quiere no es un hogar, es una casa con un montón de gente junta.

Marcela podía haberle dicho: «Sé lo que se siente», pero su

hermana le habría recriminado que siempre quisiera acaparar la atención.

A mediados de febrero llegaron noticias sobre otros dos barcos españoles hundidos por sumergibles alemanes. Uno era el *Sebastián*, un vapor que se dirigía a Nueva York con un cargamento de sal, y el otro era el *Ceferino*, que se topó con el sumergible germano en su travesía hacia la colonia inglesa de Lenag. El comandante del submarino había remolcado a los náufragos en pequeños botes hasta dejarlos a salvo en El Hierro.

La noche siguiente a conocer el suceso, Gaspar y Azarías discutían sentados a la mesa de la cocina. Marcela permanecía despierta en su cama porque Isabel la desvelaba con sus ronquidos y ocupaba casi todo el colchón, así que trataba de descifrar en vano el contenido del parloteo. Cuando la discusión subió de tono, salió del dormitorio para averiguar qué ocurría.

Desde la puerta los vio sentados a la mesa, envueltos en una densa nube de humo de tabaco que flotaba en la penumbra amarillenta que procuraba una vela.

—¿Qué pasa? —preguntó.

—Acuéstate, no es nada que te importe —dijo Gaspar.

—Mejor que lo sepa —replicó su padre—. Los alemanes han retenido a dos tripulantes del *Ceferino* con la intención de intercambiarlos pasado mañana por los dos alemanes que están en El Hierro.

—¿Pueden hacer eso? —preguntó ella mientras se acercaba.

Gaspar no le contestó.

—¿Quién va a impedírselo? —respondió su padre—. A las autoridades locales solo les interesa recuperar a sus hombres. Sería una buena oportunidad para entregarles al teniente.

—Tengo otros planes para él, tío, ya lo sabe. No voy a entregarlo a cambio de nada. Pero todavía es pronto. Necesito atar cabos. Pensar..., pensar para que todo salga bien. No quiero correr riesgos.

Azarías posó una mano en el brazo de su sobrino.

—Esto te viene grande, hijo. No tires por la borda tu futuro. Aunque tus planes salgan bien, el alemán podría denunciarte más tarde y acusarte de poner su vida en peligro después de haberlo salvado. ¿Crees que le resultaría difícil dar con esta casa? Piénsalo, Gaspar, aún estás a tiempo. Olvídate de ese asunto. Hazlo por mí, hijo. Si te ocurriera algo...

Gaspar se levantó de un salto llevado por la exasperación.

—¡No lo entiende, tío! ¡Es mi oportunidad! Con ese dinero podría dejar este barrio que siempre huele a mierda de gato y comprar una casa en Triana, montar un negocio... No quiero pasarme la vida deslomándome por unas migajas.

—Caramba, primo, parece que tú también tienes sueños —pinchó Marcela, que permanecía de pie, a solo unos pasos de ellos.

A Gaspar maldita la gracia que le hizo el comentario, a juzgar por cómo la miró.

—No es un sueño, es casi un hecho.

—Yo pienso igual que padre. Tu plan hace agua por todas partes. A lo mejor consigues que te paguen y que no te descubran, pero luego te buscarán, y, si te encuentran, irás a la cárcel. Pero no irás solo.

Gaspar desvió la mirada hacia su tío.

—No quiero ofenderte, hijo —dijo Azarías—, pero hasta una niña de quince años calcula los riesgos mejor que tú.

La cara roja de Gaspar impulsó a Marcela a dar un paso atrás. La ira comenzaba a aflorar a sus ojos, como una mala raíz que ahoga el tronco del que forma parte. Estaba a un segundo de perder el control, a un segundo de abalanzarse sobre ella para desquitarse de sus palabras. Pero esa vez fue capaz de dominarse. Esa vez estaba solo. Aunque Gaspar tenía muchas formas de arremeter contra ella.

—Pasas demasiado tiempo en casa de la bruja, y tampoco deberías ocuparte del teniente. Que lo haga la vieja si luego quiere que le devolvamos el favor.

—Herminia está muy débil. No puede ocuparse de él.

—¿Acaso te gusta? ¿Es eso? Pasas tanto tiempo en esa casa

que no encuentro otra explicación. —Su mirada se volvió perturbadora—. Seguro que a él le dejas que te toque. Di, Marcela, ¿dejas que ese maldito alemán te toque?

Avanzó dos pasos hacia ella. Azarías se levantó.

—¡Basta, Gaspar!

El joven se volvió hacia él.

—Yo le parezco un estúpido ignorante, tío, pero el alemán le gusta.

Marcela enrojeció.

—Él siempre es correcto conmigo. ¿Qué estás pensando?

—Bajo esa fachada amable hay un lobo de mar que aúlla cada vez que un barco enemigo se va al infierno, sea de la insignia que sea. Imagina lo que podría hacer con una muchacha como tú.

—Dijiste que respetan a la tripulación y yo lo leí en el periódico.

—Claro que la respetan, al menos a los que sobreviven después de meterles dos torpedos en las entrañas. Es una lucha de poder, y en el mar ellos tienen el poder.

Por la mañana, cerca del mediodía, Marcela llegó de mal humor a casa de la Maldiciones. Le entregó a la anciana un trozo de carne envuelto en un papel, que le había costado una pequeña fortuna, y unas verduras que había comprado en el mercado esa misma mañana. Luego fue a la sala de estar para ver a Hans, que estaba sentado en una poltrona. Él se puso en pie al verla. Cada día repetía el gesto con mayor agilidad, lo que evidenciaba lo rápido que estaba recuperándose.

Su barba rubia había desaparecido y sus ojos azules ya no parecían enormes dentro de una cara rodeada de pelo. Lo miró de una forma tan intensa, estudiando el nuevo rostro que tenía a la vista, que notó que se ponía rígido.

—¡Demonios! Tu soldado guardaba una cara bajo la barba —comentó Herminia con un poco de sorna—. Y una cara bien hermosa. Míralo, trae en los ojos las luces del mundo.

Marcela se acercó a él para entregarle el periódico estampándolo contra su pecho. Y lo siguiente que hizo fue reprocharle el hundimiento de los dos barcos españoles, tal como reflejaba la prensa. Él la escuchó atento, pero sin comprender nada hasta que Herminia hizo la traducción. Entonces, la mirada amable se enfrió en su rostro.

—La neutralidad en una guerra como esta es difícil de entender —tradujo Herminia—. No se puede permanecer en la zona de sombra esperando que nada les afecte. Si han hundido esos barcos es porque llevaban mercancía a enemigos de Alemania. Tus compatriotas conocen las condiciones del bloqueo, no deberían arriesgarse.

—La gente solo quiere dar de comer a sus hijos —replicó ella—. Esos marineros tienen familias que alimentar. Herminia, pregúntele si le parece un buen motivo para arriesgarse.

La mujer traducía las palabras de ambos con cierto hartazgo, deseando que se callaran y así poder descansar un rato. Pero Marcela insistía en la neutralidad de España en el conflicto y, con cada acusación, las respuestas de Hans iban volviéndose cada vez más contundentes.

—La neutralidad de una nación no garantiza su integridad. Y una neutralidad que favorece a una de las partes beligerantes no es tal neutralidad.

Marcela no estaba segura de a qué parte se refería.

—Pero los submarinos alemanes se abastecen en nuestras costas —dijo con total convicción.

—Puede que el sector más conservador y militarista nos apoye en esta guerra, pero todos los gobiernos saben que si España entrase en el conflicto lo haría de parte de los aliados. Es una cuestión de conveniencia e instinto de conservación, a la que habría que sumar razones económicas y geográficas.

—¿Y por qué no se puede declarar la paz? ¿Es tan difícil?

Hans sonrió ante semejante derroche de ingenuidad y respondió con otra pregunta.

—¿Por qué deberíamos declarar nosotros la paz?

—Por humanidad.

—Le recuerdo, *señorita,* que nosotros no empezamos esta guerra.

—Y yo le recuerdo, teniente, que la tierra que pisa no es parte beligerante y que deberían dejar en paz nuestros barcos.

Hans soltó el aire con fuerza por la nariz y apretó el periódico que sujetaba en las manos.

—Solo los muertos están al margen de la guerra. —Esperó unos segundos a que Herminia hiciera la traducción y continuó arrojando argumentos—. Los británicos bloquean el mar del Norte y por tierra tampoco llega nada a mi país. Nuestra misión es neutralizar el comercio que se dirige a las naciones de la Entente, sin importarnos la enseña.

—Pero ¿qué daño pueden hacer la piel curtida o la sal o los cacahuetes?

Hans clavó en ella una mirada helada.

—Con el cuero se fabrica sillería para los caballos, los mismos que luego cargan contra nuestros hombres en las trincheras.

—¿Y los cacahuetes? ¿También cargan contra sus hombres los cacahuetes?

La mirada del teniente se tiñó de azul oscuro y en su mandíbula libre de barba se acumuló claramente el enfado reprimido.

—Al diablo con los americanos y sus cacahuetes.

Marcela mantuvo los labios fruncidos y fue consciente de que no llegarían a entenderse. No le sacaría una palabra de reproche contra las acciones de su patria, ni siquiera una disculpa, un gesto que evidenciara que lamentaba lo ocurrido. Y, por eso mismo, ese día no volvió a dirigirle la palabra.

13

Las monjas rezaban.

Pedían en sus rezos antes del amanecer, durante las horas mayores y menores y tras la puesta de sol, después del ángelus. Pedían y pedían a Dios que impusiera un poco de cordura en los hombres y que se terminara esa guerra que estaba destruyendo una vieja Europa hastiada de conflictos.

La pequeña Sonsoles se consumía con cada triste latido del corazón. En cada visita al hospital, Marcela intentaba, en vano, hacerla reaccionar. Le decía que todas las niñas habían pasado por lo mismo y que debía encontrar el camino de vuelta a la vida. Quiso insuflarle fuerzas hablándole de lo bonito que se veía el cielo desde la playa de Las Canteras y de que desde allí también podía verse la cumbre nevada del Teide, más allá de la montaña mágica de Gáldar. En un intento desesperado por infundirle coraje, le gritó que no se rindiera, que sor Felipa cuidaría siempre de ella, que jamás estaría sola, que encontraría a una amiga del alma y que el tiempo curaría todas sus heridas...

Que siempre habría un ángel a su lado para velar sus sueños.

Que la vida era hermosa pese a todo.

Que...

Una mañana nubosa de finales de febrero, Sonsoles no quiso seguir respirando. Marcela se arrodilló junto a la cama y miró con cariño la pequeña silueta tumbada de lado, encogida como siempre, con las manitas debajo de la mejilla derecha y los ojos abiertos. Su cuerpo infantil todavía se aferraba a la vida, no como su alma, que deseaba escaparse del cuerpo para reunirse con su madre.

—No te mueras —musitó Marcela con la voz rota mientras el cura le uncía la frente a Sonsoles con agua bendita—. Por favor... No te mueras.

Sor Felipa y el doctor que examinaba a la pequeña intentaron sacarla de allí, pero Marcela se aferró a la cama.

—¡Lucha! —le gritó llorando—. ¿Por qué quieres morir? Tu madre te esperará en el cielo. ¡Tienes que vivir! ¡Por favor! Tienes que vivir...

La respiración de Sonsoles se apagó un poco más. El médico apartó a Marcela y auscultó el corazón de la niña mientras el cura y sor Felipa rezaban en voz muy baja.

—No puede morirse —le dijo acongojada a la monja—. Dios no puede dejar que se muera.

—Dios no puede hacer nada, hija mía. Tan solo acogerla cuando deje este mundo.

—Por todos los demonios. Por fin te dignas venir a vernos —le recriminó Herminia esa tarde.

Hans estaba sentado en la cocina escribiendo en el cuaderno que ella le había comprado. Se puso de pie en cuanto la vio aparecer y se sujetó con los dedos el cigarrillo que colgaba de sus labios. Llevaba puesto el pantalón de su uniforme y una camisa blanca sobre la que destacaban unos tirantes unidos a la cintura.

—¿No has traído nada? —inquirió la anciana al constatar que la muchacha había llegado con las manos vacías—. Este se ha quedado hoy sin almuerzo y parece que tampoco cenará.

—No me importa —respondió Marcela con un hilo de voz. Se quitó el pañuelo anudado a la nuca porque sentía que le oprimía la cabeza.

—Le he dado al teniente las sobras de ayer. Apenas nada. ¿Crees que un hombre de su tamaño puede recuperar fuerzas con tan poca cosa?

Enredando con el pañuelo en las manos, Marcela guardó

silencio. En realidad, trataba de dominar los deseos de gritarle a Hans que ojalá se hubiera muerto él y no Sonsoles, que ojalá se hubiera muerto con toda la tripulación de su máquina de guerra.

Herminia se dio cuenta del estado de Marcela y rebajó el tono. Incluso Hans se percató de que algo le ocurría, por eso interrogó a la anciana en busca de una respuesta. Marcela intentaba no mirarlo.

—¿Qué te pasa, niña? Ven —dijo Herminia sujetándola de un brazo y guiándola hasta la mesa—. Siéntate aquí. Te traeré un vaso de agua.

Hans, que permanecía de pie, murmuró unas palabras suaves cuando se quedaron a solas. Ella no las comprendió. Tampoco lo miró.

—Quiere saber si tu primo ha vuelto a molestarte —tradujo Herminia mientras le tendía el vaso de agua.

La muchacha dio un sorbo y negó con la cabeza.

—¿Algún pilluelo te tiró piedras? —siguió indagando Herminia.

—No.

—Entonces, dinos qué te pasa.

La joven le lanzó a Hans una mirada tan dura que el oficial se estremeció.

—Creo que tiene que ver contigo —le dijo Herminia a Hans y, al darse cuenta de que lo había dicho en español, hizo la traducción.

Él intentó dar un paso hacia ella, pero Marcela lo detuvo con la mirada.

—No te acerques a mí —gruñó resentida. Metió la mano en el bolso de su falda y sacó tres monedas que dejó sobre la mesa—. No volveré a traerle comida ni iré al mercado para él.

La mujer frunció el entrecejo, respiró con un cansancio viejo y se sentó en una silla junto a ella. Con las manos unidas sobre el regazo, le preguntó:

—¿Por qué no quieres hacerlo?

—Esos submarinos nos están matando. No lanzan sus proyectiles ni disparan sus cañones contra nosotros, pero no dejan que los barcos se acerquen, nos quitan la comida y las medicinas. No hace falta que nos disparen.

—Eso ya lo sabías antes y llevas muchos días cuidándolo y alimentándolo. Algo ha tenido que pasar.

—Sonsoles solo tenía seis años... No estaba enferma, pero no quería seguir viviendo. Solo deseaba reunirse con su madre. Creo que se fue con ella el día que murió.

Las sensaciones de rabia y tristeza no le permitieron seguir hablando.

—No te lo quedes para ti, criatura. Saca lo que llevas dentro o acabarás enfermando. La rabia debilita el cuerpo. Te lo dice una vieja que jamás compartió sus penas con nadie.

Marcela la miró; los ojos de la anciana tenían el brillo de los recuerdos más lejanos.

—Pensé que se le pasaría —dijo mirándose las manos en el regazo—. Pensé que encontraría las ganas de vivir. Los niños siempre se aferran a la vida, aunque estén solos en el mundo. Pero Sonsoles no. Quería irse con ella. Puede que si hubiera pasado más tiempo a su lado... —Desvió la mirada hacia Hans, que sintió encima el desprecio de los grandes ojos castaños—. Si no hubiera tenido que ocuparme de él...

La anciana suspiró.

—Ah, no te atormentes, muchacha. El resultado habría sido el mismo aunque hubieras vivido pegada a su cama. Y no debes tomarla con él.

—La gente tiene razón. Los submarinos tienen la culpa de nuestros problemas.

—Son los responsables de algunas cosas, no voy a negarte eso, pero no son la causa de todas nuestras desgracias. Y seguramente en este caso no lo sean.

—Sor Felipa dice que la enfermedad se ceba con la población mal alimentada, y las medicinas tardan mucho en llegar.

—Es cierto. —A Herminia parecían pesarle las palabras—. Pero así es la vida. Unos se adaptan, otros sucumben, y hay quien ni una cosa ni la otra... Los pequeños siempre son los más vulnerables. Los viejos, también, pero, al menos, nosotros ya vivimos suficiente.

—Sonsoles se murió de pena. Y yo nunca había visto a nadie morirse de pena.

Hans no aguantó más la incertidumbre e interrogó a Herminia, y aunque esta se resistía a contarle lo sucedido, al final, y ante su insistencia, no tuvo más remedio que hablar. Y mientras ella traducía, él fue palideciendo hasta que no quedó en su rostro un atisbo de color. Luego trató de defenderse. Pero Marcela no estaba interesada en su discurso, que era de una solemnidad tan elevada que todo en él resultaba demasiado ajeno y discordante. Él venía de un mundo diferente al suyo, y no esperaba que lo comprendiese.

—Está orgulloso de pertenecer a la Marina Imperial —tradujo Herminia—. Dice que ellos respetan los códigos de honor y de humanidad, y que de su buena voluntad dan fe los náufragos que remolcan hasta las costas. Cientos de ellos. Y si no pueden arrastrarlos, al menos se aseguran de que tengan agua y víveres suficientes para llegar a tierra. No quieren marineros muertos, solo les interesa impedir que el cargamento alcance su destino. Dice que en Alemania los niños se mueren de hambre y que la guerra es cruel e injusta para todos.

La muchacha se levantó y se dirigió hacia la puerta. No quería verlo, no quería oírlo, no quería estar en el mismo sitio que él. En el pecho se le había asentado un peso que la ahogaba y no sabía cómo sacarse de dentro. Tal vez llorando. Tal vez gritando. Hiciera lo que hiciese, no quería que él lo presenciara, porque no soportaba la idea de ofrecerle un nuevo argumento para compadecerla. Estaba a punto de alcanzar la puerta cuando notó que le tiraban hacia atrás de un brazo. Se giró y vio a Hans reteniéndola para que no se fuera. Marcela se soltó de un tirón y el teniente respiró fuerte, se llevó una mano a la cadera y con la otra se frotó las cejas. Luego le habló en un tono conmovido y ronco.

La voz avejentada de Herminia en el pasillo hizo que las palabras cobraran sentido para ella.

—Dice que lo siente mucho, que la muerte de un niño es siempre algo terrible y que, si dependiera de él, todos los niños del mundo estarían a salvo de las guerras y las enfermedades. Hace tres años que el pan empezó a estar racionado en Alemania y ahora la población sobrevive con pan negro y nabos. Los ojos de los niños se hunden en las cuencas y todo rubor de salud ha desaparecido de sus rostros. Las mujeres ya no hablan de la muerte de sus maridos, solo del hambre de sus hijos.

Marcela aguantó el discurso con la vista en el suelo para no mirarlo, pero al final acabó sintiéndose mal por hacer a Hans responsable de la muerte de Sonsoles. Y aunque apretaba los dientes para contener el llanto, no pudo evitar que los ojos se le llenaran de lágrimas. La guerra le resultaba demasiado incomprensible, un monstruo con inagotables ansias de muerte y destrucción. Quiso ocultar el llanto cubriéndose la cara con las manos, pero Hans dio dos pasos hacia ella y la envolvió en un abrazo.

Su primer impulso fue rebelarse y empujarlo para no sentirlo cerca. Hans pertenecía a esa guerra, era parte del conflicto, y, aunque Marcela luchó contra la sensación confortable, no pudo hacer otra cosa que rendirse. Le avergonzaba lo que estaba haciendo, dejarse consolar por él, dejarse abrazar por él, pero en esos momentos su mundo se redujo a la certeza de un cuerpo cálido donde aliviar la pena.

Cuando la angustia cesó y reunió el coraje para separarse de él, vio que sus lágrimas habían humedecido la camisa del teniente. Marcela aún se agarraba a la prenda con las dos manos, como si no quisiera soltarlo. Sin embargo, no se atrevió a alzar la mirada. En aquel momento no podría soportar la compasión en sus ojos, o la lástima, o la pena, sentimientos que le provocaban a ella impotencia y rabia. Prefería enfrentarse al caos que generaba Gaspar en su existencia antes que a la compasión de Hans. Sabía cómo encarar los embates de su primo, sabía qué podía esperar de ellos. Pero ¿cómo se enfrentaba uno a la compasión?

Se marchó sin mirarlo y sin decir nada. Al volver a casa por las calles del barrio, se cruzó con varios vecinos que murmuraron la palabra *bruja*. Pero ella no escuchaba, porque la conmoción la ensordecía.

Esa noche, acostada junto a su hermana, sintió la imperiosa necesidad de hablar con alguien. A oscuras en el dormitorio, sus ojos solo apreciaron la tela blanca del camisón de Isabel y el gorro de organdí que había pertenecido a su madre. Estiró una mano y acarició los bordes de puntilla amarillenta.

—¿Cómo era nuestra madre?

El colchón vibró, la respiración de Isabel se alteró y la oyó bufar mientras retorcía el cuello para mirarla.

—¿A qué viene eso ahora?

—Te lo pregunté una vez, pero no me dijiste nada.

—Pues pregúntaselo a padre. Seguro que se acuerda mejor que yo.

—¿Me parezco a ella?

—Déjame en paz, Marcela, que quiero dormir.

—Esta mañana, en el hospicio, una niña...

Marcela se retrajo, porque el colchón volvió a temblar con un crujido de hojas secas de millo. Isabel se había girado por completo y en la penumbra brotó un dedo que quedó estirado delante de su nariz.

—Ni se te ocurra contarme alguna desgracia, que no tengo el ánimo para calamidades. Si no te empeñaras en volver a ese sitio, no tendrías que ver esas cosas.

Tras un instante de silencio, Marcela dijo:

—¿No echas de menos a Carmen?

Isabel estaba a punto de perder la paciencia.

—Yo qué sé. Hace mucho que se marchó.

—¿No te gustaría ir a verla?

—¿A La Habana? ¿Lo dices en serio?

Con la mirada perdida en las sombras del dormitorio, Marcela se quedó inmóvil y callada, soñando despierta con la posibilidad de cruzar el océano para ir a ver a Carmen. Era su sueño más querido y también el más difícil de cumplir. El viaje exigía una considerable suma de dinero y, sobre todo, exigía valor. Ella apenas tenía suficiente dinero para comprarse una blusa nueva, pero le sobraba determinación y coraje para emprender esa aventura, aunque no tenía la menor idea de cómo hacerlo. Se le venían a la cabeza tantos impedimentos que nunca se atrevía a realizar planes firmes. Al fin y al cabo, solo era una niña de quince años a la que nadie tenía en cuenta, que siempre hacía demasiadas preguntas y que había nacido para fregar, cocinar y remendar la ropa. Marcela no entendía de convencionalismos, porque había pasado casi toda su vida encerrada en el hospicio, pero a medida que los iba descubriendo los iba detestando más y más, con íntima rebeldía, sobre todo desde que había empezado a leer los periódicos y a darse cuenta de las injusticias del mundo. Odiaba que los demás tuvieran el poder de decidir por ella, como si fuera un jarrón con flores frescas que nadie sabía dónde colocar.

Enredada en esos pensamientos, su mente evocó sin querer el abrazo que le había dado Hans esa tarde; el calor de sus manos en la espalda, lo confortable que era su pecho al contacto con su mejilla y el sosiego que sintió apretada contra su cuerpo. Había sido su primera vez en los brazos de un hombre, si exceptuaba las luchas con Gaspar en las que solo había sentido asco, y supo que siempre lo llevaría en su recuerdo.

14

Los tres días siguientes Marcela no fue a casa de Herminia y los pasó en el hospital de San Martín con Mili y sor Felipa. Trabajaba hasta la extenuación para dejar de pensar en la complejidad de sus emociones y, sobre todo, para recuperarse del abatimiento por la muerte de Sonsoles. Al cuarto día, sin embargo, se dijo que estaba faltando a la palabra dada a la anciana y decidió volver a la calle Mayor con un guiso en una cazuela.

—Sabía que volverías —le dijo la mujer al recibirla.

Marcela encontró a Hans en la sala de estar. Había imaginado que le guardaría rencor por la discusión del último día, pero el teniente la recibió con una sonrisa.

—¿Cuántos años tiene Hans, Herminia?

—Bastantes más que tú, chiquilla.

—Ya, pero cuántos.

—Veintiséis, ya que insistes.

Desde que lo había visto sin barba, Marcela había calculado que Hans tendría una edad similar a la de su primo, que tenía veintiún años. Acababa de darse cuenta de su error. No solo era mayor que Gaspar, sino terriblemente mayor que ella.

—¿Por qué no almuerzas con nosotros? —la animó Herminia.

La joven asintió con un gesto de cabeza y cuando estuvieron sentados a la mesa ella se encargó de servir el guiso. Marcela comía con la vista pegada al plato porque no podía mirar a Hans sin ruborizarse, y tampoco se atrevía a mirar a Herminia porque temía que le leyera el pensamiento. Durante esos tres días de ausencia no había dejado de pensar en los ojos del teniente, azules como destellos de mar, en su pelo rubio, en su sonrisa y en su voz, extremadamente agradable. Incluso había pensado en sus dientes: blancos, nacarados y bien derechos. Eso era lo más extraño, porque ella nunca había pensado en los dientes de nadie.

Hans y el mar...

Hans y la guerra...

—¿No comes, criatura?

Marcela se dio cuenta con estupor de que se había quedado mirando al teniente como una tonta mientras ellos dos intercambiaban unas frases cortas.

—No tengo hambre —respondió bajando la mirada hacia el plato y haciendo un esfuerzo para tragar una cucharada de guiso.

Herminia entrecerró los ojos.

—¿Se puede saber qué te pasa?

—Nada.

Comió otro poco.

—Nada... —repitió la mujer con escepticismo.

Después de almorzar, Hans encendió un cigarrillo y Herminia sacó su cachimba de caña. Marcela se levantó para recoger la mesa.

—Espera, chiquilla. Vamos a brindar con un poco de licor.

La muchacha volvió a sentarse y Herminia buscó en la alacena una botella de ronmiel y unos cuencos de porcelana blanca. Luego volvió a la mesa para servir el licor.

—Por el amor, el sentimiento más honesto —dijo alzando su cuenco con una sonrisilla y repitiéndolo en alemán.

Hans juntó su cuenco con el de Herminia y los dos esperaron a que Marcela hiciera lo mismo. Al final, la joven estiró el brazo y los tres recipientes chocaron en un brindis.

—¡Salud!

—*Prost!*

Unos instantes después, el licor se le subió a Marcela a las mejillas.

—Qué bonita estás, mi niña. Pareces un fresón recién cortado de la planta. Cuando seas una mujer, embrujarás a los hombres con tu belleza.

—¿No es usted la de las brujerías?

—La primera vez que yo miré así a un hombre tenía trece años. Se llamaba Serafín, un pollo mucho mayor que yo. —Aspiró por la boquilla de su pipa y la nube de humo le cubrió el rostro—. Todavía me acuerdo de él. Tenía voz de Caruso... y cuerpo de atleta griego. —Chascó la lengua y agregó—: Ya estará muerto, el *jodío*, pero cómo me gustaba. Ojalá le hubiera dado un besito. —Suspiró y sus ojos poblados de memoria brillaron—. Tú a él también lo recordarás —dijo desviando la mirada hacia Hans, quien parecía abstraído en sus propios pensamientos—. Y has de saber que un solo recuerdo hermoso basta para borrar años de sufrimiento.

La muchacha volvió a enrojecer.

—Ah, no te avergüences, criatura. No hay muchos hombres que merezcan ser recordados. Pero él es uno de ellos. Así que no lo reprimas, míralo cuanto quieras, recréate en él. El amor es la única felicidad de los pobres. —Dio unas chupadas a su pipa y añadió—: Aunque la fiebre del primer amor no debería llegar tan pronto, no señor. A los quince años el corazón de una muchacha es frágil como un jilguero y cualquier cosa insignificante se queda grabada en el alma para siempre. Así que no dejes que él te guste demasiado, porque las decepciones a tu edad se viven como una tragedia.

—Dice usted unas cosas... —Marcela miró de soslayo a Hans, como si temiera que las entendiera.

—No es lo que te diría tu madre, pero es lo que me sale del alma. Y a mi edad ya no se tienen ni ganas ni necesidad de mentir. —Herminia sonrió con un destello de luz en los ojos—. Puedo hacerte un conjuro de amor...

—No es usted una bruja seria.

—¿Hay alguna que lo sea?

—Engaña a la gente a cambio de unas monedas.

—Yo no pido nada a cambio —gruñó la mujer—. Bueno, a veces un favorcito. Y ayudo en lo que puedo. Ellos vienen y me dicen: «Herminia, que tengo el pomo descompuesto», entonces yo les digo que se pongan en las tripas salvado, orégano, agua y vinagre, y a los tres días como nuevos. Si tienen la espinilla caída, los pongo a caldo de higos mamones durante un mes. Para los retortijones viene bien sobarse el vientre con aceite de tártaro y unas lanitas calientes. Para los tabardillos no tengo nada y para las histerias tampoco, si acaso un restregón andariego. —Aspiró hondo y se relamió los labios secos—. Aunque hace tiempo que nadie me pide un remedio.

—Apuesto a que tampoco puede hablar con los muertos.

Los finos labios de la anciana se curvaron en una gran sonrisa.

—Claro que puedo. ¿Tú no puedes?

—A veces hablo con mi madre.

—¿Lo ves? No es necesario ser una bruja para eso.

—Pero a mí no me contesta.

—Y a mí tampoco, demonios. Si lo hicieran estaría de consejera en la corte del rey.

La mañana siguiente, Marcela encontró a Herminia tumbada en el canapé y a Hans sentado a su vera con semblante preocupado.

—¿Qué le pasa?

Hans respondió en alemán. Incluyó en su explicación un montón de palabras en español que seguramente le había enseñado Herminia y que no tuvieron ningún sentido para ella.

Fue la misma Herminia quien le contestó.

—Creo que me muero, niña.

Alarmada al oír el débil sonido de su voz, Marcela llegó hasta ella y se arrodilló a su lado.

—¿Quiere que vaya a buscar un médico?

—No. Pero me vendría bien una de tus monjitas para poner mis cosas en orden.

—Puedo avisar al padre Hermógenes.

—¡He dicho una monja! —exclamó la anciana haciendo un esfuerzo que la hizo toser de forma aparatosa. Cuando recuperó el habla, añadió—: Los curas son hombres y no pienso contarle a ningún hombre mis asuntos.

Se le cortó la voz y no pudo continuar.

—No va a morirse, Herminia.

La anciana se revolvió en el canapé como pudo y asió a la muchacha de la falda.

—Solo me moriré si no me queda más remedio. Puede que se me pase enseguida, pero, solo por si acaso, ve a por la monja.

—Se alimenta usted mal, apenas come nada de lo que le traigo y bebe usted como un marinero. Y tampoco debería fumar a su edad.

—¡Muchacha de Barrabás! ¡Ve a por la monja antes de que me quede tiesa!

Una hora más tarde, y bajo el cielo encapotado del mediodía, Marcela y sor Felipa atravesaban apresuradamente la plaza de Santa Ana en dirección a la calle Mayor. Marcela había puesto a la monja al corriente de la situación.

—¿La conoce, madre? —le preguntó por el camino.

—La ciudad entera conoce a Herminia Maldiciones, pero lo último que supe de ella fue que vivía en lo alto del Risco.

—Así era hasta hace unos días.

—Pues doy gracias a Dios por devolverle la cordura. No habría sido capaz de llegar viva hasta lo alto de esa loma. Ya me pesan los años, hija mía. —Tomó aire y se ajustó en la cabeza el sencillo pañuelo blanco que sustituía al tocado de grandes alas—: Herminia debe de tener una razón muy poderosa para haber abandonado esa cueva y haber vuelto a la civilización. Que me excomulguen si entiendo qué provecho puede sacar ella al ocuparse del alemán. Herminia no da puntada sin hilo, créeme.

—Nos ha pedido que busquemos a un hombre.

—¿Y se puede saber a quién?

—¿Conoce usted a Thomas Hammersmitz?

Sor Felipa se detuvo. Marcela le notó en la cara que lo conocía y que se había sorprendido al oír su nombre.

—No sé si debo hablarte de él.

—¿Por qué no?

—Porque forma parte de la vida privada de Herminia y, si ella no te lo ha contado... —Echó de nuevo a andar—. Pero ¿qué querrá a estas alturas de ese hombre?

—Se lo digo si me dice quién es.

Entraron en la bulliciosa calle Mayor de Triana y tuvieron que esquivar a dos mujeres ataviadas con mantillas blancas sobre la cabeza. Después, sor Felipa gruñó:

—Hija, yo no te enseñé esas formas. El chantaje es algo muy feo.

—No es chantaje, madre, es solo un intercambio de información. Y, además, yo solo intento ayudarla.

—Sí, sí, está bien —replicó la monja, y esperó a que pasara un coche de caballos y su trotar de cascos antes de añadir—: Te lo contaré solo porque me preocupa lo que esa mujer haya podido pediros y temo por ti. Pero habla tú primero.

—Solo sé que ese hombre es el vicecónsul de Bélgica en Tenerife. Tengo que ir allí y convencerlo de que venga a verla.

—¡Dios nos asista! ¿Y por qué tienes que ir tú, hija?

—No se fía de padre ni de Gaspar. Ahora le toca a usted. ¿Quién es Thomas Hammersmitz, madre, aparte de un vicecónsul extranjero?

Una mujer se santiguó al cruzarse con el hábito de la monja de cuya cintura colgaba el grueso rosario de madera.

—El Señor te acompañe —dijo sor Felipa a la mujer, y luego miró al cielo con resignación porque comenzaba a llover. Volvió a mirar a la muchacha—: Para hablarte de él, primero tengo que hablarte de ella. Y, realmente, no sé por dónde empezar.

—Pues abrevie, madre, y apúrese, que vamos a mojarnos.

La hermana suspiró.

—Solo sé lo que se decía de ella hace años, que Herminia había llegado a la isla procedente de la península para trabajar como institutriz de unos ingleses. Con ellos estuvo un par de años en Liverpool y cuando regresó a Las Palmas se casó con un hombre que no le dio buena vida y que acabó muriendo de gangrena un año más tarde. Fue por esa época cuando comenzó a trabajar para los Hammersmitz, una familia belga instalada en Las Palmas que tenía cinco hijas. —Hizo un alto en el camino para respirar y agregó—: Tres años más tarde se quedó embarazada de Thomas y dio a luz un niño. Y ese fue su mayor drama, hija, porque la señora Helga, que era medio alemana y robusta como el tronco de un árbol, la despidió sin llegar a sospechar que su marido era el padre de la criatura. Eso lo descubrió más tarde, cuando se encontró a Herminia y a su hijo en el mercado. —Su hábito crujió al emprender de nuevo el camino—. No tuvo más que ver al chiquillo para darse cuenta. Señor..., el pequeño había heredado los ojos de su padre, que eran especialmente llamativos. Según dijeron en aquella época, Helga montó en cólera y exigió a Thomas volver a Bélgica, aunque creo que el hombre se resistió durante un tiempo. Los que lo conocían dijeron que no quería abandonar al chiquillo. Pero el caso es que se marcharon, y lo más curioso fue que se llevaron también al crío, que por entonces ya contaba ocho años, bajo el pretexto de que con ellos tendría un futuro mejor. Yo conocí a Herminia meses después, cuando era una interna en el hospital de San Lázaro.

—¿Estaba con los leprosos?

—No, hija, con los locos. Cuando Thomas se llevó al niño, Herminia se hundió en una melancolía tan profunda que su mente se trastornó. En aquella época hablé mucho con ella. Intenté que recuperase el juicio. Pero se recluyó en su mundo y permaneció en ese estado hasta que dejó el hospital. Poco después, me enteré de que se había ido a vivir a esa cueva en la loma, alejada de todo y de todos, y se convirtió en lo que es hoy.

—Entonces por eso ha vuelto a su casa, para recibir en ella al señor Hammersmitz.

Sor Felipa jadeaba.

—Ay, hija, déjame respirar un momento, que en vez de caminar parece que vuelas como un pájaro.

Las dos mujeres se secaron la humedad de la cara con las manos.

—Ya hemos llegado —anunció Marcela.

Se habían detenido a tan solo unos pasos de la casa de Herminia.

—Menos mal. —Sor Felipa respiró profundamente—. Y será como tú dices y por eso ha dejado la cueva, aunque con ella nunca se sabe. Ahora vamos a ver cómo está.

El miedo a que la mujer hubiera empeorado se transformó en asombro cuando las dos la encontraron frente a la encimera de la cocina manipulando uno de sus frascos de hierbas. La anciana se volvió hacia ellas.

—A buenas horas, demonios —dijo poniendo los brazos en jarras—. Me habría dado tiempo a morir y resucitar dos veces.

Hans estaba de pie, en medio de la estancia, y se encogió de hombros cuando Marcela lo interrogó con la mirada.

Sor Felipa se acercó a una silla para dejarse caer en ella.

—No mencione al demonio en mi presencia, ¿quiere, Herminia? —Sor Felipa tomó aire—. Jesús bendito, usted no sabe la carrera que nos hemos dado. ¿Es que ya no se muere?

Herminia echó unas hierbas a un cazo de agua humeante.

—Juro por nuestro Señor que...

—Mujer, no jure por Dios en vano.

—Con todas las monjas que hay en ese hospital y tenía que venir usted. Todavía me acuerdo de lo cabezota que era. Así que no me chinche, sor. Si no puedo mentar al demonio, al menos déjeme mentar al Señor. Solo quería decir que creí que había llegado mi hora, pero se ve que no.

Sor Felipa iba a replicar, pero Herminia le dio la espalda para atender el fuego. Entonces se fijó en el teniente, quien, al sentirse examinado, la saludó con un gesto respetuoso.

—Veo que el marinero ya está recuperado. ¿Qué van a hacer con él?

—Quién sabe los planes que tiene el primo de la muchacha —respondió Herminia—. Nada loable, desde luego. De otra forma, ya lo habría entregado. —Les puso unos cuencos vacíos delante—. Tómense este hervido para que no se resfríen.

Sor Felipa miró con un poco de aprensión el brebaje humeante y pardo que vertía Herminia en los cuencos. La anciana se dio cuenta.

—Demon... —Se contuvo y apretó los labios para que no saliera de ellos ninguna maldición—. No sea tan desconfiada, sor. Solo es borraja y romero.

—La niña me dijo que quiere ver a Thomas —soltó sor Felipa a bocajarro—. ¿Qué pretende a estas alturas?

Herminia le lanzó a la muchacha, que se había sentado frente a la monja, una mirada inculpatoria.

—¿No podías mantener la lengua quieta, chismosa?

Marcela esquivó sus ojos.

—No la culpe, mujer. Ella solo quiere ayudarla. Si va a ir a buscarlo para usted, al menos debería saber quién es y por qué quiere verlo.

—Seguro que ya lo sabe.

La monja se calló y Herminia no añadió nada más.

Dos días más tarde, la situación se repitió: Herminia tumbada en el catre al borde de la muerte, Hans a su lado con gesto preocupado y Herminia tratando de convencer a Marcela de que esa vez nada ni nadie podría evitar que muriese. Marcela fue de nuevo a por sor Felipa, quien ya no se dio tanta prisa en llegar a la calle Mayor.

—Como esto se repita a menudo, la que acabará muriendo seré yo —alegó la religiosa mientras resoplaba por el camino.

Pero Herminia volvió a revivir delante de sus ojos como si obrara en su cuerpo un milagro.

—Ni la muerte me quiere, *sorcita* —le dijo Herminia a la hermana. En su boca desdentada asomó una sonrisa—. Pero no se preocupe, que no enviaré más a la niña para que la busque. De todas formas, usted ya conoce mis pecados.

Sor Felipa suspiró.

—Debería dejar descansar su alma, Herminia. Lo que le pasa es por culpa de los nervios. Se descompone solo de pensar en volver a ver a ese hombre y su cuerpo se resiente.

La anciana no dijo nada y les preparó otra tisana, cuya emulsión dejó un tufo raro en la casa.

—¿Y esto qué es? —preguntó la monja.

—Usted trague, sor, que no voy a envenenarla.

Marcela dio un sorbo y pensó que no estaba tan mal.

Hans, sentado a su lado, bebía la pócima con total confianza. Sor Felipa lo miró.

—Cuándo se acabará esta guerra. Esos submarinos son los artefactos más terribles que haya inventado el hombre.

Herminia hizo la traducción, de forma un tanto insidiosa, para incomodar deliberadamente a la monja, pues de sobra sabía que al teniente esas palabras no le harían ninguna gracia. Y, en efecto, así fue, porque Hans respondió sin dejar de fruncir el ceño.

—Dice que el submarino es una máquina perfecta y que si quiere puede debatir con usted toda la tarde, pero no conseguirá que cambie de opinión.

A la mañana siguiente, Marcela encontró a Hans sentado a la mesa escribiendo en su cuaderno. Él se puso de pie, murmuró un «buenos días» afable y le indicó con gestos que Herminia había salido.

Al llegar a su lado, ella miró las letras escritas a lápiz en la hoja y descubrió que su nombre aparecía varias veces. Se lo señaló con un dedo.

—Marcela —murmuró Hans con la voz suave como un beso—. *Mein Engel.*[1]

Él la invitó a sentarse a su lado e intentó entablar una conversación, poniendo en práctica lo que había aprendido con Herminia. Soltó palabras inconexas que le provocaron a ella la risa, pero Marcela tuvo que admitir que tenía muy buena pronunciación. Hans fue capaz de nombrar con meridiana claridad casi cualquier cosa que ella le señalaba en la cocina, lo cual no dejaba de ser sorprendente.

1. Mi ángel.

—Eres un alumno muy bueno —le dijo.

—Muy bueno —replicó él.

Al cabo de unos minutos de risas y bromas, ella le pidió que le leyera el cuaderno, aunque no entendiera lo que decía, solo por el placer de escucharlo hablar en su idioma. Mientras le prestaba atención a su voz, que era masculina y dulce al mismo tiempo, lo imaginó diciéndole al oído palabras de amor. Entonces le ardieron las mejillas, aunque Hans no se dio cuenta porque tenía la mirada puesta en las letras.

Pronunció siete veces su nombre, y cada vez que lo hizo sus miradas se encontraron. Observarlo le producía a Marcela una sensación tan nueva y estimulante que ni siquiera se dio cuenta de que él sujetaba el cuaderno abierto frente a su nariz. Al cerrarlo con un golpe seco, la muchacha se sobresaltó, y el teniente rio con gruesas carcajadas que le sacudieron los hombros. Luego le palmeó la mejilla con suavidad, como se hacía con los niños. Eso la molestó profundamente, porque ella no era ninguna niña.

Hans se dio cuenta de su disgusto y la cogió de una mano para llevarla a la sala de estar. Allí la acomodó en el canapé antes de darle la espalda para sentarse al piano. Cuando comenzó a tocar, algo ocurrió dentro de Marcela: fue como si frente a ella revolotearan alegres una cuadrilla de ángeles. La música hizo estallar un relámpago de calor en el centro de su pecho, y ese fuego se extendió al resto de su organismo y enardeció sus sentimientos de forma incontestable. En lo más profundo de su mente, seducida por la melodía, su conciencia flotaba, y se imaginó siendo su esposa, compartiendo la cama con él, cocinando para él, paseando de su brazo y criando juntos a un puñado de chiquillos. Esa magnificencia de sentimientos escondía el despertar de una vida, un verdadero principio que ya no admitía el regreso a una existencia sin esperanza alguna.

Hans había llegado para despertarla.

Si él se hubiese girado en ese momento, habría encontrado en sus ojos una pasión adolescente capaz de todo, el más puro enamoramiento.

Bajo el influjo de la música, Marcela admiró su pelo rubio y liso en la luz de la mañana, los hombros masculinos bien formados, la camisa blanca con tirantes cruzados a la espalda y su estrecha cintura. No fueron sus ojos, fueron las ansias de sus manos las que lo estudiaron desde el canapé.

Cuando la pieza musical terminó, Hans se volvió hacia ella con una sonrisa, pero se encontró con el rostro desolado, casi al borde de las lágrimas, de Marcela, que acababa de comprender que nunca tendría aquello que tanto anhelaba.

La sonrisa de él ya se había ensombrecido cuando murmuró:

—Bach.

Ella quiso decirle que había sido precioso y que jamás olvidaría ese momento, realmente quiso decirlo. Eso y más. Pero estaba demasiado triste para hablar.

Herminia entró en casa alegre como un cascabel, con unas energías renovadas que fluctuaban entre el agotamiento repentino y el vigor físico y mental. Sacudía en la mano los pasajes del barco correo que llevaría a Marcela a Tenerife dentro de un mes. También le dio otra noticia:

—Dile a tu primo que este gorrión está listo para regresar a su nido.

La muchacha notó un vacío eclosionando en su estómago. ¿Cuándo había ocurrido? ¿Cuándo se había convertido él en alguien tan importante?

La anciana llegó hasta ella, la escudriñó y le dio un suave golpe con el codo.

—No te enamores de un sueño, criatura.

15

Esa misma noche, mientras los cuatro cenaban, Marcela le comunicó a Gaspar el mensaje de Herminia. Azarías miró a su sobrino esperando una respuesta. Isabel ni siquiera levantó la mirada del plato, porque desde que había vuelto de Lomo Blanco estaba apática y poco participativa.

—Yo decidiré cuándo se marcha —dijo Gaspar.

—¿Y qué piensas hacer? —preguntó Azarías ansioso.

Gaspar se llevó a la boca un trozo de pan adulterado, lo tragó con esfuerzo y sus puños se crisparon sobre la mesa. La cara se le cubrió del rojo de la sangre y en la frente comenzó a brillarle el sudor. Tomó un trago de vino aguado.

—Lo entregaré a la Woermann —murmuró casi en un susurro, masticando otro pedazo de pan antes de añadir—: Es una compañía alemana, ellos sabrán qué hacer con él. ¿Se queda más tranquilo?

—¿No pedirás nada a cambio?

Las fosas nasales de Gaspar se expandieron al tomar aire profundamente.

—No, tío. No quiero perjudicarlo. —Levantó la mirada y añadió con firme resolución—: Pero seguiré llevando suministros a los submarinos, no pienso renunciar a eso.

Azarías se levantó de su silla y se acercó a la espalda de su sobrino para sujetarlo por los hombros.

—¡Bien! ¡Bien! —dijo zarandeándolo de puro contento—. Traficar con personas es algo muy serio. Has tomado la decisión correcta, hijo. En cuanto a lo otro, solo tienes que ser prudente. Cuando acabe la guerra, volverás a tener un empleo, todo volverá a ser como antes. Tendrás tu oportunidad. Eres joven y fuerte. Estoy seguro de que las cosas te irán bien. No desesperes.

Gaspar no dijo nada, aunque apenas logró disimular el malestar que le generaba aquella decisión. Azarías volvió a sentarse a la mesa y Marcela reparó en que las líneas de tensión que surcaban su rostro en los últimos tiempos habían comenzado a suavizarse. Sonreía, estaba contento, casi se diría que feliz.

Isabel solo murmuró un solitario y débil «gracias a Dios» y siguió cenando.

—¿Cuándo piensas llevarlo? —preguntó Marcela.

Gaspar analizó la expresión de su cara mientras decía:

—Dentro de tres días, a las once de la noche. Dile a la bruja que lo tenga preparado.

Mientras esperaba a que Gaspar se llevara a Hans, Marcela aprovechaba para pasar más tiempo con él. Paseaban juntos por el patio en las mañanas soleadas, oían a los pájaros cantar en las ramas del drago y aspiraban el olor a mar, a flores blancas y a ramas verdes. Ella le enseñaba palabras en español, que él repetía una y otra vez hasta que le salían bien. Al anochecer se agarraba a su brazo y miraban juntos el cielo de cobalto en el que comenzaban a verse las primeras estrellas.

—Promete que vendrás a vernos cuando acabe la guerra —le pidió ella bajo el cielo más brillante.

Herminia, sentada junto al drago, tradujo la petición.

—Yo *promete* —respondió él poniéndose firme al estilo militar y llevándose una mano al corazón.

Antes de que cayera por completo la noche, Marcela volvía a casa corriendo, haciéndose preguntas sobre si las emociones que le nacían estando con él se parecían en algo al amor o eran el producto de su falta de cariño. Fuera como fuese, ella daba rienda suelta a sus sueños con la inocencia elemental de quien no espera recibir nada y nada tiene que perder, ignorando que los sueños que se interrumpen bruscamente producen heridas que se arrastran toda la vida.

El día anterior a su marcha, los partes de guerra mencionaron al *Tuscania*, un transatlántico hundido a principios de febrero por un submarino alemán cuando cruzaba el Atlántico con dos mil cuatrocientos soldados norteamericanos a bordo. Doscientos habían perecido en el hundimiento, lo cual el diario consideraba una cifra insignificante que ponía de manifiesto que, pese al empeño alemán de evitar que las tropas norteamericanas llegaran a Francia, estas seguirían haciéndolo.

El cigarrillo se consumía entre los dedos del teniente sin que se lo llevara a la boca. Con la mirada perdida en la pared de la cocina, parecía estar en cualquier parte menos allí sentado, encerrado entre aquellas cuatro paredes que lo alejaban de su cometido.

Era un soldado sin guerra.

Marcela desconocía lo que él, sin embargo, sí había comprendido.

La guerra se acababa. Y ellos iban a perderla.

El momento de la despedida llegó demasiado pronto. Dos horas antes de las once, Hans invitó a Marcela a pasear por el patio una última vez. El aire olía a tierra seca y a tomillo, y el murmullo del mar, que arrastraba olas y guijarros sobre la arena, a tan solo un par de calles de distancia, era un continuo rumor en la noche, cuando los sonidos flotaban largo rato amplificados por el silencio. Vestido con su uniforme azul, estaba tan guapo que ella no podía dejar de mirarlo.

¿Qué le diría? ¿Sería capaz de despedirse de él con un simple *adiós* mientras su alma luchaba para no revelarle lo desgraciada que era en esos momentos, cuando comenzaba a tener la certeza de que jamás volvería a sentir por un hombre lo que sentía por él?

El tiempo se volvió un enemigo veloz e imparable y en la hora cercana a la partida los tres esperaban en la sala de estar; ellas sentadas, él moviéndose inquieto mientras fumaba un cigarrillo tras otro.

«Faltan quince minutos para que Hans se marche para siempre», pensó Marcela.

—Herminia, pregúntele cómo se llama su submarino.

—¿Qué pregunta es esa, muchacha?

—En los partes de guerra siempre aparecen los nombres de los barcos hundidos. Así sabré que está bien.

Herminia hizo la pregunta.

—Dice que es el U-156 al mando del comandante Konrad Gansser.

Hans estaba demasiado tenso como para seguir respondiendo a las preguntas de Marcela y cuando apagó su cigarrillo Herminia le pidió que tocara el piano y así dejara de saltar inquieto por el salón.

El teniente no estaba en su mejor momento para sentarse al piano, pero al final accedió y tocó una vez más para las mujeres. Marcela se levantó del canapé y se acercó a su lado porque no soportaba verle solo la espalda y necesitaba mirarlo a los ojos hasta el último momento. Aquello que había aceptado como inevitable le parecía ahora una crueldad más de la vida. Había estado preparándose para ello, pero nunca imaginó que le dolería tanto.

Cuando Hans dejó de tocar, Herminia se puso en pie y se acercó a ellos. Le puso una mano en el brazo a Marcela.

—Anda, criatura, despídete de él.

Herminia salió de la sala. Hans levantó la mirada del piano para encontrarse con la versión más triste de los ojos de Marcela, que lo observaba como si su interior fuera un mundo arrasado por su propia guerra.

—Ven aquí —le dijo en español, unas palabras que ella misma le había enseñado.

El teniente la sujetó de una mano y tiró de ella hasta que quedó sentada sobre sus piernas. La miraba de una forma intensa, como si, para él, ella también fuera alguien importante. La joven jamás había imaginado que la vida fuera a hacerle soñar de aquella forma y tampoco había previsto que fuera a sentir tanta desolación ante la posibilidad de no volver a ver a alguien. Quería besarlo, abrazarlo y sujetarlo para que no se fuera, pero era consciente de que no había nada que pudiera hacer para cambiar el orden de las cosas.

Agachó la cabeza, un poco aturdida por la intensidad de sus emociones, y Hans respiró lenta y largamente por la nariz. Después cogió las manos de la joven entre las suyas y se las llevó a la boca para besarlas con cariño.

—Gracias —murmuró.

Los sentimientos contenidos oprimían el pecho de Marcela. El aire, que olía a pérdida de lo más amado, apenas lograba penetrar en sus pulmones.

Rememoró las palabras de Herminia: «Siempre te acordarás de él».

Lo recordaría, pero debía dejarlo marchar.

Levantó la mirada y vio los ojos de un hombre agradecido. Le sonrió, esperando a que se decidiera a besarla como un hombre besa a una mujer. Pero Hans la besó en la frente.

Decidida a recordar de él algo más que un beso fraternal, ladeó un poco la cabeza y lo besó en los labios. Hans no se lo impidió y se quedó muy quieto. Marcela cerró los ojos al entrar en contacto con la boca del hombre, disfrutando de la inesperada oleada de placer que le nació en las entrañas. Ese beso fue una necesidad y a la vez una petición que no se atrevía a formular con palabras.

Cuando se separaron, ella aún tenía los ojos cerrados y flotaba en una nube de plenitud. Hans le acarició la mejilla con la mano. Marcela abrió los ojos.

«Faltan cinco minutos para que se marche para siempre. Por favor, quédate. Por favor, no te vayas a la guerra.»

Unos golpes en la puerta interrumpieron la atmósfera de intimidad, y los dos se pusieron en pie. El corazón de Marcela latía con violentas sacudidas. Herminia fue a abrir la puerta y, al cabo de unos segundos, Gaspar entró en la sala con clara expresión de fastidio por tener que permanecer bajo el mismo techo que la vieja Maldiciones.

—¿Está listo? —preguntó.

—Lo está, demonios, lo está —respondió Herminia detrás de él.

Gaspar reparó en las mejillas arreboladas de su prima.

Se fue la luz. Se encendieron las velas.

Hans se marchaba.

Ojalá hubiera podido abrazarlo por última vez.

Ojalá hubiera podido besarlo de nuevo.

Ese primer contacto con sus labios había creado una necesidad imperiosa que ya no podría satisfacer, unas ansias que estaban destinadas a morir en su pecho nada más haber nacido.

Qué corta vida la de su deseo. Y qué corto recorrido el de su primer amor.

Sintió que ya lo había perdido. Y le entró el pánico.

—¿Puedo ir también? —Tras la apariencia de pregunta se escondía un ruego.

Gaspar no contestó. Sujetó a Hans por un brazo y lo dirigió hacia la puerta. Marcela y Herminia los siguieron. En el recibidor, Hans se volvió hacia ellas y murmuró unas palabras.

—¿Qué dice, Herminia? —quiso saber la muchacha—. ¿Qué está diciendo?

—Que no se olvidará de nosotras.

—Por favor —insistió Marcela suplicando a su primo—. Yo también quiero ir. No molestaré, me quedaré quieta en un rincón.

Gaspar la miró con desdén.

—Estás tan loca como ella —dijo mientras miraba con desprecio a la anciana.

La cara de Herminia, que sujetaba en la mano un candelabro con tres velas, se cubrió de una luz tétrica. Le clavó los ojos a Gaspar y levantó el dedo índice hacia él en señal de amenaza.

—Escucha, zarandajo. Si me entero de que molestas a la niña, te echaré una maldición tan horrenda que desearás no haber venido a este mundo. Y aun cuando me muera, mi alma te perseguirá con el sueño de un fantasma para atormentarte mientras duermes. Me apareceré ante ti cada noche con mi cuerpo putrefacto y haré que enloquezcas de terror. Juro por Dios que lo haré.

Un silencio macabro se instaló en el pasillo de luz mortecina durante unos instantes. A pesar de la escasa iluminación, todos se dieron cuenta de que Gaspar se había quedado lívido, petrificado por la amenaza, y lo vieron tragar saliva mientras Herminia cerraba el puño y se lo llevaba a los labios para sellar el juramento con un beso.

Gaspar apretó los dientes, se recuperó del susto y empujó a Hans.

—Vamos.

Marcela intentó retener a su primo por un brazo.

—Por favor, Gaspar. Déjame ir.

—¡Suéltame! —exclamó él.

Pero ella no quería soltarlo.

—Por favor, nunca te he pedido nada, pero ahora necesito...

Gaspar apartó el brazo con tanta fuerza que arrastró a Marcela hacia él y el aire que desplazó el cuerpo de la joven apagó dos velas del candelabro que sujetaba Herminia.

Hans lo empujó en señal de advertencia. Gaspar le devolvió el empujón y los dos hombres quedaron enfrentados. Hubo un instante de tensión, como si ambos estuvieran a punto de enzarzarse en una pelea. Pero, al final, Gaspar masculló una imprecación incomprensible y luego abrió la puerta.

El teniente dio dos pasos hacia Marcela y le habló en voz baja, mezclando palabras en los dos idiomas. De ellas, Marcela solo entendió *cuidar* y *a salvo,* palabras que Gaspar no captó porque no estaba familiarizado con su forma de hablar.

—No te entiendo bien —dijo ella.

Hans se lo repitió a Herminia.

—Por favor, Gaspar, espera. Herminia, dígale que nosotras tampoco...

El ruido de la puerta al cerrarse retembló en toda la casa. Los cristales vibraron en sus marcos de madera y después volvió el silencio.

—... lo olvidaremos.

Marcela se quedó mirando la puerta conmocionada.

—Déjalo ir, muchacha. Siempre supiste que estaba de paso.

—¿Qué fue lo que me dijo, Herminia?

—Que debes cuidarte de Gaspar. Con él no estás a salvo.

Herminia cogió el candelabro, en el que solo quedaba una vela encendida, y subió a acostarse. Marcela se asomó a la ventana de la cocina en el momento en que Gaspar se llevaba a Hans en un coche tirado por un solo caballo.

16

—

Al día siguiente de la marcha de Hans, las dos mujeres se sentaron en la cocina frente a un vaso de ronmiel, envueltas en la luz perezosa del atardecer, que convertía sus siluetas en dos sombras teñidas de cobre. Marcela tenía las entrañas echas un nudo y Herminia le hacía compañía en silencio.

—¿Por qué dejó que Thomas se llevara a su hijo?

La pregunta de la muchacha carecía de malicia, pero, antes de responder, Herminia bebió un sorbo de licor y se removió en su asiento, como si prefiriese que se abriera el suelo bajo sus pies y se la tragara la tierra antes que encarar aquella conversación.

—Dejé que se lo llevara —admitió—. Y solo me arrepiento de no haberme arrancado los ojos aquel día para no verlo marchar. Parece que aún lo estoy viendo estirando los brazos hacia mí, lleno de miedo, mientras su padre se lo llevaba. —Herminia se quedó un momento en silencio y luego se le escapó un hondo suspiro—. Pero no me arrepiento, porque sabía que nadie volvería a contratarme. Y, aunque tenía algo de dinero ahorrado, de poco me serviría. Esos idiotas no me venderían ni una hogaza de pan. Un día era una institutriz respetable y al otro una fulana. Le habrían tendido la mano a un leproso antes que a mí.

—Pero eso no es justo —interrumpió Marcela.

Herminia sacudió la cabeza, demasiado triste como para soltar una réplica. Pasó un buen rato ensimismada en sus recuerdos antes de volver a centrarse en la muchacha.

—¿Quién te ha dicho que la vida sea justa, criatura? Es la

justicia de los hombres. A la que nosotras, por cierto, no le hemos puesto ni una sola letra. Se castiga a quien se sale de la norma. Seguro que las monjas os enseñan esas cosas. Os hablan de la virtud de una señorita y de lo malo que es mirar a los hombres, y de que una mujer debe ser sumisa y fiel a su esposo, además de cariñosa y mujer devota... ¿Os hablan de eso?

—Sí.

—Pues menuda mierda de norma.

Marcela frunció el ceño, pero, al cabo de un instante, sonrió.

—Estoy de acuerdo.

—Lo sé. Tus ojos miran igual que miraban los míos. Quieres ser libre y poder decidir por ti misma. Pero el mundo no está hecho para nosotras, no por ahora. Mételo en la cabeza.

—Y a esa norma le falta un capítulo dedicado a ellos —opinó Marcela—. A su virtud, a su fidelidad, a su cariño y a su devoción.

—Bien dicho, demonios —respondió Herminia vertiendo un poco más de licor en su vaso para poder brindar por ello.

Terminaron de beber en silencio y, al cabo de un rato, la muchacha notó una sensación de ingravidez en el cuerpo que la adormecía.

—¿Cómo fue? ¿Cómo se enamoró de Thomas Hammersmitz?

La anciana se encogió de hombros.

—Sucedió. Aunque debo decir a nuestro favor que nos reprimimos durante un tiempo. Dos años. Dos años amándonos con la mirada. Como tú hacías con el teniente.

—Yo no lo amaba con la mirada.

—Claro que lo hacías, tontina. Y él se daba cuenta.

Amodorrada por los efluvios del alcohol y ovillada dentro de una toquilla de lana, Marcela suspiró.

—Creo que me veía como a una hermana.

—Puede ser. Y mejor que fuera así. Todavía eres un pimpollo. Aunque siempre he creído que la edad no tiene importancia salvo en los quesos y el vino. ¿Qué esperabas? Nuestro teniente era especial. —Sonrió, y sacó su pipa del interior del cajón de la mesa—. Te lo digo yo, que he conocido a muchos hombres. Cualquier otro se habría aprovechado de tu inocencia.

Desde la noche anterior, Marcela notaba una sensación parecida al hambre, pero que no se iba comiendo, no se iba con nada. Era como tener un enjambre de abejas dentro del pecho.

Otro suspiro salió de su boca de forma entrecortada.

—Cuando estaba con él... —Desvió la mirada y clavó los ojos en la ventana, donde una mosca se estrellaba contra el cristal en un acto suicida—. No sé cómo explicarlo.

Herminia encendió la pipa con su acostumbrado ritual, formando alrededor de su cabeza densas nubes de humo. Sujetó la cazuela entre los dedos y miró a la muchacha a través de la cortina de niebla.

—Cuando estabas con él sentías que a su lado podías soportarlo todo.

Marcela la miró como si creyera que, en verdad, la mujer tuviera el poder de leer la mente.

—Pero déjame advertirte una cosa —añadió la anciana adelantando un poco el cuerpo hacia ella—. La soledad es más grande cuando se ha conocido el amor y luego se ha perdido.

Tres semanas antes de emprender su viaje a Tenerife, Marcela trató de convencer a Herminia de que debía cambiar su imagen si no quería que el señor Hammersmitz huyera al verla. La anciana accedió a cortarse un poco el pelo, pero mantuvo una férrea oposición a darse un baño.

—Demonios, de haber querido Dios que nos bañáramos habría creado la lluvia templadita, a la temperatura del cuerpo.

Con una buena dosis de paciencia, Marcela consiguió meterla en el aseo y sacarle de encima los andrajos que tenía por ropa.

—Mira que eres terca —se quejó la mujer agarrándose a las prendas—. Si me meto en esa tina de agua caliente, me fundiré como la mantequilla.

Marcela añadió al agua unas espigas de lavanda que había recogido en el patio para ver si así la engatusaba. Pero ni con esas.

—Me saldrá urticaria —rezongaba—. ¡Por todos los demonios y criaturas del averno! ¡Se me caerá la piel a retales! ¡Se me verán los huesos! ¡Y tú tendrás la culpa!

—Pero después del baño será una mujer nueva y limpia. Ni sus gatos la reconocerán.

—¡Una mujer limpia con los huesos al aire y con urticaria! —sentenció ella de mal talante.

—Si no tiene piel, ¿cómo va a tener urticaria? No diga tonterías, mujer.

Herminia la miró con inquina.

—Encima ríete —dijo, y añadió por lo bajo—: muchacha mataviejas...

En contraste con su cara y sus manos renegridas por el sol, la piel del cuerpo de Herminia era pálida y de apariencia vulnerable. Sus hombros eran flacos y angulosos como una percha, y Marcela tuvo especial cuidado mientras la frotaba con un trapo, deseando que el agua caliente la relajara y dejara de protestar. La anciana se sujetaba a los bordes de la tina como un gato aferrado al tronco de un árbol y la joven no pudo separarse de su lado por temor a que saltara fuera antes de que todo su cuerpo estuviera enjabonado y limpio.

El siguiente paso consistió en rebuscar en el armario alguna prenda que pudiera servirle. Había todo tipo de ropa: faldas, blusas, chaquetas y enaguas de muselina rígida, pero todas ellas eran de finales del siglo pasado y necesitaban unos arreglos. Marcela escogió una blusa blanca con finas rayas verdes y una falda color oliva que llevaba una sobrefalda de quita y pon con unos cordones para crear pliegues vistosos. Herminia buscó su costurero, guardado en el fondo de un cajón, y la muchacha desprendió la sobrefalda y le subió el dobladillo a la prenda para que el bajo no le arrastrara por el suelo, ya que la vejez le había rebanado al cuerpo de Herminia varios centímetros de alto. Una vez vestida y con el pelo limpio y recién cortado enlazado en un moño, la llevó frente al espejo del armario para que pudiera verse.

—No quiero mirarme —dijo Herminia ofuscada y de espaldas al espejo.

—¿Por qué? Parece usted otra persona.

—Qué *jodía*... ¡Por eso mismo! Y sé exactamente a qué tipo de persona me parezco. —Marcela la miró intrigada—. No pongas esa cara. Soy la misma de siempre, pero con urticaria.

—No tiene urticaria, Herminia. Y conserva toda la piel. ¿Qué se cree que es? ¿Un lagarto?

—No la tengo, pero me saldrá pronto. Mírame las manos.

La mujer extendió hacia ella las palmas de las manos.

—Solo están arrugadas por el agua caliente, pero se le quitará en unos minutos.

—¡Eso es! ¡Arrugadas! Como si no tuviera suficientes arrugas sin mojarme. Ahora parezco un higo seco.

—Oiga, no para usted de quejarse.

La sujetó por los hombros y le dio la vuelta. Herminia se topó de frente con el reflejo de su imagen. Entrecerró los ojos para verse mejor y, después de un rato observándose, de frente, de costado y retorciendo el cuello para verse la espalda, sonrió de forma exagerada, con la boca muy abierta.

—Este traje me lo regaló Thomas. —Dejó de sonreír y le clavó los ojos a la muchacha—. Si me convierto en una petimetra, también será por tu culpa.

—¿Qué es *petimetra*?

La anciana la miró con desdén.

—Siempre olvido que te criaste con las monjas, que os atontan a credos y avemarías. Un petimetre es alguien que se preocupa en exceso de su apariencia, cualquiera lo sabe.

Desprovista de las faldas gruesas y sucias, de su blusa negra y del pañuelo en la cabeza, Herminia parecía una ancianita menuda y elegante.

—¿Estoy guapa?

La muchacha se frotó la barbilla mientras analizaba el conjunto. Había algo en ella que no acababa de encajar, algo que faltaba para que el cambio fuera significativo. Herminia permaneció a la expectativa, esperando conocer sus reparos, pero al final perdió la paciencia.

—¿Qué es? Vamos, habla —dijo alisándose las arrugas de la falda con las manos.

Marcela la examinaba como si toda ella fuera un enigma.

—No sé. Hay algo que falla.

—¿Qué falla? ¿Qué es lo que falla, demonios? Me has fregado el cuerpo con saña, me has trasquilado como a una oveja y me has vestido como una lechuguina. Ya no puedes hacerme nada más, criatura testaruda, solo rematarme.

Al día siguiente, Marcela la llevó a la clínica dental de los hermanos Sánchez, situada al final de la calle Mayor, que se había hecho famosa por sus técnicas sin dolor y por sus métodos innovadores. Conseguir que Herminia abriera la boca en su presencia fue lo más complicado. Cuando al fin lo lograron y el doctor dictaminó que para colocarle una dentadura nueva primero debía extraerle el diente sano, la anciana salió de allí soltando improperios.

—Para uno que me queda me lo quiere arrancar, el muy canalla.

Dos días más tarde, recapacitó.

—¿Ya no le importa perder el diente? —tanteó Marcela.

—Bueno, ya no es el que era, y, demonios, se tambalea como un pequeño borracho en las tabernas del puerto. Cualquier día de estos me traiciona, así que vamos a ver al sacamuelas.

Dos semanas después, las mejillas de Herminia cobraron forma y en la cara le aparecieron unos labios que antes permanecían engullidos por la boca mellada. El siguiente y último paso fue aprender a hablar de nuevo con la boca llena de dientes. Marcela hizo hincapié en algunas cosas que debía tener en cuenta.

—Olvídese de decir *demonios* a todas horas, y también *criaturas del averno*. En vez de eso, pruebe a decir *cáspita* o acuérdese de los santos, Herminia, que hay muchos, pero deje al demonio tranquilo durante un tiempo.

—¡Menuda gaita! —se lamentaba a todas horas la anciana mientras deambulaba por la casa repitiendo una y otra vez palabras y frases sin sentido que contenían la letra *d* y el sonido de la *z*—. «Dos dedales de Zaragoza del dedo zurdo para zurcir la ropa...» ¡Cáspita!, qué palabra tan ridícula. Si yo les hubiera gritado *cáspita* a los que me tiraban piedras, ahora estaría sepultada bajo una montaña de pedruscos. Pero el demonio siempre les daba susto. «Dionisio dio con un dedo zarrapastroso en un zarcillo de doce dientes.» ¡Por todos los santos del demonio!

Con la ropa a medida, el pelo limpio y recogido y la boca recompuesta, Herminia parecía una anciana respetable de la burguesía isleña. Había sido una transformación tan extraordinaria que si hubiera habido testigos no se habría hablado de otra cosa en la ciudad, un caso de redención del cuerpo como nunca antes habían conocido. En cuanto a la redención del alma, Marcela pensó que esa sería más difícil de lograr.

—¿Sabes lo que haremos ahora, mi niña? —le dijo Herminia con cierta dificultad, pues la lengua le tropezaba en todas partes.

—Seguro que me sorprende —respondió Marcela.

—Nos vamos de compras. Tú necesitas ropa nueva para viajar a Tenerife y yo también necesito algo moderno que ponerme.

Los comercios de la calle Mayor hacía tiempo que no recibían mercancía de la Península, de modo que en los escaparates los maniquís vestían prendas de temporadas anteriores. Herminia iba agarrada al brazo de Marcela y se afanaba en caminar erguida, un esfuerzo que dio sus frutos cuando algunos caballeros se levantaron el sombrero al cruzarse con ella.

—Serán cretinos —dijo—. Son los mismos que escupirían a mis pies si me vieran con la ropa vieja y rodeada de mis gatos.

La dependienta de la primera *boutique* en la que entraron las atendió de forma servicial y, por la forma de ignorar a Marcela, quedó claro que pensaba que era una criada. Por eso no pudo disimular su sorpresa cuando Herminia le pidió que sacara sus mejores prendas para vestir a la muchacha.

Una hora más tarde, salieron de la tienda cargadas de paquetes.

Junto a la puerta del comercio vieron a una mujer tosca de condición humilde contemplando el vestido que lucía el único maniquí del escaparate, un modelo caro y vistoso al alcance de pocos.

Marcela no había reparado en que esa mujer era Casilda, la Molinera, la voz más influyente y corrosiva del lavadero público en el barrio de San Nicolás y la que tantas veces había menospreciado y vilipendiado a Herminia Maldiciones.

Pero Herminia sí la había reconocido.

La anciana se detuvo junto a ella y también miró el vestido a través del cristal.

—Es bonito, ¿verdad? —le dijo.

La Molinera la miró con una sonrisa en los labios.

—Y tanto, señora, lo más que usted ha visto.

Marcela vio surgir un brillo travieso en los ojos de la anciana.

—Y le sentaría bien —añadió Herminia con voz zalamera.

—¡Je! ¿Usted cree?

—Por supuesto, Casilda, con ese vestido cualquier mujer se sentiría como la reina de España, incluso la más bruta e ignorante de la ciudad.

La Molinera se volvió por completo hacia Herminia.

—¿Cómo sabe mi nombre?

—Ah, las brujas lo sabemos todo. O eso es lo que cuentan. Algunos incluso dicen que nos comemos a los niños y que soltamos arañas venenosas en las casas de los que nos tiran piedras.

La expresión de Casilda fue transformándose en una mueca de cautela. Reparó entonces en la joven junto a la anciana y, al reconocerla, volvió a mirar a Herminia con el miedo estragándole las facciones.

—Pero no es posible... —murmuró.

—Es más posible que yo sea una bruja a que ese vestido acabe sobre sus carnes. Y le digo una cosa más: si una sola piedra roza a esta criatura que está a mi lado, no serán arañas venenosas lo que suelte por el barrio. ¿Me oye? También tengo serpientes hambrientas, de las que matan a los injuriosos de negro corazón como el suyo antes de llevárselos con ellas al infierno.

El temor en la cara de Casilda rozaba ahora el espanto. Cuando las dos mujeres le dieron la espalda y se marcharon agarradas del brazo, Marcela la imaginó santiguándose tres veces seguidas para suavizar la maldición.

SEGUNDA PARTE

17

Océano Atlántico
20 de marzo de 1918

El comandante tenía desplegadas sobre la mesa de derrota —un minúsculo pupitre— las cartas de navegación. Junto a él también estaban el timonel Vogel, el jefe de máquinas Schneider y sus dos tenientes. El asistente Gepesky les llevó café a todos y después se marchó.

En sus últimas correrías por el océano habían interceptado un *trawler* francés, un vapor procedente de Sídney con las bodegas cargadas de carne, y mercantes fuertemente escoltados por *destroyers* británicos. Andaban escasos de munición y debían regresar a la base. Pero algún buque perseguido había comunicado la posición del submarino por telegrafía, cosa que les había echado encima en un corto espacio de tiempo a toda una jauría de torpederos, cazasubmarinos y los temidos *drifters,* embarcaciones que arrastraban gruesos cables de acero por el fondo del mar en busca de peces de metal. Esto los había obligado a mantenerse sumergidos y a replegarse hacia la costa africana, y en aquellas circunstancias tocaba buscar un lecho confortable en el que guarecerse hasta que la persecución cesara.

El comandante, compás y lápiz en mano, examinó las cartas náuticas hasta que encontró lo que buscaba. Miró a su jefe de máquinas.

—¿Cómo están las baterías, Schneider?

—Hemos consumido mucha energía eléctrica, *herr kaleun.*

En dos ocasiones necesitamos toda la fuerza para escapar. Calculo que aún nos quedan reservas para tres horas. Pero entonces deberemos emerger si queremos seguir moviéndonos.

—Bien, economice usted toda la energía que pueda, apague las luces que no sean necesarias y el sistema de calefacción. Reduzca la marcha si es preciso. De ninguna forma deben vernos. Esos malditos perros no cejarán en su empeño hasta darnos caza. Les hemos hecho daño y están rabiosos. —El comandante indicó un lugar en las cartas náuticas—. Cuando alcancemos este punto, descansaremos en la madriguera y esperaremos a que se olviden de nosotros.

Hans y el jefe de máquinas intercambiaron una mirada de preocupación.

—¿En un fondo de roca? —preguntó el teniente.

—Será el último lugar donde imaginen encontrarnos. —El comandante los miró y añadió—: No les digan nada a los muchachos, los quiero con el ánimo arriba. No es bueno que pasen horas acumulando tensión sin necesidad.

Con el transcurrir de las horas, sumergidos y con el sistema de calefacción apagado, la nave se enfrió rápidamente. Hasta la una y media de la madrugada percibieron ruidos de hélices cercanas en los micrófonos de carbón, pero luego no volvieron a interceptar nada. Eran ya las tres cuando llegaron al lugar escogido para *tumbarse*. Entonces comprobaron lo que ya habían visto en las cartas náuticas: ni rastro del confortable lecho de arena. Por el contrario, el abrupto y temido fondo de roca los esperaba.

Con el primer golpe, el comandante ordenó parar máquinas.

—¡Atrás toda!

Tras unos pocos roces y ligeros tambaleos, ordenó llenar los tanques para mantener estable el submarino y se dispusieron a pasar allí la noche, escondidos del enemigo, con la esperanza de que, harto de buscar, se fuera a otra parte. Sin embargo, la calma no duró mucho tiempo. Eran las cuatro de la madrugada cuando cambió la corriente y comenzó el zarandeo. La nave se deslizó sobre las rocas y sufrió envites y restregones que exacerbaron los nervios de la tripulación. De pronto, un fuerte golpe contra una roca los hizo escorar bruscamente. El organismo del submarino gruñó como un animal con cada impacto contra el acero. Los hombres rebotaron contra sus tripas de metal y se cayeron de las literas. Un último costalazo los hizo volver a caer. Después, gracias al cielo, el submarino quedó otra vez estable.

Hans se llevó una mano a la frente porque notó que se le escapaba un reguero de sangre. Se había golpeado contra una lámpara eléctrica y tenía un corte profundo. En aquellos momentos, fueron muchos los que dudaron si no habría sido mejor enfrentarse al enemigo que soportar aquel suplicio en un fondo de mar tan poco hospitalario.

Los hombres esperaban las órdenes de su comandante con la cara desencajada por la tensión. Si seguían rebotando de roca en roca, no tardarían en aparecer filtraciones de agua que podían impedirles salir a flote. Pero el comandante pensaba que, mientras eso ocurriera, ganarían algo de tiempo. Necesitaba asegurarse de que el enemigo no estaría aguardándolos. Él mejor que nadie sabía que muchos perros hacen la muerte de un ciervo. Debían permanecer en el fondo hasta que no quedase en el submarino un soplo de aire.

La situación se volvió desesperada al amanecer, cuando comenzó a penetrar agua por algunos remaches.

Era el momento de salir a la superficie. El comandante estaba a punto de dar la orden cuando aparecieron nuevos sonidos de hélices. ¡Maldita sea! Eso los obligaba a seguir en el fondo, esta vez sin posibilidad de huir en inmersión, pues habían consumido gran parte de las baterías eléctricas. Ordenó obturar los remaches inmediatamente y achicar el agua con las bombas.

Las horas pasaban y las hélices seguían sobre sus cabezas. Un convoy enemigo se movía en círculos sobre ellos mientras el submarino callaba con un silencio mortal. El frío les hacía soplarse los dedos y dar patadas al suelo para entrar en calor. Los nervios, por lo general templados, se fueron crispando a medida que el dióxido de carbono fue en aumento en detrimento del oxígeno. Volvió a llegar la noche. Los olores pestilentes y la falta de ventilación comenzaron a provocar los primeros síntomas de confusión.

El asistente Gepesky fue el primero en vomitar y, al cabo de tres horas, la mitad de la dotación quedó inservible.

Algunos hombres sacaron fotografías de sus seres queridos y las miraron largamente con los ojos enrojecidos, como si fuera lo último que quisieran ver antes de perder el conocimiento, por si no volvían a despertarse. Hans aguantaba, a pesar del dolor de cabeza que le había provocado la herida en la frente. Apoyado contra ruedas de válvulas y medidores de presión, intentaba no contar las pocas horas que faltaban para que el ascenso a la superficie fuera inevitable. Pensó en su madre y en su hermana Frida. Le habría gustado abrazarlas, despedirse de ellas de alguna forma y encontrar en aquella desesperada calma un refugio en los recuerdos de la infancia. Cerró los ojos porque comenzaba a sentirse aturdido y trató de recordar algún momento junto a Hannah. Su mente, sin embargo, revivió sin querer el beso de una niña. Sabía que no debía hacerlo, que no era propio de un hombre, pero estaba tan cansado que no pudo resistirse. Le hacía demasiado bien soñar con abrir los ojos y volver a verla, como si en el fondo supiera que su vida no podía terminar allí, aquel día, de aquel modo. Había nacido en él la necesidad de saber que, aunque ella se encontrara a miles de kilómetros, estaba a salvo.

Sonrió al evocar sus gestos encantadores, su sonrisa primaveral, sus palabras musicales...

«Qué adorable criatura.»

Aletargado por el aire irrespirable, ni siquiera se reprochó esos pensamientos. ¿Qué más daba si era probable que todo acabase pronto? Las malditas hélices seguían zumbando sobre ellos, cercenando sus posibilidades de sobrevivir. ¿Qué más daba, entonces, lo que pensara?

Las horas siguientes fueron agónicas, desesperadas y asfixiantes, pero, cerca de un nuevo amanecer, cuando ya todo se daba por perdido, el sonido de las hélices comenzó a debilitarse.

—¡Se alejan! ¡Se están alejando! —gritó alguien a quien, sin duda, le quedaban fuerzas.

La posibilidad de supervivencia reactivó los cuerpos, y algunos hombres se impacientaron y exigieron salir a la superficie. El comandante los contuvo.

—Todavía no. Debemos esperar a estar fuera de su campo de visión. Vamos, muchachos, aguanten un poco más.

Cuando al fin salieron a flote se apiñaron en torno a la escotilla, por la que penetraba una corriente de aire fresco. Boquearon igual que peces fuera del agua mientras el submarino cabalgaba las olas con la gracia de un delfín, como si la máquina de guerra también se sintiera feliz de volver a ver el cielo sobre su acero. El único rastro del enemigo dejaba penachos de humo negro en el horizonte más lejano.

18

Puerto de La Luz
24 de marzo de 1918

Los campanarios de Las Palmas marcaron las diez de la mañana aquel domingo radiante de sol y de luz. De Tenerife, la isla hermana, Marcela solo sabía que tenía un puerto grande y un enorme volcán cuya cima, a menudo cubierta de nieve, era visible desde la playa de Las Canteras en los días libres de bruma y calima. También había estudiado en los libros que Santa Cruz de Tenerife era una ciudad muy Noble, muy Leal, muy Benéfica e Invicta, aunque no recordaba por qué.

Se apeó del tranvía en el muelle de Santa Catalina, sujetando la pequeña maleta de cuero que le había prestado Herminia, y respiró el aire cálido de la mañana. Estaba animada y ansiosa. Era la primera oportunidad que tenía de ensanchar su visión del mundo y pensaba aprovecharla. Se subió a la acera para que no la atropellaran las tartanas que circulaban por el amplio brazo del muelle y desde allí buscó a su padre.

El puerto de La Luz era un conglomerado de muelles, varaderos, astilleros, depósitos de carbón y todo lo necesario para abastecer a la horda de buques y transatlánticos que en los años anteriores a la guerra hacían escala en la ciudad de Las Palmas, cuya disposición geográfica la situaba en la ruta de tres continentes.

Dos hombres pasaron a su lado. Uno tiraba de un carro de madera atestado de fardos hasta curvar sus ejes y el otro sujetaba los bultos con las manos para evitar que se cayeran al suelo.

Los dos le sonrieron con picardía y siguieron su camino murmurando y riendo.

Marcela revisó la ropa que le había comprado Herminia: una elegante falda recta azul celeste y una blusa de seda blanca cerrada al cuello con una fina puntilla de volantes de encaje. La chaqueta, ajustada al talle, iba a juego con la falda, y en la cabeza llevaba un sombrero canotier con una bonita cinta azul marino alrededor del borde de su corona plana. Completaban su atuendo unos guantes blancos de encaje, un pequeño bolso de loneta fina con bordado *petit point* y unos zapatos de charol negros.

—Si se te acerca algún pelma —le había advertido Herminia justo antes de que se subiera al tranvía— espántalo con un ataque de tos.

En las amplias aceras del muelle de Santa Catalina se hallaban las casetas de madera de las casas consignatarias —colocadas allí para acelerar los trámites de los buques en tránsito—, la de los prácticos y la de vigilancia municipal. Marcela tuvo tiempo de contar hasta seis enormes grúas de vapor antes de dar con su padre, que la esperaba apoyado en la caseta de la Elder Dempster & Co. fumando en su cachimba.

Azarías no pudo evitar sorprenderse cuando la tuvo delante.

—No te había reconocido —admitió.

Él la guio hasta el *correíllo La Palma*, que permanecía atracado al final del muelle de seiscientos metros de largo con la escala desplegada, por la que ya subían algunos pasajeros. Había bultos en el suelo esperando a ser alzados por las plumas del barco, y planchas de madera sobre carromatos de dos ruedas tirados por asnos. El barco correo no era un transatlántico, pero para ser su primer viaje por mar era un ejemplar bastante digno. Por su única chimenea inclinada fluía un oscuro humo denso que se elevaba al cielo y ensuciaba el más puro azul.

Azarías confió la custodia de su hija al capitán, un hombre de mediana edad, aspecto aseado y uniforme impecable. Este llamó a un joven mozo que se movía por la cubierta. El muchacho le cogió la maleta a Marcela y la acompañó a su camarote.

Vestía un grueso suéter de lana marrón y un pañuelo alrededor del cuello, y se echaba continuamente hacia atrás un flequillo castaño y volandero que le caía sobre la frente.

—¿Es su primer viaje en barco? —le preguntó por el camino.

—Así es.

—Si se marea, salga a cubierta para que le dé el aire. Y si no se marea..., bueno, entonces será una chica con suerte. Por cierto, me llamo Santi. Búsqueme si necesita algo.

En el sencillo camarote con literas encontró a una mujer ataviada con ropa de campo que viajaba con dos niños. Saludó cordialmente al grupo y dejó sus cosas sobre la única litera libre. El sonido de la potente sirena les hizo dar un salto a los cuatro y los niños se taparon las orejas con las manos y después rieron.

Marcela salió de nuevo a la cubierta a tiempo de ver las maniobras de desatraque. Humo negro y vapor blanco ascendían hacia un cielo brillante donde planeaban y graznaban las gaviotas. Al cabo de un rato, soltaron el amarre y entonces el barco comenzó a despegarse del muelle. Marcela clavó las manos enguantadas en el pasamanos y sonrió. Era tan emocionante... ¿Qué le depararía ese viaje? ¿Qué cosas nuevas vería? ¿A cuántas personas más conocería? Era excitante y se sentía libre.

Sobre la cubierta, y bajo sus pies, comenzó a notar un leve balanceo que le hizo experimentar vértigo en el estómago. Un hombre se apoyó en el pasamanos a su vera cuando la isla todavía era un pedazo de tierra grande en medio del mar. Ella giró la cabeza para mirarlo y él le sonrió. Marcela le devolvió la sonrisa y siguió contemplando su isla querida, su hogar, todo lo que había conocido hasta entonces.

Pensó que ojalá Hans pudiera verla. Seguro que así vestida ya no le parecería una niña.

—¿Viaja usted sola, señorita?

Marcela se volvió hacia el hombre, que debía de rondar la treintena, y no le gustó su forma de mirarla. Sacó el pañuelo de su bolso de mano y, llevándoselo a la boca, fingió un ataque de tos hasta que consiguió espantarlo. El consejo de Herminia resultó infalible y pensaba repetirlo si se daba la circunstancia.

Una vez abandonado el refugio del puerto, el barco comenzó a cabecear. Marcela aspiró una bocanada de ese aire de alta mar y la garganta se le heló, de modo que decidió refugiarse en el camarote, donde los niños y la madre hacían los primeros esfuerzos para controlar el mareo. Ella misma comenzó a encontrarse tan indispuesta que no tuvo arrestos para moverse de su litera, y a duras penas contuvo las arcadas cuando los niños comenzaron a vomitar en cubos de hojalata.

Consiguió apaciguar las tripas pensando que ahí fuera, en el amplio mar, estaba Hans en su submarino. El tiempo que había pasado con él le había parecido demasiado breve, apenas un instante, y se entristecía profundamente ante la posibilidad de no volver a verlo. A su lado había sentido por primera vez la emoción de vivir. Antes se conformaba con cumplir con sus tareas, con no enfermar, con ser útil. Pero había descubierto que la vida era algo más que el simple hecho de existir.

Había descubierto un nuevo mundo de amor.

Y le resultaba muy difícil volver a su antigua vida sin ilusiones.

Horas más tarde, cuando aún el estómago luchaba para asentársele, la poderosa sirena del barco volvió a sonar y Santi fue a avisarla de que estaban llegando al puerto.

La mujer cambió de ropa a los niños, que tenían pegados a las prendas restos de vómito, y todos abandonaron apresuradamente el camarote, ansiosos por pisar tierra. El primer viaje en barco de Marcela no había resultado tan emocionante como había imaginado. Al contrario, acababa de descubrir que la navegación no era para ella, ya que se mareaba con facilidad. Por eso procuró no pensar en el viaje de vuelta hasta que fuera inevitable.

Una vez que todos los pasajeros hubieron desembarcado, Santi volvió a llamar a su puerta.

—¿Cómo puede soportar este olor? —le preguntó arrugando la nariz.

Marcela se encogió de hombros.

—Recoja sus cosas —añadió el muchacho—. El capitán me ha pedido que la lleve a un camarote individual para que pase la noche. Ahora están vacíos. Y huelen mejor.

Marcela no se hizo de rogar. Lo recogió todo, se cubrió el torso con la toquilla y siguió a Santi por la cubierta. El sonido de sus tacones resonando en las tablillas provocó que la marinería, que se empleaba en descargar la mercancía del barco, se volviese para mirarla.

Al contemplar el horizonte por encima de la barandilla, vio a lo lejos las colinas de la ciudad envueltas en la luz azulada del atardecer. En la dársena del puerto, el balanceo del barco era casi inexistente, de modo que aceptó de buena gana la cena que, algo más tarde, le llevó Santi al camarote.

El colchón de la cama individual era muy confortable y cuando posó la cabeza en la formidable almohada, un cansancio repentino le aflojó los músculos del cuerpo. Con todo ello, la incertidumbre del día siguiente no la dejó descansar lo que habría deseado. Herminia había depositado en ella tantas esperanzas que de ninguna forma podía defraudarla.

Por la mañana, después de tomar un frugal almuerzo, Santi la acompañó hasta la fila de tartanas que esperaban clientes en el muelle.

—Recuerde que salimos a las once de la noche —le dijo.

El trayecto en carromato fue tan breve que discurrió por unas pocas calles cercanas al puerto, donde estaba ubicada la oficina consular, en la calle de la Marina. Eso mermó sus posibilidades de descubrir la ciudad.

Eran poco más de las nueve cuando un funcionario de aspecto frailuno —debido a su traje negro y al cerquillo calvo en la cabeza— la recibió y le preguntó con acento francés si tenía cita con el vicecónsul.

—No, señor —respondió ella—. Pero tengo un asunto urgente que tratar con él.

El hombre apretó la boca de labios finos.

—Puedo darle una cita para la semana que viene.

Marcela comenzó a ponerse nerviosa.

—Necesito verlo hoy. Mi barco sale de regreso a Las Palmas esta noche.

—Entiendo su dilema, señorita, pero el vicecónsul está muy ocupado estos días. ¿Ve a esos hombres de ahí? —El funcionario señaló a tres caballeros que esperaban sentados en unas confortables sillas contra la pared de la oficina—. Todos esperan a que el señor vicecónsul los reciba. Ellos tienen cita, usted no. Compréndalo...

—Lo comprendo, pero no puedo irme de la ciudad sin haber hablado con él. Es una cuestión de vida o muerte.

El funcionario se ajustó las gafas redondas sobre la nariz y respiró hondo, como si hubiera escuchado esa respuesta millones de veces.

—Eso dicen todos. Mire, joven, lo siento mucho. Pero haremos una cosa: le daré una cita para el primer día que el vicecónsul tenga libre. Será usted la primera a la que reciba, ¿le parece bien?

—No, señor, no me parece bien. ¿No entiende que no puedo irme sin hablar con él? ¿Es que esos señores también tienen asuntos de vida o muerte que tratar?

—Yo le cedo mi cita —dijo uno de los caballeros con un espeso acento francés, que lucía una descomunal barba blanca y un monóculo en un ojo.

El funcionario lo miró y le dijo algo en su idioma. Parecía no estar de acuerdo con que le cediera su cita, pero mientras los hombres debatían, ella se escabulló hacia la única puerta que había al fondo de la oficina.

—¡Oiga, muchacha! —oyó que gritaba el funcionario a sus espaldas.

Marcela accedió a un amplio despacho en el que se encontraban dos caballeros bien vestidos hablando en francés de modo cordial. Uno era un anciano. El otro, de mediana edad, se apoyaba en un bastón. Ella se dirigió al mayor.

—Necesito hablar con usted —dijo apresuradamente, retorciéndose las manos frente a él de forma nerviosa—. Es un asunto muy importante. Por favor, señor, ¿no tendrá unos minutos para atenderme?

Los dos hombres se miraron. El funcionario frailuno entró como un tropel en el despacho, hablando en el idioma galo, como disculpándose por la intromisión. Se acercó a ella y la sujetó del brazo.

—Por favor, señor Hammersmitz —le dijo Marcela al anciano, casi a punto de llorar—. Le suplico que me escuche. Traigo un mensaje para usted. Por favor, señor...

El hombre se encogió de hombros y murmuró unas palabras en francés. El funcionario trató de arrastrar a Marcela fuera del despacho, pero esta se soltó de un tirón.

—¡No me iré hasta que hable con el señor Hammersmitz! —exclamó, dispuesta a resistir, mirando con gesto de súplica al elegante caballero de pelo blanco, que en esos momentos se dirigía hacia la puerta sin siquiera mirarla.

El más joven lo acompañó cojeando y apoyándose en su bastón. El funcionario permanecía a la espera, sin saber qué hacer, igual que ella, mientras los hombres se despedían con un apretón de manos.

Cuando el anciano se marchó, ella quiso seguirlo, pero el individuo del bastón la detuvo.

—Espere, muchacha —le dijo con un leve acento.

Marcela lo miró con lágrimas en los ojos.

—Por favor, déjeme ir tras él. Es indispensable que me escuche, ¿entiende lo que le digo?

—Lo entiendo. Y ahora siéntese, por favor.

—Pero el vicecónsul...

—El vicecónsul soy yo, señorita.

La repentina revelación la dejó sin palabras, desconcertada, hasta tal extremo que tardó unos segundos en comprender que se hallaba frente a Thomas Hammersmitz. El hijo de Herminia.

¿Cómo no lo había imaginado antes? ¿Cómo había sido tan ingenua de pensar que Herminia deseaba ver a su antiguo amante antes de morir? Ahora que lo pensaba, no tenía sentido. Siempre había sido él, su hijo.

El funcionario salió del despacho meneando la cabeza y ella se movió hasta la silla que le señalaba el vicecónsul, frente a la mesa. Él llegó a su sillón, dejó su bastón cerca y tomó asiento mientras Marcela lo contemplaba, aún aturdida. Iba escrupulosamente vestido y afeitado, sin bigote, tenía el pelo negro brillante de aceite y su mirada era verde, intensa, tal como la había descrito sor Felipa.

Trató de encontrar en él algún rasgo de Herminia, pero no había nada en el hombre que le recordara a la anciana.

Mientras el vicecónsul encendía un cigarrillo, ella echó un vistazo a la gran mesa de caoba, a los mapas y cuadros en las paredes, y al terciopelo de las cortinas, que, descorridas sobre los grandes ventanales, dejaban ver la bonita vista sobre el puerto y el reflejo del sol brillando en la dársena.

—¿A qué ha venido eso sobre un mensaje? —inquirió el señor Hammersmitz.

Ella distanció las orejas de los hombros para no parecer retraída y lo miró mientras pensaba cómo encarar su petición. Sabía por los periódicos que Bélgica había sufrido mucho en la guerra pese a ser un país neutral, de modo que dijo:

—¿Siguen ustedes invadidos por los alemanes?

Quería mostrarse cordial después del pequeño revuelo que había provocado.

El rostro del vicecónsul se ensombreció.

—¿Ha venido a hablarme de la guerra?

—No, señor —respondió ella débilmente—. He venido a hablarle de su madre.

El hombre frunció el ceño.

—Mi madre murió hace tiempo, señorita. No sé a qué viene esto.

—¿Puedo preguntarle cómo se llamaba?

El vicecónsul dudó un instante. Sus rasgos tensos evidenciaron que no estaba cómodo con la conversación y que la zanjaría de un momento a otro si no tenía mucho tacto. Ella lo miró tímidamente mientras él se reclinaba en su sillón y daba una larga calada a su cigarrillo.

—No voy a hablar de mi familia con una extraña. ¿Qué es lo que pretende?

—Vengo en nombre de otra persona.

Su mirada recelosa se había intensificado y Marcela temió que la echara de allí sin escucharla.

—Es muy importante —añadió—. Por favor, dígame su nombre.

—Helga —respondió él conciso y serio.

«Respuesta equivocada», pensó Marcela, y agachó la cabeza.

—No vengo a hablarle de ella —murmuró—. Porque me consta que la señora Helga no fue quien lo trajo a este mundo.

—¡Basta! —exclamó él, y apagó el cigarrillo en el cenicero. Después se puso en pie de forma brusca. Las patas del sillón gruñeron al ser arrastradas por el suelo y, con los brazos estirados y los nudillos apoyados sobre la mesa, el señor Hammersmitz la miró amenazante.

Marcela se mantuvo erguida, clavando la vista en la gran bola del mundo que había sobre la mesa para evitar mirarlo. El vicecónsul salió de detrás de su mesa, tomó su bastón y se acercó a los ventanales. Ella lo siguió con la mirada. La luminosidad vibrante de un rayo de sol lo engulló por completo y minúsculas motas de polvo flotaron a su alrededor. Era alto y delgado, y vestía de forma elegante, acorde a su posición. Incluso su postura, pese a su pierna perjudicada, irradiaba confianza.

El viejo señor Hammersmitz había hecho un buen trabajo con él, pensó Marcela. Había cumplido la palabra que le había dado a Herminia y había convertido al niño bastardo en un hombre de provecho. Solo quedaba comprobar si su categoría humana era igual de elevada que su condición social. Por su mente desfiló la imagen de Herminia malviviendo en la casa cueva, en el inmundo agujero de lo alto de la loma en el barrio de San Nicolás. Pensó en el desprecio y la incomprensión de sus vecinos, en las habladurías de la chusma, en los niños cargados con proyectiles de piedra, en la marginación... Herminia había sido capaz de soportarlo todo a cambio de ofrecerle a él una oportunidad.

Thomas Hammersmitz se volvió hacia ella interrumpiendo sus cavilaciones.

—Tiene razón. La mujer que me trajo al mundo se llamaba Herminia, pero también murió hace tiempo.

La respuesta la sorprendió.

—¿Cómo sabe que murió?

El hombre negó con la cabeza y volvió a mirar fuera, a la actividad mermada de una ciudad que, al igual que Las Palmas, también estaba devastada por el bloqueo comercial que imponían los submarinos alemanes.

—Mi padre me lo dijo.

Marcela sintió una instantánea aversión por el viejo Hammersmitz. Lo había engañado, probablemente para que renunciara a regresar con su madre y se integrara plenamente en la nueva familia. Se preguntó cómo lo habrían aceptado la señora Helga y sus hijas.

—Señor, debo decirle que su madre..., su verdadera madre no está muerta.

El vicecónsul se giró hacia ella con un movimiento repentino de cintura. Marcela enrojeció.

—¿Es usted una oportunista?

—¿Qué es una oportunista?

Él se volvió por completo y apoyó el peso del cuerpo en el bastón.

—Alguien que se aprovecha de las circunstancias, siempre en su beneficio, por supuesto.

—Entonces no lo soy, señor.

—Pues ¿quién demonios es? ¿Cómo se atreve a presentarse ante mí para contarme semejante despropósito? Si no me dice la verdad, llamaré a los guardias para que se ocupen de usted.

Marcela se removió en su asiento, pero mantuvo la calma.

—Le estoy diciendo la verdad. Su madre vive en Las Palmas. ¿Por qué iba a mentirle?

—La gente puede hacer cualquier cosa para conseguir algo de dinero. Y son tan malos tiempos que...

—Yo no quiero nada, solo que me escuche. Eso es todo.

Thomas la miró en silencio, con el cuerpo un poco inclinado sobre el bastón. Emitió un suspiro contrariado, deshizo los pasos hasta la silla y allí tomó asiento de nuevo para acodarse sobre la mesa y enlazar los dedos de las manos.

—¿Cómo se llama, muchacha?

—Marcela Riverol Cienfuegos, para servirle.

—¿Es de Santa Cruz?

—No, señor, de Las Palmas.

—¿Quiénes son sus padres?

—Mi madre murió al nacer yo y mi padre abastece a los barcos de carbón en el puerto de La Luz.

—Es un hombre con suerte si todavía conserva el empleo. Pero su aspecto no es el de la hija de un estibador.

—No debe fiarse usted de mi ropa. Todo lo que llevo es de..., bueno, su madre me la compró. No quería que viniera a verlo envuelta en harapos.

—Ya le dije que mi madre murió.

—No es verdad, señor. Su madre está viva, y...

El vicecónsul la hizo callar con un puñetazo sobre la mesa. Ella se asustó y apenas pudo mirarlo mientras él se pasaba la mano por el mentón y cerraba los ojos un momento, como si le costara trabajo mantener la calma o asimilar lo que estaba escuchando.

Estaba sofocado cuando volvió a mirarla.

—¿Cuántos años tiene usted?

—En junio cumpliré dieciséis.

—¿Y ha viajado sola desde Las Palmas?

—Sí, señor.

—¿Cómo dijo que se llamaba?

—Marcela.

—Bien, Marcela. Pues no la creo. Si es verdad que mi madre está viva, ¿por qué no viene ella misma a verme?

—Está delicada de salud. Es..., es bastante mayor, aunque supongo que eso ya se lo imaginará usted. Por eso me pidió que viniera a buscarlo. Solo que yo pensé que...

Marcela se detuvo. Él la miró inquisitivo.

—¿Qué pensó?

—Pensé que me encontraría con su padre, con el viejo señor Hammersmitz.

—Mi padre murió hace seis años, señorita, a la edad de setenta y siete. ¿Por qué no me cuenta el verdadero motivo de su visita?

—¿Quiere que le sea franca?

—Por favor.

—Entablé relación con su madre hace un par de meses. En el barrio todos la conocen. Es... es una mujer especial. Habla alemán muy bien y le gustan los gatos. Yo le llevaba agua porque estaba débil, y siempre fue generosa conmigo. También es un poco cascarrabias y tiene un carácter endemoniado, pero, en el fondo, aunque no quiera reconocerlo y haga lo posible para ocultarlo, tiene un corazón muy grande.

El vicecónsul volvió a levantarse, como si no soportara seguir escuchándola o reconociera en esos rasgos a la madre que tuvo durante los primeros ocho años de su vida.

—Lo que dice podría referirse a cualquier persona —dijo con menos ímpetu que antes. Su cojera parecía ahora más dramática, como si de pronto su pierna se hubiera vuelto más sensible. Caminó de un lado a otro, saliendo y entrando en el haz de luz que se colaba por el ventanal, hasta que se detuvo muy cerca de Marcela—. Tiene que haber alguna confusión. Tal vez se trate de otra persona. Si realmente mi madre no hubiera muerto, ¿qué sentido tendría habérmelo hecho creer durante tantos años?

—No puedo responderle a eso. Pero saldrá de dudas cuando vaya a verla.

—¿Ir a verla? ¿A Las Palmas?

—Sí señor, vive en la calle Mayor de Triana, en una bonita vivienda cerca del bazar alemán.

El hombre reflexionó un instante.

—Dígame una cosa, ¿en esa casa hay un patio con un drago en el centro?

—Así es. —Marcela sonrió—. Un ejemplar precioso.

La expresión del vicecónsul era la misma imagen de la desolación. Su rostro se tornó del color de la cera cuando el sol se ocultó detrás de una nube y oscureció el despacho durante un momento para, al cabo de unos segundos, volver a iluminar la estancia con toda su flama.

—Mi madre y yo nos sentábamos junto a ese árbol. Ella me contaba que los dragos son dragones dormidos convertidos en árboles y que por eso derraman sangre cuando se les hace un corte. —Hizo una pausa y agregó—: Me pedía que pusiera las manos sobre el tronco y me decía: «¿No lo sientes, Tomás?, ¿no sientes cómo respira?».

Se movió despacio hasta un armario grande que había en la pared, frente al ventanal, abrió una puerta y se sirvió un poco de licor que se bebió de un trago. Después volvió a la mesa cojeando menos que antes, como si el alcohol lo hubiera vigorizado.

—Me cuesta creer lo que dice —murmuró acalorado frente a Marcela—. Pero reconozco a mi madre en lo que cuenta. Sin embargo, me niego a aceptar que mi padre... —La examinó con expresión analítica—. No tiene aspecto de estafadora. Mi corazón quiere creerla, pero hay una parte de mí que desconfía.

—Su madre vive, señor. Se lo juro por mi madre muerta.

Thomas Hammersmitz apretó los labios y sus ojos verdes enmarcados en pestañas negras no parpadearon durante un rato. Se quedó inmóvil, como si un frío repentino hubiera congelado años de su existencia.

19

Marcela tomó un ligero almuerzo en una fonda cercana al puerto. No dejó que le afectaran las miradas de los hombres, en su mayoría estibadores y jornaleros con la ropa sucia, que se estarían preguntando qué hacía una muchacha como ella, vestida de forma tan elegante, almorzando sola en un local como aquel. Por eso, en cuanto se hubo llevado a la boca la última cucharada del potaje aguado, que consistía en ocho garbanzos flotando entre mucha zanahoria, un gran trozo de calabaza y nada de carne, se levantó de la mesa, pagó el estipendio y salió a la calle.

El resto del tiempo hasta la hora de embarcar lo pasó deambulando por la ciudad, comprobando con sus propios ojos que los habitantes de Tenerife sufrían las mismas carencias que ellos soportaban en Gran Canaria: los mismos mendigos, la misma desnutrición en los niños y las mismas procesiones de muertos. Para dejar de verlo, se refugió en la bella alameda cercana a la calle de la Marina, donde tomó asiento bajo la sombra de una gran palmera, junto a un parterre que exhibía flores de todos los colores.

Regresó al barco tras la puesta de sol, algo desanimada porque viajar de noche no tenía nada de interesante, convencida de que, sin poder ver el horizonte, el mareo aparecería primero. Además, aunque Thomas Hammersmitz al fin había dado validez a su testimonio, no había logrado arrancarle la promesa de que viajaría a Las Palmas. Y esa no era la mejor de las noticias para una anciana delicada que esperaba en su casa con el corazón ansioso y todas las esperanzas depositadas en ella. Marcela había cumplido su cometido, pero sentía que, en el fondo, le había fallado a Herminia. La parte positiva del regreso era que podía quedarse en su camarote individual, pues ningún pasajero lo ocuparía durante la travesía.

A las diez de la noche el barco estaba listo para zarpar de regreso a Las Palmas. La atmósfera era fresca, de brisa suave y cielo tan limpio como el ojo de un gato. Marcela permaneció en cubierta, arropada en su toquilla, observando la rutina de los marineros mientras acomodaban la mercancía en las bodegas. Se apoyó en la barandilla y dobló el cuerpo sobre el pasamanos para tratar de distinguir la masa de agua oscura e invisible, y se sostuvo un rato sobre la punta de los pies. Cuando recuperó la postura y se giró, vio a Santi haciéndole señas desde el castillo de proa.

A través de una pequeña escala y sujetándose las faldas para no pisarlas, accedió al elevado puesto y llegó junto a él.

—Si se inclina así sobre la barandilla, acabará cayendo al agua —le dijo el muchacho con una sonrisa—. Y quedarse atrapado entre el muelle y el buque no es agradable. A mí me pasó dos veces.

—No volveré a hacerlo, lo prometo. De todas formas, no se ve nada.

—Viajar de noche es más aburrido, ¿verdad?

Ella sonrió. Y antes de que pudiera responderle, a Santi lo reclamaron en la cubierta principal. Marcela se quedó un poco más para contemplar desde la altura las luces de los otros barcos atracados en el muelle y en la dársena. Fue entonces cuando distinguió la figura elegante de un hombre que acababa de embarcar. Llevaba puesto un traje oscuro, un sombrero bombín... y cojeaba.

Era Thomas Hammersmitz.

Repentinamente contenta, se movió a toda prisa para llegar junto a él. Se pisó las faldas, tropezó varias veces, pero lo alcanzó antes de que el vicecónsul desapareciese en un camarote.

—¡Está aquí! —le dijo radiante de felicidad.

Él no tuvo más remedio que mirarla, porque la joven casi lo había arrollado.

—No he podido vencer la impaciencia —le respondió, y su semblante también se iluminó de la emoción.

Después de que Thomas dejara la maleta en su camarote, los dos volvieron a verse en la cubierta. Se colocaron a una banda del barco y juntos admiraron el universo de puntitos de luz centelleantes que formaban las estrellas. Marcela aspiró profundamente por la nariz para inundar los pulmones del relente nocturno que olía a carbón y a sal, sintiéndose satisfecha consigo misma porque dentro de unas horas Herminia y su hijo, al fin, se verían de nuevo.

El barco comenzó a despegarse del muelle. Alumbrada por las farolas del puerto, que aún desprendían luz, la ciudad fue volviéndose un recuerdo a medida que se iba distanciando.

En mar abierto la brisa se intensificó y el cabeceo de la nave se volvió molesto. El vicecónsul parecía estar acostumbrado a flotar sobre el mar, porque no se quejó ni se movió de su sitio. Pero a ella todavía le costaba mantener el equilibrio y se agarraba con fuerza a la barandilla, dispuesta a resistir la sensación de mareo que ya empezaba a atenazarle el estómago y la cabeza.

Para distraerse, y a falta de horizonte, reparó en los farolillos de las lanchas de pescadores que faenaban en los caladeros cercanos a la costa.

—¿Puedo hacerle una pregunta? —tanteó.

—Creo que la hará de todos modos —respondió él.

Ella sonrió y sus dientes relucieron en la oscuridad.

—¿Cómo fue la relación con su nueva familia?

Thomas arqueó las cejas negras y espesas, sorprendido por la familiaridad de la pregunta.

—Lo siento —se disculpó la muchacha—. No es asunto mío.

—Está bien, no se preocupe. —Se apoyó en el pasamanos, con la vista fija en la oscuridad—. Fueron generosos conmigo, sobre todo mis hermanas. Helga, mi madrastra, se limitó a ser correcta, que fue más de lo que podía haber esperado.

—¿Fue duro? Quiero decir, ¿echó de menos a su madre?

—Desde luego, pero la buena convivencia suavizó la pena. Además, estuve muy atareado aprendiendo francés y alemán, por no hablar de que debía asimilar la cultura de un nuevo país y las costumbres de la clase social de mi padre. Pero las noches eran solo mías, y era en esos momentos cuando más la recordaba. Echaba de menos su cariño y lo feliz que había sido con ella. —Respiró profundamente antes de seguir—. Cuando cumplí dieciséis años, le dije a mi padre que quería abandonar mis estudios para volver a Las Palmas. Casi se desmaya delante de mí. Se negó en rotundo, por supuesto, y yo me enfrenté a él. Entonces me dijo que mi madre había fallecido, que no me lo había dicho antes para no entristecerme. Y yo lo creí. —Se quedó callado un momento. Las últimas palabras le habían salido en un susurro, como si le costase trabajo pronunciarlas o como si no acabara de asimilar que su padre hubiera urdido semejante mentira—. Aún me cuesta creer que vaya a verla dentro de unas horas.

El sonido del agua al paso de la quilla del barco llenó el silencio que se impuso entre los dos. El mar fue convirtiéndose en un abismo de penumbra iluminado por el resplandor de una luna fulgente y serena, y al cabo de una hora el océano era una infinita sombra en movimiento azotada por la brisa, que rugía desde un abismo invisible y negro.

De madrugada, Marcela trataba de olvidarse del mareo y de conciliar el sueño en su camarote cuando se dio cuenta de que las máquinas del barco se habían parado. La curiosidad y el insomnio la impulsaron a vestirse para salir a cubierta y tratar de averiguar lo que ocurría. Vio a Santi en un costado del barco, detrás de una masa de hombres que se apretujaban unos contra otros y fue hacia él.

—¿Le pasa algo al barco?

El joven la miró, negando con la cabeza. Respiraba con tanta fuerza que incluso ella pudo oír sus jadeos sobre el murmullo del agua.

—Nos han ordenado detenernos.

—¿Quién?

La brisa marina la hizo estremecerse de frío, pues con las prisas se había olvidado de coger la toquilla. Apelotonados en la cubierta, los hombres estaban muy inquietos, hablaban a voz en cuello y señalaban un punto en la oscura superficie del mar.

—Mire allí. —Santi le indicó con el dedo y el brazo estirados—. ¿Lo ve?

Marcela tuvo que hacer un esfuerzo para desentrañar la opacidad del horizonte. Siguió la línea recta que describía el brazo de Santi, parpadeando varias veces seguidas para evitar que los ojos se le secaran por la brisa, y entonces vio el contorno de un buque detenido a cierta distancia.

—¿Qué barco es? ¿Y qué hace ahí? —preguntó.

—Fíjese bien. No es un barco, es un submarino.

Ella acusó el impacto de la respuesta quedándose sin aliento, como si el aire alrededor se hubiera vuelto irrespirable. Haciendo un esfuerzo para distinguir eficazmente la máquina de guerra, volvió a mirar, pero la lejanía y la oscuridad le impidieron ver otra cosa que no fuera una sombra alargada.

—¿Cómo están tan seguros?

—El capitán lo vio con sus gemelos. No quería que se corriese la voz, pero alguien se fue de la lengua y ya ve la que se ha liado.

En esos momentos, el capitán se acercó al grupo de hombres acompañado de Thomas Hammersmitz.

—Señores, por favor, actúen con normalidad y apártense de ahí. No es la primera vez que los vemos. Y, créanme, no están interesados en nosotros.

—Entonces, ¿por qué estamos parados? —preguntó un individuo.

—Nos hicieron señales para que nos detuviéramos. Quieren inspeccionar la carga, eso es todo. No tenemos nada que temer.

—¿Está diciendo que abordarán el barco? —aventuró el mismo hombre.

El revuelo aumentó y el murmullo alterado de voces sepultó la respuesta del capitán.

—¡Por favor, señores! —exclamó Thomas alzando la voz por encima del barullo—. Ya han oído al capitán. No corremos ningún peligro.

—¿Es usted el cónsul de Bélgica? —preguntó un hombre al apreciar su acento—. Dicen que viaja con nosotros.

—Y Bélgica está en guerra con Alemania —apuntó otro individuo.

Thomas iba a decir algo cuando el capitán se anticipó.

—Les recuerdo, caballeros, que Bélgica era un país tan neutral como nosotros. Fue Alemania la que lo invadió impunemente.

—Puede que así fuera al principio, pero ahora los campos del país parecen una enorme topera. ¿No sabe lo que pasó en Ypres el año pasado?

—Sé muy bien lo que pasó en Ypres —respondió Thomas—. Todavía llevo restos de metralla en esta pierna.

Se oyó un murmullo de asombro, pero cuando se recuperaron de la sorpresa, un hombre insistió en la pregunta formulada.

—¿Pero es usted el cónsul de Bélgica o no?

—No lo soy —respondió Thomas, y esa vez hubo rumores de alivio. Hasta que agregó—: Soy el vicecónsul.

Los murmullos se convirtieron en enérgicas protestas a viva voz.

—¡Vienen a por usted!

—¿Cómo se han enterado?

—¡Van a atacarnos!

El capitán trató de imponer calma hablando en tono firme.

—¡Les repito que no hay motivo para preocuparse! No he visto desplegada la bandera de guerra, así que no tienen intención de atacarnos.

—¡Pero han hundido muchos de nuestros barcos! —dijo una voz.

—Es cierto, pero eran mercantes con carga dirigida a Gran Bretaña o a sus colonias.

—Y, entonces, ¿por qué nos han ordenado que nos detengamos?

—Es una cuestión rutinaria —alegó el capitán—. Comprobarán que, en efecto, somos un barco correo y que no transportamos carga sensible a ningún puerto enemigo. Luego nos dejarán marchar. Por favor, guarden la calma.

—Eso es fácil de decir, pero estamos en mitad del mar y un maldito submarino alemán nos apunta con sus cañones. Es para ponerse nervioso, ¿no cree usted?

—De acuerdo, sí, tienen razón —reconoció el capitán con un suspiro de resignación—, pero no tenemos más remedio que acatar sus órdenes. Les aseguro que, si lo hacen, nada nos ocurrirá.

—Podemos apresarlos cuando suban a bordo —dijo un hombretón que salió de entre el grupo. Todos los demás lo miraron con admiración, como si él solo pudiera hundir el submarino de un puñetazo—. Nosotros somos más. Luego les exigimos que nos dejen seguir nuestro camino si quieren volver a ver vivos a sus hombres.

El capitán señaló a la mole de individuo con dedo amenazador.

—Es una opción estúpida. —Paseó la mirada severa por los allí reunidos y agregó—: Escuchen, soy el responsable de este barco, de la tripulación, de los pasajeros y de la carga que transporto. Y no voy a tolerar ningún indicio de rebelión a bordo. Harán ustedes lo que yo les ordene sin discusión. Si alguien se atreve a agredir a esos soldados, yo mismo lo arrestaré y lo entregaré a las autoridades portuarias en cuanto lleguemos a Las Palmas. ¿Me han oído bien?

El silencio recorrió la cubierta. Nadie se atrevió a contradecir al capitán, aunque algunas caras reflejaron impotencia.

—¿¡Me han oído!? —insistió el capitán con un grito.

—Sí —masculló el hombretón—. Pero si algo nos sucede, será por su culpa.

—En eso estamos de acuerdo —convino el capitán, algo más relajado y quitándose la gorra para limpiarse con el dorso de la mano un repentino sudor que le había aparecido en la frente.

—¡Está moviéndose! —exclamó Santi.

Marcela, que había permanecido todo el tiempo atenta a las discusiones, volvió la mirada hacia el submarino. ¿Estaría allí Hans? ¿Sería él uno de los hombres que abordarían el barco? La emoción viajaba por sus venas a toda velocidad.

Hasta que el capitán se dirigió a ella.

—Señorita, vuelva a su camarote y no salga de allí hasta que todo haya acabado.

Marcela lo miró como si le hubiera sugerido que saltara por la borda.

—¡No! ¡Quiero verlo!

El capitán frunció el ceño y su bigote se movió hacia abajo, señal de que también había fruncido los labios.

—Le dije a su padre que cuidaría de usted, así que, por favor, obedezca.

—No lo entiende —le dijo Marcela, comenzando a alterarse ante la posibilidad de permanecer encerrada en el camarote—. Quiero quedarme.

El capitán la miró como si no diera crédito. Entonces decidió ignorarla. Le pidió a Santi que la sacara de allí y se asegurase de que no volviera a aparecer en cubierta.

—¡Enciérrela si hace falta!

Santi miró a Marcela sin atreverse a tocarla.

—¿No me ha oído, muchacho? —bramó el capitán—. ¿Quiere exponerla a unos hombres que llevan en la guerra más tiempo del que pueden recordar?

Santi sujetó a Marcela por un brazo y ella no volvió a protestar. Antes de abandonar la cubierta, oyó al capitán pedirle a Thomas que también fuera a refugiarse a su camarote.

—No me esconderé de esos alemanes —le respondió el vicecónsul—. No les tengo miedo y mi país ha demostrado con creces que tampoco les teme. Miles de nuestros hombres murieron en las trincheras por hacerles frente. Muchos eran amigos míos, así que no me pida que me esconda.

El capitán asintió.

—Está bien, no lo obligaré, pero no podré hacer nada si deciden interrogarlo.

En el camarote, Santi quiso cerciorarse de que Marcela no se escapara.

—No hace falta que me encierren —le dijo ella sujetando la puerta.

—Lo siento mucho —se disculpó el joven tirando para cerrarla—. Tengo que obedecer las órdenes del capitán.

—Pero no es necesario —precisó ella luchando—. Y es humillante.

—Por favor, es por su bien.

Santi tiraba de un lado, Marcela tiraba del otro y ninguno de los dos estaba dispuesto a ceder.

—¡No! ¿Con qué derecho?

—Su padre nos confió su seguridad.

Marcela logró meter un pie entre la puerta y el marco.

—¡A mi padre le importa un bledo mi seguridad! —En su voz se evidenciaba el esfuerzo que estaba haciendo, pero, a la vez, era consciente de que Santi no empleaba todo su vigor para no hacerle daño—. Me dejó en un hospicio hasta los once años. Siempre fui responsable de mí misma. ¡Y me niego a que me encierren!

Santi dejó de tirar de la manija de la puerta.

—¡Está bien! —exclamó vencido—. Pero conseguirá que pierda el empleo si le pasa algo. Y luego tendré que pedir mendrugos de pan por las calles de la ciudad.

—No hay pan en la ciudad —respondió Marcela.

—¿Lo ve? Me moriré de hambre.

—No permitiré que nadie me encierre —sentenció ella con voz firme.

Santi bufó y se revolvió el pelo con la mano.

—Mire, haga lo que quiera. Pero si la cogen esos alemanes y la llevan a su submarino como botín de guerra, de nada le servirá ese coraje. Seguramente hace meses que no ven una mujer de cerca.

—Por el amor de Dios, no son unos bárbaros.

—No lo sé. Pero si yo fuera una mujer, no me gustaría comprobar si son bárbaros o benditos. Vivir dentro de un submarino sabiendo que la muerte te ronda a cada instante puede desquiciar a cualquier hombre.

Marcela iba a responder, cuando unas voces extranjeras a través de un megáfono la hicieron callarse.

—Ya están aquí —dijo Santi nervioso—. Tengo que irme. Por favor, no haga tonterías.

Una vez a solas, Marcela se dirigió al salón de primera clase y esperó sentada en un confortable sillón forrado de terciopelo. Tenía las manos frías y la respiración acelerada, y taconeaba con los zapatos sobre la alfombra, porque era incapaz de mantener las piernas quietas. Unos minutos más tarde, cuando el murmullo de voces aumentó, no aguantó la incertidumbre y se asomó a la cubierta poniendo especial cuidado en no ser vista.

La aglomeración se hallaba reunida en el mismo sitio de antes y desde su posición vio el submarino parejo a escasos metros del barco. En el costado, una letra seguida de un número lo identificaba como el U-156.

Era el submarino de Hans.

El pulso se le disparó en el pecho y le retumbó en todo el cuerpo.

Había soldados en la torreta engullidos por las sombras y también apostados en los cañones de proa y popa, dispuestos a intervenir, pero Marcela no fue capaz de ver el peligro. Solo pensaba en Hans. Creía ingenuamente que con él estarían a salvo, que nada malo podría sucederles.

Cuatro marineros uniformados abordaron el barco. La masa sólida de hombres en cubierta se dispersó como una bandada de pájaros sorprendidos en pleno vuelo por un halcón.

Ninguno de los cuatro era Hans.

El capitán, que portaba unos papeles en la mano, permaneció en su sitio, acompañado de otro oficial y de Thomas. Uno de los alemanes, que parecía de mayor rango, se dirigió a él en el idioma de los ingleses, y el capitán le hizo entrega de los papeles que, con toda probabilidad, reflejaban la carga que transportaban. El hombre se colocó debajo de uno de los focos del barco y, antes de examinarlos, envió a dos marineros a registrar las bodegas.

Los pasajeros habían vuelto a apiñarse en la cubierta. De entre el tumulto salieron palabras insolentes dirigidas a los alemanes. Como si el oficial germano las hubiera entendido, comenzó a solicitar cédulas de identidad y solo entonces los murmullos y las palabras injuriosas cesaron.

Algunos pasajeros, posiblemente los indocumentados, trataron de escabullirse sin que el oficial se diera cuenta, pero la mayoría de ellos se quedaron en su sitio dispuestos a colaborar. Entonces le llegó el turno a Thomas. El oficial estiró una mano hacia él para recibir su documentación. Thomas se la tendió, identificándose al mismo tiempo en voz alta, en correcto alemán.

Los dos germanos se miraron, intercambiaron unas palabras al oído y luego solicitaron al capitán su megáfono con la intención de comunicarse con el submarino. Cinco minutos después, el buque de guerra respondió con un mensaje conciso.

Los dos marineros que inspeccionaban las bodegas aparecieron de nuevo portando sacos de patatas que depositaron en la cubierta a la espera de que los llevaran al submarino. El oficial alemán sujetó a Thomas de un brazo, le dio una orden y lo empujó hacia la escala para hacerlo desembarcar.

—*Schnell!*[1]

El vicecónsul se resistió.

—¿Qué quieren ahora? —preguntó alarmado el capitán.

Thomas se soltó de un tirón.

—Quieren llevarme al submarino.

El capitán empezó a protestar, tratando de hacerse entender en inglés y evitar que se lo llevaran. Thomas se resistía a ser desembarcado, los hombres alrededor comenzaron a increpar y a acorralar a los alemanes, y muy pronto la cubierta se convirtió en un tumultuoso revuelo que fue rápidamente sofoca-

1. ¡Rápido!

do por advertencias precisas y amenazantes procedentes del submarino.

—¡Basta ya! —bramó el capitán—. Si siguen así, acabarán volándonos por los aires. Cierren la boca y mantengan las distancias. ¡Es una orden!

Thomas, resignado a obedecer, se dirigió a ellos.

—No se inquieten por mí, señores. Estoy seguro de que no es su intención causarme algún daño. Su comandante quiere hablar conmigo, eso es todo. No diré que me complace entrar en su bicho, pero no seré yo quien complique más las cosas.

Thomas caminó por sus propios medios, apoyado en su bastón y escoltado por los dos alemanes. Marcela sintió que se le paraba el corazón al verlo marchar hacia la escala. ¿Qué le diría a Herminia si algo le sucedía? ¿Cómo podría presentarse ante ella?

El aliento se le escapó de la boca a trompicones.

Con más arrojo que prudencia, se sujetó las faldas y se abrió paso a codazos entre los hombres, provocando un nuevo y repentino revuelo y logrando llegar hasta Thomas y los alemanes cuando estaban a punto de desembarcar.

—¡Esperen! —exclamó.

Todos se volvieron hacia ella al mismo tiempo.

Notó la mirada iracunda del capitán cayéndole encima como el tronco de un árbol. En un rincón, Santi se llevó las manos a la cabeza y se frotó la maraña de pelo rebelde. Los alemanes, por su parte, parecían contrariados ante la presencia de la joven.

—¿Qué hace, muchacha? —Thomas clavó en ella una mirada incisiva—. ¿Es que quiere empeorarlo todo?

—Dígales que conozco a Hans Berger.

—¿Berger? —repitió el oficial alemán identificando el apellido y cruzando una mirada con su camarada.

Thomas hizo la traducción y el capitán reprendió a Marcela.

—No debió salir. Espero que no tenga que lamentarlo.

—El oficial quiere saber de qué conoce al teniente Berger —le transmitió Thomas.

El silencio en la nave se le antojó a Marcela demasiado intimidante, como si de pronto todo el mundo alrededor estuviera pendiente de su respuesta, lo cual disparó su nerviosismo. ¿Qué podía decirles?

«Podría decirles que es el amor de mi vida.»

Esa sería la única verdad incuestionable.

—Será mejor que nos reunamos a solas —aconsejó el capitán al ver que los pasajeros comenzaban a arremolinarse en torno a ellos. Temía que, pese al peligro y a sus advertencias, cometieran una estupidez.

El oficial alemán dio una orden a sus hombres para que esperasen en cubierta y después siguió al capitán y a Thomas hasta el salón de primera clase. Allí, alumbrados por bombillas eléctricas, todos se calibraron en silencio. La luz blanca le ofreció a Marcela una imagen nítida del oficial germano: sus ojos pequeños y azules, sombreados por la visera de su gorra, la miraban con una mezcla de curiosidad y rigidez apabullantes. Estaba tan ensimismada observándolo que apenas fue consciente de un nuevo intercambio de voces alemanas en el exterior a través del megáfono.

El oficial comenzó el interrogatorio.

—Quiere que se explique —tradujo Thomas sin ambages.

Marcela desvió la mirada hacia el capitán. No podía contar delante de él que habían estado cuidando de Hans porque eso implicaba revelar los asuntos ilícitos de Gaspar.

—Vamos, hable, muchacha —la acució el capitán.

Marcela comenzó a darse cuenta de que se había metido en un atolladero y no sabía cómo salir de él.

—Ha sido casualidad —murmuró atenazada por la mirada de los tres hombres—. Muchos alemanes se llaman Hans y seguro que Berger también es un apellido corriente.

El capitán se quitó la gorra y se frotó la frente con preocupación, como si esas fueran las últimas palabras que hubiese querido escuchar.

—Por el amor de Dios. Creo que no es consciente de la gravedad del asunto —le dijo abrumado—. No podemos decirle eso. ¿Conoce a ese hombre o no?

Marcela se frotó las manos nerviosa, y fue incapaz de pensar en una alternativa a la verdad. Algo en su instinto le decía que era mejor permanecer callada y aferrarse a su ridícula respuesta.

—Diga la verdad, señorita —insistió Thomas.

—Yo... —Marcela titubeó mientras pensaba en una salida.

El oficial alemán se impacientó y soltó una palabra que sonó amenazante. Era mayor que Hans, o al menos lo parecía, y llevaba al cuello un mugroso pañuelo de seda con manchas de grasa negra.

—No tienes que hacer nada para defenderme —le dijo Thomas tuteándola—. Es posible que me hagan prisionero y me lleven con ellos, pero no me harán daño.

—¿Le parece poco? —le dijo Marcela en voz baja. Y con pesar añadió—: Tiene que venir conmigo a Las Palmas. Se lo prometí a su madre. Lleva esperando demasiado tiempo.

El peso de sus propias palabras la deprimió. La última posibilidad de Herminia de ver a su hijo se alejaba por momentos. Tal vez se moriría sin llegar a verlo. Y eso le parecía terrible.

Se sintió enferma. Y estaba acorralada. ¿Cómo podía estar pasando aquello?

Thomas fue el único que la miró con afecto.

—Dígales que no puede ir con ellos —insistió Marcela—, que su madre lo espera en Las Palmas. Una vez leí que el káiser dejó libre a un prisionero, un capitán del ejército británico, para que fuera a ver a su madre enferma. Demostró compasión, y si su emperador tiene esa grandeza, con más motivo ellos pueden hacer lo mismo. Dígaselo, por favor.

—Ese capitán dio su palabra de que regresaría a prisión. ¿Quieres que les prometa que me entregaré después de ir a ver a mi madre?

Pese a la seriedad del asunto, el vicecónsul sonrió.

—Si debajo de ese uniforme aún queda humanidad, lo dejarán marchar. Por favor, inténtelo.

—¡Basta de tonterías! —exclamó el capitán.

Marcela sintió tanta impotencia que se mordió los labios hasta hacerse daño. Tal vez fuera una ingenua, pero al menos había evitado que se llevaran a Thomas. A partir de entonces, solo debía ocurrir un milagro.

Y ese milagro llegó —o al menos eso pensó ella— en forma de una nueva voz alemana que irrumpió en la entrada del salón.

20

De espaldas a la puerta, la voz de Hans le provocó a Marcela una palpitación en el pecho que la inundó de calor. Ni siquiera pudo darse la vuelta. Y por Dios que deseaba hacerlo con toda el alma. Pero la ilusión de volver a verlo quedó mermada por la incertidumbre del momento.

El oficial alemán emitió una orden que no necesitó traducción. Quería ponerla frente a él.

Cuando Marcela al fin se giró y lo vio, lo miró con tanto amor que pensó que todo el mundo se daría cuenta de lo que significaba para ella. Él había tardado dos segundos en reconocerla, lo cual no le sorprendía, vestida de aquella forma: una hospiciana disfrazada de señorita, con ropa nueva, el pelo recogido en la nuca y unos zapatos de tacón que la hacían parecer más alta. Con todo ello, pronto vio un brillo particular en sus ojos y un amago de sonrisa en sus labios. Fue un gesto que solo apreció ella, pues el rostro de Hans, por lo demás, estaba en calma.

Quiso lanzarse a sus brazos y decirle cuánto lo había echado de menos. Deseaba preguntarle cómo iban las cosas en la guerra, cómo estaba su herida, si todavía le dolía el costado, si guardaba de ella un bonito recuerdo... Pero se limitó a retorcerse las manos, que entrelazaba a la altura del vientre.

El oficial alemán se dirigió a Hans.

—Le ha preguntado si te conoce —tradujo Thomas en un susurro.

El teniente se acercó a Marcela. Con solo unos pocos pasos quedaron uno frente al otro. Ella quiso apartar la mirada para que su corazón no hablara a través de sus ojos, pero ¿cómo podría hacerlo?

Hans se quitó la gorra y la sujetó debajo de la axila, dejando al descubierto la venda alrededor de la cabeza.

—Soy el teniente Berger —dijo en un rudimentario español tendiéndole una mano y acariciándola con los ojos—. ¿Su nombre, señorita?

A ella le habría gustado saber lo que le había pasado en la cabeza, y sintió el impulso de estirar las manos para quitarle la venda y examinar con sus propios ojos la herida, como si reconociera en él algo propio que tenía la obligación, o el deseo, de cuidar.

—Marcela Riverol —respondió fijándose en su barba crecida y en su pelo más largo.

Al estrecharle la mano, notó durante unos segundos el dedo pulgar de Hans acariciándole la piel. Simularon no conocerse, porque, de otra forma, ella tendría que responder a muchas preguntas.

Hans volvió junto a su camarada para murmurarle unas palabras en tono confidencial. Tras un intercambio de frases entre los dos, el primer oficial se acercó a Thomas, lo sujetó del brazo y le dio una orden.

—¿Qué dice? —preguntó el capitán.

El vicecónsul sacudió la cabeza.

—Dice que debo acompañarlos al submarino.

—¡No! —exclamó Marcela agarrando a Thomas del otro brazo.

—¡Por favor, muchacha!

El capitán trató de apartarla.

Marcela miró a Hans. Vio en su boca un gesto de tensión y los ojos como llamas. No entendía cómo podía estar haciendo aquello. Estaba segura de que sabía quién era Thomas Hammersmitz, había escuchado a Herminia hablar de él, y también sabía que irían a buscarlo a Tenerife. ¿Es que no se daba cuenta?

De nada sirvieron sus ruegos, de nada sus súplicas y sus artimañas. El oficial sujetó a Thomas por un brazo y se lo llevó ante la mirada impotente de Marcela.

Sin tiempo que perder, Hans se dirigió al capitán.

—Fruta fresca y agua —dijo con un fuerte acento—. ¿Puede preparar?

—¿Después nos dejarán seguir nuestro camino?

Hans afirmó con la cabeza.

—En ese caso, tendrán lo que desean.

El capitán se dispuso a salir de allí para ordenar que organizasen todo, pero no quería dejar a Marcela a solas con el teniente.

—Señorita, ¿me acompaña?

—No —le dijo Hans con la mirada puesta en ella.

—Es mi deber...

—Solo hablar, *herr kapitän.*

El hombre arrugó el ceño, vaciló y le echó una última mirada a la joven a modo de excusa por tener que dejarla en semejante compañía. Después se marchó.

Una vez a solas, a Marcela se le enrojecieron los ojos y las uñas se le clavaron en los puños apretados. Pese a todo el amor que le tenía, sentía una impotencia que la cegaba.

—¡No podéis llevaros a Thomas! ¡Es el hijo de Herminia! ¿Me entiendes? ¿Entiendes lo que te digo?

Él asintió con un leve gesto.

—Me lanzaré al agua y nadaré hasta vuestro estúpido submarino. Le prometí a Herminia que lo llevaría a Las Palmas y pienso cumplirlo.

A pesar de la situación tensa, Hans no pudo evitar sonreír. Se acercó más a ella sin hablar, sin perder de vista sus grandes ojos color avellana cuyas motas verdes se intensificaban cuando se enfadaba.

—Marcela Riverol... —dijo en un murmullo.

Ella estaba indecisa entre lanzarse a abrazarlo o empujarlo y apartarse de su lado.

Al final fue Hans quien tomó la decisión y la envolvió en un abrazo.

Marcela ni siquiera pudo pensar en rechazarlo, era un esfuerzo demasiado grande que no quería hacer. Le posó las manos y la cara en el pecho, notando bajo los dedos y en la mejilla la textura de la tela del uniforme, oliendo esos aromas que eran tan suyos. Sus brazos eran un nido cálido y protector al que siempre deseaba volver, en el que no sentía ni frío ni miedo ni soledad, en el que había música, sonrisas, paseos nocturnos y palabras tiernas. En ese hombre habitaba un mundo nuevo y, aunque fuera absurdo e inalcanzable, lo quería para ella.

Se apretó contra él, sabiendo que ese momento único e irrepetible era un efímero regalo de la vida. Hans la sujetó por los brazos y la separó un poco.

—Prométeme que no os llevaréis a Thomas —murmuró ella al enfrentar sus ojos—. Por favor...

—Yo *promete* —susurró el teniente.

Marcela abrió los ojos de forma exagerada.

—¿De verdad?

Él afirmó con la cabeza, le dio un beso en la frente y entonces fue ella quien se lanzó a abrazarlo. Y mientras lo apretaba con todas sus fuerzas aspiró de nuevo su fragancia. Luego le dio un beso en la mejilla, por encima de la barba rubia, que le dejó un gusto de sal en la boca.

—Marchar ahora —susurró Hans.

—¿Tan pronto?

El miedo a no volver a verlo le impedía soltarlo. Tenía tantas cosas que preguntarle...

—*Gefärhrlich* —dijo él, y luego pensó la palabra española—: Peligro.

Marcela se angustió al imaginar que algún barco enemigo los atacaba mientras ella lo retenía con sus ansias de adolescente enamorada, y lo soltó.

—Vuelves al fondo del mar, con los peces.

Hans sonrió y sus ojos deambularon por el rostro de Marcela, como si estuviera grabando esa imagen en la memoria. Cubrió las mejillas de melocotón con sus grandes manos y la besó en el pelo.

—Adiós, Marcela.

Ella quiso perseguirlo cuando se dio la vuelta y se marchó, pero tan solo se atrevió a llegar hasta la cubierta por la que desfilaban las últimas cajas de fruta y los recipientes de agua dulce hacia el submarino. Desde allí lo vio abriéndose paso entre los pasajeros, que lo miraron y murmuraron como si fuera el diablo advenido a la tierra.

Minutos después, Thomas regresó al barco, como Hans había prometido, y el submarino fue distanciándose con una melena de espuma en la popa, hasta que desapareció en las entrañas del océano.

El *correíllo* continuó su camino hacia el puerto de La Luz, con la cubierta repleta de pasajeros exaltados que discutían sobre la guerra, sobre un bando y sobre el otro, lo que originó que el capitán tuviera que intervenir de nuevo para poner orden.

Marcela solo quería refugiarse en su camarote para echar de menos a Hans. Sin embargo, apenas puso un pie dentro, Santi fue a buscarla. El capitán deseaba verla en la cámara de oficiales.

—Y no está de buen humor —le dijo el chico por el camino.

Ella se hizo una idea de lo enfadado que debía de estar.

En la cámara de oficiales, Thomas acompañaba al capitán.

—Gracias, Santiago —dijo este—, puede marcharse.

El capitán se colocó las manos a la espalda y fue directo al grano, mirando a la muchacha con extrema seriedad.

—¿Puede explicarme a qué vino semejante espectáculo? Puso en riesgo a todo el barco, al pasaje y a la tripulación.

—Solo quería ayudar.

El capitán le dio la espalda y se movió por la pequeña cámara inquieto.

—¡Una mujer! —exclamó fuera de sí—. ¡Una sola mujer en todo el pasaje y mire lo que pasa! —exclamó mirando a Thomas e ignorando la presencia de Marcela.

El vicecónsul salió en su defensa.

—Bueno, yo le estoy muy agradecido —dijo de buen talante—. De no ser por ella, ahora estaría en el fondo del mar rodeado de alemanes cuya intención no era otra que intercambiarme por uno de sus oficiales hecho prisionero hace un par de semanas.

—¿Es cierto eso? —se interesó Marcela.

—Me lo dejaron muy claro.

—Y, entonces, ¿por qué le permitieron volver? —inquirió el capitán extrañado—. Que me lleve el diablo si lo entiendo.

—Les di mi palabra de que haría que liberasen a ese oficial en cuanto tuviera ocasión. Y será lo primero que haga cuando regrese a Tenerife.

—¿Confiaron en su palabra sin más?

—Soy un hombre de honor, capitán, ¿usted no?

—Claro, claro. Pero en tiempos de guerra la palabra del enemigo vale poco, ¿no cree?

—Pues parece que para ellos significa algo. Y le juro que trataré de cumplirla por todos los medios. —Thomas le pasó un brazo por encima de los hombros—. Y ahora, mi querido amigo, deje que esta pobre chiquilla vaya a descansar. ¿No ve la cara de sobresalto que tiene?

—Ella se lo buscó. Debe de estimarlo a usted mucho para haber actuado de semejante forma.

Thomas respiró hondo.

—Ella también hizo una promesa y me consta que hará lo posible para llevarla a cabo, aunque eso incluya enfrentarse a la dotación de un submarino alemán. —Sonrió abiertamente liberando la tensión—. ¿Acaso no es heroico?

—Es temerario —replicó el capitán—. Y de lo que haya pasado con ese teniente cuando los dejé a solas, ella es la única responsable.

—No pasó nada —se apresuró a responder Marcela.

—Esos hombres luchan en una guerra, y le aseguro que no le gustaría presenciar las cosas que hacen. Hemos tenido mucha suerte.

—Caballero, señorita —interrumpió a tiempo Thomas mirando a uno y a otro—, déjenlo ya. Todo ha salido bien, gracias a Dios. Y usted —dijo dirigiéndose al capitán— tan solo ha perdido unas cajas de fruta, unos sacos de patatas y un poco de agua. Un precio demasiado insignificante para los acontecimientos y los tiempos que corren.

El capitán resopló y se alejó de Thomas con la intención de

marcharse. Antes de irse todavía le dedicó unas palabras a Marcela.

—Vuelva a su camarote y no salga de allí hasta que lleguemos a puerto. Es una orden.

—No saldré, se lo prometo.

—Bien.

Una vez a solas, Thomas la miró de forma inquisitiva.

—¿Qué pasa ahora? —preguntó ella.

—¿No tienes nada que explicarme?

—Sobre qué.

—Era evidente que lo conocías. Tu cara era todo un poema de amor. Por suerte, el capitán estaba detrás de ti y no pudo darse cuenta.

—Supongo que a usted puedo contárselo.

—Te ahorraré el esfuerzo, ya que ellos lo hicieron. Todos en ese submarino saben que una muchacha y una anciana estuvieron cuidando del teniente Berger. Ese hombre está convencido de que le salvasteis la vida. —Thomas se sentó en un banco fijado al mamparo y estiró la pierna lastimada—. Imagino que esa anciana a la que se referían es mi madre.

—Sí, señor.

—Me gustaría que me lo contases todo.

—Pero tengo que volver al camarote.

—No te inquietes por eso, yo me hago cargo. Creo que la orden del capitán puede esperar unos minutos.

Marcela se sentó a su lado y lo miró. Llevaba puesto un traje oscuro impecable con pajarita anudada al cuello y el bastón en la mano parecía un apéndice más de su cuerpo.

—¿Cómo es la guerra en el continente? —le preguntó.

—Si te lo dijera, tendrías pesadillas durante el resto de tu vida.

—¿Es tan horrible?

—Me temo que sí.

Marcela no insistió en el asunto, ya que no apreció en Thomas el mínimo interés por recordar su paso por las trincheras. Entonces le contó todo, desde la primera vez que le llevó agua a su madre hasta el momento en que Gaspar se llevó a Hans.

Tras ello, el vicecónsul se quedó ensimismado en sus pensamientos. Parecía triste y sobrecogido, como si conocer los detalles de la vida de su madre le hubiera afectado profundamente. Y no era para menos, pensó Marcela.

—Usted no tuvo la culpa —dijo al verlo tan apenado.

Él la miró y encendió un cigarrillo.

—Agradezco tu sinceridad, aunque creo que, por el momento, será mejor que ella piense que no sé nada. Cuando mi madre esté preparada para hablar, yo lo estaré para escucharla. —Tomó aire—. En cuanto a vuestra historia con el teniente Berger... Podría haber salido peor y, por supuesto, puedes contar con mi total discreción. Yo no odio a los alemanes, solo odio la guerra. Y, cielos, me has librado de una buena. No me preocupaba ser su prisionero, pues nada iba a faltarme, pero la posibilidad de navegar por el fondo del mar en una de esas máquinas me ponía francamente nervioso. El océano se ha convertido en una tumba gigante.

21

Santi la esperaba en tierra para despedirse de ella. El muchacho llevaba una gorra en la cabeza, que se quitó cuando la vio acercarse.

—Ha sido muy... —el joven trató de buscar la palabra adecuada y titubeó un poco— muy interesante tenerla a bordo.

Marcela suspiró y se llevó una mano a la frente, como si todavía notara el movimiento del barco dentro del cuerpo.

—Creo que te debo una disculpa —le dijo—. Y espero que el capitán no te haya castigado.

Él se encogió de hombros.

—¿Qué es una semana fregando la cubierta comparado con una historia interesante que contar?

—Lo siento mucho.

—El día que una mujer puso en jaque a un submarino alemán. Así empezaré mi historia.

—Exageras.

Él le guiñó un ojo.

Por la escala bajó el capitán acompañando a Thomas. Al llegar a su lado, el hombre se cruzó de brazos.

—Bueno, jovencita, espero que sepa disculpar mi mal humor. Anoche vivimos una situación excepcional. Lo comprende, ¿verdad?

—Sí señor —respondió Marcela—. Y entiendo su responsabilidad.

—Bien. ¿No ha venido su padre a buscarla?

—Me temo que no. —Miró alrededor—. Tomaré el tranvía.

—Ni hablar —dijo Thomas—. Un chófer está esperándome y vamos a la misma dirección.

—Que todo vaya bien —dijo el capitán ofreciéndole la mano a Thomas para estrechársela—. Ha sido una aventura tenerlo entre nosotros.

—Lamento las molestias, capitán. Prometo regresar a Tenerife en un vapor que no sea el suyo.

—Y yo se lo agradeceré eternamente —afirmó el capitán con una sonrisa.

Minutos más tarde, el chófer se detuvo en la calle Mayor de Triana. Marcela estaba tan abstraída pensando en Herminia que ni siquiera había disfrutado de su primer viaje en automóvil.

—Ya estamos aquí —dijo Thomas aflojándose un poco la pajarita, hecho un manojo de nervios—. Será mejor que entres tú primero y le adviertas de mi presencia. No quiero que se lleve una impresión demasiado fuerte.

Marcela encontró a la anciana dormida en la poltrona de la sala de estar. Se había puesto su ropa nueva para recibir a Thomas y estaba muy elegante. El pelo blanco le brillaba en el rodete, desprendiendo reflejos azulados, y las mejillas coloradas la hacían parecer saludable. Tenía el cuerpo cubierto con una toquilla negra y la cabeza le caía sobre el pecho. Su dentadura postiza hacía un ruido extraño con cada respiración.

Se arrodilló frente a ella, feliz de llevarle buenas noticias.

—Herminia —susurró, y le dio una suave palmada en la rodilla. La anciana abrió los ojos y tardó un rato en centrarse en el presente—. Ya estoy en casa.

—¿Dónde?

—Herminia, despierte.

La mujer terminó de despertarse y entonces quiso ponerse de pie. Pero Marcela se lo impidió.

—Quédese sentada.

—¿Qué ha pasado, criatura? —preguntó sujetándola por los brazos y con la mirada intranquila—. Te esperaba a las seis de la mañana. ¿Qué hora es?

—Las nueve y media. Luego se lo contaré todo, pero ahora necesito decirle algo.

—¿Lo viste? ¿Hablaste con él? Dilo, muchacha, que me muero de angustia.

—Lo vi. Y es un hombre bueno y amable, y también apuesto. Hablamos durante un buen rato y...

—¿Va a venir a verme? Vamos, habla ya, ¿va a venir a verme?

Marcela afirmó con la cabeza. Los ojos de Herminia brillaron por la emoción y la impaciencia.

—¿Dijo cuándo? ¿Te lo dijo?

—Cuando usted esté preparada.

—¿Preparada? Por todos los demonios, soy su madre, siempre estoy preparada. ¿Cuándo va a venir?

—¿Usted está lista, Herminia?

—¡Que sí, leñe!

—¿Quiere que le prepare una tilita?

—¿Para qué quiero una tila?

—Necesita calmarse.

La anciana respiró hondo tratando de no perder la paciencia.

—Estoy muy bien. Y ahora dime cuándo va a venir mi niño.

—Está ahí fuera.

La mujer se llevó una mano al pecho y, durante unos segundos, dejó de respirar. Marcela se asustó.

—Por Dios, Herminia, respire, que le van a entrar los males.

La mujer llenó de aire los pulmones y luego se puso en pie para salir disparada hacia la puerta de la entrada. La muchacha la detuvo en mitad del pasillo cortándole el paso.

—¡Espere!

—Mi hijo está ahí fuera. ¿Cómo quieres que me quede quieta?

—Le diré que entre. Solo quiero que antes se calme un poco. Después de tantos años puede esperar unos minutos, ¿no cree?

—Déjame pasar o te doy un mamporro.

A Marcela no le quedó más remedio que hacerse a un lado y dejarla pasar. Herminia avanzó hasta la puerta a pasos cortos y rápidos, de nuevo con la respiración fuera de control. De pronto, cuando ya estaba a punto de alcanzarla, se detuvo en seco, dio media vuelta y enfiló el pasillo hacia el patio. Ella la siguió.

—¿Y ahora adónde va?

Herminia se giró para mirarla.

—Al patio. Voy a esperarlo ahí, junto al drago, donde nos despedimos. —La mujer sonrió de forma extraña, como si su mente se hubiera olvidado por un momento del paso del tiempo—. Esperaré a mi niño junto al árbol.

Marcela se frotó la falda con las palmas de las manos.

—Ahí fuera no hay un niño, Herminia. Hay un hombre.

La anciana no la escuchaba.

—Ve a buscarlo, hija. Ve a buscar a mi niño.

Abrió la puerta del patio y bajó los dos peldaños hasta el suelo de tierra apisonada. Luego, caminó hasta el árbol sin dejar de murmurar: «Mi pequeño ha vuelto a casa. Ha vuelto».

Marcela fue a buscar a Thomas temiendo que a Herminia se le hubiera ido la cabeza y volvió acompañada de él al cabo de un minuto. Cuando el vicecónsul entró en el patio, apoyado en el bastón, la mujer, que se había sentado en la jardinera de piedra que rodeaba el drago, se puso de pie impulsada por los nervios.

Marcela temió que no resistiera la impresión.

El sol resplandecía en el cielo despejado, el aroma de las flores y las plantas diseminaba en el ambiente una fragancia agradable y apaciguadora, pero ninguno de los dos se atrevió a acercarse al otro. Se quedaron inmóviles, estudiándose en la distancia.

Herminia se había fijado en su cojera y comenzó a hablar de un modo ligero y conversador, como si fueran viejos amigos que acabaran de reencontrarse.

—¿Esa pierna te da mala vida?

Las palabras sonaron tristes, casi como una disculpa. Thomas se miró la extremidad y afianzó el peso del cuerpo en el lado contrario.

—Solo cuando cambia el tiempo —respondió, y miró a su alrededor, deteniéndose aquí y allá para observar con mayor detalle—. Recuerdo este patio. Y ese árbol. Usted estaba ahí de pie cuando mi padre vino a buscarme.

Ella hizo una mueca con la boca. Marcela se daba cuenta de que luchaba para mantener a raya las emociones, y eso estaba acabando con sus escasas fuerzas. Entonces presenció un cambio en el rostro de la anciana, como si el corazón le hubiera desgarrado el alma o el alma le hubiera desgarrado el corazón, o tal vez fuera su parte más racional la que trataba de alzarse sobre el corazón y sobre el alma en un intento de arreglar toda una vida de desperfectos.

—Lloraste y te agarraste a mis faldas —recordó Herminia con la voz rota por la vejez, la emoción y la culpa.

—No he venido para hacer que se sienta mal, madre —dijo él—. Al contrario.

—Tomás, hijo...

Herminia se sentó de nuevo porque parecía no soportar una pizca más de sufrimiento, como si la presencia de su hijo provocara que se le cayeran encima los años de soledad espantosa y sin esperanza, la ausencia total de afecto, el desprecio de los demás, las noches solitarias y eternas, y, sobre todo, la maldita culpa.

—¿Podrás perdonarme? —murmuró suplicándole con la mirada desde la distancia.

Marcela observaba desde el interior del pasillo, junto a la puerta del patio, viéndose a sí misma como una intrusa que espía a través de la cerradura de una puerta. Había decidido quedarse cerca por si Herminia la necesitaba, pero lo cierto era que sus propias experiencias de soledad y abandono no le permitieron marcharse. Temió por Herminia, porque se dio cuenta de que la felicidad extrema puede ser tan dañina para un cuerpo agotado como el sufrimiento.

Con el hombro y la cabeza apoyados en el marco de la puerta, vio a Thomas caminar hacia su madre despacio, hundiendo el bastón en el suelo de tierra apisonada.

—Solo quiero comprenderlo —dijo él sentándose a su lado—. No tengo derecho a juzgarla porque nunca me faltó nada, aunque la eché de menos mucho tiempo.

Ella se miró las manos en el regazo, que no dejaban de temblar. Cuando pudo dominarlas, alzó la mirada hacia él.

—¿Tienes hijos?

Thomas asintió con un gesto.

—Tres.

Herminia sonrió.

—Y harías cualquier cosa por ellos.

—Cualquier cosa.

—¿Incluso dejarlos marchar si tu vida fuera un infierno?

—¿No es mejor permanecer juntos y luchar unidos?

—Hijo, no te entregué a un extraño. Era tu padre y te amaba. Y volvería a hacerlo, bien lo sabe Dios. Solo tengo que mirarte para saber que obré bien. Conmigo habrías sido otro pilluelo de los que sobreviven en las calles. Y no habría soportado tu cara de hambre mientras a mí me negaban el pan.

—Padre murió hace seis años.

—Lo sé. Helga me envió una carta junto a varias fotografías tuyas. Parece que al final me perdonó. —Se detuvo un segundo porque le faltó la voz y aspiró con calma antes de seguir—. Ahora solo necesito saber si tú también me perdonas.

Thomas posó una mano en su brazo.

—No le guardo resentimiento, madre. Viví un tiempo dolido, pero luego fui feliz.

Le sonrió, y a Herminia le temblaron los labios, como si hubiera encontrado antiguos recuerdos en la boca expandida que guardaba los vestigios de la infancia, en los dientes bien alineados y blancos, en los hoyuelos a ambos lados de la comisura de los labios y en la expresión de sus ojos al sonreír. Herminia apoyó la cabeza contra el hombro de su hijo y le posó una mano en el pecho. No le brotaron lágrimas porque ya las había agotado todas hacía años y estaba seca. Sin embargo, por dentro, su cuerpo se deshacía en llanto.

—Tomás, hijo mío... Ya estás en casa...

Tal vez a Herminia no le quedaran lágrimas, pero Marcela pudo ver que Thomas sacaba un pañuelo del bolsillo de la chaqueta y se secaba los ojos. No eran las lágrimas de un hombre, eran las lágrimas de un hijo.

Marcela deslizó la espalda por la pared hasta quedarse sentada en el suelo. Ella sí lloró mientras los dos permanecían unidos, cada uno en los brazos del otro, sintiendo que eran los mismos de hacía tantos años. Herminia le acarició el pelo a su hijo cuando él se dejó caer un poco para refugiar la cabeza en su pecho.

—Tranquilo, mi vida —musitaba Herminia acariciándolo—. Ya estás conmigo.

—Madre...

—Ya estás aquí, ya estamos juntos, nada volverá a separarnos.

—Si hubiera sabido...

—El pasado ya no importa, mi pequeño. Te quiero tanto...

Cuando Thomas fue capaz de volver a hablar, enderezó un poco el cuerpo para mirarla.

—Mi padre dijo que usted había muerto. ¿Por qué?

Herminia le limpió la humedad del rostro.

—Yo se lo pedí en una carta. Fue la única forma de lograr que no quisieras volver a casa.

—Fue cruel.

—Es verdad. Pero era necesario. La vida a mi lado habría sido dura para ti, hijo. Y mírate ahora. Estoy tan orgullosa...

—No vengo a escarbar en el pasado, madre. Y no pienso volver a separarme de usted.

Dos días después, cuando Marcela llegó a la calle Mayor a primera hora de la mañana, se encontró un par de maletas en la entrada. Herminia salió al recibidor desde la cocina.

—Tomás quiere que vaya a vivir con él a Tenerife —le dijo—. Viviré con su familia el tiempo que me quede.

Herminia irradiaba felicidad. Marcela agachó la cabeza y apretó los labios.

—¿Qué pasa, criatura, no estás contenta por mí?

—Claro que sí, Herminia —respondió ella al borde de las lágrimas—. Pero primero se fue Hans y ahora usted, y ya le había tomado aprecio.

Herminia suspiró y puso los brazos en jarras.

—¿Quién me iba a decir a estas alturas que esta vieja aún pudiera ganarse el cariño de alguien?

Marcela se acercó para abrazarla.

—Me alegro mucho por usted, Herminia. Me alegro muchísimo. Se merece toda la felicidad de este mundo. Ojalá disfrute de ellos durante muchos años.

—No serán tantos. Y ahora suéltame, muchacha, que vas a romperme algún hueso.

La joven la soltó.

—Lo siento —dijo limpiándose una lágrima.

—Ven, hija, salgamos al patio. Tomás está visitando a sus conocidos en la isla y tenemos tiempo de charlar a solas.

Fuera, la bruma matinal de finales de marzo se disipaba a favor de la luminosidad del día. Se acercaron al drago, símbolo de encuentros y despedidas, y se sentaron a su vera. Después, permanecieron un rato sin hablar. Herminia aspiraba los olores del entorno con los ojos cerrados y la cara vuelta al tímido sol que lograba filtrarse entre la bruma.

—Qué bien se está aquí, ¿verdad? —dijo aún sin abrir los ojos.

Marcela recordó los paseos que había dado por el patio cogida del brazo de Hans y suspiró.

Herminia abrió los ojos para mirarla.

—Tú también fuiste feliz aquí.

Ella afirmó con una exhalación.

—Claro que sí. —Herminia aguardó un minuto en silencio y luego dijo—: Tomás y yo queremos dejarte el usufructo de esta casa mientras nadie de la familia la necesite. Y para eso habrán de pasar muchos años. A cambio, solo tienes que cuidarla.

—Pero mi familia...

Herminia le dio unos golpecitos en la pierna.

—Sé lo que vas a decirme: que no puedes vivir aquí mientras ellos viven allí. Además, me temo que tampoco te lo permitirían. —La anciana suspiró—. Pero me quedo más tranquila sabiendo que tienes un refugio para los malos tiempos. Hans tenía razón. Ese primo tuyo no va a dejar de darte mal trato y eres demasiado joven para soportar sin descalabros el acoso de un hombre. Coraje, criatura. Y dignidad. No dejes que te arrinconen ni que te desprecien. A las mujeres nos toca luchar por cosas que los hombres nunca se encontrarán en el camino. Por eso nosotras somos más fuertes.

—Pero ¿cómo luchar, Herminia? ¿Cómo sabré lo que tengo que hacer?

La anciana le cogió las manos.

—Tienes la fuerza en tu interior. Pude verla aquella mañana que tuviste arrestos para ponerte a mi lado en el lavadero. ¿No te diste cuenta? Nadie más se atrevía a hacerlo. Ese arrojo que llevas dentro te mostrará el camino, solo tienes que escucharlo.

Esa misma tarde, Marcela los acompañó al puerto, donde Thomas había logrado un par de pasajes en un velero que salía hacia Tenerife. Momentos antes de que una pequeña embarcación los llevara hasta él, en medio de la dársena, Marcela se abrazó a Herminia. Algo le decía que no volvería a verla.

La brisa del mar agitaba con suavidad sus faldas. Sobre el cielo despejado, el sol comenzaba su declive y el limpio olor a mar contrastaba con las emanaciones saturadas de carbón del único barco que había en el muelle con las calderas encendidas. Marcela se separó del cuerpo de la anciana y la miró con lágrimas en los ojos.

—Está usted tan guapa —dijo observando su elegante traje y su sombrero.

—Vive sin miedo, Marcela. —Herminia pronunció su nombre por primera vez, y le habló como si temiera quedarse sin tiempo para transmitirle el mensaje—. Nadie se arrepintió nunca de haber vivido. Aunque duela. —Los ojos se le empañaron y parpadeó con fuerza—. Aunque duela.

Thomas le dio un corto abrazo y le murmuró un «gracias por todo» al oído. Luego, la muchacha los observó alejarse hacia la escalera de hormigón. Herminia marchaba feliz agarrada del brazo de su hijo, amoldándose al paso que marcaban su pierna maltrecha y su bastón.

Fue la última vez que la vio, y en el futuro habría de recordar ese momento como uno de los más puros y emocionantes de su vida.

22

Los días fueron recobrando poco a poco la normalidad insípida y menesterosa de una ciudad repleta de malas noticias. En la casa del risco, Azarías solo demostraba buen humor cuando su sobrino estaba cerca. Isabel, por su parte, había ido recluyéndose en sí misma y solo hablaba para quejarse o meterse con su hermana. En cuanto a Gaspar, Marcela hubo de emplear toda clase de artimañas para que no se le acercara. Por suerte, el joven andaba enredado en nuevos asuntos que lo mantenían durante días enteros fuera de casa.

El doce de junio Marcela cumplió dieciséis años. No fue un día glorioso ni especial ni brillante. Al contrario, fue un mal día, porque un niño le arrojó una piedra y la llamó bruja mientras subía la escalera hacia su casa.

La gente comenzó a hablar sobre la gripe que estaba dejando en la Península un rastro de muerte allá por donde pasaba y que en los casos más graves adoptaba la forma de una neumonía rápida y letal que mataba en solo tres días.

—Mientras dure la guerra, estaremos a salvo —le dijo sor Felipa a Marcela cuando le preguntó sobre la gripe.

Ese verano, la muchacha recibió una carta de Herminia. En ella le contaba que Thomas había cumplido la promesa hecha a los alemanes y que sus nietos llenaban de felicidad sus días. Dentro del sobre, un retrato reciente de toda la familia reunida alrededor del cabeza de familia hablaba por sí solo.

Para mantenerse informada de lo que ocurría en la guerra, Marcela solía acudir a la barbería que frecuentaba su padre, al final de la calle Mayor. Allí el barbero le dejaba pasar las horas ojeando los periódicos en el mostrador de la entrada. Fue así como se enteró, una mañana de finales de septiembre, de que el submarino U-156 se había hundido en el mar del Norte.

El impacto de la noticia fue demoledor. Marcela levantó la mirada y vio al barbero deslizando la navaja de afeitar por el cuello de un hombre, los dos envueltos en una charla intranscendente, como si no fueran conscientes, como ella, de que el mundo se había marchitado en ese instante.

Aturdida por la conmoción, volvió a bajar la cabeza para releer el parte de guerra.

> Berlín, 28 de septiembre, 11 de la noche. (Parte oficial. Radiograma de Nauen.) Se dan por desaparecidos los setenta y siete tripulantes del submarino U-156 al mando del comandante Richard Feldt, hundido el día veinticinco en el mar del Norte a consecuencia de una mina.

Los dedos que sujetaban las hojas atravesaron el papel y las manos se le quedaron frías de repente. Apenas podía creer lo que estaba leyendo. No era posible que todos estuvieran muertos. No era posible. Se negaba a creer que Hans se hubiera recuperado de la gravedad de su herida solo para morir unos meses más tarde de esa forma.

Con manos temblorosas, extrajo la hoja doble del periódico y la plegó en varias mitades sin que el barbero se diera cuenta. Dejó los periódicos sobre el mostrador, dio las gracias al hombre y se marchó a casa con el corazón convertido en piedra.

Por el camino, las esperanzas que había albergado de volver a ver a Hans fueron abandonándola. Se quedaron en las calles de Triana, en la escalera del Risco, en el horizonte de mar y prendidas de los ojos amarillos de los gatos. Cuando llegó a su casa, ya no le quedaba ninguna.

Totalmente abatida, le comunicó a su familia lo ocurrido, pero a nadie pareció importarle.

Seis semanas más tarde, en la sacrosanta undécima hora del undécimo día del undécimo mes, la firma de un armisticio en Compiègne puso fin a las hostilidades entre el imperio alemán y las fuerzas aliadas.

La guerra había terminado.

El mundo de Marcela se volvió tan minúsculo, insustancial y vacío que apenas ella misma cabía en él. Los barcos volvieron poco a poco a Las Palmas. La ciudad se cubrió de flores. Hubo un gran recibimiento en el puerto de La Luz, con banda de música, bailes, gallardetes, guirnaldas de flores y discursos de prosperidad. Marcela le pidió permiso a sor Felipa para que dejara a Mili ir con ella al puerto y las dos dieron fiel testimonio del ambiente festivo y de la alegría que tanto se había hecho de rogar en los últimos tiempos. Mili, que ya había cumplido trece años, bailaba bajo una lluvia de pétalos que la brisa había desprendido de los adornos florales. Sin embargo, una sensación agridulce no le permitía a Marcela disfrutar de los acontecimientos como lo hacía su amiga. Era horriblemente triste pensar que, después de cuatro años de guerra, Hans hubiera sucumbido solo un mes y medio antes de que terminara.

A su alrededor, caras de felicidad, sonrisas, canciones, serpentinas... «¡Ya vienen los barcos!», gritaban, dando por hecho que los barcos traerían un futuro renovado y próspero que en los últimos años se había mantenido suspendido en el tiempo.

En el corazón de Marcela, la vasta soledad de un océano oscuro, frío, silencioso.

Y cuando comenzaba a acostumbrarse a la vida tal como era antes —antes de Hans, antes de Herminia, antes de Thomas Hammersmitz, antes de los viajes en barco, de las blusas de seda y de los sombreros canotier—, todo volvió a cambiar, como si los cielos hubieran decidido que no habían sufrido suficiente tras cuatro años de aislamiento, de escasez y de hambre, y quisieran probar nuevas formas de aniquilarlos. La muerte se había convertido en un perro rabioso empeñado en acabar con todos los habitantes de la tierra.

El primer barco llevó carbón de las minas de Inglaterra.

El segundo barco llevó millo procedente de Argentina.

Y el tercer barco llevó dos enfermos de gripe.

De esa forma, la enfermedad comenzó a desembarcar con la misma rapidez y eficacia que los cereales o el carbón. Extremadamente contagioso, el mal fue llenando poco a poco los hospitales de la ciudad. Unos desembarcaban con signos evidentes del mal de pecho, otros enfermaban al cabo de unos días, cada uno en su respectivo pueblo, contribuyendo a extender la epidemia por todas partes. Los acontecimientos de aquellos días fueron como una mortaja en el ánimo de Marcela. ¿Cuántas cosas más podían pasar?

Entonces recibieron una carta de Carmen:

> La gripe asesina cayó sobre la ciudad como una niebla tenebrosa. Primero fue un enfermo, luego dos, más tarde tres. Ahora son cientos, puede que miles, nadie lo sabe, y si lo saben no nos lo cuentan. Hay más miedo a las toses que a los disparos de fusil y las familias temen incluso cuidar de sus enfermos. Algunos los abandonan a su suerte en las calles por miedo a enfermar y los dejan morir ahogados en sus propias flemas. Qué extraño mal que se ceba en los vigorosos y respeta a los enclenques. ¿No es ironía de la vida? ¿Es que debemos dejarnos debilitar hasta los lindes de la muerte para que no se fije en nosotros?
>
> Querida familia, es tanto el dolor y son tantos los zarpazos de la desdicha que no tengo ninguna buena noticia que daros, salvo que, por el momento, ningún allegado nuestro cayó enfermo. Deseo de corazón que allí las cosas estén mejor y que Dios los proteja de esta nueva catástrofe.

Esa noche, Marcela rezó por Carmen.

Y lloró por Hans.

23

13 de julio de 1919
Las Palmas de Gran Canaria

—¡La epidemia es un castigo de Dios por la crueldad del hombre en la guerra! —dijo don Hermógenes esa mañana en la misa dominical—. ¡La venganza de la eterna justicia ha caído sobre nosotros! ¡Mientras el mundo se mataba, la enfermedad iba tomando posiciones!

Al salir de la misa, Mili tenía una opinión bien distinta.

—Si Dios quisiera castigar al mundo, no le enviaría una gripe —le dijo a Marcela—. No tiene nada de divino. El diluvio, todavía, pero matar al mundo con toses y estornudos no lo veo muy de Dios.

Marcela no pudo evitar sonreír.

—A nosotros no nos dicen nada —continuó Mili—, solo que a esa gripe no parecen gustarle ni los niños ni los viejos.

—Pues ya es algo.

—Lo que más odio es estar encerrada.

—Ten paciencia, Mili. Afuera la gente está histérica y piensan que cualquiera puede contagiarlos.

—Pero ahora tenemos que lavar las sábanas dos veces por semana con esos desinfectantes que nos dejan la piel muerta. Las pulgas, esas sí son epidemias. Se te meten bajo la ropa y te plantan en el ombligo una bandera, como si fueras tierra conquistada.

Ya nadie hablaba de germanófilos, aliadófilos o beligerantes. Solo se hablaba de la *fiebre de los tres días,* porque ese era el tiempo que la gripe tardaba en matarte. Del *soldado de Nápoles,* porque la enfermedad era tan pegadiza como la canción. De la *maldita cucaracha,* porque se desarrollaba y se extendía tan rápido como el insecto... Los más refinados se referían a ella simplemente como el *mal de moda.*

Tres días después, el dieciséis de julio, el transatlántico *Valbanera* de la compañía Pinillos, Izquierdo y Cía., procedente de La Habana, llegó a Las Palmas con la bandera negra y gualda, señal de epidemia a bordo, y aunque las autoridades desviaron el buque al puerto de Gando, doce millas al sur de la isla, fue inevitable que la enfermedad siguiera propagándose.

Una semana más tarde, al volver a casa tras una mañana prestando ayuda en San Martín, Marcela encontró a su hermana sentada en el patio cabizbaja y sujetando en el regazo un hatillo y un cesto con sus cosas.

—¿Te marchas? —le preguntó.

Isabel levantó la mirada llorosa hacia ella.

—Padre está enfermo —dijo derramando lágrimas—. Me pidió que sacara mis cosas, que no volviera a entrar y que fuera a buscar al médico.

—¿Fuiste a buscarlo? —preguntó Marcela acusando el impacto de la noticia.

—Estoy esperando a que llegue Gaspar. El hijo de Concha fue a buscarlo al puerto. Él sabrá lo que hay que hacer.

—Pero no podemos quedarnos aquí fuera. Necesita ayuda.

—Si entramos, nos contagiaremos.

—Puede que no sea gripe.

—Sé lo que es. Dicen que enferman de repente. Y él estaba bien esta mañana.

—Si no lo ayudamos, morirá.

—¡No puedes obligarme a entrar! —exclamó Isabel echándose a llorar y tapándose la cara con las manos—. No quiero morir.

—Está bien —dijo Marcela resignada—. Quédate aquí. Yo iré a por el médico. No podemos esperar a que Gaspar se digne a venir.

Se dio la vuelta para marcharse, pero en ese momento Gaspar entró en el patio a grandes pasos, lívido el rostro y la expresión descompuesta.

—¿Habéis ido a por el médico? —preguntó casi sin aliento mientras se acercaba.

—Ahora iba a buscarlo —dijo Marcela.

—¡Pues ya tardas demasiado!

La voz de Azarías les llegó lejana desde el interior.

—Gaspar, ¿eres tú?

El joven se volvió hacia la puerta.

—¡Sí, tío!

—No entres, hijo. Estoy enfermo. Creo que es esa maldita enfermedad. Me arden los ojos.

—¡No se preocupe, tío, le traeremos un doctor!

En el hospital no había ningún médico disponible. Muchos galenos se habían desplazado a los pueblos, donde comenzaban a enfermar algunos pasajeros del *Valbanera* que habían desembarcado sanos, pero que habían desarrollado síntomas después, y sor Felipa le dijo que, en cuanto hubiera uno disponible, ella misma lo acompañaría hasta su casa.

—¿Usted cree que se morirá, madre? —preguntó afligida.

—Dios no lo permita. Pero esta enfermedad es muy extraña. Unos sanan rápido, otros mueren en un solo día... Lo importante es que ninguno de ustedes se contagie.

—¿Qué debo hacer?

—Alguien debe cuidar de él. Una sola persona. Los demás que no entren en casa.

Marcela lo meditó unos segundos.

—Yo lo haré —murmuró, y cuando volvió a mirar a sor Felipa encontró en sus ojos una expresión desolada—. Le diré a Isabel que se quede en la calle Mayor. Herminia me dejó la llave de su casa. Allí estará a salvo.

La religiosa suspiró.

—Siempre has tenido el valor para hacer lo que hay que hacer. Pero habría preferido que nunca hubieras tenido que tomar esta decisión.

Marcela se encogió de hombros, como si no tuviera otra elección.

—Es mi padre. —Miró al suelo y suspiró—. Además, la vida no es tan maravillosa como creía. No tengo miedo a morir.

Sor Felipa apretó los labios.

—Me parte el corazón oírte hablar así, hija. —La monja suspiró y trató de activarse—. Ven conmigo —le dijo echando a caminar aprisa hacia el cuarto donde guardaban los productos de limpieza. Marcela la siguió—. Te daré un jabón con el que deberás lavar la ropa y cualquier cosa que entre en contacto con el enfermo. Es un buen desinfectante. Lávate bien las manos, tantas veces como sea necesario, aunque te queme la piel.

Atravesaron varios pasillos y se detuvieron frente al cuarto de suministros. Marcela esperó fuera mientras la hermana buscaba el jabón. Al salir, le entregó dos piezas.

—No tenemos mascarillas, así que tendrás que fabricarte una con trapos viejos. Hazlo antes de acercarte a él. Cúbrete la boca y la nariz, y lava la ropa cuanto sea necesario. —Sor Felipa se dirigió entonces a la botica—. No puedo darte quinina —le dijo por el camino—, pero sí un frasco de tintura de yodo que habrás de ponerle a tu padre en la nariz con un palillo y algodón. Eso le ayudará a destruir el germen. Aplícatelo tú también para evitar que la enfermedad arraigue. Prepara infusiones de tomillo para los dos. Haced gárgaras. Abre puertas y ventanas, deja que corra el aire. Aparta las cortinas para que entre el sol. Hija, no sé cuántos consejos más puedo darte. —Se detuvo frente a la puerta de la botica y la miró con cariño—. Yo iré con el médico en cuanto pueda.

Marcela regresó a casa con un frasco de aceite alcanforado, otro de tintura de yodo y dos pastillas de jabón. Esas eran todas sus armas para luchar contra una enfermedad que iba dejando un rastro desorbitado de muerte allá por donde pasaba.

Bajo la sombra de la parra, Isabel esperaba sentada. Se puso en pie al verla.

—¿Y el médico? —preguntó.

—Vendrá más tarde.

—Y entonces, ¿quién se ocupará de él?

—Yo, si no tienes inconveniente —respondió Marcela con ironía.

—¿Vas a entrar? —Isabel parecía aterrada.

—¿Quieres entrar tú? —le espetó con un tono de voz más severo del que había pretendido.

Isabel no respondió y Marcela se arrepintió de haberle hablado así. Del bolsillo de la falda sacó una llave que le tendió a su hermana.

—Puedes quedarte en casa de Herminia mientras padre esté enfermo.

—¿En casa de la vieja? —Isabel se sobrecogió un poco—. No voy a entrar ahí.

—¿Prefieres dormir aquí fuera?

Su hermana lo pensó un momento y, al final, cogió la llave sin rechistar.

—Necesito que vayas allí y recojas un matojo de tomillo del patio. El que tenemos aquí está seco. ¿Puedes hacerlo?

Isabel asintió.

—¿Dónde está Gaspar?

—Dijo que no soportaba estar aquí y no poder hacer nada. Pero yo creo que tiene miedo a contagiarse. Se lo vi en la cara.

Isabel la miró como si no pudiera creer que las dos llevaran la misma sangre.

—¿Por qué me miras así?

—¿No tienes miedo?

Marcela pensó en la respuesta. Le había dicho a sor Felipa que no tenía miedo a morir, pero sentía un murmullo de ansiedad recorriéndole el cuerpo. ¿Qué era si no miedo?

Tenía miedo de no ser capaz de cuidar a su padre con el amor de una hija.

—Claro que lo tengo.

—Pero crees que se curará, ¿verdad? —añadió Isabel—. Por eso no te importa cuidarlo. Puede que sea una calentura pasajera.

Marcela quiso transmitirle confianza, pero se dio cuenta de que, al igual que Isabel, ella también temblaba.

—Cuando vuelvas con el tomillo, déjalo aquí fuera.

Isabel afirmó con la cabeza y después se fue calle abajo. Marcela no se dio un minuto para pensar. De lo contrario, tal vez no sería capaz de moverse. Se metió en casa y entró en su habitación para sacar del baúl unos trozos de tela y el costurero para fabricarse una mascarilla. Mientras cosía en la cocina, oyó la voz apagada y ronca de su padre.

—¿Isabel?

Dejó lo que estaba haciendo y se asomó a la puerta de su dormitorio. Tumbado en el catre, no tenía buen aspecto.

—Soy yo, padre.

Los ojos oscuros y rasgados de Azarías mostraron decepción cuando la vieron, incluso ella se dio cuenta. El hombre se humedeció los labios resecos con la lengua antes de volver a hablar.

—Tengo sed.

—Ahora mismo le traigo agua, pero antes debo hacer algo importante.

—¿Qué es más importante que ayudar a tu padre?

Ella no le respondió, volvió a la cocina y confeccionó la mascarilla lo mejor que pudo. Antes de ponérsela, salió al patio y llenó varios recipientes con el agua del aljibe, que llevó al interior de la vivienda. Después, entró a ofrecerle el agua, con la nariz y la boca cubiertas con el rudimentario trozo de tela.

Azarías la miró un poco desconcertado, pero no dijo nada. Cuando sació la sed, le preguntó por Gaspar.

Marcela se sentó junto a él en un taburete sosteniendo la jarra de agua en las manos.

—No sé dónde está —le respondió con el sonido de la voz amortiguado tras la mascarilla.

—Seguro que fue a buscar al médico.

—No se preocupe. —La muchacha vertió un poco de agua en un trapo, posó la jarra en la mesilla de noche y le refrescó la frente y las mejillas—. El médico vendrá a verle pronto y se curará usted.

—Debería haber ido al hospital.

En su mirada, ella adivinó la verdad de sus pensamientos: «No serás capaz de cuidarme».

—Allí hay demasiados enfermos. No pueden atenderlo.

—¿Isabel está fuera?

—Le dije que se marchara.

Marcela salió del dormitorio porque la mirada de su padre la hería. Nunca le había tenido miedo, al menos no físicamente. Pero siempre le había atormentado su indiferencia, incluso su desprecio. Ni una sola vez había encontrado en sus ojos cariño. Ni una sola vez la había tocado más allá del roce habitual al entregarle o al recibir algo de sus manos. Y aceptaba que no fuera dado a las demostraciones de afecto, pero le habría gustado encontrar en sus ojos algo más que frialdad. Sintió deseos de preguntarle por qué se había portado así con ella. Si era porque, como Isabel, la creía responsable de la muerte de su madre, o si había sido a causa del tiempo que vivieron separados. La respuesta le daba tanto miedo que prefirió no saberlo.

Volvió al dormitorio para echarle una manta por encima y aliviar sus temblores. Con unas astillas de madera fabricó palillos cuya punta envolvió en finas tiras de algodón que remojó luego en el yodo para impregnar con ellas los orificios nasales de su padre. Poco después, Isabel regresó con el tomillo y una olla de barro con sopa de pescado que enviaba su vecina Concha. Desde la puerta, Marcela vio a su hermana salir del patio y desaparecer de nuevo en las calles estrechas del barrio.

Le dio a su padre un poco de sopa a cucharadas y después la infusión de tomillo. Luego se lavó bien las manos y se tomó una infusión.

Ya estaba avanzada la tarde cuando al fin sor Felipa apareció con el médico. Tanto ella como don Ventura, uno de los médicos de San Martín, se cubrieron la mitad de la cara con mascarillas antes de entrar en la casa. El doctor auscultó a su padre, le tomó el pulso y le palpó el cuello. Luego le puso una inyección de sales de quinina.

—Mañana volveré temprano para ponerle una segunda dosis —le dijo a Marcela—. Es muy importante controlar la fiebre. Esperemos que la inyección haga efecto.

—Sé fuerte —le dijo sor Felipa en la puerta—. Es una prueba muy dura para alguien tan joven como tú, pero el Señor trabaja entre líneas y solo él conoce sus designios. Ten fe. Me gustaría venir a verte cada día, pero voy a dejar por el momento a las niñas y me trasladaré al ala de contagiados. Tenemos muchos enfermos y no podré salir durante un tiempo debido a la cuarentena.

—Lo entiendo, madre.

Sor Felipa encontró en el rostro de la muchacha una inquietud diferente a la de esa mañana.

—¿Qué ocurre, hija?

La mano de Marcela se posó en el brazo de la hermana.

—¿Y si no consigo que se salve?

La monja respiró hondo.

—No depende de ti que viva o muera. No te angusties por eso. Cuídalo lo mejor que puedas. Alíviale la sed, dale de comer, intenta controlarle la fiebre. Ofrécele compañía. No puedes hacer nada más.

Marcela apretó los labios y asintió repetidas veces con la cabeza.

—No te olvides de lavarte bien las manos y de usar la mascarilla cuando estés junto a él. Y si enfermas, Dios no lo permita, ven al hospital lo más rápido que puedas y no te acerques a nadie.

Esa noche, su padre se quedó dormido después de tomar un poco de caldo de pescado. Le había hecho la cama con sábanas limpias, cambiado la ropa y frotado el pecho con el aceite de alcanfor, que dejó un olor fresco, áspero y picante en toda la casa. La ropa sucia la metió en un barreño de agua caliente con abundante jabón, que más tarde tendió a tientas en el patio. Después, cenó un poco de sopa y un trozo de queso.

Cerca de la medianoche, recostada sobre la mesa de la cocina, medio dormida, un impulso del subconsciente le trajo a la mente el recuerdo de un nombre:

Konrad Gansser.

¿A quién pertenecía ese nombre? ¿Y por qué lo recordaba en ese momento? Un latigazo de lucidez le dijo que se trataba del hombre al mando del submarino de Hans. Tras un minuto más de reflexión, se puso en pie de un salto, con una súbita sospecha descontrolando la mitad de sus signos vitales, y entró en la habitación para buscar la hoja de periódico con los partes de guerra. Con ella en la mano regresó a la cocina para desplegarla sobre la mesa. El corazón le latía de forma tan violenta que necesitó sentarse antes de comenzar a buscar con dedos temblorosos, y a la luz de una sola vela, la noticia que confirmaba la desaparición del submarino:

> Se dan por desaparecidos los setenta y siete tripulantes del submarino U-156 al mando del comandante Richard Feldt.

Una palpitación en el pecho la dejó sin aliento un instante. Ahí estaba. El nombre del comandante no coincidía, no era el mismo, lo que podía significar un cambio de tripulación antes de la catástrofe.

Estaba tan abstraída y esperanzada pensando en esa posibilidad que no escuchó toser a su padre hasta que sus convulsiones fueron tan aparatosas que parecía estar ahogándose. Cuando entró en la habitación lo vio luchar y sacudirse en medio de crepitaciones horribles que evidenciaban la gravedad de la enfermedad. Llenó un vaso con agua y se lo acercó a la boca, pero este lo rechazó y tosió con tanta fuerza que su saliva le salpicó la cara.

Marcela tardó poco en darse cuenta de que no llevaba la mascarilla puesta.

Angustiada y reprochándose su estúpido olvido, salió de allí para lavarse bien las manos y la cara. Se frotó y restregó la piel hasta que no aguantó más el dolor y después se quitó la ropa y la arrojó al cubo que tenía preparado para lavar al día siguiente. No pudo dejar de temblar mientras se ponía ropa limpia. Era plenamente consciente de lo que había pasado.

Los ojos se le llenaron de lágrimas, pero apretó los labios con fuerza y se puso la mascarilla para entrar a ver de nuevo a su padre, que se había quedado dormido.

Poco después, se durmió recostada sobre la mesa de la cocina, con la hoja de periódico doblada en el regazo y con el indefectible convencimiento de que Hans estaba vivo.

Muy entrada la madrugada, su padre volvió a tener otro acceso de tos y cuando lo ayudó a incorporarse vio que comenzaba a sangrar por la nariz. Le limpió la sangre con un trapo húmedo y el resto de la noche permaneció a su lado velando su sueño, dando cabezadas y sobresaltándose cada vez que estaba a punto de caerse del taburete. Al final, decidió sentarse en el suelo y apoyar la cabeza en el colchón, a los pies de la cama. Solo así fue capaz de dormir un poco.

Al alba, la respiración de su padre se volvió más pesada y trabajosa, y la fiebre volvió a apoderarse de su cuerpo de forma feroz. Le puso paños fríos en la frente, en los brazos y en el torso, y renovó el agua en repetidas ocasiones. A media mañana, gracias a Dios, llegó el médico y le puso otra inyección, pero Marcela le vio en el rostro una expresión seria que la llenó de angustia.

Isabel la llamó desde el patio un poco más tarde. Marcela se asomó a la puerta y la vio sujetando en las manos un ramillete de tomillo fresco.

—¿Cómo está? —preguntó.

—Está peor, Isabel.

Vio el cuerpo de su hermana encogerse por la noticia. Sus ojos se agrandaron y después volvieron a su estado normal.

—¿Y qué dice el médico?

—No dice nada. Volverá por la tarde. ¿Sabes algo de Gaspar?

—Concha me dijo que estuvo aquí hace una hora, pero que ni siquiera se atrevió a llamar a la puerta.

En el silencio que siguió, Isabel preguntó:

—¿Necesitas algo?

Marcela bajó la mirada y después suspiró.

—Solo necesito que padre se cure.

Pero el estado de Azarías empeoró por la tarde. Cada vez le costaba más respirar y las hemorragias nasales se repetían con mayor frecuencia. El doctor Ventura le puso otra inyección, pero hizo un gesto de pesar con la cabeza.

Esa noche, Marcela la pasó en un ir y venir de la cocina al dormitorio. Azarías no dejaba de toser y de sangrar por la nariz y la boca y había notado que las manos y los pies comenzaban a adquirir una tonalidad rojiza intensa y oscura. Ella lo limpiaba, trataba de bajarle la fiebre, le daba de beber y lo ayudaba a incorporarse cuando parecía estar ahogándose.

Al llegar la mañana estaba tan derrotada por la dureza de la situación que quiso asomarse a la puerta y gritar hasta quedarse sin voz. Se dijo que no aguantaría otra noche como esa. Ver a su padre en ese estado, presenciar cómo la enfermedad lo destrozaba por dentro, era más de lo que podía soportar.

Poco más tarde, al doctor Ventura le bastó con oír su respiración para decidir que no le pondría más inyecciones.

—¿Por qué? —preguntó ella alarmada cuando salieron a la cocina—. Está peor, ¿no lo ve?

—Lo siento —le dijo el hombre en un tono compasivo, y bajando la voz añadió—: Su padre no pasará de hoy. La piel de las extremidades se le está ennegreciendo y eso nos indica que no es recuperable. Necesito ahorrar inyecciones. A él no le hacen efecto.

—¿Y no hay nada más que se pueda hacer?

Marcela se agarraba la falda con los puños.

—No existe un procedimiento terapéutico para tratar la gripe. Desconocemos el germen específico que la causa. Solo podemos activar las defensas orgánicas y mantener las energías vitales mediante tónicos y excitantes, pero incluso esos se nos han acabado. Estamos esperando suministros de la Península, así que tan solo podemos paliar las complicaciones y, cuando son tan graves como las que presenta su padre, solo queda ponerlo en manos de Dios. Le enviaré a un sacerdote.

Marcela se quedó sola con su padre moribundo. Se asomó a la puerta de su dormitorio, sin la mascarilla puesta, y lo miró en la distancia. En el bigote había restos de sangre seca que ya había limpiado dos veces, pero que seguía acumulándose allí de forma persistente. También tenía el cuerpo cubierto de sudor y sufría espasmos involuntarios.

Él abrió los ojos y la miró. Entre respiraciones jadeantes, pronunció un nombre sin apenas mover los labios. Ella comprendió el murmullo que había salido de su boca: había pronunciado el nombre de su madre. Sabía que se parecía a ella, por eso no le extrañó que en el estado en que se encontraba su mente lo engañara.

Tal vez Dios le concedía una última visión amable antes de la muerte.

Marcela no lo sacó de su error, pero se le llenaron los ojos de lágrimas.

—Soledad... —repitió Azarías entre jadeos—. Ve a buscar a las niñas.

Ella no se movió de su sitio. Estaba paralizada por la pena.

—¡Isabel! ¡Carmen! —exclamó su padre haciendo acopio de sus últimas fuerzas.

Tras ello quedó agotado y durante un rato su único afán fue llenar de aire sus pulmones.

Marcela se limpió las lágrimas con el antebrazo, se colocó la mascarilla y se sentó a su lado en el taburete.

Él clavó en su hija pequeña una mirada febril y confusa.

—¿Quién eres? —le preguntó.

En un arranque de temeridad, ella se bajó la mascarilla para que pudiera verla.

—Soy Marcela, padre.

—Marcela —repitió él, y entonces su mirada cambió y pareció recobrar lucidez.

Ella volvió a ajustarse el trozo de tela sobre la nariz y la boca.

—Tu madre murió —musitó Azarías fatigado—. Tú viviste.

—Habría sido mejor que ella hubiera vivido y que yo hubiera muerto.

Él asintió levemente.

—A ella la necesitábamos más. Tus hermanas la necesitaban. Yo la necesitaba.

Marcela tragó saliva, pero no logró deshacer el nudo en la garganta. Su pregunta ya tenía respuesta.

—Siento no haberte querido como un padre.

Esas palabras la golpearon con fuerza donde más le dolía, y tuvo que apartarse de su lado para quitarse la mascarilla y conseguir respirar. Deseaba con todas sus fuerzas salir de allí y no presenciar esa agonía que recordaría siempre. Quería dejar de sentir, dejar de pensar, volverse de piedra y que Dios obrara el milagro de sanarlo.

Cuando recuperó el aliento, se volvió hacia él con la visión borrosa por las lágrimas.

—Ya no importa, padre —le dijo—. No podemos obligar a nadie a que nos quiera.

Él tosió. Su cuerpo ya no se sacudía ni se estremecía en espasmos feroces. Era una tos sorda y sin fuerza que revelaba lo enfermo que estaba. Después de eso, gracias al cielo, se sumió en la inconsciencia.

Algo más tarde, cuando se presentó el sacerdote, su padre ya estaba muerto.

El médico acudió para certificar el fallecimiento. La noticia llegó pronto a oídos de Isabel, que irrumpió en el patio envuelta en lágrimas y permaneció llorando fuera sola, sentada bajo la parra, hasta que llegó Gaspar, que también se había enterado de lo ocurrido. Él la abrazó y, juntos, esperaron a los enterradores, quienes explicaron a Marcela desde la puerta que no tocarían al muerto a menos que estuviera convenientemente amortajado. Así que se fueron y quedaron en volver al cabo de dos horas.

Mientras tanto, Marcela lavó la cara, las manos y los pies de su padre, le arregló la ropa lo mejor que pudo y fabricó una cruz con dos trozos de madera y una tira de badana para colocársela entre las manos enlazadas a la altura del vientre. Después, hizo un esfuerzo sobrehumano para envolverlo en unas sábanas.

En ese momento supo lo que pesaba un muerto.

Los enterradores volvieron con la nariz y la boca cubiertas con trapos enroscados a la cabeza, lo metieron en un simple ataúd de madera, que Gaspar tendría que encargarse de pagar, y se lo llevaron ante la mirada aprensiva de los pocos vecinos que se atrevieron a asomarse al patio.

Isabel y Gaspar siguieron al féretro y los vecinos se santiguaron a su paso, guardando las distancias y temerosos de ser los siguientes.

Marcela los vio marcharse desde la puerta, sintiéndose una vez más como una extraña ajena a la familia. Se quedó sola, con la mente desbordada de imágenes imborrables que amenazaron con aplastarla contra el suelo.

Mientras volvía dentro, se preguntó cuánto tiempo tardaría la enfermedad en hacer lo mismo con ella.

24

Puerto de Hamburgo,
20 de julio de 1919

Renacido.

Así se sentía Hans a su vuelta de la guerra. Todo le parecía más hermoso. Encontraba la luz de la mañana más pura, los atardeceres más evocadores y las hojas de los árboles más brillantes. El mundo se había transfigurado en su ausencia, o quizás él había vivido demasiado tiempo en otra dimensión.

Solo habían pasado dos semanas desde que volvía a ser un hombre libre y ya estaba de nuevo a bordo de un barco.

Faltaba poco para el amanecer, la bruma densa de la noche envolvía la ciudad de Hamburgo en tinieblas y serpenteaba por las calles cercanas a los canales. Tan solo unos pocos pasajeros permanecían en cubierta, pues las diminutas gotas de agua suspendidas en el ambiente penetraban hasta la carne y nadie quería viajar con la ropa mojada e impregnada de salitre.

Tras las maniobras de desatraque, dejaron atrás el gigantesco entramado del puerto y avanzaron por el tranquilo estuario del Elba. El viejo capitán fumaba un cigarrillo apostado en el alerón del puente, y Hans, a su lado, contemplaba en silencio las picudas torres de las iglesias desdibujadas en la niebla.

El teniente respiró profundamente y se llevó una mano al bolsillo donde guardaba los partes de defunción de su padre y su hermano. Escribir a su madre para comunicarle la noticia había sido lo más duro que había hecho nunca. Había llorado al escribir la carta pensando que, si la guerra hubiese continuado, no habría tenido voluntad para luchar un día más por su patria.

«No temas a la muerte más que a la propia vida», le había dicho una vez su padre.

Y no la temía. Pero ¿qué debía hacer con el miedo a perder a las personas que amaba? ¿Y con el dolor tras la pérdida? ¿Cómo se combatía eso?

Había pasado demasiado tiempo solo, embruteciéndose entre hombres resignados a matar o morir que sufrían sus propias ausencias, rumiando una desgracia tras otra, y solo deseaba que los recuerdos fragmentados de aquellos años no lo afligieran durante el resto de su vida. Las voces de los náufragos en las aguas atestadas de escombros lo despertaban algunas noches. A veces, incluso oía a su hermano llamándolo en sueños desde alguna trinchera infestada de ratas.

Al vagar por los recuerdos pensó en Hannah y en que no sentía un ápice de rencor hacia ella por haberse casado con un abogado de Ginebra. Eso ni siquiera le hacía daño. Después de todo, él tampoco era el mismo hombre. Había vivido suficientes horrores como para saber que necesitaba recuperar el grado de humanidad previo a la guerra, encontrar de nuevo la inspiración en la música o la paz en la mirada asombrada de los inocentes, ese tipo de mirada que, como ave de naturaleza extraordinaria, sobrevivía a las ruinas del mundo. Por eso, antes de reunirse con su madre y su hermana en Buenos Aires, debía hacer una escala en la isla de Gran Canaria. Volvía a Marcela como un adicto a la morfina que reclama una dosis extra para mitigar el dolor. Volvía a ella porque no soportaba la idea de no volver a verla. Y también para cumplir una promesa.

Tenía por delante ocho días y muchas millas para reflexionar sobre los acontecimientos de los últimos meses. Nunca habría imaginado que, cuando todo estaba perdido y el Gobierno de Berlín trataba de iniciar las negociaciones de paz, los altos mandos de la Marina hubieran planeado un último combate honorable, sin ninguna esperanza militar, en el canal de la Mancha. Un acto de honor a costa de la vida de cientos, puede que miles de hombres.

Habían pretendido situar a Alemania en su lugar bajo el sol y la habían enviado al infierno.

Las sublevaciones en alta mar no tardaron en producirse. Después vinieron oleadas de protestas y manifestaciones por parte de las tripulaciones de buques y trabajadores portuarios. Él se había involucrado en el motín y había acabado en una prisión militar de Kiel con un fuerte golpe en la cabeza después de arrebatarle el fusil a un soldado que les había cortado el paso durante una manifestación. Se sentía vencido por el enemigo y traicionado por los suyos, pero estaba dispuesto a luchar para evitar más muertes innecesarias. Sin embargo, no tuvo la oportunidad de hacerlo. En aquel ambiente de masificación carcelaria contrajo unas fiebres y no tardaron en trasladarlo a un pabellón de campaña donde se atendía a contagiados de gripe a las afueras de la ciudad.

Si se lo proponía, aún podía evocar el olor a paja enmohecida que había allí dentro, un olor venenoso que no había olido antes y que no deseaba volver a oler después. Él había logrado recuperarse pronto, pero otros no habían tenido tanta suerte y los había visto morir con la piel oscurecida y el abdomen hinchado.

La llegada del armisticio en noviembre significó la forzosa entrega de la Flota de Alta Mar, que formó una columna de cincuenta kilómetros para un último viaje a Scapa Flow, al norte de Escocia. A bordo de un crucero de batalla en ese viaje de la humillación, con los barcos en el fondeadero de la base naval británica y a la espera de recibir órdenes, pasó el tiempo pescando y preparando trampas para cazar gaviotas.

Un frío día de diciembre, con el barco recubierto de escarcha, lanzó un cebo al mar desde la cubierta del buque. Sentado de forma temeraria en la barandilla que lo protegía de caerse a las gélidas aguas del mar del Norte, oyó que alguien maldecía muy cerca de él en español. Había sido Steimberg, un fogonero que sufría terribles dolores de muelas que solo apaciguaba bebiendo brandi o blasfemando en el idioma de su madre. Junto a él y a varias botellas de licor, Hans siguió aprendiendo la lengua de Cervantes.

En Scapa Flow los meses discurrieron en condiciones inhumanas, azotados por continuos vientos, rodeados de suciedad porque nadie se llevaba los residuos, sin poder desembarcar, cautivos en sus propios buques, soportando las condiciones de abandono mientras las potencias aliadas discutían el futuro de la flota. Durante ese tiempo fue testigo de miles de repatriaciones de oficiales y marineros a Alemania, pero él nunca estaba en las listas e intuía que su participación en el motín de Kiel tenía algo que ver con el asunto.

Para el mes de mayo ya era capaz de expresarse de forma correcta en español. Entonces conocieron, al fin, las condiciones del armisticio: los aliados se disponían a repartirse formalmente el botín de guerra, sus excelentes barcos. Pero, antes de que eso ocurriera, el contraalmirante Von Reuter planeó silenciosamente izar banderas y demostrar al enemigo que, incluso vencidos, el destino de la flota seguía en sus manos.

Eso ocurrió con la llegada del verano.

La última orden que recibieron fue abrir vías de agua y hundir los barcos en la bahía.

25

Las Palmas de Gran Canaria
26 de julio de 1919

El primer día tras la muerte de su padre, Marcela lavó las sábanas y la manta con agua caliente. Gaspar llegó a casa borracho para acusarla a gritos de haberlo dejado morir.

El segundo día tras la muerte de su padre, Marcela apiló sábanas y mantas sucias en el centro del patio y les prendió fuego. Gaspar llegó a casa borracho para tirarle piedras por la ventana.

El tercer día tras la muerte de su padre, Marcela fregó de rodillas los suelos de toda la casa hasta que se hizo sangre. Gaspar llegó de nuevo borracho e intentó echar la puerta abajo.

El cuarto día tras la muerte de su padre, Marcela fregó paredes, ventanas y puertas. Gaspar no dio señales de vida. Isabel le llevó algo de comida, que dejó fuera.

El quinto día tras la muerte de su padre, Marcela limpió con jabón los muebles y los techos. Nadie fue a su casa y ella comió un plátano maduro y sopa rancia.

El sexto día tras la muerte de su padre, Marcela no se levantó de la cama porque estaba agotada de tanto fregar.

No, no era eso. Estaba enferma.

Quiso ir al hospital, pero cuando hizo el esfuerzo de salir de la cama, se mareó tanto que volvió a tumbarse. A media mañana comenzó el dolor de cabeza y un poco más tarde, el de garganta. Después, el dolor se instaló también en los oídos y los riñones, y lo único que pudo hacer fue beber a sorbos la infusión fría de tomillo que tenía en la mesilla de noche y limpiarse la nariz con tintura de yodo.

Por la tarde apareció la fiebre y, con ella, los temblores. Se tapó con una manta y permaneció en un estado adormilado hasta última hora de la tarde, cuando se despertó tosiendo. Se levantó de la cama, notando las piernas débiles, y preparó una nueva infusión de tomillo que se llevó a la cama junto al aceite alcanforado. Bebió a pequeños sorbos, con un vivo dolor que le desgarraba la garganta. Necesitaba un médico. Pero ¿cómo lo conseguiría si nadie iba a verla?

Al anochecer le llegó la voz de Isabel desde fuera. Miró hacia la ventana, que estaba abierta para que corriese el aire, y la vio sujetar la cortina con la mano y asomarse. La imaginó al otro lado de la pared, subida al poyete de la fachada, de puntillas y estirándose para asomar la cabeza.

Se incorporó un poco en la cama. El corazón le latió furioso contra el pecho.

—Isabel, ve a buscar al médico —le dijo.

La cabeza de Isabel desapareció de la ventana. ¿Lo había soñado? Miró a su alrededor: estaba sola. Poco más tarde, ya entrada la noche, la fiebre aumentó y la sumió en delirios. Vio a Hans sentado a su lado sonriéndole. Estiró el brazo hacia él para poder tocarlo, pero su figura se convirtió en humo, que a su vez se transformó en un barco que luego se desvaneció en el aire.

Esa noche, mientras Isabel daba vueltas mordiéndose las uñas en la cocina de la casa de Herminia, Gaspar llamó a la puerta.

—Menos mal que no estás borracho —le dijo ella nada más verlo.

Gaspar entró como toro en plaza. Llevaba una talega colgada del hombro, que dejó en la mesa de la cocina. Isabel lo siguió con un arrastrar pesado de las faldas.

—Concha me dijo que estabas aquí —dijo él arrugando la nariz como si hubiera olido algo podrido—. ¿Qué diablos pretendes?

—Yo no tengo tantos sitios como tú donde pasar la noche. Menos mal que Marcela me dio las llaves de esta casa. Si no, habría tenido que dormir en el patio. Está enferma, ¿lo sabes?

Él la miró de refilón mientras sacaba cosas de la bolsa de tela.

—¿Y qué esperabas?

—Hay que avisar a un médico. —Isabel se cruzó de brazos frente a él—. O se morirá.

Gaspar dejó sobre la mesa un queso entero.

—Si lo haces, te obligarán a cuidarla.

La cara de sorpresa de Isabel le hizo saber que no había pensado en esa posibilidad.

—¿Pueden hacerlo?

—No lo sé, pero prueba a ir a buscar al médico y a decirle que tu hermana está enferma y sola, pero que no piensas hacerte cargo de ella.

La joven se puso en jarras.

—Ahora tú eres el cabeza de familia. Deberías...

—¡No me cargues a mí el mochuelo! —la interrumpió Gaspar, a la defensiva, mientras sujetaba una lata de mortadela en la mano.

—¡Pero es la verdad! Estamos bajo tu protección.

—¡Tú estás bajo la protección de tu marido! —Soltó la lata sobre la mesa con un golpe—. ¡Vete con él, dondequiera que esté!

A ella se le llenaron los ojos de lágrimas.

—Sabes que no puedo.

—¿Por qué? Si él no viene a buscarte, vete tú. ¡Haz algo por tu matrimonio, por el amor de Dios! Pareces un perro abandonado que le gruñe a todo el mundo.

—Rodolfo malvive con una docena de hombres en un tendejón mugroso. ¿Quieres que vaya allí a compartir lecho con todos ellos?

—Solo digo que no me cargues a mí la responsabilidad de cuidarla.

—¡Está bien! Yo no soy tu responsabilidad, pero no puedes desentenderte de ella.

—Claro que puedo.

—¡Está sola y enferma! Si se muere en esas condiciones, te harán responsable.

—¿Desde cuándo te importa lo que le pase?

Isabel lo señaló con un dedo acusador y habló con los dientes apretados.

—Dios es testigo de nuestros actos.

—Pues debiste pensarlo antes, cada vez que la despreciaste. Nunca la trataste como a una hermana.

—¡Ni tú tampoco! —replicó ella enfurecida.

—Yo no soy su hermano. Incluso llegué a pensar que...

Se detuvo, miró a Isabel de soslayo y vio en sus ojos que sabía lo que iba a decirle, así que no añadió nada más.

—La querías para ti, ¿verdad, primo? Te vi muchas veces mirándola a escondidas, incluso hice la vista gorda cuando alguna vez te propasaste con ella. Es guapa y lista, y tiene algo que atrae las miradas. Reúne más cualidades de las que puede desear un hombre. Y mírate tú: tan alto, tan apuesto, tan fuerte. Cualquier mujer de Los Riscos querría casarse contigo. Pero ella se enamoró de un extranjero.

Gaspar la miró con rabia.

—Las mujeres intuimos esas cosas —continuó Isabel—. Puede que yo no sea más que una analfabeta, pero sé distinguir cuando una mujer está enamorada. Y ¿sabes qué? Creo que lo supe antes que ella. Al menos no se irá de este mundo sin haber conocido el amor.

—¿Amor? No seas estúpida.

—Ese es el problema de muchos hombres. Que creen que el amor es estúpido y que debilita el espíritu y la voluntad.

—Sé que no hizo nada con él.

—¿Y cómo lo sabes? Se pasaba los días enteros aquí, con él y la bruja. ¿Crees que lo hacía por humanidad? Lo amaba, Gaspar, lo vi en sus ojos. Marcela ya es una mujer. ¿Crees que ese alemán no se dio cuenta?

—¡Cállate!

—Si tanto te importa, no deberías dejarla morir completamente sola. A menos que...

Él la acució con la mirada y un gesto de barbilla.

—¿A menos que qué? Vamos, di lo que piensas.

—A menos que sepas que nunca podrás tenerla y prefieras que muera antes que verla con otro hombre.

—¿Qué hombre? ¿Uno que está pudriéndose en el fondo del mar?

—Bueno, pronto estarán juntos para el resto de la eternidad. ¿Eso también te molesta?

—Eres retorcida.

Isabel lo miró detenidamente. Los ojos de Gaspar se habían vuelto vidriosos y no creyó conveniente seguir provocándolo.

Le puso una mano en el brazo.

—Solo quiero que sepas la verdad —murmuró—. Siempre la veneraste. Pero creo que no la conoces.

—La verdad, Isabel, ya no me importa. Mañana me voy de la isla. Solo vine a decírtelo y a traerte esto. Le envié un cable a mi padre para comunicarle que mi tío había muerto. Ayer recibí una respuesta. —Gaspar se sacó un pequeño papel arrugado del bolsillo del pantalón—. Aquí dice que puedo ir a Valencia con él. Me buscará un trabajo. ¿Me oyes, Isabel? Mi padre quiere que vaya a verlo.

—¿Desde cuándo te hablas con tu padre?

—Desde que murió mi tío. ¿Dónde está el problema?

—¡El problema es que no puedes marcharte!

—Puedo y lo haré. La vida sigue, prima, y yo no pienso quedarme sentado lamentándome. Saldré mañana hacia Cádiz. No me importa lo demás.

—Eso, vete —le espetó ella—. También te marchaste cuando padre enfermó y cuando trajiste al alemán a casa. Te vas cada vez que hay problemas. Y esa es una actitud infantil.

—Saber desaparecer a tiempo también es una virtud.

—La virtud de los cobardes.

Los ojos verdes de gato la taladraron. Gaspar recogió la talega vacía para colgársela al hombro y habló con la rabia concentrada en su mandíbula.

—Di lo que quieras. Pero Marcela es cosa tuya. Y si se muere sola, será por tu culpa. —Caminó hasta la puerta principal, con su prima pisándole los talones. Antes de abrir, se volvió hacia ella—. Con lo que traje tendrás para unos días. Haz lo que quieras con Marcela. Yo no te juzgo. Pero a partir de ahora estáis solas.

—¡No quiero volver a Lomo Blanco! —exclamó Isabel a punto de echarse a llorar—. ¡En aquella casa todos me odian!

—Es la casa de Rodolfo y volverá a ella cuando enferme. Porque sabes que enfermará si sigue trabajando en los hornos de cal durante mucho tiempo. Todos enferman. Deberías hacerle volver antes de que sea demasiado tarde y tengas que ocuparte de un hombre incapacitado durante el resto de tu vida. Ahora que los barcos vuelven a la isla, podría encontrar un empleo en la ciudad. No hay razón para que siga en Arinaga. Pero eso es cosa vuestra.

Abrió la puerta.

—¿Volverás? —le preguntó Isabel a su espalda.

Él se giró para mirarla una última vez.

—No lo sé.

—No te acostumbrarás a vivir entre *godos.* Ya sabes lo que dicen de nosotros, que no nos adaptamos bien lejos de las islas.

—Adiós, Isabel.

Marcela pasó la noche delirando. En su desvarío vio a Herminia sentada a los pies de la cama. Después aparecieron los demás: su padre, que contemplaba su sufrimiento desde la puerta del dormitorio, cruzado de brazos sin hacer nada para ayudarla; Isabel, que recitaba poesías de un libro sin letras, y Gaspar, que, desde un rincón, no dejaba de burlarse de ella. También vio a Hans sentado a su lado, vestido con su flamante uniforme de botones brillantes. Movía los labios como si pronunciara palabras, pero de su boca no salían sonidos. Esa vez no trató de tocarlo por miedo a que se desvaneciera. Podía verlo y eso era suficiente.

La cabeza le dio vueltas y vomitó la infusión que había bebido y algún resto de comida. Volvía a tener mucha sed y no le quedaba energía para sujetar la jarra que había dejado en la mesilla de noche. Se miró las manos para ver si sus dedos habían cambiado de color, pero la habitación estaba demasiado oscura, así que se tapó hasta la cabeza y no luchó contra los temblores.

Se despertó con el primer aliento de la mañana. Se sentía muy enferma y la habitación olía a tomillo y alcanfor. Su único afán consistía en seguir respirando hasta el minuto siguiente, hasta la hora siguiente, hasta que declinara el día. Después podría relajarse. Por algún motivo, había decidido que no quería morir mientras el sol brillaba en la habitación, que prefería hacerlo en la intimidad de la noche, pero la fiebre consiguió borrar la frontera entre la luz y la oscuridad, y en medio de ese caos de agonía a las puertas de la muerte creyó escuchar la voz de Hans llamándola desde el fondo del océano:

«Estoy aquí. Estoy contigo para siempre.»

—Para siempre... —murmuraron sus labios—. Hans, estoy contigo para siempre...

La última vez que fue consciente de que estaba viva, abrió los ojos y vio el resplandor de una lámpara quebrando la oscuridad del dormitorio. Isabel había ido a verla, ¿cómo podía haber dudado de ella? Tenía el rostro cubierto con un pañuelo enroscado a la cabeza para protegerse de la enfermedad. Intentó sonreírle y luego quiso hablarle para darle las gracias, pero solo le salió un ronquido ahogado y horrible.

«Isabel», dijo con el pensamiento mientras contemplaba con los ojos muy abiertos como le limpiaba la cara con un paño mojado.

«Isabel, perdóname.»

Un golpe de brisa exterior entró por la ventana y le enfrió el sudor, provocándole escalofríos. La mujer le cubrió el cuerpo con la manta, que se había caído al suelo, y después le dio agua, sujetándole la cabeza para que no se derramara nada.

«No me toques», quiso decirle, temiendo por ella.

«Por favor, no me toques. No te acerques tanto... Por favor, Isabel...»

«Vete. Vete y no vuelvas...»

Los ojos la miraron con una tristeza tan profunda que comprendió que era el final.

También se dio cuenta de que esos ojos no eran los de su hermana.

Hizo un esfuerzo para que le saliera la voz.

—¿Rosita? —murmuró con la garganta rota—. ¿Eres tú?

Después perdió el conocimiento.

26

El hotel Monopol, un edificio de cuatro fachadas y un solo piso de altura, estaba en pleno centro de la ciudad y tenía todo lo necesario para una estancia agradable: amplias habitaciones con ventanas a la calle, servicio esmerado y luz eléctrica. El gerente, un hombre de mediana edad exquisitamente vestido con traje y corbata, pese al calor reinante, se fijó en el nuevo cliente que acababa de atravesar la puerta de doble hoja a primera hora de la mañana.

«Un extranjero», se dijo.

Llevaba en la mano una pequeña maleta de piel en buen estado y la chaqueta le colgaba del brazo. En la cabeza, una gorra irlandesa de paño más propia de climas fríos que de la bondadosa temperatura isleña iba delatando su condición de forastero. Si uno se fijaba bien —y el gerente lo había hecho—, y dejando a un lado su discutible atuendo, mostraba aspecto de haber pasado mucho tiempo al aire libre: barba demasiado crecida y sin arreglar, y un pelo bajo la gorra que también necesitaba, según la moda del momento, una visita urgente a la barbería. Por suerte, ni siquiera tendría que salir del hotel para acicalarse un poco, pues entre sus numerosos establecimientos contaban con una barbería moderna en la que Andrés, el mejor rapista de la ciudad, manejaba la tijera y la navaja de afeitar como nadie, además de ser capaz de entenderse con los extranjeros de cualquier parte del mundo.

—*Good morning, sir*—saludó el servicial gerente mostrando una gran sonrisa gris bajo un emperejilado bigote negro.

El extranjero arrugó las cejas.

—No comprendo lengua inglesa, señor, pero me defiendo en la suya.

—Oh, por supuesto —rectificó de inmediato el gerente un poco azorado, tratando de adivinar a qué país pertenecía el acento del hombre.

—¿Tienen habitación?

—Las mejores y más céntricas de la ciudad. ¿Cuánto tiempo va a quedarse con nosotros?

—No lo sé.

—¿Prefiere la habitación junto al baño y el *water closet*? ¿O mejor alejada del trajín del ir y venir de clientes? —Al ver que el hombre no decía nada, frunció los labios y agregó—: Bien, le daré una que esté cerca del aseo, pero no demasiado. ¿Con vistas a la calle o al patio? Tenemos unos patios muy hermosos a cielo descubierto, decorados con flores de colores y elegantes dragos. ¿Ha visto ya los dragos?

—Calle, si es posible.

—Por supuesto, señor. Tenemos habitaciones para todos los gustos. ¿Primera planta o azotea?

—Usted decide.

—Primera planta, entonces. Estará más cómodo. ¿Me permite su pasaporte?

El gerente lo tomó directamente de su mano y lo inspeccionó durante un momento antes de dejarlo sobre el mostrador de madera. Después, sacó de un cajón el libro de registros. Mientras anotaba los datos del hombre, levantó un momento la vista hacia él.

—¿Qué lo trae a Las Palmas, señor... —volvió a leer el apellido que acababa de escribir en el libro— Berger? ¿Negocios con las navieras de su país?

—Nada de eso.

—¿Nuestras aguas termales, entonces? —insistió el gerente con suspicacia de comadreja, aunque la respuesta negativa y la cara del hombre poco dispuesto al diálogo lo hicieron desistir y tragarse su curiosidad. No obstante, para rellenar el silencio, que le resultaba incómodo y terriblemente descortés, continuó hablando—. Nos alegramos mucho de que se haya acabado la guerra. Ha sido una bendición del cielo, ¿no cree usted?

Lo vio afirmar con la cabeza y eso lo satisfizo, aunque lo decepcionó un poco que solo murmurara un escueto: «Desde luego».

—¿Participó usted en ella?

—Como todo hombre joven de Alemania.

—Dicen que la vida en esas trincheras fue un verdadero infierno.

—Lo fue. Pero yo combatí en el mar.

—Oh, qué emocionante. ¿Sabe que los sumergibles germanos nos rondaron durante la guerra? La gente estaba furiosa con ellos. No me entienda mal, se lo ruego, es que los barcos dejaron de venir a la ciudad y sufrimos inmerecidas penurias.

El gerente clavó los ojos pequeños y marrones en los ojos azules del hombre, esperando su reacción. Apenas podía ocultar su inclinación por el bando aliado.

—¿No estaría usted en uno de esos sumergibles? —indagó, y vio que el alemán esbozaba una sonrisa ladeada, sin despegar los labios.

—¿Parezco un submarinista?

El bigote del hombre se expandió, acomodándose a una gran sonrisa ensayada.

—Claro que no. —Se quedó un momento pensativo y añadió—: Aunque, si le soy franco, no sé qué aspecto tiene un submarinista. ¿Puede iluminarme?

—Son como náufragos.

El hombre se quedó callado, analizando la respuesta con un mohín de afectación mientras inspeccionaba con detalle el aspecto del alemán, que coincidía escrupulosamente con la representación mental que tenía él de alguien que ha pasado mucho tiempo a la deriva.

La voz grave del alemán lo sacó de su abstracción.

—¿Puedo ir a la habitación, por favor? Quiero asearme.

—Por supuesto, señor Berger, discúlpeme usted.

El gerente cogió una llave con chapa de bronce que colgaba de un gancho en la pared y luego hizo sonar un timbre, cuyo estridente sonido se propagó por todas partes. Al cabo de unos segundos, apareció un mozo ataviado con uniforme de botones. A una señal del gerente, el chico se agachó para coger la maleta del nuevo huésped.

—Jonay, acompaña al señor Berger a su habitación y de camino muéstrale las áreas comunes del hotel.

Tras abandonar la recepción, Hans siguió al muchacho a través de un pasillo que bordeaba un precioso y amplio jardín cuadrado en cuyo centro habitaba una gran palmera.

—Al otro lado de los jardines hay una barbería, señor —dijo el chico animoso.

—Gracias, la necesito.

—También hay tiendas para comprar tabaco y *souvenirs.*

Atravesaron un vestíbulo y llegaron a una escalera. En la primera planta giraron a la izquierda y cruzaron otra galería con vistas al jardín central cuya palmera se elevaba por encima de sus cabezas. Se detuvieron frente a la puerta de la habitación.

—El baño y el aseo están después de pasar el patio —dijo el muchacho apuntando con la barbilla. Abrió la puerta y entró primero para dejar la maleta al lado de una pequeña mesa que había contra la pared, frente a la cama—. Es una de las habitaciones más grandes. Tiene vistas a la calle Remedios y una puerta auxiliar para salir a otro patio si lo desea. —Se acercó a la ventana y descorrió las densas cortinas que mantenían la habitación fresca y a oscuras y dejó corridos los ligeros visillos blancos que filtraban débilmente la luz de la mañana—. ¿Está todo a su gusto, señor?

Hans ni siquiera miró a su alrededor. Cualquier habitación que midiera más que él de alto y ancho podría parecerle confortable. Pero, sin duda, aquel era un aposento excelente. Asintió con la cabeza y el chico quedó conforme.

—¿Es usted inglés? —preguntó el mozo con curiosidad.

Hans lo miró con repentina suspicacia, elevando las cejas.

—Soy alemán.

—Ah. ¿Y estuvo usted en la guerra?

Era la tercera vez esa mañana que le preguntaban lo mismo. Primero un pasajero sentado a su vera en el tranvía que lo había llevado del puerto a la ciudad; después, el gerente del hotel, y, por último, el mozo.

—¿Por qué todos quieren saber?

El muchacho se encogió de hombros.

—No sé. Todo el mundo hablaba de la guerra, pero casi nadie sabía lo que pasaba de verdad. Supongo que por eso nos interesa tanto. ¿Estuvo usted?

—Sí.

—¿En las trincheras?

—En la Marina.

—¿En un barco?

—Un submarino.

—¿En serio?

—En serio.

El muchacho se quitó el gorro y se rascó la cabeza pelada.

—¿Cómo es navegar en un submarino?

—Incómodo.

—Dicen que algunos marineros se volvían locos encerrados allí dentro. ¿Es verdad?

—Nunca vi eso.

—¿Nunca?

—Nunca. Pero vi hombre volverse loco porque una ola alcanza su cigarrillo y lo apaga.

El rostro del mozo se transformó con una mueca graciosa.

—¿Y qué hizo?

—Saltar para golpear ola.

—¿Se peleó con la ola?

—Así fue.

—No lo creo.

—Pues es cierto.

—¿Y qué le pasó?

—Pescamos al hombre.

—¿Con una caña?

—Con un cabo. ¿Algo más?

—¿Oficial o marinero?

—Oficial.

El muchacho esperó mientras Hans rebuscaba en el bolso de su pantalón, luego cogió de su mano la moneda de medio marco que le ofreció.

—Lo siento, no tengo moneda local.

La sonrisa del chico demostró que no le importaba en absoluto.

—Es igual, muchas gracias. Esta tarde la cambiaré en el bazar turco. —Se fue hacia la puerta y, antes de marcharse, se giró, haciéndole el saludo militar—. Que tenga una feliz estancia en Las Palmas, señor.

Hans, divertido con el desparpajo del chico, se cuadró y le devolvió el saludo.

Cerca del mediodía salió del hotel con el pelo arreglado y el mentón libre de barba. Caminó por la larga calle Mayor de Triana, muy cercana al hotel, hasta detenerse frente a la casa de Herminia, cuya ubicación ya había fijado durante el trayecto en tranvía de camino al hotel. Respiró hondo y llamó a la puerta, esperando encontrarse con el rostro ajado de la anciana o con el dulce semblante de Marcela. Sin embargo, fue Isabel quien le abrió la puerta.

Él la miró con desilusión. Ella lo reconoció enseguida, a pesar de lo cambiado que estaba sin la barba.

—¡Está vivo! —exclamó.

Hans entrecerró los ojos y la miró con detenimiento.

—Disculpe, ¿nos conocemos?

Isabel lamentó haber pronunciado esas palabras. Era previsible que el alemán no la recordara, pues solo lo había visto durante unas horas y él estaba gravemente herido, y lo último que deseaba era decirle que Marcela estaba enferma y sola en el Risco.

Ante el mutismo de ella, Hans le manifestó su interés por ver a Herminia.

—No está aquí —respondió ella—. Se marchó el año pasado a Tenerife. Con su hijo.

Hans arqueó las cejas y asintió complacido.

—Eso es bueno. —Respiró profundamente—. ¿Y la muchacha? Marcela. ¿Usted la conoce?

Isabel titubeó. Le sorprendía la soltura con la que el hombre se desenvolvía en español. Parecía otra persona, no el alemán medio muerto que habían estado ocultando en casa de su padre. La idea de llevarlo hasta ella, estando tan enferma, la aterró. Era un suicidio, y no dudó en mentirle.

—Marcela se marchó con Herminia.

Una profunda decepción ensombreció el rostro del teniente.

—Oh, yo entiendo.

Esa desilusión en sus ojos puso a Isabel frente a la encrucijada de su matrimonio. Si Rodolfo la hubiera mirado así alguna vez, con la misma preocupación que invadía la cara de ese hombre, habría soportado quedarse en Lomo Blanco y luchar por su amor. Tuvo que hacer un esfuerzo para que el nudo en el pecho la dejara hablar.

—¿Desea alguna cosa más?

Hans se quedó pensativo un momento.

—¿Tiene usted dirección? —preguntó—. Tal vez yo puedo ir a verlas.

Ella enrojeció y evitó mirarlo al responder:

—Lo siento, no la tengo.

Hans se mostró desconcertado. La miró un momento y supo que la mujer no le diría nada aunque lo supiera.

—Disculpe —le dijo en tono serio—. No quiero molestar a usted más. Gracias.

Isabel cerró la puerta de un golpe. El teniente sacó un cigarrillo y se puso a fumar mientras pensaba en lo que iba a hacer. Tal vez debería ir en busca de la monja que había atendido a Herminia cuando estuvo enferma. Trató de recordar el nombre del hospital donde pasaba el tiempo Marcela, pero no lo consiguió. Paró al primer hombre que pasó a su lado.

—Disculpe, ¿dónde está hospital?

El individuo, que llevaba un periódico bajo el brazo, lo saludó llevándose una mano al sombrero.

—¿Cuál de ellos?

Hans titubeó.

—El más pronto.

El hombre suspiró al tener que entenderse con un extranjero que no hablaba bien el idioma.

—¿Se refiere al más cercano?

—Sí, cercano.

—Es el hospital de San Martín. Camine hasta el fondo de la calle y allí vuelva a preguntar. ¿Me entiende?

—Entiendo, gracias —replicó Hans y, al decir esto, miró hacia la fachada de la casa.

Isabel observaba la escena a través del cristal y dejó caer la cortina cuando se vio sorprendida. Hans echó a andar a paso rápido por la larga y concurrida calle Mayor hasta que encontró una bifurcación. Tras varias indicaciones, atravesó el puente sobre el barranco de Guiniguada y la plaza de la catedral. La última orientación ascendía por la empinada calle Castillo, desde donde vio asomar la gran silueta alargada del edificio de San Martín.

La congregación de personas a las puertas del hospital daba idea de la saturación de las instalaciones. Un hombre ciego, con la ropa hecha jirones que se hallaba sentado bajo los arcos del porche, estiró la mano hacia él solicitando limosna. Hans sacó una moneda del bolsillo de su chaleco y la depositó en la palma abierta. Mientras el hombre palpaba su contorno para descifrar su valor, él esquivó a los que deambulaban junto a la puerta y la capilla anexa, y entró al edificio. El conserje no tardó en detenerlo.

Hans no recordaba el nombre de la monja, así que se explicó lo mejor que pudo. Mencionó a Marcela, describió a la religiosa y, al final, el conserje dedujo que buscaba a la hermana Felipa.

—Sor Felipa está confinada con los enfermos de gripe. No lo recibirá. Podría contagiarse.

—No, no. Yo soy dispensado.

—¿Qué es usted qué?

Hans suspiró.

—No importa. ¿Puede llevarme a ella?

El conserje negó con la cabeza.

—Por favor —insistió—. Solo un pequeño momento.

—Que no. Si quiere puede dejarle un recado y yo se lo haré llegar. Y ahora váyase de aquí.

Hans salió del edificio, pero no tenía intención de marcharse sin antes hablar con la monja. De modo que se refugió un momento en la capilla, donde rezaban un puñado de mujeres, y después trató de volver a entrar sin que el conserje se diera cuenta. No le resultó difícil esquivarlo, pues el hombre estaba ocupado atendiendo a los que debían salir y a los que trataban de entrar.

Nada más atravesar el patio se vio inmerso en un laberinto de pasillos. Llamó la atención de la gente con la urgencia de sus pasos y escrutó a las monjas con las que se cruzó, esperando reconocer en alguna de ellas a sor Felipa, sin atreverse a preguntar abiertamente por miedo a que lo echaran de nuevo. Interrumpió una consulta médica en una sala, se metió en un cuarto de suministros y, al final, volvió a salir al patio para subir al primer piso. Avanzó por un pasillo flanqueado por arcos y entonces solo tuvo que seguir el olor a formol y a paja enmohecida que le recordó su estancia en el hospital militar. No tuvo la menor duda de que era allí donde se encontraban los contagiados.

Llegó frente a la doble puerta de una sala y la abrió para asomarse dentro. Tal como le había indicado su olfato, la sala estaba llena de camas con enfermos.

—¡Sor Felipa! —exclamó junto a la puerta.

Seis monjas de aladas tocas blancas volvieron la mirada hacia él, pero solo una dejó lo que estaba haciendo y caminó a su encuentro. Hans se fijó entonces en los enfermos. Algunos tosían, otros temblaban bajo las sábanas, algunos no se movían y los más afortunados se hallaban sentados en la cama con claros signos de recuperación.

—Por el amor de Dios —dijo sor Felipa conmocionada al reconocerlo—. Está usted vivo.

—Sí señora.

—¿Cómo es posible? Marcela dijo que el submarino se había hundido.

—Así fue —confirmó Hans con pesar—. Pero con otra tripulación.

La monja movió la cabeza.

—Pobres hombres. Damos gracias a Dios cada día por el fin de la guerra. Pero mire usted, ahora tenemos otra batalla que librar. ¿Ha visto a Marcela? ¿Ha estado en su casa? Espere, no me responda. ¿Cómo le dejó entrar el conserje? ¿Es que quiere caer enfermo?

—Yo pasé las fiebres.

Sor Felipa lo cogió del brazo y salió con él al pasillo.

—Está bien. Dígame, ¿qué hace aquí?

—Busco a Herminia y Marcela, pero no encuentro. En casa de la anciana vive otra mujer.

—Es Isabel, la hermana de Marcela. La envió allí para que no se contagiara mientras ella cuidaba de su padre que, desgraciadamente, falleció de gripe.

Hans no pudo ocultar su sorpresa.

—Lo siento mucho. Pero no comprendo. La hermana dijo que Marcela está en Tenerife con Herminia.

Sor Felipa se sobresaltó.

—¿Marcela en Tenerife? —Reflexionó un momento—. No, no puede ser. Su padre falleció hace una semana. Ella estuvo cuidándolo mientras su hermana y su primo salieron corriendo. Le dije que debía guardar cuarentena en casa y que solo saliera de allí para venir al hospital en caso de que enfermara. No tiene sentido que se haya marchado.

En el pecho de sor Felipa se instaló la sombra de una duda. Se frotó las manos y se movió de un lado a otro arrastrando consigo el hábito negro y el grueso rosario en la cintura.

—Tiene que estar en su casa —afirmó—. Sana o enferma. Dios quiera que sana. Ella no saldría hasta asegurarse de que no se ha contagiado. No, no puede estar en Tenerife. Es una burda mentira de su hermana cuyo propósito no alcanzo a comprender.

—Voy allí —dijo él alterado.

—Sí, debe ir. ¿Sabe cómo llegar?

—No, señora.

—Llámeme *hermana*, teniente. La única Señora que hay entre estos muros es la Virgen María. Ahora salga del edificio y espere fuera. Haré que Mili lo acompañe al barrio de San Nicolás. —Suspiró—. Y si encuentra a Marcela enferma, Dios no lo quiera, tápela con una sábana, a poder ser limpia, y tráigala al hospital tan pronto como pueda, y que alguien me avise. —La hermana se santiguó—. ¡Señor! Esa muchacha no se merece tantas calamidades.

Hans esperaba apoyado en uno de los arcos de la entrada fumando un cigarrillo. Cuando Mili cruzó el portalón de madera, arrojó el cigarrillo al suelo e irguió el cuerpo para observar a la niña mientras se acercaba. Solo la había visto en una ocasión, hacía más de un año, pero no parecía haber cambiado mucho.

Mili se quitó el pañuelo para dejar el pelo al aire, lo guardó en el bolsillo de su saya y se cruzó de brazos frente a él, echando el cuello hacia atrás para mirarlo.

—Así que no está muerto.

Hans no quiso perder el tiempo dando explicaciones.

—Vamos a casa de Marcela.

—Ya sé lo que tengo que hacer —dijo Mili mientras comenzaba a caminar calle abajo—. No me dé órdenes, que no soy un marinero. Me llevé un buen susto cuando el conserje me dijo que debía ir con un extranjero a casa de Marcela, pero ahora que lo veo, me quedo turulata. Yo le imaginaba a usted bastante muerto en el fondo del mar, despedazado por los peces.

—Tienes gran imaginación —observó Hans—. Y habla despacio si quieres que yo entienda. ¿Qué es *torolata?*

—Turulata —lo corrigió—. Y no sabría decirle qué significa. —Retorció el cuello para mirar hacia atrás—. Marcela se va a llevar otro susto de los gordos. Desde que se murió usted, está más mustia que una palmera descabezada. ¿No cree que si Dios lo hubiera querido muerto ya lo habría matado el año pasado?

—No creo que Dios diga nada en esto.

—Qué va a decir un alemán... Pero aquí todo lo que pasa es por la Gracia de Dios. Si hay sequía, rezamos para que llueva. Si se desborda el barranco, rezamos para que deje de llover. Si hay guerra, rezamos para que termine, y si alguien enferma, rezamos para que sane. Las monjas dicen que todo lo que pasa es voluntad del Señor.

—Así es la cosa divina —murmuró Hans.

—¿La religión?

—Mmm...

—Déjelo, me gusta más cómo lo dice usted.

—¿Y tú qué opinas?

Mili se detuvo, lo miró un momento y se rascó la cabeza.

—Nunca me lo habían preguntado. Pero yo creo que necesitan echarle la culpa a alguien de todo lo que pasa. La gente dice «está en manos de Dios», y todos tan contentos. Y como Dios no protesta... Pero imagínese que dijeran que está en manos del alcalde. Sería horrible.

Hans sonrió.

—Horrible para alcalde. —Estiró el brazo hacia adelante—. Ahora, camina.

Mili avanzó y, a los pocos minutos, llegaron a la plaza de la catedral.

—El padre de Marcela se murió, ¿lo sabe?

—Lo sé. Y lo siento mucho.

—Ya es huérfana del todo, como yo, y seguro que ahora querrá marcharse. —Una bandada de palomas, que picoteaban el suelo, les sobrevoló la cabeza y se elevó hacia las torres de la catedral—. Quiere ir a La Habana, con su hermana Carmen. Ella dice que es la única de la familia a la que le importa. Pero nunca se vieron, ¿sabe? Solo se escriben cartas que tardan mucho en llegar porque La Habana está en otro mundo.

—¿En otro mundo?

Mili se detuvo otra vez.

—En el nuevo. Hay un mundo viejo y uno nuevo. Nosotros estamos en el viejo, aunque, como vivimos en una isla, no creo que pertenezcamos a ninguna parte.

—Las islas son del mar —dijo él alentándola con la mano a seguir caminando.

—Supongo que sí —contestó ella poniéndose de nuevo en marcha—. Oiga, ¿cuántos hombres caben en un submarino?

—Depende.

—¿Hace frío dentro?

—Solo cuando estamos debajo del mar y quietos. ¿Puedes ir más deprisa?

Mili se dio la vuelta para mirarlo.

—¿Le parece que voy despacio?

—Hablas mucho y caminas poco.

La muchacha frunció el ceño y apuró el paso rumiando por el camino un «pues sí que tiene vocabulario el germano». Sin embargo, le resultó muy difícil quedarse callada.

—Oiga, ¿dónde aprendió a hablar nuestro idioma? El año pasado parecía usted mudo.

Hans estaba impaciente por llegar. Por algún motivo tenía un mal presentimiento.

—No hablar y caminar.

Mili chascó la lengua.

—Caray, y encima tiene mal genio. Lo prefería a usted mudo, oiga.

Cuando comenzaron a subir por las calles de San Nicolás, notaron que se les clavaban miradas por todas partes.

—Lo miran a usted —le dijo Mili sin detenerse—. Tiene pinta de *choni*. Así llamamos nosotros a los extranjeros, porque casi todos los ingleses se llaman *Choni*.

—¿Tú quieres decir *Johnny*?

—Sí, eso es lo que he dicho. Esa gente puede que piense que soy su hija, porque a mí tampoco me conocen, y como mi pelo se parece al suyo... Sor Felipa dice que mis padres murieron, pero ¿sabe lo que yo creo?

Mili se detuvo en medio de una escalera para terminar su frase. Hans estaba a punto de protestar cuando ella dijo, falta de aliento:

—Oiga, déjeme respirar un poco.

Él se arrimó a la pared para dejar pasar a una mujer que portaba un balde de ropa sobre la cabeza, en perfecto equilibrio.

—Le decía que si sabe lo que creo.

—No, no lo sé —replicó Hans resignado.

—Pues creo que ella era una de las mujeres que trabajaban en la calle de las rameras, un sitio que antes siempre estaba lleno de marineros de todas partes, y que se quedó preñada de mí, y que cuando era pequeña me dejó a las puertas del hospicio. Así que seguro que mi padre sigue navegando por ahí sin saber que existo. Y mi madre... Bueno, ella puede que sí esté muerta, porque las rameras no viven mucho tiempo.

—¿Qué es *ramera*?

Mili lo miró con las cejas enarcadas.

—Pero ¿qué clase de marinero es usted?

—Uno que no habla bien tu idioma.

—Eso ya lo veo. —La chiquilla se cruzó de brazos y se quedó pensando, frotándose la barbilla y mirando al cielo azul—. ¿Fulana?

Hans negó con la cabeza y aprovechó para quitarse la chaqueta y secarse el sudor de la frente. Hacía tanto calor que rajaba las piedras.

—¿Pelandusca?

—No.

—¿Furcia?

Hans volvió a negar.

—¿Puta?

—¡Oh!

—Vaya, hombre, conoce usted la peor palabra de todas.

Hans resopló de impaciencia.

—¿Falta mucho?

—No. Está ahí mismo. Al final de la escalera y a la izquierda. Seguro que se acuerda usted de la casa.

Él le entregó la chaqueta y comenzó a subir los peldaños de dos en dos. Mili no quiso quedarse atrás.

—¡Eh! ¡Espere!

Cuando la chiquilla llegó frente a la casa, Hans ya estaba junto a la puerta. Este se volvió hacia ella y le indicó con un gesto que no se moviera de donde estaba. Pero Mili siguió avanzando.

—¡Quieta ahí! —exclamó él con voz de mando.

Mili obedeció a regañadientes, pues la incertidumbre de no saber cómo estaba Marcela la preocupó de repente.

—¿Qué quieren? —dijo una voz a sus espaldas. Hans se giró y encontró a Concha al otro lado del muro—. Dentro hay una muchacha enferma y una mujer que está cuidándola. Si entra, se contagiará usted.

Sin perder un segundo, Hans empujó la puerta. En el interior, el sol del mediodía se filtraba por las ventanas y proyectaba porciones de luz sobre el suelo vegetal. Se dirigió al dormitorio de Marcela, a la izquierda, y al entrar encontró a una mujer que llevaba la cabeza envuelta en un pañuelo blanco al estilo bereber para protegerse de la enfermedad. Le estaba poniendo a la muchacha paños fríos en la frente.

Rosita se puso en pie con un trapo en la mano y se bajó el pañuelo para dejar libre la boca.

—¿Es usted el médico? —le preguntó.

—No, señora —respondió él acercándose—. Soy amigo.

Dentro reinaba un calor insano y bochornoso. Marcela era un bulto que temblaba y respiraba con dificultad en la cama. Hans se acercó y clavó una rodilla en el suelo, notando que el corazón le retumbaba en el pecho mientras apartaba la manta. Temía encontrarla en condiciones irreversibles.

—Fui a buscar un médico —dijo Rosita con voz cansada—, pero no vendrá hasta la tarde. No sé..., no sé qué más puedo hacer por ella.

El pelo de la muchacha era un revoltijo de cabellos empapados en sudor pegados a la cabeza. Bajo los ojos, las ojeras se hundían en la carne y tenía los labios agrietados, pálidos y secos. Todo en su aspecto hacía presagiar un desenlace fatal. Pero lo que más perturbó a Hans fueron las crepitaciones ahogadas de su respiración, un ruido moribundo que él ya había oído antes.

—Marcela —susurró cogiéndole las manos para examinar su coloración, que, gracias al cielo, era normal.

La muchacha no respondió a los estímulos y Hans lo intentó de nuevo, esta vez dándole unos golpecitos en la mejilla, que ardía de fiebre.

—Marcela. Abre los ojos.

Ella levantó un poco los párpados, pero no parecía ver nada, solo el abismo de oscuridad en el que la sumía su cuerpo enfermo. Sin tiempo que perder, Hans se puso en pie y buscó por la habitación.

—¿Sabe si hay sábana limpia?

Rosita abrió el baúl a los pies de la cama y buscó dentro hasta encontrar una. Entre los dos cubrieron el cuerpo de Marcela y le colocaron sobre la boca y la nariz la improvisada mascarilla que había sobre la mesita de noche.

—Gracias por cuidarla —le dijo a Rosita—. Ahora debo llevarla a hospital.

La mujer asintió con los ojos enrojecidos.

—Rezaré por ella.

Al salir al patio con Marcela en brazos, encontró a Mili charlando con Concha. Esta, al verlo aparecer con la enferma, salió disparada hacia su casa.

Mili se quedó paralizada.

—¡Corre a hospital! —le dijo él apremiante—. ¡Avisa a la monja de que nosotros vamos! ¡Tu amiga está muy mal! ¡Vamos, corre!

Mili se tapó la boca con las manos para sofocar un plañido y, con la chaqueta de Hans todavía colgada del brazo, salió corriendo hacia el hospital, ligera y rápida como el viento.

El teniente provocó un repentino revuelo entre los transeúntes con los que se encontraban. Se persignaban, cruzaban de acera o se escondían detrás de un muro, conscientes de la clase de enfermedad que portaba el hombre entre los brazos. Marcela abrió un instante los ojos y vio el cielo de azules y blancos desplazarse con rapidez sobre su cabeza. ¿Se había muerto y volaba hacia el cielo? Quiso estirar una mano para tocar los algodones blancos y luminosos, pero algo se lo impedía, porque no podía moverse. Un ruido ronco se escapó de su garganta.

Hans la miró y aceleró aún más el paso.

Cuando llegaron al hospital, sor Felipa ya estaba esperándolos.

27

La monja guio al teniente hasta la sala de infecciosos destinada a las mujeres y él tumbó a Marcela sobre la cama de barrotes blancos que estaba separada de la siguiente enferma por una sábana colgada de un riel metálico. Las ventanas abiertas provocaban corrientes de aire cálido en el interior y se llevaban la mayor parte de los malos olores que circulaban dentro. Sor Felipa llevó al médico hasta Marcela y este comenzó el reconocimiento.

—Está muy mal, doctor —dijo Hans mirando al joven que acababa de aparecer ataviado con una bata de blanco impecable.

—En realidad no es doctor —dijo sor Felipa con la voz aminorada por la mascarilla—, pero solo le falta un año para terminar la carrera.

La cara de Hans pasó de la preocupación al asombro.

—Es cierto —aseveró el joven de pelo castaño—. Pero he estado en contacto con esta epidemia desde que enfermé en Madrid el año pasado, durante la primera oleada. Me salvó la vida un viejo doctor aplicando una técnica novedosa que dio excelentes resultados. La universidad no nos prepara para catástrofes de esta naturaleza.

—Solicitamos médicos a la Junta de Sanidad —añadió sor Felipa—. Y, bueno...

—Me enviaron a mí —terminó el joven con una sonrisa. Miró a Hans con aire serio y añadió—: ¿Ha pasado usted la enfermedad? Porque, si no, me temo que tiene un problema.

—En Hamburgo pasé unas fiebres, pero me recuperé pronto.

—¿Es usted alemán?

Hans guardó silencio.

—No se preocupe —lo tranquilizó el joven—. No tengo nada en contra de Alemania. Y la guerra, gracias a Dios, se acabó. Por cierto, me llamo Diego Medina.

—Hans Berger.

—Mucho gusto. Y dígame, señor Berger, ¿cuánto le duraron esas fiebres?

—Tres días o cuatro.

—¿Tuvo cefalea, tos y dolor de garganta?

—Recuerdo tos y dolor en garganta. No sé qué es cefalea.

—Le pregunta si le dolió la cabeza —le apuntó sor Felipa.

—Ah, eso. Sí dolió y también todo el cuerpo.

—¿Ha estado en contacto con enfermos de gripe?

—Con un pabellón entero de soldados.

—Un caso leve, entonces. Qué afortunado. Lo que demuestra una vez más que la enfermedad no siempre tiene un desenlace fatal. No sabemos por qué en algunos individuos se comporta de una forma tan virulenta. He visto casos en los que una ligera congestión pulmonar por la mañana se convertía en una neumonía por la tarde. Terrible. Pero me alegra saber que está usted inmunizado. Bien. Ahora, dígame: ¿cuántos días lleva enferma la muchacha?

—Él no lo sabe —respondió sor Felipa mientras se subía la mascarilla, que se le escurría mandíbula abajo—. Es un conocido de la familia. Acaba de llegar. El padre de Marcela murió hace una semana, así que ella no llevará enferma más de dos o tres días.

Diego Medina suspiró.

—Bueno, pues no perdamos tiempo.

Abrió su maletín, sacó un termómetro y esperó a que sor Felipa desatara los lazos del camisón de la muchacha para ponerle el aparato en la axila. Después cogió un estetoscopio de forma cónica y le auscultó el corazón. Permaneció con la oreja pegada al aparato mientras Hans y sor Felipa aguardaban en silencio, engullidos por retazos de sol que se colaban por las ventanas, casi sin atreverse a respirar.

Lo siguiente fue buscarle el pulso en la muñeca.

—Saque su reloj, señor Berger —pidió Diego con su propio reloj en la mano—. Vamos a contar latidos y respiraciones.

Hans se sentó en una silla de enea que había contra la pared y tiró de la cadena del reloj que colgaba del bolsillo de su chaleco. Entre los dos contaron demasiados latidos y demasiadas respiraciones mientras sor Felipa iba en busca de agua hervida y alcohol.

El joven aspirante a doctor anotó los resultados de la exploración en su libreta.

—¿Qué lo une a la muchacha? Parece que la estima mucho.

—Ella me salvó la vida. Hace tiempo...

—Y quiere devolverle el favor. Eso es muy honorable por su parte, pero si usted no hubiera pasado la enfermedad, habría sido francamente temerario.

—Mi vida es temeraria desde 1914, señor Medina.

—¿La guerra?

Hans afirmó con la cabeza y el joven sintió curiosidad.

—¿Dónde combatió usted?

—En el mar. En un submarino.

—Vaya, ahora entiendo su arrojo. Ni la guerra ni la gripe han podido con usted. Va a ser verdad que los marinos tienen más vidas que un gato.

—Muchos soldados enfermaron en campamentos. Los gobiernos no hablan claro. Pero algún día se sabrá la verdad. La guerra la ganó la *influenza* española.

—No tengo datos suficientes para responderle, señor Berger, pero debe usted saber que la gripe no es cosa nuestra y que nos molesta bastante que lleve nuestro nombre.

—Discúlpeme, pero así la llama la prensa.

—Pues se equivocan. —Extrajo el termómetro de la axila de Marcela y al mirarlo frunció el ceño. Anotó el resultado y volvió a centrarse en Hans—. Como usted dice, algún día se sabrá la verdad. Por cierto, habla usted muy bien nuestro idioma.

—Aprendo rápido, y tuve mucho tiempo para practicar.

Hans miró a Marcela, buscando en su rostro alguna señal

de salud, por pequeña que fuera, pero su piel había perdido todo color y apenas quedaba un destello de la luz que solía acompañarla. La mente se le llenó de imágenes del tiempo que había compartido con ella y se negó a admitir que aquel fuera su final. El miedo lo sacudió, y también el dolor y la posibilidad de la pérdida.

—He leído sobre el motín de Kiel —dijo Diego apartándolo un momento de su congoja—. ¿Participó usted en él?

Sor Felipa entró en la habitación, dejando la respuesta de Hans en el aire. Dejó el agua en la mesilla y le entregó a Diego el alcohol.

—Hermana, ¿puede quitarle el camisón? Necesito el tórax desnudo.

Hans se dio la vuelta para no mirar, pero la muchacha gruñó en su inconsciencia mientras sor Felipa le quitaba la prenda y él volvió a girarse para ver qué le ocurría.

La monja lo reprendió con la mirada.

—Quiero ayudar —le dijo él en tono firme.

—Hijo, no sea usted cabezota y dese la vuelta.

—Déjelo, hermana. Seguro que ha vivido situaciones en la guerra que nosotros solo podemos imaginar. No va a turbarse por ver un pecho desnudo de mujer. —Miró al teniente—. Si quiere ayudar, póngale paños húmedos en la frente. Es preciso bajarle la fiebre.

Hans se movió con rapidez y humedeció un trapo con agua fresca para pasárselo a Marcela por la frente y las mejillas, y lo hizo con tanta delicadeza que Diego y sor Felipa se conmovieron al verlo.

El joven estudiante lavó con el agua hervida una superficie extensa de la piel del tórax, por debajo de la clavícula, aplicó alcohol y, de nuevo, agua hervida. Por último, secó muy bien la zona con algodón esterilizado. De su maletín sacó un frasco que contenía un líquido oscuro. Con un pincel, fue extendiéndolo en pequeños trazos que después cubrió con unas gasas.

—Ya está —dijo—. Ahora, a esperar.

Hans lo miró con escepticismo.

—¿Ya está? —preguntó sorprendido—. ¿Qué era eso?

—Yo no lo preguntaría —le aconsejó sor Felipa.

Diego sonrió y le dio con gusto la información.

—Es un vejigatorio cantaridado.

—No entiendo.

—Ya sabe. La cantárida. —Hans seguía sin comprender y Diego pensó en otro nombre—: ¿Le suena la mosca española? Ya ve usted, tenemos muchas cosas que llevan nuestro nombre: una gripe asesina, un bicho medicinal, el pasodoble...

Ante la cara de desconcierto de Hans, sor Felipa decidió intervenir.

—Es un escarabajo verde. Y no me pregunte más, porque prefiero no saberlo.

—¿Líquido de bicho? No comprendo.

Diego le sonrió.

—Bueno, tampoco yo entiendo cómo funciona un submarino, pero el caso es que navegan por debajo del mar, ¿no es así? Y es totalmente fascinante. —Le dio a Hans una palmada en la espalda—. Confíe en mí, hombre. Tengo grandes esperanzas para esta joven. Procure bajarle la fiebre y mantenerla a raya. Es muy importante. Vendré a ver cómo está esa piel dentro de unas horas. No se asuste si ve que le salen ampollas bajo la gasa de algodón. Es lo que pretendemos. Lo contrario sería un fracaso.

Al atardecer, la temperatura de Marcela bajó lo suficiente como para que se sintiera lúcida. Abrió un poco los ojos en medio de los acostumbrados ruidos del hospital y vio la figura de Hans sentada en la silla. No podía verle la cara, pues tenía ambas manos apoyadas sobre la frente, los dedos enredados en el cabello rubio y los codos sobre las piernas. Llevaba la camisa remangada, como si hubiera estado realizando un meticuloso trabajo. Marcela se dijo que, si la enfermedad le permitía verlo con tanta frecuencia, no era una enfermedad tan terrible. Recordó el rostro iluminado de su padre cuando los rasgos de su madre se reencarnaron en ella en los momentos de delirio previos a la muerte. Y en aquel momento ella veía a

Hans con tanta viveza que no le quedaba ninguna duda de que estaba muriéndose.

Si aquellos eran los preludios de la muerte, entonces no quería volver a la vida.

Oyó un ruido persistente y cercano sobresalir de entre el resto. «Ah, eres tú», se dijo cuando se dio cuenta de que era su alborotada respiración, que luchaba por llenar de aire sus pulmones.

Los pulmones de su padre también habían luchado. Y habían perdido.

Y él era cien veces más fuerte que ella.

Hans levantó la cabeza y apartó las manos de la cara para mirarla. Los ojos color avellana de la muchacha, enrojecidos por el ardor de la fiebre, lo contemplaban con fijeza, aunque no estaba seguro de si podía verlo. Le cogió una mano y le sonrió.

—Hola.

—Estoy contigo... —murmuró ella—. Estoy contigo para siempre.

Su voz sonó tan ronca que él apenas pudo entenderla. Le apretó la mano.

—Marcela, ¿puedes oírme?

Ella emitió un sonido afirmativo. Hans trató de que no se le cortara la voz.

—¿Puedes sentir mis manos?

En efecto, ella percibía un calor agradable en la mano izquierda.

—Estás en el hospital. Te pondrás bien.

La mente de Marcela estaba tan confusa que no fue capaz de discernir el delirio de la realidad, así que hizo lo único que podía hacer para ubicarse: estirar la otra mano hacia él y tocarlo, deseando que no se desvaneciera ni se convirtiera en humo. Pronto percibió la firmeza de su rostro bajo la yema de los dedos.

Santo cielo, Hans parecía tan real...

No.

Hans era real.

Ahogó un gemido cuando sintió el contacto de sus labios cálidos y el aliento contra la piel de los dedos, y su imagen no se evaporó cuando le acarició el mentón y las mejillas suaves recién afeitadas. Y desde luego su rostro no se convirtió en humo cuando alcanzó a tocar sus ojos, tan llenos de vida que le dolió recordar que ella estaba en un estado lamentable y cercano a la muerte.

¿Cómo era posible?

Su respiración se aceleró de forma alarmante.

—Por favor, cálmate —le dijo él.

Marcela comenzó a sollozar, o al menos esa fue su intención, porque sus ojos no llegaron a humedecerse. Podía sentir la tristeza absoluta, las sacudidas del cuerpo, el nudo en la garganta que la asfixiaba un poco más y le robaba minutos de vida a su cuerpo contraído y deshecho. Se sintió feliz y terriblemente triste al mismo tiempo. No sabía cómo ni cuándo había vuelto, pero Hans estaba allí, estaba vivo y la perspectiva de la muerte, que había aceptado como algo natural, le pareció en aquel momento del todo insoportable. No era justo que Hans hubiera vuelto cuando a ella se le escapaba la vida a borbotones. No, no era justo, y quería que regresara su visión amable, la que se difuminaba al tratar de tocarla. ¿Es que ni siquiera podía morirse en paz?

Hans no sabía cómo tranquilizarla.

—Por favor, tienes que calmarte.

Ella quiso obedecerlo, por Dios que quería hacerlo y mirarlo como lo miraba antes, pero antes no estaba tan enferma ni él estaba tan vivo ni la vida la había traicionado tanto. Entonces sintió pánico a que él enfermara y sacó la mano de entre las suyas. Angustiada y conmocionada como estaba, tuvo que hacer un enorme esfuerzo para que le saliera la voz.

—No me toques...

—Tranquila, no voy a enfermar...

Otro terror antiguo se sumó al primero, aquel que la había atormentado en infinidad de ocasiones siendo una niña en las largas y solitarias noches de hospicio. Miró la imagen desolada de Hans, que permanecía a su lado, e hizo un último esfuerzo para hablar.

—No sé cómo es mi madre —susurró con la mirada inundada por el miedo—. Hans, ¿cómo voy a encontrarla cuando muera?

A él se le hizo un nudo en el pecho y apretó los dientes. Apenas podía soportar la desolación en los ojos enfermos de Marcela.

—No vas a morir.

—Pero ¿y si muero?

A Hans se le rompió la voz.

—¡No!

—¿Cómo voy a encontrarla?

La vio tan asustada que, aunque se negaba a admitir la posibilidad de la muerte, quiso transmitirle algo de confianza y así lograr que se calmara. Volvió a cogerle la mano.

—Tu padre te ayudará —le dijo con los ojos húmedos—. Él te llevará hasta ella.

Marcela tardó un instante en asimilar sus palabras y, cuando lo hizo, los latidos de su corazón se fueron calmando y la tensión de su cuerpo fue desapareciendo.

—Padre... —susurró.

Hans se levantó de la silla y volvió al cabo de un momento con un vaso de agua. Le sujetó la cabeza y se la ofreció a pequeños sorbos, pero Marcela no pudo tragar más de dos.

—Bebe —le dijo—. Necesitas agua.

Ella lo intentó, pero la garganta se le había cerrado. El líquido se le escurrió de la boca y le resbaló por el cuello. Él se la limpió con un paño.

—Mi padre me llevará hasta ella.

Marcela esbozaba una débil sonrisa cuando sufrió un acceso de tos que la dejó sin fuerzas y la sumió en una oscuridad donde no veía ni sentía nada, donde su cuerpo se agitaba presa de espasmos y escalofríos y suprimía el resto de los sentidos para entregarse por completo a la tarea de seguir respirando, de llenar de aire unos pulmones inflamados y al borde del colapso.

Hans salió en busca de la monja y del estudiante de medicina, y cuando los tres volvieron a la sala de enfermas, la encontraron inconsciente. Diego le miró las ampollas, pero aún no se habían desarrollado lo suficiente, así que, preocupados, no les quedó más remedio que seguir esperando. Sor Felipa se ofreció a pasar la noche con ella.

—Usted necesita descansar —le dijo a Hans—. Lleva todo el día al pie de esta cama.

—No, hermana. Yo me ocupo. Puedo estar cinco días sin dormir.

Sentado en aquella silla, abatido frente a la cama, a sor Felipa se le encogió el alma.

—A veces olvido que es usted un soldado. Y Diego está en lo cierto. Habrá vivido usted situaciones que nos asombrarían. —Suspiró—. Confío mucho en Diego Medina, ¿sabe? Las muertes han descendido desde que él está aquí. Marcela se salvará. No concibo que sea de otra forma.

Él la miró con los ojos vidriosos y asintió con la cabeza.

—Pediré a Dios.

Marcela permaneció estable durante toda la noche, aunque la fiebre persistió y no le dio tregua. Las ampollas del torso se habían hinchado considerablemente respecto a la tarde y Hans esperaba impaciente a que Diego Medina volviera a aparecer e hiciera lo que tuviera que hacer para salvarla. Pero aún habría de esperar un poco más, porque el doctor no llegaría hasta la hora cercana al amanecer. Entonces sor Felipa entró en la sala llevando en las manos un recipiente que desprendía un vaho con olor a mentol y lo dejó en el suelo, junto a la cama. El joven Diego llegó poco después. Sin tiempo que perder, descubrió el torso de Marcela y quitó la gasa que cubría unas ampollas bien formadas.

—Perfecto —dijo.

Pintó las ampollas con tintura de yodo y, después, con sumo cuidado para que no se rompieran, las pinchó con una jeringa con la intención de aspirar la serosidad de su interior.

Cuando hubo terminado, le inyectó a Marcela un poco de su propio suero en el brazo. Luego, adaptó la piel desinflada de las ampollas sobre la dermis y le puso un ungüento que al final cubrió con gasa y algodón.

—Si a lo largo del día no ha mejorado, habrá que inyectarle un poco más. Por suerte, he logrado extraerle bastante líquido.

—¿Eso es vacuna? —preguntó Hans desconcertado.

Diego lo miró.

—¿Tiene usted conocimientos en medicina?

—No, pero mi padre es... —Se detuvo, desvió la mirada y rectificó—. Mi padre era médico.

Diego percibió su tristeza y asintió, y apretó los labios comprendiendo. Después recobró su tono jovial.

—Eso explica su familiaridad con estas cosas. En realidad, es una autovacuna. Las toxinas microbianas que van en el exudado extraído formarán anticuerpos en favor del órgano atacado.

—Demasiadas palabras extrañas.

Diego volvió la mirada hacia Marcela.

—Quiere decir que esta joven tiene opciones de recuperarse. La ciencia ha hecho cuanto está en su mano. Ahora debemos esperar los resultados.

—Rezaremos por ella —dijo sor Felipa antes de que Diego se fuera.

Durante las horas siguientes, los momentos de lucidez se alternaron con los delirios, pero, incluso cuando estaba consciente, Marcela ni siquiera era capaz de hablar.

Diego volvió a pincharla en el brazo. ¿Cuánto tiempo había pasado desde la otra vez? ¿Un día? ¿Dos? ¿Una semana? Marcela había perdido la noción del tiempo. A veces abría los ojos y todo estaba oscuro, pero intuía la silueta de Hans sentada a su lado. Otras veces la claridad del día la deslumbraba y además de a Hans también veía a sor Felipa. En una ocasión, los vio a todos alrededor de su cama, como si fuera una moribunda a punto de exhalar su último aliento. Ni siquiera le quedaban fuerzas para rebelarse y, aunque le había dicho a sor Felipa que la vida no era tan maravillosa como había pensado, la presencia de Hans la hacía querer aferrarse a ella con todas sus fuerzas.

En su delirio creyó ver la sotana negra del padre Hermógenes junto a su cama y esto alteró todos sus signos vitales, lo cual fue terrible para sus pulmones, que no pudieron atender las demandas de oxígeno que exigió su corazón. Si el sacerdote estaba allí, como ella creía, significaba que se moría sin remedio. Sin embargo, no pudo distinguir si el cura era real o una mala pasada de su imaginación.

Cuando volvió a abrir los ojos —necesitó dos intentos y un esfuerzo considerable— vio a sor Felipa y a Hans hablando frente a la cama. Era de día y un rayo de sol que entraba por la ventana de enfrente aterrizaba en sus pies y se los calentaba. Una vez más, se dijo que la presencia de Hans no era un delirio de la enfermedad. Estaba allí. No era un sueño.

Se aclaró la garganta para hablar y el carraspeo llamó la atención de los dos, que se volvieron hacia ella.

—Creo... creo que no estoy muerta —dijo con voz ronca pero entera.

Sor Felipa se acercó a la cama y se sentó a su lado. Una sonrisa le iluminaba la cara.

—¿Cómo estás, hija?

—Tengo hambre —respondió ella. Sentía un vacío terrible en el estómago.

La monja sonrió, se llevó las manos a las mejillas y sus ojos se llenaron de lágrimas.

—¡Alabado sea el Señor! —Alzó las manos al cielo—. Ahora mismo te traigo un poco de sopa.

Cuando se marchó, Hans se sentó en la silla, frente a ella.

—¿Cuánto tiempo llevo aquí?

—Tres días —murmuró él apartándole un mechón castaño de la frente—. El doctor dice que pronto estarás bien.

—¿Tú me trajiste?

Hans afirmó con la cabeza. Ella sonrió un poco y, al hacerlo, notó que sus labios resecos oponían resistencia. Se los humedeció y dijo:

—Me alegro mucho de que estés vivo. Yo pensé... —Se interrumpió, porque acababa de darse cuenta de algo—. ¿Por qué hablas tan bien nuestro idioma?

—Te contaré más tarde.

Ella asintió.

—Supe lo de tu submarino y pensé...

—Shhh. Descansa. Luego hay tiempo.

Ese día Marcela lo pasó dormitando, pero a la mañana siguiente se sintió más despejada. La fiebre era casi inexistente y se sentía capaz de mantener una conversación. Mientras Hans le daba el desayuno, deseó hacerle un montón de preguntas. Quería saber todo lo que había pasado desde que se vieron por última vez en el barco correo.

—¿Por qué has vuelto?

La cuchara con papilla de plátano quedó detenida a medio camino de su boca.

—Hice promesa. Y quería dar gracias por salvarme.

La luminosidad de la mañana en la sala de hospital le arrancaba a Hans destellos de luz en el pelo rubio. Vestía camisa blanca remangada hasta los codos y chaleco marrón a juego con los pantalones. En el chaleco rayado destacaba una cadena de reloj que colgaba de un diminuto bolsillo, y el vello claro de sus brazos brillaba sobre la piel bronceada. Marcela abrió la boca cuando la cuchara le rozó los labios, tragó la papilla y formuló su segunda pregunta, esta vez notando un murmullo de anhelo en el pecho.

—¿Vas a quedarte?

Él llenó de nuevo la cuchara y se la ofreció, pero Marcela no abrió la boca hasta escuchar la respuesta.

—No. Yo... —La nuez de su garganta se movió al tragar saliva—. Voy a Buenos Aires. Mi madre y mi hermana esperan allí desde que empezó la guerra.

—¿Y el resto de tu familia? —preguntó ella tratando de disimular su desilusión.

En la intimidad del pequeño habitáculo que procuraba la

sábana colgada del riel, Marcela vio que se tensaba. Durante un largo minuto aguardó en silencio la respuesta, los dos inmersos en esa atmósfera de complicidad, ajenos a las toses de las pacientes cercanas, a los susurros de las monjas en su quehacer diario, a la presencia de Diego Medina unas camas más allá y a los pasos livianos del padre Hermógenes en busca de almas en tránsito.

—Mi padre se llamaba Edgar —dijo al fin Hans apenas susurrando—. Muerto hace dos años en hospital de campaña. Un proyectil explotó cerca. —Aspiró con fuerza y añadió—: Bruno, mi hermano, desaparecido en batalla del Somme. Tenía veintitrés años.

Ella se encogió de tristeza y no pudo tragar una cucharada más de papilla.

—Lo siento mucho, Hans. Lo siento muchísimo. —Para intentar darle esperanzas dijo—: Tu hermano... si está desaparecido... tal vez vuelva a casa.

Él, que tenía la mirada abandonada en la blancura de las sábanas, la miró.

—Desaparecido es igual que muerto. Pero nadie sabe dónde está muerto.

Los dos volvieron a sumirse en el silencio. Hans necesitaba tiempo para recomponerse y ella aguardó paciente hasta que vio que su expresión había vuelto a serenarse.

—¿Cómo se llama tu madre? —le preguntó.

—Angela. —Posó el cuenco con los restos de papilla sobre la mesita y apoyó los brazos en los muslos—. Mi hermana se llama Frida. Escribí para decir que voy pronto.

—¿Volverás a Hamburgo con ellas?

—No —susurró—. Yo vuelvo solo. Ellas no pueden ir ahora. No es prudente.

—¿Tan mal están las cosas en tu país? —preguntó, y no pudo reprimir un bostezo.

Sentado frente a ella, la mirada del teniente se perdió en el vacío, ensimismado en imágenes terribles que no deseaba compartir con ella. Cuando la miró de nuevo, vio que se había quedado dormida.

La dejó descansar y fue a sentarse al suelo para apoyar la espalda contra la pared. El murmullo apacible de la respiración de Marcela lo relajó tanto que, cuando ella despertó, lo encontró dormido, con las piernas estiradas, cruzadas una sobre otra, los brazos relajados sobre los muslos y la barbilla contra el pecho. No quiso despertarlo y pasó largos minutos mirándolo.

«Está conmigo», se dijo.

Sin embargo, al incorporar un poco el cuerpo en la cama, el colchón emitió un leve crujido que fue suficiente para despertarlo.

—¿Cuánto hace que no duermes? —le preguntó.

Él echó la cabeza hacia atrás para apoyarla contra la pared, se pasó la mano por el pelo y dijo:

—Cinco años.

Se miraron largo rato sin hablar, cada uno tratando de hacerse una idea del dolor y el sufrimiento del otro.

—Siento haberme dormido —dijo ella finalmente—. Parece que no tengo control sobre mi cuerpo.

—Me gusta mirarte mientras duermes —respondió él con voz dulce.

Ella notó calor en las orejas.

—¿Me contarás todo ahora?

Hans asintió.

28

Sor Felipa sometió a Hans a una completa desinfección antes de dejarlo abandonar el hospital. Le prestó un atuendo isleño, que no acababa de encajar con su imagen de extranjero, y cuando el gerente del hotel lo vio entrar por la puerta, vestido de campesino, con el pelo revuelto y barba de varios días, no pudo dejar de sorprenderse.

—Por todos los cielos, señor Berger, ¿qué le ha pasado?

Hans extendió el brazo hacia el mostrador y el gerente depositó la llave en el cuenco de su mano. La mirada del alemán lo desanimó a hacer más preguntas. Definitivamente, ese hombre era un tipo singular.

Con ropa limpia bajo el brazo, el teniente se dirigió al baño, al otro lado del patio, pero cuando abrió el grifo de la tina vio que solo salía un débil chorro de agua que fue debilitándose hasta extinguirse. Volvió a la habitación y tocó el timbre que comunicaba con recepción. Al cabo de un minuto, Jonay se presentó en su puerta.

—No hay agua —le dijo.

El muchacho se rascó la mejilla imberbe mientras lo observaba.

—¡*Ñoh,* qué pinta! ¿De qué va vestido? Parece usted...

—¿Isleño?

—No, señor, un alemán farandulero.

—¿Qué es *farandalero*? —pronunció mal—. No, mejor di por qué no hay agua.

El chico no podía dejar de mirarlo y Hans tuvo que chasquear los dedos delante de su nariz para atraer su atención.

—El agua —insistió paciente.

—No hay, señor. —Rebuscó en el diminuto bolsillo de su chaleco y sacó un pequeño papel arrugado, que le tendió. Hans lo desplegó y miró las palabras escritas.

—No leo bien tu idioma.

—Yo tampoco, señor, pero ahí dice que el agua se corta desde las tres de la tarde hasta las nueve de la noche. El año pasado fue muy seco y este año va por el mismo camino. Pero ya no tenemos cortes de luz. Si quiere, puedo traerle unos cubos de agua para que se lave.

—No importa —dijo Hans—, yo espero.

—Le diré una cosa si usted me dice por qué va vestido así.

—¿Y si no te digo?

—Pues yo tampoco le diré nada, señor, y es importante.

—Está bien. Me prestaron ropa porque la mía estaba sucia.

—¿Quién se la prestó?

—Las monjas.

—¿Del hospital?

—Muchas preguntas. Turno para ti.

—Si no anda fino a las nueve, tendrá que esperar una buena cola para bañarse. Yo le recomiendo que vaya a la azotea. En ese aseo hay menos clientes.

—Gracias por tu generosidad —murmuró Hans con abierta ironía.

—Si las monjas le dieron esa ropa, entonces es ropa de muerto —comentó el muchacho santiguándose y tocando la madera de la puerta con los dedos índice y meñique.

—Perfecto, en ese caso nadie tiene prisa por recuperarla.

Hans se acercó a la mesa que había contra la pared, abrió un cajón y sacó una moneda. Desde allí se la lanzó al chico por los aires. Jonay la atrapó al vuelo, dio las gracias y se marchó corriendo porque había escuchado un nuevo timbrazo procedente de la recepción.

Cuando Hans volvió al hospital a la mañana siguiente, encontró a Diego Medina, a sor Felipa y a Marcela en un despacho anexo a la sala de enfermos. La muchacha estaba sentada en una silla, con la ropa limpia y el pelo recogido. Al verlo entrar, se acercó a él para abrazarlo.

—Diego dice que puedo marcharme —murmuró contra su pecho.

Hans la rodeó con los brazos.

—Hija... —Sor Felipa se apresuró a despegarla del teniente—. Controla tus emociones.

—Lo siento —se disculpó Marcela mirándolo—. Es que todavía no puedo creer que esté aquí.

—Eres más alta —dijo Hans apoyando las manos en las caderas y afianzando su peso sobre una pierna.

Los ojos de Marcela se iluminaron.

—¿Sí?

—El año pasado tú estabas aquí. —Se señaló el hombro y, a continuación, colocó la mano un poco más arriba—. Y ahora aquí.

Ella comprobó que su cabeza sobrepasaba unos centímetros el hombro del teniente.

—Ya es toda una mujercita —dijo Diego sonriendo.

—Bueno, bueno, caballeros, no sean lisonjeros. —Sor Felipa le pasó un brazo por los hombros a Marcela y la apretujó un poco contra su generosa pechera blanca—. Para mí siempre será una niña. Ahora solo debe preocuparse de que esas mejillas recobren el color.

A pesar de los esfuerzos que hacía la monja por desviar su atención del teniente, Marcela no podía dejar de mirarlo. Estaba bien afeitado y peinado, y su olor a limpio se le había metido dentro cuando lo abrazó.

—Cuida esa herida del torso, jovencita —le dijo Diego—. Está muy bien, pero necesita que le dé un poco el aire. El líquido que te extraje ha salvado alguna que otra vida.

—¿Cómo puede ser?

—En algunos enfermos no se forman ampollas, al menos no con la suficiente rapidez, de modo que uso lo que extraigo de otros pacientes que han tenido mejor suerte. Y funciona, claro que antes debo asegurarme de que están libres de enfermedades. Aunque cualquier enfermedad es mejor que la muerte, ¿no creen ustedes?

La joven se acercó al doctor para darle otro abrazo.

—Pues sí que te ha dado hoy por repartir abrazos —dijo sor Felipa.

—Gracias —murmuró Marcela emocionada—. Siempre me acordaré de usted.

Él le palmeó la espalda y luego le sujetó los brazos.

—¿Puedes recordarme sin este grano?

Con un dedo señaló un bultito enrojecido en su frente y todos rieron.

—Yo no veo ningún grano.

—Buena chica. Ahora me voy. Tengo un montón de cosas que hacer. —Miró a Hans y le tendió la mano—. Buena suerte, señor Berger. No deje que los malos recuerdos de la guerra echen raíces en su corazón. Son nefastos para la salud. No son palabras mías, sino de mi viejo profesor de anatomía. Pero son buenas palabras, ¿verdad?

—Lo son —replicó Hans estrechándole la mano con firmeza—. Ha sido un placer conocerlo.

Diego Medina se marchó a sus obligaciones y sor Felipa entrelazó las manos a la altura del vientre. Tenía una expresión seria que intrigó a Marcela.

—¿Puedo ver a Mili antes de irme, madre?

—Es mejor que esperes un poco, hija. Debemos ser extremadamente prudentes. Ven dentro de unos días. Ella ya sabe que estás bien. Se echó a llorar cuando lo supo, pobrecilla. Te quiere mucho y preguntó por ti cada día. —La religiosa desvió la mirada hacia Hans—. Teniente, ¿puede dejarnos a solas un momento?

—Claro. Yo espero fuera.

Hans cerró la puerta tras de sí y Marcela se acercó a sor Felipa para darle un abrazo.

—Siempre será usted mi madre —le dijo.

La monja la abrazó.

—Qué sensible estás, mi niña, pero no seré yo quien te niegue un abrazo.

—Me alegro mucho de que no se haya contagiado.

—Y si me contagio, estaré preparada para afrontarlo. Ahora me preocupas tú. —La separó para mirarla—. ¿Qué vas a hacer? ¿Sabes si tu hermana piensa quedarse en la ciudad mucho tiempo?

Marcela negó con la cabeza y se movió hasta la silla. Se sentía fatigada.

—No lo sé, madre, pero en todo caso no quiero vivir bajo el mismo techo que Gaspar ahora que no está mi padre. No me fío de él.

Sor Felipa ocupó su silla tras la mesa.

—¿Tu primo sabe leer y escribir?

—Gaspar apenas fue a la escuela.

—Bueno, eso juega en su contra. De lo contrario, estarías bajo su tutela. La otra opción es el marido de tu hermana.

—Él sí sabe leer, pero la guardia municipal lo detuvo en alguna ocasión por altercados.

—Eso podría dejarlo también fuera.

—¿Por qué tengo que estar bajo la tutela de alguien? Tengo diecisiete años.

—Por eso, hija, por eso. Aún te quedan seis años para alcanzar la mayoría de edad y, de todas formas, una mujer soltera no puede emanciparse hasta los veinticinco. El juez intentará formar un consejo de familia con tus parientes varones y estos nombrarán un tutor.

—¿Qué parientes varones?

—Ahí está el problema.

—¿Por qué no puedo decidir por mí misma?

La monja la miró con gesto reflexivo y un poco de lástima.

—Iré a La Habana —añadió la muchacha—. Estoy sola, madre. Quiero ir con mi hermana Carmen. Ella se alegrará de verme. Trabajaré y ahorraré para pagarme el billete.

—¿Sabes lo que cuesta un pasaje en uno de esos barcos? Hay hombres que venden su alma para poder costearlo. Además, no puedes ir sola, es una locura. Esos barcos viajan atestados de gente, la mayoría hombres jóvenes, y eso sin mencionar que necesitas tener tus papeles en regla para poder embarcar.

—Madre, hoy estoy feliz de estar viva. No me mate los sueños antes de tiempo.

—Hija, ojalá las cosas fueran más sencillas.

—¡Pero es injusto!

—Debes tener paciencia. Puedo encontrarte una buena familia. Trabajarías en condición de interna, y dentro de unos años...

A Marcela le dio la tos y sor Felipa le ofreció un poco de agua.

—La madre superiora pondrá en conocimiento del juez tu condición de desamparo. Él intentará buscarte un tutor legal.

—No le digan nada al juez, madre, ya me las arreglaré yo —replicó Marcela con la voz ronca tras el ataque de tos—. Usted sabe que puedo cuidarme sola. No necesito a nadie.

Sor Felipa la miró con ternura, le pasó una mano por los hombros y la ayudó a levantarse.

—Vete a casa a descansar y vuelve dentro de unos días. Yo no podré atenderte, pero puedes hablar con la madre superiora.

Marcela pensó en sor Jesús. Nunca había tenido demasiada relación con ella y no le tenía ni la fe ni la confianza que le profesaba a sor Felipa.

—No te comerá —añadió la hermana al ver su cara de preocupación—. Confía en ella, hija. Puede que sea brusca, pero tiene buenas intenciones. —Antes de dejarla marchar, añadió—: He visto cómo abrazabas al teniente, jovencita. Y no quiero que confundas el cariño o la gratitud con el amor.

Marcela suspiró.

—¿Y si es amor, madre? ¿Qué hago si es amor?

La monja frunció el ceño.

—Hija, me está dando miedo dejarte ir con él.

Una hora más tarde, envueltos en la mañana bochornosa de principios de agosto, Hans ayudó a Marcela a bajarse de una tartana en la calle Mayor. Hacía un calor sofocante pese a que el cielo encapotado apenas dejaba ver retazos de azul celeste. Marcela se sentía algo mareada por la atmósfera cálida, por el esfuerzo y por las palabras de sor Felipa.

Llamaron a la puerta y vieron a Isabel asomar la cabeza tras la cortina. También vieron su expresión conmocionada. Cuando les abrió, los recibió hecha un manojo de nervios, con una sonrisa forzada que no acababa de encajarle en la cara.

—Estás bien... —dijo con voz aflautada mientras se frotaba las manos.

Marcela trató de devolverle la sonrisa, o lo que fuera aquello que había en su rostro, y entró en casa seguida de Hans.

—¿Es... es seguro que estés fuera del hospital? —preguntó Isabel cuando Marcela pasó a su lado.

—Tranquila, ya no puedo contagiarte. Pero voy a acostarme un rato. Estoy un poco mareada.

Hans la ayudó a subir la escalera, la acomodó en el dormitorio y prometió volver por la tarde. Entonces fue en busca de Isabel, a quien encontró en la cocina, frente a la encimera de piedra. De espaldas a la puerta, se frotaba las faldas con evidente nerviosismo.

—¿Por qué mintió? —No alzó la voz, aunque en ella trepidaba el desprecio.

Isabel lo miró de soslayo, apretando los labios, negándose a contestar. Hans dio dos pasos hacia ella y entonces Isabel se dio la vuelta con un movimiento brusco de sus faldas.

—¡No se acerque a mí!

—Su hermana casi muere. ¿Por qué mintió?

—¡Tenía miedo!

Isabel aguantó un instante más la presión, sosteniendo un pulso de miradas con el hombre que la acusaba, pero al final se derrumbó, se dio la vuelta y se echó a llorar, aunque no le sirvió de nada, pues Hans esperó pacientemente a que se le pasara. El nerviosismo de Isabel se convirtió entonces en rabia.

—Tenía miedo, ¿lo entiende? —le soltó furiosa—. Miedo a enfermar. No quería que nadie me obligara a cuidarla, y si le decía a usted dónde estaba, me habría obligado a hacerlo.

—Yo no puedo obligar a nada, señora. Solo la conciencia obliga cuando el deber no puede.

—¿Qué sabe usted de mi familia? ¿Eh? ¿Qué sabe usted? Marcela se crio en el hospicio, lejos de nosotros.

—Yo sé. No voy a juzgar eso. Pero su hermana casi muere por su culpa.

—Ya le dije que tuve miedo. ¿Usted nunca lo tuvo?

—Muchas veces. Pero hasta para tener miedo hay que ser valiente.

—Está bien. Llámeme cobarde si quiere, pero usted sabe que, si hubiera entrado en esa casa, ahora yo también estaría enferma, puede que muerta. Ella sobrevivió porque es fuerte. Pero yo no soy como ella.

—No, usted no es como ella.

—¡Váyase de aquí! No quiero escucharlo más.

Hans la miró un instante más antes de irse y la condena en sus ojos fue para Isabel más dañina que sus palabras.

Eran cerca de las tres de la tarde cuando Marcela se despertó. Dormir le había sentado de maravilla y notaba la cabeza despejada, aunque al incorporar el cuerpo se mareó un poco y tuvo que esperar sentada a que se le pasara. Después se levantó y se acercó al armario para cambiarse de ropa. Cogió una blusa color vainilla con un sencillo broche en el cuello y una falda marrón que había arreglado antes de que su padre enfermara.

Encontró a su hermana en la cocina, ocupada en guardar unas cosas en su cesta. Isabel desvió la mirada hacia ella cuando intuyó su presencia en la puerta.

—Vaya, veo que vuelves a vestir como una señorita.

—Quiero asegurarme de que no hay enfermedad en la ropa que traje del hospital.

—Así que lo haces por mí.

—No me gustaría que enfermaras.

Isabel soltó lo que tenía en la mano con un golpe sobre la mesa.

—En ese caso, gracias, su majestad.

—¿Qué te pasa? ¿Es que siempre tienes que portarte como una niña rabiosa?

—Solo estoy esperando a que tú también me sueltes el sermón.

—¿Qué sermón?

—No te hagas la tonta. Te mueres por echarme en cara que no le dije a tu alemán que estabas en casa enferma.

—¿No fuiste tú?

Isabel alzó la mirada al techo.

—Jesús, qué cínica eres.

—No soy cínica, pensaba que habías sido tú quien se lo había dicho.

—¡Pues no fui yo!

—Oye, ¿por qué te pones así conmigo?

—Gaspar se marchó a la Península. Con su padre. No se habría ido si tú le hubieras hecho un poco de caso. Él habría cuidado de nosotras. Y ahora estamos solas.

Marcela sintió alivio al conocer la noticia, y repugnancia ante la insinuación de su hermana.

—No quiero que Gaspar cuide de mí.

Isabel rio con ganas.

—Ya. Pero dejas que ese extranjero te cuide.

—Si no fuera por ese extranjero, ahora estaría muerta.

—Bueno, te lo debía, ¿no?

—No me debía nada. Las cosas no se hacen para recibir algo a cambio, se hacen porque es lo correcto o porque nos sale del alma hacerlo. Pero quiero que sepas que lo entiendo. Entiendo tu miedo.

—No, no lo entiendes. Tú nunca tienes miedo.

Desde la entrada a la cocina, Marcela hizo un esfuerzo por contenerse, porque no quería enzarzarse en una riña con ella. Sin embargo, había cosas que debía saber.

—Yo tengo miedo todo el tiempo —le dijo con voz temblorosa—. A todas horas. Pero nunca fuisteis capaces de verlo.

—Entonces lo disimulas muy bien.

—¿Crees que no tuve miedo cuando sor Felipa me llevó a casa?, ¿o cuando tuvimos que cuidar de Hans?, ¿o cuando me quedé sola con nuestro padre y lo vi escupir sangre?

Isabel estiró una mano hacia ella para exigirle que se callara.

—No me cuentes esas cosas, no quiero saberlas.

—¡Pues las sabrás! No te pedí que lo cuidaras, pero compartirás conmigo su sufrimiento. No quiero guardármelo para mí sola.

—¡Te digo que no quiero saberlo!

—Yo tampoco querría saberlo, ni querría haberlo vivido, pero sucedió. Nuestro padre agonizó durante horas, ahogándose en sus propias flemas.

—¡Para! No sigas...

—La nariz no dejaba de sangrarle, y también le salía sangre por la boca. Las manos y los pies se le pusieron del color de la muerte, Isabel, y el vientre se le hinchó. Tenía tanta fiebre que deliraba, os llamaba a ti y a Carmen a gritos porque quería que estuvieseis a su lado.

—Por favor, cállate...

Isabel lloraba.

—A mí me confundió con nuestra madre. En un momento en que parecía lúcido le dije que habría sido mejor que yo hubiera muerto y que madre se hubiera salvado. —Miró a Isabel con lágrimas en los ojos—. Dijo que sí, que a ella la necesitabais más y que lamentaba no haberme querido como un padre. —Las dos se quedaron unos instantes en silencio, mirando al suelo de la cocina, hasta que Marcela alzó de nuevo la vista—. ¿Sabes? Habría preferido una mentira, que me hubiera dicho que me había querido y que no había sabido demostrármelo. Aunque eso habría sido un acto de amor por su parte, y ahora sé que nunca me quiso.

—Qué te importa. Tú tampoco lo querías, no te dio tiempo a quererlo.

—¡Lo quería! Y verlo morir fue horrible, Isabel. ¡Horrible!

Isabel quiso salir de la cocina, pero Marcela no se apartó de la puerta.

—No te culpo por haberme dejado sola. Yo misma habría hecho lo posible para que no entraras en casa, pero pudiste llamar al médico y no lo hiciste. ¿Por qué? No... no lo entiendo...

—Gaspar me dijo que me obligarían a cuidarte.

Isabel apenas pudo soportar la mirada dolida de su hermana y le dio la espalda. Marcela permaneció un minuto en silencio mientras Isabel volvía a la mesa y seguía guardando cosas en la cesta. No insistió en lo que ya no tenía remedio, solo preguntó:

—¿Y ahora qué harás?

De espaldas a ella, Isabel dejó lo que estaba haciendo para mirar a través de la ventana.

—Me marcho a Arinaga a buscar a Rodolfo. Lo convenceré para que venga conmigo a la ciudad. Tenemos la casa de padre, aquí puede encontrar un trabajo. Empezaremos de nuevo, los dos solos. —Se giró desafiante mientras se echaba por los hombros el chal que colgaba del respaldo de una silla—. Porque tú te quedarás aquí, ¿verdad? La vieja te dio permiso.

—En cuanto consiga reunir el dinero me iré a La Habana.

Isabel reprimió una sonrisa.

—Tú y tu estúpido sueño.

—Todos necesitamos un sueño, incluso tú. La vida ya es demasiado dura como para vivir sin el afecto de nadie. Voy a conocer a Carmen. No importa lo que me cueste. Iré a verla.

Isabel avanzó hacia la puerta. Marcela se hizo a un lado y la observó mientras salía al pasillo y se dirigía hacia la escalera. Subió a la planta superior y no tardó en volver a bajar con sus escasas pertenencias. Marcela la esperaba en el recibidor.

—No hace falta que te vayas tan pronto —le dijo frotándose las manos.

—No quiero estar aquí cuando vuelva el alemán.

—Le diré que no entre. No tienes por qué marcharte así.

Isabel frunció los labios y avanzó hacia la puerta. Allí se detuvo para volverse.

—Le dije que te habías marchado a Tenerife con Herminia. Quiero ser yo quien te lo diga. Y si tienes que maldecirme, al menos hazlo en mi presencia, así sabré a qué atenerme.

—¿Maldecirte? ¿En serio, Isabel?

—Yo solo escucho a la gente.

—¿Y qué dice la gente?

—Lo sabes bien, que quien se pasea con brujas acaba convirtiéndose en una de ellas.

Marcela la miró con dureza.

—Intento perdonarte, hermana, pero eres más estúpida de lo que imaginaba.

Isabel enrojeció de rabia.

—¡Nunca debiste salir de ese maldito hospicio! ¡Nuestra vida jamás volvió a ser igual! Ni la de padre, que solo veía en ti la cara de mi madre muerta, ni la mía.

—Tampoco la mía lo fue. Pero tú solo puedes pensar en ti. Solo conviviste conmigo dos años antes de casarte. ¿De verdad fue tan horrible? —Isabel apretó con más fuerza los labios para no decir nada y Marcela continuó—: No podía obligaros a quererme y acepto que no haya surgido el cariño, pero para mí también fue una decepción. Tenía once años y pensaba que sería más fácil, que las familias se quieren solo por el hecho de serlo. —Tomó aire profundamente porque empezaba a notarse cansada—. Me equivoqué, Isabel. Las cosas no funcionan así. El cariño nace cuando alguien se preocupa por nosotros, alguien que es capaz de hacer cualquier cosa para hacernos sentir bien, para protegernos de todos los males de este mundo.

—¿Por eso te enamoraste de ese alemán?

«Por eso me enamoré de ese alemán.»

—No te atrevas a negarlo, porque no te creeré —insistió Isabel.

—No voy a negarlo. Lo amo porque le importa lo que me pase y cómo me siento, y porque veo en sus ojos que haría lo que fuera por mí.

—¿Y crees que él también te ama?

Los hombros de Marcela se encogieron cargados de dudas.

—No lo sé. Ahora solo pienso en marcharme a La Habana.

—Como si la tía Flora fuera a recibirte con los brazos abiertos.

—Ya lo averiguaré.

—Pues que tengas suerte.

Isabel abrió la puerta y se marchó.

Marcela se asomó a la calle para verla caminar apresurada y cabizbaja entre la gente, como si temiera que algo indeseable la alcanzara y le impidiera irse.

La pelea la dejó sin fuerzas. Le dolía la garganta y le sobrevino un severo acceso de tos que alivió bebiendo un poco de agua. Tras recuperarse, salió al patio y se sentó junto al drago pensando en cómo era posible que su familia se hubiera desintegrado en tan poco tiempo.

Tal vez nunca fueron una familia. Tal vez no volvieron a serlo desde que murió su madre.

Se abrió un poco la blusa y expuso la herida del torso al aire. El cielo se había despejado de nubes y lucía un sol radiante.

Esa tarde, Hans le llevó frutas y verduras frescas, algo de arroz y un poco de pescado. Guardaron todo entre los dos y luego salieron al patio, donde el sol de agosto hacía estragos en las plantas y en los hierbajos. El único que resistía indiferente a las altas temperaturas era el drago, cuyas hojas afiladas permanecían inalterables. Para protegerse del calor, se sentaron en el alto escalón junto a la puerta. Sus cuerpos se rozaban. Él fumaba un cigarrillo y ella mantenía las manos entre las rodillas, hundidas en la falda.

—Isabel se marchó y no va a volver.

Hans habló sin apenas mover los labios.

—Estás mejor sin ella.

—Entonces, ¿por qué me siento tan mal?

La boca del teniente exhaló el humo del cigarro.

—Porque es tu hermana y crees que debes perdonar a ella todo.

—Sé que te dijo que me había marchado a Tenerife con Herminia.

Hans la miró levantando una ceja.

—Y pudiste morir por eso.

—¿Por qué no me lo contaste?

—Porque sigue siendo tu hermana. La monja me dijo dónde estabas.

—El miedo hizo a Isabel actuar así. Tiene mucha rabia dentro. Su matrimonio no es lo que ella había soñado y se rebela.

—Pocas veces las cosas son como sueños, porque en los sueños lo imposible no existe. —La miró mientras se llevaba el cigarrillo a la boca y lo sostenía cerca de los labios—. Soñar es bueno, Marcela. Personas son libres cuando sueñan. Necesitan ilusión grande para sobrevivir. Pero el fracaso también vive cerca de los sueños.

La joven se acodó sobre una pierna y apoyó la mejilla en la mano, con la cabeza girada hacia él en un gesto de absoluta idolatría, como si sus palabras fueran las palabras de Dios.

—¿Y cómo se prepara uno para el fracaso? —le preguntó fascinada.

Él le empujó las piernas con las suyas y le sonrió.

—Ojalá yo supiera. Pero creo que los sueños cambian a las personas aunque no se cumplan.

—¿Tú tienes sueños?

—Yo sueño que eres libre, pequeña Marcela.

Ella arrugó la frente.

—No soy pequeña, tengo diecisiete años. Además, ese es mi sueño, y yo quiero saber el tuyo.

Hans agachó la cabeza y lo meditó un instante. Al final se encogió de hombros.

—Antes soñaba con volver a casa, a mi ciudad, y que todo está igual. Pero mi familia ya nunca es la misma. La guerra destruye todo. No solo destruye hogar, familia... También destruye esperanza en el futuro, en el ser humano. La guerra crea personas vacías.

Ella le puso la mano en una pierna.

—¿Crees que algún día seremos felices, Hans?

Él le cogió la mano y la apretó dentro de las suyas. Después se quedaron un rato en silencio. Hasta que Hans volvió a mirarla con una expresión renovada.

—Tu amiga dijo que quieres ir a La Habana.

Sus ojos, a la sombra, se veían ahora más oscuros.

—Mi hermana Carmen vive allí. La tía Flora se la llevó cuando murió madre. No la conozco, pero sé que también me quiere. Iré a verla. Solo me aterra permanecer tantos días navegando. Ahora sé que me mareo.

—No estabas mareada en aquel barco.

Ella se estremeció al recordar el momento. Le había costado tanto dejarlo marchar que aún no podía creerse que lo tuviera allí, que hubiera vuelto para verla.

—Bueno, es que no se movía —contestó—. Un submarino alemán nos había ordenado detenernos, ¿sabes?

—¿Tuviste miedo? —Hans acercó la cabeza a la suya.

La muchacha negó con un gesto y su cercanía pareció hipnotizarla. Lo miró a los ojos y después contempló su boca, que estaba muy cerca.

—Pensaba que, si todos los alemanes eran como tú, no tenía nada que temer.

—No todos alemanes son como yo —dijo él acercándose un poco más.

Marcela pudo oler su aliento, una mezcla de tabaco con algo más dulce y atrayente.

—Cuando te vi estaba muy nerviosa. Pero tú parecías tenerlo todo bajo control.

Hans se llevó la mano de la joven al pecho para colocarla sobre el corazón. La sujetó allí.

—¿Sientes latidos?

Ella podía sentirlos, rápidos y vigorosos.

—Late deprisa —indicó.

—En la guerra, corazón late fuerte. En el miedo, corazón late rápido. En el amor, corazón late fuerte y rápido.

—¿Es eso cierto?

Hans sonrió, apartó la mano de Marcela de su pecho y le dio un beso en la palma. Iba a responderle cuando unos golpes en la puerta rompieron el hechizo. Ella hizo amago de levantarse, pero él fue más rápido.

—Yo voy.

—Pero puede ser mi hermana.

—Entonces yo os dejo solas.

Hans fue a abrir la puerta y Marcela se puso de pie y caminó despacio por el pasillo hasta llegar al recibidor. Allí se quedó junto a la escalera. Hans tapaba con su estatura el hueco de la puerta y no podía ver quién había al otro lado.

—¿Quién es? —preguntó a su espalda.

El teniente se echó a un lado y Thomas Hammersmitz, apoyado en su bastón, hizo acto de presencia en el estrecho recibidor.

29

Thomas interrogó a Hans en alemán, dejando a Marcela fuera de la conversación. Tras una corta charla entre ellos, el vicecónsul se volvió hacia la muchacha.

—Me ha contado lo de tu padre... Lo siento mucho, y me alegro de que tú te hayas recuperado. Esta maldita gripe también está causando estragos en Tenerife. Nadie está a salvo. —Hizo una ligera pausa y agregó—: Le decía al teniente que, de todas las personas de la tierra, jamás pensé encontrarlo a él aquí. Pero no me ha explicado a qué se debe su visita.

—Vine a expresar mi gratitud a aquellos que me ayudaron.

Thomas lo miró con asombro.

—Caramba, teniente, habla usted muy bien español.

—Tuve buenos maestros, *herr* Hammersmitz. Su madre ayudó mucho en eso.

—Asombroso. Y magnífico. Es una lata estar traduciendo todo el rato, ¿no creen?

—Sé que su madre vive ahora con usted. ¿Cómo se encuentra? ¿Querrá dar a ella las gracias de mi parte?

Thomas los miró con semblante serio. El silencio repentino hizo que Marcela empezara a inquietarse.

—¿Está bien Herminia, Thomas?

El vicecónsul apoyó la mano en el brazo de la muchacha y anunció:

—Lamento decirles que mi madre falleció hace cinco días.

Marcela sofocó la impresión de la noticia llevándose la mano a la boca. Hans le pasó un brazo por los hombros y Thomas los miró con curiosidad, ladeando la cabeza.

—¿Podemos sentarnos? —preguntó.

—Claro, disculpe —dijo Marcela con la voz afectada, sobreponiéndose como pudo al disgusto—. Está usted en su casa, Thomas, en todos los sentidos. ¿Puedo ofrecerle algo? Una infusión de manzanilla, de tomillo, un poco de ronmiel...

—Ronmiel, por favor.

Se reunieron en la sala de estar. Marcela sirvió el licor, que brilló en los vasos con un tono parecido al oro antiguo, y cuando iba a servirse en su vaso Hans le retuvo el brazo con la mano.

—Alcohol no bueno para ti ahora.

Marcela vaciló, pero al final no se sirvió el licor. Thomas se aclaró la garganta antes de hablar.

—No quería enviar un cable. No estaba seguro de dónde te encontraría —le dijo a Marcela—. El estado de salud de mi madre era delicado, aunque ella hacía lo posible para que nadie lo notara, especialmente los niños. Empeoró hace un mes. Se marchó tranquila y rodeada de todos nosotros. Tenerla cerca durante este año nos hizo muy felices. —Se quedó callado unos segundos y finalmente añadió—: Ojalá la hubiera encontrado antes.

—Qué iba a saber usted... —murmuró Marcela cabizbaja.

—Creí sin reservas en la palabra de mi padre, y después ya no quise venir a Las Palmas. Si lo hubiera hecho... tal vez...

Thomas agachó la cabeza para ocultar su afectación.

—A ella no le gustaría que se martirizara con eso —comentó Marcela—. El pasado no se puede cambiar. Y de nada sirve lamentarse. Eso es lo que le diría su madre si estuviera aquí.

Thomas sonrió.

—Estoy seguro.

—Lo siento mucho, *herr* Hammersmitz —dijo Hans—. Ella era gran mujer. Fue buena compañía para mí.

—Lo sé. Me contó todo lo que ocurrió con detalle. También yo tuve tiempo de explicarle lo que sucedió en el barco. Le sobrevino un ataque de risa cuando le dije que usted viajaba en el submarino que nos abordó y la forma en que Marcela se enfrentó a sus compatriotas. Espero que aquello no le haya acarreado ningún problema.

—En absoluto. Mi comandante comprendió y ordenó devolverlo a usted al barco.

—Aunque antes me arrancó una promesa.

—Supimos que cumplió.

—Soy un hombre de honor, teniente, igual que usted.

Thomas metió la mano en el bolsillo de su chaqueta y sacó un sobre que le tendió a Marcela.

—Es una carta para ti. Mi madre la escribió antes de empeorar y se la entregó a nuestro abogado junto a sus últimas voluntades.

Marcela la cogió de su mano.

—¿Quiere quedarse a cenar con nosotros?

—No quiero molestar.

—No es molesto —opinó Hans—, y usted y yo preparamos cena. Marcela debe cuidarse. ¿Sabe usted cocinar, *herr* Hammersmitz?

—Nunca es tarde para aprender. Me pongo a sus órdenes. Ah, y llámeme Thomas, teniente.

Sentada en el salón, Marcela abrió la carta con manos nerviosas y sacó dos pliegos de papel mientras la vista se le nublaba por la humedad de las lágrimas, todavía sobrecogida por la noticia de la muerte de Herminia. Parpadeó varias veces antes de comenzar a leer.

> Querida mía:
>
> Si estás leyendo esta carta es porque, al final, la muerte se ha salido con la suya, muy a mi pesar, debo decir, porque estos meses han sido los mejores de mi existencia. Pero así es la vida, mi niña, corta cuando somos inmensamente felices y larga cuando somos terriblemente desgraciados. Es una puñeta, lo sé, porque no espero encontrar en el más allá una vida mejor que la que tuve aquí.
>
> Seguramente pensarás que ya ando escasa de juicio y estarás triste porque me he ido cuando había encontrado la felicidad. Pero no sientas pena por mí, muchacha, que la vida sin derrota no es una vida completa. A veces hay que

penar un poco para apreciar la belleza de este mundo, y yo ahora vivo tan rodeada de luz que ya no me acuerdo de los días de sombra.

Ahora hablemos de ti, criatura, que no solo te escribo para contarte mis lances. Soy consciente de que haber estado a mi lado te traerá sinsabores. La gente es así, no intentes comprenderlos o hacerles entender, porque ni lo uno ni lo otro será posible. Nunca olvides que las piedras solo pueden golpear tu carne, pero jamás tocarán tu alma. El alma te pertenece solo a ti, de modo que vive al margen del qué dirán. De lo contrario, vivirás la vida que ellos quieren.

Estoy sensible, muchacha, perdóname estas ñoñerías, pero es lo que me nace de las entrañas.

La ropa que guardo en el armario es tuya. Está un poco anticuada, pero es tela buena y estoy segura de que tus manos sabrán adaptarla a tu cuerpo y convertirla en nueva.

Quiero que subas a mi dormitorio y que muevas la cama. En el suelo verás una tablilla floja. Tira de ella y saca la arqueta de madera que encontrarás entre los rastreles. Dentro hay una bolsa con el dinero que he conseguido ahorrar en estos años. Quédate una parte, la necesitarás para encontrar tu camino, y guarda otra para las monjitas. Lo necesitan tanto... Con el resto ayuda a quien creas que lo merece.

Querida Marcela, por corta o larga que sea la vida, no te olvides de amar apasionadamente. Hagas lo que hagas, pon siempre el corazón en ello.

A tu lado eternamente,

HERMINIA

P.S. Reza una oración por mi alma, pues, aunque los ruegos de los vivos nunca añaden méritos a los muertos, me vendrán bien en el purgatorio, que a buen seguro es donde me encuentro.

A Marcela le costó un nudo en la garganta reprimir las lágrimas. Levantó la cabeza y vio a Hans en el quicio de la puerta observándola. Dejó la carta sobre la mesa y él se acercó para sentarse a su lado.

—Era una mujer tan... —Marcela quiso describir a Herminia con una sola palabra, pero no encontró la adecuada.

—*Eine Kämpferin* —dijo Hans.

Ella lo miró sin comprender.

—Una luchadora —tradujo Thomas mientras entraba al salón.

Durante la cena, Marcela comprobó el buen equipo que hacían los dos hombres en la cocina. Sirvieron verduras salteadas, filete a la plancha y patatas asadas. Su plato estaba acompañado por un vaso de leche.

—Me tratan como a una niña —protestó.

—Todavía estás creciendo —dijo Thomas.

—No es verdad —replicó ella mirándolos, primero a uno y luego a otro.

Hans sonrió y la miró con un brillo especial en los ojos.

La velada terminó al calor del sabor dulce y potente del ronmiel, sabor que Marcela tampoco probó en esa ocasión, y derivó en una charla política entre los hombres, que ella presenció en medio de un ambiente cada vez más tenso.

—Soy militar, entiendo condiciones de bloqueo durante la guerra —decía Hans—. Pero ¿por qué después? Ya tienen victoria, ¿por qué no dejar que la población se alimente? Usted es diplomático, ¿puede explicarme?

—Los términos del armisticio incluyeron la continuación del bloqueo hasta que se ratificara el tratado de paz definitivo.

—No es respuesta aceptable. Eran mujeres y niños hambrientos, no soldados. Vamos, Thomas, usted es ingenuo. Ocho meses más de hambre después de rendición. Murieron inocentes. ¿Era necesario?

—No soy ingenuo, teniente. La paz no estaba ratificada, todavía había peligro de...

—Entregamos submarinos, entregamos barcos, entregamos armas, ¿qué peligro?

Thomas se quedó callado y Marcela paseó la mirada de uno a otro deseando que la discusión terminara.

—Ahora llevan nuestras vacas a Francia y Bélgica —continuó Hans—. Cabras, ovejas, carbón, oro... Nos quitan derechos de pesca en el Báltico y reparten nuestros territorios. No basta con victoria. Quieren aniq...

Se detuvo bruscamente porque no le salió la palabra. Marcela tuvo que ayudarlo.

—Aniquilaros.

Thomas la miró con el ceño fruncido y ella agachó la cabeza. El vicecónsul respiró con fuerza y habló en tono severo.

—Mi país se llevó la peor parte, teniente. Bien lo sabe usted, porque ustedes lo invadieron.

—¡Por favor! —interrumpió Marcela, que estaba viendo que la conversación estaba a punto de caer en el reproche mutuo. Pero ellos no la oyeron.

Hans pasó a defender su postura de una forma más desenvuelta y eficaz en su propia lengua y de pronto el salón se llenó de interminables réplicas en el potente idioma germano, que la dejaron sin opciones. El tono de recriminación de los hombres fue en aumento y ante una respuesta efusiva de Thomas, Hans se puso en pie, airado, y el vicecónsul hizo lo propio, ayudado de su bastón. Marcela se colocó en el medio de los dos para intentar calmarlos.

—¡Por favor, señores! —exclamó con voz enérgica, y miró a Thomas—. Estamos honrando la memoria de su madre —se volvió hacia Hans y añadió en tono de súplica—: de nuestra amiga. No deberían hablar de la guerra.

Thomas respiró profundamente para serenarse. Hans permanecía a la defensiva.

—Ella tiene razón, teniente —dijo Thomas en un tono más calmado—. Vemos la guerra desde puntos de vista distintos. Es comprensible, pero en lo personal no tengo nada que reprocharle. Mi opinión en cuanto al bloqueo, y así lo he expresado en más de una ocasión, es que, si los aliados presionan tanto a Alemania, esta no podrá cumplir las condiciones del Tratado.

—Ningún pueblo puede cumplir si le quitan todo —dijo Hans.

—Es cierto.

—Thomas, quiero que hablemos sobre esta carta —dijo Marcela recuperando el sobre de encima de la mesa. Quería desviar la atención de los hombres y además tenía que tratar con él el asunto del dinero antes de que se fuera.

—Sé lo que pone en la carta, jovencita, y estoy completamente de acuerdo con la decisión de mi madre. —Le palmeó el brazo—. Ahora, debo marcharme. —Dio un paso hacia Hans y le tendió la mano—. Espero que no me guarde rencor por lo dicho, teniente.

A Hans solo le llevó dos segundos recuperar el tono distendido.

—Sin rencor —dijo estrechándole la mano—. Yo espero lo mismo.

El vicecónsul sonrió.

—Deseo lo mejor para su país, de verdad. Y también para usted.

—Puede quedarse a dormir aquí —dijo Marcela—. No tiene por qué irse a un hotel.

El hombre miró alrededor.

—No es un buen momento para entregarse a los recuerdos —murmuró con nostalgia—. El peso de su ausencia me aplastaría. Además, me alojo en casa de unos amigos. Tienen una embarcación de recreo, un velero que es una maravilla. Mañana temprano viajaré con ellos de vuelta a casa.

Thomas miró a Hans y Marcela tratando de adivinar qué había entre ellos, si la ayuda mutua que se habían profesado era simple camaradería o había algo más. Lo vio claro en los ojos de ella, pero las intenciones del teniente no eran tan transparentes. Sin embargo, su madre había demostrado tenerle al alemán una fe ciega, así que no se inmiscuyó.

—Espero volver a verlos algún día —les dijo antes de irse.

Cuando Marcela cerró la puerta, se volvió hacia Hans con los brazos en jarras.

—¿Era necesario?

El reproche lo cogió desprevenido. Entrecerró los ojos y se dispuso a contestarle, pero Marcela continuó increpándolo.

—¿Por qué hablar de eso? ¿No ves que las heridas todavía están sangrando?

—*Ja!* —afirmó él contundente, en alemán. Estaba dolido con la acusación. Las sanciones a su país incluidas en el Tratado de Versalles le parecían tan injustas que pensar en ello lo ponía enfermo. Como Thomas pertenecía al cuerpo diplomático de Bélgica, que hubiera salido el tema era sencillamente inevitable—. Pero tú solo ves heridas de su país.

—¡No! ¿Cómo puedes pensar eso después de lo que me contaste? Todos tenemos heridas que cerrar. Pero se puede hablar de forma civilizada.

—¿Civilizada? —El nivel de enojo de Hans aumentó. Ella lo notó en el gesto rígido y en la mirada encendida que le iluminaba los ojos con un centelleo líquido y furioso. Marcela nunca lo había visto así. La miraba desde su altura con una intensidad que le cortaba la respiración—. ¿Es civilizado negar alimento a mujeres y niños cuando el enemigo está vencido? —Su acento se había intensificado por el enfado—. Las calles de mi ciudad están llenas de niños con piel pegada a huesos, de mujeres con ojos hundidos que buscan animales muertos para descuartizar, sacar entrañas y dar de comer a sus hijos. Y ellos permiten que pase. ¿Esa es forma civilizada?

Marcela se quedó sin habla, impresionada por el tono y el significado de sus palabras.

—Por eso no quieres que tu familia vuelva a Hamburgo —dijo cuando recuperó la voz.

—Ellas no deben ver.

—Pero tú volverás.

Hans miró al techo mientras trataba de calmarse.

—El ejército alemán está destruido. La fuerza naval no es más de un puñado de hombres. Altos mandos saben mi causa en el motín de Kiel. Nadie me reclama ahora como soldado.

—Su mirada dejó de vagar por el techo y se centró en ella—. Solo si hay otra guerra.

—No, eso es imposible. No se repetirá algo así.

Él la miró con indulgencia.

—Mi padre dijo una vez que no es bueno quitar honra a enemigo vencido, porque la honra es lo único que le queda. Si humillas a persona o pueblo derrotado, el daño regresa como venganza. —Se quedó en silencio unos segundos y después añadió—: Los niños de mi país... Sus ojos estaban fríos como hielo... Esos niños sobreviven de igual forma que los perros. Llenan sus pequeños corazones de rencor. Pronto serán hombres y mujeres... ¿Qué valor tendrá para ellos su propia vida o la vida de los demás? Los aliados ganaron guerra, es cierto, pero no ganaron paz.

Las pesimistas reflexiones flotaron en el silencio del estrecho recibidor. Marcela lo vio tan abatido y vulnerable que sintió deseos de consolarlo. Al estirar una mano hacia él, Hans retrocedió un paso y, tras un instante de silencio, se volvió hacia la puerta.

Marcela pensó que se marcharía dando un portazo que ratificara su disgusto, pero él cerró con suavidad, mostrando de nuevo un férreo control sobre sí mismo.

Esa noche la tos sacudió a Marcela dos veces y después de cada acceso acabó sintiéndose como un ratón zarandeado entre las garras de un gato.

Por la mañana, siguió las instrucciones de Herminia hasta que dio con la vieja arqueta de madera. Dentro encontró una descolorida bolsa de tela verde con quince mil pesetas. Cogió parte de ese dinero y, después de desayunar, se subió a una tartana para ir a San Martín.

El tartanero no quiso acercarse al hospital por miedo a los contagios, así que tuvo que caminar por la empinada calle Castillo bajo un calor aplastante sin apenas brisa, un esfuerzo que la dejó tan extenuada que la obligó a descansar un rato apoyada en uno de los arcos de la entrada.

Sor Felipa estaba en la sala de infecciosos, tal como había dicho, así que pidió ver a sor Jesús. En su despacho, Marcela le mostró a la madre superiora el dinero y la carta.

—¿Cómo se te ocurre andar por ahí con semejante carga, hija? ¿Y si te roban?

El tocado de alas blancas de sor Jesús era el más blanco de entre todas las monjas. Marcela le preguntó por sor Felipa.

—Aguanta —respondió la madre mientras clasificaba facturas. Cogía una, la examinaba y la pinchaba sobre un clavo invertido. Cogía otra y la pinchaba en otro clavo distinto. Ante la mirada curiosa de Marcela, comentó—: No vivimos solo de la caridad, hija. También nos toca cumplir con lo nuestro. ¿Ves este montón? Son del taller de costura: lino para hilar, lana para alfombras, hilo chato de bordar, algodón para hacer calceta... —Suspiró y señaló otro montón de facturas—. Jabón, jabón y más jabón. En fin, hija, bendita sea Herminia por acordarse de nosotros. Que descanse en paz y que Dios la tenga en su Gloria y le disculpe tantas blasfemias, porque esa mujer tenía una lengua endemoniada. Me alegra saber que al final fue feliz con su familia. Le ofreceremos una misa cada primer domingo de mes durante los próximos seis meses. ¿Crees que le gustaría?

—Eso pienso. Estaba convencida de que daría con su alma en el purgatorio.

—Desde luego, desde luego, ¿dónde si no iba a purificar todos sus defectos? Ensalzaremos sus virtudes para interceder en favor de su alma pecadora.

Si el alma pecadora de Herminia andaba cerca, pensó Marcela, con toda seguridad estaría soltándole a la religiosa alguna insolencia, aunque eso supusiera una temporada más en el purgatorio.

—La hermana Felipa me dijo que quieres irte a La Habana.

Marcela se revolvió en su silla.

—Así es, madre.

Sor Jesús respiró de una forma que a la joven le resultó preocupante.

—Nosotras siempre queremos lo mejor para las jóvenes

que dejan el hospicio, pero no puedes ir a ninguna parte sin el beneplácito de un juez que autorice tu marcha. De momento, no le diré nada al juez de este dinero o de lo contrario tendría que nombrar un administrador hasta que fueras mayor de edad. —Marcela iba a decir algo, pero sor Jesús se lo impidió con un gesto—. Debemos estar seguros de que tu familia te acogerá en La Habana, de modo que escríbeles una carta diciendo que quieres reunirte con ellos. Si dan su consentimiento, puedo conseguir que el juez tramite los papeles lo antes posible.

—Pero, madre superiora, pueden pasar dos meses hasta que reciba una respuesta.

Sor Jesús bufó y frunció el ceño.

—Cuánta impaciencia, hija. Pues ponles un cable. Es caro, pero ahora puedes pagarlo. Lo que no harás es marcharte a Cuba sin saber si alguien te espera allí. ¿Lo entiendes?

Marcela agachó la cabeza. Sor Jesús era la autoridad en San Martín y el futuro de cada muchacha pasaba por sus manos. Ella ya no era una interna del hospicio de los Ángeles y, sin embargo, su suerte aún estaba ligada a la institución.

Levantó la cabeza y preguntó:

—¿Puedo ver a Mili?

—Más vale que lo hagas o nos volverá locas. Qué chiquilla tan cabezota y atrevida. ¿Puedes creer que nos dijo que si no la dejábamos ir a verte se escaparía? Está castigada fregando la cocina.

—¿Por decir que se escaparía?

—No, por... Bueno, que sea ella quien te lo cuente.

Encontró a Mili fregando el suelo de la cocina de rodillas, apretando el cepillo con ambas manos para hacer más fuerza. Llevaba el pañuelo que le cubría el cabello desplazado hacia atrás, casi a punto de caérsele sobre la espalda, y su pelo rubio brillaba en la luz de la mañana que entraba por los ventanales.

Marcela notó una punzada de culpa por estar planeando marcharse sin ella.

—Hola —le dijo en voz baja.

Mili se giró y, al verla en la puerta, se levantó de un salto, tiró el cepillo dentro del cubo de agua y fue directa a abrazarla.

—Pensé que te morías —murmuró apretujándola—. Y si tú te mueres, ¿qué voy a hacer yo, eh?, ¿qué voy a hacer? Eres lo único que tengo fuera de este lugar y prometimos estar siempre juntas, así que, si te mueres, yo tendría que morirme también, y de momento no tengo ganas de morirme.

—Me moriré si sigues apretándome —dijo Marcela riendo.

Mili se separó un poco, se colocó como pudo el pañuelo y después se limpió una lágrima restregándose el ojo con el puño de forma infantil.

—Es que me alegro tanto de que estés bien... Pasé mucho miedo.

—La madre superiora dice que estás castigada. ¿Qué hiciste esta vez?

—Nada importante, que me armé un lío con el *Credo* y el *Yo pecador*. ¿Te parece un motivo serio? ¿Cómo quieren que me entre en la cabeza tanto rezo?

Marcela le cogió las manos, ásperas por el trabajo, y las acarició, pensando en la mejor forma de contarle sus intenciones. Mili notó que le pasaba algo.

—¿Por qué traes esa cara? ¿Todavía estás mala?

No había forma de suavizar lo que había ido a decirle, así que lo soltó sin más miramientos.

—Puede que me marche.

La muchacha retiró las manos de las de Marcela y la miró desconcertada.

—¿Marcharte? ¿Adónde?

—Sabes que hace tiempo que quiero ir a La Habana.

El rubor desapareció de las mejillas de Mili, que contestó como si fuera un animal al que le hubieran disparado una flecha.

—¿Tan lejos? ¿Y yo qué?

—Mili, ni siquiera sé si el juez me dará permiso. Es imposible que puedas venir conmigo. Tienes trece años.

—Pensaba que cuando saliera de aquí podríamos vivir las dos juntas. ¿Y nuestra promesa?

—Dejamos de estar juntas cuando yo me fui a casa de mi padre.

—Pero venías a verme. Si te vas a La Habana, no podrás volver nunca más.

—Estoy sola ahí fuera, Mili. Isabel no me quiere. Mi primo es mejor que no me quiera. Solo me quedan mi hermana Carmen y la tía Flora. No sé lo que pasará luego, pero necesito ir a verlas. ¿Lo entiendes?

Mili agachó la cabeza.

—Yo también pensé que todo sería más fácil —continuó Marcela—, pero las mujeres no podemos decidir nada sin el beneplácito de los hombres.

Mili levantó la mirada.

—¿Qué es el beneplácito?

—Supongo que significa sin su permiso.

—¿No podemos?

—No.

—¿Por qué?

Sor Renata entró en la cocina y las vio charlando.

—Vamos, Milagros, que no acabas nunca. *Ora et labora,* que la ociosidad es la enemiga del alma. De paso, reza, hija, reza. Repasa tus oraciones o estarás fregando suelos hasta que cumplas dieciocho años.

La muchacha volvió a arrodillarse en el suelo, sacó el cepillo chorreando del cubo y se puso a restregar las baldosas con todas sus fuerzas, como si quisiera enterrarlas bajo el piso. Cuando la monja le dio la espalda, le sacó la lengua.

Al quedarse nuevamente a solas, Marcela se agachó a su lado.

—Mili...

—¡Déjame!

—No puedo hacer nada. No puedo sacarte del hospicio. Además, aunque me vaya, seguramente volveré.

—Eso no lo sabes. Ojalá yo también tuviera familia en La Habana. Ojalá yo tuviera familia en alguna parte.

De regreso a la calle Mayor, con el ánimo decaído, Marcela deseó que Hans estuviera esperándola en la puerta y pudieran almorzar juntos. Pero no estaba allí. Por la tarde tampoco apareció y ella pasó el día desarmando la ropa de Herminia para reconstruirse tres faldas sobre las ruinas de las telas. Al día siguiente por la mañana decidió ir a ponerle un cable a su familia.

En las paredes de la oficina de correos y telégrafos había paneles enmarcados en cristal con las tarifas de la correspondencia ordinaria y telegráfica. Cuando por fin encontró la tarifa internacional para La Habana «vía cables transatlánticos Norte», el precio aparecía en francos. Tres francos con cinco céntimos, para ser exactos. Preguntó a un ordenanza parapetado en su portería que cuánto eran tres francos, y este le dijo que poco más de dos pesetas. Era caro, pero no le pareció tanto.

A la hora de dictar su mensaje, sin embargo, le entraron serias dudas y el oficinista le aconsejó que se sentara en uno de los pupitres a pensarlo. Ella así lo hizo y unos minutos más tarde se acercó al mostrador para dictárselo al hombre: «Padre falleció de gripe hace dos semanas. Marcela quiere reunirse con su hermana en La Habana si no es inconveniente».

El oficinista, que lo había anotado en un papel, la miró por encima de sus lentes frunciendo el bigote.

—Señorita, aquí hay veinte palabras.

—Muy bien —le dijo ella para no ser descortés. Y sonrió.

—¿No las ha contado? —preguntó el hombre dejando escapar un vago suspiro.

—No.

—Ya veo. ¿Sabe cuánto cuesta un telegrama a La Habana, joven?

—¿Dos pesetas y pico?

—Dos pesetas y pico cada palabra.

El rostro de Marcela acusó el impacto de la aclaración.

—¿Lo dice en serio?

—¿Me ve cara de bromista?

—Un pollo vale dos pesetas. ¿Cómo va a costar una palabra lo mismo que un pollo?

—No me venga con monsergas, señorita, que yo no decido los precios.

Refunfuñando, el hombre volvió a leer el mensaje que acababa de anotar en el papel. Cogió el lápiz y tachó palabras aquí y allá, y al final construyó un nuevo mensaje.

—A ver qué le parece esto: «Padre falleció - STOP - Marcela desea ir Habana». Seis palabras, el *stop* es gratis. ¿Quiere enviarlo?

Le dijo que sí, le facilitó los datos, pagó doce pesetas con sesenta céntimos y se marchó.

Esa tarde de viernes tampoco vio a Hans y entonces empezó a preocuparse. Se había marchado dolido con ella, pero lo sucedido no le parecía suficiente motivo como para desaparecer de esa forma.

El sábado se levantó sintiendo en el cuerpo las fuerzas suficientes como para llegar a casa de su padre. Lo hizo temprano, antes de que apretara el calor, aunque los vientos alisios soplaban del nordeste con fuerza y suavizaban las altas temperaturas del mes de agosto.

Encontró la puerta de su casa abierta.

Antes de que le diera tiempo a sentir pena o nostalgia, tuvo que vérselas con dos invasiones: una de gatos y otra de pulgas.

30

Hans la esperaba apoyado en la fachada de la vivienda de Herminia. Fumaba un cigarrillo con la mirada distraída en las sombras que proyectaba el atardecer sobre la acera. Marcela llegó hasta él. Sentía un cansancio severo después de haber pasado toda la jornada ordenando la casa de su padre, lavando sábanas y tendiéndolas al sol.

Al verla, el teniente enderezó el cuerpo y lanzó el cigarrillo al suelo.

—Estaba preocupado —dijo con el ceño fruncido.

Marcela resopló, abrió la puerta y entró en el recibidor.

—Era yo quien estaba preocupada —replicó sin volverse, consciente de que Hans la seguía por el pasillo en dirección a la cocina—. Llevas dos días sin aparecer y te fuiste muy enfadado. Empezaba a pensar que te habías marchado de la isla.

—¿Crees que yo me voy por simple discusión? ¿Piensas eso de mí?

Se detuvo junto al marco de la puerta y ella se dio la vuelta para mirarlo de frente.

—No fue una simple discusión. Estabas muy enfadado, y dolido...

Hans se echó el pelo rubio hacia atrás y se apoyó contra el marco de la puerta.

—No tan enfadado. Pero debía pensar un poco. Ayer fui a la catedral. Iglesias son buenos lugares para pensar, pero la gente me miraba demasiado.

—Los extranjeros van a su propia iglesia, Hans, no a la catedral.

—Esa iglesia es anglicana y yo soy católico.

Marcela hizo un movimiento impreciso con los hombros.

—Mili piensa que los alemanes ni siquiera conocéis a Dios. Su mundo es todavía más pequeño que el mío.

La mirada del teniente se dulcificó.

—Ahora el mundo no es un lugar agradable.

—No me debes nada, Hans —dijo ella con más emoción de la que había pretendido—. No tienes que cuidarme.

Los ojos azules bajo las finas cejas rubias brillaron al entornarse.

—¿Crees que solo quiero saldar deuda?

—Intento encontrar otros motivos por los que estás aquí, pero lo cierto es que no los veo. Puede que sean cosas del honor o del orgullo militar. No lo sé.

—Es cierto que yo siento deuda contigo. Tú me ayudaste. Pero no es solo gratitud lo que me une a ti. Marcela, si tú aceptas, puedo ir contigo a La Habana. Seré tu... ¿cómo se dice?

—¿Acompañante?

—Eso es, acompañante. Yo cuido ahora de ti.

¿Hans le estaba hablando de marcharse los dos juntos? ¿Era eso? Sintió de pronto que se le aceleraba el corazón. Le dio la espalda y apoyó las manos en la encimera.

—Para viajar necesito tener los papeles en regla. Y soy menor de edad. Sor Felipa me habló de un consejo de familia y de un tutor...

Notó de pronto que Hans estaba muy cerca de su espalda.

—Pero no estás sola. —El aliento de su voz le rozó la nuca—. Yo estoy contigo. No tienes que dejar que otros decidan por ti.

—Esto no puedes arreglarlo, Hans. Aquí solo eres un extranjero.

El teniente la obligó a volverse hacia él. Después, metió la mano en el bolsillo del pantalón y sacó un papel plegado en varias mitades.

—¿Qué es? —preguntó ella sin cogerlo.

—Tú mira.

Lo tomó de su mano y lo desdobló. Era un pasquín que

anunciaba la salida de un transatlántico que se dirigía, entre otros puertos, al de La Habana. Marcela levantó la mirada y no supo qué decir.

—Llega a Las Palmas el día diecisiete. Dos escalas más en las islas y después cruza el Atlántico.

Marcela volvió a mirar el pasquín y leyó el nombre del vapor escrito en letras mayúsculas: VALBANERA.

—Este es el barco que trajo la epidemia de gripe.

—Yo sé. Pero estuve preguntando en el puerto, dicen que tiene permisos en regla. Está *desfectado.*

—Desinfectado —lo corrigió—. Hans, solo faltan ocho días. No puedo marcharme dentro de ocho días.

Él enarcó una ceja.

—¿Por qué?

—No me dejarán, no me darán los permisos. —De pronto, a Marcela le entró el pánico.

Hans le ofrecía la posibilidad de viajar juntos, algo que le parecía maravilloso, pero si no tenía los papeles a tiempo, él acabaría marchándose solo y la incógnita de no saber cómo la recibiría su tía la abrumó y cayó sobre ella como una roca.

—Le envié un cable a mi tía. ¿Y si ellos no...?

Fue incapaz de decirlo.

—Si ellos responden, pronto lo sabrás. Aunque no importa, porque ahora me tienes a mí.

Eso había sonado como si él le perteneciera o como si fuera parte de su familia, y le gustó tanto que la voz seductora se le metió en la cabeza y logró engatusarla.

—Mi familia puede cuidarte —agregó Hans—. Saben lo que hiciste por mí. Yo les conté en una carta. Te querrán siempre.

—¿Le pedirás a tu madre que me adopte? —le soltó en tono jocoso.

—No, Marcela, no quiero que ella te adopte. Entonces tú eres mi hermana, y yo te quiero de otra forma.

—¿Tú me quieres? —se sorprendió ella abriendo los ojos como lo haría un gato ante la visión de un ratón lento y gordo.

Hans le acarició los brazos.

—¿Cómo no voy a quererte?

Era demasiado bueno para ser cierto. A menos que...

—¿Me quieres como querrías a una amiga? —indagó.

—Por supuesto —dijo él sacudiendo la cabeza.

—Pensé que a lo mejor me querías como a una mujer —le soltó ella decepcionada.

Un hondo suspiro hinchó el pecho del teniente.

—Marcela, soy mayor para una pequeña mujer como tú. ¿Comprendes? Tengo casi treinta años...

—Tienes veintisiete.

—Casi veintiocho.

—Y yo casi veinte.

—Tienes diecisiete.

De pronto Marcela recordó que Hans tenía una prometida esperándolo en Alemania.

—No me has hablado de tu novia —dijo, aunque después de lo que había dicho ya poco importaba.

A él la pregunta lo incomodó, pero, tras un momento de dudas, su rostro pareció relajarse.

—Hannah se cansó de esperar. Viajó a Suiza con su familia dos años después de que la guerra empezó. Luego se casó con un abogado. Ahora tienen un hijo.

Marcela iba a preguntarle si le había dolido cuando él añadió:

—Viví cosas peores.

Ella se humedeció los labios resecos.

—Nunca me miraste como a una mujer.

—Un hombre no debe mirar a niñas como mujeres. Y marinos no son buenos esposos, en paz o en guerra. —Hizo una pausa para cogerle las manos—. Debes conocer a un joven muchacho, enamorarte..., y entonces nunca más pensarás en mí.

—Siempre pensaré en ti —dijo ella en un arrebato—. Siempre.

Él ladeó la cabeza para mirarla.

—Cuando estabas enferma, recé por ti. Recé, Marcela, y yo no rezo mucho. Le pedí a Dios..., le rogué que no te deje morir, porque no puedo imaginar este mundo sin personas como tú. Siempre quiero saber que estás bien.

Marcela sintió que había llegado el momento de confesarle que, cuando pensaba en un hombre, no podía pensar en otro que no fuera él. El sol nunca había sido tan brillante ni la vida tan llena de promesas como cuando él apareció en su vida. Antes ella solo respiraba, sin que la vida significara nada. Antes solo sobrevivía en medio del caos y de la indiferencia.

—Creo que la paz no será duradera —añadió él con gran pesar, cercenando la determinación de ella de confesarle su amor—. Esto es solo una tregua.

—Por favor —murmuró ella abatida—. Por favor, no me hables de la guerra.

—Entonces dime qué debo hacer, Marcela. Dime y yo lo haré.

La joven lanzó un suspiro al aire y preguntó:

—¿De verdad me acompañarías a La Habana?

Todo ocurrió muy deprisa.

El lunes once de agosto Marcela recibió un cable desde La Habana. Al cogerlo le temblaban tanto las manos que temió romper el papel. Ahí venía escrito su futuro. Con la vista nublada por la emoción y la inquietud, leyó lo que ponía.

«Familia te espera.»

Las lágrimas emborronaron las palabras delante de sus ojos. Una vez más estaba feliz y triste en dosis confusas. A un lado de su felicidad estaba Carmen, y al otro, Hans y también Mili, una parcelación de sentimientos difícil de conciliar. Tomara la decisión que tomara, debía renunciar a alguien.

Cuando Hans llegó un poco más tarde, la encontró tan alterada que pensó que había ocurrido algo malo. Ella le mostró el cable.

—Son noticias buenas —le dijo—. No debes estar triste.

—No estoy triste. Es que son solo tres palabras y ya me siento parte de ellos. Y ni siquiera los conozco. ¿No es maravilloso, Hans?

—Muy maravilloso —murmuró él mostrándose feliz por ella.

—¿Crees que conseguiré los permisos a tiempo?

—Ah, eso espero, porque no voy a irme sin ti. Si no tienes papeles, busco barco alemán y te llevo en una maleta. —Sonrió ampliamente—. Eres menuda como una muñeca, no hay problema.

A Marcela le temblaron los labios. Se dio la vuelta para que no la viera, pero él se acercó a ella por la espalda, le posó las manos sobre los hombros y le susurró muy cerca del oído.

—Nunca vas a estar sola mientras yo estoy vivo. Si algún día me necesitas, te buscaré, aunque estés al otro lado del mundo. Te buscaré, te encontraré y te pondré a salvo. Lo juro por mi honor.

Por las mejillas de Marcela rodaron dos lágrimas.

—¿Y si eres tú quien necesita ayuda?

—¿Yo?

Ella se dio la vuelta mientras se enjugaba las lágrimas.

—Sí, tú. ¿Y si alguna vez vuelves a estar perdido? En otro lugar, en otro momento. Si eso te pasara, yo prometo buscarte, aunque estés al otro lado del mundo. Prometo buscarte y encontrarte y ponerte a salvo.

Él le sonrió, como un padre que sonríe ante la ocurrencia descabellada de su hija.

Pero Marcela guardó esa promesa en un lugar privilegiado de su corazón, como si fuera lo más sagrado del mundo, dispuesta a ejecutarla si llegaba el día.

Entre visitas al juzgado, al cuartel de la Guardia Civil y a San Martín, los días siguientes pasaron sin que Marcela se diera cuenta. En todo ese tiempo no había podido visitar a sor Felipa, que seguía encerrada con los infectados por la gripe, y todo debía resolverlo a través de la madre superiora, que estaba tan ocupada que derivó el asunto al juzgado municipal, donde el juez se mostró más interesado en charlar con Hans sobre la guerra que en su caso. Incluso lo invitó a cenar con su familia, lo cual desvelaba su clara tendencia germanófila.

—Tendrás los papeles a tiempo —le dijo Hans al día siguiente—. Creo que ese hombre quiere mostrarme lo eficaz que es su juzgado.

El jueves por la tarde, Marcela se presentó en casa de Rosita. La aterraba que hubiera caído enferma por haber estado cuidándola, pero ver a sus hijos jugando en la calle con normalidad fue el mejor indicio de que sus temores no se habían cumplido.

La encontró de espaldas a la puerta abierta, removiendo un guiso con su hija Carlota, de diez meses, apoyada en la cadera. El bebé tenía buen aspecto. Sin embargo, la ropa de su madre parecía desgastada y zurcida en extremo, y llevaba el pelo recogido en un moño del que se escapaban despeinados mechones castaños. Si la casa de su padre en el Risco era de condición humilde, la de Rosita rozaba la indigencia.

—Hola, Rosita —saludó a su espalda.

La mujer se dio la vuelta con tanta rapidez que el bebé, regordete y de pelo rubicundo, empezó a hacer pucheros y estuvo a punto de echarse a llorar. Rosita dejó a Carlota en el suelo, sentada sobre una manta vieja, y se acercó a ella para abrazarla. Su cuerpo olía a piel infantil y a maternidad, y cuando se separaron sus ojos estaban llenos de lágrimas.

—Me enteré por Concha de que estabas viva. Lo comentó en el lavadero. Casilda la Molinera dijo que...

—Que las brujas tenemos siete vidas.

—Algo así —confirmó Rosita riendo sin ganas.

Marcela respiró hondo.

—Herminia murió hace unos días.

—Lo siento. Yo no tenía nada en contra de esa mujer.

Marcela la observó un momento. Rosita todavía llevaba en el rostro, bajo los ojos, el dolor lacerante por la pérdida de un hijo. Tal vez esa sombra jamás la abandonaría. Pero tenía mejor aspecto, había engordado un poco y las mejillas ya no se le hundían en la cara.

—No debiste ir a cuidarme. Era muy peligroso.

La mujer agachó la cabeza y se encogió de hombros.

—Mis hijos pasaron menos hambre gracias a ti.

Carlota emitió un balbuceo y Marcela desvió la mirada hacia ella. La niña jugaba con una muñeca hecha de trapos viejos en cuya cara destacaban dos aspas como ojos, cosidas a gruesas puntadas, y una boca curvada en una sonrisa. Las dos mujeres rieron al ver que la niña la estrujaba contra su cuerpecito.

Marcela respiró hondo antes de volver a hablar.

—Es posible que me marche.

—Muchos se marchan —murmuró Rosita en voz baja mientras removía el guiso—. Dimas también lo pensó. Pero dice que no puede dejarnos solos, que no puede...Y yo tampoco quiero que se vaya. ¿Qué haríamos sin él? Si tenemos que pasar penurias, mejor estar todos juntos. —Removió el guiso en silencio y la miró—. ¿Adónde quieres ir?

—A La Habana. Allí tengo familia.

—Ese hombre extranjero, el que te llevó al hospital, ¿quién es?

Marcela le habló de Hans, le contó todo lo que sabía de él y cómo había llegado a su casa. También le dijo lo que significaba para ella.

—Parece un buen hombre. Estoy segura de que sabrá valorarte.

Un alegre gritito infantil las interrumpió. Carlota reclamó los brazos de su madre y esta la cogió en brazos y le estampó un sonoro beso en la mejilla encarnada. Marcela sacó del bolso de su falda un pequeño paquete envuelto en papel de periódico sujeto con un trozo de cuerda.

—Esto es para ustedes —le dijo.

Rosita lo cogió y lo abrió un poco para ver qué contenía.

—Pero... —dijo desconcertada—. Aquí hay mucho dinero.

Marcela le posó una mano en el brazo y se lo apretó con afecto mientras sonreía, llena de ilusión.

—Solo es la última voluntad de una anciana. La vieja Herminia tenía un dinero guardado y me pidió que lo repartiera entre los que más lo necesitaran. No se me ocurre nadie que pueda necesitarlo más que ustedes. Tal vez Dimas podría invertirlo en un local donde vender sus cestos. O tal vez construir un taller aquí, en esta casa.

Carlota pellizcó las mejillas de su madre, cuyos ojos habían vuelto a brillar de emoción. Rosita quiso hablar, pero el sentimiento de gratitud mezclado con los malos recuerdos estaba ahogándola.

—¿Por qué? —apenas logró decir.

—¿Todavía me lo preguntas?

—Pero necesitas ese dinero ahora que no está tu padre.

—Jamás olvidaré lo que hiciste por mí.

—No fue nada...

—Fue tanto, Rosita, tanto...

La mujer agachó la cabeza, como si las buenas palabras la avergonzaran.

—Coge este dinero y saca adelante a tu familia.

El viernes por la mañana, toda la documentación estaba en regla: partida de bautismo, cédula personal, autorización del juez, un certificado de buena conducta y otro de no estar procesada ni cumpliendo condena. Hans compró dos pasajes de barco: uno para ella en primera clase y otro para él en segunda, pues los pasajes de clase preferente se habían agotado.

Por fin estaba todo listo. Marcela envió un cable a su tía comunicándole que viajaría en el *Valbanera* y que llegaría a La Habana el nueve de septiembre.

El sábado temprano volvió a San Martín con el corazón encogido para despedirse de Mili, pero, antes de que pudiera decir nada, esta se abalanzó sobre ella llorando.

—Sor Felipa está enferma —le dijo llena de angustia.

Marcela notó que se le doblaban las piernas, pero aun así sacó fuerzas para separarse de Mili y sujetarla por los brazos.

—¿Cuándo ha sido?

—Ayer por la noche empezó a sentirse mal.

Marcela salió corriendo en busca de la madre superiora. Recorrió pasillos, subió y bajó escaleras y al final se dirigió a su despacho con el llanto de Mili pisándole los talones.

Encontró a sor Jesús sentada a su mesa, enfrascada en sus papeles.

—¿Dónde está? —preguntó ansiosa llegando hasta ella.

Mili esperó junto a la puerta. La madre superiora llenó de aire los pulmones.

—Está en sus aposentos.

—Quiero verla.

—No lo permitiré.

—Por favor, madre...

—Siéntate, hija. —Marcela vaciló, con el corazón estallando de miedo en las sienes, pero tomó asiento—. Mañana te marchas...

—¿Mañana? —gimió Mili detrás, y las dos oyeron su llanto acrecentarse.

—No voy a marcharme así.

—Ella sabía que dirías eso, hija mía. Y me ha encomendado que te diga que, si no subes a ese barco, la matarás del disgusto.

La figura de la joven se desmoronó.

—No puedo irme sabiendo que está enferma, madre.

Sor Jesús se puso de pie, rodeó la mesa y le puso una mano en el hombro.

—Hija, la hermana Felipa tiene los mejores cuidados. Ese joven estudiante es un prodigio de la ciencia. Además, el Señor sabe que nos hace mucha falta y el cielo ya está lleno de santos. Aprovecha la oportunidad que te da la vida. Toma ese barco y reúnete con tu familia. Nosotros te enviaremos un cable cuando sepamos algo.

—No podré...

Marcela lloraba y las palabras se ahogaban en su garganta.

—Podrás y debes sacar fuerzas para hacerlo. Es lo que ella quiere, no la hagas sentirse culpable de desbaratar tus planes. No lo soportaría.

—Déjeme verla al menos. Por favor...

Sor Jesús le dio unos golpecitos en el hombro.

—No puedo complacerte, hija. Luego tendríamos que quitarte esa ropa y quemarla. No olvides que, aunque has superado la enfermedad, hay otros riesgos que debemos tener en cuenta. Por otro lado, tu situación es delicada. Ahora tienes todo en regla y alguien que te acompañe. Pero piensa que las cosas podrían cambiar.

La madre superiora salió de allí perseguida por el rumor de su hábito y durante unos minutos solo se oyó el llanto sofocado de las dos muchachas en el silencioso despacho. Marcela fijó la mirada borrosa en la pared blanca tras la mesa de sor Jesús, donde una cruz con un Cristo crucificado le arrancó una plegaria: «No permitas que muera».

—Si sor Felipa se muere, me escaparé. ¡Lo juro!

Marcela se acercó a ella para abrazarla.

—No hables así. ¿Adónde ibas a ir?

—¿Qué más da? A nadie le importa. Da igual que viva, que muera o que me lance al mar.

—A mí me importa, ¿me oyes? ¡A mí me importa!

—Pero tú ya no estarás aquí. A lo mejor yo nací para ser como mi madre.

Marcela la separó de sus brazos y la sujetó por los hombros.

—No digas eso, ¿me oyes? Debes tener paciencia y quedarte aquí hasta que tengas edad suficiente. Tal vez yo pueda reclamarte cuando cumplas dieciocho años.

Mili dio un paso atrás y apretó los puños.

—¿Dentro de cinco años? —Con un gesto brusco se arrancó el pañuelo de la cabeza, dejando al descubierto su aplastado pelo trigueño—. ¿En serio crees que voy a aguantar aquí otros cinco años? Seguro que estoy muerta dentro de cinco años.

—¡Basta, Mili! No sigas hablando así.

—¡Tú te irás! —le espetó la chiquilla con un poso de rabia, echándose hacia atrás—. ¡Te irás sabiendo que sor Felipa puede morirse!

—Por favor, Mili, ¿no entiendes que yo también estoy sola?

—Sor Jesús dijo que te marchabas con alguien. ¿Con quién?

—Con Hans —susurró Marcela, y estiró una mano para tocarla.

Mili le dio un manotazo. La mirada le temblaba, igual que el resto del cuerpo.

—¿Te casarás con él?

—No me quiere de esa forma.

—Sí te quiere de esa forma. Vi su cara cuando estabas enferma. ¿Crees que alguien me querrá a mí así algún día?

—Estoy segura, porque ninguna desdicha dura para siempre.

—Eso no es verdad. Hay cosas malas que duran toda la vida y personas que son desgraciadas hasta que se mueren.

Pasaron unos segundos que no hicieron sino acrecentar la tristeza y la distancia entre las dos.

—Mili... —susurró al final Marcela. En su voz, el cariño que nacía de la infancia compartida.

—Vete con él.

—Por favor, no podré soportar también tu dolor. ¿No lo entiendes? Ahora no puedo hacer nada. Tal vez más adelante...

—¡Vete de una vez!

Cuando Marcela se marchó, Mili evitó mirarla.

Necesitó reunir todas sus fuerzas para decirle a Hans que al día siguiente no subiría al barco, que no podía irse con sor Felipa tan enferma. La conmoción en el rostro del teniente la enfrentó a su propia desolación, deprimiéndola aún más. Vio que él se debatía entre consolarla o convencerla de que estaba equivocándose. Fue evidente el esfuerzo que hizo para contener las palabras, apretando los labios y escondiendo los puños crispados para que ella no los viera, y lo único que pudo hacer Marcela fue mantenerse a la expectativa mientras él reflexionaba con la vista clavada en el mosaico hidráulico del suelo.

El sueño de marcharse con Hans a La Habana se desvaneció en ese breve trance.

Él se quedó quieto frente a ella y alzó la mirada del suelo. Marcela no pudo ignorar la desaprobación que encontró en sus ojos.

—¿Qué estás pensando?

Hans no parecía dispuesto a hablar.

—Vamos, dilo. Me gustaría saberlo.

La intensidad en su mirada casi le hizo renunciar a la respuesta, sobre todo cuando lo oyó inspirar profundamente y afianzar el peso de su cuerpo.

—Tanto si monja vive como si monja muere, tú estás sola en la ciudad.

A Marcela le dolió el dictamen.

—¿Cómo puedes hablar así? Sor Felipa es como mi madre.

—Es madre de muchas niñas.

—No eres justo, Hans. Si fuera tu madre, te quedarías.

—Pero no es mi madre. Y no es tu madre. Entiendo ese cariño, pero sor Felipa tiene mucha gente que la cuida. No puedes sacrificar tu futuro.

—No es una decisión fácil.

—No lo es, y yo comprendo, aunque tu presencia a su lado es inútil. Diego Medina es buen doctor. Confía en él.

—Confío en él. —Marcela respiró de forma entrecortada—. Pero si me marcho no me lo perdonaré nunca.

—Muy bien —dijo acercándose más a ella, con una mano en la cadera y la otra en el pelo—. Es decisión tuya. Pero yo no voy a ningún sitio sin ti. Si tú te quedas, yo me quedo. Si tú vas a hospital a cuidar monjas, yo voy a hospital a cuidar monjas, campesinos o santos de iglesia. Yo también me quedo. —Tomó aire—. Habrá otros barcos.

—No quiero retenerte más tiempo lejos de tu madre y de tu hermana. Ellas te necesitan más que yo. Han perdido tanto...

Él sacudió la cabeza afirmando.

—Me necesitan, pero no están solas. Y tú... Si tu primo vuelve... No puedes defenderte de él. Le debo mi vida, pero no es hombre confiable.

Marcela suspiró con desgana.

—Gaspar te salvó la vida solo para pedir un rescate al consulado alemán. Es justo que lo sepas. Mi padre lo convenció para que no lo hiciera.

Hans elevó una ceja.

—Yo sabía. Herminia sospechaba algo así. Y mi país habría pagado. A menos que lo hubieran... ¿cómo se dice?

—¿Que lo hubieran detenido?

Hans sonrió con la boca torcida.

—Eso es, a menos que lo hubieran detenido. Entonces, sería muy malo para él.

Marcela se llevó una mano a la frente y cerró los ojos. Sentía la cabeza abotargada y ya no era capaz de pensar con claridad. En esos momentos el temor a que sor Felipa muriese lo ocupaba todo. Pensar que sufriría la misma agonía que su padre le partía el alma.

Antes de que volviera a abrir los ojos, Hans ya estaba estrechándola entre sus brazos. Ella apoyó la frente en su pecho y se sintió culpable de ser la causa de su demora, culpable de abandonar a Mili, culpable de pensar en marcharse mientras sor Felipa se debatía entre la vida y la muerte.

—Pudiste morir por nuestra culpa, ¿no lo entiendes? —le dijo—. Gaspar debería haberte llevado a un hospital para que te curasen la herida y no lo hizo. Hans, no nos debes nada. Al contrario, estarías en tu derecho de denunciarnos.

Él la separó un poco y le sujetó la cara con las manos.

—Luchaste por mi vida. Abría los ojos y estabas sobre mí, cosiéndome la carne, limpiándome el sudor, aliviando mi sed... Estaba tranquilo porque sabía que no me dejarías morir. Jamás lo olvidaré.

Las palabras le sentaron bien, pero Marcela creía que había algo más que debía saber.

—Mili quería plantar una chumbera sobre tu tumba.

Hans entornó los ojos.

—¿Qué es *chumbera*?

—Una planta con espinas.

—Oh, entiendo. —Se quedó pensando un momento y añadió—: Me gusta una chumbera, nadie se acerca a una planta con espinas para mear encima.

Los dos rieron, aunque sin demasiada alegría. Después, Marcela volvió a abrazarse a la solidez de su cuerpo hasta que notó que la vencía el sueño. Hans se marchó para dejarla descansar. Ella salió un momento al patio a tomar el aire y suspiró al pasar por el recibidor y ver la maleta que había preparado el día anterior. Dentro había guardado ropa, un costurero humilde con varias carretillas de hilo y una bolsa de tela con todo lo necesario para el aseo, incluidos unos paños íntimos, aunque no esperaba tener que usarlos porque acababa de menstruar. También había dejado allí la fotografía que le había enviado Herminia desde Tenerife. Sobre la maleta cerrada, su sombrero canotier y los guantes.

En el patio miró al cielo atardecido y reparó en el vuelo libre de un puñado de gaviotas que regresaban a sus islotes y peñascos a pasar la noche. Luego fue a sentarse un momento junto al drago, donde se masajeó las sienes porque le dolía la cabeza. También notaba los ojos ardientes e hinchados por las lágrimas que había derramado ese día. A primera hora de la mañana iría a San Martín para averiguar cómo se encontraba sor Felipa. Hans había quedado en acompañarla. Quiso pensar en la decisión que debía tomar, pero en su cabeza no cabía un solo pensamiento más, de modo que decidió ir a acostarse, deseando que la mañana le brindara la solución a su dilema. Ya se había puesto de pie cuando oyó el golpeteo de la aldaba contra la puerta. Caminó a oscuras hasta la entrada pensando que Hans habría olvidado decirle algo.

Pero al abrir se encontró con Gaspar.

31

Su primo entró al recibidor con andares inseguros, como si esa casa le produjera escalofríos. Se detuvo al pie de la escalera y se volvió hacia ella.

—¿Está Isabel contigo? Vengo del Risco y allí no está.

Marcela encendió un candelabro con tres velas que había en la entrada.

—Se marchó a Arinaga a buscar a su marido.

—Al fin entró en razón.

—Pensaba que estabas en la Península —comentó Marcela con aire cansado.

—Y yo pensaba que estabas muerta —replicó él contento, llevándose las manos a las caderas—. Pero me alegro de que no sea así, prima. ¿No vas a darme un abrazo?

Abrió los brazos largos y fuertes. Ella se fijó en su camisa blanca agrisada por el uso. Los botones superiores estaban desabrochados y el pecho moreno y sin vello le brillaba, resaltando unos músculos poderosos a la luz de las velas.

—No —respondió con un hilo de voz mirando al suelo para no desafiarlo con la mirada. Lo último que quería en ese momento era un enfrentamiento con él.

Gaspar sonrió y bajó los brazos. No se mostró ofendido por la distancia que marcaba Marcela entre los dos.

—¿No ha venido a verte la vieja?

—Herminia murió hace dos semanas.

—¡Ja! Eso demuestra que no era una bruja tan buena. ¿Te regaló esta casa, o qué?

—Por supuesto que no. Ahora es de su hijo.

Como si no hubiera escuchado la respuesta, o ya no le interesara, Gaspar respiró hondo y se reactivó, frotándose las palmas de las manos como si se dispusiera a comer algo suculento.

—¿Por qué no vas de luto? Tu padre está muerto, por el amor de Dios.

—No tengo ropa negra.

—Dirán que eres una desvergonzada.

—También dicen que soy una bruja.

Gaspar sonrió.

—Sí, la Bruja Menor.

—Pues que digan que soy una bruja desvergonzada. ¿Cuál es la diferencia? —Marcela resopló con fuerza. Deseaba deshacerse de él cuanto antes—. ¿A qué has venido?

Él torció el gesto y, al hacerlo, le salió una profunda arruga entre las cejas negras.

—El desgraciado de mi padre solo me quería para que fuera su jornalero mientras sus otros hijos estudian el bachillerato. Y su mujer me miraba como si fuera un pordiosero. Hice el viaje para nada. Pero ya estoy aquí. Solo quedamos tú y yo. Y pienso cuidar de ti. Tenemos una casa y la vieja ya no está. No tienes que seguir viniendo aquí. Vendrás conmigo.

Ella le abrió la puerta invitándolo a marcharse, disimulando como podía las violentas sacudidas del corazón dentro del pecho.

—Estoy muy cansada, Gaspar. Sor Felipa está enferma y mañana temprano quiero ir al hospital.

—¿Quieres que me marche ya? Pero si acabo de llegar.

Gaspar cerró la puerta y la miró fijamente, con un brazo sobre las costillas y una mano en el mentón sin afeitar. Su rostro estaba aún más curtido de lo habitual debido a la travesía en barco desde Cádiz, y a sus ojos verdes se asomaba el brillo de la sospecha. Marcela sintió que estaba encerrada en una jaula con un animal peligroso, y comprendió que no saldría indemne de la situación.

—Tramas algo —dijo él.

—¿Qué haces? —inquirió ella mientras lo veía subir la escalera empuñando el candelabro.

—¿Tienes a alguien escondido aquí arriba?

La joven notó un calor sofocante en la cara.

—¡Busca lo que quieras! —le gritó a oscuras al pie de la escalera—. ¡No encontrarás nada!

Gaspar no tardó en bajar para ir a buscar en la cocina, en el salón e incluso en el patio, y cuando terminó el registro, volvió al recibidor.

—Te conozco —dijo inclinando el cuerpo para hablarle—. Sé cuándo tramas algo o cuándo ocultas algo o cuándo piensas algo. Y ahora piensas en algo.

La gran presencia física de Gaspar frente a ella, sin nadie más para contener su ira, disparó su nerviosismo, y tuvo que armarse de coraje para no parecer amedrentada.

—¿Es que tú no piensas?

Fue consciente de que ambos estaban junto al hueco de la escalera, donde ella había dejado la maleta con todo preparado. Sus ojos se deslizaron sin querer hacia ese rincón medio oculto. Fue un movimiento furtivo, pero cargado de suficiente ansiedad como para que Gaspar se diera cuenta y siguiera la línea de su mirada.

Maldición.

—¿Y esa maleta? —preguntó mientras posaba el candelabro en la consola.

Marcela pensó con rapidez.

—Son las cosas de Herminia. Su hijo vendrá a recogerlas mañana. No las toques.

Pero Gaspar no le hizo caso y se acercó para coger el sombrero y los guantes.

—No creo que la vieja necesite esto en el infierno, por mucho que intente seducir al diablo. —Gaspar trató de reírse, pero el intento se frustró en su cara—. ¿Vas a explicármelo?

—No hay nada que explicar.

—Pues yo creo que sí. O me lo explicas a mí o a la Guardia Civil. Les diré que intentas escaparte sin mi permiso.

—Yo les diré que te largaste y que me dejaste sola cuando estaba enferma.

—¿Adónde vas con esta maleta tan grande, prima? Por favor, dime que no es a La Habana o moriré de mal de risa.

—No te diré nada. No tienes ningún derecho sobre mí. Vete a casa.

—Tienes diecisiete años, Marcela. No puedes decidir por ti misma. Y yo soy el único hombre que puede cuidar de ti.

—Inténtalo. Vete al juzgado y reclama mi tutela. Sufrirás la mayor humillación de tu vida. Ningún juez le dará la tutela de una menor a un analfabeto.

Marcela vio que los puños de Gaspar se crispaban y también la boca y el hueso de la mandíbula. Su rostro bronceado se cubrió de rojo oscuro y sus ojos verdes chispearon de rabia en la penumbra.

—¿Vas a decirme adónde vas o tendré que sacártelo a golpes?

La muchacha se aferró a su silencio.

—No es posible que te marches a La Habana —conjeturó Gaspar—. No tienes dinero para el pasaje y eres demasiado joven. Tendrías que sacar muchos permisos.

—Mi tía me reclamó —anunció ella armándose de coraje, consciente de que Gaspar era capaz de golpearla para hacerla confesar—. Tengo todo en orden y puedo irme cuando quiera.

Él se quedó mudo de incredulidad.

—No te creo —murmuró cuando recuperó el habla—. ¿Cómo se enteró tu tía de que tu padre había muerto? El correo se demora demasiado tiempo.

—Envié un cable.

—¿Tú? ¿Con qué dinero?

Marcela calló. Gaspar intentó leer en sus ojos.

—¿Te dejó dinero la vieja? ¿Es eso?

Ella no respondió y su primo la taladró con la mirada.

—Eso es... —murmuró él pensativo—. Ella te dejó el dinero. Vieja bruja... —Reflexionó un momento y, al cabo, añadió—: Así que piensas que ningún juez me daría la tutela. Te interesará saber que no soy tan analfabeto como piensas. Puedo leer, aunque nunca lo hice delante de ti porque me avergonzaba que me vieras tartamudear. Pero puedo demostrar ante cualquier juez que no soy analfabeto.

—No tienes ningún derecho sobre mí.

—Y tú no tienes a nadie más.

—Nunca estaré bajo tu tutela, Gaspar.

Él acercó la cara aún más a la suya.

—No te marcharás. Necesito a alguien que cocine para mí y que me lave la ropa. ¿No ves lo hecho un asco que voy? Llevo la misma ropa desde que salí de Cádiz.

—No me importa.

—Cuando encuentre una mujer, entonces podrás marcharte.

—Le contaré al juez las veces que intentaste propasarte conmigo.

—Por Dios, Marcela, eres como mi hermana. Eran solo bromas.

—Le contaré lo que hiciste con Hans y tus sucios planes para cobrar un rescate.

Gaspar le dio un empujón tan fuerte que la espalda de Marcela rebotó contra la pared del pasillo. Antes de que lograra recuperar el equilibrio, él la sujetó por los hombros.

—¿Sabes lo que me contó Isabel? Que te enamoraste del teniente, de un maldito alemán con el que ni siquiera eras capaz de entenderte. Luego recordé el día que vine a buscarlo. Estabais los dos muy juntos, casi podría jurar que vuestras manos se tocaban. ¿Vas a negarlo?

—¿Qué quieres que niegue?

—Que te puso las manos encima.

—Nunca me tocó de ese modo.

—Entonces, ¿cómo te tocó?

Marcela comenzó a mirar a Gaspar con terror.

—¡Contesta!

Ella negó con un gesto. Gaspar le soltó un hombro y su mano grande le apresó las dos mejillas.

—¿Hiciste con él algo imperdonable, prima? ¿Lo hiciste? —insistió Gaspar con un gruñido animal, presionando la cabeza de Marcela contra la pared—. ¡Habla de una vez!

—No —murmuró ella notando chispas de dolor detrás de los ojos.

—¡No qué!

—No hice con él nada imperdonable.

Tal como esperaba, la respuesta no lo apaciguó y Gaspar siguió indagando, le soltó el otro hombro y metió la mano entre los pliegues de la falda, justo entre las piernas. Ella trató de impedirlo, pero él le cogió las muñecas con una de sus manos y se las inmovilizó por encima de la cabeza.

—¿Te tocó aquí? —La otra mano apretó con fuerza. Marcela contuvo un grito y lo miró a los ojos. Si pretendía que rompiera a llorar, no lo conseguiría. No le daría ese gusto. La mano de Gaspar se movió hasta su pecho—. ¿O te tocó aquí? ¿O acaso en los dos sitios?

Ella apretó los dientes, armándose de valor, pues sabía que sus palabras provocarían una nueva explosión de ira en él.

—Hans era educado. No como tú, que siempre te portaste conmigo como un maldito perro en celo.

Los ojos de su primo se cubrieron de una ira roja y comenzó a golpearla con la mano abierta. Ella se protegió como pudo y consiguió evitar algunos golpes, pero la rabia de su primo tardó mucho en aplacarse. Para entonces, Marcela ya estaba tan aturdida que apenas oponía resistencia.

Sofocado, con el rostro enrojecido y las venas hinchadas, Gaspar se apartó de ella para hablarle con la excitación entrecortándole la voz.

—La última vez que os vi juntos estabas colorada como una furcia y respirabas como una buscona. Sí, será mejor que te largues. Seguro que durante el viaje eres capaz de sacarte unos duros, porque te anticipo que no te faltarán clientes.

Gaspar trató de escupirle, pero su garganta estaba demasiado seca, de modo que a Marcela solo le salpicaron unas gotas de saliva que enseguida se limpió de la cara. Ni siquiera lo siguió con la mirada cuando se dirigió hacia la puerta.

Pero no pudo dejarlo marchar sin devolverle algún daño.

—Tal vez sea una bruja después de todo, porque veo en tus hombros la sombra de un alma arrimada. Creo que es la de Herminia, que se te subió encima cuando entraste a esta casa.

Con la mano sobre la manija de la puerta, Gaspar giró la cabeza para mirarla de soslayo.

—Deberían encerrarte.

Ella apretó con más fuerza los dientes.

—Dicen que un alma arrimada puede maullar como un gato, pero nadie la oirá más que tú. Sabrás que arrastras algo que no es tuyo, sus gritos te despertarán por la noche, sentirás el doble latido de tu corazón, y no te abandonará hasta que pidas perdón por las cosas que hiciste.

Gaspar se marchó, pero ella había visto en sus ojos un destello de temor, y eso le hizo sonreír débilmente, a pesar de que notaba en la garganta el sabor amargo de la bilis y la sangre. Después gritó de rabia.

Dos lágrimas se le escaparon a regañadientes mientras empuñaba el candelabro escalera arriba para lavarse en una palangana. Tembló frente al espejo al contemplar unos arañazos en la mejilla izquierda y el labio hinchado y partido que le había manchado la blusa de sangre. Se lavó con un trapo mientras el resto de su cuerpo iba despertando al dolor de los golpes que no habían dejado huella. Fue la primera vez en su vida que deseó con todas sus fuerzas ser un hombre para haberle devuelto a Gaspar cada uno de los golpes.

Esa noche no durmió.

Al volver a mirarse al espejo por la mañana, los cardenales habían florecido en su cara como si fueran geranios, uno sobre el pómulo izquierdo y otro en la barbilla, lo que unido a los arañazos le daban un aspecto lamentable.

Hans llegó poco después. A ella le temblaron los labios un segundo antes de abrirle la puerta. Cuando la vio, el rostro afable del teniente se transformó en una mueca de horror. Dio un paso hacia dentro y la sujetó por los brazos con tanta fuerza que los golpes de Gaspar se reavivaron bajo la ropa.

—¿Quién te hizo esto? —preguntó, y la piel pálida de su rostro se incendió como un fósforo.

Marcela no quería responder porque sabía lo que pasaría

a continuación y ella solo deseaba ir corriendo a San Martín para preguntar por sor Felipa. Abrió la boca, pero no le salieron las palabras.

Los dedos del teniente se le clavaron más en los brazos.

—¿Quién, Marcela? Responde, por amor de Dios.

Ella negó con la cabeza.

—Dime quién fue o yo busco al responsable. —Dos ojos azules la escrutaron, haciendo conjeturas—. ¿Fue tu primo?

La cabeza de la muchacha dijo que no, pero sus ojos, desbordados por la rabia, dijeron que sí sin que ella pudiera evitarlo.

Hans apretó la mandíbula y las venas de su cuello se hicieron prominentes.

—¡Cobarde!

Marcela quiso negarlo, pero estaba demasiado cansada, demasiado dolorida, y no le quedaban fuerzas para seguir ocultando lo evidente.

—¿Te hizo más?

—No.

Antes de que se diera cuenta, Hans ya se había marchado. Marcela salió a la calle tras él, pero enseguida supo que no lograría alcanzarlo. Se llevó las manos a la cabeza. Le dolía tanto... No quiso pensar en los dos hombres peleándose. No tenía fuerzas para imaginarlo. La necesidad imperiosa de saber cómo estaba sor Felipa recondujo sus pensamientos. Debía ir al hospital.

La primera monja con la que se encontró se santiguó al verla y enseguida la llevó ante la madre superiora, que se encontraba en la despensa supervisando en persona las mercancías frescas que habían llegado a primera hora de la mañana.

Sor Jesús se alarmó al verla.

—Santo cielo, hija mía, ¿qué te ha pasado? —preguntó apartándole un poco el pañuelo que Marcela llevaba anudado bajo la barbilla.

—¿Cómo está sor Felipa?

—Ha tenido mucha fiebre. El joven Diego pasó con ella toda la noche.

—¿Puedo verla, madre? Por favor.

—¿De verdad quieres que te vea con ese aspecto?

Marcela apretó los labios y, al final, negó sacudiendo la cabeza, con los ojos llenos de lágrimas.

Sor Jesús la llevó hasta la enfermería, donde otra monja le curó los rasguños de la cara ante la atenta mirada de la superiora.

—¿Qué ocurrió, hija?

Marcela agachó la mirada.

—Mi primo Gaspar. Siempre ha sido un bruto.

La mujer respiró hondo.

—Algunas muchachas están desesperadas por abandonar el hospicio. Ignoran que el mundo ahí fuera está gobernado por la ira de los hombres. —La madre superiora le puso una mano en el hombro—. Hija mía, ahora más que nunca tienes que marcharte. Ir en busca de esa nueva vida junto a tu tía y tu hermana. Aquí no te queda nada.

—Pero sor Felipa...

—La hermana Felipa es cosa nuestra.

TERCERA PARTE

32

Puerto de La Luz
17 de agosto de 1919

—¡No quiero ir porque el barco va a hundirse! —gritó aterrada la niña a los pies de la escalera de embarque.

La madre, que se había puesto a su altura, intentó tranquilizarla.

—Vamos, hija, no digas eso, ¿no ves lo grande que es? No puede hundirse.

—¡Va a hundirse, madre! —insistía llorando la pequeña ante la mirada sobrecogida de sus tres hermanos y de los pasajeros que esperaban el momento de embarcar.

—Basta ya, Ana, estás asustando a todo el mundo. —Le acarició el pelo—. Hija, tu padre nos espera en La Habana, ¿es que no quieres ir a verlo?

La madre se incorporó y tiró de ella, pero la chiquilla se resistió con todas sus fuerzas y continuó gritando que el barco iba a hundirse.

A cada grito de la niña anunciando fatalidades le seguía un coro de manos santiguándose en la cola de embarque, hasta que al fin un camarero ayudó a la madre a subir a la niña a bordo entre lloros y pataleos. Entonces, la fila de emigrantes, junto a la mole del barco, quedó sumida en un silencio poblado de malos augurios.

Marcela caminaba del brazo de Hans hacia los pies de la escala. Lo miró una vez más para examinar los efectos de la pelea con Gaspar. El teniente lo había encontrado durmiendo plácidamente en casa. Hans no había querido entrar en detalles sobre lo que había ocurrido, pero no había más que mirarle la cara para averiguarlo. Tenía una ceja partida, un pómulo morado y un derrame interno en un ojo. Ella se asustó al verlo así, pero Hans sonrió cuando dijo: «Él peor que yo».

Una vez en la cubierta, un sobrecargo y un mayordomo guiaron a Marcela hasta su camarote de primera clase. Los hombres repararon en las marcas de su rostro, pero disimularon, como si no las hubieran visto. Sin embargo, cuando le presentaron a Casiana, la camarera que se encargaba de asistir a las mujeres de su zona preferente, esta torció el gesto y se atrevió a preguntar cuando se quedaron a solas.

—¿Un hombre le hizo esto, señorita? —preguntó con acento andaluz.

Marcela afirmó levemente.

—Pues si fue el hombre que embarcó con usted, tal parece que le devolvió los golpes. Tiene la cara tan *enmorecía* como la suya.

—Hans nunca haría algo así.

—Así que Hans se llama el *galán germano*. Acabo de verlo dirigiéndose a la cubierta de la toldilla. La tripulación dice que es un oficial de la Marina. Creo que ya todos lo saben. Ni se imagina los viajes que nos han *dao* esos submarinos. *Asustaítos* como conejos de un *lao pa* otro, *asín* íbamos. —La miró un momento antes de añadir—: Hacen los dos una linda pareja.

—No, no es lo que piensa —se apresuró a desmentir Marcela.

—Perdóneme, señorita. Es que..., por su manera de hablar de él... —Hizo un ademán con la mano—. Yo no me escandalizo por esas cosas, de ninguna manera, que otras peores he visto. Los alemanes son tan racionales, ¿verdad? Se puede poner un negocio con ellos, pero mejor no enamorarse.

—¿Conoce a muchos alemanes?

—Qué va, señorita. Es lo que oigo por ahí. —La mujer respiró hondo y se llevó las manos a la cintura—. ¡Ea! Le daré un consejo de los buenos. Un barco es como un pueblo chico. Habrá chismorreos entre los de primera clase. Ya sabe, por viajar sola con un hombre que no es su marido. Si algún día no se encuentra a gusto aquí, baje a la toldilla de popa o al castillo de proa. Allí la gente canta o baila para espantar la tristeza. Hay mucha camaradería. Las penas unen a la gente. Nadie le hará preguntas.

El embarque de la clase emigrante se alargó más de lo habitual debido a los controles sanitarios. Después de la epidemia de gripe que se había desarrollado a bordo durante el último viaje del transatlántico, el capitán había ordenado que el médico supervisara personalmente a los pasajeros en busca de algún rastro de enfermedad.

En su zona preferente, a Marcela todo le pareció lujoso y acogedor, un ambiente que contrastaba cruelmente con la pobreza solemne que transitaba por la cubierta principal mientras los pasajeros más humildes, que eran la mayoría, se dirigían a sus alojamientos en los entrepuentes de las bodegas para viajar hacinados, con escasa ventilación y ninguna intimidad, y por eso muchos de ellos preferían apoltronarse en cualquier rincón de la cubierta donde hubiera una sombra y la brisa no les azotara el cuerpo.

El muelle era un lugar atestado de gente que se llenaba el pecho con los abrazos de sus seres queridos. Un fotógrafo tomaba el último retrato de toda la familia junta y un sacerdote ofrecía confesión junto a una caseta de madera. Las promesas de una vida mejor corrían de boca en boca y de abrazo en abrazo entre capas de ropa, enseres viejos y miradas de hambre. Todo eso le devolvía a Marcela el reflejo de su propia existencia. Ella debería estar ahí, con los desesperados que emprendían un periplo hacia un destino incierto.

Pero la vida le había hecho un guiño.

El *Valbanera* le pareció un barco enorme. Tenía una gran chimenea negra en la que destacaba la cruz roja de San Jorge sobre un fondo blanco y vomitaba al cielo azul una gruesa columna de humo denso mientras sus máquinas acumulaban potencia suficiente para desplazarlo.

Se reunió con Hans en la barandilla de estribor de la cubierta, donde la gente se apretujaba para despedir a sus familiares con la esperanza de volver a verlos. Cuando al fin zarparon, los pañuelos se convirtieron en apéndices ondulantes de unos cuerpos que, con la congoja de la separación latiendo desbocada en las venas, lanzaban al muelle los últimos y silenciosos adioses. Hasta que los brazos fueron cansándose y los pañuelos solo sirvieron para limpiarse el sudor y las lágrimas.

La ciudad se fue encogiendo a medida que el barco abandonaba el refugio de la bahía. La brisa de agosto era dulce y liviana, y olía a tardes de sol y mar en la playa de Las Canteras. La gran fachada del hospital de San Martín, en lo más alto del barrio de Vegueta, fue haciéndose más y más pequeña, y de las torres de la catedral se escaparon asustadas una bandada de palomas al dar las seis en los campanarios de las iglesias. Mientras Marcela se despedía de la ciudad en silencio, notó el aliento gélido de la culpa rozándole la piel de la garganta.

—Le prometí a Mili que nunca la abandonaría —dijo apretujándose un poco más contra Hans por la falta de espacio—. Y ahora no sé cuándo volveré a verla. Y sor Felipa...

Él le acarició el brazo haciendo presión para transmitirle confianza.

—No puedes hacer nada por ninguna de las dos. No te angusties o enfermarás. —Suspiró suavemente—. Yo también creí que mi padre y mi hermano vivirían.

Marcela lo miró. A la luz del día su cara no tenía buen aspecto.

—Siento ser tan egoísta y preocuparme solo por mis cosas. Tú tienes más motivos que yo para estar triste. Perdóname.

Hans le acarició la barbilla con los dedos. Sus nudillos también estaban machacados y mostraban heridas. Después de un silencio, sus miradas volvieron a perderse en tierra. Las gaviotas habían dejado de perseguir el barco con sus quejidos de hambre tras darse cuenta de que los pañuelos, que la brisa había arrancado de algunas manos, no eran comestibles.

Pasaron tres días hasta que el *Valbanera* por fin lanzó amarras en el puerto de Santa Cruz de La Palma, última escala en las islas antes de cruzar el Atlántico. Durante las últimas maniobras de desatraque, el barco perdió el ancla de estribor, que quedó sumergida en el fondo fangoso de la dársena. Hans se mostró contrariado por este suceso.

—Dicen los marineros que trae mala su... —comenzó a decir Marcela, pero la mano de Hans sobre la boca le impidió pronunciar la palabra.

—No hablar de eso a bordo.

—¿Tú también eres supersticioso?

Las aberturas nasales de Hans se dilataron al tomar aire.

—Todos marineros somos un poco.

Durante esos tres días, Hans había tenido la oportunidad de presentarse ante el capitán Martín Cordero y obtener su permiso para frecuentar la cubierta de paseo donde se alojaba Marcela. Después de descubrir su mutua afición por el ajedrez, ambos hombres habían compartido alguna tarde ante el tablero mientras debatían de forma cordial los entresijos de la guerra en el mar y las condiciones establecidas en el Tratado de Versalles.

Mientras tanto, Marcela mataba las horas que no pasaba con Hans recluida en su camarote o dando paseos por la cubierta de primera clase, cuidándose de que nadie viera su rostro golpeado.

Desde la cubierta de la toldilla, los dos contemplaron la isla de La Palma hasta que se la tragó el horizonte. Habrían de pasar muchos días antes de que volvieran a ver un pedazo de tierra.

Las magulladuras de Marcela fueron volviéndose menos visibles con el paso de los días y Casiana contribuyó a hacerlas desaparecer del todo dejándole una cajita con unos polvos de arroz que las disimularon con bastante eficacia, de modo que pronto estuvo lista para hacer algo de vida social.

La camarera le presentó a Pilar y Teresa, dos muchachas de su edad, de pelo castaño y tez pálida, que viajaban con su madre, doña Petra, y con su hermano mayor, Luis Alfonso, y durante los días siguientes compartió mesa con ellos en el comedor y en el salón de señoras, donde podían leer libros y revistas o degustar té y finas pastas de Italia. Esto le hizo más llevadero el tiempo que no pasaba con Hans. Más tarde, cuando los dos se encontraban en la cubierta de paseo, ella le contaba que Pilar practicaba al piano cada tarde, pero que sus notas eran tan torpes, y que su hermano Luis Alfonso, que era capaz de oírla desde la cantina, asomaba la cabeza para gritarle que dejara de humillar al pobre compositor, que a buen seguro debía de estar rodando en su tumba.

—Ese joven quería bailar conmigo. Pero yo no quise.

—¿Por qué? Bailar es divertido.

Marcela se encogió de hombros.

—No sé bailar. —Levantó la mirada—. ¿Tú sabes?

Hans se apoyó en el pasamanos y su mirada se hundió en las estribaciones de agua, más allá de la estela del barco.

—Mi madre organizaba veladas en Hamburgo. —Su voz sonó con el matiz de la añoranza—. Ella tocaba el piano. Mi padre la escuchaba con los ojos cerrados y fumaba en su pipa. Bruno y yo bailábamos con señoritas. —Sonrió un poco ausente—. Frida era muy pequeña y daba saltos a nuestro alrededor.

Marcela notó que el vello de los brazos se le había erizado. La brisa lo despeinaba y algunos mechones de pelo rubio le sobrevolaban la frente, pero estaba tan absorto en los recuerdos que no se molestó en apartarlos. Ella le acarició el brazo. Hans la miró. Marcela se sintió como una planta que sobrevivía con apenas unas gotas de agua, sin absorber la suficiente para erguirse del todo. Había algo entre ellos que vibraba en el aire, que no podía verse pero que estaba ahí, uniéndolos más que nunca.

Esa noche se mantuvo despierta hasta muy tarde. Su cuerpo luchaba contra las emociones reprimidas y los sentimientos apasionados empezaban a quitarle el sueño.

Al otro día, Pilar y Teresa la invitaron a su camarote. Luis Alfonso quiso enseñarle los pasos de baile, pero el joven la pisaba todo el tiempo mientras sus hermanas reían sin parar, y cuanto más reían ellas, más la apretaba él contra su cuerpo. Entonces Marcela se cansó de tener encima las manos hambrientas del joven y decidió retirarse a su camarote.

—Antes de marcharte, dinos qué tienes con ese alemán —la acució Pilar interponiéndose entre ella y la puerta—. Yo no me creo que sea solo tu acompañante.

Era una muchacha de estructura fuerte y ocupaba todo el espacio frente a ella.

—Es guapo hasta la muerte —apostilló Teresa, más menuda y pequeña, con una risita.

—No es lo que vosotras pensáis.

—¿Por qué no le dices que pasee con nosotros? —propuso Pilar—, así nuestra madre se quedará más tranquila. Dice que una muchacha decente no debe pasear con un hombre soltero sin compañía.

—Madre no querrá pasear con él —intervino Luis Alfonso, sustituyendo su expresión alegre por una mueca de enfado—. Ya sabéis lo que piensa nuestro padre de los alemanes.

—La guerra se terminó, hermanito, no seas pelmazo. A mí me gustaría mucho hablar con él. Dicen que es un teniente.

—Te repito que madre no querrá —insistió Luis Alfonso. Miró de soslayo a Marcela—. Y yo tampoco. No tengo nada que hablar con un oficial alemán. La empresa de nuestra familia casi se arruina durante la guerra.

—A ti nadie te ha invitado —le espetó Pilar.

—Le diré a madre que te gusta y que por eso quieres pasear con él.

—¡No te atreverás!

—Me atreveré —rezongó amenazante, y salió a toda prisa del camarote.

A la mañana siguiente, a la hora del desayuno, Marcela no encontró sitio para ella en la mesa de doña Petra. El camarero, ataviado con una reluciente chaqueta blanca, la guio hasta otra mesa, donde la acomodó junto a elegantes personas que no conocía de nada ni mostraron ningún interés en conocerla. Poco más tarde, justo cuando Casiana acababa de arreglar su camarote y se llevaba su ropa a la lavandería, aparecieron todos frente a ella, como una ola que va a estrellarse contra la roca.

Luis Alfonso parecía complacido, pero sus hermanas mantenían los brazos cruzados sobre el pecho y los labios apretados, como si se les hubiera ordenado no abrir la boca.

La señora Petra se sujetó con las manos el sombrero sobrecargado de flores porque esa mañana se había levantado una brisa persistente y molesta que había convertido la cubierta en un lugar poco agradable para el paseo.

—Una joven de tu edad acompañada de un hombre como *él* no significa nada bueno —dijo—. Ni aquí ni en la China. ¿Qué hombre querrá casarse contigo si andas exhibiéndote por la cubierta del brazo de un alemán? —Bufó, hizo un aspaviento con la mano, como si espantara un abejorro, y añadió—: Pero claro, sin padre ni madre ni nadie que cuide de ti, qué se puede esperar.

Ella quiso decirle a doña Petra que los dos se cuidaban mutuamente o que las fogosas manos de su hijo la habían manoseado a conciencia, y que Hans, por muy germano que fuera —y esto parecía jugar en su contra—, nunca se atrevería a tocarla de esa forma.

Estaba a punto de soltarlo cuando doña Petra siguió con su retahíla de acusaciones.

—Luis Alfonso dice que vio salir a ese hombre de tu camarote hace dos días. ¿En qué estás pensando?

—Me había quedado dormida y él creyó que me encontraba mal.

—Tal vez haya sido así, pero nadie lo creerá. Al menos, admite que es un despropósito.

Marcela desvió la mirada hacia Luis Alfonso, que la observaba con una diminuta sonrisa queriendo tirar de sus labios.

—La gente cree lo que quiere creer —dijo recordando las palabras de la vieja Herminia.

—Yo también escuché algún rumor. ¿Sabes que hay quien dice que eres su amante?

Pilar y Teresa miraron perplejas a su madre.

—¡Mamá! —exclamó Pilar—. No es cierto. Nadie ha dicho eso.

—Pero muchos lo piensan, igual que lo pienso yo. Si no, ¿qué hace una muchacha como ella viajando sola con un extranjero de su posición? Perdona, querida, si soy muy brusca, pero se ve a la legua que eres de origen humilde.

—A nosotras no nos importa —se atrevió a decir Teresa.

—Y a mí tampoco, hija —aseveró la mujer volviéndose hacia ella—. Pero está claro como el agua que es él quien le sufraga el pasaje y seguro que hasta esa ropa que lleva. Todo el mundo sabe que va con él. —Volvió a mirarla suspirando, y su discurso adquirió entonces un tono maternal—. A veces ser tan bonita es peligroso, querida. ¿Cómo acabaste en manos de ese hombre? ¿No te das cuenta de que los alemanes no tienen los mismos valores morales que nosotros? ¿Sabe acaso ese hombre lo que es la honra o la virtud de una muchacha? Entra y sale de tu camarote cuando quiere y solo Dios conoce lo que piensa hacer contigo en La Habana. No eres la primera que sigue a un flamante militar a las Antillas. Y después, cuando las abandonan, solo les queda inscribirse en uno de esos pecaminosos lupanares y esperar a enfermar. Si tú no guardas tu reputación, nadie lo hará.

—Hans no es así —afirmó Marcela retraída.

—Estás ciega, completamente ciega. Eres muy joven y él es un hombre apuesto que sabe embaucar a las mujeres. Hasta mis pobres hijas están deslumbradas. Y yo tengo que salvaguardarlas de las habladurías, porque después de este viaje todos nos veremos en La Habana. No sería extraño que alguno dijera que a quien acompañaba ese alemán era a alguna de mis niñas. Solo de imaginarlo me entran todos los males. —Aspiró una bocanada de aire, porque estaba poniéndose colorada por la falta de aliento, y añadió—: Siento mucho ser tan tajante, pero debes comprender... Tú puedes hacer lo que quieras con tu alma, pero te pido encarecidamente que no nos acompañes en nuestros paseos.

—¡Pero madre! —intervino Pilar.

—¡Ni madre ni nada! —La mujer miró a Marcela con severa determinación—. Podemos saludarnos de forma civilizada, pero te lo ruego, querida, respeta nuestra privacidad en la cubierta, en el comedor o dondequiera que nos halles. Me gustaría poder hacer algo por ti, abrirte los ojos para que te apartes de ese hombre, pero no veo la forma, y, además, no es asunto nuestro. Yo solo quiero viajar sin sobresaltos.

Ella y Luis Alfonso se marcharon y se llevaron con ellos el aura frívola de su virtud perfumada. Pilar y Teresa se quedaron un momento, tratando de disculparse, pero un grito de su madre les hizo dar un salto e ir a reunirse con ella.

Marcela se quedó sola, maldiciendo tanta hipocresía. ¿Cómo era posible que unos inocentes paseos pudieran causar la censura del mundo?

Se puso el guardapolvo y dejó el sombrero encima de la cama. Luego salió y caminó por la cubierta para mirar a la popa del barco, donde Hans tenía ubicado su camarote de segunda y su zona de esparcimiento. El viento persistente provocaba un oleaje que, si bien no era alarmante, hacía que el barco cabeceara de forma molesta. «Dios, no permitas que me maree», deseó fervientemente, recordando lo indispuesta que se había sentido durante el viaje a Tenerife.

Buscó a Hans con la mirada, pero la meseta de botes de popa le tapaba la vista. De modo que durante un rato soportó el embate de la brisa hasta que lo vio salir del casetón que daba acceso a los entrepuentes de las bodegas donde dormían los emigrantes.

Su gorra color marrón claro se distinguía con facilidad entre las cabezas cubiertas con boinas o sombreros de paja, y en la parte de la nuca le brillaban mechones de pelo rubio que recibían los rayos directos del sol. Iba acompañado de un miembro de la tripulación y ambos se movían por la cubierta como si hubieran nacido sobre una pluma de carga.

Se disponía a salir a su encuentro cuando, entre el gentío, vio a una niña acurrucada a los pies de un enorme manguerote de ventilación que había junto a la caseta. Era la misma niña que se negaba a subir a bordo porque creía que el barco iba a hundirse. A su lado había un perro pequeño de pelaje denso y claro al que acariciaba con cariño.

Sujetándose las faldas, bajó los pocos peldaños que la separaban de la cubierta principal para acercarse a ella.

—¿Y este perrito? —le preguntó al llegar a su lado—. ¿Es tuyo?

—Es del capitán.

La voz de la pequeña apenas fue un susurro y Marcela se agachó para acariciar al animal, que le lamió la mano. Entonces vio que la niña tenía lágrimas en las mejillas.

—¿Cómo se llama?

—Mosti.

—Pues Mosti es muy simpático. ¿No te gusta jugar con él?

La chiquilla afirmó sin hablar.

—Entonces, ¿por qué lloras?

La niña se limpió la nariz con la manga del vestido. Tenía el pelo encrespado por el efecto constante de la brisa húmeda y salina.

—¿No quieres decírmelo?

Esta negó con un gesto.

—Es porque tienes miedo, ¿verdad? Porque todavía crees que el barco va a hundirse.

La niña, que no tendría más de cinco años, sacudió varias veces la cabeza asintiendo, con la vista clavada en las tablillas de madera del suelo. Todos a bordo la conocían, como conocían sus llantos de terror y sus gritos anunciando una catástrofe.

—Te llamas Ana, ¿verdad?

—Sí.

—Muy bien, Ana, pues voy a decirte una cosa: alguien me dijo una vez que no debemos sufrir por las cosas que no tienen remedio. ¿Lo entiendes?

Ella dijo que no con la cabeza.

—Quiere decir que no podemos salir de este barco, así que no es bueno pensar que va a hundirse, porque entonces estaremos tristes y tendremos miedo todo el tiempo. ¿Lo entiendes ahora?

—Sí —musitó Ana, y después levantó la cabeza para mirar a Marcela con los ojos llorosos y la boca temblando—. Pero va a hundirse...

Había tanta solidez en sus palabras que a Marcela la recorrió un escalofrío.

—¡Anita, hija! —exclamó una voz detrás de ellas—. ¿Dónde te metes?

Marcela giró el cuerpo y vio a una mujer ataviada con traje gris oscuro y sombrero, que observaba a la niña con disgusto y alivio al mismo tiempo.

El perro se fue corriendo. Marcela se puso en pie.

—Gracias a Dios que está aquí —dijo la mujer—, ya pensaba que se había caído por la borda. Se esconde por todos los rincones y sus hermanos y yo tardamos horas en encontrarla. —Miró a la niña—. Hija, voy a tener que atarte a la cama.

La cogió de la mano y tiró de ella para levantarla.

—Espero que no la haya molestado con su... cantinela, señorita.

—No, señora. No se preocupe.

La mujer se la llevó a toda prisa, tirando de ella, a pesar de que la niña parecía tener algún problema en una pierna y cojeaba. Ana se volvió para decirle adiós con la mano.

Acompañada por el sonido de unas gaitas que recorrían la cubierta, Marcela caminó hasta la toldilla de popa esquivando a los pasajeros que paseaban, dormitaban por los rincones cubiertos con mantas o se apoltronaban en sus sillas de madera plegables, de las que jamás se separaban. No vio a Hans por ninguna parte y decidió preguntar al hombre que tenía más cerca.

—Disculpe, ¿ha visto usted al alemán? —preguntó consciente de que todos lo llamaban así.

—Lo vi bajar a los entrepuentes, señorita.

Marcela vaciló un instante, pero la curiosidad por saber lo que hacía Hans allí dentro pudo más que su prudencia. Se dirigió al casetón que daba acceso al interior del buque y comenzó a descender, no sin dificultad, la empinada escala que se introducía en sus entrañas. A medida que avanzaba, los olores se volvían más penetrantes debido a la alta temperatura, al hacinamiento y a la escasa ventilación, y cuando llegó abajo tuvo que paliar sus efectos llevándose una mano enguantada a la nariz.

«Dios santo.»

Aquel lugar era un laberinto que se extendía por todas partes, a una y otra banda del barco. Enfrente y detrás de ella, todo estaba lleno de literas de hierro de dos camas que guardaban la intimidad de sus ocupantes con unas simples cortinillas de basta estopa. Hombres, mujeres y niños, sin apenas espacio para moverse, hacían la travesía en las tripas del barco en condiciones infrahumanas.

En los pasillos, entre literas, unos marineros estaban desmontando las mesas donde habían servido el desayuno. Marcela estiró el cuello en su dirección porque le pareció descubrir entre la gente la gorra de Hans.

Una mujer que estaba a su lado, junto a una litera en la que dormían otros dos niños, sostenía en los brazos a un bebé de pecho. El pequeño estaba sofocado, tenía los mofletes excesivamente colorados y el pelo rubio bañado en sudor. Marcela advirtió que la mujer la observaba y apartó la mano de la nariz avergonzada.

Se quitó un guante y le puso al niño la mano en la frente.

—Tiene fiebre.

—Está con diarrea desde ayer —dijo la madre.

—¿Lo ha visto el médico?

La mujer negó con la cabeza.

—Es por el calor. Yo le doy de mamar, aunque la leche se me seca pronto.

—¿Bebe usted suficiente?

—Bebo cuanto puedo, pero se me revuelven las tripas y acabo vomitando.

Y no era la única, pensó Marcela, porque el olor a vómito era tan intenso allí dentro que las arcadas se subían a la garganta.

—Si mañana sigue así, llévelo a que lo vea el doctor.

—Lo haré.

Marcela echó una última ojeada por encima de las cabezas.

—¿Busca a alguien, señorita? —preguntó la mujer.

Marcela volvió a ver la gorra de Hans al fondo del atarugado espacio, entre el gentío.

—Sí, pero ya lo encontré.

Ni siquiera contempló la idea de acercarse a él. Tenía el estómago tan revuelto que sintió la necesidad de salir a respirar aire fresco. La brisa marina le resultó vivificante, aunque de todas formas dio trompicones por la cubierta con la mano en la boca, tratando de contener las náuseas hasta llegar a su camarote. A duras penas lo consiguió, pero al final aguantó hasta caer de rodillas frente al retrete. Cuando lo hubo echado todo, se tumbó en su confortable cama con el cuerpo cubierto por un sudor frío y sintiéndose mareada. El cabeceo del barco había ganado fuerza, lo que unido al recuerdo del olor en los entrepuentes le mantuvo el estómago revuelto durante el resto de la mañana.

Por la tarde comenzó a llover. Hans fue a buscar a Marcela a su camarote. Para entonces, ella ya había vomitado tres veces.

33

—Márchate Hans, estoy mareada —le dijo desde el otro lado de la puerta.

—Abre, por favor.

Marcela se levantó de la cama y fue a abrirle, sujetándose el estómago con una mano y la cabeza con la otra. Luego regresó para quedarse sentada sobre el colchón, que se balanceaba como si estuviera anclado a un gran muelle.

—¿Cuántos días faltan para llegar? —preguntó con los ojos cerrados.

Hans fue a sentarse junto a ella.

—Doce días y dos escalas para llegar a La Habana.

—Dios mío, no aguantaré tanto tiempo sin comer.

—Bueno, entonces yo te cebo como a ganso.

Marcela intentó reírse, pero se sentía demasiado mal. Encima tenía la blusa y la falda completamente arrugadas. Se había soltado el pelo para que las horquillas no le molestaran mientras permanecía acostada y lo tenía tan revuelto como su estómago.

—¿Cómo lo haces? —murmuró al cabo de un minuto—. ¿Cómo consigues no marearte con este vaivén?

—No sé qué es vaivén —dijo él acodándose en las piernas—. Pero esto es solo un chaparrón que pasará pronto. Y abre los ojos. Con ojos cerrados el mareo es más grande.

—Habló el hombre de mar. —Ella abrió los ojos, se acicaló un poco el pelo con las manos y lo miró—. Te vi en los entrepuentes.

El teniente arqueó una ceja, justo la que aún conservaba

vestigios de la pelea con Gaspar. El derrame en el ojo había desaparecido y el moratón del pómulo apenas se apreciaba ya.

—¿Qué hacías allí?

—Fui a buscarte.

—Marcela, te dije que debes quedarte aquí.

—No, no me lo dijiste.

—Pues te digo ahora. Es el mejor lugar del barco.

—Odio ser tan débil.

—¿Débil? Eres la mujer más fuerte que conozco.

A ella se le dibujó una sonrisa involuntaria en la cara.

—Me gusta oírte decir eso.

—¿Que eres fuerte?

—Que soy una mujer.

Hans sonrió sin despegar los labios.

—Eres mujer, aunque mujer demasiado joven.

Marcela aspiró una gran bocanada de aire cargada de resignación. Luego meditó un momento antes de volver a hablar.

—Todas esas personas que viajan en los entrepuentes. Esas mujeres y sus hijos... Parecen tan indefensos y asustados... Yo debería estar con ellos y, sin embargo, estoy aquí tan cómoda. —Miró a su alrededor—. ¿Crees que la vida es injusta, Hans?

—Depende del bando de la vida en el que te toque luchar.

—Doña Petra piensa que soy una mala influencia para sus hijas. Cree que soy tu amante.

Hans respiró hondo.

—Voy a pedir al capitán que puedas usar el comedor de segunda. Es bueno, aunque no elegante como el tuyo.

—No me importa, y eso que no había comido mejor en toda mi vida. Ayer nos dieron helado y champaña, aunque doña Petra dijo que era demasiado joven y no me dejó probarlo.

—Siento todo esto. Es culpa mía.

—No, no lo es. Y no voy a dejar de estar contigo para complacerlos. —Se echó más atrás en la cama para apoyar la espalda en el mamparo—. ¿Qué hacías en los entrepuentes?

Él se encogió de hombros.

—Me gusta ser útil.

—Estás en tu mundo, ¿verdad, teniente?

—La vida en submarino no es sana. Siempre huele mal y no hay espacio. Pero navegar en superficie es otra cosa. Poder respirar aire fresco siempre que uno quiere es bendito.

—Una bendición —lo corrigió ella, y él sonrió.

—Sí, una bendición. Me gusta mucho navegar, aunque sea un barco tan lleno de gente como este.

Dos largos días, con sus interminables noches, le duró a Marcela el calvario. Hans evitó que se deshidratara haciéndole beber a pequeños sorbos. Luego intentó distraerla de sus propias náuseas hablándole de su infancia, de paseos a remo por el Alster, de festivales escolares de gimnasia y de fríos baños en las aguas del Elba. Le habló de los paisajes blancos y de los puentes de Hamburgo, de sus bosques de robles fornidos y hayas elegantes de troncos plateados. Después compartió con ella alguna anécdota de su familia que, sin él pretenderlo, la colocó frente a su realidad carente de afectos.

Marcela se sintió mejor al tercer día y demandó algo de comer. Hans le consiguió una sopa ligera, un poco de carne estofada y pan con chocolate, y, como ella no pudo comérselo todo, se guardó el chocolate para el día siguiente. Había terminado de cenar cuando llamaron a la puerta. Era Pilar, que se mostró desconcertada cuando Hans abrió ante ella.

—Solo quería saber si Marcela está bien —atinó a decir cohibida—. Hace dos días que no la vemos.

—Oh, ella un poco mareada, pero ya está mejor. ¿Quieres verla?

El teniente abrió un poco más la puerta del camarote para que entrara, pero la muchacha declinó con la cabeza.

—No, lo siento, tengo que marcharme. Usted solo dígale que mi hermana y yo sentimos mucho lo que pasó. ¿Se lo dirá?

—Por supuesto.

De vuelta a su lado, Hans miró a Marcela de forma interrogante.

—¿Fueron duros contigo?

Sentada al borde de la cama, ella negó tímidamente con la cabeza. No pensaba repetir ante él las palabras hirientes que le había dedicado la señora Petra, pero no consiguió engañarlo.

—Ya veo que sí.

Habían pasado dos semanas desde que salieran de Las Palmas y a Hans había comenzado a crecerle la barba. Vestía un pantalón de dril y un jersey de lana, ambos de colores terrosos.

—No voy a dejarte sola.

Marcela tragó saliva y lo miró a los ojos.

—Sé que no lo harás, pero creo que soy un estorbo para ti. Me doy cuenta de lo que disfrutas a bordo.

Hans se pasó una mano por la barba corta y después se puso en pie para ir a sentarse a su lado. La luz ya era escasa en el camarote, así que encendió la lamparilla para verla mejor. El pelo castaño de Marcela brilló con destellos de bronce.

—Pero tú hueles mejor que ellos.

Ella sacudió los hombros al reírse. Hans permaneció un instante abstraído en su sonrisa. Después, levantó un dedo y dijo:

—Espera un momento.

Se levantó y salió del camarote a grandes pasos. Afuera ya era de noche. Mientras esperaba a que volviera, ella se aseó un poco y se cambió de ropa. Eligió una falda color crema y otra de sus blusas blancas, que ciñó a la cintura con un suave cinturón de terciopelo marrón. Luego se arregló el cabello lo mejor que pudo.

Hans regresó al cabo de unos minutos.

—Vaya, estás muy guapa —dijo sorprendido por el cambio—. ¿Vas a una fiesta?

Llevaba entre las manos una botella y una caja de madera cuadrada del tamaño de una caja grande de zapatos.

—Es que me encuentro bien y como no sé lo que tramas... ¿Qué llevas ahí?

—Champaña y un gramófono. También traigo buena noticia.

—¿Una noticia?

—Envié telegrama a hospital esta mañana y ya tengo respuesta. —Sus ojos brillaron de una forma singular antes de anunciar—: Sor Felipa está bien.

El impacto de la buena nueva hizo saltar a Marcela a sus brazos, riendo de alegría.

—Gracias a Dios —murmuró emocionada contra su pecho. Se separó un poco para mirarlo y preguntó—: ¿Por qué no me dijiste que podían enviarse telegramas desde el barco?

—Porque entonces tú estás ansiosa todo el tiempo. Y tenía miedo de malas noticias.

—Hans, te debo tanto...

Él sonrió.

—Tenemos motivo bueno para brindar.

—Sí —dijo ella bajando la mirada, feliz por sor Felipa y algo decepcionada porque Hans seguía interponiendo una barrera entre los dos—. Tenemos motivo muy bueno.

El primer sorbo de champán no le supo todo lo bien que esperaba, pero, con el siguiente, comenzó a apreciar su sabor chispeante y los efectos aturdidores del alcohol, que la pusieron extrañamente contenta.

—Bebe despacio —le aconsejó él mientras montaba las piezas del gramófono—. O no podrás bailar.

—¿Vamos a bailar? —preguntó ella emocionada.

—Así es.

Lo vio abrir la caja de madera y manipular lo que había dentro hasta que, al cabo de un minuto, la melodía de un vals lento comenzó a sonar con un quejido de arrastre al rozar la aguja el disco plano. Hans se deshizo de su grueso jersey de lana, se ajustó los tirantes al pecho y se dobló las mangas de la camisa hasta el codo antes de acercarse a ella.

—¿Me concede el honor de un baile, *fräulein*?

Inclinó un poco el torso hacia delante y extendió una mano hacia ella. Marcela posó la mano dentro de la suya con una sonrisa y apoyó la otra sobre su hombro, notando el calor de su piel bajo la camisa de algodón.

—Ahora, cierra los ojos.

Ella los cerró.

—Siente la música dentro de ti.

Marcela obedeció, y cuando abrió los ojos siguió como pudo los movimientos de sus pies. En realidad, no era tan difícil, de modo que al cabo de un minuto ya estaba bailando.

—*Eins, zwei, drei* —repetía Hans con una sonrisa—. Recuerdo cuando enseñé a Frida primeros pasos de baile.

La sonrisa de Marcela se congeló en sus labios y dejó de bailar.

—Pero yo no soy tu hermana.

—Yo sé —dijo él haciéndole dar una vuelta sobre sí misma que la hizo volver a reír.

Siguieron bailando, Hans contando en alemán, erguido y perfecto, y ella con la mirada clavada en sus ojos, dando rienda suelta a sus sueños.

Hasta que la música se detuvo y él la soltó para acercarse al gramófono y recolocar la aguja al principio. De paso, también hizo girar la manivela. Cuando comenzaron a bailar de nuevo, ya apenas se movían, solo se miraban. Sus cuerpos se habían acercado, él la había estrechado un poco más con el brazo.

—Hans, ¿qué pasará cuando lleguemos a La Habana?

—Entonces conoces a tu hermana y eres feliz.

—Es verdad, pero...

—¿Pero?

—Me dijiste que un día me enamoraría de un muchacho. ¿Es eso lo que quieres para mí?

Él dejó de moverse y la miró sin llegar a decir nada.

—Contéstame —insistió Marcela con voz dulce—. ¿Es eso lo que quieres?

—Solo quiero que estés bien.

—¿Y si solo puedo estar bien contigo?

No pudo creer que se hubiera atrevido a decirlo, pero las palabras habían abandonado su boca, habían atravesado el aire y habían llegado a sus oídos. Y ya no podía hacerlas volver. No quería hacerlas volver.

—Ya hablamos esto...

—Pero nunca me dijiste lo que sientes.

—No importa lo que siento.

—A mí me importa lo que sientes. ¿Temes decirme que no me quieres de esa forma?, ¿que lo único que sientes por mí es gratitud y que estás deseando marcharte con tu familia a Buenos Aires? Piensas que soy una niña incapaz de soportar la verdad.

Esperaba que él se sincerase, que le hablase con el corazón. Pero Hans apretaba los labios.

—Esto no es buena idea —dijo soltándola y acercándose al gramófono para detener la música.

—Ahora quieres irte.

—Es tarde y tienes que descansar. Has pasado malos días.

—Estoy muy bien, gracias, y no estoy cansada. Hans, tengo la sensación de que me evitas.

—¿Te evito? —Soltó una palabra germana—. ¿Cómo puedes decir que te evito? Me preocupo mucho por ti. ¿No es suficiente?

Ella respiró con fuerza y agachó la cabeza.

—Antes lo era. Pero ahora siento tantas cosas que... que no sé qué voy a hacer con ellas cuando no estés. Yo no quería que pasara, no estaba preparada para que pasara. Cuando te conocí ni siquiera creí que fueras a sobrevivir. —Alzó la mirada y sintió que los ojos azules la aplastaban y le rogaban que no siguiera hablando. Pero ella ya no podía parar, llevaba demasiado tiempo guardándose sus sentimientos—. Después todo cambió y entonces Herminia me dijo que no me enamorase de un sueño. Pero ya era demasiado tarde. Y cuando pensé que habías muerto, algo dentro de mí también murió. Y ahora estás aquí, conmigo, y yo..., yo solo intento ver dentro de tu corazón. Pero tú no me dejas.

Hans permanecía impasible. Ni siquiera pestañeaba, solo la miraba con expresión indescifrable.

—¿No vas a hablarme? —insistió ella.

—No.

Su voz fue apenas un susurro. Marcela perdió la paciencia.

—¿¡Por qué!? ¡Solo te pido que seas sincero! Eso es todo.

—Sinceridad no siempre es buena —murmuró él frotándose la frente, apenas pudiendo soportar la desilusión en sus ojos.

—¿Y eso qué... qué significa?

—Que a veces decir lo que tiene uno en corazón solo trae problemas. Es mejor usar cabeza, analizar antes de hablar. Pensar en los beneficios y en los per... perju... —Se atascó con la palabra.

—Perjuicios —lo ayudó ella.

—Sí, es cosa de poner en una balanza.

—Pero yo no sé cómo hacer eso cuando me grita tanto el corazón.

—¡Basta, Marcela! —La voz sonó sofocada por la emoción—. Solo quiero protegerte...

—Si te importara tanto, serías honesto conmigo. Solo escucho palabras bonitas que no significan nada.

—Significan algo para mí. Pero tú... y yo... vemos la vida de distinta forma. Solo personas impulsivas se guían por el corazón. Toman decisiones rápidas que luego llevan a error. Marcela, no debes sacrificar todo por amor, a veces es mejor estar solo. Mi corazón no pide nada que no desea mi cabeza.

—¿Y qué pasa si el corazón pide una cosa y la cabeza otra?

—Entonces siempre gana el corazón, porque la pobre cabeza es más prudente y cede siempre. Lo dijo un poeta alemán.

—A lo mejor si no hubierais pensado tanto habríais ganado la guerra.

La mirada de Hans se agudizó y se volvió más fría.

—No digas eso. Las guerras son una desgracia.

Ella alzó los brazos y los dejó caer con brusquedad sobre sus faldas. Se sentía abatida.

—Lo sé... y lo siento.

—Pensaba que lo estaba haciendo bien, pensaba que era suficiente. Pero me acusas de frialdad cuando te doy todo mi cariño.

—Pues entonces dime qué debo hacer con tu cariño, Hans. Dime qué haré con él cuando ya no estés.

El teniente dejó escapar un hondo suspiro. Se movió por el camarote con la vista clavada en el suelo y una mano en la nuca. Marcela lo observó con la emoción contenida en el pecho, deseosa de que, al fin, para bien o para mal, Hans le mostrara sus sentimientos.

Lo oyó bufar antes de detenerse y mirarla.

—Creo que tú tienes por mí amor platónico —confesó al fin.

Ella se quedó unos segundos trastocada, sin comprender.

—¿Platónico? ¿Es una de tus palabras germanas?

—No, Marcela, no es germana. Quiere decir que tu amor no es real, es como... como un capricho.

—¿Te parezco una muchacha caprichosa?

—No..., no quería decir...

Hans volvió a bajar la vista al suelo. Entonces ella se movió hasta llegar muy cerca de él, le puso una mano bajo el mentón y lo obligó a mirarla.

—Tengo diecisiete años, y además soy mujer. Estoy sola y voy en busca de una familia que no me conoce. En algún momento alguien decidirá por mí. Gaspar tenía razón, sola no puedo decidir nada. Y me rebelo contra eso porque quiero ser yo quien decida, sea joven o vieja. —Respiró hondo y añadió—: Yo te elijo a ti, Hans Berger. Ahora. Siempre. Quiero que seas tú. Quiero que... aunque te marches, una parte de ti se quede conmigo. Y al diablo lo que pase después.

Lo dijo valientemente, con la voz segura y el aplomo reflejado en los ojos. El aire en torno a ellos se volvió sofocante y opresivo. Solo se oía el suave murmullo de la lluvia cayendo sobre la cubierta y el continuo sonido de las máquinas del barco.

Hans la miraba perplejo, aferrado a su maldito silencio.

En el silencio estaba el vacío. Y el vacío no era más que la ausencia de todo.

Cuando él se marchó, Marcela se quedó con el vacío, con el silencio y con el corazón latiendo a golpes.

34

Desilusión. Desesperanza.

Eran las palabras que mejor reflejaban el estado de ánimo de Marcela en aquellos momentos. Comenzó a desvestirse con ademanes bruscos. Primero el ancho cinturón de terciopelo marrón abrochado a la espalda con dos corchetes. «¿Cómo es posible que siga escondiéndose detrás de sus modales amables y sus palabras de afecto?» Desabotonó la falda por detrás y dejó que cayera al suelo con un sonido seco. «Qué extraordinaria habilidad para sincerarse sin decir nada.» ¿Qué había intentado decirle? ¿La quería o no la quería? Con los botones pequeños de la blusa tuvo más dificultades, porque le temblaban las manos como si estuviera enferma.

Temblaba por las ganas reprimidas de tocarlo y abrazarlo, y por la necesidad de que él la acariciara.

«No se puede obligar a nadie a que nos quiera.» Ella le había dicho esas palabras a su padre en su lecho de muerte. Y lo había perdonado. También perdonaría a Hans.

Dejó la blusa sobre la otra cama, recogió la falda del suelo, la dejó en el mismo sitio y se quitó los zapatos y las medias. Después, se quedó sentada al borde del colchón, con las enaguas y la camisola puestas, mirando al vacío más allá de sus pies descalzos, como si todas sus ilusiones estuvieran desparramadas por el suelo, heridas de muerte, agonizando incluso antes de que hubieran llegado a significar algo.

Aplastada por las desalentadoras reflexiones, apagó la lámpara y se acurrucó en la cama para abrazarse estúpidamente a sí misma. Fuera seguía lloviendo. No había pasado mucho tiempo cuando la sorprendió un ruido al otro lado de la puerta. ¿Había sido la lluvia? Se quedó quieta y siguió escuchando. Un minuto más tarde, volvió a oírlo, de modo que se levantó de la cama, encendió la lamparilla incrustada en el mamparo y se echó una toquilla por los hombros.

Al abrir la puerta encontró a Hans al otro lado. Las gotas de agua le brotaban del pelo, le resbalaban por la frente y se le metían en los ojos. Estaba empapado.

—¿Qué haces ahí?

Él no respondió. Entró al camarote con los brazos tensos y la mirada sobre el piso. Marcela cerró la puerta y respiró profundamente. Luego se apretó la toquilla contra el pecho mientras Hans se detenía en el centro de la estancia.

—No eres una niña —dijo con la voz afectada—. Lo sé desde que te vi en aquel barco. Eras una mujer luchando por el sueño de una anciana enferma. —Cerró los ojos un momento antes de mirarla de nuevo—. Y quiero..., quiero ser una persona corriente para quedarme contigo. Pero no soy una persona corriente, soy militar y pronto volveré a Alemania.

Ella quiso decir algo, pero él no se lo permitió.

—Por favor, no me interrumpas. Necesito pensar palabras antes de hablar. —Se quedó un instante en silencio, respirando pesadamente, sin tratar de secarse el agua de la cara—. Mujeres de marineros siempre esperan. Esperan cuando nacen hijos, esperan mientras crecen, esperan hasta que son viejos para navegar o hasta que mueren en la guerra. Y entonces ni unos ni otros recuerdan cómo eran cuando se fueron.

—Pero ahora estas aquí —murmuró ella más serena de lo que esperaba.

Marcela se acercó al mueble del lavabo para coger una toalla. De nuevo frente a él, comenzó a secarle la humedad de la frente con gestos suaves. Le secó los ojos, las mejillas y el mentón. Cuando quiso secarle el cabello, se dio cuenta de que era demasiado alto, de modo que le entregó la toalla para que lo hiciera él mismo. Hans no le quitó los ojos de encima mientras se frotaba despacio los mechones mojados, como si le pesara la voluntad de mantenerse firme. Marcela alzó las manos hasta los botones de la camisa, adherida al pecho como una segunda piel de algodón, y fue abriendo uno a uno los ojales, notando en el dorso de los dedos el suave roce de la piel fresca y húmeda.

Hans soltó la toalla y le sujetó las muñecas.

—No...

Ella lo miró con dulzura.

—Quiero que seas tú.

—¿Por qué?

—Porque tengo miedo de salir de este barco y que el mundo vuelva a desmoronarse.

Él todavía dudó un momento. Marcela permaneció expectante mientras Hans parecía establecer una lucha contra su propio juicio. Le apretaba las muñecas, tensaba el mentón, los ojos se le llenaban de fuego. Era como si quisiera alejarla de su lado y, al mismo tiempo, devorarla como un león que tiene ante sus fauces a una presa desprevenida y ciega.

Un suspiro resignado que sonó como un latido marcó el final de su contienda interior. Le soltó las muñecas y la observó mientras ella terminaba de desabrocharle la camisa.

Marcela le bajó los tirantes uno a uno, luego deslizó la prenda por los brazos y la espalda hasta que la camisa cayó al suelo hecha un guiñapo. La piel del torso de Hans brilló en la penumbra, mostrando un suave vello rubio en el centro del pecho. La joven posó una mano sobre el esternón y fue descendiendo hasta llegar a la cicatriz en el costado. El cosido torpe que le había practicado le había dejado una vistosa cicatriz que acarrearía siempre un recuerdo indeleble de los sucesos de aquellos días. Aunque solo fuera por eso, Hans pensaría en ella cada vez que la contemplara. La acarició con la yema de los dedos y después elevó la mirada hasta sus ojos. Encontró en ellos algo parecido a la melancolía, tal vez a la rendición. Pero también ese fuego que todavía no se había extinguido, que había comenzado con una débil llama, pero que en esos momentos parecía a punto de devorar todo cuanto se pusiera a su alcance.

Hans estiró una mano para acariciarle la mejilla y Marcela

movió ligeramente la cabeza para besarle los dedos. Después se miraron en silencio durante largos segundos, con la luz amarilleando en la bombilla, tenue y acogedora.

—Eres tan joven... —murmuró él acariciándole los labios con el dedo pulgar.

Sus palabras habían sonado como si en el fondo ya se estuviera arrepintiendo, pero siguió acariciándola mientras Marcela permanecía inmóvil, deslumbrada como un gato bajo el influjo poderoso de una luna brillante. Hans tiró de un extremo de la toquilla y la prenda se desprendió del cuerpo y cayó al suelo. Luego la mano siguió su descenso hasta quedarse prendida del escote de la camisola, transitando con el dorso de los dedos a lo largo del cordón blanco, entre la piel y la tela, de un extremo a otro, despacio, sin perder de vista la reacción que provocaba en ella su contacto. Cuando el pecho de Marcela se elevó en un jadeo, se detuvo y la miró a los ojos.

—Estás temblando.

«Estoy temblando.»

Los dedos penetraron en la prenda. Ella notó la caricia muy cerca del pezón. Resolló. Debía controlarse o acabaría mareándose.

—Hans, para. No puedo respirar.

Él retiró la mano del pecho. Luego la llevó junto a la cama. Sentado al borde del colchón, fue quitándole poco a poco la ropa interior. Ella ni siquiera tuvo la tentación de cubrirse con las manos, porque no sentía vergüenza. Tampoco miedo ni frío.

Cuando estuvo desnuda, Hans apoyó la cabeza entre sus senos y le rodeó la cintura con los brazos.

Entonces Marcela sintió que su cuerpo no tenía límites y que su amor por él se desbordaba y se hacía más grande, tan grande que estaba segura de que ningún otro amor en el mundo podía compararse al que ella sentía por Hans.

Le acarició el pelo, los hombros. Agachó la cabeza y depositó un beso en la coronilla, justo donde el cabello se abría en húmedos mechones rubios y dejaba a la vista un cuero cabelludo rosado como el de un niño. Pese a cierto grado de respeto ante lo desconocido, Marcela no quería pensar más allá de ese momento, del siguiente segundo.

Hans se puso de pie y se desabrochó el pantalón. Ella tragó saliva cuando lo vio enteramente desnudo.

—No tengas miedo —le dijo él mientras la ayudaba a tumbarse en la cama—. Solo soy un hombre.

No era cierto. Hans no era solo un hombre. Era el hombre que había llegado a ella para hacerle comprender que la vida, hasta entonces oscura y vacía, podía ser hermosa a pesar de todo. El amor era la única luz que quedaba encendida en el mundo y él era su vela, el fuego al que arrimarse cuando el cuerpo estaba a punto de perecer de frío.

Hans se acomodó a su lado, controlando el peso de su cuerpo sobre un brazo, y la miró largamente antes de atreverse a besarla. Ella recibió su boca con el corazón desbocado bajo la piel ardiente, descubriendo nuevas sensaciones cada vez que él la tocaba en un lugar distinto. Se aferró a su cuello, enredó los dedos en el pelo y se relajó bajo sus manos. El cuerpo de Hans todavía estaba fresco y ligeramente húmedo. Su piel olía a mar.

Hans siempre olía a mar.

«En los aromas se esconde la verdad de las cosas», le había dicho Herminia.

Y el aroma de Hans le decía: «Yo soy ese hombre».

—Hans... —pronunció ella al notar el peso del cuerpo sobre sus caderas.

—Qué.

Marcela jadeaba.

—No es nada, es que tu nombre se me escapa de la boca.

El teniente terminó de encajarse entre sus piernas.

—Pues di mi nombre, Marcela. Dilo para que yo te oiga.

Ella obedeció. Repitió su nombre y el nombre de Dios.

—Ahora no te opongas a mí.

Comenzó a besarla con más vehemencia, recorrió con los labios cada parcela de su rostro y de su cuello. Le besó los pechos hasta hacerla enloquecer. Los besos de Hans eran como un bálsamo que curaba los males del cuerpo y los males del alma, la abrasaban por dentro convirtiendo el deseo en fuego y el fuego en un nuevo deseo más apremiante. Cuando él percibió que todo su cuerpo se rendía a sus caricias, tomó posición y empujó suavemente para introducirse en ella.

Marcela notó un dolor punzante atravesándole las entrañas y de su garganta se escapó un quejido sordo que le cortó la respiración mientras un calor sofocante y feroz le subía desde el vientre como un río de lava que estalló en sus mejillas.

—Pasará pronto —le susurró él al oído sujetándola, sin hacer ningún movimiento—. Pasará pronto.

Ella trató de asimilarlo y de normalizar la respiración, pero su cuerpo había vuelto a tensarse sin remedio, constriñéndose en torno a la repentina invasión masculina. El dolor fue remitiendo poco a poco y pronto solo quedó un pequeño resquemor agridulce que se extinguió en el nuevo deseo que acababa de nacer en el mismo punto de unión.

Ella intentaba respirar y relajar los músculos para reducir la presión, y entonces experimentó nuevas sensaciones que nacían de los rescoldos del dolor. El cuerpo de Hans vibraba, empujaba, se contraía, suspiraba y volvía a empujar, y ella se entregó sin reservas a esa mezcla extraña de placer y dolor hasta que solo quedó el placer de sentirlo tan cerca, tan fuerte, tan dentro...

Tan suyo.

El miedo desapareció y su cuerpo se acomodó a las exigencias del hombre en una perfecta comunión irresistible. Enredó las manos en su pelo y lo obligó a besarla. Hans aumentó el ritmo y la presión, la invadió por completo, el pecho masculino contra sus senos, un deseo contra el otro, hasta que Marcela se vio sorprendida por un estallido de placer que deshizo su cuerpo en poderosas contracciones.

«Oh, Dios, me moriré.»

Minutos más tarde, Marcela recuperaba el aliento apoyada en el confortable pecho de Hans. Él le acariciaba la espalda con suaves movimientos y su mirada se perdía en la penumbra del camarote. Ella se incorporó un poco para mirarlo.

—¿Te arrepientes?

—No importa ya.

—Pero ¿te arrepientes?

El teniente le cogió una mano y se la llevó a los labios para besársela.

—No. ¿Y tú?

—Jamás. —El rostro de Marcela se iluminó—. ¿Me quieres, Hans? ¿Me quieres como querías a tu Hannah?

Él la sujetó por la cintura y la acomodó por completo sobre su pecho. Marcela se abrazó a su cuerpo para escuchar los latidos vigorosos de su corazón, que recuperaba la calma, y para besarlo entre las costillas, conteniendo la respiración mientras esperaba una respuesta.

Pero la respuesta no llegaba.

«Por favor, dilo.»

Esa pausa fue terrible para sus sentimientos y cada segundo de silencio fue entristeciéndola más y más, hasta que los ojos se le llenaron de lágrimas.

Hans notó la humedad en la piel del pecho y le acarició el pelo.

—*Ich liebe dich...*[1] —dijo en su idioma.

Un suspiro después, ella preguntó:

—¿Qué significa?

—Te diré pronto.

—¿Es algo bueno?

—Sí, algo bueno.

No pudo evitar decirse a sí misma que Hans la quería. No podía concebir que fuera de otra forma. Tal vez las palabras no hubieran salido de su boca, pero sus manos, sus ojos y su cuerpo no podían engañarla.

Hans la quería.

Esa fue la nueva certeza de su mundo.

1. Te amo.

35

—Cielo santo, ¿qué le ha pasado, joven? —preguntó Casiana a la mañana siguiente con su acento andaluz.

La muchacha tenía el pelo revuelto y los labios hinchados, y se cubría el cuerpo desnudo con una sábana. Desde que Hans se había marchado poco antes del amanecer, solo se había levantado de la cama para coger el trozo de pan con chocolate que no se había comido la tarde anterior y para dejar entrar a Casiana. El resto del tiempo tan solo tuvo voluntad para quedarse tumbada, rodeada de sábanas que olían a él, y rememorar la noche de ensueño que acababa de vivir. Se sentía más fuerte e ilusionada que nunca.

—¿Te has enamorado alguna vez, Casiana? —le preguntó estirándose sobre el colchón como un gato perezoso.

La camarera observó toda la ropa tirada por el suelo y comenzó a recogerla.

—Deja eso, por favor —le pidió Marcela—, ya lo haré yo luego. Quiero que te sientes un rato y me cuentes si te has enamorado alguna vez, si sentiste lo mismo que siento yo o es que estoy un poco loca.

Casiana se llevó la mano a su tocado blanco, como si quisiera asegurarse de que estaba en su sitio y, tras dudar unos segundos, fue a sentarse a la otra cama.

—Puede que esté un poco loca, señorita. Pero la locura de amor es la más bella locura, creo yo. Sobre todo, si él también la quiere.

—Me quiere —aseguró tímidamente Marcela, más para convencerse a sí misma que a la camarera. Dejó pasar un momento de abstracción y luego volvió a fijarse en ella—. Vamos, cuéntamelo, por favor. ¿Te has enamorado alguna vez tan locamente?

—Me temo que no, aunque me gustaría. Pero es difícil viajando tanto.

—Bueno, podrías enamorarte de alguien de la tripulación. Así estaríais siempre juntos. El capitán es muy apuesto.

—Y está casado.

—¿Y el enfermero? Lo vi una vez y es bastante guapo.

—Su mujer está esperando el cuarto hijo. —Casiana sonrió ampliamente—. No se preocupe por mí, señorita. Las cosas llegan cuando tienen que llegar y de nada sirve salir a buscarlas. —Se alisó las arrugas de la falda con las manos—. Lo que tiene que hacer usted es disfrutar de su felicidad, que la vida ya es bastante tacaña en eso.

—Es que me siento tan feliz que quiero que todo el mundo se sienta igual que yo.

La expresión adusta de Casiana la desconcertó tanto que se incorporó hasta quedarse sentada.

—¿Qué pasa? ¿Por qué pones esa cara?

—La gente habla mucho. Lo sabe, ¿verdad?

Marcela volvió a tumbarse mirando al techo con actitud soñadora y sujetando la sábana blanca sobre su pecho.

—Qué me importa. Antes de que Hans me tocara, esos ya pensaban que éramos amantes. ¿Qué importa entonces lo que haga? —La miró sonriendo de oreja a oreja—. Sé que todo saldrá bien, Casiana. Me lo dice el corazón. Él ha sufrido mucho en la guerra. Y yo... —Se interrumpió un instante y los sucesos amargos se le echaron encima, aplastándola. La voz le salió en un murmullo—. Ahora todo tiene que ir bien. Ya es hora de dejar de sufrir.

La mujer asintió.

—Que así sea.

Aquel pequeño camarote se convirtió en un universo que albergaba todas las cosas soñadas y los siguientes días sorprendieron a Marcela con una felicidad casi insoportable. La joven no quería que pasara el tiempo y evitaba pensar en lo que harían al llegar a La Habana, como evitaba hacer preguntas, aunque alguna vez le quemaran en la boca. Su dicha era plena y vivía el momento como si el futuro no existiera o no pudiera alcanzarlos.

Algunas tardes, después de la puesta de sol, Hans tocaba el piano en el salón de señoras. Poco importaba que los pasajeros de primera clase estuvieran al tanto de los escarceos del alemán con la joven que lo acompañaba. Era un hombre y todos fingían no saberlo. Además, era tan buen concertista que el salón se llenaba cada vez que se sentaba al piano. Marcela lo admiraba desde un rincón, sin acercarse a nadie, soportando las miradas y las murmuraciones de los más intransigentes, que eran los mismos que se deshacían en elogios frente al teniente. Ella lo escuchaba durante un rato y luego volvía a la soledad de su camarote cuando su presencia parecía incomodar a algunas damas. Poco después, él llamaba a su puerta y entonces se amaban con una intensidad que aniquilaba todos los miedos que nacían de la incertidumbre.

El día que llegaron a Santiago de Cuba, la cubierta del barco se llenó de cientos de pasajeros con sus pertenencias a la espera de desembarcar. Entre ellos estaban la pequeña Ana y su familia. La niña estaba contenta y daba saltitos impacientes aferrada a la mano de su madre. Desde lo alto de su cubierta de paseo, Marcela contemplaba la aglomeración en compañía de Hans.

—Parecen desesperados por abandonar el barco.

—La mayoría tiene billete pagado hasta La Habana —indicó Hans—. Y entre las dos ciudades hay gran distancia.

—¿Por qué crees que lo hacen?

—Navegar en las bodegas no es confortable y han sido muchos días de mar. Aunque también oí *superstaciones.*

—Supersticiones.

Él afirmó pensativo, recorriendo con la mirada el horizonte de montañas que rodeaba la ciudad.

Marcela se llevó una mano al pecho. Esa mañana se había despertado con una inquietud que achacó al poco tiempo que le quedaba para estar con Hans. Santiago era la última escala antes de llegar a La Habana y solo faltaban cuatro días para que su viaje finalizara.

Más tarde, cuando los pasajeros ya habían desembarcado, los dos volvieron a reunirse en el mismo sitio. Hans parecía preocupado.

—¿Qué pasa?

—El capitán tiene partes meteorológicos de La Habana. —La miró fijamente—. No es buen pronóstico.

—¿Mal tiempo?

—No es solo mal tiempo. Estamos en temporada de ciclones.

—Dios mío...

—Todavía no se conoce su intensidad. Es solo..., ¿cómo dijeron?, una perturbación moderada, pero el capitán quiere salir cuanto antes.

—¿Es peligroso?

Hans había vuelto a quedarse abstraído y no respondió.

—¡Hans!

Él volvió a mirarla.

—Tranquila, el capitán es buen marino. Yo voy con ellos, quiero seguir de cerca lo que pasa.

Marcela vio tanta preocupación en sus ojos que le apretó las manos con fuerza, como si soltarlo equivaliera a perderlo. Hans la abrazó y le acarició la espalda.

—Descansa ahora. Yo vuelvo pronto.

Los pasajeros que habían desembarcado hacían cola frente al edificio de aduanas a primera hora de la tarde. Marcela descendió por la pequeña escala hasta la cubierta principal, desde donde tendría mejor perspectiva de lo que ocurría en tierra. La potente sirena del barco emitió un primer sonido haciendo salir por la chimenea una gruesa columna de vapor blanco que se mezcló con el humo negro del carbón.

Zarparían pronto.

Decidió volver al camarote. El calor era sofocante y quería tumbarse un rato antes de que abandonasen la tranquila bahía del puerto. Ya se había despegado de la barandilla cuando un pequeño revuelo en el muelle llamó su atención. Eran los gritos desesperados de una muchacha que forcejeaba con un funcionario de aduanas, el hombre tiraba de ella y trataba de arrastrarla hacia el edificio. Marcela se dijo que tal vez fuera una polizona que se hubiera embarcado clandestinamente o tal vez una ladrona. Hans le había dicho que era una práctica habitual. Hacían el viaje en terribles condiciones, escondidos en las bodegas, sin respirar aire fresco y alimentándose con lo que encontraban.

La inquietante escena la mantuvo pegada a la barandilla observando. Un pañuelo en apariencia blanco cubría la cabeza de la muchacha, que gritaba a pleno pulmón para que su captor la soltara. Sin duda, había desembarcado del *Valbanera.* Lo supo por su ropa, por la forma en que llevaba puesto el pañuelo y por los insultos que salían de su boca.

La curiosidad la llevó a desplazarse por la cubierta hasta alcanzar el castillo de proa. Desde allí vería mejor. El hombre había levantado a la muchacha en volandas al negarse esta a caminar y la tenía inmovilizada contra su pecho. Ella sacudía patadas al aire y gritaba con tanta fuerza que la voz se le quebraba. El funcionario le tapó la boca con la mano, aunque la retiró pronto después de recibir un mordisco. Marcela intentó distinguir más detalles. Se movió por la proa, esquivando pasajeros que también observaban el altercado, y alcanzó el punto más adelantado del barco al que tenía acceso. Desde allí siguió observando.

—¡Suélteme! ¡Suélteme!

La voz pertenecía a una muchacha muy joven, casi una niña.

Entonces lo sintió. La zozobra con la que había amanecido se transformó súbitamente en un mal presentimiento. Se sujetó con fuerza al pasamanos y aguzó la vista. En el forcejeo con el hombre, la cabeza de la muchacha quedó al descubierto, el pañuelo le cayó hacia la espalda y una cabellera rubia y despeinada resplandeció a la luz del día.

Marcela dejó de respirar.

La sirena del barco vibró por segunda vez en la atmósfera densa.

Dudó. ¿Era posible? En la distancia evaluó el parecido de la muchacha con Mili. Era una inoportuna casualidad, un lance de fortuna demasiado inquietante para no tenerlo en cuenta, aunque, de todas formas, la niña estaba muy lejos como para apreciar los rasgos de su cara.

El hombre se la llevaba y no supo qué hacer. Si la perdía de vista, se quedaría con la duda.

Y era una duda demasiado terrible.

Aún calibraba lo que debía hacer cuando sus piernas ya corrían por la cubierta en dirección a la escala real. Iría a comprobar que se trataba de un parecido fortuito y después volvería al barco. Solo le llevaría unos minutos. Se sujetó las faldas y bajó por la escala, justo detrás de un par de hombres con maletas que habían decidido desembarcar en el último momento, de modo que los dos marineros de guardia creyeron que iba con ellos y no le dijeron nada.

En el muelle todo era actividad. Las plumas de un barco abarloado frente al *Valbanera* subían a bordo toneladas de sacos de azúcar. Y, al otro lado de las vías, que dividían el muelle en dos mitades, un pequeño ejército de hombres acomodaba la mercancía del *Valbanera* sobre plataformas rodantes de madera. Entre tantos obstáculos, Marcela tuvo problemas para no perder de vista al hombre y a la muchacha, así que se movió deprisa entre las vías, esquivando a los hombres que empujaban las plataformas cargadas hacia la línea del ferrocarril y procurando no tropezar con las traviesas de madera.

«Señor, que no sea ella», iba diciéndose por el camino.

Los vio a lo lejos. La niña seguía forcejeando y pataleando. Corrió lo más deprisa que pudo por la explanada del puerto hasta que llegó junto a ellos. Entonces, se tambaleó de la impresión. El cuerpo menudo de Mili atrapado entre los brazos del hombre se retorcía intentando soltarse.

Una náusea le atenazó el estómago. Se negaba a aceptar que aquello estuviera ocurriendo.

El funcionario arrastraba a Mili a lo largo de la cola de emigrantes, en dirección al edificio de aduanas. Algunos compatriotas desembarcados del *Valbanera* increparon al hombre por tratarla de ese modo, pero este no se inmutó y siguió su camino. Hasta que de entre la fila de personas salió volando un trozo de longaniza anónima que acertó a darle al tipo en la frente.

El hombre, un mulato de uniforme, robusto como un toro, se volvió furioso hacia ellos.

—¡Hatajo de sardinas gallegas! —vociferó—. ¿Quién fue?

Nadie dijo nada. Todos miraron con disimulo hacia otra parte.

—¡Suéltela! —gritó Marcela deteniéndose a solo unos pasos.

Entonces Mili la vio.

—¡Marcela! —gritó desesperada—. ¡Dile que viajo contigo!

—¡Es verdad! —se apresuró a corroborar ella—. ¡Viaja conmigo!

—¿Y dónde están sus papeles? —preguntó el hombre.

—En el barco —mintió Marcela señalando al *Valbanera* atracado en el muelle—. Está a punto de zarpar y tenemos que regresar a bordo.

—¿Usted se cree que yo soy bobo, *mijita*? Esta muchachita *arrancá* estaba por ahí escondida queriendo darme esquinazo. Ahora mismo la llevo al administrador de aduanas. Él sabrá qué hacer con ella.

Siguió avanzando y arrastrando a Mili hasta llegar a la puerta del edificio.

—¡Marcela! —volvió a gritar la niña.

—¡Por favor, no se la lleve! —rogó Marcela acercándose más y sujetando a Mili por el brazo.

El hombre la miró con determinación inflexible.

—Usted no tiene aspecto de bullanguera, señorita. Vuelva al barco antes de que se vaya sin usted.

—¡No me iré sin ella!

—Como usted quiera —dijo, y al ir a entrar al edificio tuvo que detenerse para dejar salir a dos mujeres.

Una era muy joven y la otra podría ser su madre. Las dos vestían trajes de colores llamativos y descotados. La mayor se quedó mirando al funcionario que forcejeaba con las dos muchachas.

—Por Dios, José Carlos, ¿qué le está haciendo usted a este par de jovencitas?

Su voz era ronca y masculina, todo lo contrario que su aspecto, que era femenino y vistoso. La más joven vestía de forma más recatada y, al contrario que la mayor, que usaba un sombrero demasiado grande, esta se cubría la cabeza con un sencillo sombrero canotier.

El hombre inmovilizó a Mili con fuerza y tiró de su brazo para que Marcela la soltara. Luego se volvió hacia la mujer.

—Otra *muelta* de hambre que acaba de desembarcar, *miss* Rubi.

Esta sacudió la cabeza.

—Ah, cada vez son más, y más jóvenes.

—¿Le sirve para hacer el *trottoir?* —le preguntó el funcionario a media voz.

La mujer evaluó a Mili con la expresión objetiva de quien juzga un caballo.

—Ay, no sé. Parece una niña y yo no quiero embrollos con menores de edad. —Al mirar a Marcela se le abrieron los ojos de puro entusiasmo—. ¿Y esta monada?

Marcela no dijo nada. Le parecía más importante averiguar adónde podía llevarlas aquella conversación. Lo único que necesitaban era verse libres del funcionario de aduanas.

—Ella no está de mi mano, *miss* Rubi, pero no se separa de la granuja.

Un brillo de plata relució entre los dientes torcidos del hombre al sonreír. Tiró de Mili y caminó hacia un lateral del edificio.

Las dos mujeres lo siguieron, con Marcela a la zaga, hasta llegar junto a un solitario carromato de madera desvencijado y sin cargamento.

—Todavía tenemos un *bisne* pendiente —le dijo el funcionario a la mujer en tono confidencial.

Ella arqueó las cejas pintadas.

—Tranquilo, hombre, que ya le compensaré.

—Ese cuento ya yo me lo sé, *miss* Rubi. Pero mire que no se puede vivir de la picada.

—Oiga, que yo siempre cumplo, ¿sí o no?

—Pero se demora usted un poquitico, ¿sí o no?

—La cosa está requetedura, José Carlos, y ando *aterrillada.* Entre las inspecciones de la Comisión de Higiene y los celadores del barrio persiguiendo a mis hombres, ya no hay quien ahorre. Todavía estoy pagando los quinientos pesos de multa por Ricardo.

El hombre sonrió volviendo a mostrar el diente de plata.

—Ay, *miss* Rubi, que el perro tiene cuatro patas y solo hay un camino. Pero le diré una cosa: la policía de costumbres podría disparar a uno de sus *apaches* entre una multitud y no se equivocaría de hombre. Todo ese polvo de arroz en la cara, esos tatuajes y esa peste de perfume... Es como buscar un huevo blanco entre cientos morenos. Ellos mismos se delatan, los muy sanacos.

—Podía al menos decirles a los celadores que hicieran la vista gorda y dejaran trabajar a mis agentes. Ahora soy yo la que tiene que venir al puerto a buscar a las chicas.

José Carlos soltó a Mili y sacó un paquete de cigarrillos del bolsillo. Mili se aferró al brazo de Marcela, quien tenía puestos todos los sentidos en la conversación entre el guardia y la mujer, cuyos reproches mutuos parecían no acabar nunca. Hablaban de negocios pasados, muchos de ellos fallidos, a juzgar por sus palabras, y también planeaban colaboraciones futuras en un lenguaje que a veces ella no alcanzaba a comprender.

El hombre, que empezaba a mostrar signos evidentes de querer marcharse de allí, ya se había fumado tres cigarrillos y encendía el cuarto cuando al fin dijo:

—Haremos una cosa, llévese a estas dos si le viene bien y ya hablaremos más adelante. Pero lo de hacer la vista gorda..., eso es imposible. Los de costumbres se las saben todas, y si yo me quedo sin *trabaho*, a usted también se le acaba el *bisne*, ¿lo ve o no lo ve?

—Lo veo, José Carlos, lo veo. Pero entonces no me atragante usted, hombre.

—Pues lléveselas antes de que las vean *trotiar* por el puerto o esto va a acabar como la fiesta del Guatao.

Arrojó el cuarto cigarrillo al suelo y se marchó a grandes zancadas, deslizando hacia un lado y hacia el otro media docena de miradas furtivas.

Mili sonrió al verlo marcharse. Marcela respiró aliviada.

La mujer se volvió hacia las muchachas.

—¡Bien! —exclamó con repentina hilaridad—. Solucionado.

—No sé lo que pretende —dijo Marcela—, pero nosotras regresamos al barco.

—¿Qué barco? —replicó ella con altanería señalando al muelle—. ¿Ese?

Marcela se giró para mirar. La silueta humeante del *Valbanera* ya se había despegado del muelle y abandonaba el puerto con lentitud.

36

El mundo tembló bajo sus pies.

El batir de la sangre en los oídos ensordeció a Marcela y el corazón le dio un vuelco terrible que le cortó la respiración. Por segunda vez ese día notó que le fallaban las piernas y que estaba a punto de desplomarse. Su cuerpo, que sudaba por la temperatura y la humedad del ambiente, aguantó el impacto, pero, durante unos segundos, todo a su alrededor desapareció.

Sus piernas vacilaron, al borde del abismo, y avanzaron torpemente hacia adelante, solo tres pasos, como si quisieran echar a correr tras el barco.

«Hans... Dios mío...»

Por su cabeza desfilaron imágenes vívidas de la última noche con él. ¿Cuánto tiempo tardaría en descubrir que había desaparecido? Lo imaginó desesperado buscándola por el barco, tratando de comprender lo que había ocurrido, dónde estaba, cómo era posible que se hubiera evaporado, y apenas pudo soportarlo. Hans viajaba solo a La Habana.

Juntó las manos a la altura del vientre para contener un súbito dolor en las entrañas y entonces se dio cuenta de que Mili lloraba a su lado. La miró con una expresión vacía en el rostro.

—Es por mi culpa —dijo la chiquilla.

—Sí, Mili, es por tu culpa.

En esos momentos estaba demasiado conmocionada como para preocuparse por los sentimientos de su amiga. Mili lloró más fuerte.

—Queridas mías —dijo apremiante la voz ronca de *miss* Rubi—, si os descubre algún guardia aquí solas, os enviarán al depósito de inmigrantes, y no es un buen lugar para muchachas como vosotras. Vamos a sentarnos a mi calesa, allí nadie nos verá y podremos charlar con calma.

Marcela reaccionó. Examinó a las dos mujeres, cuyo rostro sobrecargado de polvo de arroz incitaba a pasarles por la cara un plumero. Entonces dijo:

—¿Es usted una mujer de la vida?

Mili observó a la señora elegante a través de las lágrimas. Se las enjugó con los puños y volvió a mirarla. A sus ojos, poco acostumbrados a calibrar a la gente, le pareció toda una dama.

—¿Cómo puedes pensar eso? —dijo la niña sorbiéndose los mocos y limpiándose la humedad de las mejillas con la manga roñosa de su blusa.

—Claro que soy una mujer de la vida —confirmó *miss* Rubi jocosa—. Igual que vosotras. En realidad, todas las mujeres somos mujeres de la vida, ¿verdad? Y los hombres son hombres de la vida, qué definición tan absurda. Pero también somos putas.

—Putas decentes —matizó rápidamente la chica que parecía su hija.

—Gracias, Jimena, querida, tienes toda la razón, que lo uno no está reñido con lo otro. Se puede ser puta y decente igual que se puede ser casta y una perra inmoral. —Se encogió de hombros de forma coqueta—. Lecciones de la vida, mis niñas. Esta os la regalo. La próxima os la cobraré.

—No iremos con usted a ninguna parte —dijo Marcela.

Miss Rubi echó un vistazo a su entorno antes de centrarse de nuevo en ella.

—¿Cuántos años tienes?

—Diecisiete.

—Otra menor de edad —lamentó la mujer—. Oye, el barco se os escapó. ¿Pensáis quedaros en el puerto?

Ninguna de las dos dijo nada.

—Yo puedo ayudaros —insistió *miss* Rubi.

—¿A cambio de qué? —preguntó Marcela.

—Tranquila, preciosa mía, que ninguna de mis pupilas es menor de edad. Yo no soy de las que venden la virginidad de las niñas por trescientos pesos oro. Os propongo que trabajéis para mí como doncellas. A cambio, os pagaré veinticinco pesos al mes a cada una.

Se quedó mirándolas esperando una respuesta, y como ninguna dijo nada, se cogió al brazo de la muchacha y anunció:

—Lo siento, pequeñas, pero no puedo esperar más. No quiero que me descubran los guardias haciendo *bisnes* con muchachitas que acaban de desembarcar.

Miss Rubi y la joven Jimena echaron a caminar, y, mientras se iban, Mili suplicó a Marcela con la mirada.

—No podemos ir con ella —le dijo esta mientras observaba a las mujeres alejarse.

—¿Y qué vamos a hacer? ¿Qué haremos cuando se haga de noche?

—No lo sé, Mili, no lo sé.

En la mente de Marcela solo cabía un propósito: llegar a La Habana antes de que lo hiciera el barco, reencontrarse con Hans y poner fin a aquella pesadilla. Pero, por el momento, debía pensar en las horas siguientes y en mantener a Mili a salvo.

Seguía devanándose los sesos cuando distinguió a cierta distancia a una pareja de guardias uniformados que se dirigía haciendo su ronda hacia allí. Y se asustó.

—Vamos con ellas —resolvió.

Mili frunció el ceño.

—Pero dijiste...

—¡Ya sé lo que dije! Pero estamos en otro país, no conocemos la ciudad y no tenemos ni papeles ni dinero. —Le puso las manos en los hombros—. No quiero asustarte, pero estamos en apuros, en apuros serios, ¿lo entiendes?

En los ojos de Mili todavía había restos de lágrimas.

—Haré lo que tú digas.

—Creo que es peor si nos quedamos aquí solas. Quizás ellas conozcan a alguien que pueda llevarnos a La Habana.

Mili asintió, y entonces salieron de detrás del edificio y caminaron agarradas de la mano, apresuradas, hacia las vías del ferrocarril. Luego se adentraron en una extensa alameda flanqueada de árboles donde los carruajes formaban alineados en una larga hilera. Calesas y jinetes circulaban por sendas paralelas, y unos pocos peatones, que desafiaban al calor de las primeras horas de la tarde, transitaban las aceras.

Se detuvieron en seco cuando vieron a las mujeres pararse junto a una calesa de techo abovedado. De la parte delantera se bajó un hombre negro, alto y delgado como un cable de tranvía, que enseguida le abrió la portezuela a *miss* Rubi.

—Deprisa, Mili, o se irán sin nosotras.

Echaron una corta carrera, sin soltarse, y llegaron justo cuando Jimena estaba a punto de subir a la calesa.

—¡Esperen! —gritó Marcela.

La muchacha volvió la cabeza hacia ellas y después le dijo algo a *miss* Rubi, que ya se había instalado en el interior del carruaje. Pronto vieron asomar por la portezuela el gran sombrero de la mujer.

—Caramba, ¿habéis cambiado de opinión?

—Solo queremos hablar —respondió Marcela resollando.

—Subid, pues.

Marcela dejó a Mili subir primero. La había visto quedarse mirando al cochero y vio en sus ojos que le daba miedo. Se acomodaron frente a las mujeres en el interior de la confortable calesa, cuyos asientos estaban finamente tapizados de terciopelo rojo. Unas gruesas cortinas interiores las mantenían a salvo de miradas indiscretas.

—Vosotras diréis —dijo la mujer.

Antes de responder, la contemplaron mientras extraía un largo punzón de la parte de atrás de su sombrero para poder quitárselo. Dejó el sombrero sobre su regazo y volvió a ocultar el punzón dentro del moño. Su cabello era rojizo, de color uniforme excepto en las sienes, donde centelleaban algunas canas.

—Necesitamos ir a La Habana de inmediato —expuso Marcela—. Tenemos que llegar antes de que lo haga el barco. Es muy importante.

Miss Rubi abrió los cordones del ridículo que ostentaba en la muñeca izquierda y sacó un abanico blanco con rebordes de fina puntilla dorada.

—Señor, qué bochorno —murmuró al refrescarse con fuertes golpes contra el pecho, dejando ver en sus dedos media docena de anillos con enormes piedras brillantes—. Me temo, paloma mía, que eso es imposible. Viajar a La Habana es demasiado caro y, según parece, vosotras no tenéis ni un peso.

—¡Tengo dinero! —replicó Marcela—. En el barco. Si usted pudiera prestarnos...

—Ya, ya, querida, no te esfuerces. Me gustaría poder ayudaros en ese aspecto, pero solo puedo ofreceros un trabajo. Tengo un burdel modesto en los arrabales de la ciudad, el más limpio y sano de todo Santiago, de eso pueden dar fe mis distinguidos clientes. Por desgracia, tanta limpieza y tanto ornato están a punto de acabar con mis recursos. Años ha que dejé de prestar plata. De lo contrario, ya me habría arruinado hace tiempo.

—No lo entiende...

—Sí lo entiendo, cariño. Más de lo que piensas.

Dio unos golpes con el abanico en la madera de la calesa y esta se puso en marcha. Marcela apartó un poco la cortina para mirar fuera.

—No hagas eso, querida —le advirtió *miss* Rubi.

—No podemos ir por la ciudad en carruajes abiertos —comentó Jimena.

Marcela soltó la cortina y observó a la joven, cuyo perfume dulzón, que ya había detectado antes, pronto inundó el interior del habitáculo. Jimena tenía el pelo muy negro y la tez fina y clara. También sus ojos eran negros y grandes, muy expresivos y alegres.

—No quieren vernos pasear en calesa —continuó *miss* Rubi—, pero luego permiten que las negras muestren su sexo a las puertas de los prostíbulos más decrépitos. —Se llevó el abanico plegado a los labios y añadió con picardía—. Les hacen agujeros a los harapos que les sirven de vestidos. ¿No es atrevido? Terriblemente indecente, pero muy eficaz. Los clientes, del más bajo estrato social, todo hay que decirlo, se cuentan allí por decenas, como abejas apiñadas alrededor de un panal. —Se abanicó con vigor—. Yo no les permito a mis pupilas que hagan eso. De ningún modo. Ya lo veréis, mis clientes son unos caballeros. ¿Eres virgen, muchacha?

La pregunta iba dirigida a Marcela, quien comenzó a balbucir medias palabras sin ningún sentido. Mili la miró con los ojos muy abiertos.

—Ya veo que no —concluyó la mujer—. Una lástima. Con tu cara y con tu cuerpo podrías haber sacado quinientos pesos oro por tu virtud. Habrías conseguido casi cualquier cosa, incluso que te llevaran a La Habana mañana mismo.

—¿Fue Hans? —le preguntó Mili sin dar crédito—. ¿En serio? Dijiste que no te quería de esa forma, que no te casarías con él. ¿Te forzó?

—¡No! —protestó Marcela, sintiendo de pronto que su pena y conmoción se transformaban en enfado hacia ella—. ¿Cómo se te ocurrió escaparte del hospicio?

—Solo quería estar contigo —replicó la muchacha a la defensiva.

—Matarás a sor Felipa de un disgusto.

Los ojos de Mili se llenaron de lágrimas.

—¿Qué importa? Puede que ya esté muerta.

—No lo está. Hans envió un cable desde el barco. Sor Felipa está bien.

Durante los siguientes minutos, solo se oyeron los sollozos de Mili dentro de sus manos y el sonido de los cascos del caballo sobre los adoquines. *Miss* Rubi permanecía atenta a todo lo que tuvieran que decirse las muchachas.

—¡Lo siento! —estalló al final Mili sumida en un mar de lágrimas—. Pensé que si se moría ya no tendría a nadie y que no podría soportarlo. Por eso me escapé.

—¡Debiste buscarme en el barco! ¡Podríamos haber hecho algo!

Mili apartó las manos de la cara y se encaró con ella.

—¡Tenía mucho miedo de que me descubrieran! —le gritó dejando salir el resentimiento por haberse sentido abandonada.

—¡Nadie iba a tirarte al mar, Mili! ¡Por el amor de Dios!

—¡Ya dije que lo siento! ¿Qué más quieres que haga?

—¿Puedes explicarme por qué te bajaste del barco antes de llegar a La Habana?

—¡Porque creí que habíamos llegado! ¡Todo el mundo se bajaba!

—¡Basta, muchachas! —La ostentosa mano de *miss* Rubi cortó el aire el plegar el abanico con un gesto seco—. Virgen del Amor Hermoso. Había escuchado historias extravagantes, pero sin duda la vuestra es asombrosa. Así que tú viajabas escondida en el barco, lo cual explica tu aspecto. Y ese Hans... ¿es tu amante extranjero?, ¿el depositario de tu virtud?

—Solo le importa él —gruñó Mili con claro tono de reproche, cruzada de brazos y con las mejillas coloradas bajo chorretones de suciedad.

—¡No es cierto! —exclamó Marcela.

—¡Me dejaste sola y juramos estar siempre juntas!

—Te dije que...

—Cristo bendito, dejad el drama para otro momento, que está empezando a dolerme la cabeza con vuestros gritos y este maldito calor pegajoso. —Mili siguió llorando en silencio y Marcela se miró las manos crispadas, que mantenía unidas en el regazo—. Esto es lo que haremos: trabajaréis para mí, os daré ropa limpia y comida, un lugar donde dormir, objetos de tocador... Cuando hayáis pagado todo eso, empezaréis a recibir un sueldo. A cambio estaréis al servicio de mis chicas. Las ayudaréis a vestirse y a lucir radiantes, les llevaréis agua, cambiaréis las sábanas sucias y vaciaréis sus orinales. El resto del tiempo os ocuparéis de limpiar la casa, de ayudar en la cocina y de hacer la colada. Si se me ocurre algo más, ya os lo iré anunciando.

Mili se sorbió los mocos.

Marcela alzó la mirada.

—Si nos quedamos a trabajar para usted, nunca llegaremos a La Habana. Y ya le dije que debemos marcharnos cuanto antes. Seguro que usted conoce a alguien que...

—Por supuesto que conozco peces gordos que podrían ayudaros. Pero siempre querrán algo a cambio. —Suspiró—.

¡Hombres! Y me temo que vosotras no estáis dispuestas a ese tipo de trueque. No puedo ofreceros nada mejor, lo siento. Alegraos, muchachas, al menos no estáis en la calle a merced de los canallas y bandidos que pueblan la ciudad. La que quiera ganarse un sueldo extra, ya sabe lo que tiene que hacer. Yo no me meto, pero debemos tener cuidado. Los dichosos celadores se empeñan en sacar a las menores de los burdeles. Si hay alguna inspección, tendréis que esconderos. —*Miss* Rubi suspiró—. En el fondo, os estoy haciendo un favor, así que vosotras veréis. Por cierto, ¿cómo os llamáis?

—Yo soy Mili.

—¿Y qué nombre es ese?

—¿Qué nombre es *miss* Rubi?

La mujer sonrió enseñando unos dientes que comenzaban a amarillear.

—Qué espabilada, la niña. Espero que tu cuerpo sea tan rápido como tu lengua. —Se aclaró la garganta para que su voz sonara menos ronca—. Cuando llegué aquí todo el mundo creyó que era norteamericana por mi pelo rojo. Me hice llamar Rubi por eso, y de ahí *miss* Rubi.

—¿Y cómo se llama en realidad?

—Genara, un nombre sin *glamour* para el oficio, ¿verdad? Ahora dime cómo te llamas tú.

—Milagros.

—Ah, ya veo. Tampoco te gusta tu nombre.

—No, señora.

—¿Y tú, joven? —preguntó a Marcela, quien había permanecido ausente de la conversación, sumida en su propia introspección, calibrando posibilidades.

Esta le dijo su nombre sin llegar a mirarla.

—Sois canarias, ¿verdad?

—Sí, señora —dijo Mili.

El traqueteo de la calesa por el piso irregular las zarandeó un poco.

—¿Qué pasa en vuestras islas? En los últimos años no han dejado de venir manadas de canarios. Dicen que la guerra en Europa os sumió en la miseria. ¿Es cierto?

—Fue por culpa de los submarinos alemanes —se atrevió a decir Mili mirando de reojo a Marcela, que le recriminó el comentario con una mirada reprobatoria.

—Sí, eso dicen. Todo el mundo odiaba esos malditos submarinos, ¿no es cierto?

—Marcela no. Su Hans iba en uno de ellos.

—¡Mili, basta! —exclamó esta.

Miss Rubi dejó de abanicarse.

—Vaya, vaya. Así que confraternizando con el enemigo. Bueno, al menos sabemos que a los alemanes les queda algún sentimiento humano después de la guerra. Un día tienes que contarnos esa historia. A las chicas les encantará. Esas cabecitas locas son tan románticas... —Las miró durante un rato con media sonrisa en los labios, como si estuviera recordando otros tiempos—. Yo soy de Madrid. Llegué aquí con dieciséis años, cuando esto todavía era una de nuestras colonias. —Suspiró nostálgica—. Han caído muchos mangos desde entonces.

—Yo también soy de la capital —dijo la joven a su lado.

—En realidad, Jimena es mi sobrina. Llegó a Santiago hace poco, después de que su madre, mi querida hermana, que en paz descanse, muriese de gripe el año pasado. —Las dos se santiguaron—. Yo no quería esta vida para ella, pero fue su decisión. —Miró a Marcela—. Ay, cariño, lo que tú podrías conseguir si quisieras. Los hombres harían cola en tu puerta, te comprarían joyas y te llevarían al teatro. —Se inclinó un poco hacia ella y añadió en tono susurrante y burlón—: Tu alemán no tendría por qué enterarse. Los militares son muy rígidos en cuestiones de honor.

Marcela la miró con los ojos brillantes y enrojecidos por el esfuerzo que hacía para mantenerse entera.

—No vamos a trabajar de rameras para usted, así que será mejor que se paren aquí y nos dejen bajar.

—¿Qué te pasa, jovencita?, ¿no has oído lo que he dicho? Nadie os obligará a hacerlo. Yo no enchiquero a mis pupilas como hacen en los sucios burdeles de mala muerte. Ellas son libres de irse cuando quieran. Ahora sí, la que decida quedarse conmigo tiene que acatar mis reglas y la que no las acepte ya puede irse con viento fresco. —Hizo una pausa para mirarlas mientras soltaba un resoplido—. El trabajo que os ofrezco es de lo más decente. ¿Cuánto crees que duraríais intactas ahí fuera, solas, vagando por las calles cuando la luz se va y aparecen todas las sombras? Digamos que me siento bien ayudando a unas compatriotas. —*Miss* Rubi puso los ojos en blanco—. Mirad, si de aquí a unos días todavía queréis marcharos, haré lo que pueda para que podáis iros cuanto antes. Pero ahora, por lo que más queráis, dejad los llantos y las lamentaciones para cuando estéis solas, que esto parece un velorio.

—Podríamos hacer una colecta entre todas —dijo Jimena.

Marcela la miró con un atisbo de esperanza asomando a los ojos.

La mano enjoyada de *miss* Rubi se estiró para pellizcar la mejilla de su sobrina.

—Si es que no se puede ser más dulce, ¿no creéis?

Marcela le dirigió un gesto de gratitud y Mili le sonrió.

Miss Rubi abrió la cortina de su ventanuco y miró al exterior.

—Ya estamos a las afueras de la ciudad, en nuestro territorio. Al fondo de la siguiente cuadra está nuestra casa.

Marcela apartó un poco la cortina para mirar fuera. En el interior de la calesa comenzaba a filtrarse un vaho apestoso solo comparable al pescado podrido. Vio una hilera de casas bajas de fachadas ruinosas con puertas de madriguera y ventanas con verjas verdes. El interior permanecía oculto por algo que a Marcela le parecieron paneles de madera plegables o biombos, que dejaban intuir el contorno de varios cuerpos camuflados en la sombra. Frente a la mayoría de las puertas y en los desniveles del suelo había lagunas de aguas verdinegras en las que pululaban nubes de insectos como puños de grandes, y los pocos hombres que transitaban las calles daban largas zancadas o saltaban para librarse de los charcos pestilentes.

—Relajaos mientras podáis —dijo *miss* Rubi—. Dentro de la casa todo transcurre a un ritmo de locos. Y hoy es viernes, un día de mucha actividad.

La calesa se detuvo al fondo de la calle, frente a la entrada de una casa colonial de tres plantas, la más alta de todas cuantas había visto Marcela en esa zona. La fachada estaba en buenas condiciones, comparada con las otras, y en las ventanas superiores no había ni rejas ni biombos. En su lugar, finas cortinas colgaban inertes por la falta de viento dentro de las ventanas abiertas.

El cochero, vestido con traje negro y camisa blanca, le abrió la portezuela a *miss* Rubi.

—Este es Wilfredo —dijo la mujer mientras salían de la calesa—. Es nuestro cochero y muchas otras cosas más. No es muy hablador, gracias a Dios. Sabe ver y callar como nadie, y es leal. Podéis fiaros de él.

A las puertas de la casa no había charcos de aguas sucias ni plagas de moscas ni mosquitos, y cuando accedieron a la planta baja conocieron a la esposa de Wilfredo, Mama Lun, que deambulaba de un lado a otro en la gran cocina atestada de cazuelas y cucharones colgados de la pared. Vieron, además, ramilletes de hierbas frescas en jarrones blancos colocados en hilera sobre la encimera de piedra y frutas exóticas en fuentes de porcelana. Mama Lun era robusta y vestía de forma colorida, incluso su aparatoso pañuelo enroscado a la cabeza era de un verde chillón con motivos naranjas. Sus mejillas rechonchas y oscuras como granos de café brillaron cuando les sonrió mientras removía un guiso humeante que olía a desconocido.

—Fuera en el patio está el pozo de agua y el pilón donde lavar la ropa —añadió *miss* Rubi—, el basurero y el retrete para vosotras. Las aguas emporcadas se arrojan a la calle.

La mujer, todavía con el sombrero y el abanico en la mano, guio a Marcela y Mili hasta la primera planta. Allí se encontraron con tres chicas jóvenes que jugaban una partida de naipes sentadas en torno a una pequeña mesa redonda. Al ver a las nuevas, las tres se pusieron de pie.

—Estas son Mercedes, Cachita y Lupe —dijo *miss* Rubi.

Las muchachas vestían batas blancas que se pegaban con descaro al contorno de sus respectivos cuerpos y que dejaban a la vista amplias porciones de piel. Se quedaron contemplando a las recién llegadas con bastante curiosidad y después miraron a *miss* Rubi como pidiendo explicaciones.

—No os preocupéis, queridas mías, que estas dos no os harán competencia. Están aquí para serviros. Durante un tiempo ya no tendréis que acarrear agua ni cambiar sábanas ni vaciar orinales.

Las jóvenes sonrieron ampliamente y comenzaron a interrogarlas.

—¿De dónde sois?

—¿Acabáis de llegar?

—¿Habéis conocido varón?

—Un poco de paciencia, preciosas —les dijo *miss* Rubi riendo—. Ya habrá tiempo de saber. Id a vuestros cuartos y preparaos para el reconocimiento.

—¿Otra vez? —se quejó Jimena, que no se había despegado de su tía.

—Las veces que haga falta, ¿o queréis acabar como esas sifilíticas que se ven a las puertas de los burdeles en torno al puerto?

—No, *ama* Rubi —dijo una de las muchachas, cuya piel mestiza brillaba en un suave tono cobrizo.

—¿Dónde están las demás?

—Dolores está con su enamorado —respondió la misma chica—. Nancy y Georgina, con los afeites.

—El joven Avellaneda viene pronto hoy —comentó *miss* Rubi.

—Dice que debe viajar este fin de semana —replicó la joven mulata— y que no podía estar tanto tiempo sin ver a su Dolores.

Las tres sofocaron unas risitas.

—Está bien, entonces a ella la examinaré más tarde. —Miró a Mili y a Marcela—. Vosotras, seguidme.

Marcela tuvo tiempo de echar un vistazo a la amplia sala de estar, decorada con vistosas alfombras que cubrían un suelo de bruto hormigón. Había sillas de tapicería desfondada, un par de mecedoras de aspecto aceitoso y una butaca orejera en torno a tres mesas redondas. También vio una recia vinoteca con puertas de cristal. Sin embargo, lo que más le sorprendió fue la sucesión de cromos con estampas de mujeres desnudas que no pudo dejar de observar hasta que siguió a *miss* Rubi por un pasillo en el que estaban ubicados los cuartos. A través de una puerta abierta contempló su reducido tamaño, algo del todo comprensible si se tenía en cuenta que había ocho cuartos, cuatro a cada lado del pasillo.

Al fondo accedieron a una estrecha escalera que iba retorciéndose en su ascenso hasta llegar al desván, un lugar oscuro, polvoriento y poco ventilado, sobrecargado de enseres viejos.

—Instalaréis aquí un par de catres —comentó *miss* Rubi.

Mili y Marcela la miraron desconcertadas.

—No me miréis así. Es un techo, ¿no? Lo limpiáis un poco y ya está. Siempre hace algo de calor aquí arriba, pero es mejor que estar en la calle.

—No se preocupe —dijo Marcela pensando que, en realidad, hacía un calor insoportable.

—No temáis. No hay ratones.

—Les habrá dado un patatús —murmuró Mili abanicándose con la mano.

Miss Rubi la miró con los brazos en jarras.

—No seas remilgosa, niña, que tienes aspecto de haber viajado entre inmundicias. Ahora bajad a la cocina, que Mama Lun os dé algo de comer y que busque ropa para ti.

Mama Lun se negó a darle de comer a Mili hasta que no se quitara de encima toda la mugre. Y mientras Marcela daba vueltas al tenedor sobre su plato de arroz blanco con huevos, la mujer preparó un barreño de madera con abundante agua fría. Luego zambulló a Mili y le restregó la piel con jabón hasta que se le quedó roja como la cresta de una gallina.

—Estos andrajos se van ahora mismo *pal* fuego —dijo con las ropas de Mili en las manos—. Es *pa* lo único que sirven.

El pelo trigueño de Mili volvió a brillar tras el baño y, con la ropa limpia, que no nueva, puesta, se sentó a la mesa para devorar la comida. Entonces, Mama Lun se dio cuenta de que Marcela no había tocado su plato.

—¿Qué tú tienes, mi *amol*? —le preguntó—. ¿Es que me vas a dejar ahí *toa* la comida?

—No tengo hambre.

Mili la miró de reojo y dejó de comer a doble carrillo, como si de pronto le diera vergüenza semejante demostración de apetito.

—Ah, pues te me quedas ahí *plantá* hasta que te lo termines. Al principio todas vienen así, ¿tú sabes?, pero luego ya ellas se van espabilando. Come, niña, come, que las penas no alimentan un carajo.

Mama Lun se sentó frente a ella en la larga mesa y no se movió hasta que Marcela se lo hubo terminado todo. Todavía no había acabado de masticar el último bocado cuando la mujer las hizo levantarse para salir al patio. Allí les mostró una caseta desvencijada de madera que guardaba escobas, tablones, leña picada y muebles rotos. Señaló dos jergones mugrosos.

—Les ponen encima sábanas limpias y está.

Al fondo de la cocina, junto a la puerta que daba al patio, Mama Lun abrió el armario donde guardaban sábanas blancas y colchas de cretona, y con todo encima subieron como pudieron al desván para preparar sus lechos. Cuando bajaron, ya con las manos vacías, vieron a través de una puerta abierta a todas las pupilas de *miss* Rubi dentro de una habitación, y a esta, que se había cambiado de ropa, hurgando entre las piernas abiertas de una de las muchachas.

—¿Qué le hace? —preguntó Mili.

Marcela se encogió de hombros. Una de las pupilas las vio rondar la puerta y las invitó a entrar con un gesto.

—Tenemos visita, *ama* Rubi —dijo cuando las dos estuvieron dentro.

La mujer se giró hacia ellas.

—Venid, acercaos. Seguro que nunca habíais visto esto antes.

Se adentraron en el pequeño cuarto y Mili apartó la mirada de la escena para clavarla en una virgen dentro de una hornacina en la pared. Pensó que, si sor Renata estuviera allí, le vendaría los ojos a la estatua. Marcela, sin embargo, miraba sin poder ocultar su estupor. Atravesada en la cama, colocada hacia la luz que todavía entraba por la ventana, se encontraba una muchacha despatarrada en cuya vagina *miss* Rubi había introducido un aparato de metal que la dilataba hasta hacer visible su interior.

—¿Por qué le hace eso? —preguntó Mili, que se agarraba al brazo de Marcela y apenas se atrevía a mirar.

—Es por su bien —dijo *miss* Rubi—. Las examino para ver si hay rastro de enfermedad. Uno de los médicos de la Comisión de Higiene me enseñó a usar el *speculum*.

—¿Duele? —volvió a preguntar Mili.

—No, si no aprietas —dijo la voz oprimida de la muchacha que estaba tumbada.

—Es una verga de metal —comentó una de las chicas con una risita.

—Y está fría y tiesa como la morronga de un muerto —añadió otra.

Las demás rieron. *Miss* Rubi extrajo el aparato del interior de la muchacha, lo lavó con agua y jabón, e hizo tumbarse a la siguiente. Y así fueron desfilando una a una todas las pupilas y, cuando hubo terminado con el aparato, les examinó la piel y la boca, y les palpó en la nuca.

—Preciosas mías, estáis sanas como florecillas silvestres. —Se volvió hacia Marcela—. ¿Quieres que te examine?

—No, señora —respondió Marcela poniéndose colorada.

—¿Estás segura de que tu alemán es un hombre sano?

—Sí, señora.

—Pues mejor para ti.

—¿Qué alemán? —preguntó una voz.

—El lunes nos lo contará, gatitas mías, pero hasta entonces hay mucho que hacer. En mi libro tengo anotadas siete visitas para esta noche, doce para mañana sábado y catorce para el domingo. —Las miró de hito en hito, como una madre orgullosa de sus retoños, y añadió—: Pero el lunes es solo nuestro.

Durante ese frenético fin de semana, Marcela trató en vano de hacerle comprender a *miss* Rubi que debía encontrar la forma de ir a La Habana, pero la mujer estaba tan ocupada que solo le respondía: «El lunes, querida mía, el lunes».

Mili y ella ayudaron a las muchachas a vestirse con apretados corsés de satén floreados encima de camisolas y pololos que dejaban al descubierto brazos, piernas y una buena porción de sus pechos. Cambiaron sábanas, vertieron orines, acarrearon agua y contemplaron el desfile incesante de hombres que se reunían en el salón en animada charla, sujetando en una mano una copa de ron y un cigarrillo, y en la otra, la cintura de una pupila acomodada en sus piernas. *Miss* Rubi ejercía de perfecta anfitriona entre aquellos tipos pudientes de la sociedad santiaguera, y por resquicios de conversaciones que Marcela captó en su ir y venir arriba y abajo, parecía versada en asuntos de toda índole. Los engatusaba con palabrería aduladora y, sobre todo, reía. Reía mucho y a todas horas.

Los ojos de ellos perseguían el rastro de Marcela cada vez que esta aparecía en el salón, como si fuera una insólita y rara mariposa revoloteando en un paisaje desolado y estéril. En una ocasión, *miss* Rubi la llamó y ella se acercó al desinhibido grupo que formaban tres hombres, tres pupilas y el *ama*.

—No es virgen —dijo *miss* Rubi mientras la observaban acercarse—, pero no me digan que no vale doscientos pesos oro.

Las pupilas rieron con carcajadas grotescas que les deformaron el rostro embadurnado de polvo de arroz. Las mejillas y los labios rojos les hacían parecer personajes de farándula.

Hubo una ferviente puja entre los hombres, alentada por las risas de las muchachas, y uno de ellos, el mayor, llegó a ofrecer trescientos pesos por llevársela a un dormitorio.

—No se molesten, caballeros —dijo *miss* Rubi—. La chica está enamorada de un militar alemán, un tripulante de uno de esos submarinos que tan mala guerra dieron en el mar, ¿se lo imaginan? Me temo que su dinero le importa un comino.

La respuesta pareció disgustar a los hombres, más por la mención de las palabras *alemán* y *submarino* que por la negativa de Marcela. Entonces, la conversación de todos se dirigió hacia las consecuencias de la guerra en Europa y al Tratado de Versalles, momento que aprovechó Marcela para marcharse. Los ojos resabiados de *miss* Rubi la persiguieron hasta que sus pasos se perdieron escalera abajo.

Pasadas las cuatro de la madrugada, la casa cerró las puertas y todas se fueron a descansar. Las dos muchachas, que todavía no habían tenido tiempo de librar de polvo el desván, durmieron tumbadas en los jergones, entre estornudos y moqueos, sin poder taparse con las sábanas debido al calor y espantando mosquitos. Marcela tardó en coger el sueño y se pasó una hora mirando al techo y derramando lágrimas en silencio. Mili, a su lado, se dio cuenta de lo que sufría y quiso consolarla, pero era tanto el sueño y tan grande el cansancio que se durmió antes de que el reloj del salón cantara las cuatro y media.

A las ocho de la mañana, Mama Lun las despertó para recoger el salón, limpiar los retretes y hacer la colada.

El trajín del fin de semana jugó a su favor, haciendo que el tiempo volara muy deprisa hasta que, por fin, llegó el lunes.

37

La casa no comenzó a revivir hasta el mediodía. Las pupilas se reunieron en torno a la mesa de la cocina a la hora del almuerzo, ataviadas con sus batas blancas y mucha piel a la vista. Con la cara lavada y el cabello suelto, parecían tan jóvenes que Marcela sospechó que alguna de ellas fuera menor de edad, por mucho que lo negara *miss* Rubi. Esta vestía de forma más sobria, aunque de todas formas el escote de su blusa dejaba al descubierto los hombros y el canalillo entre los pechos.

Las muchachas desentumecieron los cuerpos entre bostezos y estiramientos de extremidades, iluminadas por los potentes rayos de un sol que se filtraba con fuerza por los ventanales. En una cabecera se colocó *miss* Rubi. En la otra, Wilfredo con Mama Lun a su lado. Marcela y Mili sirvieron frijoles negros con arroz congrí y chicharrones de puerco, y llenaron de vino las copas de cristal. De postre ofrecieron fuentes con frutas exóticas que ellas mismas habían pelado y troceado, bañadas en buen ron. Entonces los bostezos dejaron paso a las risas, al sonido animoso de cubiertos y al relato de las anécdotas de la noche.

Para acordarse de sus respectivos nombres, Marcela agrupó a las pupilas por el color de su piel. Nancy y Georgina eran negras; Mercedes, Jimena y Dolores eran blancas, y Cachita y Lupe eran mulatas. Las miró en su conjunto, como lo harían los ojos de un pintor, y decidió que todas ellas configuraban un hermoso cuadro femenino.

Al final del almuerzo, las muchachas estaban más felices que al inicio, la cocina se llenó de risas y escandalera y Marcela se dio cuenta de que estaban ebrias de vino y ron, aspecto que no parecía afectar del mismo modo al sector adulto sentado a la mesa.

La sonería del reloj de pared cantaba las tres cuando las pupilas se retiraron a descansar. Marcela intentó entonces hablar con *miss* Rubi, pero Mama Lun las mantuvo, a ella y a Mili, ocupadas en la cocina preparando la cena —un picadillo a la criolla elaborado con carne de res y diversas verduras— hasta bien entrada la tarde, cuando las chicas comenzaron a despertarse.

Tras servirles la cena, ayudaron a Mama Lun a recoger mientras oían la voz de Dolores desde el piso de arriba en un arrebatado discurso sobre lo enamorado que estaba de ella el joven Avellaneda.

—Cuántas ilusiones, ¿viste? —le dijo Mama Lun a Marcela mientras esta secaba los cubiertos y la vajilla—. Todavía se piensa que ese hombre va a hacerla una gran dama. Pero yo me muevo por la ciudad, oigo los chismes y dicen que ese joven tiene una prometida en España que llegará acá bien pronto. Y cuando el río suena, piedras trae, *mija*. Yo no le digo *na* por no emporcarle los sueños, tú sabes.

Un poco más tarde, Jimena apareció en la cocina para solicitar la presencia de Mili y Marcela en el salón.

Las muchachas encontraron a las pupilas desperdigadas sobre las alfombras, en las mecedoras y en las sillas de madera. *Miss* Rubi ocupaba la única poltrona tapizada con hilos de oro y plata. Todas escuchaban un apasionado y nuevo discurso de Dolores hablando de su enamorado, quien, según ella y con toda probabilidad, se había ausentado el fin de semana para conseguirle el mejor y más caro anillo de compromiso de la ciudad.

Marcela se fijó bien en ella. Era la más alta de todas, incluso más que *miss* Rubi, que era una mujer imponente, y su bata blanca delineaba un cuerpo sensual y bien formado. Una cabellera espesa y rubia y unos ojos redondos y azules le daban apariencia angelical, aunque su forma de mirar era siempre desafiante.

Aburridas de escuchar siempre la misma cháchara, todas dejaron de prestarle atención a Dolores en cuanto llegaron las nuevas, porque estaban deseando conocer la historia de Marcela y su amante alemán.

—No te enfades, prenda mía —le dijo *miss* Rubi a Dolores al ver su expresión de fastidio—. No siempre se puede ser la protagonista.

Se apagaron bombillas y se encendieron candiles cuyo resplandor se reflejó en las paredes. La dulce Nancy, de bellos rasgos africanos, descansaba su ensortijada cabeza en los muslos de la mulata Cachita, y esta le acariciaba con ternura los brazos desnudos. Lupe invitó a Mili a sentarse junto a ella sobre la alfombra y esta acudió a su lado un tanto cohibida.

Con la esperanza de que comprendieran su urgencia por marcharse, Marcela les habló de su infancia junto a Mili en el hospicio; de sor Felipa, que era la monja más buena del mundo; de cómo Hans había acabado en su casa malherido y de la forma en que había ido enamorándose de él sin apenas darse cuenta, aun sabiendo que jamás podría ser suyo porque ella era una niña y él un hombre. Las chicas sollozaron mientras les contaba con la voz afectada que no había podido hacer nada para salvar a su padre y lloraron aún más cuando les relató el momento en que Hans se presentó ante ella estando tan enferma que creyó que era un sueño.

Marcela suspiró al pensar en Hans.

Las pupilas suspiraron al imaginar a Hans.

Dolores bostezó de aburrimiento.

Miss Rubi se abanicó acalorada.

—Así que ahora estás aquí por culpa de la mocosa —dijo Dolores clavando la mirada en Mili.

—Encontraremos la forma de llegar a La Habana —murmuró Marcela, y le sonrió a Mili para animarla—. Ya hemos recorrido el camino más largo.

—¿Crees que Hans te esperará allí? —preguntó Jimena.

Marcela no supo qué decir.

—¿Y si él vuelve a Santiago mientras tú viajas a La Habana?

—preguntó Cachita—. Si está seguro de que estás aquí, vendrá a buscarte.

—A menos que ella llegue antes que el barco —dijo Lupe.

—Eso es imposible, hermosas mías —dictaminó *miss* Rubi—, el barco tiene que estar a punto de llegar. Hace tres días que zarpó.

Entonces todas empezaron a hablar a la vez, unas a favor de que Marcela se quedara en Santiago y otras de que partiera de forma inmediata hacia La Habana. *Miss* Rubi las contemplaba con gesto divertido, como si ese lunes disfrutaran de una atracción novedosa y especial que las libraba de la monotonía.

—Yo creo... —comenzó Marcela alzando la voz para hacerse oír sobre las demás.

—¡Chist! —exclamó Jimena—. Marcela quiere decir algo.

Se hizo un silencio tan hondo que se pudo oír el viento que comenzaba a soplar fuera.

—Tengo familia en La Habana. Creo que Hans se pondrá en contacto con ellos.

—Entonces, envíales un cable —propuso Lupe.

—No tenemos dinero.

—Nosotras te lo prestamos —dijo Jimena—. ¿Verdad, muchachas?

Se miraron unas a otras y, al final, entre murmuraciones, unas pocas dijeron que sí con la voz perezosa, otras dijeron abiertamente que no y el resto optó por el silencio, como si no hubieran oído la pregunta.

Dolores expuso su opinión:

—¿Por qué tenemos que darle nosotras el dinero cuando puede ganárselo ella misma? No es justo, *ama* Rubi. Solo necesita estar con un cliente para poder marcharse de aquí.

El halo de romanticismo y camaradería que las había unido momentos antes se evaporó, como si la sola mención del dinero hubiera bastado para relegar las emociones a un segundo plano. Marcela sintió todas las miradas sobre ella, esperando una respuesta.

—Yo... —comenzó a decir notando un nudo en la garganta—. Yo no podría...

Miss Rubi se encogió de hombros y las pupilas guardaron un largo y frío silencio. Después, todas se fueron a la cama.

Ni siquiera el cansancio acumulado de la jornada logró que Marcela conciliara el sueño esa noche. También se dio cuenta de que Mili se revolvía sin parar en su lecho y que su cuerpo se sobresaltaba con facilidad. Ella le cogía la mano y se la apretaba para tranquilizarla, pero a veces el sueño de Mili era tan profundo e inquieto que no lograba que se relajara. Por la mañana, el canto de un gallo cercano sorprendió a Marcela despejada y con el corazón en un puño. Amanecía el nueve de septiembre, el día que estaba prevista la llegada del *Valbanera* a La Habana. Pensaba en ello y le nacía un nudo en la garganta que le cortaba el aliento, pero en sus circunstancias no podía dejarse arrastrar por el desánimo. No acababa de fiarse de *miss* Rubi y necesitaba emplear sus fuerzas en permanecer alerta. Durante el fin de semana había visto a Mili más decaída, silenciosa, arrepentida y asustada que nunca. Por ello, su prioridad debía ser cuidar de su amiga y encontrar la forma de llegar a La Habana.

Las primeras horas del día Marcela y Mili las emplearon en ayudar a Mama Lun en la cocina y en asistir a Dolores, Nancy y Jimena, que fueron las elegidas por los únicos tres clientes que hubo esa mañana. Por la tarde, sin embargo, el trajín de hombres superó la cifra de diez, escalonados a intervalos de tiempo.

Esa tarde se la pasó Marcela en la cocina con Mama Lun, primero pelando y troceando frutas para hacer jugo y luego sacando brillo a todas las cacerolas renegridas que había en las repisas. Solo veía a Mili cuando esta, con apariencia cansada, bajaba al patio para buscar agua. En una de esas ocasiones, Marcela la siguió fuera.

—¿Estás bien?

Mili tardó un rato en contestar.

—No quiero estar aquí —dijo mientras colgaba de un gancho el cubo de madera antes de arriarlo—. Y tienes razón, no debí escaparme. Solo conseguí enredarlo todo.

Marcela la ayudó a izar el cubo lleno.

—Nos marcharemos muy pronto —le dijo para darle ánimos.

—Pero ¿cómo?

—Encontraré la forma. Ya verás, serán solo unos días.

—¿Y si luego tu familia no me quiere?

—No digas eso. No conozco a nadie que no te quiera.

Dejaron el cubo en el suelo y Mili clavó la vista en el agua temblorosa que desprendía destellos. Las alpargatas se le habían mojado.

—Pero no sabes cómo vamos a ir ni cuánto tiempo tendremos que estar aquí. —Alzo la mirada hacia ella—. Cuando lleguemos a La Habana, Hans ya no estará, se habrá marchado y me echarás a mí la culpa.

—No, no lo haré. Mili, no te echaré la culpa. Y tú también tienes razón: no debí dejarte sola. Fui una egoísta. Tú eres más hermana mía que nadie.

Mili agachó la cabeza.

—No tenías más remedio que marcharte —admitió deprimida—. Y yo tendría que haber esperado, pero se me hacía demasiado insoportable.

A Mili le brillaron los ojos. Marcela iba a decir algo cuando Mama Lun se asomó al patio.

—¿Qué andan secreteando, muchachas?

Mili cogió el cubo y caminó hacia la cocina. Marcela trató de ayudarla.

—Déjame, puedo yo sola.

—Pero pesa mucho.

—¡Que me dejes!

Wilfredo entró al recibidor minutos más tarde acompañando a un hombre mayor vestido con traje oscuro que exhibía un monóculo en la órbita del ojo izquierdo. Llevaba un sombrero de bombín en una mano y un bastón de empuñadura brillante en la otra. El hombre miró al interior de la cocina, saludó a Mama Lun con un «buenas tardes nos dé Dios» y se quitó el monóculo para observar a Marcela.

—¿Señorita? —dijo saludando con el sombrero.

Cuando se marchó escalera arriba, Mama Lun se acercó a ella.

—*Guáldate* de los hombres que vienen acá, *mija.* Todos llevan corbata, pero no todo el que usa corbata es señor.

Era la hora de cenar cuando hasta la cocina llegó un alboroto procedente del piso de arriba. Marcela miró a Mama Lun y esta dijo: «Es más cáscara que boniato», pero, como no entendió el comentario, decidió ir en busca de Mili. Se alzó las faldas y comenzó a subir la escalera. No había llegado arriba cuando tuvo que pegarse a la pared para dejar bajar al hombre del monóculo. Al pasar a su lado, este estiró una mano y le pellizcó un pecho. Marcela le dio un empujón tan fuerte que el monóculo salió volando y habría llegado muy lejos si no hubiera sido por la cadena que lo sujetaba. Agarrado al pasamanos de la escalera, el hombre evitó caer rodando y se volvió hacia ella rabioso. La sujetó por un brazo y se lo retorció en la espalda. Marcela apretó los dientes, dispuesta a no permitir que un hombre volviera a golpearla.

—¡Déjela! —dijo la voz de Wilfredo a los pies de la escalera.

Sin mirarlo, el hombre de rostro afilado y barba gris se colocó de nuevo el monóculo en la cuenca del ojo y le dedicó a Marcela una sonrisa repulsiva antes de seguir su camino. Pasó delante de Wilfredo, que se había echado a un lado, y se marchó haciendo sonar su bastón.

Marcela se apresuró a subir el último tramo de escalera, llegó al salón y no vio a nadie. Entonces miró hacia el pasillo, donde descubrió a las pupilas apelotonadas en el vano de la puerta de un dormitorio, mostrando un revuelo de pololos blancos y espaldas encorsetadas. Las muchachas parecían muy divertidas y se turnaban para que todas pudieran asomarse y ver lo que ocurría dentro.

—¿Mili? —llamó.

Las chicas se volvieron hacia ella y sofocaron risas con las manos mientras iban desapareciendo alborotadas como gacelas ante la amenaza de un felino.

—¡Mili! —volvió a llamar alzando la voz.

Se acercó a la puerta abierta y miró dentro.

La conmoción de lo que vio le provocó un pitido en los oídos.

Ya estaba llorando cuando dio el primer paso para acercarse a Mili.

—Dios mío...

De pie frente a la cama, Marcela apretó los puños contra los labios para no gritar. Mili estaba tan quieta que parecía muerta. La habían vestido como a una de ellas, con el corsé ceñido a la pequeña cintura, sobre una camisola que apenas le tapaba el pecho aniñado y unos pololos que sujetaba sobre el vientre desnudo para taparse.

Marcela se dejó caer de rodillas junto a ella y estiró las manos sin atreverse a tocarla.

—Dios mío... ¿Qué has hecho?

La muchacha ladeó la cabeza y la miró con los ojos emborronados de negro.

—Ya tenemos el dinero.

Marcela se llevó una mano al vientre para reprimir una náusea.

—Así no, Mili... —dijo llorando y negando con la cabeza—. Así no...

Tiró de sus hombros para incorporarla y envolverla en sus brazos.

Mili se apretujó contra ella y también lloró.

—Perdóname... —murmuró Marcela deshecha en lágrimas—. Perdóname... Es culpa mía... Oh, Dios, es culpa mía...

Permanecieron mucho rato abrazadas y llorando. Marcela la meció en los brazos, como había hecho en el hospicio las veces que Mili se hundía irremediablemente en la tristeza por saberse sola en el mundo. Con una mano le apartó de la cara unos mechones húmedos de pelo rubio pegados a la frente y también le limpió el polvo de arroz que había vuelto nívea su piel sonrosada. Trató de eliminar con los dedos los rosetones de las mejillas y el carmín de los labios, pero, al final, su cara parecía un cuadro al que se le pasa un trapo antes de dejarlo secar.

Mili enseguida dejó de llorar, pero las lágrimas de Marcela parecían no agotarse.

Mama Lun se asomó a la puerta y meneó la cabeza frente a ellas.

—No debieron hacer eso, carajo —murmuró con una mueca de disgusto—. No digo que las muchachas sean malas, pero cada día que pasan aquí se vuelven más descaradas.

Marcela dejó a Mili en la cama con suavidad y salió del dormitorio con el alma ardiendo de rabia.

—¿Qué tú vas a hacer, muchacha? —inquirió Mama Lun.

—¡*Miss* Rubi! —gritó Marcela en el pasillo golpeando una a una todas las puertas.

Nadie se atrevió a abrirle, pero ella no iba a darse por vencida tan pronto, y siguió gritando y aporreando puertas, llamándola por su verdadero nombre.

—¡¡¡Genara!!!

—Aquí estoy, no grites tanto.

La voz pausada de la mujer provenía del salón. Con Mama Lun a la zaga, Marcela fue hacia allí a pasos rápidos y decididos.

—¿Por qué? —preguntó deteniéndose frente a ella, llorando de impotencia.

La mujer no retrocedió y le plantó cara altiva.

—Ya te dije que yo no me meto, y ella quiso hacerlo.

—Es una niña, por el amor de Dios. ¿Por qué nadie me avisó?

—La muchacha quería ser útil. Sabe que tú estás aquí por su culpa. Ella lo estropeó y ella quiso arreglarlo.

—Pero no de esta forma. —La voz le salió ahogada por el llanto—. ¡No de esta forma!

Miss Rubi hizo un gesto impreciso con los hombros.

—Dijo que su madre también había sido puta, y la chiquilla tiene madera...

La mujer no vio venir el golpe. Marcela la abofeteó con tanta fuerza que *miss* Rubi se tambaleó. Mama Lun sujetó a la joven antes de que volviera a golpearla y, mientras tanto, *miss* Rubi aprovechó para erguir el cuerpo, recuperar la postura y extraer del interior de su moño el punzón afilado que empuñó frente a ella.

Mama Lun se colocó entre las dos con los brazos en jarra.

—Mire, señora, que yo no me meto nunca en estos *fregaos*.

Pero ¿de cuándo *p'acá* fue que ustedes se volvieron tan fieras? A mí tampoco me gusta lo que le hicieron a la muchachita, así que la *guantá* se la queda usted y *pa'l* carajo, ¿me oye?

Del resto de los dormitorios fueron saliendo, como conejos de su madriguera, poco a poco las pupilas para enterarse de lo que estaba sucediendo.

Marcela se volvió hacia ellas.

—¡Malditas todas! —les gritó dominada por la ira—. ¡Malditas seáis todas por lo que habéis hecho!

—Ella quiso —se atrevió a decir Cachita.

—Tú calla, Caridad —le dijo Mama Lun—. Bien tú sabes que eso no es *veldad*.

—¡Lo hicisteis para divertiros! —continuó Marcela—. ¡La entregasteis a un viejo solo para divertiros!

—Déjalas en paz —replicó *miss* Rubi a su espalda mientras volvía a esconder el punzón entre el pelo—. Mis muchachas no son malas y el mundo está bien duro también para ellas. ¿Qué importa? ¿Qué importa todo?

—¡Importa! —replicó Marcela mirándola por encima del hombro—. Porque cuando el cuerpo ya no les sirva, solo les quedará el alma, y si el alma está podrida, pronto estarán muertas.

De entre el grupo de pupilas se escapó la risita de Dolores.

—No le hagáis caso —dijo—. Se cree mejor que nosotras porque le entregó su virtud a un solo hombre.

A Marcela le temblaba la boca y la mirada.

—¡Tú! —gruñó con verdadero odio—. Tú le envenenaste el pensamiento. La hiciste sentir tan culpable que no vio otra salida.

Trató de llegar hasta Dolores. Deseaba pegarle, sentía la necesidad de hacerle daño, pero las demás pupilas la protegieron.

—Yo no quería —dijo Nancy, que se mantenía un poco apartada del grupo—. Y Jimena tampoco.

Las muchachas comenzaron a discutir entre ellas. Marcela buscó a Jimena con la mirada, pero no la encontró. *Miss* Rubi intentó acercarse al grupo sin éxito, pues Mama Lun volvió a interponerse en su camino con los brazos cruzados sobre el generoso pecho.

—¡Iba a pasar tarde o temprano! —se defendió Dolores alzando la voz, sin achicarse por las acusaciones—. ¿Lo oyes? Solas no llegaréis a ninguna parte. Y los hombres siempre querrán algo a cambio. ¿Qué os pensabais?, ¿que erais especiales?, ¿que podíais conseguir lo que queríais a cambio de nada? Nosotras pagamos un precio por nuestra libertad y a vosotras os toca pagar el vuestro. Yo solo le enseñé lo fácil que era arreglarlo.

—¿Fácil? —Marcela apretaba los puños y los dientes.

No podía atravesar el muro de cuerpos alrededor de Dolores y llegar hasta ella, era cierto. Pero encontró otra forma de hacerle daño.

—¿De verdad crees que ese Avellaneda se casará contigo? —Soltó una carcajada enturbiada por las lágrimas—. Solo eres un entretenimiento para él mientras su prometida llega de España. Después, te desechará como a un pañuelo sucio.

—¿Qué prometida? —rio Dolores, rechazando incrédula su comentario.

Marcela le asestó el golpe final.

—Lo sabe toda la ciudad. Tu amante tiene una prometida en España. Jamás se casará contigo.

Esa vez Dolores no se tomó las palabras de Marcela tan a la ligera y su gesto altanero mudó hacia la estupefacción.

—¡Mentira! —chilló hecha una furia, tratando sin éxito de que las muchachas la dejaran llegar hasta ella.

—No miento. —Marcela sonrió, aunque estaba muy lejos de tomarse aquello con humor—. Pregúntale cuando venga a verte.

—¡Eres una embustera! ¡Una embustera! ¡Él dijo que me amaba!

—Mintió.

—¡Solo lo dices para vengarte!

—Es *veldad,* niña —intervino Mama Lun. Dolores dejó de llorar y patalear para mirarla atónita—. A ver si el sufrimiento te ablanda un poquitico el corazón, porque lo tienes bien duro, *mijita.*

La muchacha asimiló como pudo sus palabras y cuando lo hizo comenzó a gritar y a insultar a todo el mundo: a Marcela, a Mama Lun y también a las demás muchachas que trataban de apaciguarla y la sujetaban para que no se cayera al suelo del disgusto.

Marcela fue a reunirse con Mili al dormitorio. La encontró despierta, mirando al vacío y apretando la colcha sobre su cuerpo con los puños. Echó el pestillo, se acurrucó junto a ella y le acarició el pelo hasta que se quedó dormida.

Nadie se atrevió a reclamar el dormitorio ni a pedirles que fueran a servir la cena. Más tarde, mientras Mili dormía, Marcela escuchó el transcurrir de la noche, que fluía como si nada hubiera ocurrido. Las risas, las conversaciones de los hombres, el desparpajo de *miss* Rubi. Tan solo los gritos desgarrados de Dolores cuando llegó Avellaneda alteraron la distendida atmósfera de la casa.

El reloj del salón ya había anunciado las tres de la madrugada cuando se fue el último cliente, momento que aprovechó Marcela para bajar a la cocina y calentar agua en una cacerola de cobre hasta que tuvo suficiente para sumergir a Mili en la tina. Le lavó el cuerpo y el pelo para sacarle de encima las huellas repugnantes de aquel hombre, y solo cuando la niña se sintió limpia, en la medida de lo posible, volvieron a la cama.

La noche avanzó lenta, en soledad y en silencio, y al dar las seis llamaron a la puerta. Marcela se levantó y acercó el oído a la madera.

—Soy Jimena —dijo una voz susurrante al otro lado.

Al abrir se encontró a Mama Lun acompañándola. La cocinera llevaba unas prendas de ropa en las manos.

—Es mejor que os vayáis —dijo Jimena—. Mi tía está furiosa contigo.

—¿Adónde podemos ir?

—Wilfredo dice que la línea de ferrocarril está cortada en el norte por culpa de un temporal. Solo podríais llegar hasta Santa Clara. Pero conoce a un hombre que sale dentro de un par de horas hacia La Habana con un cargamento de ron. Es un viaje largo y no os llevará gratis... —Le tendió una saquita con dinero dentro—. Aquí dentro hay trescientos pesos. Ella... ella lo ganó.

Marcela apretó los dientes.

—Siento lo que pasó —se apresuró a decir Jimena al ver que Marcela se ponía rígida—. Quise avisarte, pero me amenazaron y me encerraron en una habitación. Lo siento mucho, de verdad, pero, si no coges este dinero, su sacrificio no habrá servido de nada.

Marcela todavía se resistió.

—Cógelo —dijo la voz terriblemente infantil de Mili a sus espaldas.

A Marcela se le escaparon las lágrimas cuando cogió el dinero.

Mama Lun se acercó a Mili para vestirla con la ropa que había llevado, una simple blusa blanca y una falda que le quedaba demasiado larga y que arrastraba por el suelo. Luego les entregó una toquilla a cada una.

—Wilfredo os llevará hasta ese hombre —les dijo Jimena—. Se llama Ernesto. Nos debe un par de favores y no se negará. Pero tendréis que pagarle. No le deis más de doscientos pesos.

Salieron de la casa de manera furtiva y alumbrándose con una vela. A la puerta esperaba Wilfredo en la calesa. Al mirar hacia arriba, Marcela vio en una ventana la sombra gris de *miss* Rubi sujetando la cortina observándolas. Le sostuvo fríamente la mirada y luego subió al carruaje.

—Buena suerte —les dijo Jimena.

Marcela asintió con un gesto.

—Que Nuestra Señora de la Caridad del Cobre me las proteja —dijo Mama Lun, y les entregó un hatillo con comida.

Wilfredo arreó el caballo, que se perdió en la oscuridad de las calles solitarias y llenas de sombras. Mili se acurrucó en el regazo de Marcela mientras esta apartaba la cortina y miraba al exterior para ver pasar veloces las casas desvencijadas de charcos fétidos y aceras estrechas de piedras rotas. Distinguió brillos de mar iluminados por la luna al fondo de las calles perpendiculares y, a lo lejos, los campanarios de varias iglesias se recortaban en un cielo azulado que anunciaba el alba. Wilfredo dobló una esquina en dirección norte, en el sentido opuesto al mar, y muy pronto las primeras luces del amanecer iluminaron las colinas altas salpicadas de hierbas silvestres que dominaban la bahía lejana. El caballo bufó y relinchó por los caminos empinados rodeados de vegetación, y respiró aliviado cuando, al cabo de una hora, con el sol despuntando por el este, Wilfredo le ordenó detenerse.

Marcela apartó la cortina y miró fuera. Vio una casucha alargada de madera y techumbre vegetal a cuya vera tres hombres cargaban un camión de vapor con barriles de madera.

A Wilfredo le llevó un buen rato convencer a Ernesto, un mulato corpulento de dientes prominentes, de que las llevara con él a La Habana, y al final solo accedió a hacerlo a cambio de trescientos pesos.

—Pero es todo lo que tenemos —objetó Marcela.

Mili, que aún seguía acurrucada en el regazo de Marcela, se incorporó un poco.

—Dáselos.

—Pero...

—¡Quiero irme de aquí! —dijo Mili comenzando a sollozar—. Quiero que esto acabe...

—Está bien. No llores, por favor...

Marcela sacó la saquita con el dinero y se la entregó al hombre.

—Será un viaje largo —les advirtió Wilfredo antes de irse—. Y duro. Pero Ernesto no os molestará, y yo confío en su palabra. Lleva un cargamento ilegal de ron malo que hace pasar por bueno, no quiere problemas y esquivará los pueblos.

Acomodadas al fondo, en un estrecho hueco entre barriles de ron en los que aparecía grabada la silueta negra de un murciélago, sacos de carbón y depósitos de agua, no tardaron en comprender las advertencias de Wilfredo, el tiempo que tardó el sol en convertir el habitáculo bajo la lona en un invernadero.

Ernesto, un hombre de pocas palabras, iba sentado frente al volante, a la derecha. Otro hombre de tez oscura y delgado como una vara se encargaba a su lado de rellenar de carbón la caldera de forma cilíndrica, cuya chimenea ascendía hacia el techo del vehículo. Algunas veces, mientras la alimentaba con pequeñas paladas de carbón, de la boca de la caldera salían llamaradas de fuego que atestaban el habitáculo de un humo negro que se extendía hacia ellas por los espacios abiertos, haciéndoles toser y boquear. Los dos hombres apenas hablaban entre ellos, mucho menos se dirigían a ellas, ni siquiera cuando se detenían para aprovisionarse de agua y carbón o para comer, beber o dormir a la intemperie. Tan solo les indicaban cuándo bajar del camión, cuándo subir y cuándo debían ajustar las cuerdas que sujetaban la lona para que no se soltaran. El resto del tiempo actuaban como si no estuvieran allí.

Avanzaron despacio, solo de día, deteniéndose con frecuencia para echar agua a la caldera y vaciar las cenizas. Cruzaron caminos blancos de barro seco, atravesaron lechos de arroyos sin agua, páramos de tierra roja por los que patinaban las ruedas del camión, majadas y espesuras verdes de frondosas palmeras por donde apenas se notaba el sendero, y solo se detenían cuando el sol se desmayaba por el oeste, cuando el cielo se transformaba a cada segundo y eclosionaba delante de sus ojos.

Una tarde, Mili contempló el atardecer de fulgurantes colores, y dijo:

—Es hermoso.

Fueron sus únicas palabras en todo el trayecto.

Justo antes de caer la noche, las aves canoras volvían a sus refugios en las ramas de los árboles armando un gran alboroto, y su canto se interrumpía hasta el amanecer, cuando el barullo sonoro de los papagayos daba el pistoletazo al nuevo día.

Viajaban a la velocidad del trote ligero de un caballo y lo único que eran capaces de ver sobre la cabeza era una gruesa columna de humo negro junto a otra más pequeña de vapor blanco. El sonido del vehículo también era molesto, pues parecía a todos los efectos el repiqueteo de un ferrocarril. Con más frecuencia de la que deseaban, el calor las adormecía y después se despertaban bañadas en sudor, con piedras de carbón sobre las faldas o inundadas de nubes de humo que las ahogaba.

Durante la cuarta jornada del viaje, el tiempo cambió. Dejaron de sufrir el rigor de un sol aplastante y comenzaron a caer aguaceros y a soplar rachas de viento que se colaron furiosas por las rendijas entre la madera y la lona. Marcela oyó decir a Ernesto que eran los coletazos del ciclón que había atravesado el norte, y en más de una ocasión tuvieron que apearse para empujar el vehículo, que se había quedado atascado en el suelo arcilloso.

Una mañana, después de seis días de viaje —¿o habían sido siete?—, llegaron a Guanabacoa, a las puertas de La Habana.

38

—Nosotros no podemos seguir —les dijo Ernesto—. No podemos entrar en la ciudad.

Llamar *ciudad* a aquel sitio le pareció a Marcela una definición demasiado optimista. Ernesto envió al otro hombre a buscar a alguien que las llevara hasta La Habana, y, cuando volvió, les comunicó que un carruaje iría a por ellas más tarde.

—No se muevan de esta plaza, ¿me oyeron? —les aconsejó.

Después, los dos se subieron al camión y se marcharon soltando humo. Las dejaron solas en medio de una aldea desconocida, bajo una llovizna persistente que arrancó chorretones negros a sus faldas y soportando el embate de un viento cálido que parecía querer barrerlas a empujones.

Marcela se apretó la toquilla contra el pecho mientras Mili se sujetaba las faldas para no pisarlas. Al mirarla, Marcela vio miedo en sus ojos.

—Wilfredo confía en él. Y yo confío en Wilfredo —le dijo para darle ánimos—. Alguien vendrá a buscarnos.

La lluvia era lo bastante molesta como para mantener las calles solitarias. Buscaron un árbol bajo el que guarecerse y se entretuvieron comiendo lo que les quedaba del queso y de la longaniza que les había dado Mama Lun. Vieron miradas curiosas desde los carromatos que cruzaron la ancha avenida de suelo terroso que comenzaba a embarrarse, y cuando la lluvia cesó los habitantes del lugar comenzaron a salir de su refugio salpicando el paisaje de tejidos blancos que crearon una dualidad de color en contraste con los cuerpos morenos. Soportaron miradas y murmullos, pero nadie se acercó a ellas.

Marcela calculó que habrían pasado más de dos horas cuando llegó el carruaje, que resultó ser una carreta con una simple y estrecha lona a modo de techumbre que no las protegería de la lluvia si volvía a presentarse.

Un joven de piel cobriza y sombrero de paja les hizo subir con un gesto sin apenas mirarlas, y después se puso en marcha por las calles enlodadas de trazado irregular. Los niños, que habían tomado las calles después de la lluvia, jugaban descalzos y medio desnudos entre charcos de aguas marrones y restos de comida en los que hurgaban los perros.

En los arrabales de La Habana por los que circulaban los tranvías, las palmeras sombreaban las casas de ladrillo estucado y caliza. Atravesaron amplias avenidas de edificios coloniales y costosas residencias en el centro de parcelas ajardinadas y provistas de señoriales pórticos con columnas.

El sol volvió a nublarse cuando penetraron en las estrechas calles del centro de la ciudad, y no tardó en llover de nuevo.

La Habana les removió los sentidos. Era una ciudad más grande y sugerente de lo que habían imaginado. Había color en todas partes: en las fachadas de los edificios, en los ondulantes reclamos comerciales que cruzaban las calles sobre ellos, en los atuendos dispares de la población y en su diversidad racial.

La Habana era vibrante, lúcida y un tanto primitiva.

El olor de la brea, el yodo y el salitre le rondó a Marcela la nariz y le aceleró el corazón.

—Ya estamos cerca, Mili —le dijo recordando las veces que Carmen había dicho en sus cartas que solían salir a pasear por las inmediaciones de la bahía.

Calle Acosta, junto al arco del convento de Belén. Esa fue la dirección que le dio al joven.

Dejaron atrás calles con escombros acumulados, restos de balcones arrancados de las fachadas y toneladas de barro que ponían de manifiesto que la perturbación que había mencionado Hans se había convertido finalmente en un ciclón que había golpeado con fuerza la ciudad. Por suerte, pensó ella, el barco debía de llevar días refugiado en el puerto. A salvo.

No pensó más en ello, pues en ese momento lo que más la inquietaba era saber cómo se tomaría su tía que apareciera acompañada de Mili. Justo al atravesar un gran arco aéreo que unía el convento de Belén con una hilera de adosados edificios coloniales, el carromato se detuvo.

La cara de Mili estaba llena de terror. Marcela le cogió las manos.

—Tranquila —le dijo antes de bajarse—. Todo irá bien.

El joven se marchó sin mediar una palabra. Marcela cogió a Mili de la mano y avanzó por la acera de la calle estrecha en aquellas primeras horas de la tarde. Solo tuvieron que caminar un corto trecho antes de encontrar el portal de la casa familiar de la tía Flora. Se quedaron mirando la puerta de madera claveteada con mano de aldaba y las rejas blancas y enrevesadas en las ventanas de la planta baja. Encumbrando la fachada pintada en blanco y celeste, vieron dos balcones con balaustradas y tejas rojas que brillaban por la lluvia y asomaban por el tejado.

Estaban mojadas, sucias y cansadas. Pero habían llegado al final del camino.

La mano de Mili tembló dentro de la de Marcela. Ella se la apretó para darle confianza. Después, hizo sonar el llamador.

Una mujer obesa de piel muy oscura, cofia blanca y ojos saltones les abrió la puerta.

—¿Qué es lo que ustedes quieren? —les dijo con todos los músculos de la cara constreñidos en una mueca.

—Soy Marcela Riverol. Mi tía me está esperando.

—¿La señora Flora es su tía? —se extrañó la mujer, que no parecía propensa a creerla.

—¿Quién es, Domi? —preguntó una voz jovial desde el interior del portal.

—Nadie, *mija,* unas muchachas desarrapadas que dicen ser familia de la señora.

La joven se acercó a la puerta.

—¿Quién...? —volvió a preguntar y, al verlas, se le cortó la voz.

Los labios de Marcela temblaron al tener frente a ella a su

hermana Carmen. La reconoció en los ojos oscuros y rasgados que la miraban con asombro. Eran los ojos de su padre observándola desde el rostro de una mujer.

—Dios mío... —dijo la joven Carmen santiguándose—. Dios mío, Domi...

Se lanzó a abrazar a Marcela sin importarle ni la suciedad de la ropa ni lo mojada que estaba, y el embate por poco no consiguió derribarla. Las hermanas se abrazaron y lloraron, y permanecieron así durante un buen rato, como si en el fondo, a pesar de sus más íntimos deseos, nunca hubieran creído posible el milagro de encontrarse.

«Gracias, Señor», pensó Marcela.

Mili mantenía la vista clavada en el suelo y temblaba. Temblaba de frío por la ropa mojada, temblaba de miedo a sufrir el rechazo, temblaba de asco al recordar las manos de aquel hombre en su cuerpo, temblaba de sueño, temblaba de cansancio. Temblaba porque era una niña, pero se sentía terriblemente vieja y cansada.

Cuando se separaron, las dos muchachas se secaron las lágrimas.

—¿Cómo es posible? —dijo Carmen con la voz afectada por la emoción, tirando de ella para que entrara al portal y dejara de mojarse—. ¿Cómo puede ser que te parezcas tanto a nuestra madre?

Entonces reparó en que la mano de su hermana estaba unida a la de otra muchacha.

—¿Y tú quién eres?

—Es mi amiga del hospicio —se apresuró a decir Marcela prestando atención a la reacción de Carmen—. Solo me tiene a mí.

Carmen observó a Mili en silencio. Esta apenas pudo sostenerle la mirada.

—Pues ahora también nos tiene a nosotros —convino resuelta Carmen envolviéndola en otro abrazo que pilló a la muchacha desprevenida.

—¿De verdad? —dijo la voz ahogada de Mili antes de romper a llorar.

—Pues claro. —Carmen la soltó para cogerle las manos a Mili. Al sonreír se le achinaron los ojos—. Venga, no llores, que hoy es un día muy feliz. —Tiró de ellas hacia el interior del iluminado zaguán y añadió—: Vamos a ver a mi tía.

El zaguán, adornado con plantas de hojas descomunales y vistosos azulejos en las paredes, se abrió a un patio de suelo empedrado y sobrecargado de vegetación. Las plantas colgaban como cascadas en las balaustradas de los corredores con forma de cuadrilátero y llegaban casi hasta el suelo.

—¡Tía Flora! ¡Tía Flora! —gritaba Carmen mientras se adentraban bajo unas columnas y subían una escalera.

Las tres resollaban como caballos cuando llegaron al salón donde estaba la tía Flora.

Al primer vistazo, a Marcela le costó trabajo encontrarla. En cambio, observó con la boca abierta las hermosas alfombras en el suelo, las cenefas pintadas en las paredes, las lámparas de cristal en el techo y los aparadores de regia madera. Hasta que su tía no se puso de pie finalmente, no pudo verla. A su lado había un gran bastidor para bordar telas.

—¿Qué pasa, hija? ¿Por qué gritas tanto? ¿Quiénes son...?

La pregunta se quedó a medias, porque la mujer acababa de reconocer en Marcela los rasgos juveniles de su hermana Soledad.

—Dios bendito... —dijo mientras se acercaba a ella para verla más de cerca. Se llevó una mano al pecho—. Dios bendito, ¿eres tú, sobrina?

—Sí, tía.

Las dos se observaron durante un momento con íntimo interés. La tía Flora era una mujer de pelo castaño y baja estatura que llevaba puesto un vestido de raso y encaje color *beige* holgado en la cintura. En el cuello destacaba un collar de perlas que desprendía reflejos de nácar.

Le echó un rápido vistazo a Mili, aunque pronto volvió a centrarse en su sobrina. Llegó hasta ella para darle un abrazo, pero estaba tan mojada y sucia que la mujer se conformó con cogerle las manos.

—Te pareces tanto a tu madre...

—¿A que sí, tía? —dijo Carmen sonriente.

—Eso dicen —murmuró Marcela.

—¿Cómo? ¿Nunca has visto su retrato? —preguntó la mujer conmovida.

—No, tía.

Flora la miró durante unos segundos, como si todavía no acabara de creerse el enorme parecido. Después le soltó las manos para ir hasta un aparador que había junto a un ventanal. Cogió un pequeño marco de bronce y lo miró un momento. Luego le hizo una señal a Marcela para que se acercara.

Su tía le entregó el retrato.

—Es del día en que se casaron tus padres.

Marcela cogió el retrato con extremo cuidado. Tenía las manos tan sucias que le dio miedo mancharlo. Con la emoción contenida en el pecho, centró la mirada en el rostro de su madre, que aparecía sentada en una silla, con media sonrisa resplandeciendo en su cara mientras su padre, de pie, con porte solemne y el mismo bigote que conservaría siempre, le apoyaba una mano en el hombro. Era cierto, las dos se parecían mucho. Tenían el mismo pelo y rasgos faciales similares.

Miró a la tía Flora y le sonrió.

—Es el único retrato que tenemos de ellos —murmuró su tía—. Todos sentimos mucho la muerte de tu padre. ¿Cómo fue?

—Gripe —susurró Marcela sin apartar la mirada del retrato.

Estaba triste por ellos, pero una parte de ella también se sentía en paz.

—Esa maldita epidemia... —murmuró la tía Flora, y después volvió a mirar a Mili—. ¿Y esta chiquilla quién es?

Mili alzó la mirada y vio la curiosidad latente en el rostro de la mujer. Iba a contestarle cuando Carmen se anticipó.

—Es una hospiciana, tía —aclaró—. Y parece que no tiene a nadie más que a Marcela.

—¿La has traído contigo?

—Sí —dijo Marcela—. Es largo de explicar.

La tía Flora se llevó una mano al mentón mientras seguía

examinando a Mili. Al cabo de un momento, apartó la mirada de la niña e hizo sonar una campanilla mientras suspiraba.

—Bueno, ya hablaremos de eso. Ahora tenéis que quitaros esa ropa mojada y lavaros un poco. Parece que el temporal os hubiera rebozado por el lodo. Gracias a Dios que el barco apareció.

Marcela dejó el retrato sobre el aparador y la miró.

—¿El barco?

—Sí, hija, en el diario de la mañana todavía se decía que seguían buscándolo. Tremendo ciclón nos cayó encima. Seguro que habréis vivido una pesadilla a bordo.

—¿Se refiere al *Valbanera*? —preguntó Marcela.

—A ese justamente. Era el barco en el que venías, ¿verdad? Lo ponía en tu telegrama.

—Sí, sí —confirmó Marcela—. Pero nosotras desembarcamos en Santiago. Hicimos el resto del camino por tierra.

Marcela buscó con la mirada a Mili y encontró en sus ojos la misma preocupación que la empezaba a invadir a ella.

—¿Por qué desembarcasteis en Santiago? —preguntó Carmen.

—También es largo de explicar.

—Eso quiere decir que el barco sigue perdido —murmuró la tía Flora reflexionando en voz alta.

—¿Perdido?

—Los diarios dicen que el *Valbanera* llegó a La Habana en pleno temporal, pero el puerto estaba cerrado y el práctico no pudo salir a buscarlo para hacerlo entrar. De modo que el capitán decidió capear el mal tiempo mar adentro. Desde entonces, nada se sabe de él. Toda la Marina está buscándolo. No solo la nuestra, también barcos norteamericanos. Estábamos muy preocupadas por ti...

»Es una desgracia —continuó la tía Flora—. Pero por fortuna estás sana y salva. No quiero pensar en la suerte que habrá corrido esa gente. Nadie recuerda un temporal como este, ni siquiera los más viejos. ¡Llovieron tejas, por Dios Santo! Un ras de mar anegó las calles del Vedado y se llevó hasta los automóviles. Inundó las casas y ni la policía ni los bomberos pudieron hacer nada. Murieron personas, hija, y se cayeron las palmeras como si fueran hierbajos. Todavía estamos escupiendo barro, y...

Marcela no pudo seguir escuchando. La vista se le nubló y se desplomó sobre la alfombra.

Al volver en sí estaba tumbada sobre una robusta cama con dosel y tenía la cabeza de un hombre recostada sobre el pecho. Su cuerpo se sacudió sobre el colchón y el hombre se incorporó, apartándose de la oreja un estetoscopio.

—Tranquila, joven —le dijo sentado en la cama—. Soy el doctor Castillo. Ha sufrido un desmayo y su tía envió a Dominga a buscarme. Pero creo que está usted perfectamente. Quizás un poco delgada, pero sana.

Los ojos de Marcela revolotearon por el descomunal dormitorio. Después contempló al hombre de barba blanca, que a su vez la observaba con gesto afable.

—¿Qué día es hoy? —preguntó al doctor.

—Martes.

—¿Qué número?

—Dieciséis de septiembre. —El hombre le examinó los ojos con expresión clínica—. ¿Se golpeó la cabeza al caer, muchacha?

Ella no lo oyó.

—¿Sabe usted algo del *Valbanera*?

—Sé que barcos de varios países lo están buscando. Toda la ciudad está con el alma en vilo, aquí y en España. Si le soy sincero, yo creo que se lo tragó la mar.

El pecho de Marcela comenzó a reflejar una súbita agitación. El doctor se dio cuenta.

—Cálmese, ¿quiere? —sugirió—. ¿Conoce a alguien que viaje en ese barco?

A ella se le encharcaron los ojos.

—Ya veo que sí —murmuró el doctor—. Siento haber hecho ese comentario. En realidad, nadie sabe nada. Hay mucha información confusa. Las estaciones de Key West y del Morro no dejan de lanzar llamadas sin obtener respuesta. Pero ayer mismo en la prensa se decía que un oficial de la estación radiotelegráfica oyó la noche anterior un mensaje del barco tratando de comunicarse con la estación de La Habana. Por tanto, hay esperanzas de que todavía esté a flote. Puede que navegue con las máquinas dañadas. Tenga fe, señorita. Si está ahí fuera, lo encontrarán. Así que olvide lo que dije, por favor. —El hombre suspiró—. Ahora, quiero hacerle una pregunta. —El doctor tuvo que levantarle la barbilla para lograr que lo mirase—. ¿Tiene alguna falta en su periodo?

La mente de Marcela, que vagaba desesperada por un inmenso mar encolerizado, aterrizó de golpe en la cama. Miró al doctor, tratando de encajar la pregunta, e hizo memoria. Recordaba haber menstruado antes de embarcar, de modo que...

—Hace más de un mes que no sangro.

—Ya veo, y ¿hay posibilidad de que esté encinta?

Marcela se frotó la cara con las manos para contener el temblor de los labios. Asintió con un gesto y, al final, no pudo evitar que se le escaparan las lágrimas.

—No se ponga así. No es usted la primera ni será la última.

—No es por eso —dijo Marcela limpiándose las lágrimas—. Pero, si estoy encinta, el padre de mi hijo está en ese barco.

—Válgame Dios...

La tía Flora y Carmen entraron en el dormitorio.

—¿Cómo está, doctor? —preguntó la tía Flora.

El hombre se puso de pie y metió el termómetro y el estetoscopio dentro del maletín que reposaba en la mesilla de noche. Luego lo cerró. Tomándolo del asa, se volvió hacia ellas.

—No encuentro signo alguno de enfermedad.

—Eso es estupendo —se alegró la mujer—. Carmen, hija, acompaña al doctor a la puerta.

—Volveré a visitarla dentro de unos días.

Cuando se quedaron a solas, la tía Flora ocupó el lugar sobre el colchón que había dejado libre el doctor. Parecía consternada.

—Milagros nos lo contó todo. Ha llorado tanto que se ha quedado dormida como un angelito. —Se santiguó—. Mira que acabar en un lupanar, por el amor de Dios...

—Le contó que...

—Sí. —La mujer suspiró—. Me lo contó. Parecía que necesitaba arrancárselo de dentro. Dios mío, solo tiene trece años. Lo siento mucho por ella. Se ve una buena muchacha.

—Lo es.

—No puedo creer por lo que habéis pasado. Y ese alemán... —Se aclaró la garganta, como si le costara trabajo hablar de ello—. Bueno, Milagros dice que lo amas.

—No la llame Milagros, tía, que no le gusta.

—Es que Mili es un nombre tan... —Miró a Marcela y no siguió—. Está bien: Mili. Entonces, ¿es cierto que amas a ese hombre?

—Sí, tía.

—Pero, hija, ¿un alemán? ¿Y encima un submarinista, con la manía que les tienen todos?

La respiración de Marcela se entrecortó.

—Se olvida usted de que está en el *Valbanera* y de que el barco está desaparecido.

—Ya, ya... Recemos para que aparezca. Ten fe.

Hasta ese día, la fe no le había servido de mucho.

—Creo que estoy encinta, tía.

La mujer se puso en pie de un salto.

—¡Ay, Dios! ¿Del alemán? —Se acercó a una cómoda y sacó un abanico del interior de un cajón. Tras airearse un rato para aplacar el sofoco, añadió—: Hija, no me des las noticias tan seguidas, déjame al menos tragar una y digerirla antes de darme otra. —Se abanicaba tan fuerte que se le escaparon dos mechones del moño—. ¡Cuántas novedades! Siempre quise tener una hija y por eso me traje a tu hermana Carmen. Y ahora llegas tú con otra muchacha a cuestas y posiblemente estés encinta. Al final vamos a ser un rebaño de mujeres. —Respiró pesadamente—. Nuestra economía se resintió durante la guerra, por mucha demanda de azúcar que hubiera, y cuesta una fortuna mantener esta casa. Además, hemos tenido que ayudar a nuestros hijos a sacar adelante sus negocios y..., en fin, no quiero aburrirte con estas cosas.

—Tía, si usted no puede...

—Calla, calla, no voy a dejar desamparada a la hija de mi hermana, por Dios que no pienso hacerlo. En cuanto a tu amiga... Bueno, donde comen cuatro, comen cinco... o seis, ¿verdad? —Se quedó pensativa un momento y añadió—: ¿Algo más que confesar?

—No, tía.

—De todo esto ni una palabra a tu tío Antón. Por suerte, no vendrá hasta la semana que viene. Y si estás encinta... En ese caso ya se enterará. Es un buen hombre, pero hay que saber llevarlo.

Del tío Antón, Marcela solo sabía que trabajaba en un ingenio azucarero en Artemisa como jefe de departamento de hornos y calderas, y que tenía un carácter apacible.

Miró a su tía y una íntima pregunta le nació de las entrañas.

—¿Cómo era mi madre?

La mujer dejó de abanicarse, lanzó un suspiro al aire y fue a sentarse a su lado.

—Alegre y buena. Muy guapa. Siempre se preocupaba por todos. Nunca entendí que se casara con tu padre, un hombre tan seco y parco en palabras. Pero, en fin, así es el amor. Y me consta que se querían. Nos llevamos bien desde niñas. Era imposible discutir con ella. En cuanto te sonreía, te ablandaba el corazón. Era mi hermana pequeña y la quería. La quería mucho. —Suspiró—. Dios, te miro y es como estar viéndola a ella.

Durante los días siguientes, la sucesión de noticias sobre el paradero del *Valbanera* comenzó a tomar un cariz desesperante. La información que llegaba a la ciudad era terriblemente confusa y contradictoria: avistamientos de náufragos en las costas, el hallazgo de fragmentos de botes flotando en el mar, supuestos mensajes procedentes del barco e interceptados por otros buques..., incluso aparecieron testigos que aseguraban que el barco estaba refugiado en Isla Mujeres.

Nada oficial.

Para distraerlas, y aprovechando que el tiempo había mejorado, Carmen y la tía Flora las llevaban a pasear por las inmediaciones de la bahía, pero Marcela clavaba la vista en el puerto intentando vislumbrar en el horizonte la silueta del transatlántico, de modo que al final tomaban el tranvía y se iban a pasear por la plaza de la catedral.

El ánimo de Mili fue aproximándose día a día a su estado natural al sentirse acogida por la familia de Marcela, y lo único que en aquel momento deseaba con todas sus fuerzas era que apareciese el barco.

El sábado por la mañana, el doctor Castillo volvió a la calle Acosta para ver cómo se encontraba su joven paciente. Llevaba un semblante atribulado y un periódico bajo el brazo. Marcela lo recibió en el dormitorio tumbada en la cama, junto a su tía.

—¿Cómo se encuentra hoy, joven?

—Yo la veo muy bien, doctor —dijo la tía Flora.

El hombre le tomó la temperatura y le auscultó el corazón, le palpó el cuello y dio golpecitos en su espalda desnuda.

—Todo parece normal. Abróchese la blusa. —Se volvió hacia la mujer—. ¿Puedo hablar con ella a solas, Flora?

—Mi tía está al tanto de todo, doctor. Y si quiere preguntarme si comencé a sangrar, la respuesta es no.

El hombre suspiró, con el rostro afligido, y cogió el periódico que había dejado doblado sobre la mesilla.

—Me temo que soy portador de malas noticias.

Le entregó el periódico. Marcela lo recogió de su mano con una súbita sensación de angustia. Al desdoblarlo, pudo leer el titular del *Diario de la Marina* de esa misma mañana.

> Buzos empleados por el cónsul de Cuba en Key West distinguen claramente el rótulo VALBANERA en un casco a 40 pies de agua frente al faro de los Bajos de Rebeca.
>
> No se ha hallado el menor indicio de las 450 personas que iban en el malogrado barco.

CUARTA PARTE

39

A bordo del Marqués de Comillas
15 de julio de 1939

—¡Madre! ¡Aquí! ¡Rápido! —gritó Elena desde la barandilla de proa.

Marcela y Mili caminaron hacia ella entre los murmullos de la gente, que se apelotonaba en los costados del barco y trataba de avistar en el horizonte algún pedazo de tierra. Las gaviotas les sobrevolaban la cabeza, persiguiendo la estela del barco, esperando inútilmente algún despojo arrojado por la borda.

—¡Vamos, dense prisa! —insistió Elena.

Por fin llegaron hasta ella. La brisa era molesta en la recta proa, lo cual convertía a Elena en una joven encantadora con el pelo rubio revuelto y a ellas dos en seres torpes que luchaban para que el viento no se llevara unos tocados mal anclados al cabello.

—Hija, ¿cuándo te darás cuenta de que tienes diecinueve años? —le recriminó su madre alzando la voz por encima del crepitar del agua bajo la quilla del barco—. No puedes ir gritando por ahí como si fueras una niña.

—Olvídese de eso, madre, y mire allí.

La joven indicaba con el índice estirado mientras se sujetaba al pasamanos.

—Yo no veo nada.

—¿Cómo es posible? Tía Mili, dime que tú puedes verlo.

La pluma del tocado de Mili amenazaba con escaparse. La

vieron forzar la mirada entornando los ojos, pero negó con la cabeza. Elena compuso un gesto de decepción.

—La isla está ahí. Solo hay que fijarse un poco. ¿Es que nadie puede verla?

Armaba tanto jaleo que un puñado de pasajeros se congregó a su alrededor para escrutar el horizonte. Sin embargo, aún pasaron unos minutos hasta que por fin la isla de Gran Canaria fue haciéndose visible ante a ellas.

Marcela notó una sensación cálida en los huesos.

Mili se agitó a su lado.

La emoción que habían contenido durante la travesía empezaba en aquel momento a expandirse y a volverse ingobernable. Las dos sentían que regresaban a casa, aunque, al contrario de lo que solía suceder en esos casos, ninguna lo hacía por nostalgia del hogar.

Pese a la alegría inicial, estaban inquietas por lo que podrían encontrarse en Las Palmas. En España acababa de terminar una guerra civil que había durado casi tres años y que había convertido al país en una nación indigente en todos los ámbitos imaginables. El archipiélago canario, lejos del territorio peninsular, no había sufrido grandes enfrentamientos armados, pero sí una despiadada represión del contrario. Las noticias poco alentadoras que les habían llegado a La Habana señalaban que la administración del nuevo Estado se prefiguraba en torno a un conservadurismo tradicional y reaccionario.

—¿Crees que estaremos bien? —preguntó Mili.

Marcela la miró y aspiró profundamente. Iba a responderle cuando Elena las abrazó por la espalda.

—Señoras, si van a estar así todo el tiempo, le digo al capitán que regrese a La Habana.

Las dos mujeres se quedaron ensimismadas, replegadas en las vivencias de los últimos veinte años. La vida en La Habana no había resultado sencilla al principio. La buena disposición de la familia no evitó que ambas tuvieran que lidiar con sus respectivas tragedias. Durante los primeros meses, Marcela había vivido suspendida en un limbo emocional, más allá de la rabia y de los sueños rotos. El nacimiento de Elena mitigó en parte el dolor por la pérdida de Hans, pero cada pequeño hito en torno a su hija lo traía a él al presente: la primera sonrisa, el primer diente, los primeros pasos indecisos, unas fiebres a los dos años que habían mantenido en vilo a toda la familia... Y su temprana afición a la música. A los cinco años, Elena creía que su padre era un guardián de los mares que ayudaba a los náufragos a encontrar la orilla. Pocos años más tarde, cuando supo la verdad, de su sueño infantil solo quedaron reminiscencias románticas. La niña ya había cumplido ocho años cuando Marcela comenzó a trabajar en una sombrerería cercana al Malecón en la que debía cortar piezas de tela para coserlas de acuerdo con la horma. Después aplicaba el almidón que daba rigidez al ala de los sombreros y añadía los adornos. Había disfrutado mucho del trabajo en el taller, aunque siempre prefirió el trato directo con los clientes, al que accedió tras varios años sin salir de la trastienda. A menudo llegaba a casa con alguna pieza defectuosa que adquiría a bajo coste y en la que trabajaba por las noches hasta hacer desaparecer la imperfección. Luego se la regalaba a algún miembro de la familia. Llegaron a tener tantos sombreros que habrían podido montar su propia tienda. Al tío Antón le gustaba contar historias los domingos por la tarde, cuentos de viejos cimarrones que habían vuelto a los ingenios para trabajar al terminar la guerra de independencia. Esos días, después de escucharlo, Elena se sentaba unos minutos al piano y les mostraba sus avances. Un domingo de mayo de 1935, antes de comenzar a tocar, Elena anunció: «Preludio de Bach en do mayor». Y esa tarde a Marcela se le acabó de romper el corazón.

—Tu padre tocó esa pieza para mí —le explicó entonces—. Es tan hermosa... Tan pura... No había vuelto a escucharla.

Si bien a Marcela le había tocado bregar con su tristeza, Mili lo había hecho con el tamaño de su desgracia. Al comienzo había tratado de compensar a las personas que la habían acogido asistiendo a Dominga en las tareas domésticas. Se deslomaba durante el día para caer rendida en la noche, anhelando que el trabajo y el paso del tiempo borrara aquello que le hacía tanto daño. Pero, como eso no dio resultado, Dominga la inició a escondidas en la santería. Durante siete días y siete noches le recetó baños de limpieza en ayunas a base de pócimas sanguinolentas y extractos de plantas que le provocaron vómitos y delirios, y cuando Mili lograba recomponerse las tripas, las dos se entregaban a rituales secretos en los que rezaban y ofrendaban a los dioses yorubas solicitando remedio a sus males. El estado lamentable de Mili alertó a la familia, que no tardó en descubrir los rituales paganos de la sirvienta. Para alejar a la muchacha de la influencia de la criada, el tío Antón logró colocar a Mili en el departamento de rollos de pianola de la Casa de Álvarez, en la comercial calle O´Reilly, un empleo que, junto a la estabilidad de su entorno, contribuyó más a su sanación que las deidades africanas. Sin embargo, a sus treinta y tres años y a pesar del tiempo transcurrido, Mili seguía sin interesarse por los hombres, aunque nunca faltaron a su alrededor.

La boda de Carmen con un capataz del ingenio de Artemisa fue uno de los acontecimientos más felices para la familia en aquellos años, y la vida fue transcurriendo sin otros sobresaltos en una isla que buscaba a ciegas su identidad tras siglos bajo el yugo colonial español y que en aquellos momentos trataba de librarse del intervencionismo norteamericano entre luchas raciales y epidemias de paludismo.

—¿Huelen eso? —dijo de pronto Marcela cuando se aproximaban al puerto de La Luz.

Elena aspiró por la nariz.

—Yo no huelo nada.

Mili cerró los ojos.

—Huele a fruta.

La ciudad de Las Palmas se fue expandiendo ante ellas, dándoles tiempo para librarse de la languidez de los recuerdos. El gran puerto de La Luz pronto engulló al transatlántico, que se desplazaba tan despacio que desesperaba a los pasajeros que estaban listos para desembarcar, ansiosos de reencuentros, mal dormidos y hartos de mar. Poco más tarde, el sol inclemente del mediodía les calentó la cabeza mientras descendían por la escala del barco hasta llegar al muelle, donde un gentío de familiares esperaba apelotonado en las sombras de las infraestructuras portuarias para que la emoción y el calor no les provocaran un vahído.

Los cambulloneros de tierra, sobrecargados de artículos de lo más variopinto, voceaban con los brazos en alto alentando al trueque, y como ellas nada querían —y nadie las esperaba— contrataron los servicios de un mozo que transportó sus maletas en un carromato a lo largo del brazo de hormigón, entre sonidos de besos y palmadas en la espalda, hasta una guagua del servicio urbano. El chófer instaló los bultos en el techo del vehículo y, minutos más tarde, se pusieron en marcha.

Atravesaron la larga calle León y Castillo, el barrio residencial de Ciudad Jardín y la playa de Las Alcaravaneras. Elena lo miraba todo con la desatada curiosidad de quien no conoce otro lugar más que el suyo. Sentada junto a ella, su madre reparó en las rojeces que habían aflorado en su rostro debido al sol y a la brisa áspera de tantos días en alta mar. Tenía los ojos azules de su padre, rasgados y brillantes. En realidad, se parecía mucho a él, y, sin embargo, nunca le dolió mirarla.

Al penetrar en la calle Mayor de Triana, las preguntas de Elena no evitaron que a Marcela la abrumaran los recuerdos. La ciudad apenas había experimentado cambios, pero se apreciaba más gente en las calles, más automóviles, menos asnos. Y, a pesar de la guerra civil, no encontró la despiadada miseria de antaño.

La guagua se detuvo frente a la casa de Herminia para que se apearan un grupo de pasajeros, y ellas tuvieron tiempo de fijarse en que la fachada estaba totalmente reformada. Marcela sabía por Thomas, pues se habían escrito cuatro o cinco cartas a lo largo de los años, que en la casa de la vieja Maldiciones vivía su nieta mayor, Anne Marie, con su familia.

Unas notas al piano se abrieron paso en sus recuerdos, la piel de sus mejillas se coloreó y se llevó una mano a los labios al evocar el primer beso que le había dado a Hans, a los quince años.

Mili le puso una mano en el brazo. Ella la miró.

—Estoy bien.

Se instalaron en el hotel Monopol, al final de la calle Mayor, donde las atendió un alegre gerente de mediana edad llamado Jonay. Esa misma tarde, sin haber sacado la ropa de las maletas, las tres se dirigieron al hospital de San Martín. Allí le preguntaron al conserje, uno distinto al que recordaban, por la madre superiora, que, si la salud había estado de su parte, debía de rondar los setenta años.

—¿Dónde han estado ustedes metidas? —les dijo el hombre—. Sor Jesús falleció hace quince años. Ahora la madre superiora es...

—¿Y sor Felipa? —preguntó Mili interrumpiéndolo.

Marcela la miró con indulgencia, sin creer posible que sor Felipa estuviera viva, porque, de estarlo, tendría más de ochenta años. Pero entendió la impaciencia de Mili, que nunca se había perdonado haberse marchado de la forma en que lo hizo.

El conserje se quitó la gorra de la cabeza y se frotó la frente con un pañuelo.

—Hay dos Felipas —dijo—. Supongo que se referirán a la mayor. A sor Felipa Blasco.

—Dios mío, ¿está viva? —preguntó Marcela emocionada.

Elena juntó las manos a la altura de la boca.

—Tiene ochenta y cuatro años, y está casi ciega, pero ahí sigue, disfrutando del sol como cada tarde en el patio. Y con la mollera perfecta. ¿Quieren verla?

Los corazones latieron deprisa mientras el hombre las conducía por el interior del edificio aséptico hasta llegar al patio. Allí encontraron a la anciana, sentada en un banco a la sombra, junto a una niña de unos seis años que, aferrada a las manos ajadas de la anciana, daba pequeños saltos al ritmo de una canción que sonaba con el timbre engrosado y grave de la vejez. La niña saltaba y saltaba divertida y, al verlas acercarse, salió corriendo.

Sor Felipa llevaba puesto el hábito negro y un sencillo tocado blanco. Al desaparecer la chiquilla, sus manos pálidas se quedaron deshabitadas y lánguidas.

—¿Adónde vas, hija? —interpeló al vacío, pues la niña ya había desaparecido por una escalera.

—Hoy tiene visita, hermana —dijo el conserje alzando la voz.

El hombre las dejó allí y volvió a su puesto. Mili se apoyó en el brazo de Marcela. En los ojos de ambas había lágrimas. La anciana, que intuyó dónde estaban, volvió la mirada ciega hacia ellas.

—¿Quién está ahí? —preguntó.

Marcela dio el primer paso para llegar junto a la monja, se dejó caer de rodillas, a sus pies, y le cogió las manos, en las que notó un ligero temblor. En su cabeza se agolparon los años de sueños infantiles en los que deseaba con todo el corazón que su padre fuera a buscarla al hospicio para formar parte de una familia. Y, sin embargo, lo único que sentía en ese momento era que volvía a los brazos de la mujer que le había enseñado a dar los primeros pasos en un mundo hambriento y enfermo. Volvía a los brazos de su madre.

Apoyó la cabeza en su regazo y no pudo evitar derramar algunas lágrimas. La anciana colocó las manos sobre su cabeza tratando de reconocerla.

—¿Quién eres? ¿Por qué lloras, hija?

—Madre... Soy yo. Soy Marcela.

—¿Marcela?

—Marcela Riverol.

La anciana se quedó un momento en silencio rebuscando en su mente a la dueña de ese nombre. Cuando la encontró, la boca le tembló de la emoción.

—Marcela... ¿Eres tú, hija mía? ¿De verdad eres tú?

Los ojillos pequeños parpadearon con fuerza bajo las espesas cejas blancas, como si así pudiera devolverles la vista. Su piel, en exceso pálida, conservaba la tersura en las mejillas y solo alrededor de los ojos y en la frente se apreciaban las profundas grietas de la edad. La religiosa recorrió el rostro de Marcela con las manos para que cobrara vida en su mente y después la rodeó con los brazos y la apretó contra sí, como había hecho tantas veces cuando era una niña a la que le asustaba morir sin saber cómo era su madre.

Marcela hundió la cara en su pecho y aspiró su familiar olor.

—Qué feliz me haces, hija, qué feliz. Doy gracias al Señor por permitirme vivir este día.

—Mili también está aquí, madre.

Sor Felipa se llevó una mano temblorosa a la boca y cuando Mili ocupó el lugar de Marcela, la anciana ya la esperaba con los brazos abiertos, deseosos de recibir en ellos a la hija prófuga.

Las dos se fundieron en un abrazo. Mili lloraba en silencio e intentaba liberarse de la emoción para poder hablar.

—Lo siento mucho —murmuró al fin contra su hábito—. Siento haberme escapado de aquella forma, pero me sentía tan sola...

Sor Felipa le dio unas palmaditas en la espalda.

—Cuánto sufrí por ti, pequeña.

—Pensé que usted iba a morirse y creí que no podría soportarlo.

Sor Felipa se alteró, tal vez recordando el tiempo de incertidumbre que la había mantenido con el alma en vilo hasta que supo que las dos estaban juntas. Y vivas.

Se abrazaron largamente. Sor Felipa consoló a Mili porque esta no podía dejar de llorar.

—Ya pasó, mi niña, ya pasó.

—Madre, quiero presentarle a mi hija Elena —dijo Marcela.

La joven se sentó al otro costado de sor Felipa y le dio un beso en la mejilla.

—Gracias por cuidarlas.

La religiosa se volvió hacia ella.

—¿Cuántos años tienes ya, hija mía?

—Diecinueve.

—Dios mío, cuánto tiempo ha pasado. —Le tocó el cabello—. Tu madre me escribió una carta cuando naciste para decirme que eras una niña muy buena. Y si te pareces a tu padre, seguro que eres una joven muy alta y guapa.

La anciana alzó una mano hacia Marcela y esta se la cogió y volvió a agacharse a su lado.

—Cuánto sentimos lo del barco —dijo sor Felipa—. Señor, qué golpe tan duro. Muchas madres todavía esperan que vuelvan sus hijos. Si no los entierran, es como si no hubieran muerto. —Bajó la cabeza, se quedó abstraída un momento y volvió a levantarla—. Me hace muy feliz saber que todavía estáis juntas y que no habéis sufrido nuestra guerra. Con todo lo que hemos pasado... No nos merecíamos esto.

Al otro día por la mañana se detuvieron frente a la fachada de la casa de Herminia, en el barrio de Triana, y Anne Marie las recibió en avanzado estado de gestación. La hija de Thomas las invitó a pasar y a sentarse en la sala frente a una taza de café. En aquella estancia, Marcela notó más el peso de la nostalgia, aunque la decoración era moderna y habían sustituido el viejo piano por uno nuevo. Solo el retrato en la pared de una joven Herminia seguía en el mismo sitio.

Deseó poder disfrutar de los recuerdos a solas.

Reír.

Llorar si era necesario.

Sentir con plenitud antes de comenzar a despedirse.

—Papá me habló mucho de usted —le dijo Anne Marie sacándola de su enfrascamiento—, y de lo que hizo por la abuela.

—Ella también hizo mucho por mí. Y me consta que fue muy feliz con ustedes.

Dos niños pequeños entraron corriendo en la sala y se arrojaron a las piernas de Anne Marie. Ella los rodeó con sus brazos y les estampó en la cabeza un beso a cada uno antes de enviarlos a jugar al patio. Un instante después de que se hubieran ido, todavía pervivía en ella una tierna sonrisa de madre feliz.

—Reformamos esta casa en 1925 —comentó—, y yo vivo aquí desde que me casé, hace nueve años. Papá y mamá se vinieron a Las Palmas durante la reforma y ya no volvieron a Tenerife. Ahora viven en Ciudad Jardín, cerca del puerto. Papá se dedica a la exportación. Le alegrará saber que están aquí. Se lo diré en cuanto vuelvan de visitar a mi hermano.

Cuando Marcela terminó su café, pidió permiso a Anne Marie para salir al patio. Esta recogió a sus hijos en casa y le dejó amablemente peregrinar a solas por sus recuerdos. El drago había crecido considerablemente y sus ramas eran más gruesas y robustas. Se acercó a él como si se tratara de un viejo amigo y acarició su tronco anillado deseando sentir en su sangre el vigor de la savia roja.

—Volvemos a vernos —susurró con la mano en la corteza.

Cerró los ojos y pensó en Hans.

«Cómo te echo de menos...»

Creyó por un momento que el poder del árbol mágico era capaz de transmitir su mensaje al otro lado de la vida, y el recuerdo de su voz revivió en su mente.

«Estoy contigo.»

Sintió que se despedía de él para siempre, como si necesitara completar un recorrido que terminaba allí, a los pies de aquel drago. Estaba cansada de fabricar fantasmas que la encarcelaban en el pasado. Había aprendido que los recuerdos, al contrario de lo que se pensaba, no suavizaban la soledad, sino que la hacían más insoportable. Debía vaciarse el corazón antes de seguir adelante.

Abrió los ojos y miró a su alrededor. El muro estaba reformado y unos sólidos macizos de flores blancas crecían en los bordes, perfumando todos los rincones del patio.

Era un nuevo comienzo.

—Nos alojamos en el hotel Monopol —le dijo a Anne Marie minutos más tarde, mientras se despedían—. Pero estamos buscando una casa de alquiler.

—¡Oh! En ese caso puedo ayudarlas.

La mujer anotó una dirección en una libreta que había sobre el mueble del recibidor, arrancó la hoja y se la dio.

—Es un edificio en esta misma calle que pertenece a un socio de papá. Es muy espacioso y está amueblado. Creo que podrán estar cómodas las tres. Nosotros pensamos en comprarlo, pero, al final... No sé, la casa de la abuela tiene algo.

Una vez fuera, cruzaron la calle para caminar bajo la sombra de los toldos comerciales, aunque Marcela sabía adónde se dirigía. En mitad de la larga avenida apareció frente a ellas un toldo rayado sobre un gran escaparate en el que podía leerse la inscripción: «Casa Rosita».

Miró al interior a través del escaparate y vio a su vieja amiga despachando a una clienta. Se volvió hacia su hija.

—Te hablé de ella, ¿te acuerdas?

—Claro que me acuerdo. Fue quien la cuidó cuando enfermó de gripe. Me lo ha contado un millón de veces.

Marcela sabía por sus cartas que en 1921 Dimas y Rosita habían abierto un ultramarinos en la calle Mayor y que el negocio les iba muy bien. Se habían escrito un par de misivas al año hasta que empezó la guerra en España, pero después no tuvo ninguna noticia.

Entraron al local. Rosita levantó un instante la mirada y pronunció un «buenos días» sin fijarse bien en ellas. A la izquierda, un joven de pelo negro y ondulado colocaba mercancía en las estanterías.

Rosita tenía buen aspecto. Llevaba puesto un vestido gris perlado de manga corta y hombros fruncidos, y lucía una melena castaña entreverada de canas y rizada en las puntas.

La clienta pagó su compra y se dio la vuelta para marcharse con una cacerola envuelta en papel. Rosita miró entonces a Elena, que era la que más cerca estaba de ella, luego a Mili y, por último, reparó en Marcela, a quien reconoció de inmediato.

El lápiz que sujetaba entre los dedos se le cayó sobre el mostrador y se llevó una mano a la boca abierta.

Marcela le sonrió y la miró mientras la mujer se acercaba a un extremo del mostrador y levantaba la trampa como si fuera un puente levadizo. Al llegar junto a ella, las dos se fundieron en un abrazo.

—¿Cómo estás, Rosita?

La mujer estaba tan emocionada que no pudo responder. El joven que reponía las estanterías dejó lo que estaba haciendo y se acercó al grupo de mujeres.

—¿Se encuentra bien, madre?

Rosita soltó a Marcela y se volvió hacia él.

—Sí, muy bien, hijo. Ella es Marcela. Tú no la recuerdas porque eras muy pequeño cuando se marchó.

—¿Es quien nos traía latas de mortadela en la época del hambre?

—La misma —confirmó Rosita.

—Mi madre nos habló tanto de usted que es como si fuera de la familia. Soy Adrián.

Le tendió la mano.

—Te pareces a tu padre —dijo ella estrechándosela.

La sonrisa de Rosita se desvaneció y Marcela vio desfilar por su rostro una multitud de emociones.

—Mi padre murió hace tres años —dijo el joven con voz apagada.

Un triste silencio los sobrecogió a todos.

—Lo siento mucho —dijo Marcela—. Lo siento muchísimo.

Un nuevo cliente entró en el local y Adrián se encargó de atenderlo. Elena persiguió al joven con la mirada hasta que Rosita se las llevó a la trastienda. Allí, sentadas sobre sacos de legumbres, les contó en voz baja lo ocurrido durante la guerra.

—Teníamos un mozo para los recados, un muchacho espabilado. Buena gente. Al estallar la guerra vinieron a buscarlo a la tienda y se lo llevaron porque alguien lo acusó de pertenecer a una asociación comunista. Dimas iba a la cárcel a preguntar por él y a llevarle comida y ropa limpia. Y un día no volvió. Así, sin más. No volvió. —Se quedó un instante pensativa, con la cabeza gacha, reprimiendo un escalofrío. Cuando alzó la mirada tenía lágrimas en los ojos—. Los chicos quisieron ir a buscarlo, pero yo no se lo permití. Ni siquiera denunciamos su desaparición. Teníamos demasiado miedo. Luego mis dos hijos mayores se marcharon a la Península para unirse al ejército republicano. Gracias a Dios sobrevivieron, aunque tuvieron que huir a Francia. Sé que están bien, pero no hemos vuelto a verlos.

Rosita les contó que desde el día del alzamiento se produjeron miles de detenciones sin causa judicial y que la masificación de las prisiones obligó a crear centros especiales de internamiento en toda la isla. Entonces comenzaron las desapariciones masivas y los asesinatos. Oyeron que a los ejecutados los arrojaban al mar por los acantilados o los lanzaban a pozos y simas profundas como la de Jinámar.

—Es horrible —dijo Mili.

Aguardaron en silencio durante un rato mientras asimilaban las noticias y le daban tiempo a Rosita para que se recuperase.

—¿Y tu hija Carlota? —preguntó Marcela tras la pausa.

Ella sonrió un poco.

—Se casó el año pasado y vive en Arinaga. Viene a verme cuando puede. Pronto seré abuela. —Rosita se quedó ensimismada y, al cabo de unos segundos, se fijó en Elena—. No puede negar que es hija de su padre —dijo, y se le entristecieron los ojos—. Siento mucho...

—Lo sé, Rosita, lo sé. —Le puso una mano en el brazo—. ¿Y mi hermana? ¿Sabes algo de ella?

Las únicas noticias que Marcela había tenido de Isabel habían sido a través de las cartas de Rosita. Por eso sabía que tenía una hija de doce años llamada Irene.

—¿No has recibido mis últimas cartas? —preguntó Rosita.

—Ninguna desde el treinta y seis.

—Las comunicaciones se paralizaron durante la guerra y ahora es la censura la que interviene el correo. Pero yo seguí escribiéndote.

—Entonces, ¿Isabel y su hija están bien?

—Nadie está bien en estos tiempos que corren, ya no por el hambre, sino por los muertos, por los desaparecidos, por el miedo a hablar. Al menos, al hambre la veíamos venir de frente. —Rosita suspiró—. Será mejor que vayas a hablar con ella.

Una semana después ya se habían instalado en la casa del socio de Thomas en la calle Mayor, una vivienda de dos plantas con bonitos balcones y ventanas en arco, y Mili tuvo la fortuna de encontrar un empleo en la tienda de suvenires del hotel Monopol.

El domingo, ocho días después de su regreso a Las Palmas,

Marcela subió por las calles empinadas del barrio de San Nicolás, acompañada de Elena, hasta detenerse frente a la casa de su padre. El barrio había crecido hacia lo alto de la loma. Ya no se apreciaban tantos espacios abiertos y deshabitados, los gatos y perros seguían ensuciándolo todo y las vistas desde allí seguían siendo insuperables.

Mientras recuperaban el aliento, Marcela contempló la casa. El patio le parecía más pequeño de lo que recordaba, casi minúsculo, y no vio ni el tendejón que usaban para el aseo ni el aljibe. Sobre el muro bajo que encerraba la vivienda había macetas de geranios rojos, y en el interior del patio sobresalían macizos de lavandas mezclados con plantas de tomillo y romero.

Aspiró hondo, abrió la cancela y caminó hacia la puerta. La carga de la fachada estaba desconchada en algunos puntos, dejando a la vista la arenilla marrón que iba arañando las entrañas de las paredes. Elena la seguía a solo unos pasos, impaciente por conocer a su tía y a su prima. Estaban a punto de llamar a la puerta cuando una niña, que sujetaba un cántaro contra la cadera, abrió la puerta de pronto.

—¡Madre! —llamó en voz alta sin dejar de mirarlas—. ¡Hay dos señoras en la puerta!

Un instante después, Isabel se asomó limpiándose las manos en un trapo. Cuando las hermanas se miraron, las dos quedaron a la deriva.

40

Marcela fue la primera en hablar.

—Hola, hermana.

—¿Hermana? —soltó la niña con los ojos muy abiertos.

—¿No le has hablado de mí a tu hija?

No había acritud en su voz, solo curiosidad.

—Es tu tía Marcela —le dijo Isabel a Irene con el rostro inmutable.

Cuando se recuperó de la impresión, Isabel se echó el paño al hombro y las hizo pasar.

—¿Ya no vives en La Habana, tía? —le preguntó la niña con desparpajo.

Su pelo era castaño como el de su madre, pero sus ojos eran verdes como los de Gaspar.

—No —le respondió, con una sensación agradable enraizando en su corazón al oír la palabra *tía.*

—¿Es mi prima? —preguntó la niña señalando a Elena.

Esta se presentó mientras Marcela e Isabel se mantenían al margen de la conversación, como si no supieran qué decirse. Isabel permanecía en medio de la cocina, con los brazos cruzados sobre el pecho y la mirada esquiva. Marcela la encontró desgastada para sus cuarenta y cuatro años, reflejo de una vida de sinsabores. Sus ropas viejas y desvaídas no hacían mucho por mejorar esa impresión.

—Yo me llamo Irene —dijo la niña—. Tengo doce años.

—Hija, ¿por qué no le enseñas a tu prima la ermita del Risco?

—¿La ermita? —protestó la chiquilla—. ¿No puedo enseñarle la Alameda de Colón?

—Como quieras, pero no tarden en volver.

Irene se dio prisa en dejar el cántaro de barro sobre la mesa, se quitó el mandil y tomó la mano de Elena para tirar de ella hacia la puerta. Esta giró la cabeza hacia su madre, algo divertida, mientras se dejaba arrastrar. Verlas juntas emocionaba y apenaba a Marcela a partes iguales.

Cuando Marcela e Isabel se quedaron solas, se sumergieron en un denso silencio, con la vista distraída en cualquier cosa menos en ellas mismas, como si no quisieran descubrir quiénes eran en aquel momento, si eran las mismas personas de hacía veinte años, si habían cambiado, si sentían rencor, cariño o desprecio por la otra.

Si podían empezar a tratarse como hermanas.

Si continuaban siendo unas desconocidas, polos opuestos.

Las paredes lucían blancas y limpias. Había muebles nuevos y, en las ventanas, cortinas ligeras que se mecían en la brisa que llegaba del mar. En la mesa reposaba un jarrón con flores secas de lavanda que desplegaba su fragancia cada vez que las sacudía un soplo de aire.

En la mente de Marcela se asentó la imagen de su padre y el sonido grave de su voz. Por un momento, volvió a ser una niña a la que nadie hacía caso. Aunque ya no le dolía pensar en ello.

—Tu hija es una niña muy despierta —dijo para romper el silencio.

Isabel le dio la espalda para dejar el trapo en la encimera.

—En eso se parece a ti. Siempre quiere saberlo todo.

—Entonces seguro que cree saberlo —respondió Marcela riendo, admitiendo ante ella sus propios defectos—. Le llevará un tiempo darse cuenta de que no sabe nada.

Isabel se movió hasta un armario y sacó dos vasos y una botella de vino tinto. Luego le hizo a su hermana un gesto para que se sentara a la mesa. No le preguntó si quería beber vino, simplemente lo sirvió en los vasos y se sentó frente a ella.

Marcela dio un primer sorbo y puso buena cara, aunque, en realidad, el vino estaba avinagrado y agrio.

—¿Has venido para quedarte? —preguntó Isabel.

«¿Por qué no me mira? Estoy aquí. Soy su hermana. ¿Por qué no quiere mirarme?»

Tampoco la miró cuando le respondió.

—La tía Flora se fue a vivir con Carmen a Artemisa cuando el tío Antón falleció hace un par de años. —Hizo una pequeña pausa antes de añadir a media voz—: En La Habana ya no nos quedaba nada y Elena tenía muchas ganas de conocer Las Palmas. Esperamos a que acabara la guerra para volver.

—Tu hija se parece a su padre —dijo Isabel de sopetón, con la vista entretenida en el vaso de vino.

—Es cierto —admitió Marcela en un susurro—, se parece mucho.

—Quién lo iba a decir...

Marcela era consciente de que Isabel sabía a grandes rasgos cómo había sido su vida en La Habana porque Carmen había seguido escribiéndole durante todos esos años, aunque ella nunca había contestado.

Marcela daba golpecitos con la uña en el vaso de cristal.

—¿Y Rodolfo?

Haciendo girar el vaso entre las manos, Isabel se atrevió a mirarla abiertamente por primera vez. Antes de responder, bajó de nuevo la vista para fijarla en la mesa.

—Vinieron a buscarlo en cuanto estalló la guerra por pertenecer a la Federación Obrera. Ya sabes que siempre fue sindicalista. Pero él ya se había marchado a la Península para unirse a los rojos. Todavía estoy esperando a que vuelva. Mi cuñado Pancho también se marchó a combatir. Él fue quien me dijo que estaba vivo, pero que no podía volver.

—Lo siento.

Ella se encogió de hombros.

—De todas formas, casi nunca estaba en casa.

Se quedaron calladas un rato, hasta que Isabel, mirando a su hermana fugazmente, le dijo:

—¿No vas a preguntarme por Gaspar?

En realidad, Marcela no pensaba hacerlo, pero no quería parecer rencorosa.

—¿Cómo está? —preguntó con un suspiro.

—Se casó un año después de que te fueras, con una muchacha de dieciocho años que se encaprichó de él cuando lo vio en Teror durante las fiestas del Pino. La familia de ella es de Fuerteventura y tiene plantaciones de trigo y tomate en esa isla. Un buen partido. Gaspar se fue a vivir con ellos. Durante años lo único que supe fue que tuvieron cuatro hijos, tres hembras y un varón. —Su voz se interrumpió unos segundos y después agregó resentida—: Ni siquiera los conozco.

Marcela no supo qué decir. La forma distante en que la trataba Isabel le producía una terrible desgana para comunicarse con ella y tenía que hacer un esfuerzo para no parecer indiferente. Se disponía a comentar cualquier cosa cuando Isabel volvió a tomar la palabra.

—Gaspar se alistó con los nacionales. Fue de los primeros. Prometían pagas, puestos de trabajo y viviendas para los voluntarios. Supongo que al final estaba harto de vivir a expensas de su suegro. Lo enviaron a la Península. Murió el año pasado en la batalla del Ebro.

Marcela acusó el impacto de la noticia y se quedó aturdida durante un momento. Debería decir que lo sentía, pero, que Dios la perdonara, no le salía de dentro. No se alegraba de su muerte, no era eso. En realidad, no sintió nada.

—Sé lo que te hizo la noche antes de irte —continuó Isabel—. Él mismo me lo contó cuando lo encontré con la cara partida y una costilla rota que tardó meses en curar. Tu alemán debía de amarte mucho para defenderte de esa forma.

Sus miradas volvieron a cruzarse.

—No culpo a tu soldado —añadió Isabel—, Dios me libre. Y es verdad que siempre defendí a Gaspar. Pero no debió pegarte.

—Isabel...

—No, déjame hablar. —Buscó las palabras, dio un trago a su vaso de vino, guiñó los ojos por el horrendo sabor y carraspeó antes de seguir—. Sé que no fui la mejor hermana y no estoy tratando de buscar excusas, porque ya no tiene remedio. Pero tengo una hija que está criándose sin familia, solo me tiene a mí. Carmen está demasiado lejos y de sus tíos de Lomo

Blanco solo tengo relación con Pancho, y casi no lo vemos, lo que te convierte a ti en su única tía.

Isabel se acicaló el pelo, que llevaba recogido en un moño despeinado, sorbió otro poco de vino y respiró hondo antes de añadir:

—No me importa que vengan a ver a la niña.

—Por los hijos somos capaces de hacer cualquier cosa, ¿verdad?, incluso aquello que más nos desagrada.

Marcela no pudo evitar decir eso, porque encontraba tanta frialdad en los ojos de Isabel que volvió a sentir la misma decepción de antaño, cada vez que creyó posible que el cariño surgiera entre las dos. Pero Isabel seguía sin darle la oportunidad.

Y a una parte de ella ya le daba igual.

—Podemos tener una relación cordial —dijo Isabel.

—Así será si tú quieres.

Mientras esperaban a que Irene y Elena regresaran, Isabel comentó con poco entusiasmo que trabajaba en la misma fábrica de empaquetar plátanos en la que conoció a Rodolfo y que Irene todavía iba a la escuela. También dijo que a su hija le encantaba leer.

—Se parece más a ti que a mí.

Antes de regresar al hotel, Marcela y Elena ascendieron hasta lo alto de la loma. El paso del tiempo había reducido la casa cueva de Herminia a un puñado de piedras cubiertas de vegetación embrolladas con la basura que los vecinos arrojaban allí como si fuera un estercolero. Por el hueco que había ocupado la puerta aún podía accederse al interior de la vivienda.

—Voy a entrar —dijo Marcela.

—Yo también.

—Mejor quédate aquí, no quiero que te caiga una piedra en la cabeza.

—Pues tenga cuidado.

Dentro, engullidos por el polvo, los hierbajos y la humedad que rezumaba la roca, Marcela encontró algunos frascos de hierbas tirados por el suelo; unos rotos, otros recubiertos de una fina costra verde. Al otro lado, la estantería de los libros también se había desintegrado y los volúmenes se habían caído y descansaban en el suelo medio podridos, como aves muertas con las alas abiertas.

Piedras, vigas descompuestas y un rayo de sol que incidía a través de una hendidura en el tejado era todo lo que quedaba allí de la vieja Maldiciones, la mujer de carácter endemoniado que un día se había apoderado de una derrotada Herminia.

Pocos días después, una mañana calurosa de finales de julio, Marcela recibió una visita especial.

—¿No vas a darme un abrazo? —preguntó Thomas en la puerta.

Ella le sonrió y lo abrazó con cariño. Thomas la apartó un poco para examinarla.

—Qué poco has cambiado —le dijo con el ligero acento que aún conservaba a pesar de los años—. Todavía pareces una chiquilla.

Ella también lo estudió. Thomas ya habría sobrepasado con creces los cincuenta años. Tenía el pelo y la barba canosos, pero mantenía el porte distinguido y la mirada viva y limpia.

—Los años dejan su huella en todos —le dijo—, si no por fuera, por dentro, pero a ti te veo muy bien.

Lo condujo a la sala de estar y él echó un vistazo alrededor. Reparó en el papel pintado de las paredes, en los coloridos sillones y en los grandes ventanales adornados con ligeras cortinas blancas.

—Es acogedora esta casa —convino—. Mi socio tiene un gusto excelente. Y en pleno centro de la ciudad. —Movió la cabeza a ambos lados, como si estuviera buscando a alguien—. ¿Dónde está tu hija? Tengo ganas de conocerla.

—Salió al mercado, pero no tardará en volver.

Envueltos en la atmósfera luminosa de la mañana, que olía

a café, no les llevó mucho tiempo ponerse al corriente, siempre con el recuerdo de Herminia presente entre los dos. Después, Thomas le ofreció su visión pesimista de la política en España y en el resto de Europa.

—Aquí se ha instalado un clima de persecución a todo el que no comulgue con el régimen de Franco —dijo moderando el tono de voz—. Podría pensarse que la gente respira aliviada desde que hay paz, pero no es así, y me duele ver las libertades menguadas y el temor en la gente.

Thomas meditó durante unos segundos. No había querido sentarse en la poltrona de formas redondeadas y había preferido la rigidez de una silla. Mantenía la pierna dañada estirada y acariciaba con los dedos la empuñadura de marfil de su báculo. En el pequeño canapé tapizado de terciopelo, Marcela sujetaba su taza de café y permanecía atenta a su discurso.

—Y ahora Europa va a la deriva —continuó Thomas en un tono confidencial—. En la parte oriental, las democracias están enfermas y los partidos radicales van en aumento. Alemania se rebela contra el Tratado de Versalles y pretende recuperar los territorios perdidos durante la pasada guerra. —La miró con fijeza y añadió—: No me creo esos discursos de carácter pacifista del canciller alemán ni ese acuerdo naval anglo-germano que solo sirve para que Alemania vuelva a la tarea de construir submarinos.

Hasta ellos llegó el sonido de la puerta al abrirse, y después unos pasos ligeros por el pasillo.

—¿Crees que puede haber otra guerra? —le preguntó Marcela.

—¿De qué guerra hablan? —interrumpió Elena al entrar en la sala.

Thomas se puso de pie.

—Vaya —dijo—, pues sí que te pareces a tu padre. Soy Thomas Hammersmitz, señorita. —Le tendió la mano—. Es un placer conocerla.

—Yo soy Elena —dijo ella estrechándole la mano—. He oído hablar mucho de usted.

La joven fue a sentarse al canapé junto a su madre y se sirvió un poco de café.

—¿Hablaban de Europa? Ahora que la han reconstruido para que yo vaya a verla, no pueden destruirla de nuevo.

Thomas pareció atribulado mientras volvía a sentarse.

—Dios no lo permita —dijo con la mirada perdida—. Pero Hitler está traspasando todas las líneas rojas. Se salta los acuerdos internacionales a su antojo bajo la atenta mirada de los británicos y los franceses, que vacilan ante la perspectiva de una nueva guerra. Checoslovaquia ha cedido a la presión alemana y ahora el canciller ha puesto el foco sobre Polonia. El mundo vive bajo la amenaza de una nueva catástrofe.

Los malos presagios de Thomas no podían ser más inquietantes y durante unos momentos nadie dijo nada. Hasta que él les mostró un pequeño cuaderno que llevaba en las manos y en el que ninguna de las dos había reparado antes.

—He traído esto —dijo dejando el cuaderno sobre la mesa de patas torneadas que había frente al canapé—. Anne Marie lo encontró hace unos años en el fondo de un cajón.

—¿Qué es? —preguntó Elena estirando el cuello hacia la mesa.

Marcela no necesitó acercarse tanto para reconocer el cuaderno de Hans, el mismo en el que ella lo había visto tomar notas en alguna ocasión. La mano le tembló un poco al cogerlo de la mesa y la emoción le provocó un nudo en el pecho al acariciar las tapas con los dedos y recorrer las ondas que se habían formado por la exposición intermitente al calor y a la humedad. Las hojas tiesas y amarillas habían corrido la misma suerte y estaban deformadas, y, al abrirlo, se encontró con que la escritura a lápiz era casi invisible en algunos párrafos. Pasó con cuidado las hojas. En muchas de ellas aparecía escrito su nombre. Su mano lo había trazado con elegante caligrafía y quiso pensar que también con cariño. Ese cuaderno formaba parte de él, de su historia, de la historia de los dos.

Enterrar los recuerdos iba a ser más difícil de lo que había imaginado.

—Gracias, Thomas. Es importante para mí. Para las dos. —Miró a Elena y se lo tendió—. Era de tu padre, hija.

La muchacha se lo cogió de las manos y lo examinó con íntimo interés.

—Anne Marie pensó que había pertenecido a mi padre —explicó Thomas—, pero al ojear los escritos nada le encajaba. Cuando me lo enseñó, me di cuenta enseguida de quién era su dueño.

Elena se llevó una decepción al abrirlo.

—Está en alemán —dijo, y volvió a dejarlo sobre la mesa.

Marcela imploró a Thomas con la mirada.

—¿Podrías leérnoslo?

—Confieso que solo repasé un par de hojas —admitió Thomas—. No me parecía correcto hurgar así en los pensamientos de alguien. Pero imagino que..., después de todo, ya no importa demasiado, ¿verdad? Tal vez a él le habría gustado.

—Te lo agradezco —murmuró Marcela emocionada, y estiró una mano para aferrar la de su hija. Por primera vez, los pensamientos de Hans cobrarían vida después de tanto tiempo.

Thomas recogió el cuaderno y empezó a traducir los fragmentos que aún no se habían borrado.

Las palabras escritas iban dedicadas en mayor medida a su familia, a sus camaradas, a los tiempos anteriores a la guerra, a las ganas que tenía de recuperarse para volver con los suyos... Pero también expresaba su malestar por las acusaciones de Marcela cada vez que se producían hundimientos de barcos españoles.

> ... cómo hacer entender a su joven corazón que nadie está a salvo de la irracionalidad del mundo, que el concepto de justicia en la guerra pierde su significado porque no se puede matar y destruir en virtud de la paz. Sería lo mismo que mentir en virtud de la verdad. Sin embargo, tampoco creo que la paz más injusta sea preferible a la más justa guerra.

Thomas pasó varias hojas hasta que encontró otro trozo legible.

... soñar con ella hace más llevaderos los días de incertidumbre en los que el peligro nos acecha. El recuerdo de su sonrisa, el brillo de su pelo entre mis dedos, las noches de placer junto a su...

Con un carraspeo, Thomas se detuvo y levantó la mirada hacia Marcela.

—No sé si debo seguir.

Elena miró a su madre.

—No habla de mí, hija —le aclaró ella—. Seguramente se refiere a Hannah, la que fue su prometida.

Thomas buscó otro párrafo más apropiado.

... puede que estuviera al borde de la muerte cuando abrí los ojos y la vi, pero, incluso en la febril agonía, sentí deseos de acariciarla. Nunca había visto un rostro tan hermoso y lleno de vida como el suyo. Si la fiebre no me hubiera arrebatado las fuerzas, habría levantado las manos para averiguar si era real o el producto de un sueño. Ella me sonrió, me dio una paz que todavía conservo estos días, aunque a veces se enfade conmigo por cosas que todavía no comprende. Solo es una niña que...

Thomas dejó de leer.

—Sigue, por favor —lo acució Marcela.

—Lo siguiente no se entiende.

41

A principios de agosto se compraron un transistor para mantenerse informadas sobre lo que pasaba en el mundo. De esa forma se enteraron un mes más tarde de que Alemania acababa de invadir Polonia. Y la paz en el mundo volvió a saltar por los aires.

El temor a que España sucumbiera a participar en la contienda estaba en mente de todos, pero, a diferencia de antaño, nadie se atrevía a expresarlo. No había corrillos en los que debatir, lecturas colectivas del periódico ni reuniones. El miedo a ser delatado al nuevo régimen, cuyas simpatías se inclinaban hacia los totalitarismos de Italia y Alemania, amordazaba severamente a la población.

A finales de noviembre, Mili llegó a casa acompañada de un hombre.

—Este es Jonay —dijo con una emoción que no pudo ocultar en la voz—. Es el gerente del hotel...

—Ya sabemos quién es —respondió Elena divertida como una colegiala.

—Volvemos a vernos, señoras —saludó el hombre.

La impresión dejó a Marcela sin palabras. Y, mientras las recuperaba, examinó al gerente con la intensidad propia de una madre quisquillosa ante el primer pretendiente de su hija.

Jonay notó los ojos clavados en él y se puso nervioso. Primero enlazó las manos a la espalda, después se las metió en los bolsillos del pantalón, luego las volvió a sacar para atusarse el cabello y, finalmente y ante el vivo interés de la mujer que lo observaba, se cruzó de brazos y miró al suelo.

Marcela reparó en su impecable traje de recepcionista y en el pelo castaño sujeto con fijador. Los ojos bajo los lentes redondos eran vivaces y su boca, pese a lo tenso que estaba, parecía congelada en una sonrisa. Olía a loción de afeitado y sus uñas estaban limpias. No era tan alto que intimidara ni tan bajo que incitara a la burla. Decidió que le gustaba. Al mirar a Mili descubrió en sus ojos algo que no había visto antes. Era amor.

Cuando Marcela le dio un segundo repaso, notó que él enrojecía y se dijo que solo un hombre así sería capaz de hacerla feliz.

Llegó la Navidad y no ocurrió nada, de modo que el miedo a la guerra se lo llevaron los vientos alisios. Después de todo, ¿a quién podría interesarle la cooperación de una nación arruinada y hambrienta?

El día de Nochebuena, las tres pasaron la mañana con sor Felipa en San Martín, llenándola de amor y acompañándola en sus oraciones al niño Dios, y por la noche organizaron una cena familiar a la que asistió Rosita acompañada de su hijo Adrián. Irene consiguió, a base de ruegos, que su madre venciera sus recelos y aceptara ir a reunirse con ellos, y las dos llegaron a la calle Mayor ataviadas con sus mejores vestidos, que, con toda seguridad, se habían hecho ellas mismas para la ocasión.

En la radio sonaron villancicos, por los balcones abiertos se adentró la brisa salobre procedente del mar que rugía calle abajo y que olía a algas, arena y sal. Cenaron sopa y guisos a base de pescado, y remataron con dulces y sidra espumosa. Ya habían terminado de cenar cuando Jonay se presentó en la puerta después de terminar su turno en el hotel. Mili salió a recibirlo y volvió a entrar agarrada a su brazo, con una ancha sonrisa en el rostro. Les presentó a Jonay a los que no lo conocían y luego lo invitó a sentarse a la mesa, a su lado. Mientras le ofrecía sidra espumosa, Rosita se levantó de la silla e hizo sonar su copa para llamar la atención del resto.

—Me gustaría decir unas palabras —comenzó, y se impuso el silencio—. Todos los que estamos aquí hemos perdido a alguien o esperamos a que nuestros seres queridos regresen a casa. Han sido unos años difíciles... —Agachó la cabeza y tardó unos segundos en poder continuar. Luego parpadeó para librarse de la melancolía y volvió a mirarlos—. Me gustaría brindar por los que no están, para mantener vivo su recuerdo y sentirlos cerca.

Se pusieron de pie y brindaron por los ausentes mientras se retenían algunas lágrimas. Rosita añadió:

—También quería decir que...

La emoción no le permitió continuar y se dejó caer desmadejada en la silla. Adrián, que estaba a su lado, le apretó el brazo para reconfortarla y tomó el relevo de sus palabras.

—Lo que mi madre quiere decir es que nuestro negocio empieza a ir mejor desde que acabó la guerra y que nosotros ya no somos capaces de atenderlo como es debido. Por eso, a los dos nos gustaría mucho que la señora Marcela fuera nuestra socia.

Rosita asintió y sonrió, y Marcela no pudo ocultar su sorpresa.

—Pero ¿están seguros? —dijo mientras asimilaba la propuesta.

—Completamente —respondió Rosita—. Necesitamos ayuda y me parece una forma maravillosa de compensarte. ¿Qué me dices? ¿Somos socias?

Marcela apartó la silla, rodeó la mesa y llegó hasta ella para darle un abrazo.

—Creo que eso es un sí —dijo Adrián contento.

Un poco más tarde, Isabel, que había permanecido callada la mayor parte de la velada, se acercó al pequeño aparador que había contra una pared de la sala. Allí estaba la fotografía de sus padres que la tía Flora le había regalado a Marcela. Isabel la cogió y la contempló.

—¿Es igual que en tus recuerdos? —preguntó Marcela a su espalda.

Isabel se giró hacia ella asintiendo con los ojos llenos de lágrimas.

—Los echo de menos. Echo de menos la familia que éramos antes de que madre muriese.

—Pero eso ya no va a volver. Y no podemos vivir sintiendo rencor y tristeza por un pasado que no podemos cambiar. Tienes una hija sana y maravillosa, una casa donde vivir... Tienes tu propia familia. Me tienes a mí... —Le puso una mano en el hombro—: Déjame ser tu hermana, Isabel.

Esta dejó el retrato y la miró con ojos interrogantes.

—¿Por qué te empeñas? —dijo parpadeando con fuerza—. No me necesitas.

—Me empeño porque sé que la vida te traicionó igual que nos traicionó a todos. Hubo un tiempo en el que yo también estaba furiosa con la vida por haberme arrebatado lo que más quería, y puede que en esos momentos tampoco me haya portado muy bien. Pero nadie me lo tuvo en cuenta. Entonces empecé a comprenderte mejor. Solo intentabas defenderte de los sueños rotos. Tu rabia no era contra mí, Isabel, pero yo estaba cerca.

Isabel desvió la mirada y se dio cuenta de que Elena e Irene las observaban.

—Creo que no sé vivir de otra forma —murmuró limpiándose una lágrima de la mejilla—. Pero me gustaría dejar de sentir esta rabia que llevo dentro desde que murió madre. Es como una sombra que no me deja ser feliz.

—A veces basta una sonrisa para espantar la sombra.

Isabel agachó la cabeza. Marcela le sujetó la barbilla con dos dedos y la obligó a mirarla. Entonces le sonrió. Por primera vez en su vida, Isabel le devolvió una sonrisa sincera.

El año 1940 arrancó sin novedades. En la radio se hablaba de la «guerra de broma», ya que parecía que nada se movía y que las declaraciones de guerra de Francia y Gran Bretaña contra Alemania se habían quedado en meros manifiestos sobre el papel.

Marcela comenzó a trabajar en la tienda de Rosita y no tardó en darse cuenta de cómo le cambiaba la cara a Adrián cuando Elena estaba cerca. De igual modo, percibió en su hija un azoramiento inusual en presencia del joven y un comportamiento nervioso cuando sus ojos la buscaban. Adrián era un muchacho apuesto, de carácter noble y sonrisa franca, así que no le pareció extraño que su hija se fijara en él.

Una tarde templada de mediados de enero, cuando Rosita y Marcela estaban a punto de cerrar la tienda, una mujer de mediana edad cruzó el umbral de la entrada. Su perfume saturado de esencia de lavanda llegó al mostrador antes que ella. Mientras Marcela apuntaba en la libreta las ventas del día, Rosita se encargó de atenderla. Era alta y oronda, e iba muy maquillada. Sus cejas eran una línea curva pintada sobre los ojos oscuros y su lápiz de labios era el más encarnado que ellas hubieran visto jamás. Preguntó por un juego de vasos de *whisky* y una hielera para, según ella, enfriar botellas de champán. Parlanchina y simpática, cuando hablaba se le reconocía un ligero acento cubano adherido a su vocabulario, debido, con toda probabilidad, a años de exilio. Marcela la observó con interés, como si la conociera. Cuando la mujer desvió la mirada hacia ella, sus ojos se dilataron de forma exagerada, casi cómica.

—¡Madre del amor hermoso! —exclamó en un tono demasiado alto para resultar agradable—. ¿Eres tú?

Marcela la miró tratando de ubicar esas mejillas redondas y esa expresión de asombro en la cara, pero lo cierto fue que ningún nombre le vino a la cabeza.

—¿Es que no me reconoces? ¡Soy Jimena!

La mente de Marcela entró en un túnel del tiempo y dio vueltas hasta llegar a Santiago de Cuba. Allí conoció a una muchacha con ese nombre, pero le parecía imposible que fuera la misma persona.

—He engordado un poco —la susodicha sonrió con descaro—, pero no creía que hubiera cambiado tanto.

A Marcela aún le llevó unos segundos salir de su asombro. No era solo por el cambio físico que había experimentado, sino también por su actitud desenvuelta y atrevida. La Jimena que recordaba era una joven de voz dulce y ademanes comedidos, lo opuesto a la mujer que acababa de entrar en la tienda. Cerró el libro de cuentas y, echándole un poco de imaginación, reconoció en ella a la sobrina de *miss* Rubi.

—No puedo creerlo —dijo—. ¿De verdad eres Jimena?

—La misma que viste y calza. Ay, carajo, tú estás igual.

—¿Qué... qué haces en Las Palmas? —Marcela no salía de su asombro.

—Bueno, es largo de explicar —contestó ella enlazando las manos debajo de los pechos—. Pero, en resumidas cuentas: me casé con un canario que echaba mucho de menos su tierra. Dijo que no soportaba más el maldito clima tropical y en el treinta y cinco nos fuimos a Lanzarote. Ay, si hubiera sabido adónde iba... Mira, yo no tenía ni idea de cómo era esa isla, pero no aguanté más de tres años. Tres años viviendo entre piedras de volcán, negras como carbón y más sola que la una, ¿tú te lo puedes creer? Llevo año y medio en Las Palmas. Chica, esto es otra cosa. Aquí hay vida, hay árboles, hay gente.

—¿Y tu marido?

—Allí lo dejé, *agarrao* a su pedrusco, plantando cebollas. Yo ya no podía más. —Sonrió ampliamente—. Ahora tengo mi propio negocio, un *meublé* en el barrio de los Arenales en el que alquilo habitaciones a parejitas ansiosas, ya sabes. También tengo dos o tres chicas para los *desparejaos*.

Rosita, que las observaba con interés, se sonrojó.

Jimena se dio cuenta.

—No me mires así, mujer, que en España se acabó la República. Y con el Generalísimo no hay medias tintas: si no eres una santa, eres una puta.

Soltó una carcajada que le agitó todo el cuerpo. Después se fijó de nuevo en Marcela.

—Bueno, ¿y vosotras qué? ¿Aquel viajecito a La Habana salió bien?

—Todo lo bien que cabía esperar. —Marcela hizo una pequeña pausa y añadió—: Volvimos hace unos meses.

Jimena estiró un poco el cuerpo para acercarse, con el

mostrador en medio de las dos, y le habló en tono confidencial.

—Oye, aquello que pasó... Tú ya sabes que yo no...

—Dejemos los malos recuerdos en el olvido, ¿te parece?

—*Ok*, como tú quieras, pero tú sabes que yo no tuve *na* que ver.

—De verdad, Jimena, no quiero hablar de ello.

—¿Y la muchachita? ¿Se casó o algo?

Marcela negó con la cabeza.

Jimena frunció los labios rojos y elevó los ojos al techo.

—¿Le agarró *mieo* a los hombres o qué?

Marcela no contestó y Jimena optó por cambiar de tema.

—Bueno, cuéntame, que me muero de curiosidad: ¿pudiste encontrar a tu amantísimo oficial alemán? Ay, la de veces que nos acordamos de esa historia. Era tan romántica...

—En realidad, no. —Marcela bajó la mirada—. Murió en el naufragio del *Valbanera*.

—Ay, Señor, Señor, qué lástima. Mira que lo siento —dijo Jimena llevándose una mano al pecho—. Estábamos seguras de que se había salvado. Supimos que anduvo buscándote por el muelle. Ni siquiera imaginamos que hubiera vuelto a embarcar.

Marcela reaccionó a su comentario a la velocidad de un rayo.

—¿Hans estuvo buscándome? ¿Cómo... cómo sabes eso?

—Nos lo dijo José Carlos, el guardia con el que os estabais peleando cuando os conocimos. ¿Te *acueldas* de él?

—Claro que me acuerdo.

—Mi tía y yo volvimos al muelle días después de que os fuerais, ya tú sabes, para buscar a alguna chica nueva que animara el negocio. José Carlos nos habló de un hombre que había estado preguntando por una muchacha. Dijo que parecía desesperado y que montó tremendo lío con los funcionarios de aduanas.

—¿Por qué sabes que era Hans? Podía ser cualquier otro hombre. Aquello era un caos de personas.

—Ah, porque José Carlos dijo que era un *yuma* pálido como una cacatúa.

—¿Un *yuma*?

—Sí, mujer, allí les dicen *yuma* a esos extranjeros rubios y de ojos claros. Y, además, José Carlos también dijo que era alemán y que viajaba en el mismo barco que ustedes. Chica, pica y es rojo, ¿qué es? Una guindilla. Pues eso. ¿O es que había más alemanes en ese barco?

Marcela no escuchó sus últimas palabras, solo fue capaz de imaginar a Hans atormentado buscándola por el puerto, haciéndose mil preguntas.

Pero, si había desembarcado detrás de ella, también era posible que no hubiera vuelto a embarcar. Cielo Santo... Hans podía estar vivo.

La mano de Rosita se posó en su brazo, como si temiese que fuera a caerse.

—¿Hay algo más que sepas? —le preguntó a Jimena con ansiedad por conocer la respuesta—. ¿Le dijo José Carlos adónde habíamos ido? ¿Lo vio volver al barco?

—¿Decirle dónde estabais? Antes se habría cortado tres dedos de una mano. Habría sido su perdición. Y en cuanto a si volvió al barco... No lo sé, cariño. Él no nos dijo nada.

Jimena cambió de tema, como si no fuera consciente de la conmoción que acababa de causar en Marcela, y entonces habló de su tía, la petulante *miss* Rubi, que, al parecer, había regresado a Madrid pocos años antes de que estallara la guerra para ejercer de ciudadana respetable y regentar una tienda de artículos religiosos.

—Dice que es un negocio increíble y que, de haberlo sabido antes, nunca se habría metido en el negocio de la carne, que da muchos disgustos. ¿Te acuerdas de Dolores? —Marcela asintió como una sonámbula—. Bueno, pues cuando la prometida del joven Avellaneda llegó de España, Dolores arremetió contra ella ¡en el mismo puerto! Imagina el susto de la muchacha. Y no creas que Dolores quería agarrarse a sus greñas, *na* de eso. La muy tiñosa llevaba un cuchillo debajo el *vestío* y a Dios gracias que Avellaneda estaba cerca. Si no, le rebana el pescuezo. El rasguño que le hizo llevó a Dolores derechita al *taleo* una temporada, aunque cuando salió volvió a intentarlo, la muy perra. Al final, Avellaneda regresó a España con su familia. La última vez que vi a Dolores vendía su cuerpucho rancio en las callejas del puerto. Mal asunto, te lo digo yo.

Antes de marcharse, Jimena les dijo dónde estaba ubicada exactamente su casa de citas y las invitó a ir a verla algún día. Después, se marchó con su compra, contoneándose torpemente.

Rosita acompañó a Marcela hasta su casa y no la soltó hasta que la dejó sentada en el canapé.

—¿Qué te pasa? —le preguntó Mili cuando salió de la cocina con un cucharón en la mano y oliendo al guiso de la cena—. Pareces a punto de desmayarte.

Ella la miró con los ojos muy abiertos. Mili llevaba un pañuelo a modo de cinta en la cabeza que la hacía parecer casi tan joven como Elena, que estaba a su lado peinada con dos trenzas. Marcela olfateó el aroma potente del guiso de pescado que borboteaba en una cazuela y oyó el sonido metálico de los cubiertos que su hija sujetaba en las manos y que iban destinados a la mesa. Y a pesar de todo el ambiente cálido que la rodeaba, sintió que estaba a miles de kilómetros de distancia.

—¿Mamá? —interpeló Elena interrogando a Rosita con la mirada y empezando a preocuparse.

—Puede que tu padre no muriera en aquel barco —anunció Rosita sin más preámbulos.

Al día siguiente, sobre el mediodía, Marcela no pudo contenerse por más tiempo y fue en busca de Thomas, que vivía en una gran casa en Ciudad Jardín, cerca del puerto. La doncella le dijo que el señor no estaba y que no se le esperaba hasta la hora del almuerzo. Ya iba a marcharse cuando oyó una voz con acento extranjero a sus espaldas. Al volverse se encontró con una mujer de ojos azules y delgada como una bailarina que pronunció su nombre, como si la hubiera reconocido nada más verla.

—Thomas habla a menudo de ti —le dijo mientras la invitaba a pasar—. Ya tenía ganas de conocerte.

—Señora...

—Llámame Nicole, querida. —Le puso una mano en el hombro y se acercó para darle un beso en la mejilla—. Ven, acompáñame al jardín. Thomas no tardará en volver a casa para el almuerzo. —Se giró buscando a la doncella—. Pino, prepara té, por favor.

Marcela la siguió hasta el jardín sin evitar reparar en los pantalones holgados de la mujer, en su camisa a cuadros masculina y en el largo pañuelo que adornaba su espalda y le recogía en la nuca su pelo castaño algo canoso. Sentadas en unos confortables sillones coloniales de mimbre, frente a una mesa de forja y una taza de té, se entretuvieron recordando a Herminia.

—Al principio pensé que sería un martirio tenerla en casa —admitió Nicole con una sonrisa—. Esa forma de ser tan... suya... Pero enseguida supe que era una mujer especial. Y mis hijos aprendieron en tiempo récord un buen repertorio de palabrotas, de modo que estaban encantados. —Soltó una carcajada gruesa, nostálgica—. La echamos de menos cada día.

Hablar de Herminia le aplacó a Marcela los nervios hasta que Thomas llegó minutos después. Nada más verlo aparecer, se puso en pie.

—Puede que Hans esté vivo —le soltó sin preparación alguna.

Thomas llegó junto a ellas apoyándose en su bastón.

—¿Por qué piensas eso?

Lo puso al tanto de su increíble encuentro con Jimena, de las cosas que había dicho y de las sospechas razonables que todo ello generaba.

—¿Crees que hay alguna forma de averiguarlo?

—Si estuviera vivo, ¿dónde crees que estaría?

—En un submarino, en un barco...

Thomas sacudió la cabeza y le hizo un gesto a Marcela para que se sentara. Él tomó asiento junto a ellas.

—Si vive y está en la Marina, creo que podría localizarlo —dijo tras reflexionar un momento—. Tengo algunos contactos y el cónsul alemán en Las Palmas es un buen amigo.

—Y padrino de nuestra hija menor —añadió Nicole.

—Pero si ha vuelto a la vida civil —continuó Thomas—, me temo que será una tarea imposible. Hans es un nombre demasiado corriente y Berger también es un apellido común.

—Si está vivo, tiene que haber seguido su carrera militar. Estoy segura. Él me dijo que era su intención volver a Alemania, dijo que su país lo necesitaba.

—Estamos barajando conjeturas, no datos contrastados —comentó Thomas con prudencia—. Te lo digo porque no quiero que te hagas falsas ilusiones.

—Él sabía lo que iba a ocurrir —continuó Marcela obviando su comentario—. Tú lo viste, viste lo afectado que estaba por la dureza con la que fueron tratados después de la guerra.

Thomas se inclinó hacia ella manteniendo la pierna maltrecha estirada.

—Marcela, voy a hacerte una pregunta. Tal vez sea dolorosa, pero debo hacerla antes de lanzarme a la caza de un hombre. —Esperó a que ella asintiera con un ademán y continuó—: ¿Cabe la posibilidad de que esté vivo y no haya querido buscarte?

Marcela resopló. Sus ojos brillaron. Maldita pregunta que le apuñalaba el corazón y la ponía frente a sus peores temores. Respondió casi sin voz, tragando saliva y manteniendo erguida la postura.

—Podría ser.

—Y, aun así, ¿crees que debo buscarlo?

—Cariño —intervino Nicole poniéndole una mano en el brazo a su marido—, ella te buscó a ti sin saber si querrías volver a ver a tu madre.

Marcela empezó a tener claro por qué Thomas amaba a esa mujer. Había una chispa de inteligencia en su mirada fuera de lo común.

—Me basta con saber que está vivo —se apresuró a decir notando alfileres en los ojos—. Me basta con eso.

Se marchó con la promesa de Thomas de buscarlo y con la complicidad de Nicole, que la acompañó hasta la puerta.

—Si vive, él lo encontrará.

La espera fue larga. Las comunicaciones, lentas y penosas. Thomas haría cuanto estuviera en su mano y, sin embargo, Marcela no pudo evitar sentir que flotaba en un estado superior de pereza y que no era capaz de concentrarse en nada, con el sentido del tiempo cercenado. Vagaba por las calles, por la tienda, por la casa, envuelta en un extraño silencio, aprendiendo a dormir a ratos, de día, de noche, medio inconsciente, medio despierta.

Elena también estaba desorientada, y dolida, porque a lo largo de los años la pérdida se había asentado en lo más profundo de su corazón, como un asunto silencioso que la hería y con el que había convivido desde la infancia.

—Me obligó a asumir que mi padre estaba muerto y ahora quiere resucitarlo. Está obcecada, madre, se agarra a un clavo ardiendo que en algún momento tendrá que soltar. Si estuviera vivo, la habría buscado.

Marcela no quiso reconocer ante su hija que tal vez Hans no la habría buscado, que tal vez se sintió libre y que escogió dejar las cosas así para seguir su camino sin ningún lastre. Pero no podía decirle eso, ni siquiera podía pensarlo, y por primera vez no supo cuál de las dos alternativas la aterraba más: si descubrir que Hans estaba muerto o que estaba vivo y que había preferido continuar su vida sin ella.

Elena se refugió en Adrián, aunque su madre ni siquiera fue consciente de ello. Entregadas a la rutina, dejaron que los días se sucedieran sin volver a mencionar el asunto para no herirse.

Al cabo de un mes y medio, mientras el mundo asentaba posiciones de guerra, Thomas llamó a su puerta.

42

Nicole soltó el brazo de su marido cuando entraron al pasillo. Marcela dudó si la presencia de ella era buena señal o significaba que portaban terribles noticias. La contención de los nervios que había mantenido a raya durante las últimas semanas se liberó de pronto.

—¿Lo has encontrado? —preguntó ansiosa, fijándose en la carpeta que Thomas llevaba bajo el brazo.

—¿No quieres sentarte?

A ella se le heló el corazón y se mantuvo en medio del recibidor, acorralándolos en la entrada.

—Thomas, por el amor de Dios —rogó Nicole—. Díselo de una vez.

Él movió los labios para responder y Marcela dejó de respirar.

—Lo encontré.

—¿Vivo?

Thomas sonrió.

—Vivo.

Elena, que esperaba impaciente la respuesta detrás de su madre, se llevó una mano a la boca para amordazar una exclamación. Cuando Marcela se dio la vuelta y la vio llorando, la apretó en un abrazo.

—No llores, hija, que me partes el alma.

A Elena apenas le salieron las palabras.

—Tenía tanto miedo de que todo fuera inútil...

—Prepararé café —dijo Mili.

—No te molestes, querida —objetó Nicole—. Resolvamos antes las cosas importantes.

Un momento después, todos se acomodaron en la sala de estar. Thomas y Nicole se sentaron en las poltronas, y ellas tres se apiñaron en el pequeño canapé verde con respaldo capitoné.

Thomas abrió su carpeta y extrajo varias hojas escritas a máquina.

—Este es el expediente de Hans Berger desde su reincorporación a la Marina en septiembre de 1920. Está en alemán, así que..., bueno, yo lo traduciré.

—Te lo agradezco —dijo Marcela con el aliento entrecortado y las manos terriblemente frías.

—Básicamente, aquí dice que vivió en Buenos Aires con su familia hasta que las tropas británicas abandonaron la base naval de Mürwik. Entonces regresó a Alemania y se incorporó a una Marina severamente restringida por las disposiciones de Versalles. Realizó varios cursos deportivos y de ingeniería de la Armada y continuó su formación. A partir de 1933, con la política de rearme de Hitler y dada su experiencia en la guerra, trabajó de asesor en el centro táctico naval y como instructor en los campos de navegación y servicios generales de operaciones. En la actualidad tiene rango de teniente de navío y desde hace un mes se encuentra comandando un submarino en su segunda patrulla de guerra en el Báltico. Se espera su regreso a la base a finales de marzo.

Marcela permaneció un largo rato en silencio, flanqueada y observada por Elena y Mili, que parecían temer que fuera a salir volando por la ventana para ir a su encuentro.

Nicole le hizo un gesto a Thomas para recordarle algo.

—Oh, sí —murmuró él. Le ofreció la hoja a Marcela, pero ella la rechazó, porque, de todos modos, no entendía el alemán.

—Hay una fotografía —dijo Mili, que se había fijado mejor.

Marcela levantó la cabeza notando una sacudida en el pecho. Estaba a punto de arrancarle el informe de la mano a Thomas cuando Elena se puso en pie y se le adelantó. Comprendió su ansiedad. Era la misma zozobra que había sentido ella cuando la tía Flora le dio la oportunidad de ver el rostro de su madre. Lamentaba que su hija tuviera que pasar por la misma experiencia, que la vida las hubiera puesto en la misma tesitura, y deseó con toda el alma que Elena tuviera la oportunidad de conocerlo.

Trató de imaginarlo con cuarenta y ocho años y su nivel de ansiedad se disparó.

—Es muy guapo —dijo al fin Elena volviéndose hacia su madre.

Se sentó a su lado para que las dos pudieran verlo y Mili estiró el cuello para echar un vistazo.

—Tiene la misma cara de *choni* de siempre.

Con un nudo en la garganta, Marcela dejó escapar un sonido a medio camino entre la risa y el llanto. La fotografía, unida al papel por una grapa, mostraba la imagen de un hombre de uniforme escrupulosamente afeitado, con el pelo rubio peinado hacia atrás. En la solapa derecha de la chaqueta lucía la insignia de un águila heráldica con las alas desplegadas. Las garras del ave rapaz se aferraban a un anillo en cuyo interior aparecía la cruz gamada que representaba el régimen del Führer. Los ojos de Hans eran pálidos y grises, casi transparentes en la impresión en blanco y negro, y el paso del tiempo había dejado su marca en forma de pequeñas arrugas en la frente y en la comisura de los labios, aunque apenas había cambiado.

Se había enamorado de él siendo una niña y, aun así, lo había amado con todas las de la ley. Todavía lo amaba. Hans había sido una llama en su corazón que jamás se había extinguido.

—¿Cuántas veces tendré que aceptar su muerte? —murmuró compungida—. ¿Cuántas veces tendré que llorar por él? Cada vez que creo que he superado su pérdida, aparece de nuevo. Y empieza a ser desesperante.

—La guerra en el mar es más mortífera ahora que hace veinte años —dijo Thomas—. Los submarinos ya no son indetectables, existe nueva tecnología, por no hablar de la aviación. Ellos lo saben. Saben que pocos regresarán si la guerra sigue adelante.

—¿Quieres decir que es como si estuviera muerto? —preguntó Elena con un tono dramático en la voz.

Thomas sacudió la cabeza.

—No, no digo eso, pero...

—Tengo que ir a buscarlo.

Marcela lo dijo sin pensar, simplemente las palabras habían salido de su boca sin calibrar los riesgos, como si no pudiera ser de otra forma.

Mili dio un salto a su lado, Elena miró a su madre con los ojos desorbitados y Thomas no pudo evitar reírse de su ocurrencia.

—¿Irás a buscarlo al Báltico?

—Iré a buscarlo a Alemania. Cuando regrese a la base yo estaré allí y lo sacaré de esa maldita guerra.

—Entiendo que estés afectada por todo esto, pero...

—Lo dice en serio, Thomas —señaló Nicole—. Lo está diciendo en serio.

—No puede decirlo en serio. Habría que estar loco para ir a Alemania en estos momentos, cuando le ha declarado la guerra un buen puñado de países.

—No lo entiendes, Thomas. Él me dijo que, si algún día me encontraba en peligro, me buscaría y me pondría a salvo, aunque estuviera al otro lado del mundo. Lo juró por su honor.

—Vaya —dijo Nicole—. Es realmente conmovedor, ¿no crees, querido? Ningún militar de su rango juraría por su honor en vano.

—Yo le prometí lo mismo —añadió Marcela—, aunque recuerdo que se rio.

—Por supuesto —dijo Thomas—. Porque es una promesa imposible de cumplir.

—Madre, no sé lo que está pensando, pero empieza a darme miedo.

Marcela miró a su hija con los ojos convertidos en dos ranuras.

—Tu padre sobrevivió a una guerra monstruosa. Que sobreviva a una segunda va a ser un milagro.

—Primero, no hablas una palabra de alemán —señaló Thomas—. Segundo, creo que no te das cuenta de lo lejos que está Alemania. Tercero, los españoles que salen del país son sospechosos de ser comunistas y en Alemania a los comunistas les pasan cosas muy serias. Además, suponiendo que logres llegar hasta la mismísima base de submarinos, ¿te has parado a pensar qué demonios le dirás cuando lo tengas delante?

—Hola, para empezar.

—Hola... —repitió Thomas escéptico, entrecerrando los ojos del mismo modo que solía hacer su madre—. Muy convincente. Pero lo más probable es que haya formado una familia. ¿Lo has pensado?

A su mente ni siquiera había asomado esa posibilidad y cuando Thomas lo mencionó le costó admitir que pudiera ser así.

—No, no creo que lo haya hecho —dijo con total convencimiento—. Estaba dispuesto a entregar la vida a su país. Dijo que no podía permitirse tener una familia.

—Los hombres cambian de opinión. Lo he visto muchas veces.

—Él no. Y si tiene una familia... Bueno, en ese caso, yo le diré que también tiene una hija que quiere conocerlo en esta parte del mundo. Nada más.

—Puede que no quiera...

—¡Él no es así!

—Está bien —intervino Nicole—. Mantengamos la calma.

Mili cogió la mano de Marcela y la apretó con fuerza.

—Yo iré contigo —dijo.

Marcela sabía que lo decía en serio. Pero negó con la cabeza.

—No, tú debes quedarte con Elena.

—Madre, ya soy mayor para quedarme sola. Y, en todo caso, yo debería ir con usted.

—Ni hablar.

—¡Es muy arriesgado! —insistió Thomas.

—¿Alguien quiere un poco de ron? —preguntó Mili para calmar el ambiente, y nadie volvió a hablar hasta que regresó con unos vasos y una botella de Matusalem que habían traído de La Habana.

Marcela dio un sorbo a su vaso y luego dijo más calmada:

—Sé que es arriesgado. Pero no viviría en paz si no lo intentara. Nadie sabe cuánto va a durar esta guerra y no voy a quedarme de brazos cruzados para tener que indagar luego si sobrevivió o no. —Le dio otro trago a su vaso—: Por Dios que no voy a quedarme quieta.

—No haga tonterías, madre. A lo mejor esta guerra se acaba pronto. Entonces podremos ir a buscarlo las dos. Yo también tengo muchas ganas de verlo, pero no quiero que se ponga en peligro.

—Hija, puede que para entonces tu padre ya esté muerto, y esta vez no resucitará.

Thomas miró a su esposa y esta le sonrió de forma sutil. Él resopló primero y suspiró finalmente.

—Es una insensatez, una verdadera imprudencia. Pero... si estás decidida a ir, yo te acompañaré.

Marcela lo miró con cariño.

—Te lo agradezco, Thomas, pero no dejaré que te arriesgues tanto.

Durante las dos semanas siguientes, Marcela organizó su viaje sin que nadie pudiera convencerla de lo contrario. Thomas le sugirió que utilizara documentación falsa, él se la conseguiría. Si algo salía mal, al menos los alemanes no podrían rastrear su identidad hasta Las Palmas. No era ningún secreto que los servicios policiales de ambos países trabajaban de forma conjunta y se intercambiaban detenidos sin mediación judicial.

Según avanzaron los preparativos para la marcha, más intensidad cobraron los ruegos de Elena para que abandonase la idea. Se enfadó, gritó y lloró frente a ella mientras le expresaba su temor a perderla.

—¿Crees que yo no tengo miedo? —le dijo—. Tengo tanto miedo que me despierto por las noches enroscada como un gusano. Temblando. Sudando. Soy consciente de la gravedad de la situación. Pero no temo por mí, hija, sino por ti. Porque no quiero que sufras, y sé que sufrirás si me ocurre algo.

—No vaya, madre, por favor...

Marcela le cubrió las mejillas con las manos.

—Mientras haya una posibilidad de sacarlo de esa guerra, tengo que intentarlo, ¿no lo entiendes? Puede que no sirva de nada, puede que llegue tarde, o que no quiera verme... Han pasado tantos años que... que cualquier cosa es posible. Pero debe saber que existes. Lo hago por ti, hija, para que llegues a conocerlo.

—¡No, madre! —Elena apartó las manos de su cara con un gesto brusco—. ¡No lo hace por mí! ¡Lo hace por usted! ¡Porque todavía lo ama y haría cualquier cosa por volver a verlo! Todos estos años la vi consumiéndose por él. ¿Sabe cuántas veces la encontré con la mirada perdida y los ojos rojos? Tantas, madre, tantas... que crecí sintiendo su dolor. ¡Y siempre lo supe! Supe que pensaba en mi padre, que se aferraba a su recuerdo, como si prefiriese sufrir que olvidar. Por Dios, madre, usted era más joven que yo cuando me tuvo, hace años que debió haber rehecho su vida. Y ahora... ahora quiere ir a meterse a una guerra, poniéndose en peligro, sin saber siquiera si lo encontrará. Pues ¿sabe lo que pienso? ¡Que ojalá no se hubiera encontrado nunca con esa mujer! ¡Ojalá no se hubiera enterado nunca de que mi padre está vivo!

—Hija, no digas eso...

—¡Va a conseguir que me quede sin los dos!

Elena se encerró en su cuarto sin darle opción de explicarle que estaba en lo cierto, que lo hacía por sí misma, porque la sola idea de volver a mirarlo a los ojos, de escuchar su voz, de llegar a tocarlo después de haber pasado tanto tiempo creyéndolo muerto le provocaba estremecimientos. Pero también era cierto que lo hacía por ella, y por él, por verlos juntos y por saldar una deuda contraída hacía demasiados años.

El viernes quince de marzo, un día antes de que el barco procedente de Luderitz hiciera una escala en Las Palmas en su viaje hacia Hamburgo, Thomas se presentó en su casa con la documentación y una expresión severa. Marcela lo invitó a entrar con un suspiro, pensando que intentaría disuadirla de nuevo. Sin embargo, Thomas dijo:

—Voy a ir contigo.

Marcela lo condujo a la sala de estar. Allí tomaron asiento.

—Thomas, ya hablamos de ello, y te lo agradezco mucho, de verdad, pero solo puedo asumir mi propio riesgo.

—Sola ni siquiera podrás desembarcar.

—Eso lo sabré cuando llegue allí.

—No te dejarán poner un pie en Alemania. Lo sé. Soy tu única posibilidad. He arreglado unos papeles, hablo alemán... ¿Adónde crees que llegarías tú sola? Por todos los santos, es un país en guerra. ¿Qué vas a alegar? ¿Que el padre de tu hija es uno de sus comandantes? ¿Sabes cuántos hijos de soldados alemanes dejó la anterior guerra? Veo que no has oído hablar de sus leyes de higiene racial que, por supuesto, no contemplan que sus soldados engendren hijos a mujeres meridionales. —Thomas bufó—. Si de verdad quieres volver a ver a Hans, tendrás que confiar en mí.

Marcela cruzó los brazos sobre el pecho, como si hubiera entrado por la ventana abierta una corriente de aire helado, sintiéndose terriblemente ingenua por haber creído que podría ir a esperar su regreso a la misma base naval de Kiel.

—¿Qué opina Nicole?

Thomas sonrió.

—Hace días que preparó mi maleta.

Marcela se llevó una mano a la frente, cerró los ojos y cuando los abrió de nuevo vio la cabeza de Elena asomando por la puerta.

—Hija...

La joven volvió a encerrarse en su cuarto de un portazo. Marcela suspiró y se centró en Thomas.

—¿Crees que tenemos alguna posibilidad?

Él respiró hondo, como si le hubiera dado muchas vueltas al asunto.

—Les haremos una oferta que no puedan rechazar.

—¿Qué podemos ofrecerles nosotros?

Él sonrió un poco.

—Tienes ante ti a Tomás Castelar y Salazar, nuevo representante de la Atlántica Canarias, una modesta compañía naviera recientemente constituida en Santa Cruz de Tenerife con capital mixto.

Marcela elevó las cejas. Thomas añadió:

—Los tres barcos de la Atlántica están amarrados en el puerto desde que empezó la guerra, y los dueños quieren ofrecerlos al régimen del Führer para ser utilizados como puntos de aprovisionamiento de combustible. Todo ello a cambio de una suculenta compensación económica, por supuesto. Es una compañía nueva que teme una quiebra prematura si la guerra se alarga, porque saben que los submarinos volverán.

—¿Y qué pinto yo en todo eso?

—Tú serás Catalina Moliné Ortiz, secretaria de la naviera. Lo mejor de todo es que, salvo nuestras identidades, todo lo demás es cierto. —Inclinó un poco el cuerpo hacia ella y apoyó los codos sobre los muslos—. Mira, hay una decena de barcos alemanes atracados en nuestras islas. Franco ya ha dado su consentimiento para que los submarinos germanos se abastezcan en nuestros puertos. Pero no pueden hacerlo en alta mar porque serían interceptados por la vigilancia francesa o británica. Los barcos de la Atlántica son perfectos para burlar esos controles sin levantar sospechas. Es una oferta muy tentadora, porque la compañía asume todo el riesgo.

—¿Y si nos descubren?

Thomas sonrió.

—Tengo un salvoconducto firmado por el delegado del agregado naval de Alemania en España. Eso debería ser suficiente para llegar hasta la misma Comandancia de Kiel.

43

Todos excepto Elena fueron a despedirlos al puerto. Desde la cubierta del barco de la Woermann Linie, Thomas y Marcela agitaban las manos en una despedida que habían tratado de evitar por todos los medios. La escena alcanzó un cariz de drama cuando, mientras el barco se iba despegando del muelle, apareció Elena acompañada de Adrián.

—¡Madre! ¡Madre! —chilló la joven desgañitándose y sacudiendo los brazos.

Sujeta a la barandilla, Marcela sintió un dolor abriéndose camino en su pecho. Su hija no había querido despedirse de ella y ya era tarde para abrazarla y decirle que la amaba por encima de todas las cosas. Por eso pensó que tal vez se estaba equivocando, que aquel viaje era un sinsentido que no podía acabar bien, pero entonces la imagen de Hans surgió en su mente, poderosa, y le arrancó una sorda exclamación.

Apretó contra su pecho el bolso de mano donde guardaba dos fotografías de Elena y dijo adiós por última vez.

Estaba en camino.

Le daba miedo ir. Pero le daba más miedo quedarse.

Ya en alta mar y recuperada de la emoción de la despedida, permaneció un rato junto a Thomas, que estaba apoyado en la barandilla de la amura de estribor.

—¿De verdad crees que saldrá bien?

Thomas la miró con una expresión optimista.

—Bueno, hay quien dice que la esperanza es un riesgo que debe correrse.

Los días discurrieron tranquilos y sin novedad hasta que el frío se intensificó y comenzó a llover y a soplar el viento. El barco se convirtió en una boya a merced de las olas. Mantenía el rumbo, pero avanzaba con desalentadora lentitud.

Contra todo pronóstico, Marcela no se mareó, aunque a Thomas la humedad se le metió en los huesos y las molestias en la pierna se le agudizaron hasta el punto de postrarlo en la cama de su camarote durante las siguientes jornadas.

Gran parte del pasaje estaba compuesto de hombres jóvenes: granjeros alemanes establecidos en el sudoeste africano que acudían a la llamada del Führer. Volvían a casa para ir a la guerra.

La mañana del sexto día amaneció brumosa y sin viento. El barco apenas se balanceaba y avanzaba apacible sumido en la niebla. Los dos estaban en la cubierta sentados en sillas de madera, compartiendo una manta y resistiendo la temperatura gélida, que resultaba dolorosa. Ella llevaba el abrigo puesto, el primero que había comprado en su vida, y un pañuelo en la cabeza para protegerse de la humedad. Thomas, a su vez, se apretaba el abrigo contra el cuerpo y se cubría la garganta con una bufanda de lana.

—Si no fuera por la niebla —comentó él mientras cruzaban el canal de la Mancha—, podríamos ver las costas de Francia a un lado y las de Inglaterra a otro.

Marcela forzó la vista, pero no logró ver nada. Solo tenía la sensación de que flotaban entre tinieblas. Cerca de la costa alemana, cuando la bruma comenzó a disiparse, pudieron ver un flujo alarmante de barcos militares.

—Gran Bretaña intenta bloquear los puertos alemanes —dijo Thomas—. Pero, por ahora, no debemos preocuparnos.

Un día más tarde se adentraron en el ancho caudal de un río, en el estuario del Elba, que penetraba tierra adentro a lo largo de cientos de kilómetros serpenteantes entre paisajes de suaves colinas verdes, un panorama conmovedor que contrastaba con la fría idea de un país en guerra.

Vieron pasar lentamente los islotes de abundante vegetación en los que se posaban las aves y, a ambas orillas, casas de tejados rojos por cuyas chimeneas se desprendían columnas de humo gris. Olía a mareas vivas, a leña carbonizada y a hierba fresca.

La industriosa ciudad de Hamburgo los recibió al atardecer sumida en retazos de niebla que reptaban entre edificios de ladrillo rojo. Marcela sintió una pequeña decepción. En su mente, la ciudad de Hans resplandecía de luz y la nieve cubría la orilla de los canales y los tejados de las casas. En su lugar, encontró columnas de humo negro procedentes de las altas chimeneas en los límites urbanos, moles de edificios adosados y afiladas torres de iglesias. El frío también resultó una novedad para ella. Se le metía bajo la ropa y la hacía tiritar a pesar de que ya estaban en primavera.

A medida que se acercaban al puerto, la sensación abigarrada y gris se agudizó por la masificación de estructuras, plataformas, diques y remolcadores, que hormigueaban de un lado a otro avivando el intenso tráfico de carga y descarga.

Poco después, los pies de Marcela pisaron por vez primera la tierra firme de un continente.

La vieja Europa.

Aspiró una bocanada de ese aire desconocido y los pulmones se le llenaron de aromas metálicos. Unos guardias los guiaron a través del muelle hasta la zona de control de aduanas, donde encontraron mesas de madera de varios metros de longitud en las que guardias y oficiales de aduanas abrían maletas y registraban cuerpos. A ellos los llevaron a una oficina donde mostraron la documentación y el salvoconducto del agregado naval. También firmaron documentos que eximían al régimen de toda responsabilidad sobre sus vidas.

Fue el primer gran obstáculo superado. Estaban en Alemania.

Se subieron a un coche con taxímetro para ir a la estación central. A través de la ventanilla contemplaron el discurrir de un domingo en Hamburgo: niños y niñas trepando a las estatuas o patinando en los parques, el tranvía circulando con normalidad, bicicletas cruzando los puentes sobre las arterias de agua que formaban los canales, vehículos civiles y militares, un hombre empapelando las paredes de un edificio con propaganda nazi:

DER SIEG WIRD UNSER SEIN!
UNSERE LETZTE HOFFNUNG: HITLER![1]

Thomas compró dos billetes de tren para el expreso procedente de Berlín que los llevaría a Kiel, pero eso sería a la mañana siguiente, de modo que buscaron un hotel en las inmediaciones para pasar la noche. Después de instalarse, Marcela trató de aliviar las molestias de Thomas calentando toallas en los radiadores para ponérselas sobre la pierna.

—Es este maldito clima —comentó él con los ojos cerrados.

—Esto te relajará los músculos.

—Eres una joya, ¿lo sabes?

Ella lo miró sonriendo un poco mientras le retiraba la toalla tibia de la pierna y la sustituía por otra más caliente.

—Pero no tomo decisiones inteligentes, ¿no te parece?

—Cualquier cosa que hayas decidido hacer, hazla con todas tus fuerzas. Ahí radica la inteligencia, amiga mía. Y eso se te da bien. Lo he visto con mis propios ojos.

Marcela se quedó pensativa.

—¿Crees que se alegrará de verme? —preguntó un minuto más tarde apretando en las manos la toalla que acababa de retirarle mientras esperaba una respuesta.

—Estoy seguro. Sea cual sea el camino que haya tomado en la vida.

—¿Por qué dejaría de buscarme? Llevo preguntándomelo desde que sé que está vivo.

Thomas respiró hondo, y se incorporó un poco en la cama.

—Esa pregunta, querida, le corresponde a él contestarla.

A la mañana siguiente tomaron un café en el bufé de la estación antes de subirse al tren. Los andenes eran un hervidero de marineros que formaban un tumulto marcial.

—Seguramente muchos de estos jóvenes nunca habían

1. La victoria será nuestra. Nuestra última esperanza: Hitler

visto antes el mar —comentó Thomas en voz baja—. Alemania es uno de los países con menos litoral de Europa y, sin embargo, es capaz de crear marinos extraordinarios. ¿No es asombroso?

En su vagón no había marineros, tan solo un grupo de cuatro oficiales y una docena de civiles. Se acomodaron en los asientos centrales y aguardaron en silencio la hora de partir. A punto de dar las ocho, dos hombres ataviados con impecables abrigos oscuros y sombreros borsalinos accedieron al vagón, diseccionando a los pasajeros con la mirada mientras avanzaban hacia los asientos del fondo.

Marcela se volvió hacia Thomas al oírlo respirar con fuerza.

—Gestapo —le susurró él al oído.

La locomotora se puso en marcha con un estridente silbido y un arrastrado traqueteo, envuelta en nubes blancas de vapor. Dos horas y media, ese era el tiempo que los separaba del puerto de guerra.

Muy pronto dejaron atrás campos helados, bosques frondosos y pueblos distantes bajo capas de niebla. El gris plomizo del cielo parecía caerse sobre los abetos al fondo de los prados y en el horizonte abierto la bruma lo desdibujaba todo.

¿Qué le diría a Hans cuando lo tuviera delante? Era la pregunta que la rondaba desde que habían dejado Las Palmas.

A medida que el tren recorría kilómetros y se acercaba a las costas del Báltico, los nervios de Marcela fueron aflorando, aunque eso no le impidió quedarse dormida en un par de ocasiones con la cabeza descansando contra el cristal. Las dos veces se despertó sobresaltada, con la mirada inquieta de Thomas sobre ella para recordarle que no debía hablar. Estaba cada vez más cerca de Hans y, sin embargo, un halo de irrealidad parecía envolverlo todo.

Eran las diez y media cuando entraron en la estación de Kiel entre bufidos de vapor. A través de la ventanilla asistieron perplejos a una nueva aglomeración de soldados que atestaban el andén. Una vez fuera, intentaron no separarse para no perderse entre la milicia, y al salir a la calle un mozo se ofreció a llevarles las maletas. Habían avanzado un puñado de pasos cuando a Marcela se le paró el corazón creyendo reconocer a Hans en la figura de un oficial que caminaba directo hacia la estación.

Se detuvo para mirarlo. Se parecía tanto que, por un momento, creyó... Pero los uniformes la engañaban. Era demasiado joven para ser Hans, aunque de todas formas lo siguió con la mirada hasta que se perdió en el interior del edificio.

Marcela se apresuró para alcanzar a Thomas. Entonces tropezó con un alegre grupo de marineros que encontró su descuido muy divertido. A ella le parecieron inofensivos niños de pelo rubio y mejillas sonrosadas.

Buscó a Thomas entre los resquicios que le dejaron los cuerpos vestidos de azul, trató de apartarse de ellos, dio media vuelta, tropezó con sus propios pies y cayó en los brazos de un joven que la atrajo hacia él, como el galán de una película, para besarla en los labios. Ella quiso cortar de raíz semejante atrevimiento. Le puso una mano en el pecho y trató de empujarlo, pero el joven ya la había soltado.

Un bramido alertó a los marineros y los apremió a huir entre risas hacia el interior de la estación. La voz pertenecía a un hombre uniformado que, fusil en mano, no les quitó la vista de encima hasta que los vio desaparecer. Por su uniforme gris verdoso y las botas hasta la pantorrilla, a Marcela le pareció un policía militar.

El hombre se dirigió a ella en voz alta con el tono de una pregunta —seca, directa—, acompañando las palabras con un movimiento de barbilla.

La incapacidad de comprenderlo la paralizó.

Él se acercó un poco más.

—*Antworte endlich!*[2]

El policía no era demasiado alto, pero sí corpulento, y sus ojos azules eran fríos como el mar del Norte.

Marcela era consciente de que su aspecto no era muy germano. Las rápidas emanaciones de su boca también jugaron

2. ¡Contesta de una vez!

en su contra y potenciaron los recelos del hombre, que extendió una mano y pronunció una palabra.

—*Papiere.*

Papeles. Eso lo había entendido, aunque de todas formas no hizo nada, esperando que Thomas apareciese de un momento a otro para librarla del trance.

Ante su falta de cooperación, el policía le arrebató el bolso de la mano para abrirlo él mismo y hurgar dentro. Ella no opuso resistencia y, rozando el pánico, movió la cabeza en todas direcciones en busca de Thomas.

—*Spanien*[3] —dijo el hombre observando su pasaporte, en su cara una sonrisa que a Marcela le heló la sangre.

Por Dios... ¿Dónde estaba Thomas? Si no lo encontraba pronto, ese policía pensaría que era una comunista fugada de España, y eso solo podía traerle problemas.

Sin previo aviso, los dedos del policía le mordieron el brazo como un cepo. Marcela dio un respingo, notando el tirón y el dolor en la carne. ¿Adónde quería llevarla? El corazón le golpeó las costillas con violencia, pero afianzó los pies al suelo y se negó a moverse.

—¿Adónde vamos?

—*Sei still!*[4]

El policía la empujó y la obligó a caminar. La aglomeración de soldados y civiles se abría hacia los lados para dejarlos pasar, preguntándose, seguramente, quién era esa mujer y por qué se la llevaban.

Llegaron junto a otros dos policías militares que había frente a la entrada de la estación. A Marcela la respiración le salía a borbotones. Mientras hacía un último esfuerzo para encontrar a Thomas, los tres hombres examinaron su pasaporte.

Al fin lo vio. Parecía agobiado moviéndose nervioso entre la gente, apoyado en su bastón, con su abrigo negro abotonado hasta el cuello y su sombrero en la mano.

Ella hizo amago de salir corriendo hacia él, pero el policía

3. España.
4. ¡Cállate!

que estaba más cerca fue más rápido y la sujetó por la cintura, utilizando su brazo como argolla.

—¡Thomas! —gritó con todas sus fuerzas esperando que la oyera.

Lo vio mover la cabeza hacia donde se encontraban y, por un instante, quedarse congelado al verla en semejante situación. Sin embargo, Thomas reaccionó pronto y se acercó a grandes zancadas que debieron de causarle un daño terrible en la pierna. Ya tenía el salvoconducto en la mano cuando llegó junto a ellos. Aquel papel era su salvación. Uno de los hombres se lo llevó al interior de la estación para mostrárselo, seguramente, a sus superiores, y volvió a salir al cabo de diez minutos. Antes de devolverle el papel a Thomas, el policía los miró con una expresión siniestra. Luego los dejaron marcharse.

—Por el amor de Dios —le dijo Thomas un momento después—. Debes tener más cuidado.

Marcela se agarró a su brazo con la intención de no volver a separarse.

Encontraron un hotel frente a la estación, un edificio de ladrillo rojo en una calle de nombre impronunciable. Marcela abrió la cortina de su habitación en la cuarta planta y se quedó sin aliento al contemplar la manga del fiordo configurando el puerto de guerra, que se adentraba como un brazo en el interior de la ciudad.

—Son los astilleros —dijo Thomas detrás de ella—. Ahí construyen y ponen a punto su maquinaria naval.

Grúas monstruosas, naves de estructura metálica que parecían flotar en el mar y por las que asomaba la proa o la popa de algún submarino. Había cientos, puede que miles de hombres en las plataformas, en los puentes de metal que conectaban las estructuras y en los pequeños remolcadores que circulaban de un lado a otro o que permanecían abarloados junto a grandes barcos.

Con la mano sobre la pierna y el rostro descompuesto de dolor, Thomas tuvo la necesidad de sentarse en la cama. Marcela se puso a su lado.

—Dime cómo puedo ayudarte. Buscaré una botica y te compraré calmantes.

—No puedes andar por ahí sola, ya lo has visto, hay policías en cada esquina.

Ella suspiró.

—Siento haberte metido en esto.

—Digamos que es mi última aventura antes de que me corten esta maldita pierna.

Thomas trató en vano de sonreír, pero le salió una mueca de contención.

—Eso no va a suceder.

—No viviré con este dolor el resto de mi vida.

—Te sentirás mejor cuando vuelvas al calor de Las Palmas, ya lo verás.

Descansaron un rato, se asearon y bajaron a comer algo al restaurante del hotel. A primera hora de la tarde, volvieron a reunirse en la habitación de Marcela.

—Escúchame bien —comenzó Thomas—, ahora iré a la Comandancia. Les mostraré la propuesta de la Atlántica Canarias. Todo está en regla, incluso les ofreceré los planos de los barcos para que sus ingenieros los estudien.

—Voy contigo.

—No, tú debes quedarte. Si algo sale mal, si no vuelvo en tres horas, quiero que llames a esta persona. —Del bolsillo de su chaqueta sacó un papel doblado que le tendió—. Alexander Behrens fue vicecónsul de Alemania en Las Palmas hace dos décadas. Es un buen amigo que todavía tiene el detalle de escribirme. Está al tanto de todo, te ayudará.

—Thomas...

—Es solo por precaución.

Durante los minutos siguientes, Thomas le enseñó la forma correcta de solicitar la conferencia con Alexander, le hizo repetir cada palabra en alemán. Después le puso las manos en los hombros y la miró fijamente.

—Les diré que conozco al teniente de cuando estuvo en Las Palmas. Tal vez pueda verlo si ha regresado de su misión. Es posible que incluso pueda traerlo aquí. Pero tienes que prometerme que, si no vuelvo en el tiempo acordado, llamarás a Alexander.

Ella suspiró.

—Está bien.

—Tres horas, Marcela. Ni un segundo más.

Thomas se marchó. Marcela mató el tiempo cambiándose de ropa por si regresaba con Hans. Había comprado un bonito vestido para la ocasión, cortado por debajo de la rodilla, de color berenjena y escote en barco que le imprimía un aire sofisticado. Se miró al espejo, girando sobre sí misma para comprobar el vuelo ligero de la falda, y se sintió cómoda con su reflejo.

Sin una rutina a la que aferrarse, no tuvo nada más que hacer, de modo que se sentó en la cama con el informe de Hans en las manos para mirar su fotografía. Lo había llevado todo el tiempo escondido en un bolsillo oculto del abrigo y mirarlo atenuaba el miedo que le producía estar en un país en conflicto con media Europa. Deslizaba los dedos por el contorno de su rostro, con la esperanza ciega de quien ansía ver cumplido su mayor deseo, y suspiraba de impaciencia.

Tenía mucha fe en Thomas, pues era consciente de que solo él podía devolverle a Hans. Por eso, transcurridas las dos primeras horas, Marcela inició una cuenta atrás de minutos asfixiantes. Empezó a imaginar razones que pudieran retenerlo más tiempo del debido, incluso trató de convencerse de que debía darle algo más de tiempo. Sin embargo, cuando se cumplieron las tres horas, el corazón le latió tan desbocado en el pecho que la llevó hasta la náusea. Se negaba a admitir que algo hubiera salido mal, simplemente no podía concebirlo, pero, mientras su mente divagaba y negaba, su mano descolgaba el teléfono para solicitar conferencia con Hamburgo.

Entonces sonaron unos golpes en la puerta.

A Marcela se le cortó el aliento en la garganta.

«Al fin», se dijo respirando de alivio.

Colgó el teléfono y corrió hacia el pasillo convencida de

que Thomas traía buenas noticias y de que tal vez Hans estuviera con él. ¿Sería posible?

Se detuvo un segundo frente a la puerta para arreglarse el pelo con las manos y pellizcarse las mejillas y luego abrió de golpe, con el corazón latiendo más vivo e ilusionado que nunca.

Pero al otro lado no encontró a Thomas, sino a los dos hombres de la Gestapo.

44

Los reconoció al instante. Los mismos hombres que habían subido al tren en Hamburgo entraron en la habitación sin pedir permiso y lo registraron todo ante la mirada sobrecogida de Marcela, que se había arrimado a una pared y no se atrevía a intervenir. Los policías encontraron el informe de Hans sobre la cama, lo examinaron y la miraron como si fuera culpable de algo. No tenían que haberlo encontrado. De hecho, ni siquiera Thomas sabía que lo llevaba encima, pero ya era tarde para arrepentirse.

Cuando no quedaba nada que inspeccionar, uno de los hombres se dirigió a Marcela en alemán y le indicó con un gesto que los acompañara fuera. Se quedaron con su bolso. Ella solo tuvo tiempo de coger el abrigo. Ni siquiera pudo preguntar adónde la llevaban porque estaba segura de que no hablaban su idioma. Esa incapacidad de comunicarse los mantuvo a los tres en silencio.

En la calle, la noche había caído a plomo sobre la ciudad y el viento gélido les aullaba en los oídos, aunque solo ella parecía acusarlo. Un automóvil negro con un chófer al volante los aguardaba a las puertas del hotel. La hicieron subirse al asiento trasero y se pusieron en marcha. Para evitar temblar de miedo, Marcela trató de convencerse de que la llevaban junto a Thomas. Él lo aclararía todo.

Avanzaron por la carretera paralela al puerto, dejando a la derecha los potentes resplandores que iluminaban los astilleros sobre el brazo de mar antes de virar hacia el centro de la ciudad. Al doblar una esquina, los faros del coche alumbraron una sinagoga en ruinas y varios comercios saqueados y quemados, con los cristales de sus escaparates desparramados por las aceras. Fueron pocos minutos de trayecto, pero, pese a sus esfuerzos, a la cabeza de Marcela se asomaron todas las desgracias del mundo.

Se detuvieron junto a un edificio que proyectaba una sombra deforme en la oscuridad. Dos únicas farolas iluminaban fachadas irregulares de ladrillo rojo y ventanas blancas. Cuando la hicieron apearse, ella reparó en la calle desierta. No había un alma, solo el viento gobernaba el asfalto. Con el rostro helado, se apretó el abrigo contra el pecho y atravesó un trozo de césped guiada por los hombres.

En el interior la temperatura era más agradable. Entraron a un pequeño cuarto con pocos muebles y le indicaron que se sentara frente a una mesa en la que destacaba una lámpara de luz amarilla.

El policía de más edad se marchó. El otro, de aspecto más jovial, se quitó el abrigo y el sombrero, se acomodó en una silla junto a la puerta y se puso a fumar y a silbar. De espaldas a él, ella repasó mentalmente lo que debía decir si la interrogaban. «Ante la menor duda, mejor la verdad antes que una mala mentira —le había dicho Thomas—, y, sobre todo, jamás te contradigas.»

Esperó más de una hora sentada en aquella sala de luz desfallecida, con la mirada más allá de la ventana estrecha sin cortinas, donde motas de nieve comenzaban a brillar bajo la luz de la farola. Era la primera vez que Marcela veía nevar y, sin embargo, no sintió ninguna emoción, porque el miedo solo le dejaba pensar en sus seres queridos y en si volvería a verlos.

El policía regresó acompañado de un individuo enjuto, de barbilla afilada, cabello negro peinado hacia la nuca y vestido también de civil que llevaba una carpeta en las manos. Los dos tomaron asiento frente a ella.

—Catalina Moliné Ortiz —dijo en perfecto español el de la barbilla afilada nada más sentarse, desplegando sobre la mesa la documentación que le habían sustraído del bolso, las fotografías de Elena y el informe de Hans.

—Sí señor —respondió, y preguntó—: ¿Es usted español?

—De Málaga, si a usted le interesa saberlo, y también de la Brigada de Información e Investigación.

—¿Por qué estoy aquí?

—Es lo que intentamos averiguar. ¿Qué hace usted en Alemania?

—Soy la secretaria de la Atlántica Canarias. El gerente de la compañía y yo venimos en representación de la naviera. ¿Está él en este edificio? Me gustaría verlo..., por favor.

El hombre extendió frente a ella la fotografía de una mujer.

—¿Sabe quién es?

Marcela la miró: pelo castaño, rasgos bonitos, expresión agradable.

—No, señor —respondió notando encima la mirada analítica de los hombres.

Detrás de ella ardió una cerilla, se giró y vio al tercer individuo sentado junto a la puerta, sacudiendo la mano para apagarla mientras su boca exhalaba nubes de humo gris. Había algo en sus ojos oscuros y rasgados que le producía escalofríos.

—Mírela bien.

Marcela volvió a mirar la fotografía.

—Lo siento. ¿Por qué me lo preguntan?

En lugar de responder, el español señaló las fotografías de Elena.

—Es... es mi hija —dijo ella dubitativa, reparando en que, puestas sus fotografías juntas, cualquiera podía darse cuenta de que Hans y Elena eran dos gotas de agua.

Enarcando una ceja, y sin hacer la traducción, el hombre señaló con un dedo el informe de Hans.

—¿Por qué tiene usted esto?

Había ido pensando en la respuesta a esa pregunta.

—El gerente de la naviera conoció al teniente Berger hace años. Quiere aprovechar que se encuentra en la ciudad para saludarlo.

—¿Qué más sabe?

—¿Dónde está mi jefe?

—Responda.

—Sé que pasó un tiempo en Las Palmas durante la anterior guerra, estaba malherido.

Tras escuchar la traducción, el alemán hizo una pregunta sin dejar de mirarla.

—Quiere saber quién les proporcionó el informe.

—No lo sé. Yo solo guardo los informes y tomo notas de los acuerdos.

—Aquí aparece información confidencial. Solo alguien con influencia en el sistema podría conseguir algo así. La otra posibilidad es menos favorable para ustedes.

Marcela trató de aparentar calma.

—¿Qué otra posibilidad?

—Espionaje.

—Eso es ridículo. No somos espías. Tenemos un salvoconducto del agregado naval.

—Ya lo sabemos. Pero estos hombres intentan comprender por qué han decidido venir a negociar a un país en guerra. Podían haber enviado los planos y la propuesta al agregado. Él lo habría gestionado todo desde España. Corren ustedes demasiados riesgos y quieren saber por qué.

—Puede que la empresa necesite asegurarse de que se cierra el acuerdo. Si el mar se vuelve peligroso no podrán salir a navegar y se arruinarán.

El español tradujo y el alemán soltó una réplica.

—Dice que le parece razonable, que la competencia es el más grande escollo de los negocios, pero que aún desconoce el origen del informe sobre Berger.

Marcela guardó silencio porque temía decir algo que empeorase su situación.

—Le conviene colaborar —dijo el hombre, y ella no supo si pretendía amenazarla o ayudarla.

—¿No lo estoy haciendo?

El alemán volvió a intervenir.

—Pregunta si conoce usted al teniente.

—Mucha gente tuvo relación con él. Después de la guerra volvió a Las Palmas. Es una ciudad pequeña.

—Lo conoce usted o no.

—Lo conozco. Yo era una niña cuando llegó herido a la isla. Lo ayudé a recuperarse.

—¿Usted lo ayudó?

—Así es.

—¿Y por qué no lo ha dicho antes?

—No lo preguntó. Oiga, no somos espías, solo traemos una petición de colaboración, y de paso queremos visitar a un viejo amigo. No es tan extraordinario.

El policía alemán se quedó pensativo tras oír la traducción. Después soltó un breve discurso sin apenas mover los labios.

—Quiere saber quiénes son sus contactos. Verá usted, dice que a las manzanas podridas conviene separarlas de las sanas, porque una sola magulladura puede echar a perder toda una cosecha. Si usted no tiene nada que ocultar podrá responder a la simple pregunta. ¿Quién les proporcionó el informe? ¿La empresa?

—No.

—¿Alexander Behrens?

Ella negó con la cabeza.

—¿Tomás Castelar?

—No, él no...

El alemán descargó un puñetazo sobre la mesa. Marcela vio en sus ojos que la golpearía si fuese preciso. Era consciente de que no podía señalar al actual cónsul de Alemania en Las Palmas sin comprometerlo.

Volvió a mirar la fotografía de la mujer.

—¿Quién es? —preguntó sujetándola en la mano, en un torpe intento por cambiar de tema.

—Alguien a quien buscan en España. Una activista republicana que cruzó los Pirineos el año pasado y que escapó de los campos de internamiento franceses tras arrancarle la yugular a un guardia senegalés. Le abrió el cuello de un mordisco, la muy hija de puta. Sabemos que intenta entrar a este país. Pero la cogeremos. Tal vez ya la hayamos cogido.

Ella soltó la fotografía como si le ardiera en los dedos, arrepentida de haber preguntado.

—Se están equivocando. Yo no soy esa mujer.

—Hay un ligero parecido, pero tiene usted razón, no es ella. Aunque a los servicios policiales de España poco les importará quién sea usted. Cuando se está deseando cazar a alguien, cualquiera que se le parezca sirve para colgarse una medalla. Acabaría fusilada contra el muro de una prisión española. Aunque también podemos enviarla a Francia para que se ocupe de usted la guardia senegalesa de cierto campo para extranjeros. Usted elige.

Marcela apretó los labios. Si trataban de intimidarla, lo estaban consiguiendo con mucho éxito.

—¿Qué quieren?

—Saber quién le proporcionó el informe. Díganoslo y la llevaremos con su jefe.

—Quiero verlo.

—¡Primero hable, maldita sea! ¿Quién le dio el informe?

El alemán le hizo un gesto a su compañero junto a la puerta. Este se puso en pie y se acercó a ella, quitándose la chaqueta para dejarla sobre la mesa. Llevaba el cigarrillo humeante en la boca que le hacía guiñar los ojos y fruncir el ceño. Marcela sabía lo que vendría a continuación si no hablaba, de modo que decidió echarle la culpa a quien jamás pudieran encontrar.

—Fue mi primo. Mi primo me lo dio.

—Explíquese.

—Mi primo colaboró con este país durante la anterior guerra llevando suministros a los submarinos. Él fue quien trajo a Hans Berger a casa. Lo encontró flotando en el mar. ¡Le salvó la vida! Al enterarnos de que vendríamos a Alemania le pedí que buscara información sobre su paradero con la intención de verlo. Tiene contactos. Pero no sé cómo lo consiguió. Tendrán que preguntarle a él.

—Dígame el nombre de ese primo.

Les dio el nombre de Gaspar cambiando los apellidos para que, al menos, uno coincidiera con sus apellidos falsos. El español anotó el nombre en un papel y se lo tendió al de la Gestapo.

Un cuarto hombre vestido de civil abrió la puerta y exclamó unas palabras que sonaron rotundas en la pequeña sala.

Los dos alemanes se movieron a la vez con una sacudida y fueron hacia la puerta, como si un asunto de mayor envergadura requiriese su presencia. Antes de desaparecer, el que llevaba la voz cantante se dirigió al español. Fuera cual fuese la orden que le había dado, Marcela tuvo la certeza de que pensaba cumplirla.

Una vez a solas, los dos se calibraron con la mirada. Ella con las manos enlazadas en el regazo para que no se le notaran los temblores, él recostado en su silla y cruzado de brazos, con la mirada arrogante. Fue el primero en romper el silencio.

—No la creo. Su discurso apesta a mentira. Una mentira tras otra. Y ellos tampoco la han creído.

—El teniente puede corroborar lo que digo. Él conoció a Gaspar. Les dirá que no miento, les dirá que lo ayudamos. Si quieren saber quién le proporcionó a mi primo la información, busquen a Gaspar en Las Palmas.

—Lo haremos.

Sus ojos la escrutaron un momento y después su interés se centró en las fotografías.

—Su hija no ha salido a usted.

Marcela no respondió.

—¿A su padre, tal vez? —insistió él—. Vamos, puede decírmelo. A mí sus leyes de higiene racial me importan un carajo. Yo solo persigo comunistas y anarquistas, me cago en sus muertos, dicho sea de paso. Pero, créame, si hubiera sospechado que están ustedes relacionados con ellos, ya no estarían aquí. Solo hay algo esencial que debería preocuparles. El teniente Berger asegura que no los conoce a ninguno de los dos. De modo que mienten, y pienso averiguar por qué.

—¿Está aquí? —El corazón de Marcela latió con más violencia—. ¿Puedo verlo? Tal vez no recuerde nuestros nombres. Ha pasado mucho tiempo...

El hombre apoyó los codos sobre la mesa y enlazó las manos a la altura de la boca.

—Le daré otra oportunidad. Pero si sigue mintiéndome, no moveré un dedo para ayudarles. —Tomó la fotografía más reciente de Elena y el informe de Hans. Observó los dos retratos durante unos segundos y después volvió a mirar a Marcela—. Es su padre, ¿verdad?

A ella le tembló el labio inferior mientras respondía.

—Sí.

—Usted dijo que era una niña cuando lo conoció. Me costaría creerlo de alguien como él, pero ¿la forzó y está buscando la forma de vengarse?

—¡No! ¿Vengarme? ¿De algo que ocurrió hace veinte años?

—Hay rencores más antiguos, se lo aseguro. Y la gente es muy terca, capaz de cualquier cosa con tal de tomarse la justicia por su mano.

—No es nada de eso. Ocurrió la segunda vez que Hans vino a Las Palmas. Yo ya tenía diecisiete años. Cruzamos juntos el Atlántico, nos enamoramos... —Agachó la cabeza y rectificó—: Al menos yo me enamoré... —Alzó de nuevo la mirada hacia el hombre—. Pero el barco se hundió, y durante muchos años creí que él había muerto en el naufragio. Supe hace poco que se había salvado. —Se echó hacia delante en la mesa, en un gesto apresurado—. Mi hija tiene casi veinte años y su padre ni siquiera sabe que existe.

—Así que no lo sabe.

—No señor.

—Y ha venido usted a decírselo. Precisamente ahora.

—Tal vez no esté vivo cuando termine la guerra.

—Tal vez ustedes tampoco. Esos tipos de la Gestapo llevan siguiéndolos desde que pusieron los pies en el país. —Rio de forma ladina—. ¿Cómo pueden ser tan ingenuos? Acabarán en un campo de prisioneros.

—¡Le estoy diciendo la verdad!

El hombre se levantó con absoluta parsimonia y se abotonó la chaqueta gris. Marcela lo vio tan capaz de ayudarlos como de pegarles un tiro, y no estaba segura de haber sido lo bastante convincente.

—Comprobaré lo que dice. Y si descubro que miente...

—¡No miento!

—Les contaré su última versión a esos hombres. Y ya le adelanto que no les gustará.

—¡No lo haga, por favor!

—Es mejor que lo sepan a que sigan creyendo que pertenecen a alguna organización clandestina, que es justo lo que están pensando ahora. —Chascó la lengua mientras recogía todo lo que había sobre la mesa—. Hay que joderse. Al final todo esto es por un lío de faldas.

—¿Qué nos pasará?

El español no respondió. Bordeó la mesa y, al llegar a su lado, tiró de ella hasta ponerla de pie. Después la sacó del cuarto. Fuera esperaba un hombre que Marcela no había visto antes. Los dos la condujeron a través de un pasillo que acababa en una escalera estrecha de paredes desnudas. La temperatura fue cayendo bruscamente a medida que se internaban en el sótano del edificio y una corriente de aire helado le enfrió a Marcela las piernas. Abajo había otro pasillo más estrecho que el anterior, de paredes amarillentas y varias puertas de madera con bisagras de hierro.

Una sensación de terror se apoderó de ella, porque aquello se parecía mucho a una cárcel.

—¿Adónde me llevan?

—¿Acaso pensaba que la dejaríamos marchar?

—¿Y Tomás? Me prometió que me llevaría con él si le decía la verdad. —Se soltó el brazo de un tirón—. ¡Y se la he dicho!

El otro hombre la inmovilizó contra la pared con la rudeza de quien estaba acostumbrado a castigar. Mientras la inmovilizaba, colocando el antebrazo sobre sus clavículas, el español acercó la cara a la suya para hablarle.

—No intente joderme, señora, que a mí su vida me importa una mierda. Preocúpese de usted, porque su amigo, jefe o lo que sea, se las arregla solo.

—Solo dígame si está bien.

En vez de responderle, abrió la puerta de madera que tenían al lado y el otro individuo la empujó dentro.

Marcela se quedó quieta en la oscuridad, jadeando y dilatando la nariz para aspirar todo el aire de que fue capaz, escuchando el chirrido de las bisagras de hierro y la llave girar en la cerradura. El olor a humedad —y excreciones humanas— que reinaba en aquella celda, unido al miedo que le roía el corazón como una oruga, le revolvieron el estómago. Se llevó una mano a la boca con instintiva repulsión y se echó a llorar encorvada sobre sí misma, sin atreverse a imaginar lo que le aguardaba a partir de ese momento.

La incertidumbre por la suerte de Thomas la torturaba, y la imagen de Elena rogándole que no hiciera aquel viaje aniquilaba las escasas fuerzas que pudieran quedarle. Tal vez ya no tendría la oportunidad de decirle que tenía razón, que aquello había sido un error, que nunca debió irse. Fue plenamente consciente de que, aunque Hans estuviera en aquel mismo edificio, nunca le permitirían verlo.

El llanto fue extinguiéndose a medida que fue aceptando la situación. Entonces abrió los ojos, se limpió la nariz y trató de ubicarse. Recordaba haber visto la celda durante un segundo, justo antes de que se cerrase la puerta tras ella. Sabía que junto a la pared izquierda había un catre. Se movió hasta él, lo palpó. Después se desplazó con los brazos extendidos hasta el fondo, donde creía haber visto un orinal y un lavabo rudimentarios. Tocó un grifo con las manos, giró la llave y un débil chorro de agua le heló la mano. Sus ojos ya se habían acostumbrado a la oscuridad cuando distinguió fácilmente una abertura estrecha y enrejada en lo más alto de la pared del fondo por la que se filtraba la temperatura exterior y algo de luz. Cansada de permanecer de pie, con las piernas endebles por la tensión, cruzó los brazos sobre el pecho y se tumbó en el camastro con los pies insensibles.

El miedo y el frío le impidieron conciliar el sueño esa noche. El abrigo no era lo bastante grueso para entrar en calor y sus zapatos no eran adecuados para ese clima invernal. Recostada sobre aquel catre infestado de chinches, se devanó los sesos tratando de averiguar si Thomas estaba en alguna celda aledaña, incluso gritó su nombre con la esperanza de que la oyera, aunque nadie respondió a sus llamadas.

Marcela había oído decir que hasta la persona más débil era capaz de resistir una sola noche en el infierno, pero, al cabo de cuatro noches, comenzó a sospechar que la dejarían morir allí de hambre y frío.

Una vez al día alguien abría la puerta y le dejaba un cuenco de sopa aguada que contenía dos trozos insignificantes de salchicha y uno de patata, se lo comía todo para no desfallecer y se quedaba con hambre. Sin embargo, su mayor enemigo era el frío. Podía controlar los pensamientos, podía controlar el hambre, pero al frío no sabía cómo combatirlo. Por eso solo era capaz de dormir durante el día, cuando la temperatura subía unos grados y la oscuridad dejaba paso a una penumbra sombría que la adormecía. Se quedaba traspuesta mientras se entretenía descifrando las palabras grabadas por otros presos en la pared junto al camastro. Ella misma buscó una piedra para escribir el nombre de Elena. Y cuando la piedra se gastó, usó las uñas para grabar un «Te quiero» profundo que le causó heridas en las yemas de los dedos.

Durante la noche caminaba en círculos por la celda, por eso sabía que doce pasos formaban una vuelta completa. No se tumbaba hasta caer rendida con la intención de dormir, pero el frío la espabilaba de nuevo y la hacía tiritar hasta la mañana.

La sensación de hambre desapareció al cabo de una semana, gracias al cielo, pero la mente se le nublaba a menudo, las fuerzas la traicionaban y las picaduras de las chinches conseguían volverla loca.

«Tal vez la locura no sea el peor de los estados», llegó a pensar, convencida de que la lucidez era el mayor enemigo en tiempo de adversidades.

Tenía tanto tiempo para pensar...

Tumbada en el catre y con los ojos vidriosos incrustados en la pared de enfrente, hablaba en voz alta consigo misma, como si fuera otra y no ella la que estuviera encerrada en aquella celda, como si fuera otro cuerpo y no el suyo el que padecía frío o sufría las picaduras de los insectos, como si fuera Catalina y no Marcela quien moriría allí dentro.

Nunca habría imaginado que sería capaz de soportar diez días en aquellas circunstancias, con el terror continuo a que se abriera la puerta y la llevaran a algún lugar para ejecutarla, a que la enviaran a España para ser juzgada por delitos que no había cometido. Lo creía posible, creía a ese español capaz de la mayor de las tropelías. Pero como el miedo no la mató durante los primeros días, el cuerpo también se le fue acostumbrando a padecerlo.

Al amanecer del undécimo día, el español volvió a entrar en su celda. Ella lo recibió tumbada en el catre, con la mirada perdida y sin ninguna esperanza de volver a ver a Hans, a Elena o incluso a Thomas.

—Arréglese.

Marcela levantó la mirada.

—¿Cómo se llama? —preguntó con la voz tan áspera como la lengua de un gato.

El hombre dudó, pero se decidió a responder.

—Aquí me dicen Pascual.

—Pascual, ¿tiene usted hijos?

—Cinco.

—Entonces entiende lo que es sufrir por ellos. Me gustaría escribirle una carta a mi hija, quisiera decirle cuánto la quiero.

—Le he dicho que se arregle.

Marcela reparó en que su maleta estaba en medio de la celda.

—¿Adónde me lleva ahora? No es necesario que me fusilen, no aguantaré aquí mucho más tiempo.

—Nadie va a fusilarla.

Ella hizo un esfuerzo por incorporarse hasta quedar sentada. El simple movimiento disparó los latidos de su corazón.

—Alexander Behrens llegó ayer desde Hamburgo y ha hablado en su favor. Se han librado por los pelos. Hay un mercante noruego que sale dentro de tres horas hacia el cabo de las Agujas. Hará escala en Tenerife para aprovisionarse de agua dulce. Subirán a ese barco y no volverán. Considérense afortunados.

Pascual le tendió el bolso. Ella se levantó despacio, con las piernas débiles y el estómago vacío, incapaz de exteriorizar el alivio que le producía oír aquello. Tambaleándose por culpa de un mareo, tomó el bolso de su mano y lo abrió para extraer las fotografías de Elena. Se las ofreció.

—¿Querrá usted dárselas a Hans por mí? —rogó con el brazo estirado—. ¿Querrá decirle que tiene una hija en España que está deseando conocerlo? Por favor... Se lo suplico...

La mirada de Pascual no mostró ninguna compasión. Al contrario, lanzó un suspiro que fue casi como un latigazo en la carne.

—Cámbiese de ropa si quiere. Vendré a buscarla dentro de una hora.

Allí acababa todo; la esperanza de un reencuentro, la responsabilidad de una promesa. Había hecho cuanto estaba en su mano, lo había intentado con todas sus fuerzas, pero en aquellos momentos su deseo de regresar junto a Elena era más fuerte que nada.

45

Cuando Pascual regresó, la encontró lista, de pie en medio de la celda, un poco encorvada sobre sí misma porque notaba retraído el estómago y las piernas cansadas de sostenerla. Ni por un segundo había contemplado la idea de volver a sentarse en aquel catre infecto, no después de haberse aseado con el agua helada y cambiado de ropa. Había dejado su precioso vestido, convertido en una tela roñosa, en el suelo, como si fuera un trapo contaminado, y se había puesto un sobrio traje gris de falda y chaqueta. Estaba aterida de frío y se había peinado como había podido, mirándose al diminuto espejo redondo que llevaba en el bolso. En la cara tenía un rasguño que no sabía cómo se había hecho y un pómulo algo amoratado de la vez que se mareó mientras caminaba en círculos y se cayó contra el lavabo. Pero, a pesar de todo ello, por dentro sonreía porque volvía con su hija.

Apenas pudo mantener los ojos abiertos cuando salieron a la calle. A la luz de la mañana debía sumar el resplandor de nieve que la deslumbraba desde cualquier ángulo, ya fuera a ras de suelo o desde los tejados y las copas de los árboles. Era una estampa preciosa, aunque el viento gélido le remeció los huesos. Con todo ello, todavía se agachó para recoger del suelo un puñado de nieve limpia antes de montarse en el coche negro que había frente a la puerta. La contempló un instante, parpadeando dolorosamente, asombrándose de su dureza, y luego la soltó.

Hicieron el camino de vuelta al puerto bajo la amenaza de un cielo albino que presagiaba nuevas nevadas. Siguieron la carretera paralela a la manga del fiordo, avanzaron hasta el final para cruzar a la otra orilla y bordearon los astilleros hasta detenerse junto a una cabaña de madera, muy cerca de uno de los muelles más grandes. Al apearse, Marcela distinguió la bandera noruega ondeando en el único barco que había allí atracado, el barco que los llevaría de vuelta a casa. De su boca se escapó un suspiro de alivio, porque en su fuero interno aún desconfiaba de las intenciones de Pascual.

El automóvil dio media vuelta y se marchó, y ella se quedó sola con él, sujetando la maleta y exhalando un aliento tan espeso como el humo de un cigarro. Entonces comenzó a nevar. Marcela alzó la mirada al cielo y cerró los ojos al notar los suaves copos aterrizando en su cara.

—Vamos, entre ahí —le dijo Pascual señalando la cabaña—. Aún faltan dos horas para que el barco zarpe.

Ella se volvió hacia él despacio, limpiándose con la mano los diminutos cristales de hielo que le brillaban en la frente y las mejillas, atemorizada por nuevas y alarmantes sospechas.

—¿Y Tomás?

—Él ya está en el barco.

—Pero yo... Debería embarcar. ¿Para qué quiere que entre ahí?

—¿Quiere usted marcharse dentro de dos horas o no?

Marcela caminó hacia la cabaña. Comenzaba a sospechar que Pascual le haría pagar un alto precio por dejarla ir, y ni siquiera le quedaban fuerzas para defenderse.

El interior de la cabaña estaba ocupado por planchas de madera contra las paredes, argollas de hierro de todo tipo y cables enroscados, colgados de ganchos. Pascual le indicó unas planchas de madera apiladas donde podía sentarse. Ella dejó el bolso y la maleta a la entrada y obedeció. Entonces él le ofreció dos chocolatinas.

—Coma. No quiero que se desmaye.

—Ahora se preocupa por mi salud.

—Coma, le digo.

Ella cogió la primera chocolatina, le quitó el envoltorio y se la comió a pequeños mordiscos, temiendo que le sentara mal. La segunda la devoró con más ansias. Fue como una inyección de energía. Los temblores en las piernas desaparecieron en los siguientes minutos y su mente se aclaró.

Pascual se había desplazado hasta una ventana con los cristales rotos, estaba apoyado contra el marco y miraba fuera mientras fumaba un cigarrillo.

Aunque temía la respuesta, Marcela pregunto:

—¿Va a decirme lo que hacemos aquí?

Él ladeó la cabeza para mirarla.

—Le advertí que comprobaría si me decía la verdad.

—Ya se lo explicó Alexander Behrens, ¿qué más verdad necesita?

—Rece para que Hans Berger la reconozca, porque de otro modo no subirá usted a ese barco.

Marcela se levantó de un salto. El movimiento repentino le propinó punzadas de dolor en las sienes.

—¿Quiere decir que va a venir? ¿Hans va a venir aquí?

Él dio una honda calada al cigarrillo y torció la boca en una insignificante sonrisa sin llegar a mirarla.

—Le conté que el teniente no sabía quiénes eran ustedes. ¿Lo recuerda?

—Sí, pero ya le dije...

—Le mentí. —Pascual la miró fijamente—. En realidad, nunca le preguntamos. El teniente regresó ayer al amanecer de su misión en el Báltico. Mis colegas alemanes no quisieron molestarlo porque las tripulaciones de submarinos siempre vuelven exhaustas. Para ellos lo suyo con él es un desliz del que no debe ser informado bajo ningún concepto.

—Y, entonces, usted... ¿Por qué...?

—Porque me interesa la verdad. Y también porque esos cabrones me tienen harto con sus arengas supremacistas. Si es cierto que Berger es el padre de su hija, por mi santa madre que va a enterarse. El teniente no tiene ni esposa ni hijos. A decir verdad, apenas le queda familia. No privaré a un hombre de saber que tiene descendencia. La familia es sagrada, venga de donde venga.

Marcela se tambaleó, en esta ocasión a causa de los nervios. Al sentarse de nuevo, se sintió herida de emoción.

«No tiene ni esposa ni hijos.»

Fue a coger el bolso, que había dejado sobre la maleta, y comprobó que dentro seguían las fotografías de Elena, como si no lo hubiera comprobado una hora antes.

—¿Cuándo vendrá?

—Ya está aquí —murmuró Pascual con la voz ronca y el cigarrillo entre los dientes—. Puntualidad germana. Los admiro en ese sentido. Admiro su disciplina, aunque a veces me toca los cojones. Si entras en ese sistema, renuncias a ser libre.

Marcela no lo escuchaba, estaba concentrada en el ruido del motor deteniéndose junto a la cabaña. Se acercó a Pascual para mirar por la ventana, pero solo vio la parte trasera de un automóvil oscuro cubierto de una fina capa de nieve.

Pascual se dirigió hacia la puerta.

—Espere aquí.

Ella lo siguió con la mirada, frotándose las manos, tratando de apaciguar los latidos de su corazón, atenta al sonido de la puerta del automóvil al abrirse, al cerrarse, a las palabras de Pascual hablando en alemán...

A la voz de Hans que llegó hasta ella con los ecos de otra vida.

Con una mano en el pecho, Marcela contuvo la respiración, esperando oír el rastro de sus pasos crujiendo en la nieve hasta llegar a la puerta. Unos segundos más y lo vería. Unos segundos más y el peso que arrastraba en la vida desaparecería.

Se quedó al fondo de la cabaña porque le daba vergüenza su aspecto desaliñado. No había tenido valor para lavarse el pelo con el agua helada de la celda y lo tenía sucio. Además, había perdido algunos kilos y el abrigo le flojeaba en el cuerpo. No era el encuentro que había soñado. No lo era. Pero era un encuentro.

Vestido de uniforme, Hans entró primero. Llevaba guantes negros, la cabeza cubierta con su gorra de plato, un abrigo largo cruzado al pecho con dos hileras de botones dorados y galones en los hombros y en las bocamangas.

Pascual se quedó apoyado en el marco de la puerta observando. Marcela leyó en sus ojos que no le temblaría el pulso si descubría un engaño.

Hans no tardó en encontrarla de pie, cerca de la ventana. A ella le vibró la barbilla al verlo tan imponente, con esa postura militar que mantenía siempre su cuerpo erguido. Lo miró y su mente reajustó con ternura la imagen de sus recuerdos con la visión del hombre de cuarenta y ocho años que tenía delante. La barba crecida le ocultaba el mentón, pero no lograba encubrir su desconcierto.

Lo vio entornar los ojos, como si le costara trabajo reconocerla o como si no supiera a quién estaba buscando. Entonces Marcela salió de su lugar en la sombra y se colocó en el haz de luz que entraba por la ventana.

El rostro del teniente sufrió una transformación extraordinaria.

Un disparo al corazón no le habría causado un sobresalto tan grande.

Arqueó las cejas, los ojos rasgados y azules se hicieron enormes y su cara palideció de forma dramática.

Convertido en piedra y salpicado de motas de nieve, Hans la miró con espanto, como si no concibiera que pudiera ser real. Ella también estaba conmocionada, pero, al contrario que él, había tenido tiempo para hacerse a la idea.

—Marcela... —murmuraron sus labios vacilando mínimamente.

Pascual torció el gesto al escuchar el nombre, pero ella ni siquiera se dio cuenta. Quería decirle a Hans alguna de las frases que había estado ensayando para cuando lo tuviera delante, pero solo fue capaz de recorrerlo con la mirada, deseando saltar a sus brazos.

Él se quitó la gorra de la cabeza y la apretó entre las manos mientras recuperaba el control de sí mismo.

—Estás viva... —pronunció en español sin ningún esfuerzo. Sus ojos parecían mirar al pasado, a un punto olvidado y lejano—. Pero... El barco se hundió... No hubo supervivientes...

Marcela no pudo aguantarse más y eliminó la distancia entre los dos para lanzarse a sus brazos, rodearle el cuello y acercar su mejilla a la del teniente. A él se le cortó la respiración al sentir su contacto y permaneció rígido, como si no supiera si abrazarla, separarla o no moverse en absoluto. Pero mientras su mente parecía decidirlo, sus brazos ya la estaban rodeando.

—¿Es cierto? —lo oyó susurrar muy cerca de su oído—. ¿Cómo es posible?

Marcela rio, lloró y volvió a reír mientras sentía, pegada a su cuerpo, que se derretía por dentro. En sus brazos volvía a ser aquella adolescente cautivada por él, renacida a una vida de ilusiones en un mundo escaso de amor del que no esperaba nada. Buscó en la piel de su cuello la fragancia que un día relacionó con la felicidad y se sintió en paz por primera vez en veinte años. Estaba feliz, pero lloraba por las cosas que pudieron ser y no fueron. Lloraba por lo que había sido ella con él. Lloraba porque tenía que llorar para que no le reventara el alma.

Después se sintió bien, extraordinariamente bien. Se olvidó del miedo y de la incertidumbre de los últimos días, del hambre, de las picaduras de las chinches y de la angustia ante la idea de no regresar junto a su hija.

Hans la sujetó por los hombros y la separó un poco para mirarla. En sus ojos centelleaba el brillo de los sucesos extraordinarios. Marcela se limpió las lágrimas con las manos, pero él se las cogió para observarlas.

—¿Qué ha pasado? ¿Qué te han hecho?

—Hans, soy tan feliz...

El teniente se quitó los guantes a toda velocidad, los guardó en los bolsos del abrigo y sus dedos cálidos se posaron en el pómulo magullado de Marcela.

—¿Quién te hizo esto?

—Me caí.

—¿Fueron ellos?

Pascual protestó desde la entrada.

—Nada de eso, teniente. Ya la ha oído, se habrá caído en la celda.

Hans se giró hacia él.

—¿Qué celda?

—La tomamos por comunista —respondió Pascual encogiéndose de hombros—. ¿Qué esperaba? Usted no estaba para ratificar su declaración.

Hans dejó a Marcela e hizo amago de ir hacia él, pero ella se lo impidió sujetándolo por la manga del abrigo.

—¡Está de nuestra parte!

Pascual sujetó el cigarrillo que colgaba de su boca, dio una calada y dijo:

—La señora tiene razón. Estoy de su parte, al menos más de su parte que sus propios compatriotas. Fueron ellos quienes la encerraron. —Arrojó el cigarrillo a la nieve y añadió—: Esperaré fuera. Les queda poco más de una hora, así que no pierdan el tiempo hablando de mí. Creo que tienen muchas cosas que contarse.

Ella se olvidó de Pascual y contempló a Hans en la cercanía. Sus ojos azules conservaban el brillo de siempre, pero estaba pálido y parecía cansado. Tenía marcadas líneas de expresión alrededor de los ojos y la barba larga, algo canosa, ocultaba el perfil superior de su boca.

—¿Te alegras de verme? —preguntó.

Él la miró con extrañeza.

—¿Si me alegro de verte? —Se frotó la cara con las manos como si necesitara despejarse o temiera que aquello fuera una alucinación—. Marcela, llevo veinte años creyendo que estás muerta y de pronto apareces delante de mí como si no hubiera pasado el tiempo. ¿A qué se debe este milagro? ¿Y cómo has llegado hasta aquí?

—He venido con Thomas. A buscarte.

—Pero... ¿cómo? Es demasiado peligroso.

Su dominio del idioma había mejorado, ya no necesitaba hacer pequeñas pausas para traducir mentalmente y su acento era más pulido, seguramente debido al tiempo que había pasado en Buenos Aires.

—Tenía que venir. Te dije que si volvías a estar perdido iría a buscarte.

—No estoy perdido.

Su voz fue un murmullo.

—Claro que lo estás. Vuelves a estar en una guerra.

Él la examinó igual que haría un doctor ante una paciente recuperada de una larga enfermedad. Le posó las manos en los hombros, en los brazos, en las mejillas y de nuevo en los hombros, como si necesitara tocarla para convencerse de que era real y no un efecto provocado por la falta de sueño de las últimas semanas.

—Yo... —Se detuvo un segundo para aspirar profundamente—. Temo soltarte y que vuelvas a desaparecer...

—No voy a desaparecer. Hans, ¿por qué pensaste que estaba muerta? —le preguntó ansiosa por conocer la respuesta—. Supiste que me bajé del barco, estuviste buscándome.

—¿Cómo sabes eso?

—Lo descubrí hace dos meses. Una mujer me dijo que habías estado buscándome en Santiago de Cuba. Dios mío, Hans, tenemos tan poco tiempo... Y tengo tanto que contarte... Hasta ese día pensaba que habías muerto en el naufragio, no tenía motivos ni indicios para pensar otra cosa. De lo contrario, estaba segura de que habrías seguido buscándome. Pero no lo hiciste.

La mirada atónita de él la desconcertó.

—No lo hice porque creí que habías vuelto a embarcar. Aquel hombre parecía muy seguro...

—¿Qué hombre?

Él deslizó una mano hasta la base de su nuca, bajo el cabello.

—Desapareciste...

—Tuve un buen motivo.

—Hace veinte años que me hago esa pregunta. ¿Por qué? ¿Por qué abandonaste el barco? —Puso las grandes manos en sus mejillas—. Te busqué por todas partes. Por todas... Y cuando más desesperado estaba encontré a aquella muchacha. Teresa me dijo que te había visto con sus propios ojos bajando la escala, sin equipaje. Al principio no la creí, ¿por qué ibas a querer abandonar el barco de esa forma? —Hizo una pausa pequeña y añadió—: No tenía sentido, pero metí en la maleta lo imprescindible y desembarqué para seguir buscándote.

—Pero no me encontraste —musitó ella.

Él le acarició los pómulos con los pulgares.

—No, no te encontré... —Se miraron en silencio un largo instante. Hans se humedeció los labios y continuó—. Hablé con las autoridades del puerto, con el personal de aduanas. Alguien mencionó un altercado entre un guardia y una muchacha junto a la cola de aduanas, pero hablaban de una niña rubia. Poco después encontré a un funcionario que recordaba haberte visto. Te describió con tanto detalle que no dudé de que eras tú. Me dijo que habías vuelto a embarcar, que él mismo te había acompañado hasta los pies de la escala justo antes de que zarpase el barco.

—Ese hombre... ¿tenía un diente de plata?

—Sí —musitó—. Era difícil no verlo. ¿Por qué?

—Te mintió, Hans. El barco se fue sin nosotras. Nos quedamos solas en Santiago, sin dinero, sin equipaje, sin nada.

—¿Nos quedamos? ¿Quién estaba contigo?

—La niña rubia de la que te hablaron... Esa niña era Mili... —Los ojos de Marcela se llenaron de lágrimas, aunque aún fue capaz de ver a través de ellas la consternación que lo invadió a él—. Viajó oculta en las bodegas y se bajó del barco en Santiago porque creyó que habíamos llegado a La Habana. Todo el mundo se bajaba, ¿te acuerdas? —El teniente le limpió una lágrima con la mano—. La vi forcejear con un funcionario desde la cubierta. No pude avisarte. Se la llevaba, Hans, el hombre del diente de plata se la llevaba y tuve miedo de no llegar a tiempo.

Él la abrazó. Marcela se aferró a su espalda, conmocionada al recordar lo que había sucedido después: su fracasado intento de proteger a Mili, el tormentoso viaje hasta La Habana y el descubrimiento del naufragio.

—Te eché tanto de menos... —dijo al borde del llanto—. Tanto... Me negaba a creer que estabas muerto...

Hans posó una mano sobre su cabeza, le besó el cabello y se lo acarició.

—Lo siento, pequeña, lo siento mucho.

Separarse de él supuso para ella un inmenso sacrificio,

pero había algo importante que debía hacer y temía quedarse sin tiempo. Buscó con la mirada la maleta y vio su bolso encima.

—¿Qué hicisteis después? —lo oyó preguntar mientras se acercaba al bolso.

—No tengo tiempo para explicártelo.

Extrajo las dos fotografías de Elena y, cuando volvió a su lado, se las tendió.

Hans permaneció unos segundos mirándola a los ojos, sin atreverse a bajar la vista hacia ellas. Cuando al fin estiró la mano para aceptarlas, esta le temblaba y desmentía su aparente serenidad. Al bajar la mirada hacia los retratos tuvo que apoyarse en la pared de madera, junto a la ventana.

—Es tu hija, Hans. —Marcela le sonrió—. Es nuestra hija.

El rostro del teniente se cubrió de un rubor feroz y las venas en la frente y en las sienes se inflamaron y se volvieron protuberantes. Por primera vez desde que lo conocía, ella vio lágrimas en sus ojos, algo de lo cual él ni siquiera fue consciente hasta que una lágrima cayó sobre la solapa de su abrigo, sorprendiéndolo.

—Mein Gott...

—Pronto cumplirá veinte años, y es... es una muchacha maravillosa. Se parece tanto a ti...

Hans sintió la necesidad de sentarse y ella lo llevó junto a las planchas de madera. Allí se pusieron uno al lado del otro, muy juntos. Hans clavó la mirada en las imágenes que reflejaban trozos de una vida. En el primer retrato aparecían las dos: Elena, con apenas tres años, de tirabuzones rubios y lazos a cada lado de la cabeza, sonreía sentada en el regazo de su madre. En el segundo había una jovencita con el pelo ondulado sobre los hombros y la misma sonrisa en los labios.

Parpadeando varias veces para aclararse la vista, Hans trató de decir algo, pero no le salieron las palabras. Ella le dio tiempo en silencio hasta que él pudo, al fin, hablar.

—Se parece a mi hermana Frida. ¿Cómo... cómo se llama?

—Elena.

—Elena —repitió él en un tono apenas audible—. ¿Sabe que soy su padre?

—Sabe todo de ti, aunque siempre creyó, igual que yo, que habías muerto en el naufragio. Descubrir que estabas vivo fue una conmoción para las dos. Está deseando conocerte.

Al teniente se le ensombreció el rostro.

—¿Puedo quedármelas?

—Claro.

Todavía le temblaban las manos cuando se llevó las fotografías a los labios para besarlas antes de guardarlas en el bolsillo de su abrigo.

—Cuéntame todo de ella —dijo presuroso—. Por favor. No te dejes nada.

Marcela empleó el tiempo que les quedaba en contarle lo que fue capaz de recordar, desde que se enteró de su embarazo hasta el día en que Elena fue a despedirla al muelle con el miedo de no volver a verla. Y mientras lo hacía, los dos fueron derramando lágrimas, con las manos enlazadas y el tiempo apremiando. Cuando terminó su relato, se quedaron en silencio, con las imágenes de los recuerdos flotando en el aire.

Hans le pasó un brazo por los hombros y Marcela apoyó la cabeza en su pecho.

—Háblame de ti. ¿Eres tú quien manda ahora en el submarino?

—Doy órdenes a un puñado de críos. Algunos todavía les escriben cartas a sus madres en vez de a sus novias o esposas.

—¿Tienes... a alguien?

Pascual asomó la cabeza por la puerta.

—Vayan despidiéndose.

El corazón de Marcela se alteró ante la idea de la despedida. Hans le acarició los labios con el dedo pulgar y le alzó la barbilla.

—No, no tengo esposa. Pero yo comprendería si tú...

Ella negó con un gesto, tragando saliva al mismo tiempo. Hans sonrió y le puso una mano en la mejilla antes de acercarse a sus labios para depositar en ellos un suave beso.

Cuando se separaron, Marcela lo miró con apremio.

—La guerra acabará. Volverás a mí, volverás a nosotras...

—Prométeme que te quedarás al lado de los que te quieren y que no malgastarás tu vida persiguiendo un fantasma.

Ella se agitó.

—Por favor, no hables como si no fuera a volver a verte.

—Será una guerra larga. Debes prepararte para eso.

—¿Y no te horroriza pensarlo? ¿No te aterra que vuelva a suceder?

—Era inevitable. Los hombres de hoy crecieron soñando con la venganza.

—No hables así. Parece que estás justificando la guerra.

—No justifico nada. ¿Crees que me gusta esa panda de matones del partido nazi que nació en las tabernas de Múnich? ¿Crees que me gusta su propaganda?

—Podrías negarte a hacer lo que va en contra de tus principios.

—Si me negara, me pondrían frente a un tribunal militar.

—¿Irías a la cárcel?

Hans rio amargamente.

—No, Marcela. No me encarcelarían, me ejecutarían.

Ella se quedó callada rumiando esas dos últimas palabras.

—Sube conmigo a ese barco —propuso desesperada—. Pascual te cubrirá. Empezaremos una nueva vida en Las Palmas. Hans, por favor... Tienes que conocer a tu hija...

—Ignoras que hay convenios con las autoridades de tu país para devolver a Alemania a los traidores. No, ese hombre no me protegerá. —Aspiró profundamente—. Y no soy ningún traidor.

—Entonces, ¿no hay otra opción?

Hans la besó en la frente.

—Vuelve a casa y cuida de nuestra hija. Dile que haré lo que esté en mis manos para llegar a conocerla.

Marcela se acurrucó en su pecho, se aferró a las solapas de su abrigo y ahogó el nudo de las lágrimas. Cuando se liberó de la congoja, murmuró:

—Nunca me dijiste que me querías.

Era una vieja esquirla en su corazón.

Él la apretó más estrechamente.

—Te lo dije, pero lo hice en mi idioma. Lo siento. Era la única forma de que sonara real para mí. —Le sujetó la cara y la obligó a mirarlo—. No dudes más de mí, por favor. No lo hagas o no podré dejarte marchar. Marcela..., daría mi vida para protegeros. Ahora tú y Elena sois mi familia, lo más importante que tengo, y si sobrevivo...

Ella lo besó, porque no podía soportar hablar de su posible muerte, no después de haberlo encontrado, no cuando aún podía sentir el calor de su cuerpo a través de la ropa, sus manos acariciándola, sus ojos mirándola con tanto amor.

No dejaron de besarse y de acariciarse hasta que Pascual volvió a entrar por la puerta carraspeando para llamar su atención.

—Es la hora.

—¿Me escribirás?

La voz de Marcela sonó desesperada.

—Cada día, si tú quieres.

Ella le dio la dirección y él la repitió en voz alta para no olvidarla. Después se pusieron de pie muy despacio, como si sus cuerpos se negaran a colaborar en aquella nueva separación forzosa.

Fuera había dejado de nevar. Salieron de la cabaña y caminaron en silencio entre la nieve hasta la escala del barco. Hans llevaba en una mano la maleta de Marcela y el otro brazo por encima de los hombros de ella, sujetándola con firmeza en esos últimos minutos. Mientras Pascual mostraba la orden de embarque a los marineros de guardia, Hans sacó las fotografías de su abrigo para guardarlas dentro de su chaqueta y se lo entregó a ella.

—Cógelo, te vendrá bien. Podrás echártelo por encima.

Marcela cogió el abrigo y le dio un último abrazo.

—Te estaremos esperando. Siempre te estaremos esperando.

Fue un abrazo largo porque ninguno de los dos era capaz de separarse. Ambos eran conscientes de los años que podrían pasar antes del reencuentro. Tal vez, incluso, se estuvieran despidiendo para siempre. Eran dos cuerpos en mitad del caos, dos fuerzas desesperadas luchando para mantenerse unidas en ese instante precioso robado al tiempo y al destino. Esas últimas caricias los abrasarían a través de los largos periodos de ausencias, cuando la añoranza y la incertidumbre se volvieran insoportables.

Era el final de un trayecto y el principio de otro.

Pascual comenzó a impacientarse y tuvo que tirar de ella para que él la dejara embarcar.

—Vamos, Marcela, suba de una vez —le dijo remarcando su nombre para hacerle saber que no había pasado por alto ese detalle.

Ella lo miró.

—Gracias. Gracias a pesar de todo.

Las piernas le pesaban mientras ascendía por la incómoda escala, sin atreverse a mirar atrás por miedo a no ser capaz de continuar adelante. En la cubierta encontró a Thomas deambulando nervioso apoyado en su bastón. Los marineros a su alrededor iban a lo suyo, preparándose para zarpar. Nadie estaba con él. Nadie parecía vigilarlo. Su boca exhalaba bocanadas de aliento al aire frío de la mañana. Llegó a su lado y vio su cara de alivio. Se abrazaron. Luego se examinaron mutuamente. Thomas tenía el mismo aspecto desaliñado que ella. La barba le había crecido un poco y su abrigo estaba tan sucio como el suyo. Era evidente que también había estado encerrado. Se agarró a su brazo y ambos se acercaron al costado del barco para asomarse al muelle. Pascual había desaparecido, pero Hans permanecía firme a los pies del barco, con la mirada puesta en la cubierta.

En la gélida mañana, los tres alzaron los brazos para despedirse.

—Es un milagro que hayas podido verlo —dijo Thomas—. Por un momento llegué a temer que...

—Sí —asintió ella—. Yo también.

—Ten fe. Volverás a verlo.

La figura solitaria de Hans con el brazo en alto centelleó en la retina de Marcela hasta que desapareció, engullida por la distancia.

46

La guerra se alargó.

Ese año de 1940, España pasó de la neutralidad a la no beligerancia, aunque nadie sabía qué consecuencias podía traer esa declaración. En Las Palmas volvían a correr rumores sobre submarinos de la Kriegsmarine que se abastecían de víveres y combustibles en el puerto de La Luz, por eso Marcela iba a menudo a pasear por los muelles en la buena compañía de Rosita. Desde allí oteaba el horizonte en busca de...

No sabía en busca de qué, porque ningún submarino iba a dejarse ver fácilmente.

—Aquí lo siento más cerca —le decía a Rosita.

Y ella asentía, porque también tenía su particular duelo con el mar, donde con toda probabilidad descansaban los restos de Dimas.

El mar era todo.

La vida continuó a pesar de las ausencias y del miedo a la pérdida, a pesar del peso en el ánimo que a veces se volvía insoportable, a pesar de sentirse árboles de raíces poco profundas a los que siempre amenaza la fuerza inclemente del viento.

A principios de 1941 Marcela recibió una carta de Frida desde Buenos Aires en la que expresaba su deseo de viajar junto a su madre a Las Palmas para conocerlas, y durante la espera intercambiaron fotografías y cartas con la ilusión de un encuentro futuro que todas deseaban que no se demorase en el tiempo.

Un domingo de otoño de 1941, Mili y Jonay contrajeron matrimonio en una ceremonia sencilla a la que asistió sor Felipa. Fue un día de risas mezcladas con llantos, abrazos y deseos de felicidad. Por fin la vida se había fijado en Mili, dándole la oportunidad de ser, de existir plenamente, no como una espectadora de existencias ajenas. Su propio mundo se ponía en marcha y giraba a su alrededor. Por primera vez era el centro de su universo de amor y de principios nuevos.

Seis meses más tarde, sor Felipa falleció de forma apacible en San Martín a la edad de ochenta y seis años. En su emotivo funeral, las niñas del hospicio de los Ángeles cantaron preciosas canciones de despedida y la cubrieron de flores blancas, sintiéndose de nuevo un poco huérfanas de madre.

«Con un buen puñado de mujeres como ella podría sostenerse el mundo», dijo el sacerdote durante la homilía.

Hans envió muchas cartas. Llegaban en pequeños paquetes procedentes de Saint-Nazaire, en la Francia ocupada por el Tercer Reich, donde los alemanes habían construido una base de submarinos. El teniente les hablaba de la vida en el mar, de la organización a bordo y también de la comida, pero nunca mencionaba la guerra o el peligro. Describía con detalle las mágicas puestas de sol en alta mar o el increíble reflejo de la luna durante las plácidas noches en calma.

«Ojalá pudierais verlo...»

Eran cartas hermosas, un canto a la vida y a la belleza del mundo.

La mayoría iban dirigidas a madre e hija, pero otras eran solo para Marcela, y esas se las guardaba hasta la noche para leerlas en la intimidad de su dormitorio, en un acto de unión con él, abrazada a su abrigo militar, imaginando sus manos sobre el papel mientras escribía y añorando el sonido suave de su voz y su olor a brisa de mar.

> Amor mío, los días se me hacen eternos cuando pienso en ti. Te veo reflejada en los rizos de espuma y la aterciopelada luz del sol me recuerda tu piel a cada instante. ¿Entiendes ahora por qué un hombre como yo debía estar solo? ¿Por qué no podía amar a nadie con la intensidad con la que te amo a ti? Nunca la guerra me había parecido un mal tan

insoportable como ahora, y una parte de mí, la que cumple con su deber, lucha contra la otra parte que, desesperada, solo quiere volver a tus brazos.

Te amo y te extraño a cada momento.

Y así será para siempre.

Reza por nosotros.

La fuerza aérea británica sorprendió al submarino de Hans una tarde de septiembre de 1943 en el mar del Norte mientras navegaba en superficie. Escorado y herido de muerte, el submarino quedó inutilizado e incapaz de sumergirse, y en poco tiempo se le echó encima un destructor de la Royal Navy que abrió fuego con sus ametralladoras mientras en el interior del buque se colocaban explosivos con mecha retardada para evitar que el arma de guerra cayera en manos enemigas. Cuando los disparos cesaron, Hans ordenó a sus hombres salir a cubierta. Allí, megáfono en mano, apeló a su homólogo británico para que recogiera a su tripulación. Él fue el último en lanzarse al agua, y las fuerzas por poco le fallaron antes de alcanzar nadando la red de salvamento que había arriado el destructor. Pocos minutos después, el submarino explotó, provocando una alta columna de humo y hundiéndose en apenas unos segundos, mientras su comandante y la tripulación le rendían sentido homenaje desde la cubierta del buque con el saludo militar.

La prensa británica reflejó en sus diarios el recibimiento de los prisioneros al desembarcar en Liverpool. Un grupo de civiles exaltados profirió insultos y amenazas, e incluso lanzaron piedras a los submarinistas alemanes. Tras veintidós días de interrogatorios políticos en Londres, a Hans lo trasladaron a Grizedile Hall, un campo de prisioneros para oficiales situado a dieciocho millas del mar de Irlanda, y un año después dio con los huesos en un campo de concentración canadiense ubicado en el lago Ontario.

Mientras esto sucedía, Adrián y Elena unían sus vidas en la ermita de San Nicolás. Fue un soleado domingo de otoño de 1944, en un acontecimiento feliz que guardaba un poso de amargura, pues Elena había estado retrasando el evento a la espera de que su padre se reuniera con ellas y la llevara al altar.

—A él no le gustaría que malgastaras tu felicidad esperándolo, hija —le dijo su madre—. Debes planear tu futuro al margen del suyo.

Pese a la ausencia de su padre, la felicidad de Elena fue casi plena cuando, dos días antes de la boda, acudió con su madre al puerto de La Luz para recibir a su abuela Angela y a su tía Frida. De aquel día, Marcela solo recordaba lo nerviosa que se había puesto momentos antes de tener frente a ella a la mujer que había hecho de Hans el hombre que era. El nudo del estómago se le subió a la garganta cuando Angela, a la que consideraba su suegra, lloró al abrazarla.

—Gracias por salvarlo —le dijo entre lágrimas, con una mezcla de acento argentino y alemán—. Gracias por intentarlo de nuevo. Gracias por amarlo tanto.

De pie en el muelle, a la luz anaranjada de aquel atardecer luminoso de otoño, las cuatro mujeres, unidas por el amor a un mismo hombre, lloraron la ausencia del hijo, del hermano, del padre y del esposo.

Hans permaneció en Canadá hasta el final de la guerra, en 1945, fecha en la que se tramitó su traslado a Alemania junto a varios miles de prisioneros para ser distribuidos por los campos de reclusión bajo control aliado. La guerra había terminado para el mundo, pero no para los que la habían perdido.

En diciembre de ese año, Marcela recibió una escueta carta de Hans informando de que estaba trabajando en una mina de carbón belga, que se encontraba bien de salud y en compañía de algunos de sus muchachos. También decía que esperaba poder ir pronto a Las Palmas y rogaba que le escribieran. Cuando se la mostró a Thomas, este vio el claro sesgo de la censura.

—Otros tienen peor suerte —dijo—. Conozco el funcionamiento de esas minas. El trabajo es duro, más aún para los prisioneros, pero tienen un techo donde dormir y una ración de comida.

—¿Pero hasta cuándo?

Marcela apretaba la carta contra el pecho con una sensación de desesperanza.

—Los periodos que se plantean los gobiernos van desde la liberación inmediata, para algunos, hasta los veinte años de detención para otros. Es imposible saberlo.

Aquello era lo último que ellas querían escuchar y las esperanzas del reencuentro fueron diluyéndose a medida que pasaban los meses y Hans no regresaba.

Recibieron otras cinco cartas con la misma estructura que la primera: veinticuatro líneas en las que expresaba que estaba bien, que las quería mucho y que contaba los días para estar juntos. Ninguna mención a los campos de prisioneros, donde, según Thomas, los tenían recluidos, y tampoco la más mínima crítica al Gobierno belga. Ellas también le escribían una vez por semana, le enviaban fotografías, lo ponían al corriente de sus vidas y le transmitían su amor.

En septiembre de 1946 recibieron una larga carta que había conseguido burlar el control de los censores y en la que explicaba la realidad de la situación.

> Nos llevaron en vagones de ganado hasta un campo de prisioneros en manos estadounidenses. Allí un médico nos declaró aptos para el trabajo. Vivimos hacinados, vegetando al aire libre, soportando toda clase de inclemencias. Pero, en medio de ese caos, encontré a tres de mis muchachos: el cabo hidrofonista Meyer, Rudi, el timonel, y el marinero Holmberg. Os aseguro que nunca olvidaré sus caras al verme.
>
> Holmberg y Meyer quisieron unirse a las Fuerzas Enemigas Desarmadas. Así llaman a los prisioneros que reclutan para limpiar de minas los territorios que ocupamos durante la guerra. Les ofrecen buenas condiciones y la promesa de obtener el certificado de liberación tan pronto como terminen su misión, pero ignoraban que la mayoría de ellos explotan con las bombas que intentan neutralizar. La otra opción para salir de aquel infierno eran las minas belgas de carbón.

Hace diez meses que llegamos al pueblo donde está ubicada la mina. El campo de trabajadores tiene torres de vigilancia y vallas de alambre de espino, pero los barracones de madera no están mal, hay disciplina y mantenemos normas de higiene. Nos pintaron en las chaquetas las iniciales que nos identifican como prisioneros de guerra, en la cabeza llevamos cascos de la guerra del catorce y en los pies zapatos viejos, donados por la gente del pueblo.

Las autoridades del campo me nombraron *Lagerführer*, un director de campo. Ese era el privilegio de mi rango, pero fue una oferta muy tentadora que no pude aceptar. ¿Cómo habría de vivir cómodamente mientras mis hombres se dejan la piel en la profundidad de la mina? Mi sitio está con ellos. Juntos hasta el final. Soy plenamente consciente de que son más jóvenes y fuertes, pero temo que sus ansias les hagan caer en alguna provocación o intenten escapar, y entonces sus condenas podrían alargarse o, lo que sería peor, podrían recibir el disparo de un soldado, como le sucedió a un pobre desgraciado hace unas semanas. No permitiré que eso ocurra y haré cuanto esté en mis manos para devolverlos vivos a sus madres.

Por su parte, ellos conservan la disciplina militar, aunque veo sus caras encenderse de rabia cuando algunos aldeanos se acercan a la alambrada para tirarnos piedras y llamarnos *boches*. El cabo Rudi es el más impetuoso. Sé que le gustaría devolver los proyectiles, y de sobra conozco su puntería como lanzador de dardos, pero se reprime porque sabe que yo no lo aprobaría. Se mete las manos en los bolsillos, blasfema para sus adentros y da patadas a las piedras para apartarlas de su vista. En esas ocasiones, me acerco y le pongo una mano en el hombro para apaciguarlo. Le digo: «bien, cabo, bien», y enseguida se calma.

La relación con los mineros locales fue tensa al principio, como cabía esperar, pues algunos acababan de regresar de su cautiverio en Alemania. Trabajar con nosotros en la mina lo consideraban una provocación, pero con el paso de los meses me siento orgulloso de habernos ganado su respeto, aunque todavía hay quien nos llama *sucios SS* cuando se cruza en nuestro camino.

A veces las cosas se ponen difíciles en la mina, entonces reclaman a los submarinistas. Saben que no sufrimos claustrofobia y que nos movemos en los túneles bajo tierra como peces en el agua. Hace unas semanas, un minero belga notó que un puntal cedía bajo la presión del techo. El cabo Rudi y yo estábamos cerca y oímos sus gritos pidiendo ayuda. Lo encontramos agarrado al puntal, soportando solo la presión. Sus compañeros habían salido huyendo por miedo a quedar sepultados y al hombre ya se le doblaban las piernas. Entre los tres conseguimos apuntalar el techo. Dice que le salvamos la vida. Desde ese día nos ofrece comida y nos consigue ropa y buenos cascos para la cabeza. A él le debo que esta carta llegue a vuestras manos sin censura. Incluso nos ha invitado a su casa, a conocer a su familia cuando dejemos de ser prisioneros, aunque nadie sabe cuándo llegará ese día.

Algunas mujeres se acercan a nosotros para ofrecernos dulces mientras recorremos a pie los tres kilómetros que separan el campo de la mina. El primer día que salieron a nuestro encuentro creí que llevaban piedras en sus cestas para lanzárnoslas, tal era el rencor que imaginaba que nos tenían. Pero cuando una de ellas depositó un pastelito en mi mano, me embargó tal emoción que lloré como un niño. No había vuelto a llorar desde que supe que era padre, y en aquellos momentos descubrí que, a pesar de los horrores de la guerra, en el mundo todavía queda una llama de esperanza, una excusa para que Dios no tenga la tentación de enviar otro diluvio que libre a la tierra de las atrocidades del hombre.

No os preocupéis por mí. Ya veis que estoy bien, incluso hay días en los que me siento un hombre libre. Ocurre mientras toco el armonio durante la misa del domingo. Entonces mi mente cruza la alambrada de espino y me reúno con vosotras, os abrazo, os beso. También sueño mientras toco que vuelvo a la Alemania de mi infancia, cuando Europa era más hermosa, más culta y próspera que nunca. A menudo me olvido de la liturgia y sigo tocando durante minutos. La misa se alarga, pero el sacerdote belga nunca me interrumpe porque dice que la música levanta el ánimo de los presos casi tanto como la palabra de Dios, y que en ese lapso se instalan en los recuerdos y vuelven a sentirse hombres...

Después de leer la carta, Elena dijo muy emocionada que en ese campo eran muy afortunados por contar con su padre, que envidiaba a esos muchachos por tenerlo cerca y que estaba muy orgullosa de él. Pero detrás del orgullo se escondía latente un sentimiento de impotencia.

—¿De qué sirven las guerras? ¿Alguien me lo puede explicar? Yo lo sé: para llenar el mundo de muertos, de viudas, de huérfanos y de madres sin hijos. Estoy cansada de esperar, siento que no lo conoceré nunca, madre, que se morirá en esa mina. Ya no es joven y, aunque no lo dice, ese trabajo lo debe de estar matando. ¿Por qué no aceptó ser director de campo? Su responsabilidad con esos hombres no puede durar para siempre. ¿Quién lo ayudará a él cuando ya no pueda más?

—Esos jóvenes lo harán —le aseguró su madre—. Jamás lo dejarán solo.

—Me levanto cada mañana pensando que falta un día menos para que venga, pero ¿y si después de todo no lo consigue?

Oír hablar así a su hija le producía a Marcela una profunda congoja, pero jamás permitía que ella lo notara.

—Tu padre es más fuerte de lo que crees. Resistirá.

—¿Resistirá? ¿Cuánto resistirá? ¿Un año? ¿Dos? ¿Cinco? ¿Diez? Nadie nos dice cuánto tiempo estará preso, y ya oíste a Thomas, a algunos los condenan a veinte años. ¡Veinte años, madre! Claro que resistirá, resistirá hasta que se muera.

Mili dio a luz a una niña a finales de 1946. Fue madre a la edad de cuarenta años.

A la niña la llamaron Alejandra.

Ese también fue el año en que Thomas decidió dejar de sufrir a causa de su pierna. Viajó a Madrid acompañado de

Nicole, eligió la mejor pierna ortopédica que la ciencia podía ofrecerle e ingresó en el ala sur del Hospital Clínico de Madrid, que aún estaba reconstruyéndose tras la guerra civil. Tomar la decisión le había llevado varios años. La operación solo duró cuatro horas. Al despertarse, buscó a Nicole con la mirada, pero solo encontró a una enfermera atendiendo al paciente de la otra cama. Aún aturdido, estiró la mano y trató de localizar el vacío donde antes estaba su pierna. Había oído decir a los mutilados de guerra que cuando les cortaban una extremidad continuaban sintiéndola como si siguiera con ellos. Y eso era lo que estaba sucediéndole a él. Podía notarla, podía incluso sentir el tacto de la mano por encima de la sábana.

Nicole abrió la puerta y al verlo despierto se apresuró a acercarse a él con una sonrisa.

—Todavía la siento —le dijo—. ¿Puedes creerlo?

—Trata de moverla —pidió Nicole.

—No seas cruel, cariño.

—Vamos, inténtalo.

Él lo intentó y la pierna se movió.

—El doctor Estella pudo extraer toda la metralla y conservar la pierna —dijo Nicole con infinita emoción.

Thomas apenas pudo creerlo, pero, cuando lo comprobó, su grito de júbilo se oyó en toda el ala del hospital.

En el momento de regresar a Las Palmas, después de tres meses de rehabilitación, Thomas era un hombre nuevo.

No fue hasta octubre de 1947 cuando Marcela Riverol recogió lo que quedaba de Hans Berger tras cuatro años de cautiverio. Fue un domingo templado de principios de otoño. Ella acababa de regresar a casa después de asistir a misa en la iglesia de San Francisco y preparaba un ligero almuerzo en la cocina. Qué fue lo que la impulsó a asomarse al balcón en ese preciso momento nunca lo sabría, aunque, si Herminia hubiera estado allí, seguramente le habría dicho que el amor maneja habilidades que la razón ignora.

El sol incidía en el balcón abierto a la calle Mayor. Marcela se apoyó en la balaustrada y contempló a los últimos transeúntes que aún no se habían recluido en sus casas para almorzar, ataviados con la ropa de los domingos.

Entonces lo vio. Un hombre avanzaba por la acera a pasos derrengados que llamaban la atención de la gente. Llevaba una chaqueta vieja y sucia sobre los hombros, y su imagen de mendigo enfermo provocaba que todo el mundo se apartara de su lado.

Había imaginado muchas veces cómo sería el reencuentro con Hans. Ella se lanzaría a sus brazos y él la alzaría para dar vueltas de felicidad. Pero el hombre que estaba observando no sería capaz ni de levantar a un niño.

Marcela supo que se trataba de él aun sin ver su pelo rubio ni su porte formidable. Salió corriendo de casa y no se detuvo hasta llegar a su lado. Antes siquiera de tocarlo, se llevó una mano a la boca para que no se le escapara la conmoción que le ascendía por la garganta al ver su deplorable aspecto, y tuvo que morderse el puño para evitar que las lágrimas le desbordaran los ojos. No lloraría frente a él, no permitiría que viera su propia devastación reflejada en su semblante.

Le sonrió. Fue capaz de hacerlo, aunque por dentro gritaba de dolor.

Él apoyó una mano en la fachada del edificio que había a su lado, como si llegar hasta allí lo hubiera llevado al límite de sus fuerzas.

—Hans...

—Te quiero —murmuró él con la voz alterada por el extremo cansancio; en la cara el miedo a derrumbarse y no poder decirlo.

Marcela se abrazó a su cintura sin que le importaran las miradas de la gente, y lo sujetó hasta que pudo seguir avanzando. Apoyado en sus hombros, ella lo llevó hasta el portal, donde lo estrechó con tanta fuerza que creyó que le partiría la espalda. Y así permanecieron durante mucho rato.

—Ya estás en casa... —Marcela le acariciaba el pelo y se ponía de puntillas para llenarle la cara de besos—. Ya estás en casa...

Reía y lloraba de nuevo.

Subieron despacio la escalera hasta el primer piso. Marcela lo ayudó a quitarse la chaqueta, que acumulaba suciedad y humedad de la travesía en barco, lo sentó a la mesa y le ofreció un poco del guiso que acababa de preparar para el almuerzo. Hans apenas comió unas pocas cucharadas, aunque por la expresión de su cara parecía lo mejor que había comido en mucho tiempo. La mano le temblaba cada vez que se llevaba la cuchara a la boca y Marcela no estaba segura de si podía ver bien, a juzgar por el estado de sus ojos, inflamados y enrojecidos tras dos años expuestos al polvo del carbón y a la oscuridad. Cuando no quiso comer más lo llevó al cuarto de baño y le quitó la ropa harapienta. En su cuerpo descubrió cicatrices donde antes no las había y hematomas recientes por el trabajo en la mina.

—No quiero que Elena me vea así.

—A ella no le importará, amor mío. Eres su padre y está ansiosa por verte. Ha esperado tanto...

Derrumbado en un taburete, vacío de vida, él negó con la cabeza.

—Por favor...

—Está bien. Entonces, primero te alimentaré hasta que te pongas tan gordo como Churchill.

Hans alzó una mano para protestar, como si no le hubiera gustado la comparación, pero se le cerraban los ojos de cansancio y no dijo nada. Ella lo ayudó a asearse y, poco después, lo acostó, lo arropó y le dijo que descansara. Ya tendrían tiempo de hablar más tarde. Iba a marcharse cuando él la sujetó de una mano.

—Si te vas, me despertaré pensando que fue un sueño y no lo soportaré.

Marcela sonrió, porque en el fondo estaba deseando tumbarse a su lado, aunque solo fuera para mirarlo, para convencerse de que estaba allí. Se quitó la ropa, se metió en la cama y permaneció a unos centímetros de su cuerpo por temor a lastimarlo. Hans la miró de una forma que a ella le dolió, como si pensara que su aspecto le provocaba rechazo.

—Te amo, Hans. Dios sabe que te amaré hasta el día que me muera.

A él se le humedecieron los ojos al oír aquello. Estiró un brazo, la acogió a su lado y dejó salir un suspiro que sonó a desahogo cuando su piel recibió la calidez del cuerpo de Marcela.

Habían atravesado guerras, epidemias y naufragios. El destino había hecho un laborioso trabajo con sus vidas. Pero allí estaban, al fin, y solo la muerte podría separarlos.

Acurrucada contra su cuerpo, Marcela notó que él sollozaba en silencio mientras la apretaba entre sus brazos.

—Perdóname —lo oyó murmurar.

—No tengo nada que perdonarte, cariño.

—Perdóname por haber tardado tanto.

Lloraron juntos hasta que él se quedó dormido. Marcela veló su sueño, conteniendo las sacudidas involuntarias de su cuerpo, que revelaban un descansar inquieto. Recostó la cabeza sobre su pecho, lo acarició para transmitirle seguridad y permaneció así hasta que él despertó sobresaltado de madrugada, en la penumbra del dormitorio.

—Shhh, estás conmigo —le dijo ella para tranquilizarlo—. Estás a salvo.

Notó los golpes secos y violentos de su corazón bajo la palma de la mano, los movimientos nerviosos de sus ojos y los puños crispados que agarraban las sábanas. Apenas eran las cuatro de la madrugada, pero Marcela quiso levantarse para prepararle algo de comer. Sin embargo, él se negó a soltarla.

Hans permaneció recluido en la calle Mayor durante un mes en el que recobró las fuerzas y ganó peso. Su aspecto mejoraba día a día, sus ojos volvían a brillar, las mejillas se le iban llenando, aunque Marcela era consciente de que las heridas del alma que acarreaba después de que las atrocidades de la guerra salieran a la luz no serían tan fáciles de sanar. Hans era un hombre vencido por sus propios principios.

El día que Elena conoció al fin a su padre se cerró el círculo de tres vidas. La joven llegó a casa acompañada de Adrián, sin llegar a intuir la causa por la que su madre la había citado esa mañana. Marcela la recibió en la puerta, con el corazón queriendo estallar en el pecho de dicha y echándose a llorar sin remedio mientras le daba un cálido abrazo.

Elena se separó un poco y la miró con mucha angustia.

—Madre, ¿qué pasa? ¿Está enferma? Ríe..., llora...

Marcela se secó las lágrimas mientras negaba con la cabeza.

—No, hija, no estoy enferma. —Rio de nuevo. Luego apresó las mejillas de Elena con las dos manos—: No sabes lo que me ha costado guardar el secreto durante un mes. Pero él..., él no quería que lo vieras así...

—Por Dios, madre, ¿de qué está hablando? ¿Él? ¿Quién es él...?

Elena no tardó en comprender. Supo que se trataba de su padre porque solo él podía alterar de esa forma la acostumbrada serenidad de su madre.

—Está aquí, hija. Está con nosotras. Para siempre.

La joven se encogió como si hubiera recibido un impacto. Adrián le puso una mano en el hombro, aunque ella no pareció notarlo. Su madre se hizo a un lado y ella caminó por el pasillo hasta la sala de estar, donde encontró a su padre de pie frente al canapé, mirando hacia la entrada, esperando verla aparecer.

Elena vio la conmoción en su mirada y el movimiento de su garganta al tragar saliva. Creyó haber escuchado a su madre decir algo, pero no estaba segura, porque el sonido de una voz que no había oído antes pronunció su nombre:

—Elena...

Hasta ese día ella solo había imaginado su voz, la había recreado en su mente en numerosas ocasiones en una búsqueda continua para llenar ese vacío. Incluso a veces, siendo una niña, había fantaseado con la posibilidad de que un día apareciese, como esos náufragos que regresaban a casa después de años perdidos, casi olvidados.

Su alta presencia en la pequeña sala significaba tanto para ella que tuvo miedo de moverse y miedo de quedarse quieta.

—Hija, llevo siete años soñando con abrazarte —murmuró él con el brillo líquido de la emoción en los ojos.

Elena se dio cuenta de que también estaba nervioso, de que la miraba como si temiera que fuera a recriminarle algo. Habían intercambiado cartas, se habían ido conociendo. Ella le había hablado de su infancia en La Habana y él le había contado anécdotas de su familia para que supiera quiénes habían sido su abuelo y su tío Bruno. Y, en aquel momento, de pie frente a él, ella se reconoció a sí misma en los rasgos de su padre, era una versión femenina de él, el espejo al que poder mirarse.

«Tu padre era un hombre fuera de lo común, hija», había oído decir a su madre desde que tenía uso de razón. Y ese hombre excepcional estaba a solo unos pasos y esperaba a que se decidiera a acercarse.

Ella también había esperado mucho tiempo ese momento y su corazón estaba listo para aceptarlo y amarlo. Le sonrió.

Su padre abrió los brazos.

Elena corrió para dejarse caer en ellos.

—Padre... —musitó llorando de emoción.

Él la abrazó exhalando un suspiro cansado y agradecido, murmurando palabras en alemán que nadie más que él comprendió.

Pese a las ganas que tenía de unirse a ellos, Marcela permaneció al margen, porque ese momento les pertenecía solo a ellos y debían vivirlo juntos. Elena debía sobreponerse a los años de la infancia en los que tanto lo había necesitado, y él debía superar la desdicha de saberse ausente y dejar de torturarse pensando: «Si lo hubiera sabido...».

Hans y Marcela contrajeron matrimonio cuatro meses después en la pequeña ermita de San Telmo, muy cerca de la calle Mayor. Fue un cálido domingo de marzo, de trazos de cielo azul entre nubes de blanco puro. Una brisa agradable circulaba por las calles de Triana refrescando el ambiente y sacudiendo con ligereza el sencillo vestido color crema de Marcela. De pie, en la acera frente a su casa y acompañada de Elena, esperaba impaciente a que llegara Thomas en su automóvil. En los brazos, un ramo de flores rosas que le había preparado Anne Marie con las matas que ella misma cultivaba en el patio.

Conduciendo su flamante automóvil, Thomas llegó puntual a la cita, y entonces los tres recorrieron despacio la corta distancia en línea recta hasta la ermita. A las puertas del templo ya esperaba una pequeña congregación de gente que se arremolinó a escasos metros del automóvil para recibirla.

Thomas la ayudó a salir del coche.

—¡Qué guapa estás, tía! —exclamó Irene.

La muchacha, que pronto cumpliría diecinueve años, andaba por entonces en relaciones con un joven secretario de una casa consignataria británica. Iba cogida del brazo de su madre. Isabel vestía un discreto y elegante vestido verde musgo, y sonreía.

—Tengo una sorpresa para ti —le dijo Isabel con un entusiasmo que Marcela nunca había visto antes.

Se hizo a un lado y detrás de ella apareció Carmen. Su hermana la abrazó mientras Marcela todavía lo estaba asimilando.

—Carmen...

Marcela se separó un poco y le limpió una lágrima que amenazaba con arruinar su fino maquillaje.

—Llegamos ayer, pero Isabel quería sorprenderte. Estamos tan felices de estar aquí...

—Estoy... estoy conmocionada. Pero, dime, ¿quién ha venido contigo?

Carmen se giró y la agrupación se abrió para dejar paso a una anciana que caminaba hacia ella agarrada al brazo de Mili.

—Oh, Dios mío... —murmuró Marcela—. ¡Tía Flora!

Se acercó a ella para darle un abrazo. Mili se llevó las manos a la boca para reprimir la emoción. A su lado estaba Jonay con Alejandra en brazos. Él le pasó un brazo por los hombros a Mili y la estrechó contra su pecho.

Marcela besó la mejilla de su tía.

—Me hace tan feliz tenerlas aquí. Solo me faltaban ustedes.

—Carmen lo organizó todo, hija. Ninguna de las dos queríamos perdernos este día tan importante para ti. —Se echó un poco hacia atrás para verla—. Ya me había hecho a la idea de que no volvería a Las Palmas después de tanto tiempo. —Respiró hondo—. Y ahora entra en esa iglesia y únete a tu hombre, sobrina mía, que bastantes años llevas esperando.

Isabel consiguió reunir a todos los invitados en el interior del templo para que la ceremonia diera al fin comienzo. Marcela y Thomas estaban a punto de entrar cuando ella vio a una mujer que la observaba desde un lateral de la ermita. Era Jimena, que no se atrevía a acercarse más. Marcela dejó a Thomas un momento y fue hacia ella.

—No quería molestar —dijo la mujer cuando la tuvo a su lado—, pero tenía que verlo con mis propios ojos. Me alegro mucho por ti.

—Gracias, Jimena.

—Le escribiré a mi tía para decírselo. Creo que..., en el fondo, también se alegrará.

Marcela la observó mientras se daba la vuelta para marcharse.

—¡Espera! —Ella se volvió—. ¿Quieres quedarte?

—¿No les importará a tus invitados?

—Claro que no. Lo cierto es que todo esto es gracias a ti. —Le sonrió—. Anda, entra.

Jimena le cogió una mano y se la apretó. Luego se dirigió a la entrada de la ermita.

Con un suspiro que enterraba el desaliento de toda una vida, Marcela volvió junto a Thomas para acceder al templo agarrada de su brazo. Él estaba muy elegante con su chaqué, caminando bien estirado, sin apoyar el cuerpo en su bastón, que ya formaba parte del pasado. Al fondo de la ermita, bajo el arco de medio punto, Hans esperaba junto a su hermana Frida. Ella era todo cuanto quedaba de su familia, pues su madre había fallecido en 1946 sin haber cumplido el deseo de volver a ver a su hijo después de la guerra.

Frida se movió hacia un lado del templo, se sentó frente a un órgano que Thomas había hecho instalar allí para la ocasión y comenzó a tocar mientras ellos avanzaban por la suave alfombra que llegaba hasta el altar. Los bancos estaban adornados con flores blancas cuyo perfume se impuso al olor del incienso. Familiares y amigos sonrieron con franqueza al verlos pasar y Marcela vio que Rosita se limpiaba una lágrima. Junto a ella, Jimena, excesivamente arreglada y maquillada, incluso para una boda, aplaudió sin hacer ruido con las manos.

Erguido y nervioso, Hans la recibió cuando Thomas se la entregó. Estaba tan guapo con su chaqué, el cuerpo fortalecido por la buena alimentación y el reposo, que Marcela no pudo dejar de mirarlo.

A Hans los ojos le brillaron de emoción y de amor por ella.

Antes de acomodarse a su nueva vida, emprendieron un largo viaje que los llevó a saldar una deuda de honor. En Cayo Hueso, el patrón cubano de la lancha que alquilaron se sorprendió de que alguien estuviera interesado en visitar los restos del *Pecio de las putas.*

—¿Por qué lo llaman así? —preguntó Marcela con íntimo interés.

El hombre sacudió las manos en un gesto desganado.

—Dicen que iba cargado de prostitutas y que por eso no lo dejaron entrar en La Habana.

Al final de la mañana, horas después de haber zarpado, llegaron al Bajo de la Media Luna.

El mar era una sábana en calma de aguas verdes, el sol espejeaba aquí y allá con destellos de luz y el aire olía a madera y a sal.

El patrón redujo la marcha hasta detenerse sobre los restos del *Valbanera.*

Entonces la vieron. La sombra tumbada del transatlántico, la parte que no había sido engullida por las arenas movedizas, era visible desde la superficie.

Hans le apretó el brazo a Marcela con cariño, como si así pudiera protegerla de los recuerdos.

Ella se volvió hacia el patrón con un ramo de flores en las manos. Antes de lanzarlo al mar, dijo:

—En este barco solo había personas persiguiendo sus sueños.

A su regreso a Las Palmas, compraron en la Isleta una casa de dos plantas de arquitectura insular, tan blanca que resplandecía como la nieve en la cumbre del Teide. Hasta ella llegaba el aire salobre del mar en los días de brisa y, al amanecer, los rayos de sol doraban la fachada de líneas rectas. Plantaron un drago en el jardín, que fue creciendo con sus formas caprichosas, y también dos palmeras, que pronto dieron buena sombra en las tardes soleadas y apacibles.

Hans nunca quiso volver a Alemania.

En realidad, ninguno de los dos volvió a viajar. No necesitaban más que aquel trozo de tierra redonda flotando en el mar para ser felices.

Marcela siguió trabajando codo a codo con Rosita en la tienda y Hans consiguió un discreto empleo en una relojería alemana. Los años fueron pasando lentos para los que aún esperaban a alguien y rápido para los que al fin habían alcanzado sus sueños.

Rosita no pudo ver a sus hijos mayores y conocer a sus familias hasta la muerte de Franco en 1975. Para entonces, ya era una anciana con bisnietos.

Algunos exiliados, como Rodolfo, el marido de Isabel, jamás regresaron.

EPÍLOGO

Son los primeros días de junio de 1976. Marcela pronto celebrará su setenta y cuatro cumpleaños y esta mañana se ha levantado con dolor de rodillas. Por eso, mientras camina sola en dirección al puerto, procura no levantar mucho las piernas.

Se toma su tiempo. No hay prisa.

El sol la deslumbra desde el horizonte azul y las gaviotas alborotan en pleno vuelo persiguiendo despojos de pescado podrido. Las grúas gigantescas forman ya parte del paisaje y, en el caos organizado de la bahía, los buques, veleros y remolcadores cabecean las suaves estribaciones o se balancean sobre el hervor del mar.

Marcela se lleva la mano a la frente para proteger la mirada de los rayos cegadores de sol, y es entonces cuando lo ve. Algunas veces lo encuentra sentado en un banco, con las piernas cruzadas y las manos inertes sobre las rodillas. Otras veces lo ve de pie, como hoy, que permanece estático con las manos resguardadas en los bolsillos de la chaqueta. De una forma u otra, él siempre tiene la mente, los ojos y el alma clavados en el mar.

Cada día, sin excepción, ella se detiene un momento para admirarlo en la distancia sin que se dé cuenta, notando en el pecho la urgencia de llegar hasta él para aferrarse a su brazo. Su espalda está un poco encorvada, pero, incluso en la lejanía, se aprecia lo alto que es. El pelo blanco le centellea bajo el sol y la brisa le mueve algunos mechones finos como hilos de seda que él intenta mantener a raya con la mano. Le gusta levantarse de madrugada y acudir al puerto cuando todavía el faro de la Isleta guía a los barcos que se acercan a la costa. Después, se queda allí observando, buscando antiguos vientos, moviéndose lentamente por encima de la realidad, recordando, tal vez sumergido en las entrañas del mar, su mundo de océanos profundos, de batallas y tempestades, hasta que ella llega a su lado y le devuelve la paz.

Una vida en apariencia sencilla y, sin embargo, cada día que pasan juntos les parece algo extraordinario.

Cuando está más cerca lo ve volverse en su dirección. Tiene el cuerpo ligeramente escorado hacia la derecha, lo cual quiere decir que le duele la cadera izquierda. Él dice que es como uno de esos barcos oxidados que han pasado demasiadas jornadas expuestos a la humedad y al salitre. Sus ojos son ahora del color del mar en un día nublado, pero, aun así, apagados por el velo del tiempo, vuelven a brillar cuando reparan en ella.

«Míralo —le había dicho Herminia hacía una eternidad—, trae en los ojos las luces del mundo.»

Las luces que iluminaron su vida.

Cuando en su vida solo había sombras.

Al llegar a su lado, él le pasa un brazo por los hombros, la aprieta un poco y le besa el pelo gris. Luego las miradas de los dos se pierden en los reflejos vibrantes del nuevo día sobre las aguas quietas.

AGRADECIMIENTOS

Este libro tiene una deuda impagable con Fernando García Echegoyen, quien ha dedicado treinta años de su vida a investigar el naufragio del *Valbanera.* Toda la información acerca del transatlántico que aparece en la novela se ha obtenido de sus dos libros: *El misterio del Valbanera* (1997) y *Regreso al Valbanera* (2019), así como de recortes de prensa que él mismo me envió, intercambio de correos, fotografías y dudas resueltas. El cariño, el tesón y el respeto con el que Fernando ha llevado a cabo sus investigaciones y expediciones al pecio son una muestra del compromiso humano con la memoria del buque siniestrado y de sus ocupantes, injustamente condenados al olvido social e institucional.

Quiero agradecer a Ana Fernández Sande, mi querida Rosseta Stone, de la biblioteca Armando Palacio Valdés de Cudillero, su ayuda inestimable a la hora de buscar y encontrar los mapas de Las Palmas y La Habana de principios del siglo XX, y a mi nueva amiga Kerstin Lahmer, de Coburg (Alemania), por el plano de la ciudad de Kiel a finales de los años cuarenta.

Gracias a Ciara, Loli y Pepe, del Centro de Cultura Contemporánea San Martín de Las Palmas de Gran Canaria, ubicado en el antiguo hospital, por su amable charla.

También quiero agradecerle a Consuelo Naranjo Orovio, investigadora del Instituto de Historia del CSIC, por responder a mi pregunta sobre los lazaretos de inmigración en la ciudad de Santiago de Cuba en la segunda década del siglo XX.

Gracias a Sany Garcés Molina por revisar los diálogos de

Mama Lun, y a Karin Will por hacer lo propio con las intervenciones en alemán de Hans.

A Manuel Navarro y Salomé Alonso, por ser lectores atentos y observadores, por sus comentarios, consejos y sincera opinión.

A todo el equipo de Editorial Planeta, especialmente a Emilio Albi, Sara Esturillo, Raquel Gisbert y Lola Gulias, por confiar en este proyecto.

Gracias en especial a mi marido, Luis Ángel, por ocuparse de todo mientras yo tecleo frente al ordenador, por animarme cuando decae el ánimo y por ser mi primer y más despiadado crítico. Y a mi hijo Enol, siempre, por entender desde pequeño que esto que hago es importante para mí.

He crecido en la mejor familia que alguien puede desear, por eso no puedo olvidarme de mis padres, Silvino y Teresa, y de mis hermanos, Luis y Javier, que han hecho de mí la persona que soy. Ellos saben que los quiero mucho.

Y, en último lugar, aunque no por ello menos importante, gracias a mi fiel Polo, por tumbarse a mis pies cada una de las horas invertidas en escribir esta novela.

Cudillero, marzo de 2019

Otros títulos de la autora en Booket:

booket